CATHERINE

IL SUFFIT D'UN AMOUR...

★★

Juliette Benzoni est née avenue de La Bourdonnais mais a passé toute son enfance à Saint-Germain-des-Prés.
Juliette Benzoni fréquenta d'abord le « cours » élégant des demoiselles Désir puis l'aristocratique collège d'Hulst, rue de Varenne, où elle resta jusqu'à son baccalauréat ; elle y prit l'horreur des mathématiques, la passion de l'histoire et des lettres. De là, Juliette Benzoni passa à l'Institut catholique où elle entama une licence. Après un passage météorique comme auxiliaire à la Préfecture de la Seine, elle se retrouva mariée à un médecin de Dijon, le docteur Maurice Gallois, enfouie jusqu'au cou dans la bonne société bourguignonne et bientôt mère de deux enfants.
Pendant cette période de sa vie, Juliette Benzoni passa des heures dans les bibliothèques, étudiant l'histoire de la Bourgogne au Moyen Age.
C'est au cours de ces études qu'elle découvrit la légende de l'ordre de la Toison d'Or qui devait, plus tard, donner naissance à la série des Catherine.
Quelques années après la Libération, Juliette Benzoni perdit son mari et se rendit au Maroc où son mari avait de la famille. Elle entra à la rédaction publicitaire d'un poste de radio : Radio-Internationale. Elle fit la connaissance d'un officier, le capitaine Benzoni, et l'épousa. Elle rentra à Paris et se lança dans le journalisme. Elle travailla simultanément pour L'Histoire pour tous, Journal du Dimanche, *et pour* Confidences *où elle écrivit de nombreux articles historiques.*
Une grande émission télévisée la fit mieux connaître et décida un éditeur à lui demander un roman historique. Ce fut Il suffit d'un amour... *le premier de la série* Catherine. *Depuis, Juliette Benzoni n'a pas cessé d'écrire. Le succès a été grandissant et les lecteurs se comptent par millions.*

Catherine Legoix, petite bourgeoise parisienne, vit au cœur de la guerre de Cent Ans et de la grande querelle des Armagnacs et des Bourguignons. Catherine aime désespérément le noble Arnaud de Montsalvy mais Philippe le Bon, duc de Bourgogne, la poursuit de son désir.
Le destin de Catherine Legoix, devenue l'épouse du grand argentier du duc, semble scellé. L'amour de Philippe ne lui laisse ni trêve ni repos. Tout pousse Catherine vers le duc, tout l'éloigne d'Arnaud de Montsalvy : la haine, la guerre, la vengeance. Parce qu'elle croit Arnaud perdu pour elle, Catherine acceptera le trône sans couronne que lui offre Philippe, tentera au péril de sa vie de percer le secret de l'homme mystérieux qu'elle a dû épouser.
C'est un calvaire, physique et moral, que gravit celle que le grand duc d'Occident appelle sa « Toison d'Or ». Mais le chemin de douleur de Catherine va croiser celui de lumière et de sang de la Pucelle. Jehanne entraînera-t-elle Catherine dans son martyre ou l'amour fera-t-il un miracle ? Le destin s'acharne sur la femme trop belle qui, de Dijon à Bruges, de Bruges à Orléans assiégée, de la cour de Charles VII au bûcher de Rouen poursuit aveuglément son rêve d'amour. Qui en fin de compte, de Catherine de Brazey ou d'Arnaud de Montsalvy gagnera le duel sans merci dont le bonheur est l'enjeu ?

Un homme sans pitié, une femme sans défense s'affrontent pendant qu'autour d'eux l'on se bat et l'on meurt. Mais le royaume s'en va vers sa délivrance et Catherine verra, peut-être, se réaliser les prédictions de son étrange ami, Abou-al-Khayr, le médecin maure de Cordoue. « Il y a plus de raison dans le vol d'un oiseau aveugle que dans le cœur d'une femme. » Pour Catherine, une seule *raison* existe : la plus déraisonnable, l'amour.

Paru dans Le Livre de Poche :

CATHERINE : IL SUFFIT D'UN AMOUR..., Tome I.
CATHERINE : IL SUFFIT D'UN AMOUR..., Tome II.
BELLE CATHERINE.
CATHERINE DES GRANDS CHEMINS.
CATHERINE ET LE TEMPS D'AIMER.
PIÈGE POUR CATHERINE.

JULIETTE BENZONI

Catherine

Il suffit d'un amour...

★★

ROMAN

ÉDITIONS DE TRÉVISE

PROLOGUE

Un soir d'émeute, le 27 avril 1413, alors que le peuple de Paris, entraîné par le boucher Caboche et l'universitaire Pierre Cauchon, a envahi l'hôtel Saint-Pol, Catherine Legoix, la fille de l'orfèvre du Pont-au-Change, et son ami Landry Pigasse se sont trouvés au premier rang des émeutiers. La jeune Catherine, âgée de treize ans, s'est prise d'un intérêt passionné pour un jeune seigneur que la foule entraîne pour le pendre. Michel de Montsalvy est beau, il a dix-sept ans : il n'en faut pas plus pour que Catherine soit prête à tout pour le soustraire à la mort. Avec l'aide de Landry et de Barnabé le Coquillard, un étrange truand, elle parvient à l'arracher à ses gardes et à le cacher dans la cave de ses parents. Mais la cachette est découverte et Michel massacré sous les yeux épouvantés de Catherine par le boucher Legoix, cousin de la fillette, en présence de Caboche et de Cauchon. Par représailles, le père de Catherine est pendu, sa maison détruite, Catherine et sa mère se réfugient chez Barnabé, dans l'inexpugnable Cour des Miracles, mais Loyse, la sœur de Catherine, est demeurée aux mains de Caboche qui s'est épris d'elle. Avant de quitter Paris pour Dijon, où les Legoix ont un oncle, Barnabé, Landry et Sara la Noire, une bizarre fille de Bohême qui s'est prise d'affection pour Catherine, arracheront Loyse à son geôlier, puis toute la famille s'embarquera sur la Seine pour gagner enfin la Bourgogne. Catherine emporte, au milieu de douloureux souvenirs, l'image de Michel de Montsalvy qu'elle ne peut oublier.

Autour d'eux continue la ronde infernale de la guerre civile. Le roi Charles VI est fou, la reine Isabeau vend le royaume à l'encan et les deux partis rivaux des Armagnacs et des Bourguignons se disputent le pouvoir, les armes à la main.

Neuf ans plus tard, c'est à Bruges que l'on retrouve Catherine devenue une éblouissante jeune fille. Elle est venue là avec son oncle Mathieu Gautherin, drapier de son état, pour y faire des achats. Pendant la procession du Saint-Sang, un bourgeois se montre trop entreprenant avec Catherine qui le gifle et déchaîne ainsi un affreux scandale. Arrêtée, elle est conduite devant le duc de Bourgogne, Philippe le Bon, grand amateur de femmes. La beauté de la jeune fille émeut le prince. Il la libère en lui assurant qu'il se souviendra d'elle.

Or, sur la route qui les ramène vers Dijon, Catherine et son oncle trouvent un chevalier blessé dont la vue trouble la jeune fille. Il est le vivant portrait de Michel de Montsalvy. Ramené dans une auberge, le blessé y reçoit les soins d'un médecin maure de Cordoue, Abou-al-Khayr, qui voyage pour s'instruire et le mystère de la ressemblance s'explique ; il est le frère de Michel, Arnaud de Montsalvy et, tout de suite, une puissante attirance le jette vers Catherine qui est bien près de se donner à lui. Mais, apprenant le nom de la jeune fille, Arnaud la chasse avec violence. Elle s'appelle Legoix et il a juré une haine implacable à tout ce qui porte ce nom. C'est un boucher nommé Legoix, un cousin de Catherine, qui a tué Michel...

Désespérée, Catherine, a dû le quitter et suivre son oncle. A Dijon, elle se voit bientôt l'objet des hommages d'un puissant personnage : Garin de Brazey, Grand Argentier de Bourgogne, et, à sa stupeur, apprend qu'un ordre du duc Philippe lui fait un devoir d'épouser l'Argentier. Contre cet ordre Catherine se révolte et, pour éviter le mariage, elle tente de faire tuer Garin par son vieil ami Barnabé. Mais Garin n'est que blessé et Barnabé trouve la mort dans l'aventure. Catherine doit épouser Garin.

Celui-ci, pourtant, se révèle un bien étrange époux. Le mariage demeure blanc malgré les tentatives de Catherine, poussée par Sara qui est restée sa confidente et devenue sa première suivante. A cette attitude, une seule explication possible : Garin garde son épouse pour le duc Philippe. En attendant, il en fait un objet de luxe et, devenue dame de parage de la duchesse douairière Marguerite, Catherine se mêle à la vie brillante de la Cour de Bourgogne.

Au cours des fiançailles de la sœur du duc, à Amiens, un chevalier du roi Charles VII vient défier le duc au nom de son maître. En effet, prince français, Philippe marie sa sœur à l'Anglais envahisseur et refuse de reconnaître son légitime souverain. Ce chevalier n'est autre qu'Arnaud de Montsalvy... Le défi est accepté. Montsalvy rencontre en champ clos le champion de Bourgogne, Lionel de Vendôme. Il est vainqueur mais il est blessé et Catherine ne résiste pas à l'envie d'aller le rejoindre dans sa tente.

Là, après un accueil rude, Arnaud se laisse fléchir par cette femme qu'il aime, bien qu'il la croie devenue la maîtresse du duc de Bourgogne. Il est tout près de se laisser aller à son amour quand il s'aperçoit qu'il est tombé dans le piège tendu par Jean de Luxembourg, le chef des armées de Bourgogne. Arrêté, au mépris des lois de la chevalerie, avec son ami Xaintrailles, il rend Catherine responsable de cette félonie. La jeune femme, douloureusement frappée et persuadée que le duc ignore tout du zèle intempestif de Luxembourg, se rend chez lui pour le mettre au courant. Philippe se montre dur et méfiant. Il exige qu'elle devienne sur l'heure sa maîtresse et Catherine va s'exécuter, le désespoir au cœur. Mais à son grand étonnement, elle demeure seule, toute la nuit, dans le grand lit ducal. Philippe n'est revenu qu'au matin d'une fête donnée aux dames de la ville.

Il se montre tendre, empressé, puis, en présence de Catherine et sans permettre qu'elle se lève, fait venir dans sa chambre Arnaud et Xantrailles pour leur faire ses excuses. Catherine comprend qu'elle est prise au piège. Arnaud l'a vue dans le lit même du duc et ne doutera plus de ses liens étroits avec le prince. Il s'éloigne plein de mépris, sans même tourner la tête. Pour Catherine tout est fini. Qu'importe même d'accorder à Philippe ce qu'il demande.

— Ce soir, je te ferai chercher, a-t-il dit en la renvoyant à son logis.

Pourquoi pas ? Quittant le palais, Catherine rentre à la maison qu'elle partage, durant son séjour, avec son amie, la comtesse Ermengarde de Châteauvillain...

PREMIÈRE PARTIE

PHILIPPE

1423

CHAPITRE PREMIER

ERMENGARDE

IL était bien près de midi lorsque Catherine regagna la maison du lainier dans une litière que Jacques de Roussay avait amenée devant l'escalier du palais communal. Fermée d'épais rideaux de cuir, cette litière avait mis la jeune femme à l'abri des curieux. En approchant de son logis, Catherine faisait des vœux pour qu'Ermengarde seule se trouvât dans la maison. Elle craignait les yeux aigus, si malveillants, de la jeune Vaugrigneuse. Et surtout, elle aspirait à se retrouver seule avec son amie dont elle avait appris, peu à peu, à priser les conseils. La maison lui parut étrangement silencieuse. Dans le vestibule, elle croisa une servante qui portait un plat de choux fumants. La fille lui adressa une rapide révérence et un regard que Catherine jugea inquiet sans se donner la peine de chercher à comprendre pourquoi. Sans doute était-elle d'un naturel peureux et facilement impressionnable... Haussant les épaules, elle releva sa robe à deux mains et grimpa alertement l'escalier sombre et raide. Sur le petit palier de l'étage, un rayon de soleil traversait le vitrail d'une étroite fenêtre en ogive, répandant sur le dallage blanc une large tache écarlate, lumineuse, qui mettait comme une touche de vie dans tout ce silence. On percevait seulement, venant du rez-de-chaussée, où le lainier et sa famille devaient être à dîner, un vague murmure de conversations, mais à l'étage, il n'y avait pas de bruit.

Persuadée qu'aucune des autres dames d'honneur n'était là, Catherine poussa le vantail de chêne qui fermait sa chambre et entra. La pièce, en effet, était vide à l'exception de Garin. Il se tenait debout devant la fenêtre face à la porte et les mains au dos.

« Comment, vous étiez là ? » fit Catherine surprise en s'avançant vers lui. Elle lui avait souri, mais à mesure qu'elle approchait, son sourire s'effaçait. Jamais encore elle n'avait vu à son époux cette expression de rage. Tous les traits de son visage en étaient bouleversés. Un tic nerveux relevait spasmodiquement le coin de ses lèvres au-dessous du bandeau noir. Pour la première fois, elle eut peur. Le visage de Garin avait quelque chose de démoniaque.

« D'où venez-vous ? » demanda-t-il.

Les paroles sifflaient entre ses dents serrées. Dans les plis de sa robe, Catherine ferma les poings pour lutter contre cette terreur insidieuse qui se glissait dans ses veines.

« Je croyais que vous le saviez, fit-elle d'une voix claire. Je viens de chez le duc.

— De chez le duc, vraiment ? »

Catherine, pensant que l'assurance était encore la meilleure méthode pour affronter un homme en colère et forte, par ailleurs, de la vérité de ses paroles, riposta avec un léger haussement d'épaules impatient :

« Demandez-le-lui. Vous verrez bien ce qu'il vous dira... »

Elle se dirigeait vers le coffre où l'on rangeait ses coiffures pour y déposer le tambourin de velours qu'elle venait d'ôter de sa tête, tournant le dos à son époux, quand un cri de douleur lui échappa. Garin l'avait saisie par les cheveux et les tirait brutalement en arrière. Catherine tomba lourdement à terre aux pieds de Garin, protégeant instinctivement son visage de son bras replié. Lâchant les cheveux, Garin saisit ce bras qu'il broya, si fort que Catherine cria de nouveau. Il penchait sur elle un visage empourpré de colère. Dans son autre main, Catherine, terrifiée, vit qu'il tenait un fouet à chiens.

« De chez le duc ? Tu viens de chez le duc, petite traînée ! Comme si toute la Cour ne t'avait pas vue entrer dans la tente de ce Montsalvy ? Comme si Luxembourg ne t'avait pas trouvée presque dans ses bras ?... Crois-tu que j'ignore que ce maudit Armagnac n'est pas rentré cette nuit à Guise ? Dans quel bouge es-tu allée te rouler avec lui, hein ? Tu ne le diras pas, bien sûr, mais moi je vais t'ôter l'envie de mentir, pour toute la vie. »

Il ne se possédait plus. Avant que Catherine, terrorisée, ait pu souffler un seul mot, le fouet s'abattait férocement sur son dos. Elle cria, se laissa choir complètement à terre, cachant sa tête sous ses bras repliés, se ramassant sur elle-même pour offrir moins de surface aux coups. Garin tapait comme un sourd, le fouet sifflait en l'air puis claquait sur le dos, les épaules ou les reins de Catherine. Elle ne criait plus, craignant d'exciter le furieux. Mais ce silence même parut porter la colère de

Garin au paroxysme. Se penchant tout à coup sur la jeune femme prostrée, il saisit le haut de sa robe, près de la nuque, tira un coup sec. La robe et la chemise se déchirèrent, dévoilant le dos et les reins de Catherine. Et le fouet siffla encore. Cette fois, il mordit la peau tendre si cruellement qu'elle se fendit. Catherine hurla, déchirée d'un trait de feu. Les coups maintenant pleuvaient comme grêle, sans que la colère de Garin tombât. La jeune femme se traînait à terre, cherchant à s'abriter derrière un meuble, le lit ou un coffre. Mais elle trouvait chaque fois devant elle Garin qui, d'un coup de pied, la rejetait au milieu de la pièce. La robe en lambeaux ne protégeait plus du tout son corps qui se tordait sous le fouet. Elle n'était plus que souffrance aiguë, animale. Comme une bête affolée, elle cherchait éperdument un abri contre cette grêle atroce et déchirante. Est-ce que Garin ne cesserait jamais de taper ? A travers le brouillard rouge flottant devant ses yeux, elle ne voyait plus qu'une forme immense et noire, un bras qui se levait encore et encore... Il soufflait comme un forgeron à son enclume ! Il allait la tuer !... Catherine ne sentait même plus couler son sang. Elle ne criait plus. La vie s'en allait d'elle... les coups ne l'atteignaient plus qu'à travers une sorte d'ouate...

Elle fit un dernier effort en voyant vaguement, devant elle, l'entrebâillement de la porte. L'atteindre !... Se couler derrière !... Echapper à la torture... Mais quelque chose vint tout à coup boucher l'orifice sauveur... quelque chose de rouge qui bougeait. Avec un petit gémissement plaintif, Catherine s'abattit sur les pieds d'Ermengarde qui entrait...

Le cri d'horreur que poussa la Grande Maîtresse atteignit la malheureuse dans sa semi-inconscience.

Elle devina un secours, se cramponna aux pieds solides.

« Par les tripes du pape ! hurla Ermengarde, qui a jamais vu chose pareille ? »

Dégageant ses pieds des mains crispées de Catherine, la grosse dame lança ses deux cents livres à l'assaut de Garin. La colère et l'indignation décuplaient ses forces. D'une irrésistible poussée, elle le rejeta au fond de la chambre, arracha de ses mains le fouet taché de sang, le lança loin d'elle, puis empoignant Garin par le col de son pourpoint, elle se mit à le secouer vigoureusement en déversant sur lui une bordée d'injures que n'eût pas désavouée un soudard. Mais il n'opposait aucune résistance et se laissait entraîner, presque porter, vers le palier, comme un mannequin de son. Sa colère furieuse de tout à l'heure semblait l'avoir vidé de ses forces. Ermengarde le jeta dehors, hurla :

« Hors d'ici !... et que je ne vous y reprenne plus ! » puis referma la porte. Après quoi, elle revint s'agenouiller auprès de Catherine inerte, son large visage bouleversé de compassion. La malheureuse était dans un état pitoyable. Son corps saignant, rayé de longues traînées bleues ou noires, était à peu près nu à l'exception des quelques lambeaux de velours noir qu'elle serrait encore contre sa poitrine. Ses longs cheveux emmêlés collaient à son visage où la sueur et les larmes se mêlaient. La main blanche d'Ermengarde les rejeta doucement en arrière. Elle pleurait presque.

« Dans quel état, doux Jésus !... dans quel état il vous a mise cette brute, mon pauvre agneau !... Je vais vous porter sur le lit, accrochez-vous à mon cou... »

Catherine leva les bras pour les nouer au cou de la comtesse mais son épaule déchirée lui fit si mal que, cette fois, avec un dernier cri, elle s'évanouit tout à fait.

QUAND elle reprit connaissance, elle était couchée, incapable de bouger tant elle était empaquetée de pansements, et la nuit était venue. En ouvrant les yeux, elle vit Sara, assise au coin de la cheminée en train de faire cuire quelque chose dans une petite marmite. Cette vision la ramena plusieurs années en arrière. Combien de fois, en s'éveillant dans la masure de Barnabé, à la Cour des Miracles, avait-elle trouvé Sara assise ainsi au coin du feu avec cette expression attentive sur son beau visage ? Le souvenir d'enfance qui revenait ainsi lui fit du bien. Elle voulut remuer un bras pour repousser les couvertures remontées jusqu'à ses yeux. Son bras pesait comme du plomb et son épaule lui fit si mal qu'elle ne put retenir un gémissement. Aussitôt, la masse imposante d'Ermengarde se glissa entre le lit et le feu. La comtesse se pencha sur le lit, posa une main fraîche, étrangement douce, sur le front brûlant.

« Vous souffrez, mon petit ? »

Catherine se força à sourire, mais cela aussi fut douloureux. Il n'y avait pas un muscle, en elle, pas une fibre de chair, si minime fût-elle, qui ne lui fît un mal affreux.

« J'ai chaud, soupira-t-elle, et tout mon corps me fait mal. C'est comme si j'étais couchée sur des épines. Tout me brûle !... »

Ermengarde hocha la tête, s'écarta pour faire place à Sara qui approchait et se penchait à son tour sur le lit. Le visage de la tzigane avait une expression farouche et sévère.

« Cette brute t'aurait tuée, mon ange, si dame

Ermengarde n'était arrivée à temps ! Je me doutais bien que quelque chose se préparait quand je l'ai vu arriver, ce matin. Il avait un visage terrible...

— Où étais-tu quand je suis rentrée ? » demanda Catherine d'une voix faible.

Ce fut Ermengarde qui répondit.

« Il l'avait enfermée dans l'appentis, sous l'escalier. C'est là que je l'ai trouvée en arrivant. Elle entendait vos cris et faisait un vacarme de tous les diables pour qu'on la délivre. Les gens de la maison n'osaient le faire. Garin les avait menacés de les faire jeter au cachot s'ils bougeaient seulement le petit doigt. Quand je suis entrée chez eux pour réclamer de la charpie et des bandes, je les ai trouvés à moitié morts de peur dans leur soupe aux choux.

— Et vous les avez rassurés, ces pauvres gens ?

— Jamais de la vie ! s'écria la comtesse avec un rire énorme. J'ai achevé de les terroriser en leur disant qu'il y avait une grande chance pour que le duc les fasse écorcher vifs en apprenant ce qu'ils avaient laissé faire. Du coup, ils nous ont donné leur propre chambre et je ne suis pas sûre qu'ils ne soient en train de faire leurs paquets... »

Catherine regarda plus attentivement autour d'elle. En effet, cette chambre n'était pas celle où elle était logé, jusque-là, avec Ermengarde. Celle-ci était plus grande, plus confortable et tendue de deux belles tapisseries... Elle communiquait avec une autre pièce et l'idée d'être complètement à l'abri des curiosités de Marie de Vaugrigneuse fut agréable à la malade. Tandis que Sara retournait à la cheminée pour verser dans une écuelle de faïence le contenu de sa petite marmite, Ermengarde s'établit sur le pied du lit et raconta comment Sara et elle-même avaient dû enduire complètement Catherine de baume calmant avant de l'envelopper tout entière de toile fine...

« Vous êtes écorchée, tuméfiée de partout, fit-elle avec un bon rire, mais heureusement il n'y a rien de très profond. Sara pense qu'il ne restera que de très légères traces et rien, en tout cas, au visage. Je crois, Dieu me pardonne, que votre époux a été pris d'une crise de folie. Que lui avez-vous donc fait ?... »

Ermengarde grillait de curiosité, mais Catherine se sentait faible comme un chat malade et n'avait aucune envie de raconter tout de suite les événements de la veille. Elle souleva ses mains bandées, les regarda avec une sorte de stupeur vaguement amusée. Le baume dont elle était enduite des pieds à la tête, suintait en larges taches jaunes et graisseuses à travers la toile fine des pansements. Elle avait l'impression d'être transformée en une espèce de grande poupée de chiffons. Seuls ses cheveux soigneusement nattés qui s'étalaient sur la couverture devant elle, lui paraissaient vivre et faire vraiment partie de son corps. Elle soupira. Ermengarde comprit ce que voulait dire ce soupir.

« Vous avez raison, taisez-vous ! Vous êtes trop lasse maintenant, vous me direz plus tard... »

Par contre, étant indemne, la comtesse se mit à bavarder avec animation. Garin n'avait pas osé reparaître, mais son ami Nicolas Rolin était venu tout à l'heure prendre des nouvelles. Ermengarde l'avait reçu fraîchement en lui déclarant qu'elle se chargeait de veiller jusqu'à nouvel ordre sur la dame de Brasey et que moins elle entendrait parler de Garin ou de ses amis et plus elle serait contente. Rolin était parti sans demander son reste. La gardienne de Catherine avait dit quelque chose d'analogue, mais sur un ton plus affable, au page de Monseigneur quand il s'était présenté, une demi-heure plus tôt.

Catherine haussa les sourcils sous son masque de pansements.

« Le duc a envoyé un page ?

— Oui, le jeune de Lannoy, son page favori. J'ai cru comprendre que Son Altesse espérait votre compagnie pour ce soir. Naturellement, je vous ai excusée.

— Qu'avez-vous dit, ma chère Ermengarde ?

— La vérité, tout simplement. J'ai dit que votre gracieux époux vous avait battue comme plâtre et que vous étiez à moitié morte. Cela vaudra à ce sauvage de Garin une mercuriale dont il se souviendra longtemps et qui lui ôtera probablement l'envie de recommencer.

— Miséricorde ! gémit la jeune femme accablée. Mais toute la ville va se moquer de moi ! Je n'oserai plus regarder quiconque en face quand on saura que j'ai été fouettée comme une esclave.

— Le petit Lannoy est gentilhomme, ma chère. Il sait que ce qu'on lui confie pour les oreilles de son maître n'a rien à faire dans celles des autres. Il ne soufflera mot ! J'ajoute qu'il était sincèrement indigné. Ce gamin vous admire beaucoup, ma belle... Il serait même un peu amoureux de vous que cela ne m'étonnerait pas. Mais buvez donc ceci. »

Sara, en effet, apportait un bol de verveine dans lequel elle avait mélangé un certain nombre d'herbes mystérieuses. Avec bien de la peine, et l'aide d'Ermengarde, Catherine parvint à s'asseoir dans son lit. Le breuvage avait une saveur un peu acide qui n'était pas désagréable. C'était surtout chaud et réconfortant.

« J'ai mis une herbe qui te fera dormir, fit Sara. Quand on dort la douleur, elle aussi, s'assoupit... »

Catherine n'eut pas le temps de répondre. La porte de la chambre venait de s'ouvrir sous la main d'un homme vêtu et masqué de noir dont l'apparition fit sursauter les trois femmes. Il s'encadrait dans le chambranle de la porte sans plus bouger qu'une statue mais, à travers les trous du masque, on pouvait voir briller des yeux gris.

« Qui êtes-vous ? s'écria Ermengarde tout de suite sur la défensive. Et que voulez-vous ? »

Elle se plia aussitôt en une profonde révérence car l'arrivant venait d'ôter son masque. C'était le duc Philippe. Mais son geste avait dû être machinal car, apparemment hypnotisé par le spectacle étalé sous ses yeux, Philippe était l'image même de la stupeur.

« Est-ce bien vous, Catherine ? s'exclama-t-il avec une nuance d'incrédulité. Ce n'est pas possible ! »

Sous ses pansements, la jeune femme se mit à rire. Elle imaginait sans peine l'effet produit sur Philippe, si épris de beauté, par son amas de pansements. Il était accouru, pensant trouver une jeune femme dolente, un peu meurtrie, mais certainement pas dans un tel état ! Peut-être le jeune Lannoy n'avait-il pas répété les termes exacts employés par la comtesse car, toujours au seuil, le duc balbutia :

« C'est à ce point ?

— C'est encore pire, monseigneur ! fit Ermengarde remontée des profondeurs de sa révérence. Dame Catherine est bleue ou noire des pieds à la tête, plus un bon nombre d'écorchures. Elle souffre beaucoup... et parler lui est pénible. »

Philippe serra les poings, jura qu'il allait faire jeter Garin dans une basse-fosse, le livrer au bourreau. Il lançait feu et flammes et, en même temps, sous le coup de l'émotion, de grosses larmes couvraient ses joues. Ermengarde, habituée, n'y prit pas garde, mais Catherine regardait avec curiosité pleurer le duc. La comtesse finit par le calmer en lui faisant remarquer que, seule, Mme de Brazey pouvait porter plainte et que, si Garin était un époux brutal, c'était un excellent serviteur... Philippe voulut bien se laisser convaincre de ne pas déclencher un scandale en faisant arrêter Garin. Il vint s'asseoir sur le bord du lit, prit l'une des mains enveloppées de bandages avec d'infinies précautions.

« Je suis désespéré, mon cœur, de vous voir en cet état ! Moi qui vous attendais le cœur tout plein de vous... Il faut vous soigner et vous bien soigner... »

Il se tourna vers Ermengarde et ajouta :

« Ma mère vous réclame, je crois, madame de Châteauvillain ?

— En effet, monseigneur. Mme la duchesse est souffrante. Son état semble s'aggraver et elle souhaite mon retour.

— Retardez de quelques jours ce retour et emmenez avec vous Mme de Brazey que je désire éloigner quelque temps de son époux. A Dijon, elle se remettra mieux et, sous votre garde, je serai tranquille pour elle. Puis-je vous la confier ? Elle m'est... infiniment précieuse !

— C'est un honneur, monseigneur », fit la comtesse avec un nouveau salut.

Catherine ne pouvait faire moins que remercier Philippe de sa sollicitude. L'idée de repartir avec Ermengarde lui souriait ; elle était heureuse de s'éloigner de Garin... et aussi heureuse de quitter Philippe. Au moins, elle allait avoir quelque répit pour penser à elle-même et à ses propres problèmes. Tandis que Philippe, de plus en plus ému par son lamentable état, prenait congé d'elle avec force soupirs et de nouvelles larmes, elle sentit tout à coup qu'elle pardonnait à Garin la formidable raclée qu'il lui avait administrée puisque, grâce à elle, l'échéance si redoutable s'écartait encore une fois... et pour un temps indéterminé. Ce ne serait pas encore cette nuit qu'elle deviendrait la maîtresse de Philippe ! Elle était libre de remporter, à moitié brisé mais vierge, ce corps qu'elle aurait tant voulu réserver à l'homme qu'elle aimait.

Pourtant, si elle pardonnait, elle ne comprenait pas. Pourquoi Garin l'avait-il à moitié tuée parce qu'il l'avait crue, toute cette nuit, auprès d'un autre homme ? Il ne l'aimait pas, il ne la désirait pas et même il la destinait à Philippe. Alors ?

Finalement, Catherine abandonna la question. Elle souffrait trop de sa tête et de tout son corps. Et puis la drogue calmante de Sara commençait à faire son effet. Philippe n'avait pas quitté la chambre depuis cinq minutes, reconduit par Ermengarde jusqu'à la porte de la rue, qu'elle succombait au sommeil. Sara était retournée s'asseoir au coin de l'âtre. Ses yeux noirs fixaient les flammes comme pour y lire d'invisibles choses. La rue était silencieuse. On entendait seulement le pas du cheval de Philippe qui s'éloignait...

CHAPITRE II

LA MISSION DE JACQUES DE ROUSSAY

On quitta Arras quelques jours plus tard. Catherine était loin d'être remise, mais elle ne voulait pas retarder outre mesure son amie Ermengarde. De plus, elle avait hâte de rentrer chez elle et de s'éloigner, le plus vite possible, de cette cité dont elle ne conservait pas un souvenir excellent. Grâce aux soins vigilants de Sara et de la comtesse, aux nombreux baumes dont elles avaient enduit, deux fois par jour, ses blessures, la jeune femme avait vu s'alléger considérablement l'épaisseur des pansements. Le jour du départ, elle n'en conservait plus que trois ou quatre, un à l'épaule, deux aux cuisses et un emplâtre sur les reins. Du reste, Sara disait que le grand air activerait la guérison. Le matin du départ, elle s'était contentée d'habiller chaudement sa maîtresse car, bien que l'on atteignît les premiers jours de mai, le temps demeurait frais. Elle lui avait passé des gants doublés de peau fine, dont l'intérieur était oint d'une huile adoucissante, et pour cacher son visage où quelques ecchymoses demeuraient visibles, entre autres l'œil gauche résolument poché, elle lui avait entouré la tête d'un voile assez épais pour dérober le plus gros des dégâts.

Etant donné l'état de faiblesse de Catherine, le voyage devait se faire dans une grande litière traînée par des mules où la jeune femme pourrait voyager couchée. Ermengarde de Châteauvillain, malgré sa passion pour les chevauchées, devait la partager avec son amie pour lui tenir compagnie. Sara et les autres serviteurs suivraient à cheval. Une escorte armée était prévue, à cause des troubles des régions traversées et, lorsqu'au matin du départ, Catherine vit arriver cette escorte avec la litière qui lui était destinée, elle ne put s'empêcher de sourire. La litière était aux armes ducales et l'escorte aux ordres de Jacque de Roussay, épanoui de joie à la pensée d'une si agréable mission.

« Ce sera notre second voyage ensemble, fit-il en venant présenter ses devoirs à la jeune femme qu'à vrai dire il fut un peu étonné de trouver si bien empaqueté. Le premier fut si délicieux que celui-ci m'enchante à l'avance. »

Il avait compté sans Ermengarde qui surgissait à cet instant de sa chanmbre en achevant de mettre ses gants.

« Modérez votre enthousiasme, jeune homme ! C'est moi qui suis chargée tout spécialement de Mme de Brazey et je me sens de taille à la distraire toute seule. Veillez à vos hommes, aux logis et à la route, vous aurez bien assez à faire... »

Ainsi rabroué, le jeune homme fit le dos rond. Catherine lui tendit sa main gantée.

« Ne le rudoyez pas trop, Ermengarde ! Messire

de Roussay est mon fidèle ami et sous sa garde nous serons en sûreté. Partons-nous maintenant ? »

Tout ragaillardi, Jacques s'en alla faire boire à ses hommes le coup de l'étrier, tandis que l'on chargeait les bagages sur des mules et que les dames prenaient place dans la litière. Toutes deux, par crainte des voleurs, avaient conservé auprès d'elles leur coffret à bijoux. Celui de Catherine, qui renfermait le fameux diamant noir, représentait une fortune à lui tout seul.

La petite troupe s'ébranla vers le milieu de la matinée. Il faisait un temps un peu acide et le vent soufflait sur les plaines basses. Jacques, suivant les ordres reçus, fit un détour et prit par Cambrai au lieu de piquer droit au Sud. Il s'agissait d'éviter Péronne et le comté de Vermandois que tenaient les gens de Charles VII. Le jeune capitaine ne souhaitait pas voir tomber dans leurs mains un otage aussi précieux que Catherine...

Quoi qu'elle en eût dit, la compagnie d'Ermengarde n'était pas des plus distrayantes. A peine installée dans les coussins auprès de son amie, la comtesse, fidèle à ses habitudes, s'était profondément endormie et sa conversation, tout au long de l'étape, se borna à de vigoureux ronflements. Par contre, aux relais, dans les auberges ou les couvents où l'on s'arrêtait, elle retrouvait toute sa vitalité et son formidable appétit.

Livrée ainsi à elle-même, Catherine eut tout le temps de réfléchir aux récents événements. Elle n'avait pas revu Garin. Chaque jour, il avait fait prendre de ses nouvelles, soit par un serviteur, soit, une ou deux fois seulement, par Nicolas Rolin. Mais l'orgueilleux chancelier n'aimait guère ce genre d'ambassade qui le mettait en contact forcé avec Ermengarde, toujours aussi peu aimable.

Hormis cette prise de nouvelles quotidienne, Garin

n'avait rien fait pour tenter un rapprochement. Catherine avait appris son départ pour Gand et Bruges où il avait à faire, mais il avait quitté la ville la veille du départ de sa femme sans lui faire ses adieux. Cela n'avait d'ailleurs aucune importance pour la jeune femme qui préférait de beaucoup ne pas se retrouver trop tôt en face de son époux. Elle avait longuement cherché ce qui avait pu motiver la fureur de Garin et en était arrivée à cette conclusion qu'il craignait le déplaisir du duc lorsqu'il apprendrait la visite de Catherine au tref de Montsalvy. Il ne pouvait y avoir d'autre solution. Il était impossible d'invoquer la jalousie dans le cas de Garin.

Le voyage se poursuivit sans histoire. Il y eut, comme à l'aller, la pénible traversée de la Champagne dévastée avec ses villages morts, ses visages faméliques et les troupes de réfugiés qui, avec le peu d'objets ou d'animaux sauvés du désastre, s'acheminaient le long des routes dans l'espoir de se réfugier sur les terres de Bourgogne, à l'abri des ravages. Sur leur chemin, Catherine et Ermengarde firent la charité autant qu'elles le pouvaient, mais, parfois, le capitaine de Roussay dut intervenir pour dégager un peu rudement la litière des hordes affamées qui l'assiégeaient. Le visage si nu, si effrayant de cette misère ravageait le cœur de Catherine.

Un soir comme la petite troupe, après avoir quitté Troyes, approchait des frontières de Bourgogne, et s'apprêtait à s'arrêter pour la nuit, elle rejoignit un groupe étrange. C'était un long cortège d'hommes et de femmes au teint basané qui, de loin, pouvaient ressembler à l'exode d'un village. Mais, en approchant, on s'apercevait que ces gens avaient un aspect insolite. Les femmes avaient toutes un turban de toile dont un pan passait sous le menton, des vêtements de laine bariolée sur une chemise de lin grossier, largement échancrée. Elles portaient de petits enfants bruns, à demi nus, dans des bandes d'étoffe accrochées à leurs épaules, ou d'autres encore dans des paniers qui battaient les flancs de leurs mules. Elles avaient des colliers de piécettes, des yeux de braise et des dents éclatantes. Leurs compagnons portaient d'épaisses barbes noires qui leur mangeaient tout le visage, des chapeaux de feutre délavés, des vêtements criards et souvent troués, mais ils avaient la dague et l'épée au côté. Des chevaux, des chiens, des volailles les suivaient et ils parlaient un langage étrange. Tout en marchant, ils chantaient en chœur une bizarre mélopée lente que Catherine eut l'impression immédiate d'avoir déjà entendue... Or, tandis que, relevant d'une main les rideaux de sa litière, elle se penchait pour mieux entendre, elle vit soudain la mule de Sara passer comme une flèche auprès d'elle. Sa cavalière, cheveux au vent, les yeux étincelants, galopait vers les étranges voyageurs en poussant des cris à rompre les oreilles.

« Qu'est-ce qui lui prend ? fit Ermengarde réveillée en sursaut. Elle est folle ? Elle connaît ces gens ? »

En effet, parvenue à la hauteur de celui qui semblait le chef, Sara avait retenu sa mule et s'était mise à parler avec volubilité à cet homme, un garçon jeune, sec comme un sarment, mais dont l'allure, sous ses guenilles, était celle d'un roi. Jamais encore Catherine n'avait vu à Sara cette expression de joie. A l'ordinaire, la tzigane riait peu, parlait moins encore. Elle était active, silencieuse, efficace surtout. Elle n'aimait perdre ni son temps, ni ses paroles. Une première fois, dans la taverne de Jacquot de la Mer, Catherine avait ouvert fugitivement une fenêtre sur l'âme secrète de Sara. Cette fois, en la voyant discourir avec volubilité, le visage éclairé d'un feu intérieur intense, en face de cet homme basané, elle sentit un petit pincement au cœur.

« Peut-être connaît-elle ces gens, répondit-elle à Ermengarde. Mais je croirais plutôt que ce sont là ses frères de sang et qu'elle les a reconnus.

— Quoi ? Vous voulez dire que ces gens dépenaillés, avec leurs couteaux et leurs yeux de charbon...

— ... sont, comme Sara elle-même, des tzingaras. Je vous ai raconté, je crois, l'histoire de ma bonne et fidèle « nourrice ».

Roussay, sur un signe de Catherine, avait arrêté le cortège et chacun contemplait Sara. La tristesse montait de plus en plus dans l'âme de Catherine. Sara semblait avoir tout oublié. Elle était entièrement absorbée par ce garçon à la peau sombre. Soudain, elle se retourna, vit Catherine qui, à demi étendue dans sa litière, appuyée sur un coude, la regardait ; elle courut à elle.

« Ce sont des gens de ma race, fit-elle joyeuse, volubile, jamais je n'avais espéré en revoir et voilà que l'événement prédit autrefois arrive : les tribus se sont mises en marche pour venir jusqu'ici. Celle-ci vient, comme moi, de la Grande mer bleue. Ils ont vu le jour dans l'île de Modon, au pied du mont Gype et moi je viens de Chypre, l'île d'Aphrodite... Est-ce que ce n'est pas merveilleux ?

— Tout à fait merveilleux, coupa Ermengarde, mais devons-nous rester là encore longtemps ? »

Sara négligea de lui répondre et s'adressa à Catherine sur un ton de prière :

« Je t'en prie, accorde-moi de passer cette nuit avec eux. Ils vont camper au prochain village, là où nous devions, nous aussi, nous arrêter.

— Cela te ferait tellement plaisir ?

— Tu ne peux pas savoir... Je voudrais t'expliquer... »

Catherine, d'un geste doux, lui imposa silence et sourit.

« N'essaie pas. Je crois que je comprends. Va avec tes frères... mais ne m'oublie pas tout à fait. »

Avec une vivacité de jeune fille, Sara se pencha, effleura de ses lèvres la main de la jeune femme et s'en alla en courant rejoindre les siens. Elle avait laissé sa mule aux mains d'un soldat d'escorte. Catherine la vit marcher aux côtés du garçon basané qui réglait son pas sur le sien. On aurait dit que Sara venait de retrouver un amoureux tant ses yeux brillaient et tant son sourire était joyeux. Ermengarde, la contemplant, hocha la tête.

« Je me demande si, demain matin, elle vous reviendra. »

Catherine sursauta, regarda son amie avec effarement.

« Pourquoi ne reviendrait-elle pas ? Sa vie est avec moi, auprès de moi...

— Etait ! Jusqu'ici cette femme était une déracinée, coupée des siens, sans espoir de les retrouver jamais. Vous étiez son havre de grâce. Mais elle a retrouvé ceux de sa race... Allons, ne pleurez pas, se hâta-t-elle d'ajouter en voyant s'embuer les yeux de son amie, elle vous aime... elle vous reviendra peut-être. En attendant, allons nous mettre à l'abri. J'ai faim et il commence à pleuvoir. »

La petite caravane se remit en route vers le village dont on apercevait au bout du chemin la tour carrée et la flèche de l'église.

LES Bohémiens avaient établi leur campement dans un champ qui ouvrait derrière l'auberge où étaient descendues Ermengarde et Catherine. De la fenêtre de leur chambre commune, on dominait l'installation des errants et, après le souper, la jeune femme prit plaisir à les observer. Ils avaient allumé de grands feux sur lesquels des chaudrons avaient été posés. Les femmes, laissant les enfants gambader où bon leur semblait, s'étaient occupées à plumer les volailles et à éplucher les quelques légumes qu'on avait pu se procurer. Tous ces gens pieds nus et dépenaillés avaient une allure étrangement noble et la plupart des filles brunes étaient belles. Catherine aperçut Sara, assise sur un tronc d'arbre abattu auprès du jeune chef. On paraissait faire grand cas de la nouvelle venue qui fut servie la première après le chef. Dans le crépuscule de printemps, les cris joyeux des enfants montaient, clairs, avec des notes aiguës qui vrillaient les oreilles, mais les adultes ne faisaient que peu de bruit. Ils parlaient calmement entre eux, mangeant avec lenteur, en gens pour qui chaque bouchée est une chose sérieuse ; parfois un rire fusait jusqu'à la fenêtre de Catherine qui, en l'entendant, se sentait de brusques envies de se joindre à ce cercle enchanté. A l'angle du champ, entre trois gros arbres, une grande toile avait été tendue pour servir d'abri, pendant la nuit, aux femmes et aux enfants, Mais ceux-ci ne manifestaient aucune envie de dormir. A demi vêtus et, certains, complètement nus avec de drôles de petits ventres ronds, ils se poursuivaient entre les feux ou bien se groupaient auprès des arbres, se tenant par la main, autour d'un grand garçon qui avait sorti un luth et l'accordait. Auprès du garçon, quelques filles aux cheveux noués en nattes, agitaient impatiemment des tambourins, pressées, sans doute, de se jeter dans la danse.

Celle-ci débuta bientôt, sur un accord sauvage du musicien. Avec fougue, une douzaine de filles se lancèrent en avant, formant autour du plus grand des feux une ronde éperdue. La terre volait sous leurs agiles pieds bruns, leurs robes bariolées dansaient, tourbillonnaient autour de leurs longues jambes nues qu'elles découvraient de plus en plus haut, à mesure que le rythme se faisait plus ardent...

Le musicien pressait la cadence, les tambourins ronflaient sous les petits poings durs. Les nattes s'échevelaient sur les épaules brunes que les robes, dérangées par l'ardeur de la danse, découvraient. Quand la lune jaillit des nuages, joignant sa lumière pâle aux rougeoiements du brasier, les danseuses se déchaînèrent littéralement. Leurs pieds volaient si vite que nul ne pouvait saisir leurs mouvements. Elles ajoutaient d'autres flammes, vivantes et couronnées de nuit, à celles du bûcher. Elles se cambraient, se courbaient et se tordaient au milieu d'un cercle de regards scintillants qu'elles semblaient fasciner. Quant à Catherine, la splendeur sauvage du spectacle la captivait. Ces filles brunes, dansant dans le rayon de lune, n'étaient-elles pas les prêtresses d'un culte mystérieux ? Leurs visages aux yeux clos se levaient, offerts à la lumière argentée qui les inondait... La fièvre montait dans le cercle bohémien, le claquement des mains scandait la danse frénétique. Quelques villageois s'étaient approchés, assez craintivement, pour regarder. Ils se tenaient à l'ombre des murs de l'auberge et Catherine pouvait voir leurs visages à la fois avides et méfiants, juste sous sa fenêtre. Soudain, dominant le tintamarre enragé des tambourins et des claquements de mains, surmontant même la mélodie bizarre du luth, une voix s'éleva, chaude, ardente. Les paroles inconnues lui conféraient une puissance envoûtante que Catherine connaissait bien.

« Qu'est-ce que cela ? souffla Ermengarde qui s'était approchée derrière son amie.

— Sara ! Elle chante !

— J'entends bien... mais quelle voix extraordinaire ! C'est étrange... et magnifique ! »

Jamais Sara n'avait chanté comme ce soir. Dans la taverne enfumée de Jacquot de la Mer, elle chantait sa nostalgie, ses regrets. Cette fois, toute la joie violente de la vie libre, des espaces infinis, des folles chevauchées passait dans son chant. De son observatoire, Catherine pouvait la voir, assise, les mains nouées autour de ses genoux, lançant vers le ciel étoilé une mélodie échevelée, ponctuée de cris rauques et d'un refrain que toute la tribu reprenait en chœur. Elle se leva soudain, tendit les bras vers la grosse lune ronde, maintenant bien dégagée, comme pour la saisir. Le chant et la danse se conjuguaient, de plus en plus rapides, de plus en plus sauvages. Toute la tribu chantait maintenant et le chant déferlait sur la campagne endormie comme un roulement de tonnerre... Sur un cri aigu les danseuses, toutes en même temps, firent le même geste. Les robes tombèrent à terre libérant les minces corps bruns luisants de sueur... Il y eut de l'agitation sous la fenêtre de Catherine. Les paysannes bousculaient énergiquement leur époux qui résistaient pour les faire rentrer à la maison...

« Oh ! » avait fait Ermengarde, mi-scandalisée, mi-admirative.

Catherine s'était contentée de sourire. Elle en avait trop vu à la Cour des Miracles et dans la taverne de Jacquot de la Mer pour s'offusquer du spectacle. Elle ne trouvait rien de choquant dans la nudité de ces filles, toutes jeunes, toutes belles. Leurs formes harmonieuses avaient une grâce sauvage, une beauté de statues animées par magie. Mais les yeux des gitans brillaient comme des charbons ardents. De gros nuages s'apprêtaient à engloutir la lune, le feu n'était plus que braises rougeoyantes... L'ombre, peu à peu, allait envahir le campement. Un homme accroupi au bord du feu bondit sur l'une des filles, l'enleva dans ses bras et l'emporta derrière le bouquet d'arbres. Un autre fit de même, puis un autre... Sara chantait toujours mais la nuit se peuplait de soupirs. Avec décision, Ermengarde tira Catherine en arrière et ferma la fenêtre. Catherine vit qu'elle était très rouge et se mit à rire.

« Oh Ermengarde ! Vous êtes scandalisée ?

— Scandalisée, non !... mais j'aime autant ne pas avoir de cauchemars cette nuit. Un tel spectacle n'est bon ni pour une femme de mon âge... ni pour une femme du vôtre quand son mari est au loin. »

Catherine ne répliqua pas. Elle sentait que la comtesse avait raison, qu'il était plus sage de se détourner de la bacchanale nocturne. Mais, une fois au lit, elle demeura longtemps les yeux ouverts, l'oreille au guet. De temps en temps, la voix de Sara se faisait entendre, fredonnant plus qu'elle ne chantait, accompagnée par les accords légers du luth. Puis, peu à peu, tout s'éteignit.

Le premier soin de Catherine, en s'éveillant le lendemain matin, fut de courir à la fenêtre. Repoussant le volet de bois, elle se pencha au-dehors dans l'air frais. Mais une exclamation déçue lui échappa. Il n'y avait plus trace du campement des bohémiens... à part peut-être des cercles noircis dans l'herbe, là où les feux avaient flambé. Ils avaient dû partir tôt, à l'aube même, évanouis dans la lumière rose du matin comme un rêve. La campagne était paisible, sereine. La bacchanale de la nuit s'était dissipée aussi aisément que la fumée des feux. Quelqu'un sifflait sous la fenêtre de Catherine qui ouvrait sur une porte de l'écurie. Elle vit que c'était l'un des soldats d'escorte et l'appela.

« Dites à messire de Roussay que je désire lui parler. »

L'homme sourit, salua et disparut en courant à l'angle de la maison. Quelques minutes plus tard, Jacques de Roussay frappait à la porte des deux dames et, sur la permission qui lui fut accordée, entrait. Drapée dans une robe du matin, Catherine l'attendait, debout auprès de la fenêtre. Quant à Ermengarde, elle était encore couchée. Les couvertures remontées jusqu'au nez, elle regardait la scène d'un œil farouche et nettement réprobateur. Mais le jeune capitaine ne s'en inquiéta pas. L'expression tendue de Catherine le tourmentait bien davantage.

« Avez-vous vu Sara, ce matin ? demanda-t-elle sans même prendre la peine de répondre au profond salut du jeune homme.

— Je ne l'ai pas vue, mais l'un de mes hommes l'a aperçue. Il était très tôt, peu après le lever du jour. Elle est partie avec les tziganes, en croupe derrière le chef.

— Partie ?... »

Une peine profonde bouleversa soudainement la jeune femme. Une brusque envie de pleurer comme une petit fille abandonnée. Ermengarde avait eu raison. Rien n'avait plus compté pour Sara des vieux liens de tendresse en face de l'appel de la vie d'autrefois, de la tentation d'une vie errante et libre... Catherine était bien obligée d'admettre ce qu'elle avait tellement refusé de croire la veille au soir. Elle baissa la tête et Jacques put voir une larme rouler sur sa joue.

« Oh ! Vous pleurez ? s'écria-t-il bouleversé.

— Oui... mais cela passera. Je vous remercie, mon ami. Nous partirons dans l'heure. Veillez à ce que tout soit prêt. »

Elle se détournait vers la fenêtre pour lui dérober

ses larmes et, intimidé, il n'osa pas risquer une consolation. Du fond de son lit, Ermengarde haussa les épaules, fit signe à Jacques de s'éloigner. Quand il eut refermé la porte derrière lui, elle sortit de son lit et, sur ses pieds nus, trotta jusqu'auprès de Catherine qu'elle enveloppa tendrement de ses deux bras.

« Venez pleurer avec votre vieille amie, mon petit... Je ne pensais pas, hier au soir, avoir vu si juste ! Il ne faut pas croire que cette Sara ne vous aimait pas. Mais, voyez-vous, elle est de la race des oiseaux migrateurs. Ils ne savent pas résister à certains signes. Ils s'en vont... mais ils reviennent. »

Catherine secoua la tête, réprimant un sanglot.

« Elle ne reviendra pas ! Elle a retrouvé les siens, son élément... mais ce qui me fait le plus mal, c'est qu'elle soit partie ainsi... sans même un adieu.

— Elle a peut-être eu peur qu'un adieu lui rendît le départ impossible... Habillez-vous, Catherine, et allons-nous-en ! Il fait trop triste ici !... »

Une heure plus tard, la litière emportant les deux femmes s'ébranlait. Le soleil était déjà haut dans le ciel. Jacques de Roussay caracolait à la portière sans oser même regarder Catherine. Elle portait si souvent à ses yeux son mouchoir de dentelle ! Le jeune homme se sentait malheureux d'être tellement impuissant devant ce chagrin. On poursuivit la route en silence. Vers le milieu du jour, les frontières de Bourgogne furent franchies sans que l'on ait trouvé trace de Sara et de la troupe de Bohême. Il semblait qu'ils se fussent tous dissous dans les brouillards matinaux.

CATHERINE éprouva une vraie satisfaction à retrouver sa maison de la rue de la Parcheminerie et Abou-al-Khayr, toujours aussi affairé mais toujours aussi amical. Le petit médecin ne quittait guère son laboratoire où, grâce à la générosité de Garin, il avait tout ce dont il pouvait avoir besoin pour ses expériences. Continuellement, des courriers de Bruges ou de Venise lui apportaient des plantes, des herbes, des métaux et des épices dont il composait baumes et médicaments. Le retour de Catherine sous un voile et des bandages l'offusqua comme une atteinte à une œuvre d'art. Il entra dans une telle colère qu'elle n'osa pas lui avouer que Garin était l'auteur du chef-d'œuvre. Elle ne voulait pas entamer la reconnaissance et l'estime sincères que le médecin maure portait à son hôte. Elle lui raconta une fumeuse histoire de chute de cheval dans un fourré particulièrement épineux, dont Abou-al-Khayr ne fut aucunement dupe, mais qu'il fit semblant de croire par courtoisie.

Il exigea pourtant de se rendre compte de l'étendue des dégâts malgré la résistance choquée de Catherine et l'examina soigneusement, sur toutes les coutures, mais sans se livrer à aucun commentaire, ce qui soulagea grandement la jeune femme. Pourtant en passant un doigt soigneux le long du dos meurtri, il se permit une remarque :

« Curieux, l'effet de ces épines... ! Il faudra que je me rende tout exprès dans le nord pour les examiner de près... » fit-il avec un brin d'ironie et tant de bonhomie que Catherine se contenta de sourire sans répondre.

Par contre, il loua grandement l'emploi qu'avait fait Sara de son baume de Matarea, souverain pour toutes les blessures, se contentant seulement de préconiser, pour le visage, une pâte composée d'amandes douces, de bulbe d'iris du Levant, d'eau de rose, de myrrhe, de camphre et de graisse fine de porc, dont il lui remit un plein pot avec ordre de s'en servir matin et soir.

Il essaya, de même, d'adoucir la cuisante blessure laissée par le départ de Sara. Catherine ne parvenait pas à s'y faire. Elle souffrait de cet abandon brutal comme d'une injure et, peu à peu, la colère l'emportait sur le chagrin. Depuis la fuite de Sara, une transformation s'opérait dans l'esprit de la jeune femme, une transformation en forme de révolte. Elle en avait plus qu'assez d'être le jouet que ballottent les événements. Il semblait que chacun prît à tâche de se servir d'elle, d'en user à son bon plaisir sans même lui demander si cela lui convenait. Philippe d'abord, qui s'arrogeait le droit de la marier contre sa volonté afin de pouvoir plus aisément se l'approprier. Garin, ensuite, qui l'épousait sans en faire sa femme et sans même se donner la peine d'expliquer les raisons de son attitude. Auprès de lui, Catherine en arrivait à ne plus bien savoir si elle était un objet d'art que l'on pare et que l'on expose ou une sorte d'esclave sur qui l'on a plein droit de vie et de mort. Et, depuis la terrible correction qu'il lui avait infligée, elle penchait sérieusement pour cette dernière hypothèse car, sans l'arrivée opportune d'Ermengarde, il la tuait ou l'estropiait à jamais sans la moindre hésitation. Que dire d'Arnaud qui l'attirait et la repoussait suivant son humeur changeante ? Celui-là abusait de l'amour immense de Catherine pour l'accabler de son mépris, se permettre de juger sa vie, sa conduite et même ses relations, tout en affectant de la traiter en créature inférieure. Et maintenant Sara, Sara qui avait toute sa confiance, qui était son amie et qui, sans un mot, sans un adieu, la quittait pour suivre une troupe errante qu'elle n'avait jamais vue, mais qui était de son sang !

La fuite de Sara était la goutte d'eau qui fait déborder le vase. Catherine décida que le temps des concessions et des têtes courbées était terminé et que, désormais, elle conduirait elle-même son destin, comme bon lui semblerait, sans s'inquiéter de plaire ou de déplaire à qui que ce soit. Puisque tous les autres considéraient qu'ils avaient droit, vis-à-vis d'elle, à une pleine liberté d'action, il n'y avait aucune raison pour qu'elle n'agît pas de la même façon...

Abou-al-Khayr avait suivi sur le visage mobile de Catherine le cheminement de sa pensée depuis le moment où il avait prononcé le nom de Sara. Tout en refaisant le pansement de sa main droite, il lui sourit et dit :

« Ton grand malheur est de trop croire aux choses et aux gens. La vie est une bataille où toutes les armes sont bonnes, une profonde forêt où le plus fort égorge le plus faible afin de se nourrir de sa chair.

— Je gage, fit Catherine avec un sourire en coin, qu'il y a dans votre pays un poète ou un philosophe qui a dit quelque chose là-dessus ?

— Il y en a beaucoup, c'est le fond de la philosophie la plus amère. Mais nous avons, en effet, un poète qui a dit :

Dans cette parade de foire, un ami ne le cherche pas,
Ecoute ma parole, un refuge ne le cherche pas,
Accepte la douleur, un remède ne le cherche pas,
Vis joyeux dans les malheurs sans attendre qui te
[*plaigne...*

— C'est beau ! fit Catherine songeuse. De qui est-ce ? Hafiz encore ?

— Non. Omar Khayyam... un ivrogne qui savait de quoi il parlait... la défection de ta servante te fait mal, mais puisque tu n'y peux rien, pourquoi te tourmenter ? La vie continue... »

En effet, la vie continuait. Catherine reprit la

sienne, partagée entre son service auprès de la duchesse-douairière, dont la santé déclinait de plus en plus, la tenue de sa maison et de nombreuses visites à sa mère et à son oncle Mathieu.

En juin, Catherine était complètement remise et ne portait plus trace de ses blessures, hormis une étroite et mince cicatrice rose sur le côté gauche du dos, assez bas, heureusement, pour ne pas déparer la splendeur de ses épaules. Mais elle n'avait aucune envie de se retrouver entre Philippe et Garin. Ils assistaient, à Troyes, au mariage de la princesse Anne et du duc de Bedford, et cette fois, sans le secours d'Ermengarde qui, pour rien au monde, n'aurait voulu quitter la duchesse-douairière gravement malade.

Après le mariage d'Anne, Marguerite de Guyenne revint auprès de sa mère tandis que Philippe accompagnait la nouvelle duchesse de Bedford à Paris où elle allait habiter le magnifique hôtel des Tournelles. Le mariage de Marguerite et de Richemont devait avoir lieu en octobre, à Dijon même. Ainsi l'avait désiré la jeune femme pour être sûre de voir sa mère y assister, même de son lit. Catherine s'en réjouissait personnellement, car elle était à peu près certaine de ne pas revoir Garin avant cette date. Philippe avait à faire à Paris et en Flandres. Il ne reviendrait que pour le mariage. Garin resterait avec lui, comme d'habitude, vraisemblablement.

Au fond, Garin et ses agissements ne tourmentaient pas tellement Catherine parce qu'elle avait autre chose à faire. Il lui laissait une paix totale et c'était tout ce qu'elle lui demandait. Par contre, Philippe, lui, ne se laissait pas oublier. Deux fois par semaine, environ, un messager couvert de poussière descendait, ou plutôt tombait de cheval, dans la cour de l'hôtel de Brazey. Il arrivait parfois que le cheval, exténué, s'abattît en même temps que son cavalier... Et, invariablement, la même cérémonie recommençait : l'envoyé mettait genou en terre, offrait d'une main une lettre, de l'autre un paquet.

Les lettres, en général, étaient courtes. Philippe le Bon n'était pas un grand épistolier. Quelques lignes tendres ou, le plus souvent, quelques vers empruntés à un poète. Mais les cadeaux étaient toujours d'une rare beauté... Les chevaucheurs du duc n'apportèrent pourtant jamais de bijoux, Philippe considérant que c'eût été offenser Catherine. Seul un mari ou un amant pouvait offrir des joyaux. Ce qu'il envoyait, c'étaient de ravissants objets d'art, statuettes d'ambre, de jade, de cristal ou d'ivoire, reliquaires d'or aux émaux merveilleux, œuvres, patientes des artisans limousins dont les couleurs concurrençaient les pierreries, ou encore des dentelles, des fourrures, des parfums, et même un automate : un jongleur vêtu de satin rouge qui lançait et rattrapait des balles dorées. En résumé, tout ce qui pouvait flatter la coquetterie d'une jolie femme ou attirer sa curiosité. Catherine acceptait tout, remerciait d'un mot gracieux... et pensait à autre chose.

Depuis quelque temps elle avait, en effet, remarqué autour d'elle une agitation insolite. Des flâneurs faisaient les cent pas dans sa rue et, chaque fois qu'elle sortait, elle était à peu près sûre de retrouver l'un de ces flâneurs sur ses talons. Ils variaient. Parfois, c'était un soldat de la garde ducale, parfois un bourgeois d'apparence innocente, parfois encore une sorte d'étudiant, ou même l'un des jeunes copistes de ses voisins parcheminiers, ou encore un moine.

Ce manège ne tarda pas à agacer, puis à irriter la jeune femme, encore qu'elle ne sût à qui attribuer cette surveillance. L'auteur le plus vraisemblable en pouvait être Garin. Qui d'autre, en effet, qu'un mari soupçonneux aurait l'idée de la faire espionner ? Supposait-il donc qu'à Dijon, dans une ville où tout le monde la connaissait, Catherine pouvait se mal conduire ? Ou bien voulait-il s'assurer qu'elle ne recevait aucun messager de Montsalvy ? De toute façon la chose était fort désagréable et Catherine regrettait de ne savoir au juste où toucher son mari pour lui dire, une bonne fois, ce qu'elle pensait de sa conduite. De même, elle hésitait à interpeller l'un de ses suiveurs pour lui demander des explications, craignant de donner dans le ridicule. Mais, à mesure que les jours passaient, l'énervement de Catherine grandissait.

Or, un après-midi où elle rentrait chez elle après avoir déjeuné avec les Champdivers, elle reconnut, sous un habit de bourgeois, l'un des soldats de la garde ducale qui l'avaient escortée depuis Arras. Malgré le vaste chapeau à bords baissés qui couvrait sa tête d'une sorte d'entonnoir, l'homme avait une figure trop caractéristique pour que la jeune femme ne l'eût pas remarquée. Il avait le nez bourgeonnant d'un grand buveur, et, surtout, sous l'œil gauche, une large tache de vin violette qui lui mangeait presque toute la joue. Il arpentait le Bourg à pas négligents lorsque Catherine, sur sa haquenée, était sortie de la rue Tâtepoire. Et, quand après avoir jeté la bride de sa monture aux mains de Tiercelin le majordome, Catherine était remontée dans sa chambre, elle avait pu voir, par la petite fenêtre de la tourelle donnant sur la rue, l'homme au chapeau en éteignoir qui arpentait ladite rue, toujours sur le même trajet. Il allait du coin de l'hôtel de Brazey jusqu'à la boutique de maître Aubin, le grand parcheminier chez qui Garin se fournissait, examinait d'un air innocent les belles peaux blanches, soigneusement préparées et ornées qui décoraient la devanture, puis repartait, pour revenir quelques instants plus tard. Songeuse, Catherine rentra chez elle, hésitant sur le parti qu'elle devait prendre. Si Sara ne l'avait pas quittée, elle l'eût envoyée directement trouver le bonhomme et, en un rien de temps, eût été renseignée. Nul ne s'entendait comme la tzingara à tirer les vers du nez des gens. Mais elle n'avait plus Sara et, une fois de plus, son absence se faisait cruellement sentir. Abou-al-Khayr était trop voyant et d'aspect trop pittoresque pour qu'on le chargeât d'une mission de ce genre et Catherine ne se voyait pas descendre dans la rue pour interroger l'espion.

L'aspect de l'homme dirigea ses soupçons vers le jeune et charmant capitaine des gardes qui se troublait si visiblement en sa présence. Elle pensa : il faut que j'en aie le cœur net !

Vers l'heure de sexte [1], elle se rendit au palais ducal pour prendre son service auprès de la duchesse Marguerite. Cette fois, un mendiant sale et déguenillé était attaché à ses pas et la suivit presque jusqu'au corps de garde, mais elle n'y prêta pas autrement attention, entra au palais sans faire mine de l'avoir vu et monta chez la duchesse. Celle-ci venait de s'endormir, après un léger repas, engourdie par la chaleur de ce jour d'été et Catherine ne trouva qu'Ermengarde qui, d'ailleurs, s'apprêtait visiblement à en faire autant. La Grande Maîtresse avait du mal à tenir les yeux ouverts.

« Si vous voulez faire un somme en notre auguste compagnie, dit-elle à Catherine, en étouffant un bâillement derrière sa belle main blanche, je n'y vois aucun inconvénient. Mais dans le cas contraire, allez donc profiter du soleil et revenez plus

1. Midi.

tard. Son Altesse dormira bien jusqu'après none [1]. »

Enchantée de l'occasion qui lui permettait de mettre tout de suite à exécution le plan préparé à l'avance et qu'elle avait espéré réaliser en sortant de son service, Catherine la remercia et la quitta en disant qu'elle irait, dans ce cas, s'installer au jardin pour s'y reposer à l'air. Elle descendit, erra un moment dans les allées pavées qui entouraient le bassin où nageaient des poissons et les arabesques de petit buis formant massif, respira, aux arceaux fleuris, les roses rouges qu'affectionnait la duchesse Marguerite, puis obliqua résolument vers les dépendances du palais où étaient logés les soldats et où le capitaine des gardes avait sa chambre.

La chaleur était intense. Des mouches et des guêpes bourdonnaient un peu partout. Appuyés sur leur lance, le casque de travers, les gardes du palais dormaient debout. Catherine parvint sans difficulté à l'escalier qui menait chez Jacques de Roussay. Il y régnait une température de four, parce que les garnitures de plomb des toitures chauffaient comme l'enfer. La jeune femme sentit la sueur couler le long de son corps, cependant à l'aise dans une légère robe de candal vert pomme rayé d'argent, d'une couleur acide et fraîche comme l'eau d'une fontaine. Ses cheveux étaient simplement roulés sur les oreilles et emprisonnés dans deux résilles d'argent retenues par un fil mince d'où pendait, au milieu du front, une perle en poire.

Dans l'escalier, un bruit de voix frappa ses oreilles et ralentit son pas. Elle reconnut celle de Jacques de Roussay. A cause de la chaleur, il avait dû laisser la porte de sa chambre ouverte.

« Laissons maintenant ceci, disait le capitaine. Je

1. Quinze heures.

vais te dicter une lettre pour Monseigneur. Voici au moins deux jours qu'elle devrait être écrite et je ne peux différer plus longtemps car un chevaucheur part ce soir pour Gand. Il est vrai qu'il y a si peu à dire ! ajouta-t-il avec un soupir. Tu y es ?

— J'y suis ! » fit une voix inconnue de Catherine. Celle-ci, poussée par une irrépressible curiosité, s'était arrêtée sur la dernière marche de l'escalier, juste avant le tournant d'où elle eût été visible. Son instinct lui disait qu'elle allait entendre des choses intéressantes.

« *Très illustre et très puissant Seigneur* », dictait Jacques, « *j'implore le pardon de Votre Altesse si mes lettres ne sont pas plus fréquentes, mais je la supplie de considérer que je n'ai, heureusement ou malheureusement, rien de bien intéressant à lui apprendre. La surveillance discrète que je fais exercer autour de la dame de Brazey...* »

— Tu y es ou bien est-ce que je dicte trop vite ? » Sur son escalier, Catherine sentit la colère chatouiller sa gorge en même temps qu'une espèce de satisfaction d'avoir deviné si juste. « C'était donc bien lui ! pensa-t-elle. Oh ! le petit misérable ! Surveillance discrète ? Vraiment ? Si toute la rue ne s'est pas aperçue qu'il me surveillait c'est que j'ai de la chance. Voyons la suite de cette belle épître ? »

— ... autour de la dame de Brazey, ânonnait l'invisible scribe.

« *... me paraît réellement sans objet. Elle mène la vie la plus régulière, la plus rangée, ne voit que sa mère, son oncle et la famille de Champdivers. Elle n'accepte ni ne lance aucune invitation et, hormis les visites aux personnes précitées, ne sort de chez* *elle que pour se rendre aux offices de l'église Notre-Dame... »*

Le capitaine en était déjà aux longues et minutieuses formules de politesse que Catherine n'était pas encore venue à bout de sa colère. Mais, peu à peu, un sourire remplaça sur ses lèvres le pli de contrariété tandis qu'une idée naissait dans sa tête. Pour une fois, elle allait s'amuser un peu.

Sans faire le moindre bruit, empêchant à deux mains la soie de sa robe de froufrouter, elle redescendit quelques marches à pas de loup quand elle entendit le secrétaire de Jacques lui demander s'il n'avait plus besoin de lui. Puis, lâchant sa robe, elle toussota et remonta l'escalier sans se presser en faisant, cette fois, autant de bruit qu'elle pouvait. Le résultat fut qu'en arrivant en vue de la porte, ouverte comme elle l'avait bien pensé, de Jacques, elle trouva le jeune homme debout dans l'encadrement.

« Vous ? s'écria-t-il en rougissant jusqu'à la racine de ses cheveux blonds en désordre. Vous, chez moi ? »

Catherine lui offrit son plus gracieux sourire et s'avança la main tendue et arrondie en col de cygne pour qu'il y posât ses lèvres.

« Pourquoi pas ? fit-elle d'un ton enjoué. Puisque vous ne venez pas me voir, il faut bien que ce soit moi qui vienne ! Savez-vous que je devrais vous en vouloir ? Nous faisons route ensemble pendant des jours, vous ne me quittez pas d'une semelle et, à peine sommes-nous arrivés, que vous disparaissez. Je ne vous vois même plus. Ce n'est pas gentil... »

Ecarlate de confusion, Jacques ne savait plus où se mettre. Derrière lui un petit clerc dont le nez imposant s'ornait de lunettes tendait le cou pour voir au-delà des larges épaules du jeune homme.

« Je ne vous dérange pas, au moins ? » ajouta

Catherine, s'avançant encore pour bien montrer qu'elle voulait entrer ; Jacques s'effaça devant elle et le petit clec se confondit en révérences, en déclarant qu'il se sauvait tout de suite.

« Vous ne me dérangez pas du tout, bredouilla enfin le pauvre capitaine. Je... je... je viens d'écrire à ma mère et le père Augustin que voilà me prête sa plume, exercice auquel je ne suis pas très fort.

— Je sais, fit Catherine avec un nouveau sourire. Vous êtes un vaillant, vous préférez l'épée. Mais c'est tout à fait charmant chez vous... tout à fait charmant ! »

En fait, il y régnait un affreux désordre. Les meubles étaient beaux et les tentures fraîches, mais des vêtements, des armes et des flacons traînaient un peu partout. Sur la table, où le clerc avait dû écrire la lettre, il y avait des papiers voisinant avec des gobelets salis et un pichet de vin dont la terre poreuse, toute embuée de gouttelettes disait qu'il était au puits peu de temps auparavant. Le lit, ouvert, n'avait pas été fait, mais Catherine détourna vertueusement son regard d'un spectacle aussi choquant. Et, malgré la petite fenêtre ouverte sur la cour des écuries, il faisait très, très chaud.

« C'est tout à fait indigne de vous ! s'écria le jeune homme qui reprenait pied. Et ma tenue...

— Laissez donc. Vous êtes très bien ainsi. Par cette chaleur... »

Le capitaine, en effet, n'était vêtu que de chausses vertes, collantes, et d'une chemise de fine toile ouverte sur sa poitrine jusqu'à la taille. Mais Catherine se dit qu'elle l'aimait mieux ainsi que sous ses uniformes de parade ou sous l'armure. Il avait dans cette tenue négligée, l'air sain et vigoureux d'un jeune paysan et, s'il sentait un peu le vin et la sueur, ce n'était pas au point que ce fût désagréable. Et, à propos de vin, Catherine avisa soudain le pichet :

« Vous devriez m'offrir à boire, fit-elle en s'asseyant sans façon sur le pied du lit. Je meurs de soif et ce qu'il y a là-dedans semble si frais...

— C'est du vin de Meursault.

— Alors, donnez-moi du vin de Meursault », fit-elle avec un irrésistible sourire. Il se hâta de s'exécuter, mit presque genou à terre pour lui offrir le gobelet plein qu'elle but à petits coups sans le quitter des yeux. Il paraissait tout à fait remis de sa surprise, mais son air émerveillé fit comprendre à la jeune femme qu'il n'arrivait pas à croire à sa chance.

« Pourquoi me regardez-vous comme cela ?

— Je n'arrive pas à réaliser que je ne rêve pas... que c'est bien vous qui êtes là, près de moi... chez moi.

— Pourquoi n'y serais-je pas ? Nous sommes si bons amis, vous et moi !... Mmmm... votre vin est délicieux ! Un peu traître, peut-être. Voilà que ma tête tourne légèrement ! Il vaut mieux que je ne reste pas ici... »

Elle se leva, mais à peine debout, poussa un petit cri en portant la main à son front, vacilla sur ses jambes.

« Mais... que m'arrive-t-il ? Mon Dieu... Je me sens toute drôle... »

Elle menaçait de tomber, mais Jacques, relevé d'un coup de rein, l'avait saisie à pleins bras, l'obligeait à se rasseoir sans pour cela la lâcher.

« Ce n'est rien, fit-il d'un ton rassurant. La chaleur... et aussi ce vin ! Il est très frais, le froid vous a surprise. Vous l'avez bu peut-être un peu vite...

— C'est que... j'avais tellement soif. Oh ! c'est affreux, j'étouffe... »

Catherine portait maintenant ses mains tremblantes à son corsage comme si la mince carapace de soie verte, déjà largement décolletée, la serrait trop. Elle fut tout de suite comprise. Jacques, n'écoutant que son désir de lui venir en aide, se mit à dénouer les lacets qui fermaient la robe, tandis que Catherine, comme si elle perdait connaissance, se renversait en arrière parmi les couvertures entassées. Ce mouvement fit jaillir hors de leur nid couleur de mer et presque sous le nez du jeune homme éperdu, d'adorables rondeurs dont le parfum monta encore plus vite que le vin de Meursault à la tête de Jacques. Le malheureux garçon perdit à cette vue le peu de raison qui lui restait. Oubliant que le malaise de Catherine l'inquiétait fort, il étreignit vigoureusement la jeune femme et se mit à couvrir de baisers sa gorge découverte en murmurant des paroles incohérentes.

Les yeux, apparemment clos, Catherine l'observait à travers ses cils et le laissa se griser d'elle quelques instants. Mais il fallait couper court à l'expérience avant qu'elle-même ne perdît la tête. Ce qui pouvait bien ne pas tarder à arriver car, après tout, Jacques était jeune, agréable sans être vraiment beau, et vigoureux comme un jeune chêne. Elle poussa un profond soupir et repoussa le jeune homme avec une vigueur qu'il eût sans doute trouvée étrange, chez une femme en faiblesse, s'il avait été de sang-froid. Mais de sang-froid, il n'était plus question. Jacques en était au délire !

Quand Catherine se redressa, il voulut la reprendre dans ses bras, mais elle l'écarta doucement, jouant artistement la confusion devant le désordre de sa toilette.

« Que m'est-il arrivé ?... Mon Dieu... je me souviens, j'ai perdu connaissance. Cette chaleur... et puis ce vin ! Pardonnez-moi, mon ami (elle appuya perfidement sur le mot ami), je me suis conduite d'une façon lamentable. Je n'ai point coutume de m'évanouir ainsi... »

Mais il n'entendait rien. A genoux devant elle, il pétrissait sa main libre dans les siennes, l'implorant du regard.

« Ne partez pas encore. Restez... Reposez-vous un moment. Si vous saviez ce que votre présence est pour moi... »

Elle dégageait malgré tout sa main, le repoussait doucement, se levait et s'avançait de quelques pas dans la chambre.

« Je sais, mon ami, je sais, fit-elle d'une voix mourante. Vous êtes le meilleur des amis. Je gage que, durant ce malaise, vous m'avez soignée avec toute l'habileté dont vous êtes capable. Car je me sens déjà mieux... »

Il était toujours à genoux auprès du lit, mais incapable de supporter l'idée qu'elle allait s'éloigner, lui échapper alors qu'il avait été si près de réaliser un rêve bien doux et déjà ancien, il se leva, vint vers elle les mains tendues.

« Vous n'allez pas partir tout de suite, fit-il avec un sourire. Vous êtes encore faible... et il fait si chaud. »

Catherine secoua la tête.

« Ne me tentez pas. Il faut que je rentre. Je ne sais même pas quelle heure il est.

— Il n'est pas tard. Buvez encore un peu de vin, proposa perfidement Jacques, cela vous remettra tout à fait. Et puis, vous ne m'avez pas encore dit ce qui me valait une si délicieuse visite. »

Catherine, qui se dirigeait vers la porte, se retourna.

« Je n'ai plus soif. Et puis votre vin est dangereux, mon cher Jacques. Quant à ce que j'avais à vous dire... »

Elle prit un temps, lui adressa un sourire moqueur, puis, quittant le ton languissant qu'elle employait depuis un moment, retrouva sa voix normale, toute chargée d'ironie pour ajouter avec la plus traîtresse douceur :

« Je voulais simplement vous fournir quelque chose à raconter à Mgr Philippe sur la dame de Brazey. Je pense que, maintenant, vous avez de quoi écrire une longue et belle lettre au duc sur la manière dont vous entendez à la fois l'amitié... et les secours à porter aux dames évanouies. A votre place, je rappellerais le père Augustin. Ou bien, préférez-vous que je l'écrive moi-même, votre lettre ? J'écris fort bien, vous savez ? Mon oncle Mathieu prétend que j'en remontrerais à un bénédictin. »

Après quoi, contente du tour qu'elle lui avait joué, elle s'enfuit vers l'escalier en éclatant d'un rire moqueur et dégringola les degrés au risque de se rompre le cou, poursuivie par les « Catherine ! Catherine ! » affolés du jeune capitaine. Mais elle ne s'arrêta pour reprendre haleine qu'une fois dans le jardin du palais.

DANS les jours qui suivirent, la Bourgogne eut besoin des forces, si chancelantes, de sa duchesse-douairière. Tandis que Philippe était occupé en Flandres, les troupes du roi Charles étendirent la guerre le long des frontières nord du duché. Les Armagnacs du bâtard de la Baume tenaient la campagne de l'Auxerrois et d'une partie de l'Avallonais. Mais, désireux d'ouvrir au roi la route de Champagne, le connétable John Stuart de Buchan et le maréchal de Séverac mirent le siège devant Cravant. Il fallait faire face au danger. Marguerite rassembla son courage, dépêcha les troupes dont elle disposait sous les ordres du maréchal de Toulongeon et adressa une lettre à son gendre Bedford pour lui demander de l'aide.

Le départ de la lettre de la duchesse pour Paris donna lieu à une scène tragique entre Marguerite et Ermengarde, scène dont Catherine fut le témoin désolé. Comme Ermengarde reprochait, avec douleur, à la malade de faire appel à l'Anglais, celle-ci tourna vers elle son visage creusé par la souffrance, se redressa sur ses oreillers avec l'aide de Catherine et tendit la main vers sa vieille amie :

« C'est la Bourgogne qui est attaquée, Ermengarde... La Bourgogne que mon fils, le duc régnant, m'a confiée... Pour la sauvegarder, pour la tenir intacte, et vivante, et sans souffrances, je serais capable de vendre mon âme au Diable et de l'appeler au secours. Si l'Anglais écarte le péril, l'Anglais qui est l'époux de ma fille, je rendrai grâce à l'Anglais. »

Puis, à bout de force, Marguerite s'était laissée retomber sur son lit. Ermengarde n'avait rien répondu. Mais pour la première fois, depuis qu'elle la connaissait, Catherine avait vu pleurer cette femme de fer, cette vivante image de la loyauté et du devoir qu'était la Grande Maîtresse.

Le 30 juillet, la bataille de Cravant eut lieu, désastreuse pour le roi de France grâce à l'aide des troupes envoyées par Bedford et que commandait Suffolk. Catherine, désespérée, avait appris le bilan de la bataille dont Nicolas Rolin, instigateur de l'appel à Bedford, vint rendre à la duchesse un compte minutieux : le connétable de Buchan avait eu un œil crevé, de nombreux morts jonchaient le champ de bataille et des prisonniers de choix avaient été faits. C'est ainsi que Catherine sut que Xaintrailles et Arnaud étaient prisonniers.

Elle n'aimait pas Nicolas Rolin, mais de cette minute elle le détesta pour la joie orgueilleuse qu'il étala, pour la louange qu'il fit, ostensible et impudente, de l'aide anglaise. Ermengarde dut quitter la chambre pour ne pas sauter à la gorge du chancelier. Quant à Catherine, la colère qu'elle en éprouva allait changer certaines choses dans son comportement et déterminer toute sa conduite des mois suivants. En outre, Nicolas Rolin fut, dès lors, rangé par elle au nombre de ses ennemis personnels.

CATHERINE, le matin, se rendait volontiers à la messe à Notre-Dame en souvenir de ses habitudes de jeune fille. Cela lui permettait aussi, après l'office, d'aller embrasser sa mère et son oncle. Elle aimait trotter par la ville, aux heures fraîches du matin, quand la grosse chaleur d'août ne pèse pas encore sur les rues. Vêtue d'une robe de toile fine, un voile léger sur la tête, un missel à la main et une servante sur ses talons, Catherine gagnait sa place dans l'église sombre et assistait à la messe avec autant de ferveur qu'elle y mettait jadis de distraction. La puissance infinie de Dieu lui semblait le seul recours pour débrouiller l'imbroglio de son cœur et, jour après jour, elle implorait du ciel l'aide dont elle avait tant besoin.

Depuis la défection de Sara, elle avait élevé au rang de première femme de chambre l'une des servantes chargées de sa toilette. Perrine était une fille de dix-huit ans, fraîche, aimable et entièrement dévouée à sa maîtresse pour laquelle elle se fût jetée dans le feu sans hésitation. Elle était simple et paisible, ne posait pas de questions et Catherine appréciait ses qualités.

Or, un matin où toutes deux occupaient leur place habituelle, non loin de la chapelle de la Vierge Noire, un moine vint s'agenouiller auprès de Catherine. Il portait un froc brun, ceint d'une grosse corde, poussiéreux, dont le capuchon, rabattu sur sa tête, cachait une partie de son visage. Le peu que l'on pouvait voir de ce visage était d'ailleurs sympathique. Tout y était rond, le nez, la bouche et même les joues bien remplies. Mais quand il releva la tête pour dévisager sa voisine, Catherine vit que le regard était étrangement vif. Il se pencha, chuchota :

« Pardonnez mon indiscrétion, mais vous êtes bien dame Catherine de Brazey ?

— C'est moi, en effet, mais... »

Le moine, rapidement, porta un doigt à ses lèvres :

« Chut !... Parlez bas ! Vous êtes celle que je cherchais. Mme de Champdivers m'envoie à vous. Je viens de Saint-Jean-de-Losne et je me serais présenté à votre hôtel si je n'avais craint la curiosité de vos serviteurs... ou même de n'être point reçu. Alors, je me suis renseigné. »

Catherine lui jeta un coup d'œil rapide.

« Avec la caution de mon amie Odette, vous n'aviez point à craindre de n'être pas reçu, mon père. Que puis-je pour vous ?

— M'accorder quelques instants d'entretien... privé.

— Vous n'aurez qu'à me suivre après l'office. D'ailleurs la messe se termine. Nulle part nous ne serons mieux que chez moi.

— C'est que... Dame Odette m'a bien recommandé d'éviter messire de Brazey.

— Mon époux est absent, vous ne le rencontrerez pas. »

La messe, en effet, tirait à sa fin. A l'autel, le prêtre se tournait vers les fidèles pour la dernière bénédiction. Quand il se fut retiré dans l'ombre du maître-autel, Catherine se leva, fit une profonde génuflexion et gagna la sortie, escortée de Perrine et du moine. Ils se retrouvèrent bientôt tous trois au grand soleil de la rue. Renonçant, pour une fois, à se rendre rue du Griffon, Catherine rentra chez elle en hâte. Elle était curieuse de savoir pour quelle raison Odette lui adressait cet étrange messager et ce qu'il pouvait avoir à lui dire.

Rentrée à l'hôtel de Brazey, elle congédia Perrine et fit venir le moine dans sa chambre.

« Voilà, fit-elle en lui désignant un siège. Nous sommes seuls, nul ne nous écoute. Vous pouvez parler en toute sécurité. Que puis-je pour vous ?

— Nous aider. Mais d'abord il me faut vous dire qui je suis. Je me nomme Etienne Charlot et, comme vous pouvez en juger à mon costume, j'appartiens à l'ordre des frères mineurs fondé par François d'Assise. Je viens du Mont Beuvray où je vis ordinairement avec quelques autres frères. »

Il raconta comment, appelé auprès du malheureux roi Charles VI sur la réputation que lui avait faite sa connaissance des simples et des plantes médicinales, il était devenu l'ami d'Odette de Champdivers, si attachée à soigner le roi fou. La « petite reine » avait apprécié le solide bon sens bourguignon de ce moine à la fois doux et énergique. Les tisanes qu'il composait avaient adouci bien souvent le sommeil du roi. A la mort du souverain, il avait regagné son Mont Beuvray, tandis qu'Odette revenait vers sa Bourgogne natale. Mais Catherine ne tarda pas à comprendre que, ce faisant, tous deux avaient un but secret : servir le roi Charles VII avec autant de dévouement qu'ils avaient servi et aimé son père.

« Nous avons pensé, l'un comme l'autre, conclut le moine, que nous serions plus utiles à notre maître chez son ennemi plutôt que dans le domaine royal à prier pour le succès de ses armes. Nous eussions, dame Odette et moi-même, trouvé aisément accueil auprès de Mgr Charles, mais nous avons choisi de revenir. La situation géographique du Mont Beuvray, dans l'enclave de Château-Chinon est, en effet, exceptionnelle. C'est une mince pièce de terre, relevant du duc Jean de Bourbon, encastrée dans les terres bourguignonnes, exactement entre le duché de Bourgogne et le comté de Nevers...

— Je vois, fit Catherine avec un sourire : un poste d'espionnage remarquable !

— Dites : un poste d'observation, corrigea frère Etienne. Surtout un point de passage excellent ! »

Catherine examinait attentivement son visiteur. Vu ainsi, dans la pleine lumière d'un rayon de soleil, il était moins jeune qu'elle n'avait cru, tout à l'heure, dans l'église obscure. Son teint était frais, son visage rond et rose avec une peau bien tendue, mais les pattes d'oie se marquaient aux yeux et la couronne de cheveux grisonnait. En tant qu'homme, il n'était pas beau, trop en courbes, mais l'intelligence que reflétait son visage plut à la jeune femme autant que la bonté de son regard. Elle interrompit avec un sourire le cours de géographie politique d'Etienne Charlot.

« Je comprends parfaitement tout ceci. Mais je ne vois pas bien quel rôle je puis jouer. »

Frère Etienne leva vers elle son regard soudain grave.

« Nous aider, je vous l'ai dit. Dame Odette prétend que vos sympathies vont au roi Charles VII... et vous êtes introduite largement à la Cour de Bourgogne. Vous pourriez être pour nous une source infiniment riche d'informations... Non, ne froncez pas les sourcils, je devine ce que vous pensez et ce que vous allez me dire. Vous n'êtes pas une espionne, c'est bien cela ?

— C'est un plaisir de vous entendre exprimer les choses aussi clairement.

— Pourtant, je vous prie de considérer ceci : la cause du roi Charles VII est légitime et juste parce qu'elle est celle de la France, alors que le duc Philippe ne craint pas de tendre sa main à l'envahisseur, dans le seul but d'accroître son pouvoir et l'étendue de ses terres. »

Ces mots-là, Catherine les connaissait bien. Si souvent Ermengarde avait exprimé une opinion semblable ! Et puis, à peu de chose près, ils étaient la copie fidèle de ceux qu'Arnaud avait jetés au visage de Philippe, à Amiens. Mais frère Etienne continuait :

« Pour une cause juste, il n'est rien d'avilissant. Celle du roi est noble entre toutes et sacrée. Il est l'oint du Seigneur. Qui le sert oblige Dieu lui-même ! Et, à l'heure du triomphe, il saura récompenser ses serviteurs fidèles... bien que, ajouta-t-il avec un bon sourire, vous ne paraissiez pas être de ceux qui attendent quelque paiement de leurs actions.

— On dit pourtant le roi Charles léger, oublieux, tout occupé de fêtes et de femmes...

— En effet et, pour ne vous rien cacher, je regrette fort de ne pouvoir vous conduire à sa Cour. Vous en feriez votre esclave. J'espère que vous pardonnerez une phrase si brutale chez un moine. Le roi est faible, c'est un fait, mais auprès de lui veille un ange. Le pouvoir, la sagesse sont aux mains d'une femme, sa belle-mère, une très grande et très noble dame : Yolande d'Aragon, reine de Sicile et de Jérusalem, comtesse d'Anjou et comtesse de Provence, la plus haute et la plus vaillante princesse de ce temps. C'est elle que je sers plus particulièrement et elle m'honore de sa confiance. Je puis vous affirmer que sa mémoire est fidèle, sa tête solide, son génie politique extrême... et qu'il fait bon la servir.

— Alors... »

La phrase commencée, Catherine s'arrêta. Une idée venait de germer dans sa tête, soudaine et brillante comme une étincelle et si séduisante qu'elle en sourit inconsciemment. Frère Etienne, impatient, se penchait vers elle :

« Alors ?

— Si je demandais, dès avant de servir, une grâce, votre reine l'accorderait-elle ?

— Pourquoi non, si la chose est possible et raisonnable ? Yolande n'a point une âme de marchande. Elle est généreuse. Demandez toujours.

— A la bataille de Cravant, plusieurs seigneurs ont été pris par le comte de Suffolk. Certains sont... de mes amis. Que le roi paie rançon pour Arnaud de Montsalvy et Jean de Xaintrailles, qu'ils soient rendus à la liberté... et vous pourrez user de moi à votre gré. Odette ne vous a pas menti : je tiens la cause royale pour juste et digne d'être défendue. »

Un éclair de joie brilla dans les yeux du moine. Il se leva, s'inclina profondément.

« Grâces vous soient rendues, madame ! Ce soir même, je partirai pour Bourges, je verrai la reine et délivrerai votre message. Ou je me trompe fort ou vous aurez satisfaction. Il se trouve que Sa Majesté prise beaucoup la bravoure et la loyauté de ces deux capitaines. J'espère vous apporter bientôt une bonne nouvelle...

— Vous me la rapporterez à Saint-Jean-de-Losne où je vais me rendre pour voir mon amie. En attendant, vous êtes mon hôte jusqu'à ce soir. Allons dîner, voulez-vous ? Nous avons encore bien des choses à nous dire... »

Tendant la main à son nouvel ami, Catherine l'entraîna vers la salle à manger où le repas de midi allait être servi.

Le soir même, frère Etienne quitta Dijon. Le lendemain, Catherine en faisait autant pour se rendre à Saint-Jean-de-Losne auprès d'Odette. La duchesse Marguerite lui avait gracieusement accordé quelques jours de vacances. Ce petit voyage de sept ou huit lieues enchantait la jeune femme comme une escapade. Laissant l'hôtel de la rue de la Parcheminerie à la garde du majordome Tiercelin, et aussi d'Abou-al-Khayr, elle partit le matin, à cheval, escortée seulement de Perrine et de deux serviteurs chargés de veiller sur les bagages. Il faisait un temps radieux. Le soleil chauffait les vastes étendues de blé prêt pour la récolte et, au souvenir de la désolation champenoise, Catherine trouvait merveilleuse cette plaine un peu morne, coupée de bois, qui menait à la Saône.

Catherine trouva Odette à la rivière. L'ancienne favorite surveillait elle-même ses servantes occupées à la lessive. Vêtue d'une robe de toile aux manches retroussées, le cou et la gorge libres, ses cheveux blonds noués lâchement par un ruban du même bleu que sa robe, Odette avait l'air d'une jeune fille, malgré ses trente ans passés. Cela tenait à la minceur de sa taille, à la vivacité de ses mouvements et à la grâce de son sourire.

Les deux jeunes femmes tombèrent dans les bras l'une de l'autre et s'embrassèrent chaleureusement.

« Quelle merveilleuse surprise ! répétait Odette sans se lasser... Comme c'est gentil à vous de venir dans mon ermitage.

— J'y songeais depuis que votre mère m'avait dit la maladie de votre fille. Mais j'ai eu hier une visite qui m'a décidée tout à fait à venir vous déranger. Un autre ermite, tout justement. »

Odette jeta un rapide coup d'œil autour d'elle et fit signe à Catherine de se taire. Puis, passant son bras sous celui de son amie, elle l'entraîna sur le chemin de sa demeure, après avoir ordonné aux servantes de continuer sans elle. Les deux jeunes femmes franchirent une poterne ouverte dans la muraille et remontèrent une courte ruelle au bout de laquelle se trouvait une porte ogivale surmontée d'un écusson, seule ouverture d'une haute tour.

« Je crains que vous ne trouviez ma maison bien austère, soupira Catherine. J'habite le châtel du capitaine de la ville qui a pris logement ailleurs, dans la grande rue. C'est froid, austère et pas très gai, mais en été, c'est acceptable. »

Les vacances de Catherine commençaient joyeusement. Odette et elle-même avaient une foule de choses à se dire, Catherine surtout, car la belle recluse de Saint-Jean-de-Losne brûlait de connaître tous les détails des fêtes auxquelles son amie avait assisté. Catherine se mit en devoir d'apaiser sa fringale. Il était minuit qu'elle parlait encore...

Le lendemain, ce fut à Odette de se raconter, plus complètement qu'elle ne l'avait fait jusque-là. Odette parla du roi Charles et de son entourage qu'elle connaissait si bien. De son côté, Catherine osa parler d'Arnaud. Odette avait souvent vu le jeune homme à la Cour, dans l'entourage du duc d'Orléans.

« Tu auras du mal à le faire revenir sur ses préventions, fit-elle à son amie. Il est entier, absolu en tout et d'un orgueil infernal. Il hait de bon cœur tout ce qui est bourguignon et si vraiment tu veux son amour, il te faudra tout quitter : mari, faveur, fortune... »

Les deux jeunes femmes avaient, en effet, décidé d'abolir le vouvoiement entre elles. Leur amitié refusait de s'encombrer plus longtemps de protocole.

« Selon toi, soupira Catherine, je ferais mieux de renoncer à lui ? Mais c'est impossible. On ne renonce pas à laisser battre librement son cœur.

— Je ne dis pas que tu devrais renoncer. Je dis que tu auras du mal, qu'il te faudra du temps... et une angélique patience. Mais je t'en crois capable. Et puis... tu es si belle, si belle qu'il aura bien de la peine à t'échapper, si difficile soit-il... »

Tout en parlant, Odette regardait Catherine, tout juste sortie de l'eau, tordre ses cheveux trempés et s'enrouler dans un grand drap blanc. Il faisait si chaud que les deux amies étaient descendues au fleuve pour s'y baigner. Sous les murs mêmes de la ville, la Saône formait une petite crique, si bien abritée par la muraille que l'on pouvait s'y baigner sans être vu par qui que ce soit, sauf de la rive d'en face. Odette et Catherine avaient nagé un long moment dans l'eau, claire et transparente à cet endroit. Puis elles étaient sorties sous la protection des herbes et des roseaux, si hauts qu'ils cachaient leur corps presque jusqu'à la hauteur du cou. Odette, déjà drapée dans une pièce d'étoffe, s'était assise sur le sable pour peigner ses cheveux, tandis que Catherine se séchait.

« Est-ce que... demanda Catherine avec une soudaine timidité, est-ce que messire de Montsalvy a beaucoup de succès auprès des femmes ? »

Odette se mit à rire de bon cœur, tant du ton timide de son amie que de la naïveté de la question.

« Beaucoup de succès ? Le terme est faible, ma mie. Tu veux dire qu'il n'y a guère de femme ou de jeune fille qui ne se soit toquée de lui. Il suffit de le regarder d'ailleurs. Je ne crois pas qu'il existe un homme plus séduisant dans toute l'Europe. Il moissonne les cœurs aussi aisément que la faux du paysan les épis de blé.

— Alors, fit Catherine, en s'efforçant d'avoir l'air détaché, je suppose qu'il a de nombreuses maîtresses... »

Un brin d'herbe entre les dents, Odette s'amusait de lire la jalousie mal cachée sur le visage mobile de Catherine. Elle rit à nouveau, attira la jeune femme auprès d'elle pour la forcer à s'asseoir.

« Que tu es sotte ! Bien sûr, Arnaud de Montsalvy n'est pas vierge, et de loin. Mais il prend les femmes comme il boit un verre de vin, quand il en a envie. Et l'envie passée, il ne s'en soucie pas plus que du gobelet vide reposé sur la table. Je ne sais pas s'il existe une femme au monde qui puisse se vanter d'avoir eu, de lui, autre chose qu'une nuit. Et j'en connais plus d'une qui a pleuré et pleure encore. Il ne s'attache jamais. Je crois qu'il méprise les femmes en bloc, hormis une seule : sa mère pour laquelle il professe une profonde et tendre admiration. Maintenant, si tu veux savoir toute ma pensée, je crois que, si une femme a une chance d'attacher enfin ce cœur insaisissable, cette femme-là n'est pas loin de moi. La difficulté sera seulement de l'obliger à en convenir... mais l'aide que tu apporteras à Yolande d'Aragon peut te servir auprès de lui. La reine de Sicile est honorée, à défaut d'amour, du profond respect et du dévouement de messire Arnaud... »

Les jours passaient ainsi, paisibles et reposants pour les deux amies. En attendant le retour de frère Etienne, elles avaient laissé la politique de côté et donnaient à l'amour la préséance dans leurs entretiens. Elles se levaient tard, descendaient à la rivière pour se baigner, paressaient dans l'eau avant de passer à table, faisaient une courte sieste puis retournaient se baigner à moins qu'elles ne décidassent de sortir à cheval dans la campagne. Le soir, après le souper, on écoutait les chansons d'un page ou bien les histoires d'un ménestrel de passage. Trois semaines passèrent ainsi sans autre fait saillant qu'une lettre d'Ermengarde racontant les derniers potins de la Cour, et les dernières nouvelles reçues :

« *Une chose incroyable, ma chère Catherine !* » *écrivait la Grande Maîtresse.* « *Est-ce que Monseigneur Philippe n'a pas été obligé de se rendre à Gand en toute hâte ? Une femme qui se donnait pour sa propre sœur, notre chère petite duchesse de Guyenne, y faisait scandale après avoir été reçue en princesse. En fait, il s'agissait d'une pauvre folle, une religieuse échappée d'un couvent de Cologne. Le duc l'a remise à l'évêque et il ne restera plus au digne prélat qu'à la réexpédier à son abbesse. Mais ces avatars ont retardé le voyage de Monseigneur à Paris où il doit être à l'heure qu'il est. On dit qu'il s'y emploie à se faire payer par Bedford ce qui lui restait dû sur la dot de feu-la-duchesse Michelle, dont Dieu ait l'âme. Cela donne d'assez jolis maquignonnages entre un prince français, quoi qu'il en dise, et le régent anglais, qui a déjà dû lâcher Péronne, Roye et Montdidier, plus deux mille écus, plus le château d'Andrevic... et le péage de Saint-Jean-de-Losne, ce qui devrait intéresser votre amie. Pour les trois villes, Philippe ne les tient pas encore, car il lui faudra les arracher aux troupes royales...* »

La lettre continuait longtemps sur ce ton. Ermengarde n'écrivait pas souvent, mais, lorsqu'elle prenait la plume, elle couvrait des lieues de parchemin sur sa lancée... Odette en avait écouté la lecture avec un sourire amer.

« J'admire, dit-elle, la générosité du régent qui paie ses alliés avec ce qui ne lui appartient pas. Il donne Saint-Jean-de-Losne qui est à moi et Mgr Philippe accepte. Il ne craint pas de me ruiner !

— Il ne le fera peut-être pas. Vous conserverez sans doute votre ville, Odette », dit Catherine.

Mais la jeune femme haussa les épaules avec mépris.

« Vous ne connaissez pas encore Philippe de Bourgogne. Son père m'avait fait donner cette ville parce que je lui étais utile auprès du roi Charles, mais maintenant qu'il est mort, que je ne sers plus à rien, on me reprend ce que l'on m'a donné. Philippe est comme son père, ma chère amie. Rapace sous des dehors fastueux. Il ne donne qu'à bon escient et contre valeurs sûres...

— Il y a moi, riposta Catherine. Philippe prétend m'aimer. Il faudra bien qu'il m'entende... »

Le soir même, frère Etienne Charlot se présenta au pont-levis et demanda à être reçu. Il était absolument gris de poussière, et dans leurs sandales, ses pieds noircis montraient plus d'une égratignure. Mais son sourire était rayonnant.

« Vous me voyez si heureux de vous trouver réunies, dit-il en saluant les deux femmes. La paix soit avec vous !

— Et avec vous aussi, frère Etienne, répondit Odette. Quelles nouvelles nous apportez-vous ? Mais d'abord asseyez-vous. Je vais vous faire apporter des rafraîchissements.

— Ce ne sera pas de refus. La route est longue depuis Bourges et peu sûre à cette heure. Un capitaine d'aventures bourguignon, Perrinet Gressard, tient la campagne et marche sur La Charité-sur-Loire... J'ai eu bien du mal à lui échapper. Mais les nouvelles que je rapporte sont bonnes, excellentes même pour Mme de Brazey. Le roi a payé rançon pour messire Jean Poton de Xaintrailles et pour le seigneur de Montsalvy qui, à cette heure, doivent avoir repris leur poste en Vermandois. Mais quelles sont vos nouvelles à vous ? »

Pour toute réponse, sans hésiter même une seconde, Catherine lui tendit la lettre d'Ermengarde. C'était le premier geste de rebellion envers Philippe de Bourgogne qu'elle accomplissait, mais sa détermination était absolue maintenant. Yolande d'Aragon, en rachetant Arnaud, s'était attaché la fidélité de Catherine.

Le cordelier parcourut rapidement le parchemin couvert de l'extravagante écriture d'Ermengarde et hocha la tête :

« Bedford fait de bien grandes concessions. Il a besoin de Philippe... autant que le roi a besoin de répit !

— Ce qui veut dire ? » demanda Catherine avec un peu d'involontaire hauteur.

Frère Etienne ne se formalisa pas du ton. Sa voix avait autant de douceur que son sourire quand il répondit :

« Que le duc Philippe a quitté Paris, qu'il marche sur Dijon à petites journées pour préparer les noces de Madame de Guyenne... et que le temps des vacances est terminé pour la femme du grand argentier de Bourgogne. »

L'allusion était plus que transparente. Catherine détourna la tête, mais sourit :

« C'est bien. Je rentrerai à Dijon demain.

— Moi, je reste, fit Odette. Si le duc veut ma ville, il faudra qu'il vienne la prendre. Encore devra-t-il faire enlever mon cadavre des décombres...

— Soyez sûre qu'il n'y manquera pas, fit le moine avec un sourire narquois. Et la Saône est si près qu'il n'aura guère de peine à s'en débarrasser. Vous ne serez jamais la plus forte. Pourquoi vous obstiner ?

— Parce que... »

Odette rougit, se mordit les lèvres et finalement éclata de rire.

« Parce qu'il est trop tôt. Vous avez raison, frère Etienne, je n'ai rien d'une héroïne épique et les grands mots ne me vont pas. Je reste simplement parce que j'attends un messager de Mgr le duc de Savoie qui ne renonce pas à réconcilier les princes ennemis. Lorsqu'il sera venu, je rentrerai moi aussi à Dijon, chez mes parents. »

Retirée dans sa chambre, Catherine passa une partie de la nuit à sa fenêtre. Il faisait un magnifique clair de lune. Sous les murs, la rivière roulait des flots couleur de mercure. Toute la plaine de Saône dormait dans la paix nocturne. Rien, si ce n'est l'aboiement lointain d'un chien et le cri d'une chouette dans un arbre ne troublait le silence, mais Catherine sentait que les minutes fugitives qu'elle vivait pour l'instant ne se reproduiraient pas avant longtemps. Venaient des jours de combat, des jours d'angoisse et de crainte. Elle était maintenant une espionne au service du roi de France. Jusqu'où donc l'amour d'Arnaud l'entraînerait-il ?

CHAPITRE III

LE RETOUR DE GARIN

GARIN DE BRAZEY rentra chez lui le jour de la Saint-Michel. Il était tôt le matin quand il sauta de cheval dans la cour de son hôtel, mais Catherine était déjà sortie, afin de se rendre à la messe. Pour une fois, elle avait abandonné Notre-Dame au profit de Saint-Michel puisque l'on célébrait ce jour-là la fête de l'Archange. Malgré l'inguérissable amour éprouvé pour Arnaud, elle n'oubliait pas Michel de Montsalvy qui avait été son premier, son plus pur amour, un amour quasi divin qui ne s'était vêtu de chair que pour le second des Montsalvy. Elle ne manquait pas, chaque 29 septembre, d'aller aux autels prier pour l'âme du jeune homme si injustement massacré et trouvait une douceur, un apaisement à sa torturante passion, en priant pour le frère bien-aimé d'Arnaud.

L'église Saint-Michel, située au bout de la ville, près

du rempart, était une assez triste bâtisse : une tour carrée sur une vieille nef, des bas-côtés de bois, grossières réparations du dernier incendie, mais Catherine trouvait que la prière y était plus facile. Suivant son habitude, elle s'y attarda un moment, avec Perrine et la matinée était déjà bien avancée quand elle rentra chez elle. L'agitation de la rue, les mules et les chevaux qui l'encombraient, les portes de l'hôtel grandes ouvertes et toute la troupe des jeunes apprentis copistes, sortis de chez les parcheminiers voisins, qui bayaient aux corneilles devant les bagages, tout cela lui apprit le retour de son époux. Elle n'en fut pas surprise car elle s'attendait chaque jour à le voir revenir. Seulement contrariée. Elle eût préféré qu'il revînt plus tard dans la journée pour avoir le temps de se mieux préparer à une entrevue dont elle ignorait le déroulement.

Dans le vestibule, elle rencontra Tiercelin qui surveillait l'entrée d'un gros coffre clouté de fer.

« Mon époux m'a-t-il demandée ? » fit-elle en ôtant le voile de ses cheveux. Le majordome salua profondément et secoua la tête.

« Pas que je sache, madame. Messire Garin est monté directement à son appartement. Je ne l'ai pas encore vu redescendre.

— Il y a longtemps qu'il est arrivé ?

— Une heure environ. Madame veut-elle que je le fasse prévenir ?

— Non, c'est inutile. Je préfère prendre le temps de changer de toilette. Messire Gàrin n'aime guère les robes trop simples... » ajouta-t-elle avec un sourire en désignant la robe de légère soie blanche qu'elle portait ce matin-là sur une sous-jupe vert feuille. Rapidement, elle escalada les marches de pierre qui menaient à sa chambre, Perrine sur les talons.

« Viens vite me changer... »

Mais, en entrant dans la chambre de Catherine, les deux femmes poussèrent un cri de saisissement. La chambre était transformée en quelque chose de magique et de démentiel, une sorte de caverne d'Ali-Baba. Tous les meubles avaient disparu sous un amoncellement prodigieux de tissus merveilleux. Ce n'étaient, sur les fauteuils, les coffres, les tabourets et les crédences que flots de brocarts de toutes couleurs, moirés d'or, givrés d'argent, brodés de pierres scintillantes, se déversant en une orgie fantastique de couleurs. Tombant du baldaquin, une cascade de blanches dentelles flamandes, de Bruges, de Malines, de Bruxelles jetait sur tant de couleur sa neigeuse avalanche. Au milieu de la pièce, un gros coffre d'argent, grand ouvert, montrait des flacons d'or, de cristal, de jade et de cornaline qui emplissaient l'air d'un grisant mélange de parfums...

Médusée, Catherine s'avança au milieu de l'extraordinaire floraison soyeuse. Perrine, elle, était restée clouée au seuil de la porte, mains jointes et bouche bée. Catherine, en se tournant vers elle, la vit soudain plonger dans une profonde révérence et comprit que Garin approchait. Quelque chose trembla en elle, mais elle fit un effort pour se dominer, avala sa salive et, serrant ses mains sur le cuir doré de son missel, fit face à la porte, bien droite, attendant.

L'instant suivant, Perrine s'était esquivée et Garin était là, sans que Catherine ait pu percevoir son pas dans la galerie. Suivant son habitude, il s'arrêta dans le cadre de la porte, regardant sa femme sans faire un seul geste. Pour une fois, il était vêtu de violet foncé que relevait à peine une mince guirlande d'argent au bord de son pourpoint et de ses manches. Tête nue, il montrait sa courte calotte de cheveux noirs, touchés d'argent vers les tempes. Il n'avait pas encore pris le temps de changer de vêtements.

Sa tunique montrait ses longues jambes musclées et ses bottes de cheval étaient couvertes de poussière. Les traits de son visage maigre étaient immobiles. Jamais il n'avait tant ressemblé à une statue. Il se contentait de regarder Catherine.

Soudain, un léger sourire vint éclairer son visage sombre. D'un geste circulaire, il désigna le délirant décor de tissus.

« Aimez-vous votre chambre ainsi ?

— C'est... c'est merveilleux. Mais, Garin, pourquoi tout cela ? »

Il quitta enfin le chambranle de la porte, s'avança lentement vers elle et posa ses mains sur les épaules de la jeune femme.

« Quelque chose me disait que je vous devais une réparation. Ceci est un tribut payé à ma victime, l'hommage que vous offre le remords... Et aussi, cela vous montrera que j'ai pensé à vous... »

Tranquillement, sans émotion apparente, il l'approchait de lui, posait un baiser sur son front puis se détournait.

« Le remords ? fit Catherine. C'est un curieux mot dans votre bouche...

— Pourquoi donc ? C'est le mot exact. Je vous ai accusée à tort et je l'ai regretté. J'ai appris, en effet, que vous aviez passé la nuit chez monseigneur... en toute tranquillité d'ailleurs. »

Le détachement du ton qu'il employait irrita la jeune femme.

« Puis-je vous demander qui vous a si bien renseigné ?

— Qui voulez-vous que ce soit, sinon le duc lui-même ? Il m'a dit qu'il vous avait offert l'hospitalité... en tout bien tout honneur. Ma colère était donc injustifiée. Je vous croyais chez un autre et, encore une fois, je vous demande pardon.

— Pourtant, on m'avait vue entrer chez cet autre, n'est-il pas vrai ? Qui vous dit que vous aviez tellement tort ? » lança nerveusement Catherine. Sa colère montait de seconde en seconde. Plus que jamais elle se sentait humiliée, ravalée au rang d'objet de luxe par ce détachement avec lequel Philippe et son argentier discutaient du marché passé entre eux. Garin se mit à rire et haussa les épaules.

« Personne, si ce n'est le bon sens... et les dernières nouvelles. Je doute que, prisonnier de vos charmes, le seigneur de Montsalvy agisse comme il le fait en ce moment.

— Que voulez-vous dire ? On m'avait dit qu'il était tombé aux mains des Anglais à la bataille de Cravant. La duchesse Marguerite nous a lu la liste des prisonniers.

— Il était captif, en effet, mais le roi Charles l'a racheté avec un autre seigneur... cet Auvergnat roux qui a un si effroyable accent. Non, je parle de son prochain mariage...

— Quoi ? »

Garin affecta de ne pas remarquer la violence avec laquelle Catherine avait jeté le mot. Il avait pris entre ses mains une pièce de satin rayé vert amande et mauve tendre qu'il faisait chatoyer dans la lumière du soleil. Sans regarder sa femme, il ajouta ignorant l'interruption :

« ... avec Isabelle de Séverac, la fille du maréchal. Cette union était, à ce que l'on dit, projetée depuis quelque temps. Les futurs époux sont fort épris l'un de l'autre..., à ce qu'il paraît. »

Catherine enfonça ses ongles dans la paume de ses mains pour ne pas se mettre à hurler. La douleur qui la traversait était atroce. Elle devait faire un effort désespéré pour ne pas laisser voir à Garin le mal qu'en quelques mots il venait de lui faire. D'une voix blanche, elle demanda :

« De qui tenez-vous ces nouvelles ? Je ne savais pas qu'en Bourgogne ou à Paris l'on s'occupait si activement de la Cour du roi Charles.

— Mon Dieu si !... Quand l'union est de cette importance. Elle intéresse toute la noblesse quand deux familles aussi anciennes et aussi fameuses s'allient. Par ailleurs, je tiens la nouvelle de notre bailli d'Amiens, Louis de Scorailles qui est parent des Montsalvy. Le mariage était prévu pour la Noël... comme fut le nôtre. Mais l'impatience des fiancés ne leur permet pas d'attendre jusque-là. Les noces doivent avoir lieu à Bourges d'ici un mois... Voilà, je pense de bonnes nouvelles aussi bien pour vous que pour moi. Quand on a de l'amitié pour quelqu'un... comme vous pour le jeune Montsalvy, on est toujours heureux de partager son bonheur. Pour moi, la nouvelle est bonne aussi, bien entendu, car elle me rassure... tout en me faisant sentir combien j'ai été injuste envers vous. M'avez-vous pardonné ? »

Il se rapprochait de sa femme et prenait sa main dans les siennes en se penchant pour scruter son visage. Catherine força ses lèvres à un pâle sourire.

« Bien sûr... je vous ai pardonné. N'en ayez pas souci. Et je vous remercie également pour toutes ces merveilles.

— J'ai pensé, fit Garin en posant un baiser léger sur la main froide qu'il tenait, que vous auriez besoin de nouvelles toilettes pour les noces qui se préparent. Faites-vous belle... très belle ! Je suis fier lorsque l'on vous admire. »

Les compliments étaient rares, venant de Garin. Catherine s'obligea à un nouveau sourire. Elle avait la mort dans l'âme, mais l'orgueil la soutenait. Pour rien au monde elle ne voulait que Garin sentît son désespoir. Peut-être parce qu'elle avait cru saisir, dans l'acuité de son regard posé sur son visage, qu'il espérait une réaction de désespoir... Pour se donner une contenance, elle se mit à examiner les dentelles qu'il avait apportées. Cela lui permettait de garder les yeux baissés. Ses yeux où elle sentait monter des larmes.

Catherine entendit Garin soupirer. Il s'éloigna vers la porte mais, avant de la franchir, se retourna et dit doucement :

« J'oubliais : Mgr le duc vous fait l'honneur de se souvenir de vous avec bonté. Il m'a chargé de vous dire qu'il serait heureux de vous rencontrer prochainement... »

Ce que sous-entendaient les paroles de Garin vint à bout de la résistance de Catherine. On ne pouvait lui faire sentir plus clairement sa lamentable condition de marchandise humaine. Qu'était-elle, simple fille de la roture, auprès d'une Isabelle de Séverac ? On pouvait marchander sa vie, faire commerce de son corps et sa pudeur... Quelle honte, quelle indignité ! Comment deux hommes pouvaient-ils agir ainsi envers une femme innocente ?

Elle tourna vers Garin un visage blanc de colère, des yeux étincelants :

« Je ne rencontrerai pas le duc, gronda-t-elle d'une voix basse et rauque. Vous et votre maître pouvez, dès maintenant, faire votre deuil des jolis projets que vous avez échafaudés. Libre à vous de n'être qu'un mari postiche, libre à vous de vous déshonorer et de vous couvrir de ridicule, mais moi qui ne suis pas noble, moi qui ne suis qu'une petite bourgeoise sans importance, je vous défends de trafiquer de moi comme d'une marchandise !... »

Brusquement, des larmes jaillirent de ses yeux, inondèrent son visage mais sa fureur ne s'en calmait pas pour autant. Saisissant à pleins bras quelques-uns des tissus jetés autour d'elle, elle les lança à terre et les piétina rageusement.

« Voilà ce que je fais de vos présents ! Je n'ai pas besoin de tissus, pas besoin de robes que je ne porterai pas. On ne me verra plus à la Cour... plus jamais ! »

Rigide, glacial, Garin assistait sans broncher à l'explosion de colère de Catherine. Il se contenta de hausser les épaules.

« Nul ne choisit son destin, ma chère... et le vôtre, à mon sens, n'est pas si misérable que vous voulez bien le dire.

— C'est votre avis, pas le mien... De quel droit m'avez-vous ôté tout ce qui fait le bonheur, la vie réelle d'une femme : l'amour, les enfants...

— Le duc vous offre l'amour...

— Un amour adultère que je refuse. Je ne l'aime pas, moi, et il ne m'aura pas. Quant à vous... allez-vous-en !... sortez d'ici ! Vous voyez bien que je ne veux plus supporter même votre vue ? Mais allez-vous-en donc ? »

Garin ouvrit la bouche pour dire quelque chose, la referma aussitôt et, avec un nouveau haussement d'épaules, sortit de la pièce dont il ferma la porte derrière lui. Alors, comme si elle n'avait attendu que ce départ pour s'abandonner à son désespoir, Catherine s'abattit à plat ventre sur son lit et se mit à sangloter éperdument. La cascade de dentelles se décrocha du baldaquin et retomba sur elle, l'ensevelissant sous un flot de mousse...

Cette fois, tout était bien fini, plus rien n'avait de sens dans cette vie stupide qu'on lui avait créée ! Arnaud marié... Arnaud perdu pour elle à tout jamais puisqu'il en aimait une autre, une autre qui était jeune, belle, digne de lui, une autre qu'il pouvait estimer, dont il serait fier d'avoir des enfants, alors qu'il n'aurait jamais que mépris pour la fille des Legoix, la femme de l'argentier parvenu et complaisant, la créature qu'il avait trouvée dans le lit même de Philippe ! Catherine se sentait abominablement seule. Elle était abandonnée au milieu d'un désert sans route tracée et sans étoiles, ne sachant plus de quel côté était le salut. Il ne lui restait plus rien... pas même l'épaule de Sara pour y cacher sa tête. Sara qui, comme tous les autres, l'avait délaissée, dédaignée, comme l'avaient dédaignée Arnaud et Garin, comme la délaisserait et l'abandonnerait Philippe lorsqu'il aurait assouvi le désir qu'il avait d'elle.

Les sanglots nerveux déchiraient sa poitrine en passant. Les larmes brûlaient tellement ses yeux qu'elle ne voyait plus clair... Elle se redressa légèrement, se trouva prise sous le réseau de dentelles et les empoigna à deux mains pour les déchirer. Puis elle se leva. La chambre parut tournoyer autour d'elle. Elle s'agrippa à une colonne du lit. C'était comme le jour où, chez l'oncle Mathieu, elle avait bu trop de vin doux. Elle avait été affreusement malade, alors, mais, sur le moment, le vin doux l'avait rendue gaie, tandis que, maintenant, elle était ivre de désespoir et de douleur... En face d'elle, sur un dressoir, il y avait un coffret en forme de châsse garnie d'émaux bleus et verts. Les mains tendues, elle se lança vers ce coffret comme vers un secours, le prit sur son cœur et se laissa tomber à terre. Dans sa poitrine son cœur battait à se rompre. Ce dernier mouvement qu'elle avait fait, avait achevé d'épuiser ses forces. Elle ouvrit le coffret, en tira un petit flacon de cristal enfermé dans un étui d'or...

Ce poison, Abou-al-Khayr le lui avait donné quand il était arrivé chez elle, comme un précieux trésor.

« Il tue instantanément, sans aucune douleur, lui avait-il dit. C'est mon chef-d'œuvre et je tiens à t'en offrir car, dans ces temps terribles où vit l'Occident, toute femme devrait avoir le moyen d'échapper à un sort effrayant qui, à tout instant, peut s'abattre sur elle. Si j'avais une épouse chérie, je lui aurais offert le flacon comme je te l'offre à toi... qui es chère à mon cœur. »

C'était la première et la seule fois que le petit médecin avait fait allusion à ses sentiments pour elle et Catherine en avait été touchée. Fière aussi, car elle connaissait les préventions qu'il nourrissait contre les femmes. Aujourd'hui, grâce à l'amitié du médecin maure, elle tenait le moyen d'échapper à un sort dont elle ne voulait plus, à un avenir qui ne l'intéressait pas. Elle tira le flacon de sa gaine d'or. Le liquide qu'il contenait était incolore, transparent comme de l'eau pure. Rapidement, la jeune femme se signa. Son regard alla chercher, au mur, le grand crucifix d'ivoire accroché entre les deux fenêtres.

« Pardonnez-moi, mon Dieu... » murmura-t-elle. Puis, elle leva la main pour porter le flacon à ses lèvres. Dans un instant tout serait fini. Ses yeux seraient clos, sa mémoire éteinte et son cœur douloureux aurait cessé de battre.

Le goulot de cristal allait toucher ses lèvres quand le flacon fut arraché de ses mains.

« Ce n'est pas pour t'en servir maintenant que je te l'avais donné, gronda Abou-al-Khayr, que Catherine n'avait pas entendu entrer. Quel danger terrible te menace ?

— Le danger de vivre ! Je n'en peux plus !

— Folle que tu es ! N'as-tu pas tout ce qu'une femme peut désirer ?

— Tout, sauf ce qui est important... sauf l'amour, sauf l'amitié. Arnaud se marie... et Sara m'a abandonnée !

— Tu as mon amitié, même si elle te semble sans valeur. Tu as une mère, une sœur, un oncle. Tu es belle, tu es jeune, tu es riche et tu te dis seule au monde, ingrate !

— Qu'est-ce que tout cela, du moment que je l'ai perdu, lui, et pour toujours ? »

Abou-al-Khayr, songeur tout à coup, fronça les sourcils, tendit une main à la jeune femme pour l'aider à se relever. Ses yeux rouges, hagards, son visage bouleversé forçaient la pitié.

« Je comprends maintenant pourquoi ton mari m'a envoyé vers toi en me disant que tu étais en danger. Viens avec moi.

— Où ?

— Viens, te dis-je. Nous n'allons pas loin, seulement chez moi. »

Le paroxysme de douleur où elle se débattait depuis le retour de Garin avait brisé chez Catherine toute résistance. Elle se laissa emmener comme une enfant, par la main.

La chambre aux griffons avait beaucoup changé depuis que le médecin maure en avait pris possession. Le faste de son décor n'était aucunement amoindri, bien au contraire : une foule de coussins, de tapis, répandus un peu partout, en faisaient une orgie de couleurs. Mais la plupart des meubles avaient disparu. Seule, une grande table basse, tenant tout le milieu, gardait un air occidental. Encore disparaissait-elle sous d'énormes livres, des paquets de plumes d'oie et des godets d'encre. Sur le manteau de la cheminée et sur des étagères, une infinité de fioles, de pots, de cornues, de bocaux s'empilait. La pièce voisine, dans le mur de laquelle Garin avait fait ouvrir une porte pour qu'elle communiquât avec la chambre, était garnie de la même façon et tout embaumée par les sacs d'épices et les paquets d'herbes dont Abou-al-Khayr avait toujours une ample provision. Elle contenait, en plus, une sorte de grand fourneau noir sur lequel bouillaient en permanence d'étranges mixtures.

Mais ce n'est pas dans cette pièce, où s'affairaient ses esclaves noirs, que le médecin fit entrer Catherine. Au contraire, il en ferma soigneusement la porte, fit asseoir la jeune femme sur un coussin auprès de la cheminée, et alla jeter une poignée de brindilles sur les braises du feu. Celui-ci se remit à brûler avec de hautes flammes claires. Sur une étagère, il prit une boîte d'étain et une paire de ciseaux, puis revint vers la jeune femme qui, les yeux perdus, regardait danser les flammes.

« Permets que je coupe une boucle de ces magnifiques cheveux », dit-il doucement.

Elle lui fit signe, sans répondre, d'agir comme bon lui semblerait. Il coupa, près de l'oreille gauche, une mèche dorée, la tint un moment entre ses doigts, le regard tourné vers les solives du plafond, récitant à mi-voix des paroles incompréhensibles. Intriguée, malgré elle, Catherine le regardait faire...

Soudain, il jeta la mèche dans le feu, ajouta une pincée de poudre prise dans la boîte d'étain. Etendant les mains vers les langues de feu qui montaient maintenant, plus hautes et plus ardentes, avec un reflet d'un bleu vert magnifique, il prononça une sorte de conjuration puis se pencha, fixant les flammes avec intensité. On n'entendait plus, dans la grande pièce calfeutrée, que le crépitement du brasier... La voix d'Abou-al-Khayr, s'éleva, prophétique, toute différente de ce qu'elle était d'habitude :

« L'esprit de Zoroastre, maître du passé et de l'avenir, me parle par les voix du feu, son divin conducteur. Ton destin, ô jeune femme, est de traverser la nuit pour aller vers le soleil, comme fait la terre notre mère. Mais la nuit est profonde et le soleil encore lointain. Pour l'atteindre — car tu l'atteindras — il te faudra plus de courage que tu n'en as encore jamais déployé. Je vois des difficultés, du sang... beaucoup de sang. Les morts jalonnent ton chemin comme les autels du feu jalonnent la montagne de Perse. Les amours aussi... mais tu passes, tu passes toujours. Tu pourras être presque reine, mais tu devras tout rejeter si tu veux vraiment saisir le bonheur... »

Catherine toussa. Les fumées sulfureuses qui s'échappaient de la cheminée l'étouffaient à moitié. A mi-voix, impressionnée, elle demanda :

« Y a-t-il vraiment un bonheur possible pour moi ?

— Le plus grand, le plus absolu mais... oh ! quelle chose étrange. Ecoute : tu toucheras enfin à ce bonheur quand tu verras flamber les fagots d'un bûcher...

— Un bûcher ?... »

Abou-al-Khayr perdit son attitude hiératique et raidie. Il essuya, du revers de sa large manche, son front en sueur.

« Je ne peux t'en dire plus. J'ai vu le soleil au-dessus d'une fournaise où brûlait une forme humaine. Tu dois être patiente et forger toi-même ton destin. La mort ne t'apporterait que le néant dont tu n'as nul besoin... »

Il alla vers la fenêtre qu'il ouvrit en grand afin de faire partir l'épaisse fumée de soufre accumulée dans la pièce. Catherine se releva et secoua machinalement sa robe froissée. Son visage demeurait tendu, son regard triste.

« Je déteste cette maison et tout ce qu'elle représente.

— Va chez ta mère quelques jours. Tiens, dans cette maison où les paysans m'avaient apporté comme un paquet ! Le temps des vendages est venu. Va rejoindre les tiens, ta mère et mon vénérable ami Mathieu pour quelques jours.

— Mon mari ne me laissera pas quitter sa maison.

— Seule, peut-être pas. Mais j'irai avec toi. Il y a longtemps que j'ai envie de voir comment se fait ici la cueillette du raisin. Nous partirons ce soir... mais auparavant, tu me rendras ce flacon que je t'ai imprudemment donné. »

Catherine hocha la tête et adressa à son étrange ami un pâle sourire.

« Inutile ! Je ne m'en servirai plus... Vous avez ma parole ! Mais je tiens à le garder. »

Dans l'après-midi, pendant que Garin s'était rendu chez Nicolas Rolin, Catherine quitta son hôtel avec Abou-al-Khayr après avoir remis à Tiercelin une lettre pour son mari. Quelques heures plus tard, tous deux arrivaient à Marsannay où Mathieu et Jacquette les accueillirent chaleureusement.

EN fait de coin tranquille pour y guérir un cœur endolori, Marsannay, durant les vendanges, n'était pas l'idéal. Du Morvan voisin, garçons et filles étaient descendus par bandes joyeuses pour aider à la récolte, comme à Gevrey, à Nuits, à Meursault, à Beaune et dans tous les villages de la Côte. Il y en avait partout, couchant dans la paille des granges ou sous tous les auvents, comme le permettait le temps encore doux. Et cela créait un continuel tintamarre de rires, de chants, de plaisanteries plus ou moins grivoises. D'un bout à l'autre de la journée, les vendangeurs ployés sous les hottes débordantes de grappes noires au grain serré, chantaient à pleine gorge :

Aller en vendanges,
Pour gagner dix sous,
Coucher sur la paille,
Ramasser des poux...

ce qui était de la fausse mauvaise humeur, car la chanson était joyeuse. Il y avait, d'ailleurs, toujours à l'arrière-plan, la voix gaillarde d'une fille ou d'un garçon pour proclamer :

Le vin est nécessaire,
Dieu ne le défend pas,
Il eût fait la vendange amère...

Mais Catherine se tenait résolument à l'écart de tout ce tohu-bohu quelque peu débraillé. Elle demeurait toute la journée dans la chambre haute de la maison, assise auprès de sa mère, filant comme autrefois ou tissant la toile en laissant, de temps en temps, son regard errer sur l'étendue rousse des vignes. Elle aimait, le matin, regarder se déchirer les écharpes de brume sous les flèches du soleil et, le soir, contempler l'incendie que le couchant allumait sur le vignoble. Celui-ci, lentement, passait de l'or au pourpre à mesure que le temps coulait.

Jacquette Legoix n'avait posé aucune question à sa fille quand elle l'avait vue arriver, pâlie et les traits tirés. Une mère devine toujours la souffrance de son enfant, même quand cette souffrance est bien cachée. Elle se contentait de dorloter Catherine comme une convalescente et jamais ne lui parlait ni de Garin, qu'elle n'aimait guère, ni de Sara qui l'avait profondément déçue. Catherine était venue chercher la paix familiale, un total dépaysement d'avec le milieu dans lequel son étrange mariage l'avait jetée, c'était cela que Jacquette s'employait à lui donner... Quant à l'oncle Mathieu et son ami arabe, on ne les voyait pas de la journée. Tant qu'il y avait au ciel un rayon de lumière, Mathieu parcourait ses vignes, manches retroussées, aidant ici et là, prêtant la main pour débarrasser une hotte ou emplir un haquet. Et Abou-al-Khayr, ses fantastiques turbans remplacés pour une fois par une calotte de laine, les pieds enfouis dans des brodequins qui l'engloutissaient jusqu'à mi-jambe et une souquenille de grosse toile passée sur ses vêtements de soie, il trottait tout le jour sur les talons de son ami, les mains au dos, l'air prodigieusement intéressé, grappillant continuellement. A la nuit close, tous deux rentraient exténués, rouges de chaleur, sales à faire frémir et heureux comme des rois.

Catherine, cependant, ne s'illusionnait guère sur le temps que durerait sa tranquillité. Que huit jours se fussent écoulés sans apporter aucune nouvelle de Dijon était déjà extraordinaire. Tôt ou tard, Garin tenterait de la ramener puisqu'elle était l'enjeu de la meilleure affaire jamais conclue par lui. Et chaque soir, lorsqu'elle se couchait, elle s'étonnait que la journée se fût écoulée sans avoir vu paraître sa silhouette sombre.

Mais ce ne fut pas Garin qui arriva le premier. Celui qui ouvrit la série des visiteurs de Marsannay fut frère Etienne. L'absence de Catherine tourmentait le cordelier. Il s'était présenté trois ou quatre fois à l'hôtel de Brazey inutilement. Sa rencontre avec Catherine, dans le jardin potager de l'oncle Mathieu ne fut pas plus fructueuse. La jeune femme lui déclara sans ambages qu'elle n'avait aucune intention de rentrer à Dijon, qu'elle ne voulait plus entendre parler de la Cour, ni du duc Philippe et encore moins de la politique. Elle en était arrivée à regretter amèrement d'avoir fait délivrer Arnaud des geôles de Suffolk puisque cela avait servi seulement à précipiter plus vite le jeune homme dans les bras d'Isabelle de Séverac. Et elle en voulait à frère Etienne d'avoir été l'instrument de cette libération, de lui avoir fait faire, somme toute, un marché de dupe.

« Je ne suis pas douée pour ce genre d'intrigues, lui dit-elle, je ne pourrais causer que des catastrophes. »

A son grand étonnement, le cordelier n'insista pas. Il se contenta de s'excuser de l'avoir dérangée, salua poliment mais, avant de s'éloigner, déclara doucement :

« Votre amie Odette va quitter, sous peu, son château de Saint-Jean que le duc lui reprend. Elle doit revenir s'installer chez sa mère et, la dernière fois que je l'ai vue, elle était bien découragée et bien triste. Dois-je lui dire, à elle comme à la reine Yolande, que son sort ne vous intéresse plus ? »

Un peu de remords se glissa dans l'âme de Catherine. Elle regretta la légèreté égoïste de ses paroles, comprit qu'elle n'avait pas le droit, pour une déception amoureuse même très cruelle, d'abandonner ceux qui avaient foi en elle.

« Ne lui dites rien, fit-elle au bout d'un moment. Ni à elle... ni à la reine. Je viens de subir un choc moral pénible et j'ai besoin de calme et de solitude pour m'en remettre. Laissez-moi un peu de temps. »

Un sourire effaça, sur le visage aimable de frère Etienne, les plis soucieux qui s'y étaient creusés.

« Je comprends, fit-il avec bonté. Pardonnez-moi d'avoir été importun... mais ne nous délaissez pas trop longtemps... »

Catherine ne voulait pas se laisser fixer une date. Elle se retrancha derrière un évasif :

« Plus tard... plus tard, je reviendrai. »

Et le frère Etienne fut bien obligé de s'en contenter.

Le lendemain, ce fut Ermengarde qui fit son entrée. Une entrée piaffante et tumulteuse comme à son habitude. Elle embrassa sans cérémonie Catherine et sa mère, complimenta l'oncle Mathieu sur la tenue de sa maison et sur sa bonne mine, visita les caves en connaisseuse, goûta le vin doux à la sortie du pressoir dans un tâte-vin grand comme une soupière et s'invita à dîner sans cérémonie.

Mais, tandis que l'oncle Mathieu et Jacquette, rouges d'orgueil d'héberger une dame de cette qualité, couraient faire préparer un festin digne d'elle, Ermengarde s'établit auprès de Catherine, sous la tonnelle couverte de vigne du jardin et entreprit de la chapitrer :

« Votre retraite champêtre est charmante, lui dit-elle, mais vous faites une sottise. Vous ne paraissez pas imaginer que, depuis votre départ, la vie au palais ducal est devenue intenable. Le duc ne décolère pas...

— Je vous arrête tout de suite, coupa Catherine. C'est lui qui vous envoie ?

— Pour qui me prenez-vous ? On ne m'envoie pas. Je m'envoie moi-même quand j'estime la chose nécessaire. Voulez-vous me dire ce que vous faites ici ? C'est charmant, les vendanges, mais cela n'a qu'un temps... Vous ne songez pas, je pense, à passer votre hiver à la campagne ?

— Pourquoi pas ? Je m'y plais mieux qu'en ville. »

Ermengarde poussa un soupir à faire crouler les murs. Elle avait rarement rencontré quelqu'un d'aussi têtu.

« J'ai cru, tout d'abord, à une manœuvre de coquetterie. Rien de plus amusant, n'est-ce pas, que faire attendre un homme surtout quand cet homme est prince ? Mais il ne faut rien exagérer. La patience n'est pas la vertu dominante de Monseigneur.

— Mais qu'il perde donc patience, c'est tout ce que je demande. Et qu'il m'oublie, qu'il m'oublie vite !

— Vous ne savez pas ce que vous dites. Quand nous avons quitté Arras, vous étiez tout près de lui céder. Et maintenant vous ne voulez plus le voir. Que s'est-il passé ? Pourquoi ne voulez-vous pas me le dire ? A moi ?

— Parce que c'est tellement stupide... j'ai peur que vous ne compreniez pas.

— D'une femme, fit Ermengarde péremptoire, je peux tout comprendre. Surtout les pires folies. Y aurait-il encore du Montsalvy là-dessous ? »

Catherine lui adressa un pauvre sourire et, pour cacher son embarras, se mit à tirailler une vrille verte qui pendait au-dessus de sa tête.

« Vous devinez toujours tout, mon amie. Il est perdu pour moi, à tout jamais... il se marie ! »

Le ton de la jeune femme était douloureux, presque tragique, et pourtant Ermengarde partit d'un véritable fou rire qui mit un bon moment à se calmer. Sous l'œil indigné de Catherine, la Grande Maîtresse aussi rouge que sa robe, les joues inondées de larmes, se tenait les côtes et s'étouffait à moitié.

« Ermengarde ! s'écria Catherine froissée. Vous rendez-vous compte que vous êtes en train de vous moquer de moi ?

— Je m'en rends parfaitement compte, ma chère ! fit celle-ci quand elle eut réussi à retrouver sa respiration. Mais c'est qu'aussi la chose est trop drôle ! C'est le mariage de notre héros qui vous a envoyée aux champs avec cette mine de petite nonne, qui vous fait ces yeux battus, ces joues pâles ? Ah çà, mais vous êtes folle ! Est-ce qu'il n'est pas normal qu'un garçon de son rang et de son nom se marie ? Il doit, à lui-même et aux siens, de continuer sa race. Il lui faut des fils, une descendance. Et qui voulez-vous qui la lui donne sinon une femme ?

— Mais moi je l'aime ! Moi je me gardais pour lui, je ne voulais que lui ! s'écria Catherine, fondant déjà en larmes qui n'émurent aucunement Ermengarde.

— Ce en quoi vous aviez grand tort ! Une femme comme vous est faite pour l'amour, je me tue à vous le dire depuis des mois. Votre Arnaud se marie ? La belle affaire ! Vous le prendrez comme amant quand cette guerre stupide sera enfin finie... et vous n'en serez pas plus malheureuse. Qu'espériez-vous donc ? L'épouser vous-même. Mais votre mari, ma mignonne est bien vivant et certainement pas décidé à défuncter avant de nombreuses années. Laissez donc le jeune Montsalvy épouser quelque petite oie blanche bien riche et bien titrée qui lui fabriquera des moutards à longueur d'années... et soyez celle qui dispense les délices des amours défendues... tellement plus excitantes que le pot-au-feu conjugal ! »

Cette étrange leçon de morale avait laissé Catherine pantoise mais à moitié consolée. La terrible Ermengarde avait une manière réaliste de voir les choses qui, non seulement ne manquait pas de charme, mais encore s'avérait étrangement efficace. Elle concluait d'ailleurs son sermon en disant :

« Ne vous condamnez pas à une vie stupide à cause d'un dadais qui prend femme, si beau soit-il. Philippe vous aime, il vous veut et il vous aura, croyez-m'en. Pourquoi ne pas essayer de prendre quelque plaisir à la chose ? Il est jeune, il est beau à sa manière, il est charmant quand il veut, il est puissant en tout cas... et aucune de ses maîtresses ne s'est jamais plainte de lui, bien au contraire. Il a toujours toutes les peines du monde à s'en débarrasser ! C'est d'ailleurs un peu pour cela que je suis venue vous voir... »

Ainsi donc, dame Ermengarde avait un but. Catherine réprima un sourire moqueur. L'art avec lequel elle avait glissé négligemment sur les derniers mots était à lui seul un chef-d'œuvre diplomatique. Sans beaucoup de peine, maintenant, Catherine parvint à savoir le fin mot de l'histoire. En fait, Ermengarde, qui « ne s'envoyait qu'elle-même », venait en messagère de la duchesse Marguerite inquiète d'avoir vu réapparaître à Dijon la dame de Presles, la maîtresse en titre de Philippe, dont elle n'ignorait pas l'ambition.

« Vous vous souvenez, je pense, de cette créature blonde qui avait si bien décoré de son écharpe ce niais de Lionel de Vendôme... précisa Ermengarde. C'est d'elle qu'il s'agit. Et la duchesse-douairière se tourmente. Cette femme s'est mis en tête d'être duchesse. Elle est intrigante, habile... et elle connaît son Philippe sur le bout du doigt. Dieu sait ce qu'elle est capable d'obtenir si vous lui laissez le champ libre ! Que cette femme, tout acquise à l'Anglais, parvienne à ses fins et nous en viendrons aux pires catastrophes. Jamais France et Bourgogne ne se rejoindront. En résumé... »

La comtesse se leva, dominant son amie de toute la moitié supérieure de son corps. Grave, soudain, elle posa sa belle main blanche sur l'épaule de la jeune femme et acheva, avec une douceur inaccoutumée :

« ... Votre duchesse vous appelle à son secours, Catherine de Brazey. Vous n'avez pas le droit de la décevoir. Elle est si malade ! »

Catherine baissa la tête sans répondre. Des sentiments confus l'agitaient. Elle comprenait maintenant qu'elle se trouvait au centre d'un inextricable écheveau d'intérêts qui allaient bien plus loin que sa jolie personne. De grands personnages, par l'entremise de ses amis de chaque jour, réclamaient son aide. C'était la reine de Sicile, par Odette et frère Etienne, la duchesse Marguerite, par la voix d'Ermengarde... et chacune parlait de devoir, de mission respectable qui, au fond se ramenaient toutes deux à la même chose : faire cesser la haine entre Philippe et le roi Charles.

L'arrivée de l'oncle Mathieu, qui accourait annoncer le dîner, la dispensa de répondre. Durant tout le repas auquel elle fit honneur avec son magnifique appétit habituel, Ermengarde s'abstint de parler politique. Par contre, elle fit l'admiration de Mathieu par ses connaissances en matière de commerce. Quand elle fut sur le point de partir, ce fut à qui la prierait de revenir bientôt.

« C'est selon... » fit-elle avec un coup d'œil significatif vers Catherine.

Celle-ci se contenta de sourire.

« Je vous promets de réfléchir, Ermengarde. »

Et, comme frère Etienne, la comtesse fut bien obligée de se satisfaire de cette demi-promesse. Mais, après son départ, Catherine resta songeuse. Les paroles d'Ermengarde, avec leur positivisme un peu brutal, traçaient en elle leur chemin. Elles conseillaient d'accepter l'amour de Philippe et, dans ce soir d'automne, si doux et si doré, qui tombait sur elle, Catherine se révoltait moins que d'habitude contre cette idée.

Pour être plus seule avec ses pensées, elle retourna au jardin. C'était, de tout le domaine, son refuge, son coin préféré. Avec sa vigne et ses bordures sages, il n'avait rien d'extraordinaire, mais le cadre de campagne qui l'entourait, lui conférait un charme profond. Près des murs relativement bas qui la séparaient du vignoble, de grands pins noirs l'abritaient sur un côté et des buissons de roses, poussés un peu à la diable, l'habillaient d'une grâce un peu sauvage. La jeune femme erra un moment près des pins où la fin du jour faisait les ombres plus denses. Sa robe balayait avec un bruit doux les premières feuilles tombées. Tête penchée, elle se dirigea vers le grand puits rond, datant des Romains à ce que l'on disait, qui tenait le milieu de l'enclos, et s'y appuya. L'exceptionnelle douceur de ce crépuscule apportait un apaisement aux profondeurs bouleversées de son être. Détendue, presque souriante, elle laissa son regard errer au-delà des murs... et soudain tressaillit : à la lisière des pierres brutes, elle venait de voir passer une plume noire qui ne pouvait appartenir qu'à une coiffure d'homme. La plume longea le mur, revint sur ses pas. Assise sur la margelle du puits et tapie contre le chèvrefeuille défleuri qui enlaçait le couronnement de fer forgé, Catherine retenait son souffle, observant ces étranges évolutions. La plume s'arrêta, parut monter. Un chaperon gris apparut, puis un front, puis deux yeux dont Catherine ne put distinguer la couleur dans la lumière pauvre. Le visiteur inconnu inspecta soigneusement le jardin sans se montrer davantage. Il ne vit pas la jeune femme que le chèvrefeuille cachait complètement. Puis la tête redescendit. Seule la plume demeura visible, glissant rapidement le long du mur.

Catherine, alors, quitta sa cachette, se précipita sur le mur, l'escalada sans peine. Certaines pierres, sous l'action des plantes grimpantes s'en détachaient. Mais, quand elle parvint au faîte, elle vit seulement une silhouette masculine, enveloppée d'un manteau sombre qui s'éloignait rapidement vers un bouquet d'arbres sous lequel un cheval attendait. Le curieux sauta en selle, piqua des deux sans se retourner vers la maison de Mathieu Gautherin et partit au galop en direction de Dijon.

Lorsqu'il eut disparu, Catherine resta un moment assise au sommet de son mur, réfléchissant. Ce visiteur prudent devait appartenir encore à la troupe de Jacques de Roussay. Le jeune capitaine des gardes, sans aucun doute sur l'ordre de son maître, continuait à la faire surveiller. On n'avait, décidément, aucune confiance en elle, en haut lieu, car cet espionnage à domicile ne pouvait venir de Garin. Elle avait reçu de lui, le matin même, une lettre brève et impersonnelle dans laquelle son époux l'informait de la date exacte du mariage princier, dans les derniers jours d'octobre, et lui annonçait qu'en son absence, il s'était permis de faire confectionner pour elle les toilettes qu'il jugeait utiles pour la circonstance. Dame Gauberte avait ses mesures, connaissait ses goûts, elle saurait travailler presque aussi bien qu'en la présence de Catherine... En résumé, une lettre fort calme et fort incolore dans laquelle rien n'indiquait que Garin vît dans l'absence de sa femme autre chose qu'une visite à sa famille. Non, Garin n'était pour rien dans la visite de ce soir...

La voix de sa mère, l'appelant du seuil de la maison, fit rentrer Catherine. Mais elle se promit bien de faire meilleure garde à l'avenir. Elle désirait demeurer encore quelques jours à Marsannay, ne fût-ce que par amour-propre, pour ne pas avoir l'air de se rendre trop vite aux raisons d'Ermengarde.

Toute la journée du lendemain, après la messe

matinale qu'elle avait coutume d'entendre dans la petite église du pays, elle s'établit au jardin avec un travail de broderie. Mais la chasuble de soie blanche destinée au curé de Marsannay n'avança guère ce jour-là parce que Catherine était plus que distraite. Sans cesse, elle levait la tête penchée sur la gerbe d'épis de blé que son aiguille traçait au fil d'or pour tenter de surprendre une ombre sur le mur ou le rapide passage d'une mince plume. En pure perte. Rien ne vint troubler, sinon le chant lointain des vendangeurs, la paix profonde de cette journée d'automne, que Catherine, inconsciemment peut-être, savourait par toutes les fibres de son être. L'automne bourguignon, l'un des plus beaux du royaume, le plus opulent à coup sûr s'épanouissait en gloire fastueuse. La terre y étalait insolemment sa richesse et sa fécondité.

Quand on l'appela pour le souper, Catherine rangea son ouvrage, mais ne quitta le jardin qu'à regret. Elle avait l'impression qu'il lui devait quelque chose et se promettait d'y revenir à la tombée de la nuit. D'ailleurs, le repas s'achevait quand elle crut entendre le galop étouffé d'un cheval. L'inconnu de la veille, sans doute, qui revenait... Sans attendre que l'oncle Mathieu eût dit les grâces, elle s'éclipsa, bien décidée à en finir une bonne fois avec cet importun, prétextant une subite vapeur. Nul ne prêta attention à son départ. Jacquette, fatiguée par une longue journée de lessive, où, avec les servantes, elle avait charrié des baquets et des baquets de linge, somnolait sur sa chaise. Quant à l'oncle, il discutait avec Abou-al-Khayr les qualités futures du vin que l'on avait mis ce jour-là au pressoir et qui provenait de la partie la plus éloignée de sa propriété, tout au fond d'une combe. Ni l'un ni l'autre ne virent sortir la jeune femme...

En traversant le vestibule, elle aperçut dans un coin, appuyé contre un mur le gourdin que Mathieu emportait toujours avec lui quand il allait dans les vignes et s'en empara. Il était fait d'une branche de chêne droite, mais terminée par un gros nœud formant poignée. La main de l'oncle, depuis des années qu'il le possédait, avait poli, adouci le bois rude, mais le gourdin demeurait lourd. Un homme vigoureux pouvait en faire une arme redoutable.

Ainsi équipée, Catherine retourna au jardin, un pli de décision au coin de la bouche. L'indiscret, s'il revenait, allait trouver à qui parler... Pourtant, aucun bruit ne se faisait entendre. La campagne sommeillait. La nuit était presque complète. Catherine fit quelques pas vers le mur, s'abritant dans l'ombre très noire des pins. Ce silence l'inquiétait, car elle aurait juré avoir distingué le galop d'un cheval... il est vrai qu'il semblait lointain. Ce n'était peut-être qu'un cavalier attardé qui regagnait Dijon avant la fermeture des portes... Malgré tout, elle resta à son poste d'observation, silencieuse et immobile.

Elle n'y était pas depuis dix minutes qu'une pierre roula et qu'un pas léger fit crisser les cailloux du chemin, au-delà du mur. Quelqu'un approchait avec précaution. Retenant son souffle, Catherine assura le gourdin dans sa main et attendit...

Doucement, en prenant bien soin de ne pas faire crier le gravier sous ses pas, elle s'approcha du mur, escalada deux ou trois pierres en profitant de l'abri d'un buisson de noisetiers, de manière à en dominer la crête. La plume noire de la veille s'agitait à quelques pas d'elle. Catherine entendit souffler l'homme qui devait chercher un point d'escalade. Sa silhouette demeurait vague dans les ombres de la nuit. Mais la jeune femme pouvait voir le chaperon qui la coiffait s'élever peu à peu, masquant la tête. Cette fois le visiteur semblait décidé à franchir le mur et à pénétrer chez Mathieu.

Les yeux fixés sur la forme noire, Catherine leva son gourdin avec un sentiment de délectation, celui de la chatte qui voit l'innocente souris s'approcher de sa griffe. Quand la tête du nouveau venu lui parut à bonne portée, elle frappa de toutes ses forces. Avec un cri étouffé, un froissement de feuilles et une dégringolade de pierres, le visiteur nocturne s'effondra sur le chemin. Emplie d'une intense sensation de victoire, Catherine mit son bâton sous son bras et, après s'être assurée que l'homme ne bougeait pas s'en alla jusqu'à la maison chercher une lanterne.

Quand elle revint, deux ou trois minutes plus tard, en passant, cette fois, par la porte du jardin, sa victime commençait à s'agiter. Catherine, qui n'avait pas lâché son gourdin, s'agenouilla pour voir à qui elle avait affaire. D'un coup de doigt preste, elle fit sauter le chaperon à la plume noire, approcha sa lanterne du visage et recula avec une exclamation de surprise en constatant qu'elle avait assommé le duc Philippe en personne.

CHAPITRE IV

LES ARGUMENTS DE PHILIPPE LE BON

CATHERINE ne réalisa pas tout de suite ce qu'elle avait fait, mais pendant un instant, elle ne sut plus à quel saint se vouer. Heureusement Philippe s'agitait faiblement, sinon, elle eût pu croire qu'elle l'avait tué... Mais aussi, comment deviner que le tout-puissant duc de Bourgogne se cachait sous le simple uniforme d'un soldat de sa propre garde ? Retrouvant un peu de présence d'esprit, elle posa sa main sur le front de l'homme étendu. Il était chaud, mais sans excès et ne montrait aucune blessure. Sans doute, Philippe devait-il une fière chandelle à l'épaisseur de son chaperon dont le drap solide avait amorti considérablement le choc du gourdin, car Catherine avait tapé de toutes ses forces.

Elle hésita à revenir à la maison chercher du secours. Si Philippe se cachait avec tant de soin c'est qu'apparemment il ne tenait pas à ce que sa présence fût divulguée. Se souvenant du puits du jardin, elle courut en tirer un seau d'eau, y trempa son mouchoir et revint l'appliquer sur le front de Philippe. Le remède fit merveille. Le puits était profond, l'eau très fraîche. Au bout d'un instant, le duc ouvrit le yeux et sourit en reconnaissant la jeune femme.

« Je vous trouve enfin, belle vagabonde ? fit-il en riant. Ce n'est pas sans peine. Où donc vous cachiez-vous ? Le moins que l'on puisse dire c'est que vous êtes bien gardée... Houh !... ma tête ! fit-il en portant la main à son crâne. Que m'est-il arrivé ?

— On vous a assommé, monseigneur...

— Et l'on n'y a pas été de main morte. A qui dois-je cette aventure ? »

Catherine baissa le nez pour cacher sa confusion et prit, derrière son dos, le gourdin qu'elle avait abandonné :

« A ceci, monseigneur... et à moi ! Si vous voulez bien me pardonner... »

Une seconde Philippe, suffoqué, resta muet puis, brusquement, il éclata de rire. Un vrai fou rire de gamin qui n'avait rien de princier.

« Je ne pensais pas vous devoir ce genre de souvenir, ma mie... Ce sera sans doute la plus belle bosse de ma vie. La plus précieuse, en tout cas... »

Il se redressait tout à fait et, assis, s'emparait de la main de Catherine qu'il portait à ses lèvres. Gênée, la jeune femme voulut retirer sa main, mais Philippe tenait bon.

« Ah ! non, pas de fuite ! Vous me devez bien cela ! Quand donc cesserez-vous de vous mettre hors la loi, ma chère ? Le première fois que je vous ai vue, vous faisiez du scandale sur la voie publique en pleine procession. Ensuite, vous avez forcé ma porte pour m'arracher des prisonniers... Et maintenant, voilà que vous me tapez dessus avec un gourdin ? Ne croyez-vous pas que vous êtes un peu ma débitrice ?

— Je l'avoue, monseigneur. Mais je ne sais comment m'acquitter...

— En me répondant franchement. Pourquoi cette fuite, cette retraite à la campagne ? Quand nous nous sommes quittés à Arras, j'ai cru que tout était aplani entre nous... que l'entente régnerait à l'avenir et que... vous cesseriez enfin de jouer les rebelles... »

Doucement, Catherine retira sa main et se leva, nouant ses mains derrière son dos.

« Je l'ai cru aussi, monseigneur. Mais j'ai compris, depuis, que nous ne considérions pas les choses du même point de vue. Les formes mêmes du... contrat que Votre Altesse passa autrefois avec mon mari... »

Pour la rejoindre, Philippe s'était levé, mais une fois debout, il eut un étourdissement, ses jambes se dérobèrent sous lui et il s'appuya à l'épaule de Catherine.

« J'aimerais mieux continuer cette conversation assis... fit-il avec un demi-sourire...à moins que cela ne vous ennuie. Sinon, offrez-moi votre bras, pour une fois, et allons nous asseoir dans un coin tranquille. Non, pas dans votre jardin. Je ne tiens pas à ce que l'on nous surprenne. Mais si vous vouliez m'accompagner jusqu'à ce bouquet d'arbres où j'ai attaché mon cheval... »

Lentement, à pas prudents, ils redescendirent vers l'endroit indiqué. Catherine, prise d'un vague remords, prenait un soin extrême à guider Philippe sans se rendre compte que les pas du duc se raffermissaient de seconde en seconde. Il est vrai qu'il continuait à peser aussi lourdement sur son bras, mais c'était surtout pour pouvoir mieux respirer l'odeur des cheveux de la jeune femme. Arrivés à l'endroit où le cheval attaché attendait tranquillement, il s'assit dans l'herbe, entraînant Catherine avec lui. Les arbres leur cachaient le ciel et leurs troncs les enfermaient presque aussi bien que dans une maison... Il n'y avait pas de vent et la nuit était tiède, autant qu'une nuit d'été. Seulement un peu plus sombre. Le visage de Catherine et son cou faisaient une tache claire à laquelle se rivait le regard du prince. Il avait gardé dans les siennes la main de la jeune femme et, la sentant vaguement émue, grâce à cette science étrange qu'il avait des réactions féminines, il ne voulut pas l'effaroucher.

« Causons, maintenant, fit-il doucement et réglons nos comptes une bonne fois. Nous sommes seuls et bien seuls. Aucune curiosité intempestive, aucune entrave de cour ou de protocole. Il n'y a plus ici un duc et une sujette, mais un homme et une femme. Il y a vous, Catherine, et il y a moi, Philippe. Dites-moi, bien franchement, ce que vous me reprochez. »

Bien entendu, sur le moment, Catherine ne trouva plus rien à dire. Il en est toujours ainsi lorsque l'on accumule des griefs durant des semaines : on se trouve pris de court lorsque l'on est calmement prié de les exposer. Le moyen de se mettre en colère avec un homme qui parlait si doucement, qui mettait tant de bonne grâce à supprimer, entre lui et son interlocutrice, les distances ? Comme la jeune femme se taisait toujours, ce fut encore Philippe qui demanda :

« Mon amour vous offense donc tellement ? Ou bien est-ce que je vous déplais si fort ?

— Ni l'un ni l'autre, fit-elle franchement. En fait, monseigneur, j'en aurais sans doute été touchée... si l'on ne me l'avait présenté comme une obligation.

Depuis le moment où j'ai su que je devais épouser Garin de Brazey, j'ai su qu'il me faudrait encore... »

Elle s'arrêta, n'osant poursuivre. Une fois de plus, le duc vint à son secours en souriant.

« Qu'il vous faudrait encore passer par mon lit. Devrais-je vous rappeler que vous y avez dormi une grande nuit... dans mon lit, et qu'il ne vous est advenu aucun mal ?

— C'est vrai, monseigneur et, je le confesse, sur le moment, je n'ai pas compris...

— C'était pourtant bien simple. Ce soir-là, j'ai voulu mettre à l'épreuve votre... dirai-je, obéissance de fidèle vassale ? Vous avez obéi. Mais j'eusse été le dernier des hommes si j'en avais lâchement profité. Si je me suis montré brutal, c'est simplement parce que j'étais jaloux. Mais, mon cœur, ce que je veux que vous sachiez bien, c'est que je ne vous contraindrai jamais. C'est de vous, et de vous seule, que je veux vous tenir. »

Il s'était penché vers elle pour lui parler de plus près. Son haleine chaude caressait la nuque inclinée. Dans la nuit qui les environnait sa voix prenait une chaleur, un charme que Catherine ne lui avait encore jamais connus. Elle sentait qu'à cet instant il était sincère et elle se défendait mal contre le trouble que faisait naître en elle la musique des mots d'amour murmurés dans l'ombre. Pour secouer le charme, elle voulut rappeler sa rancune.

« Pourtant, ce marché que vous avez conclu avec Garin ?

— Quel marché ? demanda Philippe avec une nuance de hauteur involontaire. C'est la seconde fois que vous y faites allusion. Je n'ai passé aucun marché avec Garin de Brazey. Pour qui donc nous prenez-vous, l'un et l'autre ? J'ai ordonné à l'un de mes plus fidèles serviteurs d'épouser une jeune fille admirablement belle et dont j'espérais parvenir à me faire aimer, mais cette espérance je ne lui en ai point fait confidence. Je le répète, j'ai ordonné. Et lui, en sujet de valeur, il a obéi sans discuter. Voilà tout ! Ai-je vraiment commis un crime en voulant que vous fussiez riche, noble, à la place qui vous convient ? »

Catherine secoua la tête et frissonna. Ce dont Philippe s'autorisa pour entourer ses épaules d'un bras en prétextant qu'elle devait avoir froid. Elle ne protesta pas. Les yeux perdus dans le vague, sensible seulement à la pression de ce bras autour d'elle et incapable de retrouver trace de sa colère, elle murmura :

« Un sujet de valeur en effet... d'une fidélité à toute épreuve et qui, si vous ne lui avez rien demandé, a dû comprendre à demi-mot. Car enfin, monseigneur, en me donnant un mari, vous deviez supposer qu'il exercerait ses droits ? Pourtant, il n'en a rien fait. Il a même toujours refusé farouchement de me toucher.

— Le lui avez-vous donc demandé ? »

Catherine tourna la tête vers lui pour tenter de scruter ce visage d'ombre. Le défi sonna dans sa voix.

« Je me suis offerte à lui, un soir. Offerte dans des conditions telle qu'aucun homme n'aurait résisté. Il a failli succomber mais il s'est repris en disant que c'était impossible, qu'il n'avait pas le droit de me toucher. Vous voyez bien qu'il me considère comme vous appartenant. »

Elle avait senti, avec une joie méchante, le bras de Philippe se crisper autour de ses épaules, mais il n'y avait aucune colère dans sa voix quand il répliqua :

« Je vous l'ai dit, jamais ce sujet n'a été évoqué

entre lui et moi. Et, peut-être ne pensait-il pas à moi en prononçant ces paroles.

— A quoi alors ? Ou à qui ? »

Philippe ne répondit pas tout de suite. Il réfléchissait peut-être. Enfin, il dit brièvement :

« Je ne sais pas ! »

Un silence tomba entre eux. Au fond de la campagne, un chien aboya, une chouette huhula, mais cela ne diminua pas l'impression de Catherine qu'elle et le duc étaient pour le moment seuls au monde. Il était tout contre elle maintenant, la tenant appuyée contre sa poitrine.

Il l'avait, tout en parlant, enveloppée de ses deux bras et instinctivement, elle avait appuyé sa tête sur l'épaule du prince. Cet instant était doux et Catherine en avait momentanément assez des combats stériles. Puisque Arnaud l'oubliait dans les bras d'une autre, pourquoi refuserait-elle un amour si ardent, un amour sincère et qui ne cherchait rien d'autre qu'assurer son bonheur ? Un léger parfum d'iris se dégageait des vêtements de drap grossier portés par Philippe. Il la berçait doucement, comme un tout petit enfant et elle lui était reconnaissante de ne pas tenter des caresses plus précises. Mais elle sentait son souffle dans ses cheveux et sur son cou, à travers l'épaisseur des nattes qui tombaient de chaque côté de sa tête. Les yeux clos, elle demanda doucement :

« Souffrez-vous encore, monseigneur ?

— Cessez de m'appeler monseigneur. Pour vous, je ne suis que Philippe. Je veux oublier tout le reste. Quant à souffrir, non je ne souffre plus. Au contraire, je suis heureux... heureux comme je ne l'ai pas été depuis longtemps. Vous êtes là, je vous tiens dans mes bras et vous ne me jetez plus de paroles dures. Vous m'avez laissé vous parler et vous ne me repoussez plus. Catherine... ma belle, ma merveilleuse Catherine !... Est-ce que... Est-ce que je peux espérer un baiser ? »

Dans l'ombre, Catherine sourit. Le ton humble et presque enfantin qu'il employait la touchait plus qu'elle ne voulait l'admettre. Elle se souvenait de l'orgueilleux seigneur qui savait si bien agir, parler en maître, qui l'avait tutoyée à première vue comme si elle lui appartenait déjà. Ce soir, il n'était plus qu'un homme passionnément épris...

Elle fit un tout petit geste qui mit sa bouche presque contre celle de Philippe.

« Embrassez-moi », dit-elle seulement, sans la moindre hésitation. Tout était simple soudain. Elle se souvenait, avec un certain plaisir, un baiser d'Arras et quand les lèvres de Philippe touchèrent les siennes, elle poussa un léger soupir et ferma les yeux. Elle sentait, instinctivement, qu'avec cet homme à la fois froid et passionné, la joie d'amour était une affaire sûre. Il savait amener sa partenaire à l'oubli progressif des choses et des êtres parce qu'il savait dominer ses impulsions. Son baiser était d'une extraordinaire douceur, un chef-d'œuvre de patience et d'ardeur. En amour, il était le maître que toute femme attend inconsciemment et Catherine, tout de suite subjuguée, se laissa emporter sans résistance sur les vagues d'un océan de plaisir et de caresses sous lesquelles elle ne tarda pas à défaillir. Car, la sentant enfin à sa merci, Philippe ne s'en tint pas au baiser si timidement demandé. Et bientôt, le vent léger qui traversait le bosquet entraîna avec lui les soupirs et les tendres mots chuchotés pour en éparpiller le secret à la campagne endormie. Seul, le cheval du prince fut témoin de la victoire totale de son maître.

Au moment où Catherine connut la réalité charnelle de l'amour, ses yeux s'ouvrirent démesurément sur la voûte de branches encore feuillues qui s'entrelaçaient au-dessus de sa tête. La lumière argentée de la lune à son lever glissa au travers et montra à Catherine le visage grave et tendu de son amant. Il lui parut, à cet instant, d'une beauté surhumaine, mais elle ne sut pas que son propre visage était illuminé par la passion. Sous un baiser, Philippe étouffa le bref cri de douleur de la jeune femme, vite changé en un long gémissement de plaisir.

Quand, enfin, ils se séparèrent, Philippe enfouit son visage dans la masse des cheveux soyeux qu'il couvrit de baisers fous. Passant ses mains sur ses joues, Catherine sentit qu'elles étaient mouillées de larmes :

« Tu pleures ?

— De bonheur, mon amour... et de reconnaissance. Je ne croyais pas que ce don de toi-même serait aussi splendide, aussi complet... que je serais vraiment le premier...»

Elle appuya sa main sur sa bouche pour lui imposer silence.

« Je t'ai dit que mon mari ne m'avait pas touchée. Qui voulais-tu ?

— Tu es si belle... Les tentations ont dû être nombreuses...

— Je sais me défendre », fit Catherine avec une moue si adorable qu'elle lui valut un nouveau baiser. Puis, comme un rayon de lune éclairait maintenant en plein son corps dévêtu, Philippe alla chercher une couverture roulée au troussequin de sa selle et l'en enveloppa tout en l'enfermant à nouveau dans ses bras. Il se mit à rire.

« Quand je pense que je voulais pour notre première nuit toutes les splendeurs de mon palais, les fleurs les plus rares, le décor le plus fastueux... et je n'ai su t'offrir, mon pauvre amour, que l'herbe humide et le vent de la nuit où tu risques de prendre froid. Quel triste amoureux je fais !

— Tu n'en penses pas un mot ! fit Catherine en se blottissant plus étroitement contre lui. D'abord je n'ai pas froid et ensuite quel décor vaut la pleine nature ? Enfin, tu ne pouvais pas deviner en venant que je t'assommerais ? »

Tous deux se mirent à rire comme des enfants et le cheval, tout près, hennit pour ne pas être en reste. Puis le silence retomba sous le bosquet au bord du chemin qui menait à la maison de Mathieu Gautherin.

Mais, malgré l'impatience de Philippe de lui voir regagner Dijon, Catherine dut rester trois ou quatre jours de plus à Marsannay parce qu'elle avait attrapé un bon rhume.

« Quelle idée aussi de rester au jardin si tard et de s'y endormir, avait bougonné l'oncle Mathieu en la regardant avaler une bolée de tisane bouillante. Je ne t'ai même pas entendue rentrer tant il devait être tard ! »

Quant à Abou-al-Khayr, il avait baissé modestement la tête pour que Catherine ne vît pas le sourire qui montait à ses yeux vifs. Le petit médecin avait vu, tard dans la nuit, un cavalier redescendre le chemin vers la grande route de Dijon à Beaune et une forme blanche debout au bord du sentier, qui n'était rentrée à la maison qu'après l'avoir perdu de vue.

QUELQUES jours plus tard, Catherine de Brazey, éblouissante de beauté, assistait dans la Sainte-Chapelle du palais ducal, au mariage de Marguerite de Guyenne et d'Arthur de Richemont. Vêtue de velours vert étoilé d'or et garni de blanche hermine, elle offrait une éclatante image de jeunesse et de grâce. Son teint semblait pétri de lumière, ses yeux rayonnaient sous leurs longs cils courbes, éteignant presque l'éclat des émeraudes, d'une pureté d'eau profonde, qui brillaient à son cou et à ses oreilles. Cette parure était un cadeau de Philippe dont l'amour pour elle se montrait maintenant au grand jour.

La dame de Presles, la maîtresse de Philippe, était repartie, la rage au cœur, pour les Flandres et Marie de Vaugrigneuse, avait été priée de se retirer dans ses terres pour quelque temps.

Il avait suffi pour cela que le duc surprît une phrase malveillante qui se rapportait à Catherine et sa qualité de filleule de la duchesse douairière n'avait pas sauvé la jeune fille. De même, chacun avait pu constater le rang occupé par Catherine de Brazey à la chapelle. Il était notablement plus élevé que celui auquel sa qualité lui donnait droit. Enfin, comment ne pas voir qu'à chaque instant Philippe tournait les yeux vers elle et qu'une flamme semblait alors les traverser ?

Debout parmi les hommes, de l'autre côté de l'allée centrale de la nef, Garin, les bras croisés, ne regardait jamais sa femme. Depuis qu'elle était rentrée de Marsannay, il avait eu envers elle une attitude parfaitement courtoise mais froide. Il ne la voyait qu'aux repas et encore n'échangeaient-ils que des banalités lorsque le médecin maure ne se joignait pas à eux. Avec Abou-al-Khayr, il discutait de sujets scientifiques auxquels la jeune femme ne comprenait rien, mais c'était seulement à ces moments-là qu'il paraissait s'intéresser à quelque chose. Parfois, Catherine croisait son regard. Il le détournait alors très vite et il était impossible à la jeune femme d'en sonder les profondeurs.

L'avant-veille du mariage, quand le page de Philippe, le jeune Lannoy, était venu à l'hôtel de Brazey apporter à Catherine la fameuse parure d'émeraudes, Garin traversait le vestibule au moment où sa femme descendait l'escalier. Il avait donc assisté à la remise du présent, mais n'avait marqué aucune surprise. Il s'était contenté de répondre au salut respectueux du jeune garçon et avait passé son chemin sans commentaires.

Mais, quand la cérémonie nuptiale tira à sa fin et que les invités se firent face, de part et d'autre de la nef pour former une haie sur le passage du cortège, Catherine croisa enfin le regard de Garin et sursauta. Même le jour où il l'avait battue si sauvagement, elle ne lui avait pas vu cette expression de fureur. Il était blême et un tic nerveux déformait son visage du côté de sa blessure. Si effrayante était sa figure que Catherine, troublée, détourna la tête avec un involontaire frisson. Cette fois, elle eut, très nette, l'impression que Garin la haïssait. Car c'était bien de la haine qui enfièvrait son œil unique. Mais la nouvelle comtesse de Richemont, toute rose d'émoi sous son voile, s'avançait, la main dans celle de son époux et Catherine plongea dans une révérence qui la délivra de ce bref cauchemar. Quand elle se releva, Garin avait disparu dans la foule et, sur les pas du cortège, les invités se dirigeaient vers la sortie sous les clameurs déchaînées de l'orgue. La cérémonie avait été longue et tout le monde avait faim. On se précipitait vers le festin préparé.

Catherine n'avait pas d'appétit. Elle se dirigea lentement vers la grande salle, flânant un peu le long de la galerie pour regarder, par les fenêtres, les dernières roses dans le jardin et les évolutions du marsouin de la duchesse Marguerite. Elle n'avait aucune envie de se mettre à table car son rang la plaçait tout de même assez loin de Philippe. Ermengarde, demeurée auprès de Marguerite, de plus en plus malade, ne paraîtrait pas non plus et le récent regard de son époux lui ôtait toute envie de le retrouver immédiatement.

La grande galerie se vidait rapidement. En dépassant Catherine, les courtisans la saluaient mais ne s'en hâtaient pas moins. Comme la jeune femme passait en face d'une des portes donnant sur les appartements privés de la famille ducale, portes gardées chacune par deux archers, celle-ci s'ouvrit, livrant passage à un homme jeune et vigoureux, tout vêtu de vert. C'était l'un des chevaucheurs de la Grande Ecurie, revenant sans doute de prendre un ordre de la duchesse, car il glissait un parchemin sous son tabard armorié. Il ne regardait aucun de ceux qui se trouvaient dans la galerie. Il allait seulement la traverser pour gagner soit le grand escalier de la Tour Neuve, soit, au-delà, celui qui menait aux étuves et aux écuries. Mais le visage de Catherine s'était éclairé et elle se hâta de tourner le dos à la salle du festin pour se lancer sur sa trace parce qu'elle venait de reconnaître Landry, son ami d'enfance. Depuis qu'elle l'avait aperçu chez la duchesse, au jour de sa présentation, elle n'avait pu, malgré le très vif désir qu'elle en avait, joindre le chevaucheur ducal. Cette fois, il ne lui échapperait pas !

Elle le rattrapa juste comme il allait s'engager dans le grand degré de pierre. L'escalier était vide. Elle l'appela :

« Landry... Attends-moi ! »

Il s'arrêta net, mais ce fut très lentement qu'il

lui fit face. Aucun sourire, aucun signe de reconnaissance n'éclairait son visage fermé.

« Que désirez-vous, madame ? »

Le visage tout animé, les yeux brillants de joie, elle le rejoignit, se plaça entre l'escalier et lui afin qu'il pût la voir en pleine lumière. Elle se mit à rire.

« Madame ? Voyons, Landry, ne me dis que tu ne me reconnais pas ? Aurais-je donc tellement changé, en dix ans ? Ou as-tu perdu la mémoire ? Toi, tu es toujours le même... seulement plus grand et plus fort. Mais tu as l'air d'avoir toujours aussi mauvais caractère. »

A sa grande surprise, Landry ne sourcilla pas. Il se contenta de hocher la tête.

« Vous me faites beaucoup d'honneur, noble dame. Ma mémoire est, je crois, excellente, pourtant je ne me souviens pas vous avoir jamais rencontrée...

— Alors, c'est que j'ai vraiment beaucoup changé, fit Catherine avec bonne humeur. Très bien, dans ce cas, je vais te rafraîchir la mémoire. As-tu donc oublié le Pont-au-Change et la Cour des Miracles, et l'émeute de l'hôtel Saint-Pol ? As-tu oublié Catherine Legoix, ta petite amie de jadis ?

— J'ai, en effet, connu tout cela, madame. J'ai connu aussi une petite fille qui portait ce nom... mais je ne vois pas le rapport.

— Quelle tête de bois ! Ah ! non, tu n'as pas changé... Mais, nigaud, je suis Catherine, voyons ! Secoue-toi... Regarde-moi mieux !... »

Elle s'attendait à une exclamation, à des cris de joie même. L'ancien Landry eût dansé sur place, eût fait mille folies. Mais le chevaucheur ducal demeura de glace. Rien ne vint animer son regard indifférent.

« Ne vous moquez pas de moi, madame. Je sais fort qui vous êtes : la dame de Brazey, la femme la plus riche de la ville... et l'amie précieuse de monseigneur. Je vous demanderai donc en grâce de cesser ce jeu.

— Un jeu ? oh ! Landry ! s'écria Catherine peinée. Pourquoi ne veux-tu pas me reconnaître ? Si tu sais qui je suis, si tu connais mon nom, tu dois bien savoir aussi que je m'appelle Catherine, qu'avant d'épouser Garin de Brazey par ordre de monseigneur, j'étais seulement la nièce de Mathieu Gautherin, le drapier de la rue du Griffon. Une nièce qui s'appelait Catherine Legoix ?

— Non, madame, je ne le sais pas.

— Alors, va chez mon oncle. Tu y trouveras ma mère. Je pense que tu la reconnaîtras, elle. »

Le jeune homme s'écarta en descendant deux marches, juste comme Catherine, pour le mieux convaincre, s'approchait de lui. Il s'inclina brièvement :

« C'est inutile, madame. Cette visite ne m'apprendrait rien. J'ai connu autrefois Catherine Legoix, mais vous ne pouvez être cette Catherine-là... Maintenant, je vous prie de vouloir bien m'excuser. J'ai une mission à remplir et n'ai pas le loisir de flâner. Pardonnez-moi... »

Il allait reprendre la descente de l'escalier. Elle le retint encore.

« Qui m'eût dit qu'un jour Landry ne reconnaîtrait pas Catherine ? Car vous êtes bien Landry Pigasse, n'est-ce pas ?

— Pour vous servir, madame...

— Me servir ? fit-elle douloureusement. Autrefois nous partagions tout, les friandises comme les taloches... Nous étions amis, presque frère et sœur et, s'il me souvient bien, nous avons même risqué nos vies ensemble. Tout cela pour que vous rejetiez tout ce passé, au bout de dix ans et sans que je puisse même en deviner la raison. »

Mais elle avait la sensation que ses paroles venaient buter contre un mur. Landry était entouré d'une invisible cuirasse d'indifférence, d'oubli volontaire peut-être, dont elle cherchait en vain le défaut. C'était incompréhensible. Elle tenta un ultime effort, murmura avec amertume, revenant pour un instant à l'ancien tutoiement :

« Si seulement Barnabé était là... il saurait bien, lui, t'obliger à me reconnaître ! Au besoin, il te taperait dessus. »

Depuis quelques secondes il s'était détourné d'elle mais, au nom de Barnabé, il lui fit face, la regardant avec colère.

« Barnabé est mort sous la torture, pour s'être attaqué à votre mari, madame ! C'est du moins ce que j'ai appris au retour d'une mission en Flandres. Et vous venez me dire que vous êtes Catherine Legoix ? Vous ? Non... vous n'êtes pas Catherine et je vous défends d'employer son nom. D'ailleurs... vous ne lui ressemblez même pas ! Je vous salue, madame ! »

Avant que Catherine, pétrifiée par sa soudaine violence, eût seulement ouvert la bouche, Landry s'était lancé dans l'escalier qu'il dévalait maintenant au risque de se rompre le cou. Elle entendit décroître rapidement le claquement métallique de ses solerets de fer. Bientôt, il n'y eut plus aucun bruit dans le vaste escalier. La rumeur de la fête était lointaine. La jeune femme demeura figée à la place où elle se trouvait un long moment. Ce qui venait de se passer lui était totalement incompréhensible et profondément douloureux. Pourquoi Landry refusait-il de la reconnaître ? Car c'était bien cela : il refusait carrément, repoussant l'évidence même. Etait-ce à cause de Barnabé ? Sa colère quand elle avait prononcé le nom de leur vieil ami expliquerait assez bien son refus d'entrer en relations avec la dame de Brazey. Mais il n'avait pas bronché quand elle lui avait donné son ancien nom ? Il était bien évident que, comme tout le reste de la ville, il avait eu connaissance de ce mariage si peu conforme aux règles établies. Il savait depuis longtemps qu'elle était la Catherine d'autrefois... seulement il ne l'aimait plus. Mieux ! Il lui en voulait, la rendant responsable au même titre que Garin de la mort de Barnabé. Responsable, certes, elle l'était, et plus encore que Landry ne l'imaginait ! Ce n'était pas la première fois que le remords et le chagrin venaient l'assaillir au souvenir du Coquillard envoyé pour rien à une mort affreuse !

Autre chose encore intriguait Catherine. Si Landry et Barnabé avaient renoué des relations, pourquoi donc Barnabé ne lui en avait-il jamais parlé ? Et pourquoi Landry n'était-il jamais venu chez l'oncle Mathieu revoir son amie d'enfance, lorsqu'elle était encore fille ? Catherine poussa un profond soupir. Toutes ces questions ne pouvaient, à l'heure présente, que demeurer sans réponse. Elle se torturait l'esprit bien en vain.

Une voix froide vint interrompre ses réflexions et la fit sursauter.

« Puis-je vous demander ce que vous faites ici ? On vous réclame au banquet. »

Debout sur le palier, Garin la regardait. Sans bouger d'où elle était, Catherine leva vers lui un visage las et un pauvre sourire.

« Je n'ai pas envie d'y aller, Garin. Cela ne m'amuse pas et je n'ai pas faim. Je préférerais aller rejoindre, chez la duchesse, Mme de Châteauvillain. »

Un sourire sarcastique éclaira d'un jour peu agréable le visage fermé du grand argentier.

« Ce qui vous amuse ou non n'a aucune espèce d'importance, dit-il brutalement. Et vos préférences n'ont pas leur place ici. Je vous dis que l'on vous réclame. Ayez au moins le courage d'occuper le rang que l'on vous donne et d'accepter les conséquences de vos actes... »

Il tendait la main vers elle pour la conduire au festin. Avec un soupir de lassitude, Catherine remonta les quelques marches descendues à la suite de Landry, posa sa main sur celle de son mari.

« Que voulez-vous dire ?

— Rien d'autre que ce que je dis : votre place, à cette heure, n'est pas dans l'escalier ! »

Il la conduisit ainsi jusqu'à la salle des festins, brillamment illuminée à cause du jour bas et gris. Un vacarme assourdissant y régnait. Le repas de noces était des plus gais et nombre d'invités étaient déjà ivres. Les rires, les cris, les plaisanteries fusaient de l'une à l'autre des trois immenses tables disposées en U qui faisaient le tour de la salle. Une armée de valets faisait le service, transportant des plats immenses que des marmitons apportaient des cuisines du rez-de-chaussée. Les officiers de bouche, les échansons s'activaient... Seuls, les nouveaux mariés et le duc Philippe étaient silencieux. Richemont et Marguerite, la main dans la main, se regardaient et ne songeaient même pas à manger. Philippe, taciturne, regardait droit devant lui d'un air absent. Il fut le seul à remarquer l'entrée de Catherine que Garin menait à sa place. Instantanément son visage s'éclaira. Il sourit tendrement à la jeune femme...

« Vous voyez bien que l'on vous attendait ! souffla Garin à l'oreille de sa femme. Votre présence fait des miracles, ma parole ! Regardez un peu l'air gracieux de monseigneur ! Je vous assure que, jusqu'ici, il était parfaitement sinistre. »

Le ton de persiflage de son mari, eut le don d'agacer Catherine qui n'avait nul besoin d'un surcroît d'énervement. Elle haussa les épaules.

« Dans ces conditions, vous devez être vous-même fou de joie. Voilà votre but atteint ! »

En prenant place à table, elle rendit son sourire à Philippe.

Le repas lui parut interminable. Jamais, de toute sa vie, elle ne s'était autant ennuyée. Pourtant, cette journée de noces lui réservait encore une autre surprise. Il était à croire que tous les témoins de son passé s'étaient donné pour tâche de revenir vers elle au même instant ! A la réception qui suivit le festin et à laquelle s'écrasa la noblesse de toutes les provinces ducales, plus bon nombre d'Anglais, beaucoup de Bretons et même quelques Français, la jeune femme ne tarda pas à remarquer un prélat que l'on entourait beaucoup, et qui, d'ailleurs, se distinguait par le faste tout particulier de ses vêtements. Il n'était que brocart violet, dentelles et broderies d'or. Une magnifique croix pectorale en diamants brillait sur son ventre rebondi. Il devait avoir entre cinquante et soixante ans. Toute sa personne respirait l'orgueil et la prospérité. Grand et fortement charpenté, envahi par une graisse abondante, il eût été majestueux sans la désagréable expression de ruse de son visage à la fois long et plat. Le personnage parlait haut avec un accent rémois qui rappela quelque chose à Catherine. Elle avait déjà vu cette tête-là quelque part. Mais où ?

Se penchant vers sa voisine, qui était Mme de Vergy, elle désigna l'évêque et demanda :

« Qui est-ce ? »

Alix de Vergy tourna vers elle un regard surpris et vaguement condescendant.

« Se peut-il que vous ne connaissiez pas l'évêque de Beauvais ? Il est vrai que vous n'êtes pas à la Cour depuis très longtemps.

— Je ne connais peut-être pas l'évêque de Beauvais, riposta Catherine, mais je connais cet homme-là. Comment s'appelle-t-il ?

— Pierre Cauchon, voyons ! L'une des lumières de notre siècle et l'un des plus chauds partisans de l'alliance anglaise. On a beaucoup parlé de lui, voici quelques années, au concile de Constance et, depuis quelques mois, le régent Bedford lui a donné le titre d'aumônier de France. Un homme remarquable... »

Catherine réprima une grimace. Pierre Cauchon ! L'associé de Caboche l'Ecorcheur, aumônier de France ? C'était à mourir de rire ! Sa bouche rouge eut une moue de dégoût qui stupéfia Mme de Vergy.

« On parlait beaucoup de lui, à Paris aussi, il y a quelques années. Il s'était acoquiné avec les bouchers et faisait pendre les honnêtes gens qui avaient le seul tort de ne pas penser comme lui ! Et le voilà évêque ? Une digne recrue que le Seigneur a faite là ! Présentez-le-moi, voulez-vous ? »

Eberluée, Alix de Vergy s'exécuta. L'assurance de cette petite bourgeoise anoblie la sidérait. Et plus encore qu'elle osât parler avec ce mépris d'un prélat comme Mgr de Beauvais, qui jouissait de la faveur ducale. Quelques instants plus tard, Catherine était admise à baiser l'anneau pastoral de l'évêque. Elle le fit en réprimant une grimace de dégoût parce que ledit anneau ornait des doigts boudinés et gras. Mais un sentiment de défi la poussait à entrer en relations avec Cauchon.

« Madame de Brazey, fit l'évêque avec onction,

vous me voyez heureux de vous connaître. Nous apprécions beaucoup au Conseil votre mari qui est un très remarquable financier. Quant à vous, je n'ai pas encore eu l'honneur de vous rencontrer car je m'en souviendrais. Outre que je n'oublie jamais un visage, le vôtre est de ceux qui ne s'effacent pas de la mémoire d'un homme... même s'il est prêtre.

— Votre Révérence est trop bonne ! fit Catherine jouant à merveille la confusion. Pourtant, elle m'a déjà vue. Il est vrai qu'il y a longtemps.

— Vraiment ? Vous m'étonnez ! »

Tout en parlant, tous deux avaient fait quelques pas et l'entourage du prélat, devinant qu'il souhaitait s'entretenir seul un instant avec la belle Catherine, s'était écarté, Alix de Vergy comme les autres. Catherine décida de profiter de cette demi-solitude. Cauchon reprenait :

« Messire votre père était peut-être l'un des grands serviteurs du duc Jean, dont Dieu ait l'âme ? Il était mon bien cher ami ! J'aimerais que vous eussiez la grâce de me rappeler votre nom de jeune fille... »

Catherine secoua la tête avec un petit rire.

« Messire mon père n'était pas de l'entourage de Jean sans Peur, Votre Révérence, et si je puis vous affirmer que vous l'avez connu, ce n'est certes pas dans les circonstances que vous imaginez. En fait, monseigneur... vous l'avez fait pendre ! »

Cauchon eut un haut-le-corps.

« Pendre ? Un gentilhomme ? Madame... si pareille chose était arrivée par mon ordre, je m'en souviendrais !

— Aussi n'était-il pas gentilhomme, poursuivit Catherine, tranquillement, mais avec, dans sa voix, une inquiétante douceur. Ce n'était qu'un simple bourgeois... un modeste orfèvre du Pont-au-Change à Paris. C'était il y a dix ans. Il se nommait Gaucher

Legoix, un nom qui doit vous rappeler quelque chose. Vous et votre ami Caboche l'avez fait pendre parce que moi, pauvre innocente, j'avais caché un jeune homme dans notre cave... un autre innocent que l'on a massacré sous mes yeux. »

Au nom de Caboche, deux plaques rouges s'étaient dessinées sur les joues grasses et pâles de l'évêque de Beauvais. Dans sa nouvelle dignité épiscopale, il n'aimait pas ce rappel à d'anciennes relations très peu flatteuses. Mais ses petits yeux jaunes s'attachèrent au visage de Catherine avec insistance.

« Voilà pourquoi votre visage me rappelait quelque chose. Vous êtes la petite Catherine, n'est-ce pas ? Je suis excusable de ne vous avoir point reconnue car vous avez beaucoup changé. Qui eût pu supposer...

— ... qu'une modeste fille d'artisan évoluerait à la Cour de Bourgogne ? Ni Votre Révérence, ni moi, certes. Pourtant, il en est ainsi. Le destin est une chose étrange, n'est-ce pas, monseigneur ?

— Très étrange ! Vous me rappelez des choses que je voudrais oublier. Vous voyez que je suis franc ? Je vais l'être encore davantage : je n'avais aucune animosité personnelle contre votre père. Je l'eusse peut-être sauvé, si la chose eût été possible. Mais elle ne l'était pas !

— Etes-vous bien sûr d'avoir tout fait pour lui éviter la corde ? Vous aviez coutume, alors, de balayer ce qui vous gênait. Or, il vous gênait... »

Cauchon ne broncha pas. Son lourd visage demeura impassible. Son regard était dur comme une pierre d'ambre pâle.

« Il me gênait, en effet ! Le temps n'était pas aux demi-mesures. Après tout, peut-être avez-vous raison. Je n'ai pas cherché à le sauver parce que je n'en voyais pas l'utilité.

— Voilà qui est franc ! »

Ils étaient arrivés dans l'embrasure profonde d'une fenêtre. L'évêque posa sa main sur l'un des carreaux, suivant distraitement du doigt les méandres de plomb qui le sertissaient, le regard au loin.

« Acceptez que je vous pose une question. Pourquoi avez-vous désiré me rencontrer ? Vous devez me haïr ?

— Je vous hais, en effet, répondit Catherine imperturbablement calme. J'ai seulement voulu vous voir de près... et aussi vous dire que j'existais. Enfin, je vous dois quelques remerciements car votre corde a épargné à mon père une fin aussi pénible mais infiniment plus longue...

— Laquelle ?

— Mourir de chagrin ! Il aimait trop son pays, son roi et sa ville de Paris pour endurer d'un cœur paisible d'y voir régner l'Anglais. »

Une flambée de colère fit briller momentanément le regard atone de Pierre Cauchon.

« L'Anglais y règne par droit de naissance et par héritage royal ! Il est notre très légitime souverain, né d'une fille de France et choisi par ses grands-parents, tandis que le bâtard de Bourges... n'est qu'un aventurier ! »

Le rire bref et insolent de Catherine lui coupa la parole.

« A qui ferez-vous croire cela ? Pas à moi, en tout cas... et pas même à vous ! Votre Révérence n'ignore pas que le roi Charles VII ne l'aurait certes pas choisie pour être aumônier de France. L'Anglais est moins difficile... et pour cause ! Il n'a guère le choix ! Mais, permettez-moi de vous faire remarquer que, pour un prêtre de Dieu, vous ne vous y entendez guère à distinguer celui qu'il a élu par droit de naissance pour régner sur la France.

— Henri VI, seul, est vrai roi de France... »

L'évêque semblait proche de l'apoplexie, mais Catherine lui adressa son plus délicieux sourire.

« L'ennui, avec vous, monseigneur, c'est que Votre Révérence aimerait sans doute mieux périr que reconnaître qu'elle s'est trompée ! Allons, souriez, monseigneur ! On nous regarde... singulièrement le duc Philippe. On a dû vous dire que nous sommes de grands amis. »

Au prix d'un effort surhumain, Pierre Cauchon réussit à unifier son visage. Il sourit même, mais du bout des lèvres, et siffla entre ses dents serrées :

« Soyez sûre que je ne vous oublierai pas, madame ! »

Catherine s'inclina légèrement puis murmura, suave :

« J'en suis heureuse. Quant à moi, je n'ai jamais oublié Votre Révérence. C'est avec intérêt que je suivrai sa carrière. »

Et, laissant là sa victime, Catherine s'en alla, lente et gracieuse, traînant derrière elle la vague verte et blanche de sa robe, pour retrouver Philippe qui, depuis un moment, suivait avec étonnement, de loin, son aparté avec l'aumônier de France. La voyant se diriger vers lui, il vint à sa rencontre et lui offrit la main. Nul ne s'avisa de le suivre. L'instinct des courtisans était trop sûr pour n'avoir pas compris que, désormais, Catherine de Brazey devait être l'objet de toutes les attentions et de tous les égards.

« Qu'aviez-vous donc de si important à dire à notre évêque de Beauvais ? demanda-t-il en souriant. Vous étiez graves, tous deux, comme prélats en concile. Discutiez-vous un point de saint Augustin ? J'ignorais même que vous le connussiez...

— Nous discutions... un point d'Histoire de France, monseigneur ! Il y a fort longtemps que je connais Sa Révérence, dix ans à peu près. Nous nous sommes beaucoup rencontrés, jadis, à Paris. C'est ce temps-là que je lui rappelais... »

S'interrompant, elle leva sur le duc son regard vide, brusquement humide de larmes et reprit, une colère contenue faisant vibrer sa voix :

« ... comment pouvez-vous employer... estimer un tel homme ? Un prêtre qui a pris des bains de sang pour se hisser à son trône épiscopal ? Vous, le Grand Duc d'Occident ?... C'est un misérable ! »

Philippe adorait qu'on lui donnât ce beau titre qui le flattait. Et l'émotion de Catherine le touchait au plus profond. Il se pencha vers elle afin d'être sûr de n'être entendu de personne :

« Je le sais, mon cœur ! Et si je l'emploie, c'est qu'il m'est utile. Mais de là à l'estimer, non ! Voyez-vous, lorsque l'on est prince souverain, il faut parfois se servir de toutes sortes d'instruments. Maintenant... souris-moi et viens ouvrir le bal ! » Plus bas encore il ajouta : « Je t'aime plus que tout au monde ! »

Un pâle sourire revint dans les yeux et sur les lèvres de Catherine. Les musiciens, dans leur tribune, attaquaient une pavane. Elle se laissa entraîner par le duc au milieu du vaste cercle, à la fois admiratif et envieux, que formaient les assistants.

CHAPITRE V

« NUNC DIMITTIS »

Le jour des funérailles de Marguerite de Bavière, Catherine crut mourir de froid et d'angoisse à la fois. La duchesse douairière s'était éteinte rapidement, le 23 janvier 1424, trois mois après le mariage de sa fille, dans les bras d'Ermengarde. Philippe, qui se trouvait alors à Montbard avec Arthur de Richemont, était revenu trop tard pour revoir sa mère vivante et, depuis, une sombre désolation s'était abattue à la fois sur le Palais et sur la ville où la défunte laissait de grands et sincères regrets. Quelques jours plus tard, par un froid noir, la dépouille mortelle fut conduite à sa dernière demeure, sous les voûtes admirables de la Chartreuse de Champmol, aux portes de Dijon. Là reposaient déjà son époux, Jean sans Peur, son beau-père, Philippe le Hardi, et sa belle-fille, la douce Michelle de France.

Lorsque, tôt le matin, alors que le jour n'était pas

encore levé, Perrine avait habillé sa maîtresse en vue de la longue journée de cérémonies, elle avait été effrayée par la pâleur de Catherine.

« Madame devrait rester ici, se faire excuser...

— C'est impossible ! Dans une semblable occasion, il faut être à la mort pour se dispenser d'assister aux funérailles. Ce serait offenser le duc dans sa douleur, répondit Catherine.

— Même madame... dans son état ? »

Catherine avait souri tristement.

« Oui, Perrine, Même moi ! »

Deux personnes seulement, dans l'entourage de Catherine, savaient qu'elle était enceinte : sa petite servante et Abou-al-Khayr qui, le premier, avait diagnostiqué la raison profonde d'un brusque évanouissement de la jeune femme aux environs de Noël. Depuis, la santé de Catherine était très chancelante, malgré les efforts qu'elle faisait pour le cacher. Elle supportait très mal son état et de fréquentes nausées, depuis cette première perte de conscience, la torturaient. Elle ne pouvait plus endurer les odeurs de cuisine et, quand elle traversait le Bourg, les relents des chaudières des tripiers la révulsaient. Mais elle luttait courageusement pour tenter de cacher la vérité, le plus longtemps possible, à son mari.

C'est que, depuis les fêtes du mariage, ses relations avec Garin s'étaient singulièrement détériorées. Le grand argentier ne se départissait plus, envers elle, d'une glaciale politesse en public et, dans le privé, du moins quand il était là, il ne lui adressait presque jamais la parole, sinon sur un ton blessant auquel Catherine ne comprenait rien. Evidemment, il savait, comme tout Dijon, la nature exacte de ses nouvelles relations avec le duc, mais qu'il songeât à s'en montrer offensé, voilà qui dépassait l'entendement de la jeune femme. N'avait-il pas tout fait, tout mis en œuvre pour qu'il en fût ainsi ? Alors, pourquoi cette attitude méprisante que Catherine supportait mal ? D'autant plus mal que, depuis un mois et demi, elle n'avait pratiquement pas revu Philippe, occupé aux soins de ses états et toujours par les chemins. La tendresse passionnée qu'il lui montrait, la vigilante protection qu'il étendait sur elle lui devenaient peu à peu indispensables. En outre, il avait éveillé son corps à l'amour et la jeune femme était bien obligée de s'avouer qu'elle avait vécu auprès de lui des heures de délire difficiles à oublier... difficiles à ne pas souhaiter voir renouveler !

Perrine achevait d'habiller Catherine aussi chaudement que possible. Obligée, comme toute la Cour au deuil intégral, elle était vêtue de noir de la tête aux pieds, mais une fortune en zibeline réchauffait le velours épais de ses vêtements. Un lourd voile noir tombait de l'atour à bourrelets de fourrure qui la coiffait. De courtes bottes fourrées, dissimulées par la robe et la cape, et des gants de velours de même couleur complétaient cet équipement dont aucun bijou ne relevait l'austérité. En principe Catherine était bien protégée, mais il faisait si froid ! La jeune camériste, peu rassurée, avait hoché la tête en regardant par la fenêtre l'épaisse couche de neige qui couvrait les toits et se transformait peu à peu dans les rues, sous les pas des citadins, en boue glaciale ou en plaques dangereusement glissantes. Or, Catherine aurait à parcourir, à pied, un long trajet.

La messe solennelle, célébrée à la Sainte-Chapelle tendue de noir, avait été mortellement longue. Malgré la forêt de cierges disposés autour de l'autel et du catafalque, il y régnait un froid intense. Toutes les haleines fumaient. Mais le pire avait été l'interminable cortège qui, au pas, avait serpenté à travers la ville. Catherine avait gravi là un vrai calvaire !

Sous le jour livide, on avait défilé entre les maisons drapées de noir, au son des trompettes funèbres tandis que toutes les cloches de la ville sonnaient un glas qui ne finissait pas. La seule tache de couleur, dans ce cortège nocturne, était le char funèbre que Philippe avait voulu tout semblable à celui de son père : six chevaux le traînaient et le corps embaumé de la duchesse défunte reposait sous un drap de brocart d'or barré d'une grande croix de velours rouge. Aux quatre coins du char flottaient des bouquets de bannières de soie bleue brodée d'or. Soixante porteurs de torches et une véritable armée de moines, pleurant et psalmodiant, l'entouraient. Philippe venait derrière, tête nue malgré le gel, très pâle et les yeux fixes. Toute la Cour, puis toute la ville avec les bannières des corporations suivaient.

L'aspect du duc avait achevé de glacer le cœur de Catherine. Il avait l'air d'un automate. Brusquement, sous l'empire du chagrin, Philippe était redevenu pour elle le souverain inquiétant... à qui, cependant, il allait falloir demander une difficile grâce, et le plus vite possible ! La veille au soir, Colette, la vieille caméristе de Marie de Champdivers, était venue trouver Catherine, en toute hâte, et lui avait appris la terrible nouvelle : quelques heures plus tôt, Odette et frère Etienne avaient été arrêtés au couvent des Cordeliers tandis qu'un ordre d'exil immédiat frappait les parents de la jeune femme. Seule, Colette était restée en arrière pour avertir Catherine en qui Marie voyait son unique et dernier recours.

Le cas était grave. Le duc de Savoie avait obtenu une nouvelle trêve entre les princes ennemis. Or, sur l'instigation d'Odette, un turbulent chef de routiers que l'on appelait le bâtard de la Baume avait rompu cette trêve en attaquant un village de Bourgogne.

Pris et peu soucieux de laisser sa peau dans si mince affaire, le bâtard avait tout confessé. La riposte n'avait pas tardé : Odette, Etienne Charlot et un marchand de Genève qui était leur complice avaient été jetés en prison où la torture, puis la mort les attendaient.

Catherine ne parvenait pas à comprendre ce qui avait pu pousser Odette à une telle folie. On disait même que le complot ambitionnait jusqu'à l'assassinat du duc Philippe ! Etait-ce l'annexion de sa ville ou bien la hâte de voir triompher plus tôt la cause du roi Charles VII à qui Dieu avait accordé un fils le 3 juillet 1423 [1] ? De toute façon, Catherine se refusait à laisser son amie sous pareille menace, dût-elle y risquer sa propre vie.

La Chartreuse de Champmol s'élevait hors des murs de la ville, entre la route de l'ouest et le cours de l'Ouche. Encore neuve, elle avait été bâtie par le grand-père de Philippe, le duc Philippe le Hardi, sur les plans de l'architecte Drouet de Dammartin. Bien souvent, Catherine avait entendu vanter les merveilles de ce couvent, l'une des plus grandes réussites de l'époque, mais n'avait encore jamais eu l'occasion d'y entrer. Seuls les hommes pouvaient pénétrer chez les Chartreux et les femmes n'étaient admises à la chapelle qu'en des occasions comme celle-ci. Cette chapelle avait remplacé celle de Cîteaux en tant que sépulture des ducs de Bourgogne.

Quand on eut traversé la porte d'Ouche, la saussaie aux arbres noircis et tordus par le gel, le grand enclos des pères chartreux et le jardin, il faisait presque nuit et Catherine ne se soutenait plus qu'à grand-peine. Continuellement, elle puisait dans les pilules ou bien respirait le flacon de vulnéraire que

1. Le futur Louis XI.

lui avait remis Abou-al-Khayr. Car, malgré ses lourds vêtements un froid mortel se glissait en elle. La fumée des torches la faisait tousser. En franchissant le seuil de la chapelle, elle buta, faillit tomber. La main d'Ermengarde la retint juste à temps sous l'effigie de pierre de Philippe le Hardi qui priait orgueilleusement au fronton de la chapelle, en face de son épouse. Catherine lui adressa un regard reconnaissant. Elle n'avait pas osé appeler son amie à son secours. Comme Philippe lui-même, Ermengarde paraissait un fantastique fantôme noir aux yeux figés. La mort de sa duchesse avait cruellement frappé la Grande Maîtresse. Sous ses voiles noirs, elle était une autre femme... Mais sa main demeurait chaude et vigoureuse. Catherine en tira un regain de courage. Elle en avait grand besoin.

Elle ne vit à peu près rien de la chapelle, merveille de l'imagier flamand Claus Sluter, ni les vitraux en grisaille armoriée, ni, dans le chœur, le joyau de pierre qu'était le tombeau de Philippe le Hardi, ni les anges autour de l'autel, portant des candélabres et les instruments de la passion, ni, à la pointe de l'abside, l'archange d'or qui tenait déployée la bannière ducale. Elle ne voyait que Philippe, son visage immobile qui ne la regardait pas, ses yeux gris qui ne cillaient pas. Autour d'elle, il n'y avait plus que des visages de pierre, des statues noires qui se mirent à tourbillonner... Planant au-dessus, les voix profondes des moines invisibles se mirent à psalmodier un chant funèbre, œuvre de Jacques Vide, un jeune valet de chambre de Philippe. Les paroles s'enflèrent dans les oreilles bourdonnantes de Catherine avec un bruit d'orage et de menace.

« Nunc dimittis servum tuum, Domine, secundum verbum tuum in pace. Quia viderunt oculi mei salutare tuum... » « Maintenant, Seigneur, vous pouvez, selon votre parole, laisser votre serviteur s'en aller en paix, car mes yeux ont vu votre salut... »

Catherine sentit, à cet instant précis, qu'elle aussi s'en allait... Elle chancela. Le bras d'Ermengarde vivement passé autour de sa taille, l'empêcha de choir au milieu de la cérémonie et la maintint fermement.

« Petite sotte ? lui chuchota-t-elle avec une rude affection. Vous ne pouviez pas le dire ?

— Quoi ? balbutia Catherine défaillante.

— Que vous attendiez un enfant ! C'est inscrit en toute lettre sur votre figure. Et moi qui ne voyais rien !... Courage, c'est bientôt fini, je ne vous lâche pas. »

Ermengarde avait subitement retrouvé toute son humanité et Catherine pensa que, sans elle, elle fût morte sur place... En effet, la cérémonie s'achevait. Le duc Philippe, qui s'était tenu tout ce temps dans la chapelle privée de la famille du côté de l'Evangile, remettait la dépouille de sa mère au prieur de l'abbaye. Bientôt, Marguerite de Bavière s'en irait rejoindre son époux, sous la dalle de marbre noir qui marquait leur tombeau provisoire... Mais, une seconde, Catherine avait senti son regard sur elle... un regard inquiet et tendre qui l'avait rassérénée. Son malaise se dissipait. La force d'Ermengarde paraissait s'insinuer en elle. Sa poitrine était moins oppressée... Pourquoi fallut-il qu'à cet instant, elle croisât l'œil de Garin ? La haine y brûlait et lui communiqua un long frisson. Le visage contracté de l'argentier était celui d'un fou. Catherine aurait juré l'entendre grincer des dents... Heureusement, cette impression de terreur fut très fugitive...

Quelques secondes plus tard, toujours soutenue par Ermengarde, elle se retrouvait à l'air libre. La nuit était complète et sibérienne mais du moins la jeune femme était-elle débarrassée des odeurs de cire brûlante et des lourdes volutes d'encens stagnant dans la chapelle.

« Cela va mieux ? » demanda Ermengarde.

Elle la remercia d'un sourire confiant.

« Bien mieux ! Comment vous remercier. Sans vous, je me couvrais de ridicule.

— Bah ! laissez donc ! Mais vous auriez dû me dire ce qu'il en était. Est-ce que... le duc sait ?

— Pas encore ! »

Toutes deux avaient fait quelques pas vers les bâtiments conventuels déployés au sud et à l'ouest de la chapelle. Des torches brûlaient en se tordant dans leurs griffes de fer devant le logis du prieur, mais tout le reste de l'immense monastère était noir et silencieux.

« Il fait sinistre ici ! fit Ermengarde avec un frisson. Partons !... Je me félicite d'avoir ordonné à mes gens de venir me prendre avec une litière. Refaire tout ce chemin dans la neige est au-dessus de mes forces. Voulez-vous que je prévienne votre mari que je vous emmène ?

— C'est inutile ! répondit Catherine en hochant la tête. Mes faits et gestes n'intéressent pas mon époux.

— C'est qu'il est stupide ou sans cœur ! Mais il y a longtemps que j'ai renoncé à comprendre quelque chose à messire Garin ! Venez, ma chère ! »

Les deux femmes, en distribuant force saluts, avaient atteint le grand portail ouvert de l'abbaye. Elles allaient monter dans le lourd véhicule quand un page s'approcha d'elles. Il tenait un papier à la main et le tendit à Catherine :

« De la part de monseigneur ! » chuchota-t-il.

La jeune femme reconnut le petit Jean de Lannoy. L'adolescent lui sourit, salua profondément et s'éloigna pour rejoindre les équipages de son maître. Les deux femmes montèrent en voiture et s'ensevelirent dans les coussins. Ermengarde glissa un chauffe-doux sous les pieds de son amie qui, déjà, dépliait le petit billet et le lisait à la lumière incertaine d'une chandelle plantée dans un anneau doré contre la paroi de la litière. Les rideaux de cuir protégeaient bien de l'aigre bise du dehors. Catherine, glacée jusqu'aux os, claqua des dents encore quelques instants. Mais le billet de Philippe l'enchanta.

« *Je t'en supplie* » *écrivait le duc* « *viens ! Viens ce soir !... J'ai un terrible besoin de te voir et je ne reste que trois jours. Pardonne-moi de te presser. Je t'aime trop, vois-tu ! Lannoy t'attendra jusqu'à minuit à la porte du jardin...* »

Ce n'était pas signé mais Catherine n'avait aucun besoin de signature. Elle froissa le papier en boule dans sa main et le fourra dans son aumônière. Tout à coup, elle respirait mieux. Le poids d'angoisse qui l'étreignait depuis la veille s'allégeait. Une lueur d'espoir lui venait de sauver bientôt son amie. Quand elle songeait à la frêle et délicate Odette, jetée au fond d'un cachot par ce froid, chargée de chaînes, pleurant de peur et de désespoir, elle s'affolait. Mais, grâce au ciel, cette nuit-même, elle pourrait implorer la pitié de Philippe, arracher la liberté de son amie ! Les nausées qui l'avaient torturées toute la journée, la sensation de glace infiltrée dans ses veines, tout cela s'estompa en songeant à cette perspective. Et puis, cette nuit, il y aurait Philippe... l'amour de Philippe, ses mains douces, ses mots tendres !

Aussi Catherine était-elle presque gaie quand la litière d'Ermengarde la déposa rue de la Parcheminerie.

Le jeune Lannoy était bien à son poste quand Catherine frappa trois coups à la petite porte prise dans le haut mur du pourpris ducal. Le crève-feu était sonné depuis longtemps, mais la nuit était moins froide que ne l'avait été le jour, grâce à une abondante chute de neige tombée après complies. Depuis son séjour à Marsannay, Catherine avait pris l'habitude de ces promenades nocturnes qui, non seulement ne l'effrayaient pas, mais l'amusaient, un peu comme une partie d'école buissonnière. Elle ne craignait rien du danger sournois des ruelles, des soldats ivres ou des coupe-bourses de Jacquot-de-la-Mer. Une fois pour toutes, Abou-al-Khayr avait mis à sa disposition ses deux esclaves nubiens dont la gigantesque présence et les visages, plus noirs que la nuit elle-même, mettaient en fuite les téméraires qui eussent tenté de s'attaquer à une femme ainsi escortée. Bien nourris, chaudement vêtus, les deux Noirs muets valaient à eux seuls toute une troupe armée. Catherine le savait et pouvait ainsi se rendre, libre de toute crainte, aux rendez-vous de Philippe. C'était de beaucoup, la solution la plus pratique.

Jean de Lannoy sautait d'un pied sur l'autre dans la neige du jardin en se battant les flancs de ses bras pour se réchauffer. Il ouvrit avec enthousiasme à la visiteuse.

« C'est gentil à vous d'être venue si vite, dame Catherine ! chuchota-t-il malicieusement. Il fait un froid de loup...

— C'est pour toi que je me suis hâtée. J'ai craint que tu ne prennes froid...

— Autrement dit, monseigneur me doit des remerciements, conclut le page en riant. D'autant plus qu'il vous attend avec impatience.

— Comment est-il ? »

Lannoy eut une grimace qui signifiait « ni bien, ni

mal », et prit la main de Catherine pour la guider à travers le jardin. La neige était si épaisse qu'il fallait bien connaître les lieux pour ne pas tomber dans les massifs. Sous la voûte du palais, la jeune femme confia au page, comme d'habitude, Omar et Ali, ses gardes du corps, et s'élança dans le petit escalier en spirale, pris dans une tourelle aveugle, qui menait droit chez le duc. Des chandelles de cire parfumée éclairaient ce colimaçon tapissé de velours. Quelques instants plus tard, Catherine tombait dans les bras de Philippe. Il l'étreignit avec passion, sans prononcer une parole, couvrant de baisers fous son visage froid. Au bout d'un long moment, il la lâcha, rabattit le capuchon de fourrure sur les épaules de la jeune femme, puis reprit son visage entre ses deux mains pour l'embrasser encore.

« Comme tu es belle ! chuchota-t-il d'une voix étranglée par l'émotion... et comme tu m'as manqué ! Quarante-cinq jours sans toi, sans ton sourire, sans tes lèvres. Mon amour... quelle éternité !

— Puisque je suis là, sourit Catherine en lui rendant son baiser, il faut oublier tout cela.

— Tu oublies si vite les mauvaises heures ? Pas moi... Et, malgré l'envie violente que j'avais de te retrouver, j'ai hésité, tantôt, à t'imposer cette sortie nocturne. Tu étais si pâle à la chapelle ! J'ai bien vu que tu avais failli te trouver mal...

— Le froid ! Toi aussi, tu étais pâle... »

Il l'était encore. Contre elle, Catherine sentait trembler le grand corps maigre. Elle ne voulait pas lui annoncer tout de suite l'enfant à naître parce qu'il n'eût peut-être pas osé la toucher. Et elle sentait qu'il avait besoin d'elle, impérieusement. Un besoin physique... Sa figure était creusée par les larmes récentes. Sur le corps de sa mère, il avait répandu un torrent de pleurs qui l'avaient épuisé. Mais son air malheureux ne le rendait que plus cher à Catherine. Elle n'était pas encore parvenue à démêler le sentiment bizarre qui la liait à Philippe. L'aimait-elle ? Si l'amour était cette torture mentale, cette faim douloureuse qu'elle éprouvait chaque fois qu'elle évoquait le visage d'Arnaud, alors non, elle n'aimait pas Philippe. Mais s'il était seulement tendresse, douceur, puissant attrait physique, peut-être Philippe avait-il réellement pris un peu de son cœur.

Il l'avait soulevée de terre, après l'avoir débarrassée de son ample manteau et l'emportait vers le grand lit sur lequel il l'assit. Puis, il s'agenouilla devant elle pour la déchausser, il otâ doucement les petites bottes de cuir noir, les bas de soie fine qui montaient jusqu'aux genoux. Un moment, il garda entre ses mains les minces pieds nus, posant un baiser sur chacun des ongles roses.

« Tu as froid, fit-il tendrement, je vais aviver le feu. »

Trois troncs d'arbres empilés flambaient dans la cheminée, mais pour que les flammes fussent plus hautes et plus ardentes, le duc alla lui-même chercher une brassée de branchages dans un débarras voisin et les empila sur les rondins. Le feu bondit... Philippe revint alors à Catherine et commença à la dévêtir. Il apportait toujours un soin et une délicatesse extrêmes à lui ôter ses vêtements. Ses gestes, doux et caressants, étaient tout pleins d'une dévotieuse adoration. C'était une espèce de rituel lent, un peu solennel, auquel tous deux se complaisaient parce qu'il exaspérait le désir et rendait plus violente la tempête des sens qui suivait. Philippe ne se prosternait que pour mieux dominer ensuite...

Lorsque, longtemps après, Catherine s'éveilla de la délicieuse torpeur où s'était noyé son corps, sa joue reposait sur la poitrine de Philippe. Mais lui ne dormait pas. Légèrement redressé sur un coude, il jouait avec la masse soyeuse des cheveux de sa maîtresse étalés sur la soie blanche des oreillers comme une nappe d'or pur dans laquelle jouaient les flammes. Voyant qu'elle avait les yeux ouverts, il lui sourit avec ce charme que prenait, dans le sourire, son long visage hautain, un peu sévère.

« Pourquoi est-ce que je t'aime autant ? Tu mets du feu liquide dans mes veines comme aucune autre ne l'a jamais fait. Dis-moi ton secret ? Es-tu sorcière ?

— Je suis seulement moi », fit Catherine en riant.

Mais Philippe était redevenu grave. Pensivement, il la considérait avec une espèce de respect.

« C'est vrai. Cela dit tout. Tu es toi... un être d'exception, moitié femme, moitié déesse... une entité rare et précieuse pour la conquête de laquelle des armées pourraient s'affronter. Il y a eu, jadis, une femme comme cela. Pendant dix ans deux peuples se sont entr'égorgés parce qu'elle avait abandonné l'un pour l'autre. Une grande capitale a brûlé, des hommes ont péri par milliers pour que l'époux délaissé retrouvât son bien. Elle s'appelait Hélène... Elle était blonde, comme toi, moins que toi sans doute... Quelle autre femme, même notre mère Eve, a jamais eu plus belle chevelure que la tienne... ma toison d'or !

— Quel joli nom ! s'écria Catherine. Qu'est-ce que cela veut dire ? »

Philippe la reprenait dans ses bras, la ramenait contre lui et la faisait taire d'un baiser.

« C'est encore une histoire de l'antiquité. Je te la raconterai un autre jour...

— Pourquoi pas maintenant ?

— Devine... » fit-il en riant.

Le craquement des bûches reprit pleinement possession de la chambre tandis que Philippe et Catherine oubliaient une nouvelle fois le monde extérieur.

Quand elle lui apprit qu'elle attendait un enfant, il resta d'abord muet de surprise puis manifesta aussitôt une joie exubérante, la remerciant comme d'un rare présent.

« Tu m'enlèves tout remords ! s'écria-t-il. J'étais honteux de t'avoir appelée ici le soir même où ma mère... mais cette vie que tu m'annonces absout la faute. Un enfant... un fils, n'est-ce pas ?

— Je ferai ce que je pourrai, fit Catherine en riant. Tu es heureux ?

— Tu le demandes ? »

Il sautait du lit et allait remplir, sur un dressoir, deux coupes d'or, dont il tendit l'une à Catherine.

« Du vin de Malvoisie ! Buvons à notre enfant ! »

Il leva sa coupe, la vida d'un trait puis se recoucha pour regarder Catherine boire son vin à petits coups.

« Tu as l'air d'une chatte devant un bol de crème, fit-il en se penchant pour recueillir, des lèvres, une goutte de vin qui roulait sur la gorge nue de Catherine. Maintenant, dis-moi comment je peux te rendre un peu de la joie que tu m'as donnée. »

Il l'avait installée à nouveau contre sa poitrine. Près de son oreille, Catherine entendait battre le cœur de son amant. Mais ce fut le sien, à elle, qui battit un peu plus vite. Le moment était venu... elle se reprochait déjà d'avoir trop tardé. Dans les délices de cette nuit d'amour, elle avait failli oublier la détresse d'Odette. Collant sa tête plus étroitement contre Philippe, elle murmura :

« J'ai... j'ai quelque chose à te demander.

— Dis vite, c'est accordé d'avance. »

Elle se redressa, posa sa main sur la bouche du duc, hochant tristement la tête.

« Ne promets pas trop vite ! Tu n'aimeras sans

doute pas ce que je vais te dire. Il se peut... que tu te fâches. »

Elle attendit l'effet de ses paroles et son inquiétude grandit en voyant que Philippe se mettait à rire.

« Il n'y a pas de quoi rire, je t'assure, fit-elle offusquée vaguement.

— Oh si ! car je pourrais te dire moi-même ce que tu vas me demander. Gageons... tiens, un baiser !... que je sais ce que tu veux !

— C'est impossible !

— Mais non ! Il suffit seulement de te bien connaître. Tu as toujours dans ta manche une grâce « impossible » à me demander... même quand tu n'as pas de manches. Crois-tu que j'ignore ton amitié pour cette sotte d'Odette de Champdivers ? Ma police est mieux faite que cela, belle dame.

— Alors ? fit Catherine, la gorge soudain serrée. Qu'est-ce que le duc de Bourgogne va faire des conspirateurs ?

— Le duc de Bourgogne n'en fera rien du tout, pour ne pas faire pleurer les beaux yeux que voilà. La fille, le moine et le trafiquant iront se faire pendre ailleurs. On les libérera... mais je ne peux faire moins que les expulser. Ton Odette devra quitter la Bourgogne. Elle ira en Savoie où on la casera quelque part. Le moine retournera à son mont Beuvray avec interdiction de franchir nos frontières et le marchand regagnera Genève. Tu es contente ?

— Oh ! s'écria Catherine débordante de reconnaissance, les yeux brillants comme des étoiles. Oh oui !

— Alors, je te rappelle que tu me dois un gage. J'ai deviné juste. Paie, maintenant ! »

Catherine paya avec enthousiasme et tant d'ardeur que Philippe fut bientôt comblé.

Matines devaient être chantées depuis longtemps au couvent Saint-Etienne, voisin du palais, quand Catherine, ses muets sur les talons, regagna sa demeure. La nuit était d'un noir d'encre et le froid cinglait son visage sous le capuchon baissé, mais la joie qu'elle emportait lui tenait chaud. Elle savait que, dans la matinée, Odette serait libérée, qu'elle pourrait la garder chez elle vingt-quatre heures puis la remettre à l'escorte chargée de la mener aux frontières de Bourgogne. L'exil n'aurait rien d'affreux car la jeune femme se promettait de bien munir son amie et le moine de manière à ce qu'ils ne manquassent de rien...

Elle était très fatiguée. Une journée de cérémonies écrasantes ajoutée à une nuit de plaisir, il y avait là de quoi abattre quelqu'un de plus solide. Mais, en se hâtant vers sa maison chaude, Catherine songeait avec plaisir à son lit douillet, bien clos, à la douceur de ses draps. Elle se sentait extraordinairement bien, malgré son état... détendue comme cela ne lui était pas arrivé depuis la Noël. Elle était sûre de dormir comme un ange.

Rentrée dans sa chambre, elle se hâta de se dévêtir et de se glisser dans le lit que Perrine, réveillée en sursaut, s'était précipitée pour lui bassiner pendant qu'elle se déshabillait. Tout était tranquille dans la maison. On n'entendait aucun bruit.

« Ne me laisse pas dormir trop longtemps demain matin, recommanda Catherine à la jeune fille. Il faut que j'aille à la prison vers le milieu de la matinée pour y chercher dame Odette. Et je suis si lasse que je pourrais dormir jusqu'au soir. »

Perrine promit, se retira sur une révérence. Catherine, bien protégée derrière ses rideaux de soie, ne tarda pas à tomber dans un profond sommeil.

Elle fut tirée de sa bienheureuse inconscience par un fait étrange et brutal. Des mains s'étaient saisies d'elle, l'empoignaient aux épaules et aux cuisses, la soulevaient dans les airs, l'emportaient. Ses yeux gros de sommeil devinèrent, dans une pénombre grisâtre, qui était peut-être le tout petit jour, des formes sombres et confuses qui s'agitaient. Sa chambre, qu'elle avait peine à reconnaître semblait pleine de fantômes. Ces ombres ne faisaient pas le moindre bruit et ce silence ajoutait à l'impression de cauchemar.

Comme pour sortir d'un rêve, Catherine voulut crier. Mais, si sa voix s'arrêta sur ses lèvres, ce ne fut pas à cause de l'étrange impuissance née d'un songe pénible, mais bien parce qu'une main s'était abattue sur sa bouche. Elle comprit, alors, qu'elle ne rêvait pas, qu'on l'enlevait bel et bien. Mais qui ? Toutes ces ombres portaient des masques... D'autres mains, sans douceur, la roulaient dans une couverture qu'on rabattit sur sa tête. Une obscurité totale, étouffante, engloutit la jeune femme terrorisée.

Elle perçut un vague chuchotement puis on l'emporta. En pensée, elle suivait le chemin parcouru, la galerie, l'escalier... marche à marche. Les deux hommes qui la portaient, sans précautions, la secouaient comme un panier. Elle ne pouvait crier car on l'avait bâillonnée... Une brusque bouffée d'air glacial lui apprit qu'elle était dans la cour. Tout cela n'était que trop réel et pourtant la sensation de rêve absurde demeurait. Comment pouvait-on l'enlever dans cette maison pleine de monde ? Il y avait Perrine, Garin, Abou et ses muets... Il y avait Tiercelin... et cependant on l'emportait comme un sac sans qu'aucune voix se fît entendre...

On la jeta dans quelque chose qui devait être une

litière car cela se mit à bouger. Catherine se débattait avec une énergie si farouche que, malgré les liens serrés, autour de la couverture, elle parvint à dégager un bras.

« Faites vite », chuchota une voix étouffée...

Catherine prit pour elle le conseil, redoubla d'énergie, découvrit sa tête à demi. Elle était dans une charrette bâchée et pleine de paille. Le jour se levait... Elle put voir un coin de la rue, très peu. Un homme occupait tout son champ de vision... et cet homme était Landry Pigasse. Un ultime effort et elle put libérer sa bouche, hurla :

« A moi... Landry ! »

Le cri s'étrangla dans sa gorge, étrangement faible. Ses ravisseurs avaient dû s'apercevoir qu'elle s'était quelque peu libérée. Un coup violent s'abattit sur sa tête et Catherine s'effondra dans la paille, sans connaissance cette fois.

Elle ne sut pas que la charrette franchissait la porte d'Ouche et s'engageait sur la route de l'ouest.

CHAPITRE VI

LA CHAMBRE DU DONJON

UNE sensation de froid réveilla Catherine en même temps qu'une violente douleur à la tête. Etroitement ligotée, elle était incapable de bouger mais du moins son visage était-il découvert. Cela ne l'avançait pas beaucoup car le bâillon avait été replacé sur sa bouche et, profondément enfoncée dans la paille qui garnissait la charrette, elle ne voyait rien que le ciel et les deux hommes assis près d'elle. Mais sa tête était à peu près à la hauteur de leurs pieds.

Jamais, encore, elle ne les avait vus. Avec leurs houppelandes en peau de mouton, leurs chapeaux de feutre enfoncés sur les yeux, leurs mains rouges aux doigts carrés appuyées sur leurs gros genoux, ils avaient l'air de paysans... et semblaient totalement insensibles. Ils se laissaient aller au roulement de la charrette et, quand Catherine gémit pour attirer leur attention, ne tournèrent même pas les yeux vers elle. Si leur respiration n'avait fait fumer leur haleine, on aurait pu les prendre pour des statues de bois. Mais bientôt, Catherine se désintéressa d'eux car elle se sentait de plus en plus mal. Les cahots de la carriole se répercutaient douloureusement dans tout son corps. Ses mains et ses pieds étaient glacés et son estomac vide se tordait, aux prises avec d'atroces nausées. Le bâillon l'étouffait. Les cordes qui la liaient étaient serrées si fort qu'elles meurtrissaient sa chair malgré l'épaisseur de la couverture...

Tout près de là, une voix cria :

« Au galop !... Plus vite, Rustaud ! Fouette tes chevaux ! »

La voix n'était pas reconnaissable et, d'ailleurs, Catherine ne chercha pas à l'identifier. Elle plongea brutalement dans un univers de souffrances qui laissa bientôt en arrière ses précédents malaises. La mauvaise charrette se mit à bondir dans les ornières profondes de la route, secouant sans miséricorde le corps douloureux de la malheureuse Catherine à peine protégée des planches par un peu de paille. Des flèches de feu parcouraient son ventre, son dos, ses reins. Elle rebondissait comme un sac de sable à chaque cahot. De grosses larmes qu'elle ne pouvait plus retenir roulaient sur ses joues. Ses deux gardiens contemplaient maintenant son supplice avec une joie bestiale et répondaient par de gros rires à chacune de ses plaintes... Torturée, écartelée, elle souhaita être morte... Que signifiait tout cela, cette épouvantable aventure ? A qui devait-elle ce traitement barbare ?

Mais, l'excès même de sa souffrance finit par venir à son secours. Comme le chariot passait à toute allure sur une pierre et retombait avec une violence qui envoya la tête de Catherine sonner contre un montant de bois, la malheureuse poussa un cri et s'évanouit à nouveau...

En revenant à elle, Catherine se crut au fond d'une cave. Elle était encore couchée sur de la paille, mais dans un lieu obscur dont elle distinguait mal les détails. Une haute voûte de pierre se perdait dans l'ombre, loin au-dessus d'elle. En tournant la tête pour voir ce qui l'entourait, quelque chose de froid et de dur la gêna et fit un bruit métallique. Portant les mains à son cou, elle sentit un collier de fer et aussi que ce collier était attaché à une chaîne assez longue pour permettre une certaine liberté de mouvements, mais rivée dans le mur. Avec un cri d'horreur Catherine se redressa, assise sur la paille et se mit à tirer instinctivement, des deux mains sur la chaîne, dans un effort dérisoire pour l'arracher de la muraille. Un éclat de rire salua cette misérable tentative.

« Elle est solide et bien attachée. Vous ne risquez ni de l'ôter, ni de lui échapper, fit une voix froide. Comment trouvez-vous votre nouveau palais ? »

Catherine se leva d'un bon malgré les douleurs de son corps meurtri. La chaîne retomba le long de ses jambes. Avec stupeur, elle reconnut Garin debout devant elle.

« Vous ? C'est vous qui m'avez enlevée, amenée ici ? Mais où sommes-nous ?

— Vous n'avez nul besoin de le savoir. Qu'il vous suffise d'apprendre que, dans ce lieu, personne ne viendra vous délivrer, ni n'entendra vos cris s'il vous prend fantaisie de crier. Ce donjon est haut, solide et convenablement isolé... »

Tandis qu'il parlait, le regard de Catherine faisait le tour de la vaste pièce ronde qui devait tenir toute la superficie du donjon. Une étroite fenêtre en ogive, encore réduite par deux barreaux en croix, l'éclairait seule. Il n'y avait aucun mobilier, excepté un escabeau posé auprès d'une grande cheminée dans laquelle l'un des hommes en veste de mouton était occupé à allumer un maigre feu. Rien que la litière de paille sur laquelle Catherine s'était retrouvée ! De sa prison, car c'en était bien une, Catherine passa à l'examen de sa propre personne. Elle était vêtue d'une chemise de toile, d'une robe de bure brune grossière, d'une paire de bas de laine et de sabots de bois !

« Qu'est-ce que tout cela veut dire ? demanda-t-elle avec une intense surprise. Pourquoi m'avez-vous conduite ici ?

— Pour vous punir ! »

Garin se mit à parler et, à mesure que les paroles sortaient de sa bouche, son visage se crispait, se tordait sous l'empire d'une haine folle.

« Vous m'avez ridiculisé, couvert de honte... vous et votre amant ! Je me doutais, à voir votre visage, vos yeux cernés, que vous étiez pleine comme une chienne, mais votre malaise d'hier m'a éclairé tout à fait. Vous êtes enceinte de votre amant, n'est-ce pas ?

— De qui voulez-vous que ce soit ? lança Catherine avec surprise. Pas de vous, en tout cas ! Et je trouve étrange que vous preniez ombrage de l'état actuel des choses. C'est bien ce que vous vouliez pourtant : me jeter dans les bras du duc ? M'y voici. Je porte son enfant... »

Son ton était glacial et sentait le défi. Frissonnante dans sa grossière robe, Catherine s'approcha de la cheminée. La chaîne la suivit avec un bruit sinistre. L'homme qui soufflait sur le feu s'écarta pour la regarder avec un mauvais sourire.

« Qui est celui-là ? » demanda-t-elle.

Ce fut Garin qui répondit.

« Il s'appelle Fagot... et il m'est tout dévoué. C'est

lui qui va s'occuper de vous. Evidemment, ce n'est pas un seigneur. Votre délicatesse trouvera qu'il est moins parfumé que le duc mais, pour ce que je veux faire, il sera parfait... »

Catherine ne reconnaissait pas Garin. Son œil unique était fixe et ses mains tremblaient. Sa voix avait un débit haché, montant parfois à un aigu insolite. La peur se glissa dans les veines de la jeune femme, balayant sa colère. Elle voulut pourtant donner encore le change.

« Que voulez-vous donc au juste ? » demanda-t-elle en tournant le dos à Fagot.

Garin se pencha vers elle, grinçant des dents...

« Vous faire perdre cet enfant que vous portez parce que je ne veux pas, moi, donner mon nom à un bâtard. Je pensais que la petite promenade jusqu'ici aurait suffi pour une fausse couche. Mais j'oubliais que vous êtes solide comme une truande. Il se peut que nous n'arrivions pas à vous débarrasser avant le temps. Alors il ne me restera plus qu'à attendre la naissance... et à supprimer le gêneur quand il paraîtra. En attendant, vous resterez ici avec Fagot. Et, croyez-moi, il saura bien rabattre votre caquet. En fait... je lui ai donné tout pouvoir sur vous... »

Des tics nerveux tiraillaient les traits de l'argentier, leur conférant une apparence démoniaque. Le rictus de ses lèvres minces, le pincement de ses narines, sa voix qui atteignait le fausset firent comprendre à la jeune femme terrifiée qu'elle se trouvait en présence d'un autre homme. Garin était fou... ou peu s'en fallait ! Il n'y avait qu'un fou pour concevoir ce plan diabolique : la remettre aux mains d'une brute pour tenter de lui faire perdre son fruit. Tuer l'enfant si besoin était ?... Elle voulut, cependant essayer de le raisonner.

« Revenez à vous, Garin ! Vous délirez ! Avez-vous songé aux conséquences de votre acte ? Croyez-vous que personne ne s'inquiétera de moi, ne me cherchera. Le duc...

— Le duc part demain pour Paris et vous le savez aussi bien que moi. Je saurai parler de votre santé chancelante... et ensuite de votre accident...

— Croyez-vous donc à mon silence, une fois délivrée ?

— Je crois surtout que, lorsque vous aurez passé quelques mois entre les mains de Fagot, le duc n'aura plus envie de vous... car vous n'aurez plus rien de commun avec ce que vous étiez. Et il n'aime que la beauté. Il vous oubliera vite, croyez-moi... »

L'affolement s'emparait de Catherine. S'il était fou, du moins avait-il tout prévu. Elle tenta une ultime chance.

« Et ceux qui vivent autour de moi ?... Les miens, mes amis ? Ils me chercheront...

— Pas si je fais courir le bruit que Philippe de Bourgogne vous a, secrètement, emmenée avec lui. Qui donc s'en étonnera après les trop visibles marques d'amour dont il vous a comblée ?... »

La terre se dérobait sous les jambes de Catherine. Elle crut sentir le monde vaciller autour d'elle, un abîme s'ouvrir devant ses yeux. Des larmes de colère impuissante montèrent à ses yeux. Mais elle se refusait encore à croire Garin totalement insensible. Instinctivement, elle joignit les mains.

« Pourquoi me traitez-vous ainsi ? Que vous ai-je fait ? Souvenez-vous : c'est vous... et vous seul qui m'avez dédaignée quand je m'offrais à vous. Nous aurions pu être heureux mais vous avez refusé. Il vous fallait me jeter dans les bras de Philippe... et maintenant, vous m'en punissez ? Pourquoi... mais pourquoi ? Me haïssez-vous donc ? »

Les deux mains de Garin se refermèrent autour des minces poignets. Il se mit à secouer férocement la jeune femme :

« Je vous hais... oh oui, je vous hais ! Depuis que j'ai été forcé de vous épouser, j'ai souffert mille morts à cause de vous... Et maintenant il me faudrait endurer de vous voir étaler devant moi sous mon toit, votre ventre insolent ? Il me faudrait servir de père à un bâtard ? Non... cent fois, mille fois non. J'ai dû obéir, j'ai dû vous épouser ! Mais j'ai préjugé de mes forces. Le reste, je ne peux pas l'accepter...

— Alors laissez-moi aller chez ma mère... A Marsannay ? »

D'une brutale secousse, il la jeta à terre. Elle tomba rudement sur les genoux, tirant sur la chaîne qui meurtrit son cou et gémit : « Ayez pitié...

— Non... Personne n'a eu pitié de moi... Vous expierez... ici... ensuite vous pourrez aller vous cacher dans un couvent... quand vous serez laide. Alors c'est moi qui rirai... Je n'aurai plus votre insolente beauté sous les yeux... votre corps impudique dont vous n'avez pas craint de faire étalage jusque dans mon lit... Laide ! Hideuse !... voilà ce que vous serez quand Fagot en aura fini avec vous... »

Ecroulée à terre, protégeant instinctivement sa tête de ses bras, Catherine à bout de nerfs, sanglotait maintenant sans retenue. Tout son corps lui faisait mal et le désespoir l'envahissait.

« Vous n'êtes pas un homme... vous êtes un malade... un dément, hoquetait-elle. Quel homme digne de ce nom agirait comme vous ? »

Seul, un grognement lui répondit. Levant alors vivement la tête, elle vit que Garin était parti. Elle était seule avec Fagot. C'était lui qui avait poussé ce grognement. Debout devant le feu qu'il avait enfin réussi à allumer, il la regardait de ses petits yeux noirs qui avaient l'air de deux clous dans sa figure flasque et couperosée. Un rire idiot le secouait tout entier. Il se dandinait d'un pied sur l'autre, à la manière d'un ours, les bras pendants de chaque côté de son gros corps. Une vague de peur, écœurante comme une nausée, serra Catherine au ventre. Elle se releva, recula sans quitter des yeux l'homme qui avançait. Jamais, de toute sa vie, elle n'avait éprouvé pareille terreur, frayeur aussi abjecte ! La conscience de sa faiblesse, de son impuissance en face de cet homme qui n'avait d'humain que la forme extérieure... et encore ! Cette chaîne de fer qui l'attachait à la muraille... trop courte pour lui permettre d'atteindre la fenêtre... Dans un réflexe enfantin d'effroi, elle se tapit contre le mur, se protégeant de ses bras. Fagot marchait sur elle, un peu penché en avant, les mains ouvertes, comme s'il se disposait à l'étrangler. Catherine crut sa dernière heure venue. L'homme était son assassin et les discours de Garin avaient pour seul but de prolonger son angoisse.

Mais, quand les grosses pattes de Fagot s'abattirent sur elle, Catherine comprit que ce n'était pas à sa vie qu'il en voulait. Il la renversa dans la paille où il la maintint d'une main, tandis que, de l'autre, il essayait de relever sa robe... Une effroyable odeur de sueur, de graisse rance et de vin aigre emplit les narines de la jeune femme qu'une nausée faillit bien vider de toute sa force. Mais l'instinct du danger imminent la galvanisa. Un hurlement lui échappa.

« Garin ! Au sec... »

Le cri s'étrangla dans sa gorge. Garin, s'il était encore là, ne pourrait que se réjouir de sa frayeur. Il savait parfaitement ce qu'il faisait en abandonnant la jeune femme au pouvoir de cette brute. Catherine serra les dents pour mieux rassembler son énergie. La paume rugueuse de Fagot qui palpait ses cuisses la soulevait d'horreur. Elle se battit alors, farouchement, sans un cri, luttant contre le poids qui l'écrasait avec l'acharnement d'une bête prise au piège. Surpris par la vigueur qu'elle déployait, l'homme voulut appuyer sa main sur son visage pour mieux la plaquer au sol. Elle le mordit si sauvagement qu'il beugla de douleur, se rejeta en arrière. Sentant le poids s'envoler, Catherine se releva d'un bond, réunit dans sa main une longue boucle de chaîne. Cela formait une sorte de matraque qui pouvait être redoutable.

« Si tu approches, siffla-t-elle entre ses dents serrées, je t'assomme ! »

L'autre recula, effrayé par la lueur de folie meurtrière qu'il avait vue dans le regard de sa prisonnière. Il se retrancha vers la porte, hors d'atteinte de Catherine et parut hésiter. Puis il haussa les épaules, ricana :

« Mauvaise !... Pas manger ! Pas manger tant que Fagot aura pas eu son plaisir... »

Puis il sortit en suçant sa main blessée où coulait un filet de sang. Catherine entendit grincer de pesants verrous. Un pas descendit lourdement l'escalier et la captive se laissa retomber sur sa litière de paille, brusquement vidée de toute la force nerveuse qui l'avait soutenue pendant l'affreuse lutte. Elle enfouit sa tête dans ses mains et se mit à sangloter spasmodiquement. Garin l'avait bel et bien condamnée à la plus affreuse des morts en la remettant à cette brute bestiale. Si elle ne lui cédait pas, il la laisserait mourir de faim... Déjà son estomac vide la torturait. Le maigre feu allumé tout à l'heure par Fagot n'avait plus que quelques tisons auprès desquels la malheureuse alla s'accroupir, tendant ses mains gelées. Il faisait nuit maintenant et la fenêtre n'était plus qu'une vague découpure plus claire dans l'obscurité profonde de la tour. Quand les dernières braises s'éteindraient, Catherine serait livrée aux ténèbres, au froid, à la peur aussi de voir revenir l'abominable geôlier choisi par Garin...

Toute la nuit, elle la passa recroquevillée sur elle-même, les yeux écarquillés dans le noir, l'oreille au guet, n'osant dormir. Elle avait ramené la paille de sa litière autour d'elle pour essayer d'avoir moins froid. Mais quand le jour se leva, Catherine n'en était pas moins transie.

LES trois jours qui suivirent furent, pour la prisonnière, un épouvantable calvaire. Affaiblie par le manque de nourriture, glacée jusqu'aux os car les quelques brindilles allumées chaque jour par Fagot ne donnaient guère de chaleur, elle devait encore lutter contre les assauts de son gardien. Son estomac rétréci, brûlé par les crampes, lui faisait endurer une intolérable torture que n'apaisait guère l'eau saumâtre et glacée que lui servait Fagot pour tout réconfort... Elle se risqua, cependant, à dormir, quand elle eut constaté que les verrous de sa porte faisaient un épouvantable vacarme quand on les tirait ou qu'on les repoussait. Elle n'avait pas à craindre, de la sorte, une attaque sournoise... mais, quand la brute se jetait sur elle, la défense lui était de plus en plus cruelle, de plus en plus douloureuse... Ses bras, ses mains n'avaient plus de forces. Elle devait à sa solide constitution, à sa magnifique santé, de tenir encore et de trouver, au fond de son être les forces désespérées qu'il lui fallait pour se défendre. Mais la faim creusait en elle son sinistre sillon, abolissant sa volonté, abattant son courage... Le temps n'était plus loin où, pour subsister, pour apaiser ses souffrances elle accepterait n'importe quoi... même Fagot !

Au matin du quatrième jour, Catherine n'avait plus même la force de lever le bras. Quand Fagot entra dans sa prison, elle resta couchée dans la paille, inerte, incapable d'un geste. Un vague sentiment de fatalité l'avait envahie. Toutes ses réserves d'énergie étaient usées. Des éclairs rouges passaient devant ses yeux quand elle fermait les paupières et, quand elle les ouvrait, des papillons noirs dansaient sur sa vision des choses... Elle se rendit vaguement compte que Fagot s'agenouillait auprès d'elle... Quand il posa la main sur son ventre pour voir si elle réagirait, une sorte de désespoir glissa en elle, mais sans provoquer l'impossible réaction. Au contraire, peu à peu, le détachement venait. Plus rien n'avait d'intérêt... Bientôt, elle serait morte. Ce serait pour demain... ou pour le jour suivant, à moins que ce ne soit pour la nuit à venir... Qu'importait, après tout, ce que le misérable ferait de son corps. Peu à peu, à force de souffrir, il s'engourdissait. Un seul point, douloureux avec acuité, demeurait sensible : son cou que le cercle de fer écorchait et brûlait... Mais, pour essayer d'oublier, de retomber dans la bienheureuse torpeur qui, de plus en plus souvent, s'emparait d'elle, Catherine ferma les yeux. Elle sentit vaguement que Fagot ouvrait sa robe, arrachant les lacets du corsage dans son impatience, qu'il déchirait sa chemise. Le froid glissa sur sa peau nue que parcouraient les mains brutales du gardien. Il grognait comme un porc, tout contre elle...

Catherine eut un vague geste de défense pour se protéger contre l'ultime profanation, mais elle avait l'impression de se mouvoir dans des masses de coton. Un poids intolérable l'écrasa... mais, soudainement, il se passa quelque chose. Fagot se releva brusquement, abandonnant Catherine grelottante sur son grabat. Comme à travers une brume, elle vit Garin debout devant son tas de paille, un fouet à la main... C'était le fouet qu'il avait fait claquer sur les épaules de Fagot pour l'arracher à la jeune femme.

Maintenant, il s'accroupissait auprès d'elle, posait la main sur son sein gauche. Les oreilles de Catherine bourdonnaient mais elle comprit parfaitement ce qu'il disait :

« Elle est aux trois quarts morte ? Que lui as-tu fait ? »

La réponse de l'idiot lui parvint aussi :

« Pas mangé... Voulait pas être gentille avec Fagot...

— Tu ne lui as pas donné à manger depuis quatre jours ? Triple imbécile ! Je t'ai dit de la dresser, d'en faire ce que tu voulais. Mais pas de la tuer ! Dans deux ou trois jours elle sera morte... Va me chercher de la soupe, et tout de suite... »

Garin se penchait vers elle, recouvrait son corps amaigri en étendant dessus la chemise, puis la robe. Ses mains étaient douces et Catherine sentit un vague espoir lui revenir. Avait-il un peu de regret de ce qu'il avait fait ? Elle se sentait encore capable de pardonner s'il l'arrachait à son enfer.

Quelques minutes plus tard, Fagot revenait, portant une écuelle de bois où fumait quelque chose. Garin souleva Catherine pour la faire boire.

« Doucement... Buvez d'avord un peu de bouillon. »

Avec avidité, la malheureuse trempa ses lèvres sèches dans le bouillon chaud. Une gorgée, deux gorgées... La vie, peu à peu, coulait en elle, réveillant les sensations de son corps douloureux. Quand il n'y eut plus une goutte de bouillon dans l'écuelle, Catherine se sentit mieux et poussa un profond soupir. Elle ouvrait la bouche pour remercier Garin d'avoir eu pitié d'elle, mais, la voyant mieux, il ricana :

« Si vous pouviez vous voir ! Certes, aucun prince, que dis-je ? aucun homme ne ferait ses délices de vous. Vos cheveux sont ternes, sales, votre peau est grise... et vous êtes prête à n'importe quoi pour manger... comme une bête affamée ! Ma parole, je regrette d'avoir empêché Fagot de vous prendre. Vous êtes juste à point pour lui... »

Avec la vie, la colère revint dans l'âme de Catherine. Elle n'ouvrit même pas les yeux, se contenta de murmurer :

« Allez-vous-en ! Vous êtes un misérable... Je vous hais !

— J'espère bien, s'écria Garin avec cette bizarre voix de fausset qui lui venait si naturellement depuis quelque temps. Mon seul regret c'est que votre amant ne puisse vous voir dans l'état où vous êtes ! Certes, il aurait du mal à vous reconnaître. Où est l'éblouissante dame de Brazey ? La fée au diamant noir ? Il n'y a ici qu'une génisse maigre à la panse pleine... Un bien doux spectacle pour moi ! Je pourrai dormir maintenant, sans être hanté par votre éclat... »

Il continua pendant un moment à l'insulter, mais Catherine ne l'écoutait pas. Qu'il s'en aille, qu'il la laisse mourir, c'était tout ce qu'elle demandait. Elle gardait les yeux fermés, regrettant de ne pouvoir fermer aussi les oreilles. Garin finit par se lasser... Au bout d'un moment, le silence se fit. La porte claqua, puis les verrous... Il n'y eut plus rien qu'un vague crépitement. Catherine ouvrit les yeux. Elle était seule... Garin et Fagot avaient disparu. Dans la cheminée une brassée de bois brûlait et, auprès de la paillasse de la jeune femme une assiette avait été posée contenant quelques légumes et un morceau de viande sur lesquels elle se jeta, oubliant tout orgueil, mue par l'unique instinct de conservation... Affamée, elle trouva encore le courage de s'obliger à ne pas manger trop vite, mâchant de son mieux chaque bouchée. L'eau glaciale de son bol de terre habituel lui parut délicieuse sur ce mince repas. Sa faim n'était pas encore apaisée, et de loin, mais elle se sentait moins faible, put se redresser, remettre sa chemise et sa robe et même se traîner jusqu'à la cheminée où elle s'étendit sur la pierre de l'âtre. Les flammes pénétraient chaque fibre de son corps d'une bienfaisante chaleur. Hélas ! cela ne durerait guère car il n'y avait pas de grosses bûches dans le tas de branchages qu'avait enflammé le gardien. N'importe ! La revigorante ardeur du feu s'insinuait dans les membres glacés et douloureux de la jeune femme. La cheminée était un havre de salut, un coin de paradis... Pour achever de se trouver moins mal, Catherine déchira le bas de sa chemise, enroula autour du collier de fer la bande de grosse toile. Le tissu râpait mais, du moins, ne blessait-il pas comme le cercle tout juste martelé. Elle se recoucha avec un soupir de soulagement, replia son bras sous sa tête et s'apprêta à dormir. Elle aurait bien aimé profiter encore un peu de ce beau feu qui serait éteint quand elle s'éveillerait, mais elle se sentait lasse. Le sommeil fermait ses paupières irrésistiblement...

Elle les rouvrit presque aussitôt. Une toux violente se faisait entendre au-dessus de sa tête. Quelque chose de lourd tomba dans les flammes, faisant jaillir une gerbe d'étincelles. Catherine se rejeta en arrière pour ne pas être atteinte, écrasant sa bouche prête à crier sous sa main. C'était un homme qui venait de tomber dans le feu et se hâtait d'en sortir en jurant abominablement.

Dans l'ombre de la tour qu'envahissait le crépuscule, Catherine vit une silhouette vigoureuse qui s'administrait des claques un peu partout pour éteindre les brindilles enflammées accrochées à ses vêtements.

« C'était le seul moyen, grogna le nouveau venu. Mais, tête-Dieu ! Quel sale chemin ! »

Croyant à un nouveau rêve, né de sa fièvre, Catherine n'osait rien dire, mais la forme sombre revenait vers le feu, se penchait sur la jeune femme tapie contre l'un des piliers de l'âtre. Elle reconnut aussitôt, malgré la couche de suie, la figure goguenarde couronnée de cheveux noirs bien raides.

« Landry ! fit-elle faiblement. C'est bien toi ? Ou bien est-ce que je rêve encore ?

— C'est bien moi, fit gaiement le jeune homme. Mais j'en ai eu du mal à te retrouver ! L'espèce de piqué que tu as pour mari avait bien calculé son coup ! »

Malgré ces affirmations, Catherine ne pouvait croire à la réalité de ce qu'elle voyait et entendait :

« Je ne peux pas croire que ce soit vraiment toi, balbutia-t-elle. Landry ne veut pas me reconnaître. Landry a oublié Catherine. »

Il s'assit près d'elle et entoura de son bras les épaules frissonnantes.

« Landry n'avait rien à faire avec la femme de Garin de Brazey... avec la maîtresse du tout-puissant duc. Mais tu es une victime, tu es malheureuse, tu as besoin de moi. Tu es redevenue Catherine... »

La jeune femme sourit et laissa sa tête reposer sur l'épaule de son ami. Ce secours, cette amitié tombés littéralement du Ciel, étaient tellement inattendus.

« Comment m'as-tu retrouvée ? Et où suis-je ?

— Au château de Mâlain que Garin a dû se faire prêter par l'abbé de Saint-Seine. Comment je t'ai retrouvée, c'est une autre histoire. Un matin où je rentrais au logis après une nuit de ripaille au cabaret, j'ai vu une charrette sortir de l'hôtel de Brazey. J'ai entendu une femme crier dans cette charrette... un seul cri. Mais j'étais ivre encore et j'étais à pied... J'ai laissé courir. Une fois dégrisé, cette histoire m'a trotté dans la tête. Je suis allé chez toi, j'ai demandé à te parler. J'ai vu seulement une petite servante, une nommée Perrine, qui pleurait comme une fontaine. Elle m'a dit que tu étais partie, au petit matin, sans même la réveiller. Que tu devais suivre le duc à Paris... mais elle n'avait pas l'air d'y croire beaucoup à cause de tes robes qui étaient toutes là. Je n'ai pas pu l'interroger plus longuement, parce que le Garin revenait. Mais tout ça ne me paraissait pas clair. J'ai surveillé ton mari, un jour, deux jours et la suite. Finalement, ce matin, je l'ai vu partir à cheval et je l'ai suivi de loin. Nous sommes arrivés jusqu'ici et quelque chose m'a dit que j'avais trouvé ce que je cherchais. Dans le village, au bas de cette butte, on n'a pas très bonne opinion du château. On m'a dit, à l'auberge, qu'on y avait entendu des cris, des plaintes... une voix de femme. Les bonnes gens croient aux fantômes. Ils n'ont pas cherché beaucoup plus loin. La nuit, ils s'enfermaient chez eux en faisant le signe de croix, voilà tout... J'ai cherché comment entrer ici. La bâtisse est en ruine, facile à escalader. J'ai vu, dans la cour intérieure, le cheval de Garin à l'attache, j'ai vu aussi sortir une espèce d'ours qui est allé dans une cabane chercher une écuelle de soupe. Personne ne s'occupait de moi. J'ai pu escalader le donjon en toute tranquillité... J'ai vu la cheminée et me voilà. Il faut dire que j'ai toujours une corde à la selle de mon cheval. Tu sais tout. Maintenant, viens, je t'emmène... »

Il se levait d'un bond, tendait la main pour l'aider à se relever. Mais elle secoua tristement la tête.

« Je ne peux pas, Landry... je suis trop faible. L'écuelle de soupe était pour moi. Mon gardien ne m'avait rien donné à manger depuis quatre jours pour m'obliger à lui céder. Et puis... regarde : Garin a pris toutes ses précautions. »

Elle montrait la chaîne que les plis de sa robe brune avaient dissimulée jusque-là à la vue de Landry. Le jeune homme resta court, changea de couleur. S'agenouillant, il toucha avec une sorte d'horreur craintive la chaîne et le collier.

« Le misérable ! T'avoir livrée à ce sanglier, pauvrette ! Il a osé t'enchaîner, t'affamer, t'exposer aux assauts d'un cochon !

— Tu vois bien que je ne peux pas te suivre.

— Voire ! »

Attentivement, le jeune homme examinait le collier, la chaîne. Celle-ci était épaisse. La limer représenterait un gros travail. Mais le collier portait une serrure.

« Où est la clef ? demanda Landry.

— Je ne sais pas. C'est peut-être Fagot qui l'a.

— Fagot ? Le gros bonhomme que j'ai vu ?

— Sans doute... mais je ne suis pas sûre qu'il la possède. Son intelligence ne va pas loin et je crains bien que cette maudite clef ne soit quelque part dans une poche de Garin. »

Le visage de Landry se rembrunit. Il avait songé que la meilleure manière de délivrer Catherine était de tuer le geôlier, de lui prendre la clef et de sortir tranquillement par la porte. Mais, tout compte fait, il était peu probable qu'il l'eût. Quant à emmener Catherine, comme il l'avait tout d'abord projeté dans l'ignorance de son état, c'est-à-dire par la cheminée, il n'y fallait pas compter. Affaiblie comme elle l'était, la jeune femme ne pourrait jamais fournir l'effort nécessaire pour qu'il pût l'aider à se hisser dans le conduit de fumée... sans parler de la descente le long du mur du donjon, ni du franchissement de l'enceinte écroulée. Tout ce qui, pour ses muscles entraînés de chevaucheur professionnel, n'était qu'un jeu un peu difficile, devenait pour la prisonnière autant d'obstacles infranchissables... Quelques minutes de réflexion persuadèrent Landry qu'il fallait remettre au lendemain son projet.

« Ecoute, fit-il... je vais être obligé de repartir par où je suis venu te laissant là. Je pourrais tuer ton geôlier, mais cela ne servirait à rien, car je n'ai aucun outil me permettant de te délivrer de cette chaîne. Tu dois rester encore ici jusqu'à demain soir. Je reviendrai avec des limes pour, au moins, couper le collier, et je pourrai te préparer une retraite dans la campagne...

— J'aurai tous les courages, promit Catherine, puisque je sais que tu es là, que tu veilles sur moi. Tu as raison, Garin pourrait revenir, il n'est peut-être pas loin et nous ignorons si d'autres hommes ne veillent pas en bas. Dans la charrette, ils étaient deux hommes. L'un était Fagot, l'autre lui ressemblait... Je peux rester une journée de plus. Le plus dur, c'est le froid... »

Elle claquait des dents. Le feu était éteint et la nuit de février était loin d'être clémente. Le reflet pâle qui venait de la fenêtre disait assez qu'il devait y avoir de la neige au-dehors.

« Attends », fit Landry.

Vivement, il déboucla sa ceinture, ôta la veste de cuir épais qu'il portait sur son pourpoint, la jeta, toute chaude encore, sur les épaules tremblantes de Catherine qui s'y blottit avec délices.

« Avec ça, tu auras moins froid ! Il te suffira de la cacher dans la paille quand tu entendras entrer ton geôlier.

— Mais toi... tu vas geler ? »

Le sourire de Landry rendit d'un seul coup à Catherine le bon compagnon d'autrefois, celui qui n'était jamais à court d'inventions et avec qui il faisait si bon courir les rues de Paris !

« Moi, je suis en parfait état, je ne suis pas une pauvre petite fille affamée, gelée...

— ... et enceinte », compléta Catherine.

Le mot pétrifia Landry. Catherine ne pouvait le voir dans cette obscurité qui les enveloppait tous deux, mais à son souffle plus court, elle sentit ce qui se passait en lui.

« De qui ? demanda-t-il la voix brève.

— De qui veux-tu que ce soit. De Philippe, bien sûr !... Garin n'est qu'un mari postiche. Il ne m'a jamais touchée. »

Le soupir que poussa Landry fit un bruit de soufflet de forge.

« J'aime mieux ça ! Et je commence à comprendre. C'est parce que tu attends cet enfant, n'est-ce pas, qu'il t'a conduite ici ? Son orgueil n'a pas pu en supporter davantage ? Alors, raison de plus pour t'arracher à lui. Demain, à la nuit tombée, je reviendrai avec ce qu'il faut pour te délivrer. La seule chose que je te demande, c'est d'éteindre ton feu, si ton gardien t'en allume un. J'ai cru étouffer dans la fumée en descendant.

— Entendu. A la tombée du jour j'éteindrai le feu.

— Parfait. Maintenant, prends ça... Au moins, tu auras quelque chose pour te défendre. »

Catherine sentit qu'il lui glissait dans la main quelque chose de froid... une dague. Se souvenant que c'était la seule arme de Landry, elle voulut refuser.

« Mais toi ? Si tu rencontres Fagot ? »

Le rire de Landry était décidément très réconfortant.

« J'ai mes poings... et je ne peux supporter l'idée de te savoir sans défense aux mains de cette brute. Va te coucher maintenant. Je repars. Dors le plus que tu pourras pour être aussi forte que possible. D'ailleurs, je t'apporterai quelque chose à manger... »

Catherine sentit les mains de Landry tâtonner sur ses épaules. Elles s'y appuyèrent un instant. Un baiser se posa sur son front.

« Courage ! souffla Landry... A demain ! »

Elle l'entendit marcher vers la cheminée, piétiner les brindilles craquantes et jurer sourdement tandis qu'il cherchait le bout de la corde qu'il avait laissé pendre dans le conduit de la fumée. Ensuite, il y eut l'espèce de gémissement qu'il poussa dans son effort pour s'enlever à la force des poignets, la chute molle de la suie arrachée par son passage, puis plus rien... Une fois encore Catherine se retrouvait livrée à la nuit, au froid... à la solitude. Elle se pelotonna de son mieux dans l'épaisse casaque du jeune homme ramenant la paille tout autour d'elle, et voulut essayer de dormir. Mais le lourd sommeil qui l'avait envahie au moment de l'arrivée de son ami, paraissait enfui bien loin. Catherine ne pouvait même pas clore les paupières. L'espoir, en revenant à elle, avait causé en même temps, un invincible énervement. Les heures qui la séparaient du retour de Landry lui semblaient monstrueusement longues...

une éternité de minutes, de secondes. Et, chose encore plus étrange, la peur revint du même coup.

L'imagination en mouvement de Catherine se mit à trotter comme une folle. La somme de périls courus par le jeune homme lui parut énorme et son cerveau surchauffé s'en exagéra la gravité. Il pouvait tomber dans sa périlleuse descente, rencontrer l'énorme Fagot, d'autres hommes peut-être... Toute sa vie à elle, tout son espoir étaient suspendus à cette unique existence d'un homme jeune et courageux, mais qui pouvait trouver plus fort que lui. Si Landry périssait, soit en sortant, soit en revenant le lendemain, nul ne saurait ce qu'il était advenu d'elle. Catherine serait livrée, sans défense, à l'abominable Fagot, aux caprices sadiques de Garin sans que personne d'autre pût venir à son secours...

Comme pour augmenter ses angoisses, un long hurlement éclata au-dehors dans les profondeurs de la nuit et la prisonnière retint un cri de terreur...

Il lui fallut un moment pour se rendre compte qu'il s'agissait seulement de l'appel d'un loup et non pas d'un râle d'agonie. Et les battements affolés de son cœur ne se calmèrent qu'après de longues minutes. En se serrant peureusement contre la muraille, elle sentit sous sa main le poignard que Landry lui avait laissé, s'en empara et le glissa dans son corsage. Le froid de la gaine de cuir lui fit du bien. Cette arme, c'était une présence rassurante... c'était surtout, s'il arrivait malheur à Landry, le moyen d'en finir une bonne fois avec la souffrance, la peur, la faim... L'idée d'avoir maintenant une porte de sortie, désespérée mais définitive, raffermit son courage. Ses muscles douloureux et crispés se détendirent, un peu de chaleur revint à ses doigts glacés. La main sur son corsage, comme pour mieux protéger la dague salvatrice, elle s'étendit en arrangeant le collier de fer de la manière la moins gênante et ferma les yeux. Un sommeil léger, nerveux s'empara d'elle, coupé de sursauts et de brefs cauchemars.

Un rai de lumière sous la porte et le grincement des verrous précautionneusement tirés, l'arrachèrent brusquement à ce mauvais sommeil et la jetèrent contre le mur, hagarde, le cœur fou et la sueur à l'échine. La nuit était toujours aussi noire et Catherine n'avait aucun moyen de savoir à quel point de son cours elle en était. La jeune femme ne devinait que trop ce qui allait suivre. Les précautions même prises par Fagot pour entrer chez elle disaient assez qu'il espérait la trouver endormie... Le grincement continuait, léger, léger... Si Catherine n'avait dormi d'un sommeil aussi inquiet, elle eût pu ne rien entendre.

La porte s'entrebâilla peu à peu. La repoussante figure de Fagot se glissa dans la fente, à contrejour. Il avait dû accrocher quelque part au-dehors la torche dont les flammes dansantes dessinaient des ombres fantastiques sur la porte... Une fois entré, il repoussa le battant derrière lui. La nuit devint opaque mais Catherine, terrifiée pouvait entendre le souffle court de la brute. Elle chercha fébrilement dans son sein la dague de Landry, la tira de sa gaine et la tint serrée dans sa main. L'odeur affreuse de Fagot emplit ses narines au moment où les grosses mains moites s'abattaient sur elle avec une effrayante décision. L'une la saisit à la gorge, l'autre cherchait à se glisser autour de sa taille...

Prise de panique, le cœur soulevé de dégoût, Catherine cessa de raisonner. Son bras s'éleva, s'abattit... Fagot poussa un hurlement de douleur et la lâcha.

« Va-t'en... souffla Catherine entre ses dents, va-t'en ou je te tue si tu oses encore me toucher... »

Sans doute la douleur avait-elle déclenché la crainte

dans le cerveau épais du geôlier, car il se mit à gémir comme un animal, à petits halètements courts... Mais il s'éloignait. La porte se rouvrit, Catherine le vit s'enfuir en tenant sa main sur son épaule... Ses plaintes lui parvinrent encore quelque temps et elle constata que, dans son affolement, il n'avait pas refermé la porte complètement, car les verrous n'avaient pas fait de bruit... L'alerte passée, Catherine décida d'attendre le jour. Elle avait eu trop peur pour pouvoir encore dormir.

L'aube grisâtre vint après un temps qui lui parut interminable. Elle poussa un soupir de soulagement en voyant l'ogive de la fenêtre devenir de plus en plus claire. Enfin, le jour revenait et chassait les terreurs de la nuit ! Catherine reprit confiance. Si tout allait bien, la nuit qui se terminait serait la dernière vécue par elle dans cette prison... Elle se sentait affreusement lasse et malade. A nouveau la faim la torturait mais l'espoir qui soulève les montagnes la soutenait. Elle savait qu'il la soutiendrait ainsi jusqu'au soir mais que, si Landry manquait au rendez-vous, la déception serait si cruelle qu'elle entraînerait avec elle tout ce qui restait en Catherine du goût de vivre. Cette nuit, elle serait libre, ou elle serait morte...

La journée se traîna, d'autant plus longue que Fagot, peureux ou assoiffé de vengeance, oublia une fois de plus de porter à manger à la prisonnière. Catherine dut se contenter d'un peu d'eau et songea avec tristesse qu'elle n'aurait aucun mal à éteindre le feu dans la cheminée. Le froid semblait plus vif que la veille, mais la casaque de cuir de Landry la potégeait assez bien contre ses morsures. Quand le bref jour encore hivernal commença à décroître, Catherine se sentit devenir fébrile. Dans combien de temps Landry viendrait-il ? Attendrait-il que la nuit fût bien installée, qu'il n'y eût plus à craindre d'être vu de qui que ce soit dans la campagne ? Catherine ne pouvait répondre à cette question, mais elle penchait pour une arrivée tardive. Landry, sans doute, voudrait mettre toutes les chances de son côté. De même que, le matin, elle avait regardé avec joie s'éclairer sa fenêtre, elle la regarda se dissoudre dans l'ombre sans pouvoir se défendre d'une vague appréhension. La nuit n'avait pas perdu pour la prisonnière son pouvoir maléfique de ramener l'angoisse...

Un bruit de pas dans l'escalier du donjon la fit sursauter. Quelqu'un montait... deux personnes au moins, car elle pouvait distinguer deux voix dont l'une était celle, à peine distincte, de Fagot. Catherine n'en pouvait plus d'avoir peur et, à la crainte de ce qui s'approchait d'elle à cet instant se joignait une atroce déception. C'était peut-être Garin qui revenait... qui avait trouvé un autre moyen de la torturer... Qui pouvait savoir quelle nouvelle invention aurait germé dans ce cerveau malade ? S'il avait décidé tout à coup de la changer de prison, de l'enfoncer dans quelque cachot souterrain sans air et sans lumière où nul, pas même Landry, ne pourrait plus l'atteindre ? Le cœur de Catherine lui faisait mal à force de cogner dans sa poitrine. Quand la porte s'ouvrit, elle faillit crier.

Deux hommes entrèrent dont l'un portait une torche et l'autre une corde. Les yeux agrandis de terreur, Catherine reconnut Fagot dans l'homme à la torche. L'autre n'était pas Garin, mais le deuxième complice de son enlèvement, celui qu'elle avait vu dans la charrette auprès de Fagot. Il lui ressemblait, d'ailleurs, curieusement. Mais il était peut-être encore plus repoussant car ce qui, chez le geôlier n'était qu'hébétude, visible abrutissement, revêtait chez l'autre tous les aspects d'une méchanceté sans mesure. Certes, celui-là n'avait pas l'air d'un idiot, mais la lueur qui brillait dans ses petits yeux annonçait une astuce dangereuse.

Goguenard, balançant sa corde d'une main, il s'approcha de Catherine, se courba vers elle.

« Voilà la mignonne ! Alors, on fait la méchante ? On ne veut pas essayer de distraire un peu le pauvre Fagot, un si brave garçon ?... »

Fagot, qui se tenait à distance respectueuse, la torche haute, désigna la jeune femme avec rancune.

« Couteau !... » dit-il seulement.

Catherine vit qu'en effet un pansement entourait son épaule gauche. Mais elle n'en eut aucun remords, regrettant seulement de n'avoir pas frappé plus fort.

« Un couteau, hien ? fit le nouveau venu avec une ignoble douceur... eh bien, on va le lui prendre ! »

Avant que Catherine ait pu deviner son geste, il avait empoigné la chaîne reliée au collier de fer et la tirait vers lui brutalement. Catherine crut que sa tête sautait. Elle hurla de douleur mais cela ne parut pas impressionner le misérable qui n'en tira que plus fort pour jeter la jeune femme hors de sa couche de paille. Elle roula à terre et, dans sa chute, la dague qu'elle tenait à la main lui échappa.

« Ramasse, Fagot ! fit l'autre. Voilà le couteau en question ! Tu n'as plus rien à craindre. Bon sang ! Quel dommage que j'aie dû te laisser seul avec cette coquine ! Messire Garin devait pourtant bien savoir que, sans ton petit frère, tu ne valais pas cher. Mais maintenant, il est là, le bon Pochard... et on va bien voir qui c'est qui va faire la loi ici. Et d'abord, s'agirait de savoir comment cette mignonne s'est procuré son joli petit couteau... et aussi cette belle casaque de cuir. Ce n'est pas venu tout seul ici, tout ça... et quelque chose me dit qu'elle va nous le raconter bien gentiment. Pas ma belle ? »

Et une nouvelle fois, il donna une secousse au collier de fer, étranglant à demi la malheureuse Catherine.

« Tu vois, ricana le misérable, comme elle est déjà douce et gentille ? On va s'entendre très bien nous deux. Mais d'abord, Fagot, allume-nous du feu ça pourra toujours servir... ne serait-ce qu'à lui mettre les pieds dedans si elle ne veut pas parler. Et puis, il fait vraiment un peu frais ici, pour moi tout au moins parce que Madame est un peu rouge. Elle doit avoir chaud. »

En effet, le sang à la tête, Catherine étouffait à demi car Pochard la tenait soulevée par le collier de fer. Brutalement, il la laissa retomber à terre, mais ce fut pour s'emparer de ses deux mains qu'il ligota derrière son dos.

« Comme ça, commenta-t-il goguenard, on ne craindra pas ses griffes ! Maintenant, on va la faire respirer un peu. Viens ça, Fagot, et laisse ton feu un moment, ça peut attendre. Puisqu'elle te plaît tellement, cette donzelle, je vais te faire plaisir. Je vais te la tenir pendant que tu en useras à ton gré. Et si elle est aussi gironde que tu le dis, je passerai après toi si ça me chante. Attends... je vais te la dépouiller. »

Il commençait à déchirer la misérable robe de Catherine quand un râle d'agonie le fit sursauter et ranima Catherine effondrée. Comme Fagot allait sortir de la cheminée, Landry était tombé sur son dos et, sans autre forme de procès, lui avait planté une dague entre les deux épaules. L'idiot s'affala dans les cendres, face contre terre, crachant un flot de sang...

Landry enjamba le corps d'un bond souple après avoir arraché son arme de la blessure. Maintenant, penché en avant, bras écartés, ses yeux noirs brillants de haine dans son visage barbouillé de suie, il faisait face à Pochard.

« A nous deux, crapule !... siffla-t-il entre ses dents. Je te jure que tu ne sortiras pas vivant d'ici.

— Voire ! ricana Pochard en tirant un long couteau de sa ceinture. On va être deux, à ce jeu-là, mon joli ramoneur. Et j'ai d'autant plus envie d'avoir ta peau que j'aimais beaucoup mon petit frère... »

Catherine, oubliée par lui, se hâta de se traîner dans son coin pour dégager ses mains. Heureusement Pochard n'avait pas beaucoup serré la corde. Elle était si faible et si endolorie qu'elle ne savait plus si elle devait remercier le Ciel d'avoir envoyé Landry à temps où trembler pour lui. Il était jeune, souple et sans doute entraîné aux armes comme tous les hommes de la Grande Ecurie, mais Pochard avait la tête en plus que lui et une force dangereuse se dégageait de toute sa massive personne. Landry, pourtant, ne paraissait pas inquiet. A la lumière de la torche que Fagot avait plantée dans un anneau de fer du mur, Catherine put voir briller ses dents au milieu de sa figure noire ; il souriait... Les deux hommes s'observaient, tournant sur place en une bizarre figure de danse. Puis, brusquement, ils s'empoignèrent. Catherine cria en se rendant compte que Landry était tombé sous la masse de son adversaire. Les deux hommes avaient roulé sur les dalles poussiéreuses et s'y enchevêtraient en un corps à corps furieux. Leurs grognements de rage étaient ceux de deux fauves aux prises et leurs mouvements si violents que Catherine les distinguait mal. Ils étaient inextricablement emmêlés l'un à l'autre... Cela dura un temps qui parut interminable à la prisonnière épouvantée. Mais, soudain, Pochard réussit à terrasser son adversaire. Catherine le vit avec horreur agenouillé sur le ventre de Landry. Il le tenait à la gorge, il serrait, il allait l'étrangler...

Alors, rassemblant tout ce qui pouvait lui rester de forces, Catherine saisit une boucle de sa chaîne, la leva et, avec autant de violence qu'elle put, la laissa retomber sur le crâne de Pochard qui s'écroula... Aussitôt Landry fut debout, d'une bourrade, il renversa le frère de Fagot puis, se penchant sur lui, froidement, il lui trancha la gorge. Le sang gicla jusque sur la robe de Catherine qui, à demi morte, s'était laissée tomber à terre.

« Voilà qui est fait, fit Landry avec satisfaction. Maintenant, à nous deux, Cathy... je te dois la vie. Sans toi, ce pourceau m'étranglait... »

Debout, il respirait fort, reprenant peu à peu son souffle que la violence de la bataille avait écourté. Du pied, il repoussa loin de Catherine le cadavre sanglant de Pochard, puis s'agenouilla auprès de son amie dont il caressa les cheveux emmêlés et poisseux.

« Pauvrette ! Tu n'en peux plus. Attends que je te délivre de ce carcan... mais dans quel état il t'a mise. Tu as le cou en sang... »

En effet, le cou mince saignait à plusieurs endroits, écorché par les brutales tractions exercées par Pochard sur le collier de fer. Landry déchira un morceau de la chemise de Catherine ou de ce qu'il en restait pour en faire un gros tampon qu'il interposa entre le collier et le cou blessé, puis, à l'aide d'une grosse lime qu'il avait apportée avec lui, se mit en devoir de scier le collier. Car la fouille du cadavre de Fagot n'avait rien donné. Il n'avait pas trouvé la clef. L'opération fut longue et pénible pour Catherine malgré les précautions prises par Landry. Le bruit irritant de la lime mordant l'acier crispait les nerfs de la jeune femme surexcitée par l'impatience. Enfin, le moment vint où le carcan tomba et où Catherine, libre, put se relever. Elle voulut se jeter au cou de Landry pour le remercier mais il la repoussa doucement.

« Tu me remercieras plus tard. Maintenant, il faut filer d'ici et vite... Je ne crois pas qu'il y ait d'autres gardiens... »

Soutenant par la taille son amie chancelante, il l'entraîna vers la porte, mais au moment de franchir le seuil de sa chambre de torture, la jeune femme eut une défaillance. Elle était arrivée au dernier degré de l'épuisement.

« Quel idiot je suis ! s'écria Landry. As-tu mangé quelque chose aujourd'hui ?

— Non... rien, juste un peu d'eau. »

Landry tira de sa poche un flacon plat dont il mit le goulot à la bouche de la jeune femme.

« Bois un peu de ça ! C'est du vin de Beaune, ça te donnera un coup de fouet. Et, tiens, mange cette galette. Je l'avais apportée pour toi mais dans l'affolement de te trouver aux prises avec ces vilains oiseaux, j'ai complètement oublié de te la donner. »

Le vin emplit l'estomac de Catherine d'une chaleur instantanée mais lui donna également mal au cœur. Elle grignota quelques bribes de galette, se sentit tout de même un peu plus forte et voulut faire quelques pas. C'était impossible. Elle retomba à terre en vomissant ce qu'elle venait d'avaler, secouée par une terrible nausée.

« Tu n'en peux plus ! constata Landry sans s'émouvoir. Alors aux grands maux, les grands remèdes ! »

Il se baissa et, enlevant la jeune femme dans ses bras aussi aisément que si elle n'avait rien pesé, il s'élança dans l'escalier. La vis de pierre, prise dans l'épaisseur de la muraille, était éclairée de loin en loin par des brûlots de poix dans des cages de fer. En quelques instants, Landry et son fardeau furent dans la cour du château.

« Le plus difficile est fait, chuchota Landry avec un petit rire. L'enceinte de ce palais est en ruine. Il y a une brèche là, tout près. »

A peine consciente, Catherine vit des pans de murs noircis qui se détachaient vigoureusement sur la neige. Des plaques blanches ouataient les pierres croulantes sur lesquelles Landry grimpait avec la sûreté d'un chamois. Bientôt, l'enceinte fut franchie et la campagne libre s'étendit, à perte de vue, blafarde sous le ciel noir, devant les yeux de la fugitive. On était maintenant sur la pente de la colline au bas de laquelle quelques masures se tassaient frileusement. Sans lâcher Catherine qu'il tenait étroitement serrée contre sa poitrine, Landry siffla trois fois. Une ombre sortit de derrière un enchevêtrement de ronces et de cailloux.

« Dieu soit loué ! fit une voix tremblante d'émotion. Tu as réussi ! Comment est-elle ?

— Pas brillante ! Il faut la coucher tout de suite.

— Tout est prêt. Viens... »

Si faible qu'elle fût, Catherine avait tout de même soulevé ses paupières au son de la voix. Elle était trop épuisée pour éprouver encore de la surprise et les derniers jours vécus en enfer avaient émoussé quelque peu ses sensations mentales, mais elle voulait s'assurer qu'elle n'était pas le jouet d'une illusion. Non, elle ne se trompait pas. C'était bien Sara qui venait de réapparaître aussi inopinément, sortant de la nuit comme si c'eût été la chose du monde la plus naturelle. Mais n'osant encore y croire, Catherine étendit la main pour toucher le visage penché sur elle.

« C'est bien toi ? Tu es revenue ?... »

Sara saisit cette main et la couvrit de baisers et de larmes.

« Si tu savais comme j'ai honte de moi, Catherine... »

Mais Landry coupa court aux retrouvailles et aux explications.

« Plus tard, je t'expliquerai comment nous nous sommes retrouvés, fit-il en assurant mieux son fardeau dans ses bras. Pour le moment, il faut filer. Il a beau faire nuit, on peut nous voir, sur cette pente blanche. Je vais te déposer Catherine, puis je reviendrai effacer les traces de mes pas dans la neige.

— Où allons-nous ? demanda Catherine.

— Pas loin, rassure-toi... à Mâlain même. Garin n'aura pas l'idée de te chercher si près de ta prison...

— Il sera inutile de revenir, fit Sara, je vais effacer les traces et d'ailleurs... » Elle s'interrompit, tendant un doigt vers le ciel... « la neige recommence à tomber. Elle aura tôt fait de combler nos pas... »

En effet, de grosses mouches blanches voletaient doucement autour des trois personnages, lentes et rares d'abord, puis de plus en plus serrées...

« Le ciel est pour nous, fit Landry joyeusement. Dépêchons ! »

Il se hâta de dégringoler la butte que couronnait la silhouette sinistre du vieux château. Le silence enveloppait tout. Il n'y avait, en effet, plus d'autres gardiens, au donjon, que les deux cadavres déjà froids dont le sang figeait sur les dalles de la prison.

Courant presque, Landry traversa le maigre village, Sara sur les talons, dirigeant ses pas vers une chaumière où brillait une faible lumière et qui s'élevait en lisière d'un bois à flanc de colline. Sous la neige qui l'ensevelissait à moitié, la maisonnette formait une grosse boursouflure blanche, mais il y avait quelque chose d'amical et de rassurant dans la petite fenêtre barbouillée d'or par la lumière intérieure. Confiante, rassurée, Catherine se laissait emporter. Les bras de Landry avaient une vigueur, une chaleur auxquelles il faisait bon se confier... Un chien aboya près de la maison. La porte s'ouvrit aussitôt, découpant la silhouette noire d'une femme sur le fond éclairé.

« C'est nous ! fit Landry. Tout a bien marché...

— Vous l'avez délivrée ? »

La voix était agréable, bien timbrée avec des inflexions graves. Elle roulait légèrement les « r », mais l'accent bourguignon en était léger.

« Entrez vite », fit la femme en s'effaçant pour les laisser passer.

CHAPITRE VII

SARA SE MÉFIE...

La femme qui avait ouvert, devant Catherine, la porte de sa maison se nommait Pâquerette et passait pour sorcière. Mais c'était une bien étrange sorcière qui n'avait aucun point commun avec l'affreuse vieille, sordide et édentée, des légendes. Sa modeste maison au sol de terre battue, était d'une propreté flamande, le chaudron de fer, pendu à la crémaillère au-dessus des flammes de l'âtre, brillait comme de l'argent. Quant à Pâquerette, elle ne devait pas avoir beaucoup plus d'une vingtaine d'années. C'était une de ces belles Bourguignonnes blondes, saines et drues comme de jeunes arbres avec un teint de fleur sauvage et un chaume épais et doré en guise de chevelure, si vigoureux que le bonnet de toile blanche n'y tenait qu'en instable équilibre. Le corps était à l'avenant : des formes pleines sans lourdeur sous une peau au grain serré. En s'écartant pour le sourire, les lèvres rondes de Pâquerette montraient l'ivoire solide et blanc d'une dentition sans défaut.

Mais, tous ces détails, Catherine ne les avait pas notés en entrant dans la maisonnette. Elle n'avait vu que deux choses : le beau feu qui dansait sur la pierre jaune de l'âtre et le lit, si blanc sous ses rideaux de serge rouge, que l'on ouvrait devant elle. Après avoir absorbé la tasse de bouillon de poule offerte par son hôtesse, Catherine y avait dormi d'un sommeil de plomb, oubliant d'un seul coup ses souffrances et l'abjecte terreur qui, pendant des jours, l'avait mordue aux entrailles. Elle fut tout étonnée, le matin revenu, de s'éveiller dans ce décor simple et rassurant au lieu de la grisaille sinistre du donjon. Il lui fallut faire un effort pour se souvenir de ce qui s'était passé durant cette nuit terrible, si fertile en événements prodigieux : la mort des deux gardiens, sa fuite, la miraculeuse réapparition de Sara... Mais, penché sur le lit, Landry guettait son réveil et lui sourit tendrement en remarquant l'instinctif mouvement de recul qu'elle avait eu en ouvrant les yeux :

« Allons, fit-il doucement, n'aie donc pas peur ! Tu n'as plus rien à craindre ! Tu es en sûreté ici... »

Catherine n'avait pas l'air d'y croire. Ses yeux erraient autour d'elle, se posant sur chaque objet familier mais revenant toujours au feu... ce feu dont le manque l'avait tant fait souffrir ! Au-dehors, la neige avait cessé de tomber et même un timide rayon de soleil se montrait. Sa réverbération sur l'épaisse couche immaculée illuminait l'intérieur de la petite maison.

« Du soleil... du feu ! » soupira Catherine avec un léger sourire.

Sara et Pâquerette, revenant de l'étable où elles étaient allées traire les chèvres, rentrèrent à cet instant, l'une avec un seau à demi plein de lait, l'autre avec des fromages. Voyant que Catherine était éveillée, Sara courut l'embrasser en pleurant, se lamentant sur sa maigreur et son aspect misérable. Pâquerette, elle, regardait avec curiosité, en pleine lumière la rescapée du château. Landry lui avait dit qu'elle était la femme du grand argentier, la maîtresse du tout-puissant duc de Bourgogne mais, à contempler cette créature amaigrie, au teint terreux, aux cheveux ternes et emmêlés, sale à faire peur, elle se prenait à en douter. Sara, d'ailleurs, la première émotion passée, contemplait la jeune femme avec désespoir. Ce visage ravagé, ce cou saignant... comment reconnaître l'éblouissante dame de Brazey ?

« Comme te voilà faite ! gémit-elle. Dans quel état, doux Jésus !

— Elle est surtout sale comme un peigne ! fit Landry goguenard. Si j'étais vous, je lui donnerais un peu de lait pour la remettre et puis je la récurerais consciencieusement.

— Je vais faire chauffer une marmite d'eau », approuva Pâquerette en décrochant un chaudron pour aller le remplir au puits du jardin.

Tandis que Catherine buvait son lait à petits coups et que Sara préparait tout pour la nettoyer, on en vint aux explications. Landry raconta comment, le surlendemain de l'enlèvement de Catherine, il avait rencontré Sara chez Jacquot-de-la-Mer où, parfois le chevaucheur ducal allait passer la soirée. Elle y était arrivée dans la journée, ayant laissé dans la forêt de Pasques, la tribu de Stanko, le gitan qu'elle avait suivi et pour qui elle avait abandonné Catherine.

« Elle n'osait pas aller chez toi, ajouta le jeune homme.

— J'avais honte, fit Sara franchement, et regrets

aussi ! J'avais besoin de te revoir et pourtant je craignais de rencontrer ton regard. Mais Dijon m'attirait irrésistiblement. Alors, j'étais allée d'abord chez Jacquot, pour voir venir. Quand j'ai su que tu avais disparu, j'ai cru que je devenais folle... et aussi que Dieu me punissait d'avoir manqué à mes devoirs. J'ai supplié Landry de me laisser l'aider à te chercher.

— Nous avons fait le guet ensemble, conclut Landry, l'un relayant l'autre. Tu connais la suite. Dans la nuit, après t'avoir quittée au château, je suis revenu à Dijon la chercher. Quant à Pâquerette... »

Il attirait la jeune fille à lui, entourant familièrement sa taille de son bras, et posait sur son cou un baiser claquant.

« ... c'est aussi à la taverne de Jacquot que je l'ai connue, voici plus d'un an. Elle habitait Fontaine, avec sa mère, mais la vieille a été prise et brûlée comme sorcière. Pâquerette a dû se sauver. Elle s'est réfugiée chez Jacquot. Seulement, à Dijon, elle ne pouvait pas respirer. Il lui fallait les champs, la campagne. Jacquot avait justement un cousin qui venait de mourir ici, il a donné sa cabane à Pâquerette et voilà ! Elle n'a rien à craindre à Mâlain, sauf si le duc décidait d'envoyer une troupe pour détruire tout le village et encore.

— Pourquoi donc ? demanda Catherine. Est-ce que cette terre est lieu d'asile ? Domaine d'église, peut-être ? Ne m'as-tu pas dit que le château appartenait à l'abbé de Saint-Seine ?

— Le château, oui, encore que le saint homme s'en désintéresse vertueusement, fit Landry en riant. Quant à être un lieu d'asile, c'en est un, en effet, mais pas comme tu l'entends. Ce serait même tout le contraire. Mâlain est un village que l'on ne fréquente guère parce que presque tous ses habitants sont sorciers. La chose est bien connue... Aussi, une de plus une de moins ! Pâquerette y vit tranquille et ton époux savait ce qu'il faisait en t'enfermant dans ce vieux château. Les bons paysans des alentours ne s'approchent pas volontiers de ce coin-là. Le château passe pour hanté et le village est plus ou moins maudit... »

Pendant ce temps, Sara avait rempli d'eau un grand baquet de bois qu'elle avait traîné devant le feu.

« Assez parlé, maintenant, fit-elle en empoignant Landry par les épaules pour le mettre dehors. Va faire un tour ! Nous n'avons pas besoin d'un garçon pour baigner Catherine ! »

Avec un soupir, Landry enfila la casaque de cuir qu'il avait récupérée, glissa une dague à sa ceinture et siffla le chien de Pâquerette.

« C'est bon, je vais faire un tour dans le bois ! J'y rencontrerai peut-être un gibier quelconque. La viande est rare, en hiver... »

Lorsqu'il fut sorti, Sara aida Catherine à se lever, lui ôta sa chemise plus qu'à moitié déchirée et l'aida à s'accroupir au fond du baquet. Au contact de l'eau tiède, la jeune femme poussa un profond soupir de volupté. Après le repos dans un bon lit, la douceur de l'eau était ce qu'elle désirait le plus. Jamais elle ne s'était sentie aussi sale, et, quand elle regardait sa peau ou ses cheveux, elle éprouvait à la fois de la honte et du dégoût. Certes, si elle avait dû rester plusieurs mois dans cette abominable prison, elle en fût sortie irrémédiablement flétrie !... Elle se laissa aller dans l'eau et, tandis que Sara nettoyait avec précaution son cou blessé avant de l'enduire de baume, elle regarda, à travers la fenêtre, Landry qui s'éloignait, le chien sur les talons. Pâquerette était sortie avec lui pour l'accompagner et Catherine pouvait la voir s'appuyer tendrement sur l'épaule du jeune homme.

« Cette Pâquerette ? demanda-t-elle à Sara, tu crois que c'est la bonne amie de Landry ?

— Elle est sa maîtresse et j'ai bien l'impression qu'elle est folle de lui. Mais je ne saurais te dire ce que Landry en pense. L'aime-t-il ? C'est difficile à dire.

— Tu crois qu'elle est réellement sorcière ? Elle en a si peu l'air...

— C'est une maladie qui se transmet de mère en fille, paraît-il. Même si elle ne l'est pas, personne ne voudrait le croire parce que c'est dans l'ordre des choses.

— Mais toi, tu le crois ? »

Sara haussa les épaules et enduisit copieusement de savon un morceau de toile pour en frotter le corps de Catherine. Peu à peu, il retrouvait sa couleur normale, malgré les bleus et les ecchymoses qui le marbraient.

« Je ne sais pas ! Mais je le croirais volontiers. C'est une drôle de fille, tu sais ! Je l'ai vue plusieurs fois chez Jacquot-de-la-Mer. Les hommes la craignaient à cause de son regard. »

Se rappelant les yeux étranges de Pâquerette, de couleurs différentes, l'un bleu et l'autre brun, Catherine songea qu'il y avait peut-être un peu de quoi, mais, toute au plaisir de redevenir propre, elle oublia bientôt son hôtesse. Sara la sortit de l'eau et l'assit devant le feu pour la sécher. Puis elle reprit de l'eau pour lui laver la tête. Catherine se laissait faire comme un petit enfant. C'était délicieux de s'abandonner aux mains habiles de Sara, comme autrefois, quand elle n'était qu'une gamine poussée trop vite. La crasse et la fatigue s'en allaient en même temps. La jeune femme se sentait renaître.

Lorsque Pâquerette rentra, un peu plus tard, elle resta un instant au seuil de la porte, un fagot dans les bras, figée de surprise par le spectacle qu'elle découvrait. Assise sur un escabeau auprès du feu qui rosissait sa peau, enveloppée d'une pièce d'étoffe qui laissait à nu ses jambes fines et ses belles épaules, Catherine, les yeux mi-clos, avait l'air de sommeiller. Debout derrière elle, Sara peignait et repeignait une masse d'or encore humide qui était sa chevelure, la plus belle, la plus longue que la jeune fille ait jamais vue. Etait-ce vraiment la triste épave de la nuit précédente, cette chose grise et maculée de sang qui s'était transformée soudain en une ravissante créature ?

« Soyez gentille de fermer la porte, fit Sara en se détournant à demi, il fait si froid... »

Machinalement, Pâquerette claqua le battant. Mais ses étranges yeux bicolores s'étaient curieusement rétrécis et Sara surprit le regard dont elle enveloppait Catherine. La beauté soudain découverte de la fugitive avait frappé Pâquerette comme un soufflet et Sara sentit comme si elle l'eût touchée du bout du doigt, l'envie se glisser dans l'âme de la sorcière ; elle se promit de ne pas trop lui faire confiance et de la surveiller sans en avoir l'air.

LANDRY rentra tard dans la soirée, couvert de sang et courbé sous le poids d'un jeune sanglier qu'il avait tué au couteau.

Il était éreinté et ravi. Mais, en découvrant Catherine, redevenue fraîche et charmante dans une simple robe de laine bleue appartenant à Pâquerette, sa joie éclata avec exubérance. Il la saisit par la taille à deux mains et l'enleva en l'air.

« Enfin, te revoilà semblable à ton image ! Comme

tu es jolie, ma Cathy ! La plus jolie fille que j'aie jamais vue... ! Tu es un peu trop maigre, mais ça ne durera pas... »

Plantant un baiser sur chacune des joues de la jeune femme, il la reposa à terre puis se tourna vers Pâquerette :

« J'ai faim, dit-il.

— Tout de suite ! La soupe est prête ! »

La voix de la jeune fille était unie et calme comme une eau tranquille, mais Sara avait vu l'éclair de colère qui avait traversé son regard quand Landry avait embrassé Catherine. Décidément, la fille était jalouse et Sara n'en augurait rien de bon !

Après le souper, on tint un conseil de guerre. Rien n'avait bougé au château où nul n'avait dû encore découvrir les cadavres. Mais Garin reviendrait peut-être bientôt et l'on ne pouvait laisser Catherine à la merci d'une dénonciation toujours possible, si quelqu'un remarquait sa présence dans la maison de Pâquerette.

« Le mieux, fit Landry, est de prévenir Mgr Philippe. Seulement ça va demander quelque temps. Il est à Paris en ce moment.

— Et messire de Roussay ? dit Catherine, est-il à Dijon ?

— Je crois que oui ! Mais il ne pourra pas grand-chose pour toi. Que tu le veuilles ou non, Garin est ton mari. Il a tous les droits sur toi et nul homme ne peut l'empêcher de te reprendre, pas même le capitaine des gardes. Il n'y a guère que le duc dont Garin n'osera pas braver la puissance. Je partirai demain pour Paris... »

C'était évidemment la seule solution pratique, mais Catherine ne put se défendre d'une appréhension à la pensée de voir Landry s'éloigner. Auprès du jeune homme, elle ne craignait rien. Il était fort, courageux et si gai !... Le Landry d'autrefois lui était revenu tout entier.

« Pourquoi ne pas attendre tranquillement ici que le duc revienne ? Il ne sera peut-être pas longtemps absent.

— Avec lui, on ne sait jamais ! fit Landry. De plus, j'ai mon service que je ne peux abandonner longtemps. Il faut que j'aille le trouver à Paris. Il donnera les ordres nécessaires pour te mettre à l'abri et empêcher ton mari de nuire. Si tu n'étais pas... dans cet état, je t'aurais emmenée avec moi, mais le chemin est trop long d'ici à Paris, les routes trop dangereuses. Moi, je passerai sans peine et je reviendrai bien vite. Allons, souris-moi ! Tu sais bien que ton salut m'importe plus que tout au monde. »

Il avait mis tant de chaleur dans ces quelques mots que Sara chercha instinctivement le regard de Pâquerette. Mais, celle-ci tenait ses paupières obstinément baissées. Elle ramassait les écuelles pour les laver. Son visage était aussi immobile qu'une pierre.

« Je te préparerai quelque chose pour la route », dit-elle seulement sans regarder Landry.

Dans la nuit, Sara qui partageait avec Catherine le lit abandonné généreusement par Pâquerette, se réveilla soudainement, avertie par ce sixième sens que les races nomades possèdent à si haut degré. Le feu était éteint, la maison obscure, mais la tzingara sentait une présence auprès du lit. Elle retint son souffle. Pâquerette devait dormir dans la soupente, au-dessus de leur tête et Landry dans l'étable, avec son cheval et les chèvres. Mais un léger frôlement se faisait entendre du côté de Catherine qui dormait profondément comme l'attestait sa respiration régulière. Il y avait là quelqu'un, Sara en aurait juré. Elle allait sauter hors du lit pour courir allumer une chandelle quand des pas, prudents mais très perceptibles s'éloignèrent vivement. La porte de la maison s'ouvrit sans un bruit et, sur le fond plus clair du dehors, Sara distingua une silhouette de femme. Mais la porte fut vivement refermée. La bohémienne n'hésita pas. Enfilant hâtivement ses bas, ses souliers, elle jeta une couverture sur ses épaules et, prenant bien soin de ne pas éveiller Catherine, sortit à son tour. Juste à cet instant, Pâquerette sortait du poulailler cachant quelque chose sous la mante noire qui l'enveloppait et Sara n'eut que le temps de se rejeter dans l'ombre de la porte pour n'être pas surprise.

La sorcière s'éloigna rapidement sous le couvert du bois auquel était adossé sa maison. Là, elle s'arrêta et Sara put la voir allumer une lanterne qu'elle tenait cachée sous sa mante avant de s'enfoncer plus avant sous les arbres. Ce manège parut si étrange à Sara qu'elle décida de la suivre. Où donc allait Pâquerette par une nuit si noire ? La température, vers la fin du jour, s'était considérablement radoucie et la neige fondait, sur la terre et dans les arbres, d'où tombaient de temps en temps de froids paquets blancs déjà à demi liquides. Pâquerette marchait vite et Sara dut presser le pas pour la suivre, mais la lumière dansante de la lanterne la guidait à travers les arbres. Le chemin suivi par la fille, à peine tracé mais visible cependant, grimpait à flanc de colline, contournant de gros rochers glissants d'eau et se dirigeant droit vers le sommet de l'épaulement boisé. Soudain, la lumière disparut, comme engloutie par la terre et Sara hésita, livrée tout à coup à l'obscurité. Elle reprit néanmoins sa marche en avant, dans la direction où elle avait vu la lumière s'effacer. Ses yeux s'habituaient à l'obscurité et elle pouvait se diriger sans trop de peine. Bientôt Sara comprit pourquoi la lumière avait disparu. Le sentier longeait une gigantesque roche dans laquelle s'ouvrait une faille assez large pour livrer passage à un corps humain. Persuadée que Pâquerette s'était glissée dans ce trou, Sara s'arrêta, tendit l'oreille croyant bien distinguer un bruit de voix étouffées. Elle regretta de n'avoir pas songé à se munir d'une arme, mais s'engagea tout de même, courageusement, dans l'étroit passage, tâtant le rocher de ses mains. Bientôt, elle dut étendre les bras car le boyau s'élargissait mais le reflet d'une lumière vive lui apparut en même temps que s'enflait le bruit des voix. Dans les profondeurs de la terre, quelque part au bout de l'étroite galerie, un chant bizarre se faisait entendre. Sara pressa le pas, encouragée par la lumière plus efficace. Le chemin plongeait résolument en profondeur, rendu glissant et malaisé par les infiltrations d'eau. Mais une sensation de chaleur parvenait maintenant à Sara. Le couloir fit un coude, puis montra une grande déchirure claire, à moitié bouchée par un éboulement de roches derrière lesquelles la tzingara alla se tapir pour regarder au-delà.

Ce qu'elle vit la fit se signer précipitamment. L'éboulement ouvrait sur une caverne assez spacieuse au milieu de laquelle un feu était allumé. Derrière ce feu, érigée sur une sorte d'autel taillé dans le roc, il y avait une grossière statue de bois qui avait le corps d'un homme et la tête d'un bouc entre les cornes duquel brûlaient trois chandelles de cire noire. Une douzaine d'hommes et de femmes, de tous âges, vêtus comme des paysans, étaient assis à terre en demi-cercle de chaque côté de la statue. Ils étaient rigoureusement immobiles et Sara les eût pris pour des statues si un chant monotone aux paroles à peine distinctes n'avait jailli de leurs lèvres. Seul, un grand vieillard à cheveux blancs aussi longs que ceux d'une femme, était debout devant la grimaçante idole. Les mains au fond des manches de la longue robe noire, peinte de signes cabalistiques rouges, qui l'habillait du cou aux talons il se penchait vers Pâquerette. La jeune fille avait rejeté le capuchon de sa mante sombre. Elle se tenait à genoux devant le vieillard, tête nue. Elle lui parlait et il lui répondait, mais Sara était trop loin pour entendre ce qu'ils disaient. La bohémienne avait compris qu'elle se trouvait là en face de l'assemblée des sorciers de Mâlain, dans le temple secret où ils célébraient le culte de Satan, leur maître...

Sara vit soudain Pâquerette tendre quelque chose de brillant à son interlocuteur : une mèche de cheveux dorés, et réalisa que c'étaient là des cheveux de Catherine. La sorcière avait dû les couper tout à l'heure, au moment où Sara s'était éveillée et avait senti une présence. Le vieil homme partagea la mèche en deux, en fit disparaître la moitié sous sa robe et fit brûler l'autre moitié, conservant les cendres soigneusement. Pâquerette toujours à genoux lui tendit alors une poule noire qui expliqua à Sara sa visite au poulailler. Le sorcier posa la poule sur l'autel, lui trancha la tête d'un coup de couteau. Un jet de sang jaillit et le sacrificateur en recueillit dans un bol de bois. Il en mêla une partie aux cendres des cheveux, en forma une sorte de pâte à laquelle il ajouta un peu de farine puis, se tournant vers le bouc, il éleva jusqu'à sa bouche grimaçante l'espèce de galette ainsi formée. Pâquerette s'était prosternée, face contre terre, tandis qu'à la ronde les sorciers chantaient plus fort, se balançant en cadence sur leurs hanches. Sara fut obligée de se secouer pour échapper à l'envoûtement maléfique de la scène. Elle comprenait que Pâquerette, doutant sans doute de ses propres sortilèges, était venue demander, contre l'ennemie qu'elle s'était découverte, le secours de quelqu'un de plus fort qu'elle.

Ses invocations terminées, le vieillard revint à Pâquerette, la releva et marqua son visage, en croix, avec le sang de la poule noire. Se penchant davantage, il l'embrassa sur la bouche puis, tirant de sa robe un sachet qui devait contenir une poudre, il le lui tendit en murmurant quelque chose à son oreille, avant de se détourner d'elle en désignant la sortie du doigt.

Le geste alerta Sara. Pâquerette allait partir. Il fallait fuir avant d'être découverte ! A toutes jambes, courant presque, sans prendre garde aux angles vifs où elle se heurtait dans sa précipitation, Sara regagna la sortie. L'air vif du dehors lui fit du bien. Elle eut l'impression de remonter des enfers. Son instinct de fille des champs et des bois lui fit retrouver le sentier avec la sûreté d'un chien de chasse sur la trace du gibier, talonnée qu'elle était par le désir d'être rentrée bien avant Pâquerette. Elle atteignit enfin la lisière du bois, puis la maison. Aucun bruit ne s'y faisait entendre. Catherine dormait toujours paisiblement. Sara arracha ses vêtements plutôt qu'elle ne les ôta, se glissa sous les couvertures. Le froid de ce corps qui arrivait contre elle réveilla légèrement Catherine. Elle murmura quelques mots indistincts, se tourna de l'autre côté et se rendormit. Quelques secondes plus tard, Pâquerette rentrait à son tour. Bien réveillée, cette fois, les yeux grands ouverts dans le noir, Sara entendit craquer l'échelle au moyen de laquelle la sorcière grimpait dans sa soupente. Un moment plus tard, il n'y eut plus aucun bruit dans la maisonnette. Mais Sara ne parvint pas à se rendormir. Ce qu'elle avait vu l'avait confirmée dans l'idée que Pâquerette, jalouse de Catherine, ferait tout au monde pour lui nuire. Elle ne croyait guère aux enchantements de ces sorciers de campagne et ne s'inquiétait pas des effets qu'ils pouvaient avoir sur Catherine. Il suffirait de veiller au grain ! Mais le sachet remis par le vieillard l'inquiétait. Elle craignait que ce ne fût un poison.

Elle fut, sur ce point, assez vite rassurée. Quand le jour commença à grisailler à la fenêtre de la petite maison, Sara vit redescendre Pâquerette. Sans s'occuper des deux dormeuses, la jeune fille prit une écuelle, y versa de la farine blanche et se mit à pétrir des galettes qu'elle fit cuire au feu dans une grande poêle noire à longue queue. Entre ses paupières mi-closes, Sara qui l'observait avait fort bien remarqué qu'en pétrissant la pâte, la jeune sorcière y avait ajouté le contenu du sachet qu'elle portait dans son corsage. Quand les galettes furent prêtes, Pâquerette coupa de larges tranches d'un jambon pendu dans l'âtre, empaqueta le tout dans un linge blanc et glissa ce colis dans la sacoche que Landry, tout à l'heure, pendrait à l'arçon de sa selle. Sous ses couvertures, Sara sourit ironiquement : la poudre était destinée à l'en-cas que le jeune homme devait emporter pour se restaurer en route. Elle ne pouvait donc être qu'un philtre d'amour. Les regards un peu trop tendres que le chevaucheur avait adressés, la veille, à son amie d'enfance, avaient dû persuader son inquiétante maîtresse qu'il en avait le plus grand besoin !

Deux heures plus tard, Landry, avec un étrange ravitaillement, embrassait les trois femmes et sautait en selle sur un joyeux « au revoir ». La boue que la neige fondue avait formée avec la terre du chemin vola sous les sabots de son cheval. Catherine, un peu mélancolique, le vit diminuer sur le sentier, passer au pied de la butte où le château érigeait sa masse menaçante et noire, puis disparaître derrière la colline. Il emportait son espoir, et, tout à coup,

Catherine retrouva au fond de son cœur un désir profond de revoir Philippe. Il était le seul être auprès de qui la vie fût facile et douce...

La neige fit place à une pluie diluvienne qui transforma la terre en cloaque, les chemins en bourbiers et la lumière en une grisaille humide ; un incessant, un déprimant rideau tendu devant les petites fenêtres. Le ciel suait l'ennui et le désespoir et les trois femmes, enfermées dans les limites restreintes de la maisonnette, maintenues à l'intérieur par ce temps affreux, supportaient mal cette claustration. Landry s'était à peine éloigné que la pluie s'abattait sur le pays comme si elle voulait retrancher Catherine et ses compagnes du reste des vivants. Au bout de quelques jours, ce fut intolérable.

Sara était nerveuse, Pâquerette taciturne et Catherine inquiète sans trop savoir pourquoi. Chaque fois qu'elle jetait les yeux par la fenêtre, son regard se heurtait au château installé au milieu de son horizon, silencieux, hostile, gardant le secret de ses deux corps. Aucun mouvement ne s'y était fait depuis la nuit de la fuite. Sara, discrètement avait surveillé, guettant le retour de Garin. Mais le grand argentier ne s'était pas montré. Rien n'avait bougé au château.

Catherine avait repris des forces. Son état la fatiguait toujours, mais les nausées avaient cessé avec la fin du troisième mois d'attente. Elle se portait mieux qu'elle ne l'avait fait depuis longtemps et tuait le temps comme elle pouvait en s'occupant aux soins du ménage. Elle trouvait une sorte de plaisir à pétrir la pâte pour le pain, filer le chanvre ou la laine, ou bien s'initier à la fabrication des fromages de chèvre, humbles tâches dont elle avait perdu l'habitude dans l'hôtel de la rue de la Parcheminerie.

Les habitants de Mâlain ne se montraient guère. Personne ne vint chez Pâquerette dans les quatre premiers jours qui suivirent le départ de Landry. Les maisons basses du village tassaient leurs murs faits de blocs de granit sous le chaume pisseux ou la lauze luisante de leurs toits. On devinait, à l'intérieur, les paysans frileusement tapis, guettant le ciel derrière les petits carreaux de gros verre ou de parchemin huilé des fenêtres.

Le cinquième jour, pourtant, un homme franchit le seuil de Pâquerette, tandis que la jeune fille, profitant d'une éclaircie, était allée en forêt ramasser du bois mort. Sara, occupée à faire une lessive à la cendre reconnut avec une certaine inquiétude le grand vieillard qu'elle avait vu dans la grotte de la forêt. Instinctivement, elle s'interposa entre l'arrivant et Catherine qui, assise sur la pierre de l'âtre, filait une quenouille de chanvre.

« Que voulez vous, brave homme ? demanda la tzigane.

— Je suis un ami de Pâquerette. Elle n'est pas là ? »

Sara étendit le bras en direction du bois.

« Elle est dans la forêt à ramasser du bois. Mais vous pouvez l'attendre... »

Un peu d'énervement se trahissait dans la voix de la tzingara en constatant que les yeux clairs, d'un bleu délavé du sorcier, s'attachaient à Catherine avec insistance. Le vieillard haussa les épaules sous sa houppelande de grosse toile brune doublée de peau de mouton.

« Non, je reviendrai. Mais... »

Il allait sortir, se ravisa au moment d'ouvrir la porte :

« Vous pouvez lui dire que Gervais est venu et

que j'ai fait faire la commission dont elle m'avait chargé.

— Quelle commission ? demanda hardiment Sara dont la méfiance s'était éveillée. L'homme eut un geste évasif.

— Rien d'important ! Elle comprendra. Le bonsoir à toutes deux...

— Le bonsoir ! »

Lorsque Pâquerette rentra, Sara imperturbable lui transmit les paroles du visiteur. Elle constata que, malgré son empire sur elle-même, la fille rougissait. Les soupçons qu'elle traînait avec elle depuis la réunion des sorciers se confirmèrent. Elle se souvenait du geste du bonhomme, enfouissant sous sa longue robe noire une partie des cheveux blonds que Pâquerette lui avait remis. Dans quel but ce geste ? Un acte secret de sorcellerie, une nouvelle incantation ? Sara n'y croyait guère. Gervais, comme d'ailleurs Pâquerette elle-même, devaient se fier, en fait de maléfice, à l'immonde galette placée dans la bouche de l'idole. Les cheveux, très certainement, avaient une autre destination. Mais laquelle ? Irritée de ne pas trouver de réponse plausible à cette question, Sara ne ferma pas l'œil de la nuit. Vers le matin, pourtant, elle s'endormit d'un lourd sommeil qui la fit plonger au fond d'un puits insondable où ne parvenaient ni les bruits ni la lumière. Cette perte de connaissance ne dura pas longtemps, mais assez tout de même pour qu'il fît grand jour quand elle ouvrit les yeux. Catherine, déjà levée, épluchait les choux pour la soupe. Pâquerette était invisible.

« Où est-elle ? demanda Sara de but en blanc.

— Qui ? Pâquerette ? Elle est sortie il y a un moment. Elle n'a pas dit où elle allait. Je l'ai vue se diriger vers le bout du village. »

Sara l'intriguait. Elle n'avait pas l'air à son aise

Catherine la trouvait nerveuse, agitée. Elle la vit se lever, s'habiller tout de travers, en pensant visiblement à autre chose, puis coller son nez aux carreaux en refusant du geste la tasse de lait que Catherine lui offrait.

« Enfin, qu'est-ce que tu as ? s'impatienta la jeune femme. Tu ne tiens pas en place. On dirait que tu as peur de quelque chose. »

Sara ne répondit pas. Elle inspectait le ciel, dégagé à demi. Des nuages y couraient mais ils étaient moins sombres que ces jours derniers ; quelques-uns même portaient encore la trace rose de l'aurore. Il ne pleuvait plus, mais de grandes flaques d'eau émaillaient la campagne, reflétant les teintes incertaines du jour. Mue par une impulsion qu'elle eût été bien incapable d'expliquer, Sara s'enveloppa dans sa grande cape noire, saisit la claie sur laquelle on avait disposé, la veille, les pains prêts à cuire.

« Je vais au four banal, expliqua-t elle à Catherine. Pâquerette aurait dû y aller ; je ne comprends pas qu'elle n'ait pas emporté les miches puisqu'elle se rendait au village ! »

Avant que Catherine ait pu lui demander une explication, Sara avait franchi la porte et s'éloignait à grands pas dans le chemin détrempé. Le four banal se trouvait au milieu du village, entre l'église croûlante et la vieille croix de pierre aux marches verdies. De là, on pouvait voir le chemin qui passait sous la butte du château et rejoignait la route de l'ouest, creusée le long du lit de l'Ouche. Quelques femmes attendaient déjà leur tour, les corbillons sous le bras, emmitouflées sous leurs mantes et leurs coiffes, parlant peu à cause du vent encore aigre. Elles se tassaient contre le mur du four comme de noirs oiseaux frileux. Mais Sara ne les regardait pas. Ses yeux perçants lui avaient permis de voir, arrêtée à l'entrée du chemin qui montait au château, une robe bleue et une coiffe blanche qu'elle croyait bien reconnaître. Que faisait Pâquerette, assise sur la vieille borne romaine ? Elle avait l'air d'attendre. Mais quoi ?

Brusquement, Sara poussa une exclamation étouffée. Une troupe de cavaliers venait d'apparaître à l'épaulement du chemin. Ils étaient une vingtaine environ, portant des justaucorps de cuir couverts de plaques de métal qui luisaient faiblement sous la lumière pauvre. En tête chevauchait une silhouette noire qui fit battre le cœur de la bohémienne sur un rythme accéléré. Cet homme, tout de noir vêtu, si grand, si maigre !... Sara hésitait encore mais, quand elle vit que le cavalier s'arrêtait pour parler à Pâquerette, que celle-ci faisait un geste en direction de sa maison, qu'elle paraissait donner des explications, Sara n'hésita plus. L'homme noir, c'était Garin... Garin que la maudite sorcière avait dû faire prévenir ! Le sang de Sara ne fit qu'un tour. Malgré la bonne envie qu'elle avait de foncer sur Pâquerette pour lui administrer la raclée méritée par si noire trahison, la bohémienne ne perdit pas une seconde, s'en remettant à Landry de punir plus tard la mauvaise hôtesse. Posant la claie et les pains sur la margelle du puits voisin, elle fit demi-tour et prit sa course vers la maison, laissant voler derrière elle les grandes ailes noires de sa cape.

Chez Pâquerette, Catherine s'apprêtait à écumer la soupe quand elle vit Sara entrer en trombe et nota sa pâleur.

« Que se passe-t il donc encore ? »

Sans répondre Sara bondit sur une mante accrochée à un clou, en enveloppa Catherine et l'entraîna au-dehors par la petite porte qui donnait directement sur l'étable.

« Il faut fuir ! fit-elle haletante. Garin !... Il arrive ! Pâquerette a dû le prévenir ! Elle le ramène ici... »

Tout de suite l'affolement saisit Catherine, lui coupant les jambes.

« Fuir, mais où ? » s'écria-t-elle les larmes aux yeux, épouvantée à la pensée de ce qui l'attendait si Garin remettait la main sur elle. En un kaléidoscope effrayant repassèrent devant ses yeux la chambre du donjon, la litière de paille, la chaîne, le carcan, les cadavres des deux brutes qui la gardaient.

« Ce n'est pas le moment de faiblir ! gronda Sara. Il faut fuir, tu m'entends, il y a la forêt... Courons !... »

Saisissant fermement par la main la jeune femme défaillante, elle l'entraîna sans même oser regarder derrière elle. La peur rendit brusquement à Catherine toute sa vaillance. En quelques secondes elles eurent atteint la lisière du bois, s'y enfoncèrent. Instinctivement, Sara reprenait le sentier qu'elle avait suivi l'autre nuit, sur les talons de Pâquerette. Elle espérait retrouver la caverne secrète où, elle en avait la ferme conviction, Pâquerette n'oserait pas entraîner Garin et ses hommes d'armes par crainte du bûcher que lui vaudrait immanquablement la découverte de la statue à tête de bouc. Il fallait, à tout prix, atteindre cet asile. Cela permettrait, du moins, de parer au plus pressé. Se retournant, tandis que Sara l'entraînait, Catherine vit que le danger était encore plus grand qu'elle ne le croyait. A travers les rayures sombres des arbres, elle distinguait des silhouettes d'hommes qui mettaient pied à terre devant la maisonnette de Pâquerette. Elle entendait les hennissements des chevaux...

« Plus vite ! souffla Sara. Plus vite !... »

C'était malaisé. Le chemin montait et les pluies récentes l'avaient rendu extrêmement glissant. Et puis la vue de ces soldats glaçait Catherine de terreur. Un ressaut de rochers derrière lequel tournait le sentier à peine tracé lui déroba cette perspective inquiétante. Elle redoubla d'efforts. Le danger était encore si proche que l'on pouvait entendre les voix fortes des hommes d'armes. Un cri de Pâquerette les domina :

« Dans le bois... elles ont dû s'y cacher ! »

Une autre voix vint et c'était celle de Garin :

« Allez-y !... Séparez-vous en plusieurs groupes !

— Le jour où je rattraperai cette Pâquerette, grogna Sara, elle s'en souviendra ! Quittons le sentier. Je crois que j'ai trouvé... »

En effet, elle apercevait en haut de la montée un amoncellement de roches grises qui, selon elle, devaient receler la caverne souterraine. Rester sur le sentier était dangereux. Elle obligea Catherine à passer à travers les arbres sur le tapis de feuilles pourries qui ne garderait pas de traces. Mais cet itinéraire les obligeait à escalader quelques rochers et Catherine n'en pouvait déjà plus. Elle glissa sur une roche humide couverte de mousse, se heurta douloureusement le genou et serra les dents pour ne pas crier. Sara était déjà à côté d'elle et l'empoignait sous les aisselles pour l'aider à se relever.

« Ecoute ! fit la bohémienne pour galvaniser son courage. Ils sont déjà sous le couvert. Le salut est là-haut, mais il faut l'atteindre ! »

La farouche volonté de Sara jointe à la terreur qu'éprouvait Catherine en entendant les pas des soldats écraser les feuilles du sous-bois l'obligèrent à fournir un ultime effort. Un dernier obstacle se dressait devant elles, un rocher au-dessus duquel apparaissait la taille salvatrice. Elle s'arc-bouta sur la pierre mouillée, s'accrocha des deux mains à un roncier qui lui déchira les doigts et se retrouva en haut. Il était temps : entre les branches à peine bourgeonnantes on pouvait voir luire les casques des soldats. Sara jeta Catherine plutôt qu'elle ne la fit entrer dans le couloir rocheux, mais en prenant bien soin d'effacer la trace de leurs pas dans la boue de l'entrée avec une branche d'arbre. Il faisait moins noir que la bohémienne ne l'avait craint dans le boyau de terre et de pierre. De petites anfractuosités laissaient filtrer la lumière du jour et les deux femmes purent s'enfoncer profondément. Elles parvinrent sans encombre à la grande caverne où un peu de jour tombait d'un trou garni de ronces, foré dans la voûte. Il y régnait une obscurité relative à laquelle les yeux s'habituaient aisément. Et, quand Catherine découvrit la statue à tête de bouc, Sara eut tout juste le temps de lui appliquer la main sur la bouche pour l'empêcher de crier.

« Tais-toi ! Ils ne sont pas loin, chuchota-t-elle. Ici, je ne pense pas que Pâquerette osera les conduire. Elle risquerait trop gros... »

Les yeux dilatés de Catherine contemplaient l'ignoble dieu du mal comme elle eût regardé un fantôme. Jamais encore elle n'avait vu chose semblable et elle n'était pas loin de craindre l'asile découvert par Sara autant que ses poursuivants.

« Qu'est-ce que cela ? fit-elle en dirigeant vers l'idole un doigt tremblant.

— Satan ! fit Sara brutalement. Et cette caverne est le lieu où se rassemblent les sorciers de Mâlain. L'autre nuit, j'ai suivi notre amie Pâquerette jusqu'ici. Mais, tais-toi... J'entends des voix, ils ne sont pas loin. »

En effet, les soldats approchaient mais dans leur position, au centre d'un amas rocheux, les deux fugitives ne pouvaient pas déterminer avec certitude l'endroit où ils se trouvaient. Ils semblaient très près puis tout à coup plus éloignés. Serrées l'une contre l'autre, Sara et Catherine retenaient leur souffle. Les battements désordonnés de son cœur emplissaient les oreilles de la jeune femme d'un bruit d'orage.

« S'il me reprend, je me tuerai, Sara... je jure que je me tuerai », murmura-t-elle avec un désespoir si farouche que Sara lui serra le bras pour la calmer. La bohémienne devinait la terrible tension éprouvée par son amie. S'il fallait encore longtemps guetter ces bruits du dehors, Catherine était capable de se mettre à hurler comme un animal acculé dans un trou. Mais Sara, malgré tout son empire sur elle-même fut à deux doigts d'en faire autant en voyant une forme noire sortir de derrière la statue de bois.

« Ne restez pas là, dit calmement l'homme qui venait d'apparaître et dont on ne pouvait distinguer le visage dans cette ombre. Venez avec moi... »

Les deux femmes étaient trop terrifiées pour pouvoir articuler un seul mot. Quand l'homme s'approcha d'elle et qu'elle put mieux le voir, Sara eut un mouvement de recul instinctif parce qu'elle venait de reconnaître la barbe blanche et le nez busqué de Gervais, le chef des sorciers. Il dut sentir l'effet qu'il produisait, car il hocha la tête, saisit avec une irrésistible autorité la main de la gitane.

« N'ayez donc pas peur ! Suivez-moi en confiance. Gervais n'a jamais livré quiconque se réfugiait sous son toit.

— C'est possible, fit Sara froidement, récupérant d'un coup tout son aplomb. Mais pour m'en convaincre mieux, dites-moi ce que vous avez fait des cheveux que Pâquerette vous a confiés l'autre nuit... ceux que vous avez cachés sous votre robe ?

— Mon neveu les a emportés à Dijon. Ils ont été

remis au seigneur de Brazey comme preuve que sa femme était bien cachée au village, fit-il calmement.

— Et vous osez me le dire ? s'indigna Sara. Et vous croyez que je vais vous suivre maintenant, vous confier mon sort et celui de ma maîtresse ?

— Vous n'avez pas le choix ! Et d'ailleurs, les choses sont différentes. Libre à Pâquerette de trahir les lois sacrées de l'hospitalité, de livrer l'hôte venu sous son toit chercher refuge. Elle est venue me demander secours contre une ennemie, je lui ai accordé ce secours. Aujourd'hui, c'est vous qui prenez asile dans ma demeure. Car c'est ici que j'habite. Vous m'êtes sacrées et je vous sauverai si je le puis. Venez-vous ? La haine de Pâquerette est si forte qu'elle ira peut-être jusqu'à conduire les soldats dans cette salle. »

Catherine avait écouté sans comprendre la courte conversation de Sara et du vieillard. Mais comme elle voyait Sara hésiter encore, elle s'écria :

« Il faut le suivre ! Rien ne peut être pire que ce qui nous attend si nous sommes reprises.

— Et s'il te livre ? »

Le regard de Catherine croisa celui de Gervais. Ce qu'elle y lut dut la satisfaire car elle affirma :

« Il ne me livrera pas. Je crois en lui. Ma vie ni ma mort n'importent à un homme de cet âge qui a choisi de vivre ici, au cœur de la nature.

— Je te remercie, jeune femme ! Tu as raison », fit gravement Gervais.

Il guida les deux femmes derrière la statue où un passage s'ouvrait, un long boyau étroit qui communiquait avec une autre salle où il avait, de toute évidence, son logis. Un logis bien étrange et meublé plus que sommairement d'une paillasse et de quelques escabeaux autour d'une table où s'entassaient des objets hétéroclites. De gros livres poussiéreux occupaient un coin, auprès d'un fourneau allumé. Une bizarre odeur de soufre et de fumée emplissait cet antre éclairé par des trous dans le rocher et par le feu flambant dans le fourneau. Gervais fit asseoir ses visiteuses puis versa dans deux écuelles des portions d'une soupe épaisse qui cuisait dans une marmite sur le fourneau.

« Mangez, dit-il. Ensuite vous vous reposerez jusqu'à la nuit Quand l'obscurité reviendra, je vous conduirai par un chemin connu de moi assez loin de Mâlain pour que les archers ne vous retrouvent pas. »

Catherine, au passage, saisit la main qui lui offrait la nourriture et la serra un instant dans les siennes.

« Comment pourrais-je vous remercier de ce que vous faites ? »

Un mince sourire éclaira le visage sévère du vieillard.

« En venant éteindre mon bûcher le jour où il plaira au prévôt ducal de me faire griller. Mais j'ai bon espoir de finir ma vie ici, au sein de la terre-mère... Mange, petite, et dors ensuite. Tu en as grand besoin. »

Catherine était si lasse qu'elle ne demandait pas autre chose. Sa soupe expédiée, elle s'étendit sur la paille et s'endormit aussitôt. Gervais se tourna vers Sara.

« Et toi ? Ne feras-tu pas comme elle ? As tu moins de confiance ?

— J'ai autant de confiance, fit Sara tranquillement, mais je n'ai pas sommeil. Causons, si tu n'as rien de mieux à faire. »

Quand la nuit fut tombée et que la lune monta dans le ciel, Gervais réveilla Catherine, lui donna une nouvelle portion de soupe, tandis que lui-même et Sara mangeaient à leur tour. Puis s'enveloppant d'une cape noire, il saisit un bâton, jeta des cendres sur son feu.

« Venez maintenant. Le moment est venu. »

Bien longtemps Catherine devait se souvenir de cette marche nocturne à travers la vieille forêt. La peur l'avait quittée. Tout était si calme autour d'elle ! A travers les branches, elle pouvait voir la lune qui fuyait de nuage en nuage, déversant sa lumière bleutée sur toutes choses. La paix des bois était profonde et les hauts fûts des arbres formaient comme les colonnes de quelque cathédrale mystérieuse au fond de laquelle éclatait le cri d'une bête en chasse ou le vol rapide d'un oiseau. La hache du bûcheron n'avait pas encore taillé dans la vieille sylve primitive qui avait gardé toute sa splendeur sauvage et vierge. Des chênes énormes, de noirs sapins dont les jupes piquantes traînaient jusqu'à terre s'y entremêlaient avec des ressauts rocheux habillés de ronces et de mousse. Parfois, la chanson d'une source se faisait entendre, mais le vivant silence était si merveilleusement apaisant que Catherine retenait sa respiration pour ne pas le troubler. Elle marchait derrière Gervais qui allait lentement, au pas lourd et mesuré des paysans économes de leur souffle. Derrière elle, Sara fermait la marche et la jeune femme ne se posait même pas de questions. Où Gervais les conduisait-il ? Qu'allait-elle devenir ? Autant de choses qui n'avaient, pour le moment, aucune importance. L'important, c'était d'être libre, de se sentir en sûreté. Et Catherine eût marché des heures et des heures ainsi, derrière le grand vieillard. Gervais avançait sans jamais hésiter, droit devant lui, à travers la forêt sans même se soucier des sentiers. Il semblait connaître chaque pierre, chaque arbre et marchait hardiment. De temps en temps un chevreuil, un daim ou un sanglier croisait la route des trois voyageurs. L'animal sauvage s'arrêtait parfois, comme s'il reconnaissait le vieillard. Il était, parmi les habitants de la forêt, comme un pasteur au milieu de ses troupeaux.

Dans toutes les fibres de sa chair, Catherine sentait le prochain printemps gonfler la terre d'une vie nouvelle, avec une acuité qui venait peut-être du fait qu'elle-même attendait un enfant. Le renouveau se dessinait dans l'odeur puissante de la glèbe mouillée, dans l'éclatement encore timide des bourgeons sur la rudesse noire des branches, dans le cri plus rauque des bêtes appelées par l'amour.

A la pointe du jour, Catherine et ses compagnons se trouvèrent devant une étroite rivière qui roulait des flots tumultueux entre des croupes rocheuses, chevelues d'arbres. Dans le bouillonnement neigeux de l'eau, de grosses pierres grises traçaient un gué.

« Voici le Suzon ! dit Gervais en désignant le ruisseau de son bâton. C'est là que je vous abandonne. Quand vous aurez traversé, vous piquerez droit au nord. A deux lieues d'ici, environ, vous trouverez l'abbaye de Saint-Seine, lieu d'asile s'il en est. Le prieur en est messire Jean de Blaisy. Il est homme de bien et de grande charité. Il vous accueillera. »

Cette suggestion ne semblait pas agréer beaucoup à Catherine. Elle objecta que l'abbé de Saint-Seine était possesseur du château de Mâlain, qu'il l'avait prêté à Garin pour l'y enfermer. Mais Gervais rétorqua :

« Je gagerais que messire Jean ignorait à quelles fins le grand argentier destinait son domaine. Plus que certainement, Garin de Brazey le lui a emprunté sous un faux prétexte. Tu peux te rendre sans crainte à Saint-Seine. Serais-tu la pire ennemie de sa famille que Jean de Blaisy t'accueillerait sans hésiter. Pour lui, le malheureux qui vient s'agenouiller au seuil de son église est l'envoyé de Dieu lui-même et le duc en personne n'oserait venir lui arracher son hôte. Va, te dis-je. Tu ne peux continuer à courir les chemins. Il te faut un port de salut. A Saint-Seine tu ne craindras rien... »

Catherine réfléchissait. La longue marche nocturne l'avait fatiguée car on avait parcouru deux bonnes lieues en terrain difficile. Mais peu à peu son visage s'éclaira. Elle se souvenait maintenant que ce Jean de Blaisy était le cousin d'Ermengarde et cela lui rendait confiance. Et puis Gervais avait raison en disant qu'elle ne pouvait errer ainsi pendant des jours et des jours. La trahison de Pâquerette pouvait se reproduire. Garin était riche. Quelques sacs d'or ne lui coûteraient pas pour reprendre sa victime. Elle tendit la main au vieillard.

« Tu as raison. J'irai à Saint-Seine. Mais toi, si tu vois revenir au village un jeune homme vêtu de vert, un chevaucheur de la Grande Ecurie...

— Je sais, coupa Gervais brusquement, l'amant de Pâquerette. Je lui dirai où tu es. Car il doit revenir te chercher, n'est-ce pas ?

— Il doit revenir, en effet. Maintenant, je veux te dire merci. Je n'ai rien pour te prouver ma gratitude, mais plus tard, peut-être, je pourrai le faire et... »

Gervais lui coupa la parole d'un geste sec.

« Je ne te demande rien et ne veux rien. En te sauvant, j'ai seulement réparé le mal que Pâquerette m'avait fait commettre. Nous sommes quittes. Je te souhaite d'être heureuse. »

Ayant dit, le vieillard s'éloigna rapidement, revenant sur ses pas. Catherine et Sara virent sa silhouette imposante se dissoudre parmi les arbres. Elles se retrouvèrent seules auprès du ruisseau tumultueux.

« Allons ! » fit seulement Sara.

Et, la première, elle s'engagea dans le chemin de pierres qui franchissait les eaux blanches. Le passage du gué s'effectua sans encombre. Parvenues sur l'autre rive, les deux femmes mangèrent un peu de pain que Gervais leur avait remis, burent de l'eau du ruisseau et se trouvèrent prêtes à se remettre en marche. Sara coupa deux fortes branches avec le couteau qu'elle avait toujours sur elle, en fit deux bâtons et donna l'un à Catherine.

« Nous avons encore deux lieues à faire et le chemin est difficile », dit-elle. Lentement, l'une derrière l'autre, elles commencèrent à remonter la pente du val du Suzon en direction de Saint-Seine. Le soleil se levait, le premier vrai soleil depuis tant de jours. Bientôt ses rayons enveloppèrent la terre encore transie d'une belle couleur dorée qui magnifiait toutes choses.

Quelques heures plus tard, au creux profond d'un plissement du plateau de Haute Bourgogne où courait une petite rivière, Catherine et Sara, exténuées mais heureuses, découvraient les grands toits gris de l'abbaye de Saint-Seine, la haute tour carrée couronnée d'échafaudages de l'église abbatiale et, tout auprès, comme une couvée de poussins auprès d'une mère poule grise et blanche, le moutonnement doux des toits brunis d'où s'échappaient de minces panaches de fumée.

« Nous sommes arrivées, fit Sara. Il était temps, je n'en pouvais plus ! »

Elles descendirent le versant pelé du coteau, les yeux fixés sur la tour que les ouvriers abandonnaient. Les cloches appelaient les moines à quelque office, égrenant dans l'air calme leurs notes hautes et graves. Malgré un peu de repos pris vers le milieu du jour, Catherine ne sentait plus ses pieds. Les souliers qu'elle tenait de Pâquerette avaient plus d'un trou et chaque pas lui causait une souffrance. Mais la terreur de Garin était plus forte que toutes les douleurs. Elle courait presque, malgré l'écrasante fatigue, en dévalant la pente qui menait au couvent, avide du refuge des hauts murs et d'un peu de paille où s'étendre.

Une demi-heure plus tard, les deux fugitives s'écroulaient plutôt qu'elles ne s'agenouillaient devant le vantail de chêne noir armé de fer de la poterie. Les femmes du village avaient regardé avec méfiance ces deux créatures aux vêtements déchirés par toutes les ronces de la grande forêt, aux visages salis et tirés par la fatigue. On s'attroupait, on les regardait et, à travers les rues du village on les suivait. Des gamins déjà ramassaient des pierres pour les leur jeter. Catherine sentit la menace qui pesait sur elle et sur Sara. On n'aimait pas les vagabonds dans cette bourgade riche, aux poulaillers bien garnis, aux jardins bien entretenus. Et Sara avec ses cheveux bleus, son teint bistré n'inspirait pas confiance. La peur, toujours latente au fond de son âme depuis son enlèvement, s'enfla en Catherine comme un vent de tempête. Elle se pelotonna contre Sara, baissant la tête pour éviter la première pierre qu'un gamin aux joues rouges lançait déjà. Elles étaient prises entre les paysans qui les entouraient et la porte close de l'abbaye vers laquelle elles tournaient des yeux affolés. Derrière la petite fenêtre étroite de la tour, Sara crut voir la tête rase d'un moine. Entourant les épaules de Catherine d'un bras, elle cria d'une voix enrouée :

« Asile... Pour l'amour de Dieu ! Asile ! »

Une autre pierre tomba. Mais, lentement, le lourd portail tournait sur ses gonds. La silhouette austère d'un moine en robe noire, un scapulaire sur les épaules, apparut. La troisième pierre lancée contre les deux femmes vint rouler à ses pieds. Il la repoussa de sa sandale, laissant peser sur les gamins et les commères un regard sévère, puis s'approcha du groupe lamentable et terrorisé que formaient Catherine et Sara dans les bras l'une de l'autre.

« Entrez ! fit-il d'une voix grave. L'asile vous est ouvert ! »

Mais cette ultime faveur avait eu raison de la résistance de la jeune femme. Il fallut l'emporter, évanouie, jusqu'à la maison des hôtes du monastère.

CHAPITRE VIII

L'ATTAQUE

JEAN DE BLAISY, abbé de Saint-Seine, était bien tel que Gervais l'avait décrit : d'une charité sans limite. Deux femmes avaient demandé asile, il leur accordait sans condition le refuge de son monastère. Mais en apprenant que l'une des deux mendiantes admises à la maison-Dieu, enclose dans l'abbaye pour le réconfort du pèlerin et les soins aux malades, demandait à lui parler, il montra quelque étonnement. Malgré la tonsure et la bure noire qui le vêtait, il demeurait un homme de haute naissance et n'était pas complètement parvenu à se défaire d'un sentiment de distance envers les gens de basse caste, les misérables, dont, cependant, au jour du Jeudi-Saint, il lavait lui-même les pieds, humblement agenouillé dans la poussière. Pourtant, comme l'étrangère se réclamait de sa cousine Ermengarde de Châteauvillain, il donna l'ordre qu'elle fût conduite à l'église où il la rencontrerait, le lendemain matin, après avoir dit sa messe.

Tandis qu'il achevait l'office divin, Catherine s'était tapie contre l'une des pierres tombales dressées le long du mur et attendait patiemment. Quand elle vit s'avancer vers elle le grand moine-seigneur, si imposant dans l'austère froc noir d'où émergeait une tête étroite cerclée d'une mince couronne de cheveux gris et dont le profil était celui d'un oiseau de proie, elle tomba à genoux mais ne baissa pas la tête. Debout devant elle, les mains dans les manches de sa robe, l'abbé considéra avec attention le visage menu entre les lourdes nattes blondes.

« Vous avez demandé à me parler, dit-il. Me voici, parlez !

— Très révérend père, fit Catherine sans quitter sa posture de suppliante, je vous dois la vie. Hier, vous avez permis que les portes de cet asile s'ouvrissent devant deux femmes traquées, poursuivies. C'est cette protection que je veux vous demander de me continuer, au nom de votre cousine. »

Un sourire sceptique étira les lèvres minces de Jean de Blaisy. Il ne pouvait se défendre de trouver outrecuidante cette paysanne en haillons qui se réclamait de l'une des plus hautes dames de la province, encore qu'elle le fît en termes choisis et que sa distinction fût indéniable.

« Vous connaissez Mme de Châteauvillain ? Vous m'étonnez...

— Elle est mon amie... ma meilleure amie. Révérend père, vous ne m'avez demandé ni mon nom ni d'où je viens. Je vous dois ces deux marques de confiance. Je m'appelle Catherine de Brazey, j'étais dame de parage de feue la duchesse Marguerite. C'est là que j'ai connu Ermengarde. Et si vous me voyez ainsi, fugitive, en haillons, c'est parce que je fuis l'affreuse prison où mon mari m'avait jetée... dans le donjon de votre château de Mâlain... »

L'abbé fronça les sourcils. Se penchant, il releva Catherine, puis, s'apercevant que quelques femmes du village, venues entendre la messe, regardaient de ce côté avec curiosité, il l'entraîna vers la sacristie.

« Venez par ici. Nous serons mieux pour parler. »

Dans l'étroite pièce qui sentait l'encens, l'huile sainte et le linge amidonné, il la fit asseoir sur un tabouret, prit place dans un banc à haut dossier après avoir renvoyé d'un geste les moinillons qui s'activaient à ranger les ornements.

« Racontez-moi votre histoire. Et d'abord, pourquoi avez-vous été enfermée à Mâlain ? »

Lentement, en pesant bien ses mots pour ne pas risquer d'être prise pour une folle, Catherine raconta son aventure. L'abbé, le menton appuyé sur la paume de sa main, l'écouta jusqu'au bout sans l'interrompre. L'histoire était fantastique, mais la femme qui parlait avait, dans ses yeux violets, une flamme de sincérité qui ne trompait pas.

« Je ne sais plus que faire, dit enfin Catherine lorsqu'elle eut terminé son récit. Je dois à mon mari de le suivre et de lui obéir. Mais revenir chez lui c'est aller à la mort. Il me renfermera dans une geôle plus profonde, plus terrible encore, dont je ne pourrai sortir. Le duc seul... »

L'abbé posa vivement sa main sèche sur celle de Catherine et l'interrompit :

« N'ajoutez rien, ma fille. Vous devez bien comprendre que vos relations adultères avec le duc ne sauraient trouver secours auprès de moi. Je reconnais que votre cas est difficile à trancher pour un prêtre. Votre époux a tous les droits sur vous et, s'il vous réclame, je n'ai pas celui de vous refuser. Mais, d'autre part, vous êtes en danger de mort et vous avez réclamé l'asile... »

Il s'était levé, arpentait lentement les dalles blanches de la sacristie. Catherine suivait avec angoisse cette promenade monotone.

« Ne me livrez pas, mon père, je vous en supplie ! Si vous avez quelque pitié pour une femme malheureuse, ne laissez pas Garin me reprendre ! Songez que je porte un enfant, qu'il veut tuer cet enfant.

— Je sais !... Ecoutez, je ne puis prendre de décision en quelques minutes. Il me faut réfléchir, examiner dans le calme ce qu'il convient de faire pour régler ce difficile problème. Je vous ferai savoir ce que j'ai décidé. En attendant, demeurez ici, en paix. Je ferai donner des ordres pour que vous et votre suivante soyez séparées des malades de notre maison-dieu et installées dans une chambre convenable...

— Mon père... » commença Catherine aussi peu rassurée que possible.

Mais il l'arrêta d'un geste, traça sur sa tête un signe de croix qui l'obligea à se courber.

« Allez en paix, ma fille ! Vous êtes dans la main de Dieu. Cette main ne se peut tromper. »

Il n'était pas possible de poursuivre l'entretien. Catherine n'insista pas mais, en rejoignant Sara, elle était plus angoissée qu'elle ne voulait le laisser paraître. Si l'abbé décidait qu'il lui fallait suivre son mari, rien, elle en avait l'absolue certitude, ne pourrait la sauver d'un sort pire que la mort. Or, un prêtre pouvait-il séparer ce que Dieu avait uni ? Pouvait-il, sous le prétexte de l'asile, refuser à un époux de reprendre sa femme légitime ? De plus, Catherine n'était pas bien sûre qu'il eût accordé pleine créance à son récit. Il ne la connaissait pas, ne pouvait savoir si elle n'était pas l'une de ces femmes perverties dont la vie dissolue est la honte des familles et les oblige parfois à prendre de sévères mesures. Elle regretta de ne pas l'avoir supplié d'écrire à Ermengarde pour lui demander une garantie...

Mais sans doute Jean de Blaisy cachait-il derrière ses traits austères plus de finesse que Catherine ne le supposait, car le lendemain soir, la grande porte de l'abbaye s'ouvrit à l'appel d'une sonnerie de trompettes. Une cavalcade s'engouffra dans la première cour en soulevant un nuage de poussière. En tête, sur un immense cheval blanc, agitant au bout de sa main gantée un fouet à manche d'or, galopait une grande femme vêtue de rouge et de noir qui faillit se rompre le cou en sautant à bas de sa monture. Ermengarde de Châteauvillain en personne !

Avec des cris de joie, la bouillante comtesse se jeta dans les bras de Catherine qui l'avait reconnue et accourait. Elle riait et sanglotait tout à la fois, tellement émue que, dans son désarroi, elle embrassa Sara aussi vigoureusement que Catherine elle-même. Puis, revenant à son amie :

« Petite misérable ! s'écria-t-elle. Où diable étiez-vous passée ? Je me suis rongé les sangs pendant des jours et des jours. Mordiable !...

— Je vous serais très reconnaissant de ne pas jurer comme un capitaine de routier quand vous franchissez le seuil de mon monastère, Ermengarde, coupa derrière elle la voix paisible et distinguée de l'abbé de Blaisy qui arrivait à son tour, prévenu de l'entrée tumultueuse de sa cousine. Je ne pensais pas, en vous envoyant ce message, que vous nous feriez l'honneur d'une visite particulière. Vous m'en voyez ravi cependant... »

La majesté du prieur ne devait pas impressionner beaucoup Ermengarde car elle lui rit au nez sans cérémonie.

« Vous n'avez pas honte de mentir de la sorte,

Jean ? Vous, un moine ? Vous n'êtes pas ravi du tout de me voir. Je fais trop de bruit, je tiens trop de place et je perturbe toujours votre vie tranquille. Mais le cas était grave et, autant vous le dire tout de suite, vous allez encore être perturbé !

— Parce que ? fit l'abbé avec un haut-le-corps.

— Parce qu'avant de rendre cette pauvre enfant à sa brute d'époux, il vous faudra me passer sur le corps, mon ami, acheva tranquillement Ermengarde en ôtant ses gants de cheval et en tirant de son aumônière un immense mouchoir de soie brodée dont elle s'épongea le visage avec énergie. Maintenant, faites-nous donc servir à dîner car je meurs de faim, moi ! Et j'ai à parler avec Catherine. »

Ainsi mis en demeure par sa terrible cousine, Jean de Blaisy se retira en soupirant. Il allait franchir la porte cintrée qui menait de la grand-cour à son logis, quand Ermengarde le rappela.

« N'oubliez pas, cousin ! Si Garin de Brazey se présente à votre porte, vous fermez cette porte et vous refusez de le laisser entrer.

— Je n'en ai pas le droit, je le crains !

— Vous le prendrez ! Vous ferez ce que vous voudrez, vous armerez s'il le faut vos bénédictins et nous soutiendrons un siège en règle si besoin est, mais retenez bien ces deux choses : d'abord le droit d'asile est inviolable, pour qui que ce soit. Même le roi ne saurait passer outre. Ensuite... la meilleure manière de vous faire un mortel ennemi de Philippe de Bourgogne sera de remettre Mme de Brazey à son aimable époux.

— Ermengarde, vous êtes insupportable ! fit aigrement l'abbé en haussant les épaules. Soutenir un siège ! Comme vous y allez ! »

Ce que l'abbé avait pris pour une boutade d'Ermengarde n'allait cependant pas tarder à prendre les couleurs d'une cruelle réalité. A l'heure où les bénédictins, revenus des champs à l'appel de l'Angélus, se rangeaient deux par deux sous les arches romanes du cloître et entonnaient un chant à la gloire de Dieu, à l'heure où le frère portier repoussait les grands vantaux de la porte charretière, roulant sur leurs gonds avec un bruit de tonnerre et où Ermengarde, Catherine et Sara se disposaient à aller prier à la chapelle, un terrible cortège entra dans Saint-Seine et s'avança jusqu'à la porte de l'abbaye.

C'était une troupe de soudards, armés jusqu'aux dents de longues lances, de larges épées solides et de haches, montés sur de lourds chevaux capables de porter cent livres de fer en plus de leur cavalier. Les hommes étaient de mauvaise mine et appartenaient visiblement à l'une de ces bandes de routiers dont il était facile de se procurer, alors, les services pourvu que l'on eût la bourse pleine. Gens de sac et de corde, sans foi ni autre loi que l'or et la ripaille, qui portaient le crime inscrit sur chaque trait de leurs figures brutales. Leurs casaques de cuir, protégées de plaques de fer aux endroits vulnérables, montraient des taches de sang séché, des traces de brûlures et leurs casques de bon acier étaient bosselés à maints endroits, mais ils offraient un aspect redoutable, si effrayant que, sur leur passage, les gens de Saint-Seine se barricadèrent en hâte, entassant derrière leurs portes les meubles les plus lourds, priant Dieu de leur épargner la colère de ces gens. La troupe avait débouché si subitement dans la vallée que nul n'avait pu donner l'alarme et que l'on n'avait pas eu le temps de chercher refuge à l'abbaye comme cela se faisait au temps jadis, au temps des Grandes Compagnies qui traînaient après elles le meurtre, le viol et l'incendie. L'effet de surprise avait joué à plein. Endormis dans la paix prospère que leur valait la sage administration de leur duc, les Bourguignons en général et les gens de Saint-Seine en particulier avaient oublié le chemin du sûr refuge de jadis. Tapis derrière leurs étroites fenêtres, les paysans regardèrent défiler dans le crépuscule l'effrayante troupe.

En tête chevauchaient deux hommes. L'un était vêtu à peu près comme le reste de la bande, mais l'expression arrogante de sa figure et la chaîne d'or pendue sur sa poitrine indiquaient qu'il en était le chef. L'autre était Garin. Tout de noir vêtu à son habitude, le chaperon enfoncé sur les yeux, un manteau noir l'enveloppant jusqu'au cou, il avançait sans rien regarder de ce qui se passait autour de lui. Mais, ce qui terrifia le frère-portier en voyant la troupe monter vers l'abbaye, ce furent les deux prisonniers que traînaient les chevaux de tête. Deux lambeaux humains encore doués de vie titubaient, enchaînés aux selles de Garin et de son compagnon : un homme et une femme. Tous deux avaient été traités avec une atroce barbarie. Les longs cheveux blonds de la femme, souillés de sang et de poussière cachaient mal son corps nu, zébré de coups de fouet. L'homme était un vieillard comme l'attestaient ses cheveux et sa barbe blanche. Il portait une longue robe noire en lambeaux qui laissaient voir ses jambes maigres, ses pieds nus. Ses membres portaient des traces de brûlure au fer rouge. De longues traînées de sang séché traçaient des rigoles sur les figures des deux suppliciés. On leur avait crevé les yeux...

Tout courant, épouvanté de voir la bande faire halte devant la porte de l'abbaye, le frère-portier s'en alla prévenir le père-abbé qui commençait l'office du soir à la chapelle et qui accourut. Ermengarde, Catherine et Sara, mues par le même pressentiment, le suivirent ainsi qu'une bonne partie des moines.

Quand ils parvinrent aux créneaux dominant le grand portail, Ermengarde, d'un geste brusque, rejeta Catherine derrière son large dos, laissant Jean de Blaisy s'avancer seul. La nuit était presque tombée mais, au-dehors, les routiers avaient allumé des torches qui jetaient sur leur groupe et sur leurs misérables prisonniers une lueur sanglante.

« Que voulez-vous ? lança l'abbé d'une voix rude. Que signifie ces armes, cet homme et cette femme torturés ?

— Que signifie, seigneur abbé, cette porte fermée ? » répondit une voix que Catherine reconnut avec un frisson. L'attrait de la peur fut plus fort en elle que la peur même. Tendant le cou, elle regarda entre Ermengarde et le merlon auquel la comtesse s'appuyait, vit la figure pâle de Garin éclairée par les lueurs d'incendie. De son mari, son regard glissa sur les deux victimes aveugles qui s'étaient laissées tomber sur le sol, plus qu'à demi mortes. Malgré le sang qui maculait leur visage, elle les reconnut avec un cri rauque qui s'étrangla dans sa gorge : c'étaient Pâquerette et Gervais ! Sara, rapide comme l'éclair, étouffa ce cri sous sa main, tirant Catherine en arrière d'un bras énergique. Un silence profond s'était fait sur le village et le vallon. La voix calme de l'abbé en prit une résonance plus profonde :

« Ma porte se ferme chaque fois que le soleil se couche, dit-il. Es-tu donc un tel mécréant pour ignorer les coutumes des maisons de Dieu ?

— Je ne les ignore pas. Je désire seulement entrer.

— Pour quoi faire ? Demandes-tu l'asile ? J'en doute à te voir ainsi entouré. Les armes des hommes doivent tomber au seuil du Seigneur. Si tu veux entrer, Garin de Brazey, tu entreras... mais seul ! »

Le compagnon de Brazey prit la parole. Sa voix éraillée passa comme une lime sur les nerfs tendus de Catherine.

« Pourquoi me refuserais-tu l'entrée, moine ? Je suis le Bègue de Pérouges.

— Je le sais, fit Jean de Blaisy sans s'émouvoir. Je t'ai reconnu et je connais le chemin de sang qui est le tien : les femmes égorgées, les enfants embrochés et les villages en flammes ont depuis longtemps crié vers le ciel contre toi. Tu es une bête puante et les bêtes puantes n'entrent pas ici ! Jette tes armes, couvre ta tête de cendres et demande pardon à Dieu. Alors seulement tu entreras. Je reconnais ta marque à ces deux malheureux que tu traînes à ta suite. Si tu veux que je t'écoute, laisse mes frères les recueillir. »

L'autre eut un gros rire insultant.

« Tu perds ta pitié, moine ! Deux sorciers adorateurs de Satan, des traîtres de surcroît ! Seul le bûcher peut leur convenir ! »

Mais Garin s'impatientait de cette discussion. Il éleva la voix, se dressant debout sur ses étriers.

« Trêve de bavardages, sire abbé ! Je suis venu te réclamer ma femme, Catherine de Brazey qui se cache dans ton abbaye. Rends-la-moi et nous passerons notre chemin. Je te promets même d'égorger sur l'heure et sans souffrances ces deux misérables qui l'ont cachée, guidée jusqu'ici.

— Sans souffrances ? fit dédaigneusement l'abbé. As-tu perdu l'esprit, grand argentier de Bourgogne ? Crois-tu que ton maître te pardonnera de t'être acoquiné avec le bandit que voilà ? De quel droit viens-tu ici me parler en maître ? Oublies-tu qui je suis ? Mon sang est plus noble que le tien et je suis homme de Dieu, passe ton chemin. Ta femme, épuisée, à demi morte à cause de toi, est venue ici. Elle a invoqué le droit d'asile que tout malheureux, quel qu'il soit, est en droit de réclamer au seuil des abbayes. Et je lui ai accordé ce droit. Elle ne quittera cette maison que de son plein gré. »

Malgré l'horreur où l'avait plongée le sort affreux de Pâquerette et de Gervais, Catherine ne pouvait se défendre d'admirer la fière contenance du prieur. Sa mince et haute silhouette noire se dressait sur le fond rougeoyant de la nuit éclairée par les torches. Il était debout au bord de cet abîme au fond duquel les visages haineux de Garin, du Bègue de Pérouges et de leurs hommes semblaient autant de démons vomis par l'enfer. Il était pareil à l'ange sombre du Jugement en face des réprouvés, étendant sur eux ses grandes ailes, pour rejeter ou pour accueillir.

« Je suis la Résurrection et la Vie ! » murmura Sara d'une voix troublée et Catherine comprit que sa vieille amie éprouvait la même sensation qu'elle-même. Quant à Ermengarde, la joie et l'orgueil éclataient sur son visage. Elle était fière de l'abbé. C'était toute sa race qui parlait là, sans colère mais non sans hauteur !

« Ecoute bien, Jean de Blaisy, s'écria Garin dont la voix se mit à monter, tremblante de fureur, jusqu'à un insoutenable fausset. Je te donne jusqu'à l'aube pour réfléchir. Nous allons camper ici et ne ferons aucun mal à ton village si tu te montres raisonnable... mais seulement jusqu'à l'aube. Quand le jour se lèvera, ou bien ta porte s'ouvrira pour livrer passage à ma femme, ou bien nous raserons le bourg, brûlerons ses maisons et donnerons l'assaut à ton abbaye. »

C'était plus qu'Ermengarde n'en pouvait endurer. Elle bondit en avant, reçut en plein visage le reflet des flammes qui lui conféra une sauvage grandeur.

« Brûler un village, donner l'assaut à une abbaye ? Qui donc, après ces hauts faits, te sauvera de la colère de Philippe de Bourgogne, Garin de Brazey ? Crois-tu qu'il laissera ta maison debout, ton château entier, tes terres intactes et ta tête maudite sur tes épaules ? C'est le bourreau qui t'attend si tu oses lever la torche ou le glaive contre cette terre d'Eglise. »

Garin éclata de rire.

« J'aurais dû me douter que vous étiez là, dame Ermengarde. En vérité vous veillez fidèlement sur les amours de votre maître. Le beau rôle que celui de mère-maquerelle pour une Châteauvillain !

— Le beau rôle que celui de boucher pour un Brazey ! répliqua Ermengarde sans se laisser démonter. Mais, je me trompe, tu n'es pas un Brazey. On ne fait pas un cheval de bataille avec un mulet ! »

Le visage de Garin, malgré la couleur des flammes qui l'environnaient, parut à Catherine virer au vert. Un affreux rictus déforma sa joue blessée. Il allait hurler une injure ignoble mais le Bègue de Pérouges s'interposa :

« Assez palabré maintenant ! Tu as entendu ce que Brazey t'a dit, moine ? Ou bien tu nous livres la colombe ou bien demain ton bourg ne sera plus que cendres fumantes et ton monastère un tas de pierres. Et je te promets, moi, de te pendre, de mes mains, à la croix de ton église ! J'ai dit. Maintenant, retirons-nous sur la place pour la nuit.

— Un instant ! coupa Jean de Blaisy. J'accepte ton défi. Demain à l'aube, je te dirai ce que j'ai décidé. Mais pour l'heure j'ai quelque chose à faire... »

Il se retira, murmura quelque chose à l'oreille d'un frère qui se tenait auprès de lui et, faisant signe à Ermengarde de demeurer, il descendit l'escalier du chemin de ronde.

« Que veut-il faire ? » demanda Catherine.

Ermengarde fit un signe d'ignorance. Sourcils froncés, elle examinait la troupe menaçante qui était entassée sur le parvis en pente du monastère. Inquiète sans doute, elle appela le chef des dix hommes d'armes formant son escorte, la veille, à son arrivée. L'homme revint un instant plus tard avec ses soldats. Ils portaient tous un grand arc en bois d'if et, sur un signe de la comtesse, se postèrent chacun à un créneau, bandant les arcs.

« Je crois que je devine ce que veut faire mon cousin, expliqua-t-elle tranquillement à Catherine. Je prends mes précautions. »

A cet instant, un chant religieux éclata sous leurs pieds, joint au grincement caractéristique du portail. D'un même élan, les trois femmes se penchèrent au créneau. En bas, aucun des hommes ne songeait à les regarder. Ils étaient stupéfaits par le groupe qui venait d'apparaître. Trois moines en robes noires sortaient de l'abbaye, de front, chantant à pleine voix : « Libera me de sanguinibus, Deus, Deus salutis mea et exultabit lingua mea justitiam tuam !... » Celui du centre portait une grande croix de chêne. Derrière eux, crosse en main, mitre en tête, recouvert jusqu'aux talons d'une grande chape brodée d'or marchait l'abbé... Il était si majestueux sous la pompe des ornements sacrés que l'un après l'autre, les routiers mirent pied à terre, comme sous l'emprise d'un charme. Certains s'agenouillèrent. Seuls Garin et le Bègue de Pérouges demeurèrent en selle. Mais ils semblaient changés en statue. La croix et l'abbé se dirigèrent droit sur eux, approchèrent sans qu'ils bougeassent.

Du haut de la muraille, Catherine bouleversée vit Jean de Blaisy se pencher sur les misérables corps qui avaient été un homme, une femme et qui n'avaient pas encore cessé de souffrir. Maintenant que le chant des moines et les cris des hommes s'étaient tus, on pouvait distinguer leurs faibles plaintes. La main maigre de l'abbé se leva, traça un signe de croix sur les visages torturés. Catherine devina sur ses lèvres les paroles de pardon, vit à travers les larmes qui brouillaient ses yeux le geste d'absolution. Puis l'abbé s'écarta. De son ombre sortit un homme en tablier de cuir portant un couteau. Ce fut très bref. Par deux fois la lame se leva, étincela, plongea dans un cœur. Les plaintes cessèrent. Le calvaire de la petite sorcière et du grand vieillard de la forêt était terminé.

Sans un regard pour les bourreaux, l'abbé de Saint-Seine s'en retourna lentement vers son monastère. Les grandes portes se refermèrent sur lui. Les archers d'Ermengarde abaissèrent leurs armes. Un grand silence enveloppait maintenant le village menacé et le vallon plongé dans la nuit. Quand elles regagnèrent leurs chambres Catherine pleurait sans contrainte et de grosses larmes coulaient sur les joues de la comtesse.

« S'ils avaient osé toucher à un seul cheveu de l'abbé, grogna-t-elle entre ses dents, ils n'auraient pas vécu assez longtemps pour s'en vanter ! Il y avait une flèche pour Garin, une autre pour son digne compagnon ! »

La nuit fut, pour Catherine, une nuit d'angoisse et de larmes. Elle était épouvantée du danger couru, à cause d'elle, par ce village et cette abbaye. Dans son désespoir, elle voulait se livrer sur l'heure, en finir une bonne fois avec la poursuite et les terreurs. Puisque Garin, de toute manière, serait le plus fort, à quoi bon tout cela, toutes ces souffrances ? Pourquoi faire courir de nouveaux risques à d'autres innocents ? La mort affreuse de Gervais et de Pâquerette, torturés, aveuglés, traînés comme des bêtes au long d'un chemin dont Catherine devinait le martyre l'emplissait d'horreur et de remords. Pâquerette l'avait trahie, mais auparavant, elle l'avait accueillie, soignée et, si la jalousie l'avait égarée, elle n'avait tout de même pas mérité un sort aussi cruel. Catherine ne voulait pas voir brûler les maisons de Saint-Seine. Elle refusait, farouchement, de laisser couler le sang. Elle allait rejoindre son mari. Au surplus, les derniers événements l'avaient brisée et elle éprouvait envers l'existence un étrange détachement...

Mais Ermengarde veillait. La comtesse sentait ce qui se passait dans l'âme de la jeune femme et ne la quittait pas plus que son ombre. Et quand Catherine, enfin, la supplia de la laisser aller, elle se fâcha.

« Ma chère, dans cette affaire, vous n'êtes plus seule en cause. Je dirai même, sans vouloir vous offenser, que vous êtes devenue accessoire ! Que votre Garin se soit présenté pacifiquement à la porte de cette maison, eût demandé un entretien à mon cousin, lui eût calmement réclamé sa femme et Jean ne pouvait lui refuser au moins de vous rencontrer. La suite des événements eût dépendu de cette entrevue. Mais il est venu en armes, accompagné d'un bandit notoire, l'insulte et la menace à la bouche. Voilà ce que nous ne pouvons tolérer. Il y va de notre honneur. On ne menace pas un Blaisy dont le père a tenu en respect le duc Philippe le Hardi en personne, pas plus qu'une Châteauvillain.

— Mais alors, que va-t-il se passer ? gémit Catherine au bord des larmes.

— Honnêtement, je n'en sais rien ! Il faut attendre. Les murs de ce monastère sont solides et capables de soutenir un siège. Or, je n'ai pas remarqué chez nos adversaires la moindre machine d'assaut. Pas le moindre mangonneau, pas le plus petit trébuchet et encore moins de tours roulantes. Donc, en principe, tant que cette porte demeurera close nous ne risquerons rien. Le problème va être de défendre les gens du village contre la furie de ces démons...

— Vous voyez bien qu'il faut que j'y aille !

— Ne répétez donc pas toujours la même chose, fit Ermengarde avec lassitude. Je vous dis, moi, que vous resterez ici. Même si pour cela je dois vous enfermer. Laissez faire l'abbé. Vous l'avez vu à l'œuvre tout à l'heure. Au surplus, il sera temps pour vous de parlementer avec Garin quand viendra l'aube... mais du haut du rempart. Jusque-là, tenez-vous tranquille et, comme je devine que vous ne pourrez pas dormir plus que moi, faisons la seule chose sensée : allons à la chapelle et prions. Au surplus mon intuition me dit que votre reddition ne changerait rien. Ces gens flairent le sang ! »

Il n'y avait rien à répondre à ce discours. Catherine baissa la tête et suivit Ermengarde. Tandis qu'elles gagnaient la grande église encore inachevée, une activité intense s'emparait de l'abbaye. Dans la cour d'entrée de grands feux avaient été allumés sous d'énormes marmites de fer dans lesquelles une chaîne de moines versaient de pleines jarres d'huile ou faisaient fondre de la poix. On sortait des granges les fourches et les faux, des ateliers les marteaux et tous les outils tranchants. Au milieu de toute cette activité, Jean de Blaisy allait et venait, sa robe relevée dans sa ceinture révélant des bottes et des éperons d'or, car, dans sa jeunesse et avant d'entrer dans les ordres, il avait reçu l'investiture chevaleresque. Il était transformé, l'abbé de Saint-Seine ! L'ardeur à la bataille des guerriers dont il portait le sang dans ses veines se réveillait avec la menace. Si le Bègue de Pérouges et Garin de Brazey osaient porter le fer et le feu sur la maison du Seigneur, ils seraient reçus par le fer et par le feu. L'homme de prière s'était mué en homme de guerre et ses moines, séduits peut-être par l'action violente qui se préparait et qui tranchait si crûment sur leur vie de travail et de méditation, se joignaient à lui d'un seul élan. Il n'était pas un seul de ces vigoureux Bourguignons voués au service du Seigneur qui ne se sentît pousser une âme de Templier... La cour était pleine de crânes rasés, de robes noires qui, à l'exemple de l'abbé, se relevaient sur des jambes musculeuses et de larges pieds étalés par le port des sandales. Lorsque l'on eut chanté matines, car Jean de Blaisy n'entendait pas que Dieu fût lésé dans cette histoire, une sorte de conseil de guerre réunit chez l'abbé les différents dignitaires du couvent pour aviser aux dispositions encore à prendre. Mais, bien entendu, les trois femmes n'y eurent point part.

Dans la chapelle, agenouillée auprès d'Ermengarde qui priait de tout son cœur, la tête dans ses mains, Catherine essayait vainement de s'adresser à Dieu. Une invincible appréhension de ce qui allait se passer la tourmentait. Les bruits vagues parvenant jusqu'à elle, à travers les murs épais de l'église, augmentaient peu à peu son angoisse jusqu'à une terreur profonde. Elle savait que l'abbaye pouvait se défendre, que ses murailles étaient puissantes et que le Bègue de Pérouges aurait du mal à les franchir. Jean de Blaisy était un homme résolu, ses moines ardents et courageux. Mais c'était aux malheureux habitants du village qu'elle pensait surtout ! Elle devinait la peur de ces pauvres gens que rien ne défendrait contre la troupe sanguinaire. Ils avaient pu voir, en Gervais et en Pâquerette, un atroce échantillon de sa barbarie et supputaient sans doute ce qui les attendait, le jour venu. Et pourquoi ? A cause d'une femme poursuivie par son mari. Combien, quand tomberait sur eux le glaive ou la torche, mourraient en la maudissant ?

Une envie de voir ce que faisaient les routiers saisit Catherine. Est-ce qu'au mépris de leur parole, ils ne commençaient pas à molester les pauvres paysans ? Savait-on jamais quel crédit pouvait être accordé aux gens de cette sorte ? Elle jeta un coup d'œil à Ermengarde. La comtesse priait avec une ardeur, une concentration qui lui ôtaient toute conscience de ce qui se passait autour d'elle. La tête dans ses mains, elle ne voyait rien. Catherine bougea, s'écarta doucement sans qu'Ermengarde tournât la tête vers elle. Sans bruit, la jeune femme fit quelques pas dans la nef, s'éloignant sans perdre de vue son amie. La porte de l'église demeurée entrouverte lui facilita la tâche. Elle se glissa dehors et constata que les grands feux allumés n'éclairaient pas le portail. L'abbé était renfermé chez lui à tenir conseil, les moines s'activaient autour des marmites, violemment éclairés par les flammes dansantes. Nul ne faisait attention à elle.

Rapidement, Catherine traversa la cour, gagna les degrés de pierre qui menaient au chemin de ronde, monta... Il n'y avait personne, derrière les créneaux de l'abbaye. Mais, en bas, sur la place du village, une agitation insolite régnait. Les routiers avaient fait des feux de bivouac autour desquels certains se reposaient. Catherine reconnut Garin et le Bègue de Pérouges, assis auprès du plus important de ces feux, mangeant et buvant. Par contre la plus grande partie de la troupe s'activait et ce qu'elle faisait arracha une exclamation d'horreur à la jeune femme.

A l'aide de planches et de clous qu'ils avaient dû prendre chez le charpentier de Saint-Seine, ils étaient occupés à condamner les portes et les fenêtres des maisons, pour empêcher les habitants de sortir. D'autres, venant du bout du village, apportaient d'énormes brassées de paille et de bois mort qu'ils entassaient devant les maisons au fur et à mesure que leurs compagnons achevaient leur travail de clôture. L'effroi glissa dans les veines de Catherine comme un ruisseau de glace. Elle ne comprenait que trop bien ce qui allait se passer, demain matin, quand l'abbé refuserait de la rendre. Quelques torches jetées dans ces brasiers tout préparés et le village en entier flamberait d'un seul coup. Les braves gens enfermés à l'intérieur grilleraient tout vivants, avec leurs enfants, leur bétail, leurs modestes richesses...

Catherine sentit qu'elle ne pourrait le supporter. S'il lui fallait, pour se garder de Garin, contempler la ruine de ce pays, entendre les hurlements des innocents sacrifiés, jamais plus elle ne pourrait dormir ! Bien sûr, les raisons d'Ermengarde étaient bonnes. Peut-être même avait-elle raison en disant que sa reddition ne sauverait pas le village menacé. Mais, ce risque, Catherine n'avait pas le droit de l'éviter. Même si cela ne lui servait qu'à mourir avec les autres, elle préférait encore cette solution-là... Du moins mourrait-elle sans se mépriser !

Sans plus réfléchir, Catherine dégringola le raide escalier. Elle avait remarqué, vers les étables de l'abbaye, une petite porte ouvrant directement sur les champs. Elle était dans un renfoncement, donc peu visible et l'abbé n'avait peut-être pas songé à la faire garder comme le grand portail où veillaient les hommes d'Ermengarde. Rapidement, rasant les murs pour ne pas être vue, la jeune femme s'éloigna vers l'ombre des bâtiments. Si forte était sa résolution de se sacrifier qu'elle n'avait même pas peur. Ce qu'elle ressentait, c'était une sorte d'exaltation comme devaient en éprouver les victimes offertes en holocaustes sur les autels barbares.

C'était pour que d'autres vivent qu'elle allait mourir...

La porte, qu'elle atteignit presque à tâtons, n'était pas gardée, mais elle était fermée par une lourde barre de fer passée dans des gâches et qu'il ne devait pas être facile de faire glisser. Catherine pourtant, s'y attaqua. Tirant de toutes ses forces sur le loquet de cette barre, s'y écorchant la paume des mains, elle parvint à la faire bouger. Lentement, lentement, la barre glissa, quitta son logement. Les mains de Catherine étaient en sang, son visage couvert de sueur quand, enfin, elle reposa la barre à terre. Plus rien, maintenant, ne l'empêchait de sortir... Au-delà du mur, elle prendrait sa course vers Garin, se jetterait à ses pieds s'il le fallait, s'humilierait pour fléchir sa colère...

Elle tira, non sans peine, la lourde porte à elle. Mais une main sortie de l'ombre appuya vivement sur le battant entrouvert qui retomba.

« Il est formellement interdit à qui que ce soit de sortir de l'abbaye ! fit une voix paisible. C'est l'ordre de Mgr l'abbé ! »

Un moine qui portait sous le bras un gros paquet de paille se tenait devant elle. Il devait être dans l'étable pour y prendre de quoi allumer un nouveau bûcher tandis qu'elle essayait d'ouvrir la porte... Dans l'ombre, elle vit une forme courte et trapue, un crâne rond et lisse sur la blancheur duquel tranchait une mince couronne de cheveux. Tranquillement, le moine jetait à terre son ballot, ramassait la barre de fer et la réengageait dans ses gâches. Eperdue, Catherine l'implora :

« Je vous en supplie, laissez-moi sortir. Il faut que j'aille trouver ces gens, là, dehors. C'est moi qu'ils cherchent ! Une fois qu'ils me tiendront, ils n'auront plus aucune raison d'attaquer l'abbaye. Le village sera sauvé ! On ne peut pas laisser faire une chose pareille !... »

Mais le religieux secoua la tête, doucement. Sa voix était toujours aussi paisible quand il dit :

« Ce que fait notre abbé est bien fait, ma sœur ! Et les desseins de Dieu sont insondables. S'il a décidé que nous péririons tous demain, nous et tout le village, c'est qu'il a ses raisons que je ne veux pas chercher à connaître. Pour moi, j'ai fait vœu d'obéissance. Et, quand Mgr l'abbé ordonne, j'obéis, bien humblement. Venez, ma sœur... »

Calant sa paille sous un bras, il prenait de sa main libre le bras de Catherine et l'entraînait irrésistiblement. Elle eut beau prier, supplier, le moine ne se laissa pas fléchir. Il la ramena vers les feux. A cet instant, de l'église sortait Ermengarde très agitée. Apercevant Catherine, elle courut à elle.

« Où étiez-vous passée encore ! J'étais morte d'inquiétude !

— Je l'ai arrêtée au moment où elle allait franchir la porte des étables, fit le petit moine tranquille. Elle voulait sortir et se livrer, mais l'abbé a interdit à quiconque de sortir. Alors, je la ramène. Puis-je vous la confier ?

— Vous pouvez, mon père, vous pouvez ! Et je vous garantis qu'elle ne m'échappera plus. »

Ermengarde paraissait furieuse. Sans rien vouloir entendre des explications de Catherine éplorée, elle l'entraîna vers la maison des hôtes et, sans un mot, s'enferma dans sa chambre avec sa captive.

« Comme cela, dit-elle, je serai tranquille. Vous resterez là ! »

A bout de forces, Catherine se laissa tomber sur son lit et y versa toutes les larmes de son corps sans parvenir à attendrir sa geôlière qui, assise, bras croisés, la contemplait sans rien dire !

Et la nuit s'acheva.

Quand le jour revint, illuminant les bâtiments de l'abbaye, Catherine et Ermengarde, en sortant de leur logis, ne reconnurent pas le décor paisible de la veille. Sur les murs, les moines veillaient auprès de chaudrons qu'ils y avaient transportés et dont l'odeur empestait l'air pur du matin. D'autres, dans la cour, entretenaient de grands feux ou bien affûtaient les lames des faux sur des meules. D'autres encore amenaient des pierres de taille prises au chantier de l'église. Et, au milieu de tout cela, les mains au dos, l'abbé se promenait, comme un général inspectant ses troupes.

En voyant les femmes apparaître, il vint droit à elles.

« Vous devriez retourner dans l'église, dit-il. Vous y seriez plus à l'abri. Il est temps pour moi de monter au rempart pour voir ce qu'il en est de nos assaillants.

— Je vais avec vous, s'écria Catherine. Ce n'est pas l'heure pour moi de me cacher et si vous ne voulez pas que je me livre, permettez au moins que je parle à mon mari ! Je parviendrai peut-être à le faire changer d'avis. »

Jean de Blaisy hocha la tête avec un sourire sceptique.

« Je doute que vous y parveniez. S'il était seul en cause, peut-être... mais je connais le Bègue de Pérouges. Lui et ses hommes flairent le sac d'une riche abbaye. Le prétexte leur semble bon et d'autant meilleur qu'ils se contenteraient de bien moins. Vous allez courir là, inutilement, le risque d'une flèche perdue.

— Je tiens cependant à le courir.

— Comme vous voudrez. Venez donc... »

Comme la veille, tous trois, car Ermengarde ne

voulait plus quitter Catherine — Sara aidait le frère apothicaire à préparer des pansements à la cuisine — montèrent au créneau, jetèrent un coup d'œil sur le village d'où parvenait un cliquetis d'armes et de jurons.

Le soleil rouge qui se montrait derrière le versant où s'adossaient les bâtiments conventuels éclaira les préparatifs des routiers du Bègue. Ils en avaient terminé avec leur infernale besogne de la nuit : toutes les portes étaient enclouées et toutes les maisons disparaissaient à demi sous la paille et les fagots. Quelques routiers se tenaient devant ces tas de paille, une torche allumée à la main. Leur attitude ne laissait place à aucune équivoque. Le reste se formait en troupe serrée autour d'une gigantesque poutre qu'ils avaient trouvée on ne savait où. Garin et son acolyte montèrent à cheval. Ils se dirigèrent lentement vers le portail fermé. Le grand argentier portait cette fois une armure sur ses vêtements noirs et l'on ne pouvait dire lequel, de lui ou du Bègue, était le plus sinistre. Il leva la tête vers le créneau, aperçut l'abbé et sourit.

« Alors, seigneur abbé ? Quelle est ta réponse ? demanda-t-il calmement. Vas-tu me rendre ma femme ou bien préfères-tu le combat ? Comme tu vois, nous avons pris quelques précautions utiles ! »

Jean de Blaisy allait répondre mais Catherine le devança. Elle se glissa entre l'abbé et le créneau et s'écria :

« Pour l'amour de Dieu, Garin, cessez ce jeu cruel ! N'êtes-vous pas las de verser le sang ? Pourquoi des innocents devraient-ils périr à cause de nos querelles ? Est-ce que vous ne sentez pas combien tout cela est injuste, odieux !

— Je me demandais, riposta Garin avec un sourire sarcastique, combien de temps vous mettriez à vous montrer. Si quelqu'un est à blâmer dans cette affaire, c'est vous et non pas moi. Je suis votre mari, vous devez me suivre au lieu de fuir devant moi...

— Vous savez parfaitement pourquoi je l'ai fait, vous savez qu'il me fallait sauver ma vie, celle de mon enfant et ma liberté aussi. Si vous ne m'aviez traitée avec cette cruauté, jamais je ne serais partie... Mais tout peut encore se réparer. Je ne vous demande rien pour moi. Mais pouvez-vous me donner votre parole, que, si je vous rejoins, vous épargnerez ce bourg et ce monastère ? »

Avant que Garin ait pu répondre, le Bègue s'était avancé.

« Sortez d'abord, lança-t-il goguenard. On verra ensuite à discuter... Je n'aime pas beaucoup que l'on me dérange pour rien... »

L'abbé tira Catherine en arrière avec autorité.

« Vous perdez votre temps et vos peines, dit-il. Ils désirent nous attaquer et vous péririez sans sauver personne. Ne l'avez-vous pas compris ?... »

Désespérée, Catherine se tourna vers Ermengarde et vit avec surprise qu'elle souriait béatement. La comtesse n'avait pas l'air d'être présente à la scène qui se déroulait devant elle. La tête levée, l'air ravi, elle écoutait...

« Oh ! Ermengarde, reprocha Catherine douloureusement, comment pouvez-vous sourire quand des hommes vont mourir ?

— Ecoutez ! fit Ermengarde sans répondre. Est-ce que vous n'entendez rien ? »

Instinctivement, Catherine tendit l'oreille. Un bruit sourd, lointain encore, roulait doucement sur le plateau. Il fallait une ouïe fine pour le saisir, mais Catherine le perçut nettement.

« Je n'entends rien ! fit l'abbé à mi-voix.

— Moi si ! Gagnez du temps, cousin, parlementez le plus longtemps possible ! »

Sans chercher à comprendre, l'abbé obéit. S'avançant au créneau il se mit à adjurer les routiers d'épargner un village innocent et la demeure du Seigneur. Mais ils l'écoutaient avec impatience et Catherine comprit que la parole ne retiendrait plus longtemps ces hommes avides de sang et de pillage.

Une voix furieuse vint d'en bas. Celle du Bègue de Pérouges.

« Assez de pâtenôtres ! Nous ne sommes pas au prêche ! Vous ne voulez pas lâcher la donzelle, nous attaquons... »

Le cri d'horreur de Catherine en voyant une torche tomber dans un tas de paille qui s'enflamma aussitôt fut couvert par un autre cri, de triomphe celui-là, poussé par Ermengarde.

« Regardez ! s'écria-t-elle le bras tendu vers le haut de la côte où serpentait la route de Dijon. Nous sommes sauvés ! »

Son cri fit retourner tout le monde, même les routiers. Dévalant du rebord du plateau, une puissante troupe d'hommes d'armes se dirigeait vers Saint-Seine. Le soleil faisait briller les armures, les salades et les lances. En tête marchait un chevalier empanaché de plumes blanches, dont Catherine, défaillante de joie, reconnut les couleurs au pennon de la lance.

« Jacques !... Jacques de Roussay !... Et la garde ducale avec lui !

— Ils y ont mis le temps, bougonna Ermengarde derrière son dos. Heureusement, encore, que j'avais eu la bonne idée de lui faire tenir la lettre de l'abbé, à cet étourdi ! J'avais le pressentiment que quelque chose irait mal... »

Dès lors, délivrés de leur angoisse, les occupants

de la muraille purent suivre le déroulement des opérations. Le Bègue de Pérouges était brave, c'était une justice à lui rendre. Il ne songea même pas à tourner bride devant le secours, imposant cependant, qui arrivait à ses ennemis. Ses hommes firent volte-face, se rangèrent en bataille. Catherine vit Garin faire comme eux, tirer son épée. Elle ne put se retenir de crier.

« Ne vous battez pas, Garin ! Si vous tirez l'épée contre les gardes de Monseigneur, vous êtes perdu ! »

Elle ne comprenait pas, elle-même, quelle obscure pitié la poussait à se préoccuper du destin de celui qui avait voulu la réduire à néant. D'ailleurs, cette pitié était dépensée en pure perte. Garin ne répondit que par un dédaigneux haussement d'épaules, piqua des deux en direction des arrivants, suivi de toute la troupe.

Le combat fut acharné, mais bref. La supériorité numérique de Roussay était écrasante. Malgré les prodiges de valeur des routiers, qui se battaient en hommes qui savent n'avoir à attendre ni pitié ni merci, ils tombèrent l'un après l'autre sous les coups des hommes d'armes ducaux. Les spectateurs de l'abbaye virent le duel farouche que se livrèrent le Bègue de Pérouges et Jacques de Roussay, tandis que Garin se mesurait à un cavalier, armé comme les autres soldats, mais qui combattait tête nue. Catherine reconnut Landry...

En un quart d'heure tout fut réglé. Roussay blessa son adversaire qui roula à terre et, sans perdre une minute, le fit pendre au premier arbre venu. Quelques minutes plus tard Garin, écrasé sous le nombre, se rendait...

Tandis que les soldats de la garde s'activaient à dégager les portes des maisons, l'abbé ordonna d'ouvrir en grand le portail et descendit accueillir en personne le vainqueur. Catherine n'osa pas le suivre. Elle resta sur le chemin de ronde avec Ermengarde. Jacques de Roussay montait, seul, le casque sous le bras, vers l'abbaye. Plus loin, deux hommes d'armes faisaient remonter Garin sur son cheval après lui avoir attaché les mains derrière le dos... Le grand argentier se laissait faire passivement. Il paraissait se désintéresser de son sort et ne tourna même pas la tête vers le monastère. Cette attitude dédaigneuse déchaîna en Catherine une colère folle. Elle avait eu si peur, si mal, elle avait tant souffert et deux innocents avaient péri, mais cet homme ne paraissait pas se soucier du mal qu'il avait fait. Une haine violente monta de son cœur, emplit sa bouche d'un goût amer et la fit trembler. Sans Ermengarde qui se tenait auprès d'elle, immobile et silencieuse, elle se fût précipitée vers le prisonnier pour lui crier sa fureur et son mépris. Elle éprouvait une joie féroce à la pensée qu'il s'était condamné lui-même, qu'il allait bientôt périr de sa propre folie criminelle. Et, cette joie, elle aurait voulu la lui jeter au visage...

CHAPITRE IX

LE SECRET DE GARIN

Le soir même, Jacques de Roussay repartait pour Dijon, emmenant son prisonnier. Garin appartenait désormais à la justice du prévôt de Bourgogne et devait être incarcéré sitôt arrivé sous l'inculpation de haute trahison, atteinte à la sûreté de l'Etat, sacrilège et tentative de meurtre sur la personne de sa propre épouse. Plus qu'il n'en fallait pour l'envoyer sans recours possible à l'échafaud ! Jacques de Roussay ne l'avait pas caché à Catherine au cours de la brève entrevue qu'il avait eue avec elle. En attaquant l'abbaye, Garin de Brazey avait considérablement aggravé son cas de plusieurs chefs d'accusation car, jusque-là, les ordres que Landry avait rapportés au capitaine de la garde portaient seulement d'assurer la sécurité de Catherine et d'enfermer Garin dans sa propre maison.

« Malheureusement, dit Jacques à Catherine, je

ne peux vous autoriser à rentrer chez vous, madame de Brazey. Votre mari devenant un prisonnier d'Etat, tous ses biens doivent être mis sous scellés. Sans doute... pourrez-vous rentrer chez votre mère ?

— Elle viendra chez moi, intervint Ermengarde. Croyez-vous que je la laisserai se rendre à la merci de toutes les commères du quartier Notre-Dame ? On va être trop content, chez certains, de la chute du grand argentier. Dans une maison bourgeoise, je ne suis pas sûre que Catherine soit parfaitement garantie. Elle le sera chez moi ! »

Roussay n'avait rien à objecter. Il accorda à Catherine la permission de résider à l'hôtel de Châteauvillain. L'attitude du jeune capitaine était devenue étrangement distante envers la femme de Garin. En fait, il ne savait plus bien s'il avait affaire à l'épouse d'un criminel ou à l'amante de son maître. Il s'en ouvrit secrètement à Ermengarde.

« Je ne sais trop quel parti prendre, comtesse. Mgr Philippe m'a donné l'ordre d'assurer la sûreté de Mme de Brazey, d'empêcher son époux de lui nuire mais il ignore tout des derniers événements. Il est toujours à Paris et je me demande comment il prendra la nouvelle de l'attaque de cette abbaye, lui si pieux ! Il sera indigné et je crains que sa colère ne retombe sur la jeune femme, qu'il ne la rende responsable, complice même...

— Ah ! çà, mon ami, mais vous rêvez tout debout ! Avez-vous oublié l'amour profond que Monseigneur porte à Catherine ? Ne savez-vous pas qu'elle règne sur son cœur... et cela sans partage ? »

Jacques de Roussay se gratta la tête sans cérémonie. Visiblement quelque chose le tourmentait. Il détournait les yeux, l'air gêné.

« C'est que... je n'en suis plus si sûr. On dit qu'à Paris, Mgr Philippe est fort empressé auprès de la belle comtesse de Salisbury. Vous le connaissez aussi bien que moi. Il est volage, il aime les femmes avec passion et j'ai peine à l'imaginer fidèle à une seule. Dame Catherine est dans une mauvaise posture, d'autant plus que son état ne l'embellit pas. Et je crains...

— Et vous craignez pour votre avenir ! Vous avez peur de faire une bourde, acheva Ermengarde ironique. Vrai Dieu, mon ami, vous n'avez pas beaucoup de courage pour un soldat ! J'en aurai donc pour vous. Je prends Catherine sous mon toit et sous ma responsabilité. Si le duc se fâche, je saurai lui répondre. Faites ce que vous voudrez des biens de Brazey, mais vous me ferez le plaisir de conduire chez moi la chambrière de Catherine, son médecin maure flanqué de ses esclaves... et d'y joindre tous les objets personnels de Mme de Brazey : toilettes et bijoux. J'ai dit ! Pour le reste, je m'en charge ! Il ferait beau voir qu'une Châteauvillain manquât à l'amitié. Si Philippe, après avoir fait le malheur de cette pauvre petite, s'avise de lui chercher d'autres noises, je vous donne ma parole qu'il trouvera à qui parler. Châteauvillain est une rude forteresse sur laquelle plus d'un s'est cassé des dents. Philippe y laissera les siennes avant de reprendre Catherine, dans ce cas... De plus, je me réserve alors le droit de lui dire ma façon de penser. »

Il n'y avait rien à ajouter à cela ! Roussay capitula. Il connaissait trop la comtesse pour ne pas savoir qu'elle exécuterait point par point ses menaces. Elle était capable de traiter le duc comme un gamin désobéissant. En quittant Saint-Seine, le jeune capitaine pensait que, dans ce cas, il plaindrait sincèrement Philippe s'il devait avoir affaire à sa terrible vassale. Pour son compte, il préférait se mesurer à une armée turque plutôt qu'à Mme de Châteauvillain quand elle était en colère...

Catherine et Ermengarde devaient quitter l'abbaye le lendemain. La jeune femme avait besoin d'une bonne nuit de repos et, de plus, la comtesse ne tenait pas à ce qu'elle rentrât à Dijon à la suite de son mari enchaîné. Mais, au moment où elles se préparaient à monter en litière après avoir salué et chaleureusement remercié Jean de Blaisy, Catherine eut la surprise de voir Landry venir à elle. Depuis la fin du combat, elle n'avait que très peu rencontré le jeune homme. Il l'avait embrassée affectueusement mais il avait coupé court à ses remerciements et s'était retiré très vite dans la cellule que l'abbé avait mise à sa disposition. Catherine avait attribué à la fatigue du chemin et de la bataille son extrême pâleur et ses traits tirés. Mais quand il s'approcha d'elle, sa mine lui parut encore plus mauvaise.

« Je suis venu te dire adieu, Catherine, fit-il simplement.

— Adieu ? Mais pourquoi ? Je pensais que tu nous accompagnais à Dijon ? »

Il secoua la tête, détournant les yeux pour que Catherine n'y vît pas briller des larmes.

« Non. Je ne retournerai pas à Dijon. Je quitte le service. »

Un silence suivit ces mots. Catherine ne parvenait pas à réaliser ce que Landry voulait dire.

« Tu abandonnes la Grande Ecurie ? Quelle idée ! Es-tu mécontent ? T'a-t-on fait tort ou bien es-tu las de servir Mgr Philippe ? »

Landry secoua la tête. Malgré son empire sur lui-même, deux grosses larmes rondes roulèrent sur ses joues brunes. Catherine en fut bouleversée. Jamais elle n'avait vu pleurer son ami d'enfance. Il promenait dans la vie une inaltérable bonne humeur, une joie de vivre communicative. C'était une force de la nature.

« Je ne veux pas que tu sois malheureux, s'écria-t-elle chaleureusement. Dis-moi ce que je peux faire, comment je peux t'aider, toi, qui m'as sauvée ?

— T'avoir sauvée sera ma grande joie, fit Landry doucement. Mais tu ne peux rien pour moi, Catherine. Je vais rester ici, dans cette abbaye. J'ai déjà demandé à l'abbé de me recevoir parmi ses frères. Il a accepté. C'est un homme selon mon cœur. Il me sera doux de lui obéir.

— Tu veux te faire moine ? Toi ? »

La foudre tombant d'un ciel sans nuages n'aurait pas plongé Catherine dans une telle stupeur. Landry, le joyeux Landry sous la bure des bénédictins ! Landry, tonsuré, agenouillé jour et nuit sur les dalles froides d'une chapelle, servant les pauvres et travaillant la terre, lui qui aimait tant le cabaret, les filles et la ripaille ! Lui qui se moquait de Loyse, jadis, quand elle parlait d'entrer au couvent !

« C'est drôle, hein ? reprit le jeune homme avec un pâle sourire devant le silence atterré de Catherine. Mais c'est la seule vie que je désire. Vois-tu... j'aimais Pâquerette et je crois qu'elle m'aimait vraiment, elle aussi. J'espérais bien, un jour, arriver à la sortir de ses bêtises, lui ôter de la tête ses idées de sorcellerie, en faire une brave femme, une bonne ménagère avec plein de gosses autour de nous, l'enlever à ce pays maudit. Elle était bizarre mais je crois que nous nous comprenions. Alors, maintenant qu'elle n'est plus là... »

Le geste las, désenchanté du jeune homme accabla Catherine sous le poids d'un écrasant remords. Elle eut honte, tout d'un coup, d'être vivante après tant de douleurs. Sa vie à elle, cette vie sans utilité, valait-elle la peine de répandre tant de sang ? Elle baissa la tête.

« C'est ma faute ! dit-elle douloureusement. C'est à cause de moi qu'elle est morte. Oh ! Landry, j'aurai fait ton malheur, à toi ?

— Non. Tu n'as aucun reproche à te faire. Pâquerette a scellé elle-même son destin. Si elle n'avait pas commis, par jalousie, ce crime impardonnable de prévenir Garin, rien ne serait arrivé. Il était juste qu'elle fût punie... Mais pas de cette manière atroce ! Et maintenant qu'elle n'est plus là, moi, je n'ai plus envie de rien, sinon de paix et de solitude. Toi, tu as encore un long et beau chemin devant toi... »

Les larmes qui coulaient sur les joues de Catherine cessèrent brusquement.

« Tu crois ? lança-t-elle avec violence. Que pensestu que j'aie encore à espérer ? Mon mari va mourir, je vais être ruinée, à cause de moi tu vas t'enterrer au fond d'un cloître. L'homme que j'aime me méprise. Je porte malheur, je suis maudite, maudite... Il faut se détourner de moi... »

La crise de nerfs était proche. Ermengarde s'en aperçut, éloigna Landry d'un geste rapide et obligea Catherine secouée de frissons à monter dans la litière.

« Allons, mon petit, ne vous tourmentez pas comme cela ! Ce garçon est sous le coup d'un chagrin. Mais il est jeune et les vœux définitifs ne sont pas pour demain ; il peut changer d'avis, reprendre goût à l'existence. Faites confiance au cousin Jean pour cela : si ce garçon n'a pas une vraie vocation, il saura bien le lui faire comprendre plus tard. »

Ces sages paroles produisirent un effet calmant sur Catherine. Ermengarde avait raison. Landry ne resterait peut-être pas toute sa vie au couvent. Pour le moment, il y trouverait le meilleur repos, le grand silence où les âmes se retrouvent, décantent leur lie et leur fiel. Elle se laissa emmener sans autre résistance. Le grand portail de l'abbaye s'ouvrit devant la litière qu'escortaient Sara, juchée sur un mulet prêté par l'abbé, et quelques hommes joints par Jacques de Roussay à ceux qui appartenaient à Ermengarde. Bientôt dans le soleil déjà doux qui chauffait les tendres pousses de l'herbe nouvelle, le cortège des deux femmes escalada la route du plateau. Les toits de Saint-Seine, brillèrent encore un instant sous les fumées légères de leurs cheminées puis tout disparut au tournant du chemin. Sur les échafaudages de la tour carrée, à l'église du couvent, les maçons avaient repris leur travail et sifflaient, déjà oublieux de la menace qui avait pesé un instant sur leurs foyers.

Le soir même, on entra à Dijon par la porte Guillaume. Mais en passant devant le château de la ville, Catherine détourna la tête, prise d'un tremblement. C'était là que, la veille, Jacques de Roussay avait conduit son prisonnier. Garin était quelque part derrière ces murailles rébarbatives percées de rares meurtrières. Et Catherine ne pouvait s'empêcher de songer avec un mélange de tristesse et de colère que c'était le mariage voulu par Philippe qui avait mené là le grand argentier de Bourgogne.

Or, Catherine se trompait. Ce n'était pas dans le vieux bastion qui était censé garder le mur d'enceinte que Jacques de Roussay avait conduit son captif mais bien à la prison du vicomte-mayeur dont les affreux cachots s'ouvraient dans les fondations d'une ancienne tour romaine, la Tournote, derrière la maison du Singe qui était l'hôtel de ville de Dijon. Cette maison du Singe, ainsi nommé à cause d'un bas-relief placé au-dessus de la porte et représentant un singe qui jouait avec une boule, s'adossait au rempart entre deux hôtels seigneuriaux, dont l'un était celui des La Trémoille, l'autre celui des Châteauvillain. Ainsi, sans le savoir, Catherine vint-elle habiter tout auprès de l'endroit où était emprisonné son mari.

Elle ne l'ignora pas longtemps. Dès le lendemain de son arrivée chez Ermengarde, les hérauts de la ville parcoururent les rues, annonçant le crime commis par Garin et son prochain jugement par le conseil du vicomte-mayeur, Philippe Mâchefoing, valet de chambre, conseiller et frère de lait du duc.

Cette criée emplit Catherine d'une joie amère à laquelle se joignit un sentiment de frustration. Elle haïssait Garin de tout son cœur, mais elle ne parvenait pas à comprendre quel enchaînement de sentiments avait pu produire cette folie. Garin l'avait toujours si obstinément repoussée qu'elle ne pouvait croire à sa jalousie. Et pourtant ? Quel nom donner aux crises de rage folle qui s'étaient emparées de lui lorsqu'il l'avait sue enceinte ? Catherine évoquait aussi, pour elle-même, cette soirée où elle était allée le provoquer jusque dans sa chambre. Comment avait-elle pu, ensuite, le croire indifférent alors qu'il avait si bien perdu la tête entre ses bras ? Il était jaloux, fou de jalousie même... et pourtant il ne l'avait jamais faite sienne. Le mystère endormi au fond de l'âme de Garin irritait Catherine et la torturait à la fois.

Vers la fin de ce premier jour, elle vit arriver à l'hôtel de Châteauvillain une petite caravane dirigée par Jacques de Roussay en personne. Elle était composée de mulets chargés de nombreux coffrets. Quatre chevaux portaient Perrine, Abou-al-Khayr et ses deux esclaves noirs. Le capitaine obéissait ponctuellement à l'ordre d'Ermengarde, ce dont la noble dame daigna le remercier.

« La maison ? demanda-t-elle. Qu'en faites-vous ?

— Le greffier du conseil de la ville est en train d'y apposer les scellés du vicomte-mayeur et du prévôt. Elle est vide d'êtres humains mais rien de ce qu'elle contient ne sera touché avant le jugement. Il en sera de même pour le château de Brazey et toutes les autres possessions de Garin. »

Tout en parlant, le jeune homme évitait de regarder Catherine ; elle se tenait debout, très droite dans une robe de velours noir qui était déjà de deuil, auprès de son amie. Il finit par prendre son courage à deux mains, se tourna vers elle et la fixa dans les yeux :

« Je suis désolé, Catherine... », fit-il seulement.

Elle eut un haussement d'épaules, un petit sourire triste.

« Vous n'y pouvez rien, mon pauvre ami. Vous avez déjà tant fait pour moi. Comment vous en voudrais-je ? Quand aura lieu le jugement ?

— D'ici une huitaine. Le duc est toujours à Paris et messire Nicolas Rolin avec lui. Il était l'ami de votre époux et, peut-être, aurait-il pu lui venir en aide... »

Ermengarde haussa les épaules avec dédain.

« N'y comptez pas ! Jamais Nicolas Rolin n'aidera un homme qui s'est mis dans un cas semblable, fût-il son propre frère. Garin tombe sous le coup de la justice ducale, il ne connaît plus Garin... c'est aussi simple que cela. »

Jacques de Roussay ne répondit pas. Il savait qu'Ermengarde disait la vérité et il répugnait à donner de faux espoirs à Catherine. Pour lui comme pour toute la ville, le jugement ne faisait aucun doute. C'était, pour le grand argentier, la mort de la main du bourreau, la confiscation de tous ses biens, son nom rayé de l'armorial, ses armes brisées et, sans nul doute, sa maison de ville rasée comme l'avait été celle de son prédécesseur en tant que gardien des joyaux de la couronne, Philippe Jossequin, impliqué dans le meurtre du pont de Montereau, qui avait été exilé et était mort misérablement en Dauphiné. Cette charge, apparemment, ne portait pas bonheur !

Lorsque le capitaine se fut retiré, Ermengarde laissa Catherine en compagnie d'Abou-al-Khayr, tandis que Sara s'en allait aider les chambrières à ranger les affaires de sa maîtresse. La tzingara avait repris sa place mais Perrine n'en fut pas pour autant reléguée à son premier état de baigneuse. Il fut convenu que la jeune fille partagerait avec Sara la garde et l'entretien des robes et des joyaux.

Il y avait longtemps que Catherine et son ami arabe ne s'étaient trouvés face à face. Ils restèrent un moment sans parler puis, tandis que le médecin s'installait dans un fauteuil, la jeune femme alla tendre ses mains froides aux flammes de la cheminée.

« Quel gâchis que tout cela ! soupira-t-elle. Par la folie de cet homme que l'on m'a donné pour mari, j'ai failli perdre la vie et nous voici, tous deux, sans logis, presque proscrits. Sans Ermengarde, je serais à la rue sans doute, montrée du doigt, n'osant peut-être même pas entrer chez ma mère par crainte de la mettre en danger. Et tout cela, pourquoi ?

— Tout cela à cause de la pire folie qu'Allah ait laissé se glisser dans le sang et la raison des hommes : à cause de l'amour ! » répliqua tranquillement Abou-al-Khayr en regardant obstinément le bout de ses doigts qu'il entrelaçait puis relâchait tour à tour. Catherine se retourna vers lui d'un seul mouvement :

« L'amour ? A qui ferez-vous croire que Garin m'aimait ?

— A toi peut-être, si toutefois tu voulais bien réfléchir ! L'intelligence de ton mari était grande, et de haute qualité. Un homme de sa valeur ne se rabaisse pas au rang d'une bête furieuse sans une raison bien puissante. Il savait qu'il y risquait sa fortune, sa réputation, sa vie... tout ce qu'il a perdu ou va perdre. Et pourtant il a commis ces folies. Comment croire que la jalousie, donc l'amour, ne furent pas les raisons profondes de tout cela ?

— Si Garin m'aimait, lança Catherine furieusement, il eût fait de moi sa femme, par la chair aussi bien que devant Dieu. Or, il n'a jamais tenté de s'approcher de moi. Bien plus, il m'a repoussée...

— Et c'est cela que tu ne lui pardonnes pas ! Par Mahomet, tu es plus femme que je ne croyais. Tu t'es donnée sans amour à un homme, tu reproches à un second de ne t'avoir point soumise à lui... et pourtant c'est un troisième que tu aimes. Le sage a bien raison de penser qu'il y a plus de raison dans le vol d'un oiseau aveugle que dans la cervelle d'une femme ! » fit le Maure avec amertume.

Catherine fut sensible à la nuance de dédain qui transparaissait dans la voix du médecin. Des larmes de colère lui montèrent aux yeux.

« Ce n'est pas cela que je ne lui pardonne pas ! s'écria-t-elle. C'est son odieuse attitude envers moi ! Il m'a jetée dans les bras de son maître et ensuite il a tenté de m'avilir, de me tuer. Et je ne comprends pas pourquoi ! Vous qui semblez posséder l'universelle sagesse, pouvez-vous me dire la raison de mon mariage blanc... avec un homme qui, cependant, me désirait ! J'en ai eu la preuve ! »

Abou-al-Khayr secoua la tête. Des plis soucieux

s'étaient creusés dans son front lisse et à la naissance de son absurde barbe blanche.

« Quel sage pourra jamais connaître le secret du cœur d'un homme ? fit-il avec un geste d'impuissance. Si tu veux savoir ce que cache l'âme de ton mari, quel secret il est sur le point d'emporter dans sa tombe, que ne vas-tu le lui demander ? Sa prison est voisine. Et j'ai entendu dire que le geôlier des prisons, un certain Roussot, est un homme dur mais avare et très sensible à la chanson de l'or. »

Catherine ne répondit pas. Elle était revenue vers la cheminée et contemplait à nouveau les flammes. L'idée de se retrouver en face de Garin lui faisait horreur. Elle craignait de n'avoir pas la force de garder son sang-froid, de se laisser aller à sa colère et à sa haine. Pourtant, elle reconnaissait que le médecin avait raison. La seule façon possible de connaître le secret de Garin, s'il en avait un, et n'était pas seulement tombé dans la folie subite, c'était de le lui demander. Mais il lui fallait vaincre auparavant cette répugnance qu'elle éprouvait à l'idée de le revoir et, cela, c'était son problème à elle. Nul ne pouvait l'aider à le résoudre.

UNE semaine plus tard, la cour du vicomte-mayeur et des échevins se réunit dans le cloître de la Sainte-Chapelle. Les magistrats de la ville y tenaient leurs assises plus volontiers qu'à la maison du Singe où la proximité des prisons sordides et des salles à donner la question, rendait le séjour assez répugnant et fort peu propice à la méditation. Au surplus, la nature du cas à juger leur paraissait nécessiter une sorte de huis-clos peu facile à obtenir dans la petite salle du conseil de la ville.

Le procès de Garin ne dura pas longtemps. Tout

juste une journée. Il reconnut tout ce dont on l'accusait et ne daigna même pas se défendre. Quant à Catherine, elle avait refusé, par une pudeur qui ressemblait fort à de la répugnance, de comparaître. Quels que pussent être ses sentiments de rancune envers son mari, elle ne voulait pas se faire, elle-même, son accusatrice. Ermengarde avait chaudement approuvé cette attitude.

« Ils le condamneront bien sans vous, ma belle ! » lui assura-t-elle.

Et de fait, au soir du jugement, Jacques de Roussay vint, en personne, informer Catherine de la sentence. Garin de Brazey était condamné à être pendu, malgré sa qualité de noble, pour le sacrilège commis en attaquant une abbaye. Il devrait subir la torture préalable puis il serait traîné sur la claie au Morimont qui était le lieu du supplice. Ses biens seraient confisqués, son hôtel et son château rasés...

Un profond silence accueillit cette terrible nouvelle. Catherine, les yeux secs et fixes, semblait changée en statue. Ermengarde, frissonnante, s'approcha du feu dont le crépitement emplissait seul la grande pièce d'apparat. La voix sans timbre de Catherine s'éleva :

« Quand sera-t-il exécuté ?

— Demain, vers le milieu du jour... »

Comme les deux femmes retombaient dans un silence obstiné, Jacques de Roussay se troubla, perdit contenance. Il salua profondément en demandant la permission de se retirer. Sur un signe d'Ermengarde, il quitta la pièce. Quand le bruit de ses éperons se fut éteint dans les profondeurs de l'hôtel, Ermengarde revint vers Catherine qui n'avait pas bougé.

« A quoi pensez-vous, Catherine ? Que méditez vous ? »

La jeune femme tourna lentement son regard vers son amie. La comtesse y lut une soudaine résolution.

« Il faut que je le voie, Ermengarde. Il faut que je le voie, avant...

— Croyez-vous une entrevue bien utile ?

— A lui non ! A moi, oui ! fit Catherine avec une soudaine violence. Je veux savoir. Je veux comprendre... Je ne peux pas le laisser ainsi s'enfuir de ma vie sans qu'il m'ait dit le pourquoi de tout cela. Je vais à la prison. Le geôlier est sensible à l'or à ce que l'on dit. Il me laissera lui parler.

— Je vais avec vous...

— Je préférerais que vous n'en fissiez rien ! Vous êtes bien assez compromise dans cette affaire, mon amie. Laissez-moi aller seule. Sara m'escortera et m'attendra.

— Comme vous voudrez ! » fit Ermengarde en haussant les épaules. Tout en parlant, elle allait à un coffre, en tirait une bourse de cuir assez ronde et la tendait à Catherine.

« Prenez ceci ! Je vous devine toute prête à jeter l'un de vos joyaux dans la patte de ce rustre puisque vous n'avez plus rien d'autre. Ce serait dommage ! Vous me rendrez ceci plus tard, voilà tout ! »

Sans fausse honte Catherine prit la bourse, la glissa à sa ceinture, embrassa son amie et regagna sa chambre pour y prendre un manteau sombre et demander à Sara de l'accompagner.

Quelques minutes plus tard, les deux femmes, étroitement enveloppées de mantes noires, le visage masqué, sortaient de l'hôtel de Châteauvillain et se dirigeaient vers la maison voisine. La nuit était totale et il pleuvait à plein temps. C'est dire qu'il n'y avait personne dans la rue. Avec décision, Catherine se dirigea, Sara sur les talons, vers la maison de ville, entra dans la cour où veillait un soldat somnolent dans la main duquel elle glissa une pièce d'or. En franchissant la porte, elle s'était efforcée de ne pas voir le carcan et la machine à donner l'estrapade qui étaient attachés en permanence à l'angle de l'hôtel de la Trémoille et qui se rouillaient lentement. Tout de suite réveillé par la vue de l'or, le garde ne fit aucune difficulté pour conduire les deux femmes jusqu'au fond de la cour où se dressaient des murailles rébarbatives, aveugles, trouées seulement à la base d'une petite porte basse.

« Je veux voir le geôlier qu'on appelle Roussot ! » fit Catherine.

Quelques instants plus tard, Roussot émergeait de la porte basse. C'était un personnage aussi large que haut, à peu près carré, vêtu de cuir taché et déchiré. Un bonnet crasseux se drapait sur les mèches raides et malodorantes qui lui servaient de cheveux, ses longs bras noueux pendaient plus bas que la normale. Même avec la plus intense bonne volonté, on ne pouvait distinguer dans ses petits yeux gris la moindre lueur d'intelligence mais le son de l'or dans la bourse de Catherine y alluma quelque chose qui ressemblait à une chandelle. Il jeta dans un coin l'os de gigot qu'il rongeait, s'essuya la bouche d'un revers de main et s'enquit obséquieusement de ce qu'il pourrait faire pour « être agréable à Madame ».

« Je veux voir, seule à seul, le prisonnier qui doit mourir demain ! » répondit-elle.

L'homme fronça les sourcils, se gratta la tête mais plusieurs ducats brillaient dans la main de la jeune femme et Roussot n'avait jamais vu tant de métal jaune devant lui. Il hocha la tête, prit son trousseau de clefs à sa ceinture d'une main, et tendit l'autre pour recevoir les belles pièces luisantes.

« Ça va ! Suivez-moi ! Seulement faudra pas rester trop longtemps. Le père cordelier doit venir vers la fin de la nuit pour le préparer à bien sauter le pas... »

Il partit d'un gros rire sans que rien ne bougeât dans le visage figé de Catherine. Laissant Sara l'attendre dans la cour, la jeune femme s'enfonça à la suite du geôlier dans un escalier raide et glissant d'humidité qui plongeait en spirale dans les entrailles de la terre. Une bouffée d'air froid, visqueux et chargé d'odeurs méphitiques sauta à son visage. Elle sortit son mouchoir pour l'appliquer sur son nez.

« Dame ! Ça sent point la rose ici ! » commenta Roussot.

L'escalier s'enfonçait toujours sous les fondations de la vieille tour gallo-romaine et les murs suintaient l'eau. Ils dépassèrent plusieurs portes closes d'énormes verrous. Une vague angoisse serra la gorge de Catherine. La torche portée par Roussot prêtait vie à d'étranges choses sur les murs luisants.

« Est-ce encore loin ? demanda Catherine d'une voix étouffée.

— Non. On arrive ! Vous pensez bien qu'un prisonnier de cette importance, on l'a pas mis dans n'importe quel cachot. L'a eu droit au crot...

— Au crot ?

— La fosse, si vous préférez. On y est !... »

L'escalier, en effet, n'allait pas plus loin. Il débouchait dans une sorte de cul-de sac boueux. Au fond, se dessinait une porte si basse qu'on ne pouvait la franchir que plié en deux. Des barres de fer épaisses de trois doigts garnissaient le ventail de chêne noirci et crevassé par l'humidité. Roussot s'activait à les ôter, ouvrait le battant qui gémit lugubrement.

Puis, allumant une torche à celle qu'il portait, le geôlier la tendit à Catherine.

« Voilà ! Entrez maintenant... mais pas longtemps ! Je vais rester dans l'escalier et je viendrai taper à la porte quand faudra vous en aller. »

Catherine répondit d'un signe de tête et se baissa pour franchir la porte. Elle était si basse que la jeune femme faillit brûler son masque à la flamme de sa torche. Elle avait l'impression de plonger dans un inconnu menaçant, quelque chose comme un tombeau subitement ouvert devant elle. La porte passée, Catherine se redressa, leva sa torche pour essayer de distinguer ce qui l'entourait.

« Je suis ici ! » fit une voix calme qu'elle reconnut avec un frisson.

Se tournant du côté d'où venait la voix, elle aperçut Garin. Mais si endurcie qu'elle fût contre lui par sa rancœur, elle ne put retenir une exclamation de stupeur. Il était assis au fond de l'immonde caveau où l'eau stagnait en flaques noires, sur une pourriture qui avait dû, jadis, être de la paille. On l'avait enchaîné à la muraille par une ceinture et un collier de fer et, pour plus de sûreté, on lui avait mis les ceps aux pieds et aux mains. A peu près incapable de bouger, il était adossé à la muraille, dans son pourpoint noir déchiré qui laissait voir sa chemise sale et en lambeaux. Une barbe grisâtre commençait à dévorer ses joues. Ses cheveux avaient poussé et s'emmêlaient sur sa tête. Depuis son arrestation, il avait perdu le bandeau noir qu'il portait sur l'œil et, pour la première fois, Catherine vit sa blessure à nu. L'œil était remplacé par un trou noir, de petite dimension autour duquel s'irradiaient des rides de peau rose tranchant avec la pâleur du visage. Incapable de faire un seul geste, Catherine restait debout auprès de la porte, levant la torche et le regardant sans parvenir à en détacher ses yeux. Le rire de Garin la fit sursauter.

« Est-ce que vous hésiteriez à me reconnaître ? Moi, je n'hésite pas, malgré ce masque prudent qui couvre votre joli visage, ma chère Catherine ! »

Le ton persifleur lui rendit sa colère. Ainsi, c'était toujours le même ! Rien ne pourrait donc l'abattre ? Au fond de la plus atroce misère, il gardait son ironie, cette irritante supériorité.

« Soyez sans crainte, fit-elle durement. Je vous reconnais. Bien que vous soyez fort changé, Garin... Qui donc soupçonnerait dans ce prisonnier, dans cette loque humaine, le riche et hautain Garin de Brazey ? Et que pensez-vous de ce retour des choses ? Il n'y a pas si longtemps que vous m'enchaîniez, sans pitié, au fond d'une prison aussi dure que celle-ci, et vous riiez ! C'est à moi maintenant de rire quand je vous vois ici, pieds et poings liés, incapable de nuire à jamais. Demain, on vous traînera par la ville, on vous pendra comme on aurait dû le faire depuis longtemps, on vous... »

Elle nourrissait sa colère de ses paroles, mais un soupir du prisonnier, un énorme soupir lui coupa la parole.

« Ne soyez donc pas vulgaire ! fit Garin d'un ton ennnuyé. Vous avez l'air d'une commère battue par son mari qui se réjouit de le voir revenir entre deux archers du guet. Si c'est tout ce que vous avez appris auprès de moi, vous m'en voyez navré ! J'avais espéré faire de vous une grande dame... Il paraît que jai échoué... »

Le dédain ironique et calculé des paroles doucha brutalement la fureur de Catherine. Sur le moment, elle ne trouva rien à répondre. Ce fut Garin qui reprit l'initiative des opérations. Il eut un léger sourire en coin qui étira sa joue blessée. Son calme, ce détachement qui touchait la désinvolture, stupéfiaient Catherine. Elle sentait que jamais cet homme ne lui serait compréhensible et pourtant c'était cela qu'elle désirait plus que tout : comprendre.

« Vous êtes venue voir dans quel état m'avaient réduit les gens de notre bon duc ? reprit le prisonnier. Eh bien, vous avez vu ! Si j'ai bien saisi le sens de vos paroles, vous êtes satisfaite ! Alors, ma chère, dites-moi adieu et laissez-moi à mes méditations. Il ne me reste plus tellement de temps. »

« Mais, pensa Catherine, il me renvoie ! Il me congédie comme une indésirable. » Que cet homme enchaîné, dépouillé de tout, pût garder ce ton de seigneur, voilà qui ne pouvait s'admettre ! Mais elle comprit que, si elle se laissait aller à sa rage bien naturelle, il ne parlerait pas. Ce fut donc très calmement qu'elle s'approcha de lui, s'assit sur une grosse pierre, seul ameublement du cachot avec les chaînes et les ceps qui entravaient Garin.

« Non, fit-elle d'une voix sourde en plantant sa torche auprès d'elle dans la terre boueuse. Je ne suis pas venue me repaître de vos souffrances. Vous m'avez fait du mal et je vous en veux. Cela est humain, je crois... Mais je suis venue vous demander de m'expliquer...

— Quoi ?

— Tout ! l'absurdité de notre mariage, l'incohérence de notre vie commune. J'ai l'impression, depuis que nous avons été unis, d'avoir vécu l'un de ces songes fantastiques et extravagants où rien ne se tient. Par moments, ils donnent la sensation d'une profonde réalité, on croit tenir la vérité... et puis ils se déforment, s'effilochent, se fondent en images grotesques et incompréhensibles. Vous allez mourir,

Garin, et j'ignore tout de vous. Dites-moi la vérité... votre vérité ! Pourquoi n'ai-je été votre femme que de nom et jamais dans la réalité ? Non... ne me parlez pas du duc ! il n'y a pas eu, entre lui et vous, que ce marché dégradant auquel vous avez voulu me faire croire. Je le sais... je le sens. Il y a autre chose ! Quelque chose que je n'arrive pas à comprendre et qui empoisonne ma vie... »

Une émotion inattendue brisa sa voix. Elle regarda Garin. D'où elle était assise, elle ne pouvait voir de lui qu'un profil immobile, le côté intact de son visage, quelques lignes nettes à l'expression méditative.

« Répondez-moi ! » implora-t-elle.

Lentement, il tourna la tête vers elle. Il n'y avait plus trace d'ironie sur ce visage pensif.

« Otez votre masque ! » ordonna-t-il doucement. Elle obéit, sentit glisser sur sa joue le tissu soudain humide.

« Vous pleurez ? fit Garin avec une immense surprise. Pourquoi ?

— Je... je ne sais pas ! Je ne pourrais pas vous le dire.

— C'est sans doute mieux ainsi ! Je conçois votre étonnement, les questions que vous avez pu vous poser. Vous n'avez rien compris, n'est-ce pas, à cet homme qui refusait votre incroyable beauté ?

— J'ai fini par penser que je vous déplaisais... fit Catherine d'une petite voix timide.

— Non, vous ne le pensiez pas et vous aviez raison. Car je vous ai désirée comme un forcené, comme l'homme enchaîné et mourant de soif désire la cruche ruisselante posée devant ses yeux mais hors de portée de sa main. Je n'aurais pas été sur le point de devenir fou de haine et de rage si je vous avais moins désirée... si je vous avais moins aimée ! »

Il parlait maintenant d'une voix sans timbre, monocorde qui touchait Catherine plus qu'elle ne voulait l'admettre.

« Alors... pourquoi ces refus perpétuels... à vous-même et à moi ? »

Garin ne répondit pas tout de suite. Tête inclinée sur la poitrine, il paraissait réfléchir profondément. Mais il la redressa brusquement comme quelqu'un qui a pris un parti.

« C'est une vieille, et assez lamentable histoire, mais vous avez le droit de la connaître. Il y a près de trente ans... vingt-huit exactement ce mois-ci, j'étais un jeune étourdi de seize ans qui ne rêvait que plaies, bosses et jolies filles. J'éclatais d'orgueil parce qu'écuyer du comte de Nevers, le futur duc Jean, je me préparais à l'accompagner à la croisade. Vous êtes trop jeune pour avoir entendu parler de cette folle aventure qui entraîna vers les plaines de Hongrie, à l'appel du roi Sigismond attaqué par les Turcs infidèles, toute une armée de jeunes et bouillants chevaliers français, allemands et même anglais. Le comte Jean et le jeune maréchal de Boucicaut commandaient cette cavalcade d'une dizaine de milliers d'hommes. De plus brillante, de plus folle non plus, je n'en ai jamais vue ! Les harnachements, les bagages étaient somptueux, la moyenne d'âge se situait entre dix-huit et trente ans et tout le monde, comme moi-même, était enchanté. Quand l'armée quitta Dijon, le 30 avril 1396, pour se diriger vers le Rhin, on aurait pu croire à un départ pour quelque gigantesque tournoi. L'or, l'argent, l'acier étincelaient, les soieries bruissaient dans le vent et chacun racontait à l'avance, à grands cris, les retentissants exploits qu'il se proposait d'accomplir, pour son honneur et l'amour de sa dame. J'étais comme les autres...

— Est-ce à dire que vous... étiez amoureux ? demanda Catherine.

— Mais oui... pourquoi pas ? Elle s'appelait Marie de la Chesnel, elle avait quinze ans et elle était blonde, comme vous... moins que vous pourtant et, sans doute, moins belle ! Nous partîmes donc et je vous ferai grâce du récit de cette lamentable expédition où la jeunesse et l'inexpérience causèrent la catastrophe. Il n'y avait aucune discipline. Chacun de nous ne pensait qu'à se couvrir de gloire, sans songer au bien commun et malgré les remontrances du roi Sigismond de Hongrie, inquiet des folies que nous débitions. Il avait, sur nous, l'avantage de connaître son ennemi, cet Infidèle dont il avait pu mesurer la valeur guerrière et la ténacité. Les Turcs étaient commandés par leur sultan, Bayézid, qu'ils surnommaient Ildérim, ce qui veut dire l'Eclair. Et, croyez-moi, il portait bien son nom ! Ses spahis et ses janissaires tombaient comme la foudre sur le but fixé par leur maître, si rapidement que, bien souvent, la surprise jouait. Devant Nicopolis, nous eûmes affaire aux escadrons de Bayézid Ildérim. Et la défaite fut totale. Non par manque de bravoure car les chevaliers de la folle armée firent merveille. Jamais, peut-être, tant de vaillance n'avait éclaté sous le soleil. Mais, quand tomba le soir de ce 28 septembre, huit mille chrétiens étaient prisonniers du sultan dont trois cents chevaliers appartenant aux plus illustres maisons de France et de Bourgogne : Jean de Nevers, et votre serviteur, Henri de Bar, les comtes d'Eu et de la Marche, Enguerrand de Coucy, le maréchal de Boucicaut, presque tous ceux qui n'avaient point trouvé la mort. Mais, du côté des Turcs, les pertes étaient sévères, nous leur avions tué tant de monde, que le sultan entra en fureur. La plus grande partie des prisonniers fut massacrée sur place... et je n'ai jamais oublié l'horreur tragique de cet immense bain de sang. Je dus à la protection du comte Jean d'être épargné et envoyé avec lui dans la capitale de Bayézid, à Brousse, de l'autre côté de l'ancienne Propontide. On nous y enferma dans une forteresse. en attendant l'arrivée des rançons énormes exigées par le sultan. Nous y restâmes de longs mois et j'eus tout le loisir d'y soigner mon œil qu'une flèche avait crevé. Mais la cruelle leçon que nous venions de recevoir ne nous avait pas calmés, moi tout au moins. La prison, l'inaction me pesaient. Je cherchai à me distraire. Dans l'intérieur de la forteresse nous étions assez libres et j'en profitai pour essayer d'approcher les filles du bey qui en avait la garde. L'idée était bien d'un fou. Je fus surpris comme j'essayais d'escalader le mur d'un jardin, saisi, chargé de chaînes et traîné devant le bey. Il voulait me faire trancher la tête sur l'heure mais le comte Jean, averti, intervint. Non sans peine, il obtint grâce pour ma vie ! Mais je n'en fus pas moins livré au bourreau pour expier l'offense dont je m'étais rendu coupable. Lorsque je sortis d'entre ses mains j'étais vivant, mais j'avais cessé d'être un homme ! On soigna ma blessure suivant le mode barbare usité pour les futurs gardiens de harems : on m'enterra dans le sable jusqu'au cou pendant plusieurs jours. Je faillis en mourir... mais mon heure n'était pas venue. Je rentrai en France, retrouvai les miens... et laissai Marie de la Chesnel en épouser un autre... »

Muette maintenant, les yeux agrandis d'horreur, Catherine regardait son mari comme si elle le voyait pour la première fois. Il n'y avait plus trace de colère en elle, rien qu'une immense pitié qui montait du plus profond de son cœur pour s'en aller rejoindre cet homme dont, cette fois, elle comprenait le calvaire. Un lourd silence vint remplacer, au fond du caveau, la voix étrangement calme et lente de Garin. Seule, une goutte d'eau tombant de la voûte suintante vint le troubler. La gorge serrée, oppressée, Catherine cherchait en vain des mots qui ne fussent pas stupides ou offensants car elle devinait en Garin une sensibilité d'écorché vif. Pourtant, ce fut elle qui parla la première, d'une voix contenue, teintée d'un inconscient respect :

« Et... le duc connaissait votre blessure quand il vous a ordonné de m'épouser ?

— Bien entendu ! riposta Garin avec un sourire amer. Seul, le duc Jean connaissait ma honte et m'avait juré le secret. Ce secret, Philippe l'a appris fortuitement, un jour où, dans un engagement, j'avais été blessé auprès de lui. Nous étions seuls, écartés du reste de l'escorte. Il m'a soigné de sa main, ranimé, sauvé en me faisant emporter rapidement. Mais il savait... Lui aussi me promit le secret. Et il a tenu parole... pourtant, j'ai cessé de lui en être reconnaissant le jour où il s'en est souvenu pour vous lier à moi. Je crois que c'est la nuit même de notre mariage que j'ai commencé à le haïr, quand j'ai eu la révélation totale de votre beauté. Vous étiez si merveilleuse !... et vous me demeuriez à jamais interdite... inaccessible ! et moi, je vous aimais, je vous aimais comme le fou que j'ai failli devenir... »

Sa voix s'enrouait, il avait détourné la tête, mais à la lueur tremblante de la torche, Catherine vit une larme, une seule, rouler sur la joue mal rasée et se perdre dans les poils hirsutes. Bouleversée, elle se jeta à genoux auprès de l'homme enchaîné, tira son mouchoir et, doucement, essuya la petite traînée humide.

« Garin, murmura-t-elle... Pourquoi ne me l'avez-vous pas dit plus tôt ? Pourquoi ce silence ? N'aviez-vous pas compris que je pouvais vous aider ? Je jure que, si j'avais su cette navrante histoire, jamais le duc ne m'aurait touchée, jamais je ne vous aurais infligé cette honte, ce supplice barbare !

— Et vous auriez eu tort, ma mie ! Vous êtes faite pour l'amour, pour le bonheur et pour donner la vie. Avec moi, votre existence était engagée dans une impasse... »

La colère de Catherine changeait de but. C'était à Philippe qu'elle en voulait maintenant, pour ce froid et cruel calcul dont Garin avait été la victime. Comment avait-il osé se servir du lamentable secret que le hasard lui avait fait découvrir ? Par contre-coup, toute rancune s'était abolie en elle envers son mari.

« Je ne peux pas vous laisser mourir, chuchota-t elle très vite. Il faut faire quelque chose... Cet homme, votre geôlier... il aime l'or. En lui offrant une fortune, il vous laisserait fuir pour peu qu'on lui assure une retraite... Ecoutez : je n'ai pas d'argent mais j'ai tous mes bijoux, tous ceux que vous m'avez donnés et même votre diamant noir. N'importe lequel d'entre eux représente une énorme fortune pour un homme comme celui-là et...

— Non ! coupa brusquement Garin. N'en dites pas plus ! Je vous remercie de cette pensée que vous dictent votre cœur et votre sens de la justice, mais je n'ai plus envie de vivre ! Au fond, en me condamnant à mort, Philippe Mâchefoing et ses échevins m'ont rendu service. Vous ne savez pas à quel point je suis las de la vie... »

Les yeux de Catherine se rivèrent aux deux mains de Garin, emprisonnées dans la cangue de bois du cep. Elles donnaient une extraordinaire impression d'abandon et de fragilité.

« La liberté ! murmura la jeune femme... la liberté, c'est une si belle chose ! Vous êtes encore jeune, plein de vie, riche si vous le voulez. Avec ce que j'ai sauvé vous referez une fortune, ailleurs... loin d'ici, vous aurez une nouvelle vie...

— Et qu'est-ce que j'en ferai ? Continuer à endurer ce délicieux et infernal supplice de Tantale que vous représentez ? Rester ce Prométhée enchaîné par l'impuissance et dévoré tout vif par le vautour du désir, interminablement, jusqu'à ce que vienne la vieillesse ? Non, Catherine, merci ! J'ai fait ma paix avec vous, du moins, je le crois, je peux mourir et, croyez-moi, je mourrai heureux ! »

Elle voulut tenter encore de le convaincre, désespérée maintenant de savoir sa fin si proche. Tout cela lui paraissait monstrueusement injuste ! Elle en oubliait de bon cœur que, par sa faute, elle avait connu des tourments plus cruels encore que ceux endurés par lui. Mais des bruits de pas se faisaient entendre dans l'escalier, puis le son de deux voix.

« On vient ! fit Garin qui avait entendu. Le geôlier et, sans doute, le père qui vient m'exhorter ! Il vous faut partir. Adieu, Catherine... pardonnez-moi de n'avoir pas su vous rendre heureuse. Et pensez quelquefois à moi, dans vos prières. Moi, je mourrai en prononçant votre nom. »

Son visage blessé s'était figé comme s'il était devenu de pierre. Des larmes jaillirent des yeux de Catherine. Elle tordit nerveusement ses mains l'une contre l'autre.

« Ne puis-je vraiment rien pour vous... rien ? Moi qui voudrais tellement... »

Une lueur s'alluma brusquement dans l'œil unique de Garin.

« Peut-être, chuchota-t-il très bas. Ecoutez ! je ne crains ni la potence ni la torture... mais la claie me fait horreur. Etre traîné comme une bête crevée dans la poussière, à la hauteur des pieds de la foule, sous les immondices et les crachats d'une populace imbécile... cela, oui, j'en ai très peur ! Si vous pouvez me l'épargner, je prierai Dieu de vous bénir...

— Mais comment ? »

La porte du cachot s'ouvrait, livrant passage à Roussot et à un moine cordelier dont les mains disparaissaient sous les manches de bure brune de la robe, le visage sous le capuchon baissé.

« C'est l'heure ! fit le geôlier à l'adresse de Catherine. Je ne vous ai laissée que trop longtemps. Mais le bon père ne dira rien. Venez...

— Un moment encore ! » s'écria Garin. Puis, levant vers la jeune femme un regard qui suppliait qu'on lût en lui : « Avant d'en finir avec la vie, je voudrais boire encore une fois une pinte de vin de Beaune... de celui que s'entend si bien à soigner mon sommelier Abou ! Demandez à cet homme de vous permettre de m'en faire parvenir un pot. »

Roussot éclata d'un gros rire et se tapa sur les cuisses.

« Sacré bourguignon, va ! Tu ne veux pas sauter le pas sans avoir bu un dernier coup ? C'est une chose que je comprends moi ! Le vin de Beaune, j'aime ça !

— Mon fils ! fit le moine scandalisé. Une telle préoccupation avant de paraître devant Dieu...

— Appelez cela, plutôt, un dernier adieu à la terre qu'il a faite si belle ! » répliqua Garin avec un sourire.

Catherine ne dit rien. Elle avait compris ce que voulait Garin. Elle se dirigea vers la porte, escortée du geôlier mais, sur le seuil, se retourna. Elle vit que le regard de son mari était toujours rivé à elle et, cette fois, avec une telle expression d'amour et de désespoir qu'un sanglot s'étrangla dans sa gorge.

« Adieu, Garin !... » murmura-t-elle les larmes aux yeux. Du fond du caveau, la réponse de l'homme enchaîné lui parvint.

« Adieu, Catherine... »

Elle se jeta hors de la geôle, courut vers l'escalier mais s'arrêta sur la première marche et fit face au geôlier qui l'avait suivie.

« Pour lui donner cette ultime joie qu'il demande, combien veux-tu ? »

L'homme n'hésita pas. La cupidité flambait au fond de son regard morne.

« Dix ducats d'or !

— Et tu jures qu'il aura son vin ? Prends garde de ne pas me tromper !

— Sur mon âme éternelle, je jure de le lui donner !

— C'est bien. Tiens : voilà l'or ! Une femme, celle qui m'attend dans la cour, va revenir dans quelques instants avec un pot de vin. »

Dix pièces d'or passèrent de la main de Catherine dans celle du geôlier puis elle se hâta de remonter le dangereux escalier. Dans la cour, elle retrouva Sara qui attendait en faisant les cent pas.

« Viens », dit-elle seulement.

A peine rentrée chez Ermengarde, et sans même prendre le temps d'ôter sa mante sombre, Catherine fit appeler Abou-al-Khayr et lui fit part de la dernière volonté de Garin.

« Il a demandé du vin de Beaune. Mais c'est du poison qu'il veut pour éviter la honte d'être traîné sur la claie. Pouvez-vous lui en donner ? »

Le médecin maure avait écouté la jeune femme sans qu'un muscle bougeât dans son visage. Il hocha la tête.

« J'avais compris. Fais-moi donner une pinte de vin de Beaune. Je n'en ai que pour peu d'instants. »

Sara s'en alla chercher le vin qu'elle remit à l'Arabe. Il se retira dans sa chambre, revint au bout d'un moment, portant toujours le pot d'étain que Sara lui avait donné. Il le mit dans les mains de Catherine.

« Tiens ! fit-il. Voilà ce que tu m'as demandé. Fais-le-lui porter immédiatement. »

Catherine considérait avec un mélange de curiosité et d'horreur le liquide rouge sombre qui emplissait le pichet.

« Et... il ne souffrira pas ? » demanda-t-elle d'une voix mal assurée.

Abou-al-Khayr hocha la tête et sourit tristement.

« Il s'endormira... et ne s'éveillera plus. La moitié du vin contenu dans ce pot suffirait. Va !... »

D'un geste brusque Sara enleva le récipient des mains de Catherine.

« Donne ! fit-elle. Ces choses ne doivent point passer par tes mains... »

Cachant le pot d'étain sous sa cape noire, la gitane disparut dans l'escalier de l'hôtel. Catherine et le médecin restèrent seuls, face à face. Au bout d'un instant, Abou s'approcha de la jeune femme et toucha ses yeux d'un doigt léger.

« Tu as pleuré ! constata-t-il. Et les larmes ont entraîné le fiel qui emplissait ton cœur. Tu retrouveras la paix et le calme, un jour.

— Je ne crois pas ! s'écria Catherine. Comment oublier tout cela ? Tout est tellement affreux... tellement injuste ! »

Abou-al-Khayr haussa les épaules et se dirigea vers la porte au seuil de laquelle il s'arrêta.

« Le temps fait oublier les douleurs, éteint les vengeances, apaise la colère et étouffe la haine ;

alors le passé est comme s'il n'eût jamais existé. »

QUAND le jour du 6 avril 1424 se leva, Catherine qui avait passé en prières le reste de la nuit se leva et alla se poster à une étroite fenêtre donnant sur la rue. La lumière était d'un gris sale et un rideau de pluie fine enveloppait la ville comme un voile de brume. Mais, malgré le temps et l'heure matinale, des gens s'attroupaient déjà devant la maison du Singe, avides du spectacle sanglant qui leur était promis. La prière avait fait beaucoup de bien à la jeune femme. Elle y avait puisé un réconfort, un calme perdu depuis bien longtemps. De tout son cœur elle avait imploré la clémence divine pour l'homme dont, enfin, elle avait déchiffré l'énigme. Une lamentable énigme, un mystère de souffrance et de honte ! Elle savait que, maintenant, elle pourrait songer à lui avec une sorte de tendresse. En lui devenant accessible, Garin lui était devenu cher. Une seule inquiétude demeurait en elle : le geôlier avait-il bien rempli sa mission ?

Un remous dans la foule la tira de sa méditation. Un piquet d'archers de la Prévôté, fauchards à l'épaule, le visage caché sous des salades luisantes d'eau s'approchait, escortant un homme déjà âgé mais vigoureux en qui elle reconnut avec un frisson Joseph Blaigny, le bourreau... Il venait prendre livraison du condamné...

Quand les nouveaux venus s'engouffrèrent dans la maison du Singe, le cœur de Catherine se mit à battre à grands coups sous son corsage de laine noire. Elle avait peur, tout à coup, de voir Garin paraître, debout entre les archers, vivant ! Déjà, un gros cheval de labour, d'un blanc pisseux, s'arrêtait devant la maison de ville. Il était attelé au grossier treillage de bois rude qui composait la claie sur laquelle le condamné devait être lié pour être traîné à travers la ville. Un murmure de satisfaction accueillit l'attelage...

Quelques minutes passèrent, interminables pour Catherine. Elle sentit, auprès d'elle, plus qu'elle ne le vit, la présence de Sara et d'Ermengarde venues la rejoindre. Au-dehors, un murmure de stupéfaction, vite changé en grondement de colère, se faisait entendre.

Joseph Blaigny venait de reparaître. Il portait dans ses bras une longue forme pâle, le corps nu, à l'exception d'une sorte de pagne tordu autour des reins, d'un homme inerte qu'il jeta rudement sur la claie. C'était le corps de Garin et Catherine mordit son poing pour ne pas crier.

« Il est bien mort ! » fit Sara tout près d'elle. En effet, c'était seulement un cadavre que le bourreau ligotait soigneusement sur la claie et la foule ne s'y était pas trompée. C'était ce qui motivait sa déception et sa colère. Voir pendre un corps qui avait cessé de souffrir était sans intérêt...

A la fenêtre, les trois femmes se signèrent lentement mais la main de Sara resta en suspens.

« Oh ! Regardez ! » fit-elle en désignant la porte de la maison du Singe. Deux archers venaient d'en sortir, portant entre eux un autre corps sans vie, dans lequel Catherine reconnut avec étonnement le geôlier Roussot. En un éclair elle comprit ce qui s'était passé. Roussot avait bien remis le vin empoisonné à Garin, mais, poussé par sa goinfrerie, n'avait pu se tenir d'y goûter. Il avait payé de sa vie son avidité.

« Lui aussi est mort ! » fit Catherine.

Derrière elle, la voie paisible d'Abou-al-Khayr qu'elle n'avait pas entendu entrer, déclara :

« C'est tant mieux ! Au moins, nous serons assurés qu'il ne parlera pas ! »

Mais Catherine ne l'écoutait pas. Toute son attention était concentrée sur Joseph Blaigny. Le bourreau avait fini de lier le cadavre sur le treillage de bois. D'une main, il prit la bride du cheval, de l'autre un fouet passé à sa ceinture et cingla la croupe de l'animal. L'attelage s'avança au milieu de la foule qui s'écartait pour le laisser passer. La claie commença à glisser, en rebondissant légèrement, dans la boue grasse de la rue qui ne tarda pas à maculer le long corps inerte. La tête et les pieds pendaient de chaque côté.

La pluie se mit à tomber avec une soudaine violence, brouillant les lignes, noyant les couleurs. A travers les larmes qui emplissaient ses yeux, Catherine regarda s'éloigner, sous les huées de la foule, et sous l'averse torrentielle, la forme pâle de l'homme qu'un caprice avait lié à elle et qui était mort de son impossible amour...

DEUXIÈME PARTIE

JEHANNE

1428

CHAPITRE X

LA MISSION DE JEAN VAN EYCK

Le fastueux automne flamand poudrait d'or et de pourpre fragiles les vieux arbres qui penchaient leurs branches sur l'eau noire du canal. Un soleil encore brillant s'attardait à caresser les toits pointus et les pignons colorés de Bruges. Mais il faisait déjà frais et les fenêtres étaient closes. Toutes les cheminées portaient panache de fumée. Les légères volutes grises s'effilochaient dans l'air, rejoignant les quelques nuages qui se poursuivaient sur le bleu pâle du ciel. Le vent, déjà aigri, arrachait peu à peu les feuilles. Lentement, elles voltigeaient jusqu'à l'eau noire. On sentait que bientôt, ce serait le silence de l'hiver...

Dans la maison de Catherine, le feu était allumé comme dans toutes les autres demeures ; il flamblait joyeusement au centre de la haute cheminée de grès de la grande salle où se tenaient la jeune femme et son peintre. Il y avait maintenant deux heures que Catherine posait pour Jean Van Eyck et elle commençait à se sentir lasse. Des fourmillements montaient dans ses bras et dans ses jambes. Sans bien s'en rendre compte, son expression s'était figée et le peintre s'en aperçut.

« Pourquoi ne me dites-vous pas que vous êtes fatiguée ? fit-il avec le sourire en coin qui conférait tant de charme à son visage maigre.

— Parce que vous travaillez avec tant d'ardeur que j'aurais scrupule à vous interrompre, maître Jean. Etes-vous satisfait ?

— Plus que je ne saurais dire. Vous êtes le modèle des modèles... C'est assez pour aujourd'hui. Encore une séance et ce sera parfait. »

D'un geste vif, le peintre rejetait son pinceau dans un grand vase de faïence de Faenza, verte et blanche, qui en contenait déjà une bonne vingtaine et se recula pour juger du travail accompli. Du haut panneau de peuplier que sa main avait couvert de peinture, ses yeux gris-bleu, dont le regard avait l'acuité de celui du chirurgien, revinrent à la jeune femme.

Figurant la madone, elle se tenait assise sur une sorte de siège surélevé qu'un dais de tapisserie abritait. Les plis d'une immense robe de velours violet, resserrés sous les seins par une haute ceinture d'or, l'enveloppaient tout entière, retombant même sur les marches du trône. Aucun bijou n'ornait son modeste décolleté en pointe, mais un étroit cercle d'or, piqueté de perles et d'améthystes, retenait autour du front la masse somptueuse des cheveux dénoués sur ses épaules. Entre ses mains, jointes au creux de ses genoux, elle tenait une sorte de sceptre fait d'un lis d'or finement ciselé.

Van Eyck poussa un profond soupir de soulagement.

« Je me demande si je me lasserai un jour de vous peindre, Catherine... Si je compte bien, c'est le troisième tableau que je fais de vous ? Mais quel peintre pourrait se lasser d'une telle beauté ? »

Un soupir de Catherine répondit au sien. Tranquillement, elle descendait de son siège, posait le lis d'or sur une table et s'approchait d'un dressoir où s'étageait une collection de coupes multicolores de Venise et un long flacon de même provenance en verre moucheté d'or. Elle emplit deux coupes de vin d'Espagne, tendit l'une au peintre et trempa ses lèvres dans l'autre avec un sourire indulgent.

« Allons, Jean... ne recommencez pas. Dans un instant vous allez me dire que je suis unique au monde, dans quelques minutes que vous m'aimez passionnément. Je vous répondrai... ce que je vous réponds toujours. Alors ? A quoi bon ? »

Jean Van Eyck haussa les épaules, vida son verre d'un trait et le reposa :

« Justement : dans l'espoir qu'un jour vous me direz autre chose. Voilà trois ans, Catherine, trois ans que le duc Philippe a fait de moi son peintre particulier et m'a donné le titre de valet de chambre, trois ans que je vous regarde vivre à ses côtés, que je vous admire et que je vous aime. C'est long, vous savez, trois ans... »

Catherine ôta d'un geste las le cercle d'or et de pierreries qui avait laissé sur son front une légère trace rouge et le jeta auprès du lis d'or comme une chose sans importance.

« Je sais... car voilà trois ans que je mène, auprès de Philippe, cette vie de chien savant, d'objet de luxe que l'on pare par orgueil... La plus belle dame d'Occident ! Voilà le titre dont m'a gratifiée celui que l'on nomme le Grand Duc de ce même Occident. Trois ans !... En réalité, Jean, il n'est point de femme plus solitaire que moi. »

Elle sourit tristement à son peintre. C'était un homme d'une trentaine d'années à la physionomie intelligente mais dont l'abord suggérait l'idée d'une grande froideur. Un long nez droit, des lèvres minces, resserrées, des sourcils blonds à peine tracés et des yeux un peu à fleur de tête lui donnaient davantage l'aspect d'un homme de gouvernement que d'un artiste. Et pourtant, de plus grand il n'en était point ! Il n'avait eu d'égal que son propre frère Hubert, mort à Gand deux ans plus tôt... Peu de gens savaient que cet homme maigre et distant cachait une flamme ardente, une profonde sensualité et un amour forcené de la beauté sous son regard averti et son sourire caustique. Mais Catherine était de ceux-là... Depuis qu'il lui avait été présenté, Van Eyck la poursuivait d'une passion à la fois dévotieuse et brûlante... étrangement patiente aussi. On eût dit qu'à cette femme si merveilleusement belle, le peintre était prêt à tout passer, à tout permettre. Même, si bon lui semblait, de fouler aux pieds son propre cœur. Elle avait tous les droits, puisqu'elle était belle. Et parfois, Catherine avait été tentée de céder à cet amour obstiné que rien ne décourageait. Mais elle était lasse de l'amour...

DEPUIS la mort de Garin, quatre années s'étaient écoulées mais chacune d'elles demeurait présente, vivante comme si elle avait été vécue de la veille. Catherine se souvenait trop bien de son départ de Dijon, peu de jours après le drame qui l'avait faite veuve ! Pour la soustraire à la curiosité des gens de la cité, curiosité qui n'eût pas manqué d'être cruelle pour la femme de l'argentier abattu, Ermengarde avait voulu emmener son amie le plus vite possible. Elles avaient quitté la ville toutes les deux, avec Sara, le jour même où la pioche des démolisseurs attaquait le magnifique hôtel de la rue de la Parcheminerie qui avait été le signe éclatant et tangible de la richesse de Garin. Du bout de la rue, Catherine put apercevoir les hommes qui commençaient à découronner la maison de ses girouettes dorées en forme de dauphins. Elle avait détourné la tête d'un geste décidé, serrant les lèvres pour les empêcher de trembler. La rue de la Parcheminerie, c'était une page de sa vie qu'elle désirait tourner avec d'autant plus d'intensité que le dernier regard de son mari, au fond du « crot», la poursuivait. S'ils n'avaient été l'un comme l'autre victimes d'une terrible fatalité, quel eût été leur sort commun ? Le bonheur, peut-être, eût été possible.

A Dijon, Catherine n'avait rien laissé, que des regrets. Même sa mère et son oncle avaient quitté la rue du Griffon pour s'installer définitivement à Marsannay. L'oncle Mathieu était assez riche pour vivre sur ses terres et ne souhaitait plus « vivre enfermé dans le fond d'un sillon » comme il disait lui-même. Loyse était au couvent de Tart, Landry à Saint-Seine. Quant à Ermengarde, la mort de la duchesse-douairière lui avait porté un coup sensible. Elle aussi avait décidé de se retirer dans son domaine de Châteauvillain.

« J'y élèverai votre enfant, avait-elle dit à Catherine. Le sang ducal doit lui valoir une éducation choisie. Nous en ferons un chevalier ou bien une dame accomplie... »

La pensée de l'enfant à naître n'éveillait aucune joie en Catherine alors qu'elle paraissait inspirer à Ermengarde une profonde satisfaction. La comtesse se sentait une âme de grand-mère et l'idée de pouponner l'enthousiasmait. Peut-être parce qu'elle n'avait plus grand monde à aimer. Son époux vivait auprès de Philippe, un peu trop joyeusement pour son âge déjà avancé. « Il ne se rendra jamais compte qu'il n'est plus un jeune homme et que les femmes sont encore ce que l'on trouve de plus fatigant comme passe-temps ! » disait la comtesse avec philosophie. Cela ne la chagrinait guère. Il y avait beau temps que l'amour était mort entre elle et son légitime seigneur. Quant à son fils, il guerroyait dans les armées de Jean de Luxembourg et elle ne le voyait pas souvent. Il était grand amateur de beaux coups d'épée. « C'est de son âge et c'est de sa race ! » disait de lui Ermengarde. L'enfant qui devait naître de Catherine serait le bienvenu pour l'aider à supporter l'ennui d'une vie à la campagne car elle était bien décidée à demeurer désormais à Châteauvillain, pour y cultiver ses terres et y tenir ses paysans d'une main vigoureuse.

Derrière les hautes murailles solides de la forteresse, si semblables à leur maîtresse par l'impression de sûreté qu'elles donnaient au premier abord, Catherine vécut les jours paisibles dont elle avait le plus grand besoin. La demeure féodale dont les tours grises se miraient dans les eaux calmes de l'Anjou lui offrit un havre de paix et de longues soirées passées à contempler le coucher du soleil par-dessus les frondaisons de la forêt. C'est là qu'un matin d'août, après une dure nuit de combat contre la souffrance, Catherine donna le jour à un petit garçon que le chapelain du château baptisa sur l'heure du nom de Philippe... Ermengarde délirait de joie en regardant la nourrice, choisie par elle entre mille, emmailloter le nouveau-né. Elle était, certes, plus heureuse que Catherine elle-même. Le sentiment maternel ne vibrait pas très haut chez celle-ci. Elle n'avait pas désiré d'enfant de Philippe. L'amour qu'elle pouvait éprouver pour lui était plus de chair que d'esprit. Il l'attirait, il savait faire couler du feu dans ses veines et aussi la rendre profondément heureuse au moment de l'amour mais elle n'avait jamais déliré pour lui, brûlé de fièvre et d'ardeur et de passion, comme elle avait brûlé pour Arnaud. Et son absence ne lui pesait pas autrement.

Pourtant, quand il était venu à Châteauvillain, un mois environ après la naissance de l'enfant, elle en avait éprouvé de la joie. Philippe dégageait un charme magnétique et, auprès de lui, Catherine parvenait à se persuader aisément qu'il suffirait à emplir sa vie. Il s'était jeté à ses pieds pour implorer son pardon de n'être point venu plus tôt, il avait juré qu'il l'aimait plus que jamais et il le lui avait passionnément prouvé la nuit même de son arrivée. Entre ses bras, Catherine s'était sentie revivre. Les sensations profondes, si ardentes, qu'il avait le don de lui offrir, réveillèrent en elle le goût de la vie, la coquetterie, l'envie d'être belle.

Il ne lui cacha pas, alors, qu'il allait se remarier. Mariage de convenance s'il en fut : il devait, au mois de novembre, épouser la comtesse Bonne d'Artois, beaucoup plus âgée que lui et veuve du propre oncle de Philippe, le comte de Nevers tué à Azincourt. Bonne était douce, timide, effacée et maladive mais son alliance était indispensable à la Bourgogne. Et Philippe se sacrifiait en épousant sa tante.

« Tu n'as pas à en être jalouse, avait-il affirmé à Catherine. Je n'aime et n'aimerai jamais que toi. Et, dès maintenant, tu ne me quitteras plus. Tu seras dame d'honneur de la duchesse, si tu le veux... »

Catherine avait refusé, plus par orgueil que par souci des convenances. Elle ne voulait pas servir au grand jour une femme dont elle annexait le mari pendant la nuit. Elle avait obtenu de demeurer encore quelque temps auprès d'Ermengarde. Philippe avait acquiescé. Le 30 novembre 1424, il avait épousé Bonne de Nevers à Moulins-Engilbert mais, quelques jours plus tard, il revenait à francs étriers voler quelques baisers à sa maîtresse, la suppliant de revenir auprès de lui. Une fois encore, elle avait refusé. Elle aimait cette vie de campagne, la société vivifiante d'Ermengarde et aussi la compagnie de l'enfant auquel, à mesure que passait le temps, elle s'attachait enfin. Mais les jours de la nouvelle duchesse de Bourgogne étaient comptés. Avant qu'un an se fût écoulé, le 17 septembre 1425, elle mourait, laissant Philippe veuf une fois de plus, une fois de plus sans enfant légitime. Alors, presque de force, il avait arraché Catherine à sa calme retraite, en avait fait la favorite avouée, l'étoile éblouissante et toute-puissante autour de laquelle gravitait sa Cour, la plus brillante d'Europe.

Il lui avait rendu, et au centuple, tout ce que les hommes de justice lui avaient pris au moment du procès de Garin. Elle fut comtesse de Brazey afin que le petit Philippe eût un titre, elle posséda bientôt un château à Chenôve, au-dessus de Dijon, un petit palais à Bruges, des terres, de nouveaux joyaux, d'éblouissantes toilettes et l'amour de Philippe qui, jamais, ne se démentait. Il vivait, prosterné devant sa beauté qu'il s'entendait si bien à exalter dans les fêtes et les tournois.

Aimée, adulée, adorée, comblée, Catherine eût dû, normalement, être heureuse. Pourtant, il n'en était rien et, après quatre ans écoulés, quand, dans le silence de certaines nuits solitaires et sous les courtines de brocart de sa chambre, elle interrogeait son cœur, elle ne trouvait que le silence. L'amour dont on l'accablait, car nombre d'hommes s'étaient déjà épris d'elle et, souvent, au point de braver, pour le lui dire, la jalousie de Philippe ; cet amour, elle ne parvenait à le ressentir pour aucun. Certains, dans l'espoir d'un regard, d'un sourire, s'étaient entre-tués. Elle ne pouvait que les plaindre. Mais jamais la pitié ne devenait amour. Et, lorsqu'elle était dans les bras de Philippe, l'ennui bien souvent la poursuivait jusque sous ses baisers. Elle ne savait plus vibrer comme au début de leurs amours aux caresses savantes qu'il lui prodiguait toujours avec autant de passion.

Un seul, peut-être, eût réussi à éveiller le cœur endormi de la belle comtesse. Mais à celui-là, elle s'interdisait de penser. Il était loin, il était marié, inaccessible, perdu pour elle à tout jamais, cet Arnaud dont le seul nom avait le cruel pouvoir d'éveiller un douloureux écho dans son âme...

Jean Van Eyck avait respecté la songerie de la jeune femme. Debout devant la cheminée, elle regardait machinalement les flammes à travers le rubis liquide de son verre. Et la grâce de son attitude était telle que le peintre fut tenté de reprendre ses pinceaux et de commencer une autre toile. Il sourit en lui-même, pensant qu'une « Vierge au verre de vin » recevrait peut-être un curieux accueil. Mais il n'aimait pas sentir Catherine s'évader ainsi de sa présence. C'était, depuis quelque temps, chose trop fréquente.

Il allait parler quand un serviteur, portant la livrée violette et argent que Catherine avait conservée, entra. Glissant silencieusement sur le carrelage chatoyant où alternaient les étoiles jaunes et les chimères bleues, il vint jusqu'à la jeune femme et lui apprit que messire de Saint-Rémy souhaitait être reçu. Catherine sursauta, comme si la voix mesurée du valet l'avait éveillée brusquement d'un songe et ordonna d'introduire le visiteur. Van Eyck soupira :

« Nous en avons pour une bonne heure à entendre les derniers potins de la Cour. Je déteste cet incurable bavard et j'ai bien envie de m'en aller.

— Non, restez ! pria Catherine. Quand il y a quelqu'un, il n'ose pas me faire la cour.

— Lui aussi ! soupira le peintre. Je me demande, ma chère, s'il y a un seul homme digne de ce nom dans tout le territoire des Flandres et de la Bourgogne qui ne soit pas plus ou moins amoureux de vous ? C'est bon, je reste ! »

D'ailleurs, Saint-Rémy entrait, élégant, somptueux à son habitude, et le visage éclairé d'un large sourire. Pour cette visite, l'arbitre des élégances bourguignonnes s'était vêtu aux couleurs de l'automne. Le velours feuille-morte de la robe mi-longue et fendue en plusieurs endroits qui le vêtait, montrait, à l'envers des fantastiques manches découpées, les reflets d'un brocart à feuilles dorées et pourprées. Les chausses collantes étaient d'un joyeux écarlate et le chapeau de velours assorti au costume se piquait de feuilles d'or fin semblables à celles qui ornaient la poignée de la dague passée à la ceinture, très basse, du gentilhomme. D'immenses poulaines écarlates prolongeaient les chaussures de Saint-Rémy et lui conféraient une curieuse démarche, assez proche de celle du canard. Avec lui entra un peu de l'air vif du dehors et la paix douillette de la grande pièce harmonieuse vola en éclats.

Saint-Rémy se récria sur la beauté de Catherine, admira sans réserve le tableau commencé, examina en connaisseur les pièces d'orfèvrerie des dressoirs, s'agita, tourbillonna et finalement s'installa dans un fauteuil, acceptant la coupe de vin que lui offrait son hôtesse. Il enveloppa Van Eyck d'un regard plein de sympathie.

« Alors, messire-ambassadeur, s'écria-t-il, je me suis laissé dire que vous alliez encore courir les routes et nous quitter ? Je vous envie, par ma foi, de vous en aller vers les pays du soleil tandis que nous allons, nous autres pauvres septentrionaux, nous enfoncer dans les froidures de l'hiver.

— Comment, Van Eyck ? Vous nous quittez ? s'écria Catherine avec surprise. Mais vous ne m'en avez rien dit ! »

Le peintre était subitement devenu très rouge et lançait au visiteur des coups d'œil pleins de reproches.

« J'allais le faire, fit-il d'un ton rogue, quand messire de Saint-Rémy est arrivé... »

Le jeune conseiller était devenu presque aussi rouge que le peintre. Son regard inquiet allait de Catherine à Van Eyck puis revenait.

« Si je comprends bien, fit-il avec confusion, j'ai encore eu la langue trop longue et... »

Catherine, sans cérémonie, lui coupa la parole. Elle se dirigea vers le peintre, traînant derrière elle l'immensité de sa robe violette et se planta devant lui de manière à bien le regarder dans les yeux.

« Où allez-vous donc, Jean ? Vous en avez trop dit l'un et l'autre pour ne pas éveiller ma curiosité. Suis-je donc censée ignorer votre nouvelle mission ? Car c'est en mission que Mgr Philippe vous envoie, n'est-ce pas ? »

Ce n'était pas, en effet, la première fois que Philippe de Bourgogne utilisait les talents diplomatiques de son peintre favori. La sensibilité d'artiste de Van Eyck le rendait tout à fait propre aux ambassades particulièrement délicates. Il haussa les épaules.

« Oui, il m'envoie comme légat. J'aurais préféré qu'il vous annonçât lui-même la nouvelle mais, après tout, vous le saurez bien un jour, tôt ou tard. Le duc m'envoie au Portugal. Je dois y faire des ouvertures, auprès du roi Jean Ier, en vue d'un mariage éventuel entre l'infante Isabelle et... »

Il s'interrompit n'osant aller plus loin. Ce fut Catherine qui, doucement, acheva la phrase commencée :

« ... entre l'infante Isabelle et le duc de Bourgogne ! Voyons, mon ami, me croyez-vous assez sotte pour ne pas savoir qu'il lui faut se marier, une nouvelle fois, s'il veut enfin avoir un héritier ? Il y a longtemps que j'attends une nouvelle comme celle-là. Et je ne suis pas surprise. Pourquoi donc tant de précautions oratoires ?

— Je craignais que vous n'en eussiez de la peine. L'amour du prince pour vous est immense et je sais que ce mariage n'est qu'un mariage de raison. L'infante a plus de trente ans, on la dit belle mais on dit cela de toutes les princesses et...

— Allons ! Allons ! coupa encore Catherine, cette fois en riant. Voilà que vous plaidez encore. Ne vous mettez donc pas martel en tête de la sorte. Je connais mieux que vous les sentiments de Mgr Philippe... et les miens propres. Et vous ne m'avez fait aucune peine. Parlons de choses sérieuses : avec cette mission, quand donc finirez-vous mon portrait ?

— Je ne partirai qu'à la fin du mois, j'ai encore tout le temps... »

La nouvelle si étourdiment rapportée par Saint-Rémy, la touchait plus qu'elle ne voulait bien l'admettre car son existence allait s'en trouver changée. Elle avait toujours su, depuis la mort de la seconde femme de Philippe, qu'un jour viendrait où il faudrait choisir une nouvelle duchesse. La puissance du duc de Bourgogne ne faisait que croître, tout lui réussissait et ses Etats s'agrandissaient. Il avait, tout récemment, conclu à son avantage la guerre de Hollande, menée contre sa turbulente cousine, la belle Jacqueline de Luxembourg, une héroïne de roman d'aventure. Vaincue, la belle comtesse avait dû faire de Philippe son héritier. De plus, le comte de Namur, dont le duc devait, à sa mort, récupérer les terres, était fort malade. A si grand Etat il fallait, non seulement une souveraine, mais surtout une descendance. Les bâtards que Philippe avait eus de plusieurs maîtresses ne pouvaient espérer lui succéder.

Mais, si Catherine savait qu'un jour une autre femme s'assoirait sur le trône aux côtés de Philippe, elle n'en avait pas moins pris, d'avance, une sérieuse décision : celle de céder la place, de se retirer... Pendant trois ans, l'amour de Philippe avait fait d'elle une véritable reine sans couronne, la maîtresse et l'astre de la Cour. Son orgueil renâclait à se rabaisser au rôle, humiliant, de maîtresse même favorite. Le temps était venu de prendre une décision. Mais laquelle ? Le mieux serait sans doute de retourner en Bourgogne. D'abord à Châteauvillain. Il y avait deux ans qu'elle n'avait vu son fils qu'Ermengarde élevait avec un soin dévotieux mais non sans énergie. L'enfant lui manquait maintenant.

« A quoi songez-vous, Catherine ? demanda Saint-Rémy. Vous êtes bien loin de nous, il me semble ? Voici Van Eyck qui voudrait prendre congé et vous ne l'entendez même pas. »

Elle s'excusa d'un sourire :

« Pardonnez-moi ! A demain, Jean... Finissons-en avec ce tableau puisque aussi bien le temps vous presse... »

Le peintre ne répondit pas. Il hocha tristement

la tête. La nuance nerveuse du ton de Catherine ne lui avait pas échappé. Il s'inclina très bas sur la main qu'elle lui tendait.

« Que je sois, moi, chargé de cette mission qui vous peine... fit-il, moi qui donnerais ma vie pour vous éviter une larme ! Quelle ironie !

— Mais non. Partez sans crainte en Portugal. Faites un beau portrait de l'Infante et menez à bien votre mission. Je n'ai pas de peine, je vous l'affirme. Je quitterai la Cour sans regret car j'en suis lasse. A votre retour, vous saurez bien me retrouver. Nous serons toujours amis. »

Il laissa tomber à regret la main fine qu'il avait gardée un instant entre les siennes, se retira sans un mot. Jean de Saint-Rémy qui n'avait pas bougé de son siège le regarda sortir avec un sourire.

« Si celui-là n'est pas follement épris de vous, je veux bien être pendu ! Mais il était fatal qu'un artiste comme lui fût sensible à votre beauté... Ne me regardez pas ainsi, mon amie. Je devine ce que vous pensez : ce Saint-Rémy porteur de mauvaises nouvelles aurait dû avoir la décence de se retirer avec Van Eyck. Non, ne protestez pas : c'est trop naturel ! Seulement, si j'ai commis l'incongruité de rester, c'est parce que j'ai quelque chose à vous dire... quelque chose qui ne souffre aucun retard.

— Est-ce que vous partez, vous aussi ?

— Bien sûr que non. Seulement j'ai appris à craindre vos brusques décisions. Et je devine que vous allez en prendre une maintenant et je ne tiens pas à courir à l'autre bout de la terre pour vous atteindre. Vous êtes la femme la plus fuyante, la plus imprévisible que je connaisse... la plus adorable aussi !

— Par grâce, Jean, fit Catherine d'un ton excédé. Je n'ai pas envie d'entendre le moindre madrigal aujourd'hui. Laissez, je vous prie, ma beauté, mon charme... Vous ne pouvez pas savoir combien je suis lasse d'entendre répéter toujours la même chose. Quand ce n'est pas Van Eyck, c'est vous, quand ce n'est pas vous, c'est Roussay, c'est Hughes de Lannoy, c'est Toulongeon... jusqu'à maître Nicolas Rolin qui a pris l'habitude de faire ici des visites prolongées qui m'ennuient à mourir.

— Sans doute pour se dédommager de l'existence austère qu'il mène auprès de sa pieuse épouse, Guigonne de Salins. Il n'a pas la vie drôle, notre chancelier. Mais ce n'est pas de lui que j'entends vous parler. C'est de moi...

— Un sujet passionnant ! persifla Catherine avec un éblouissant sourire.

— Euh... passionnant est beaucoup dire ! Intéressant, je vous l'accorde. Alors voilà... » Tout en parlant, Jean de Saint-Rémy s'était levé. Dépliant sa longue et mince personne, il s'était figé devant Catherine en une sorte de garde-à-vous... « Voilà : je m'appelle Jean Lefebvre de Saint-Rémy. J'ai trente-deux ans, je suis riche, en bonne santé, bien pourvu de terre, très suffisamment noble... et je vous aime autant qu'il est possible à un Saint-Rémy d'aimer. Voulez-vous m'épouser ? Vous êtes vous-même veuve, donc libre.

— ... et sans emploi d'ici quelque temps ? acheva Catherine avec un sourire moqueur. Mon petit Jean, vous êtes un amour et je vous suis plus reconnaissante que je ne saurais dire de cette demande. Vous vous êtes dit : elle va se trouver seule, je lui offre mon nom, une position sérieuse, un mari honorable... C'est bien cela, n'est-ce pas ? J'ai toujours su que vous étiez mon ami...

— Que me parlez-vous d'amitié quand je me tue à vous crier que je vous aime ?...

— C'est bien pour cela que je ne vous épouserai pas. Vous seriez trop malheureux, puisque vous m'aimez. Il ne serait pas honnête à moi de ne vous donner que ma main. Et je ne peux que vous aimer... bien. Ce n'est pas assez ! »

Une expression de chagrin sincère se peignit sur le visage candide du jeune homme. Même son éblouissant plumage parut s'éteindre, devenir terne.

« Je vous aime assez pour m'en contenter, fit-il d'une voix enrouée. Bien sûr, je n'ai pas la prétention de remplacer le duc Philippe. Vous l'aimez et... »

Catherine coupa brutalement :

« Vous savez très bien que non ! Vous êtes assez mon ami pour cela. En fait, je n'ai jamais réussi à mettre un nom satisfaisant sur le sentiment que j'ai pour lui. Je crains que... ce ne soit assez terre à terre ! Je ne peux plus aimer, Jean, même si je le voulais... et cela aussi vous le savez très bien ! »

Un silence tomba. Au-dehors, la nuit s'étendait, envahissant peu à peu la grande pièce dont les solives peintes, déjà, se perdaient dans l'ombre. Il n'y avait plus que la zone de lumière créée par le feu sur lequel la silhouette de Catherine se découpait à contre-jour. Saint-Rémy recula dans l'ombre. Il avait l'impression qu'un fantôme venait de se glisser entre lui et cette femme merveilleuse qu'il ne parvenait jamais à approcher réellement. Le jeune homme n'avait pas oublié la joute sous les murs d'Arras, le chevalier aux armes royales qui avait eu le pouvoir d'émouvoir jusqu'à la folie l'insaisissable jeune femme. Presque malgré lui, il murmura :

« Je comprends ! c'est l'autre, n'est-ce pas ? Après tant d'années, vous n'avez pas encore pu oublier Mont...

— Taisez-vous ! coupa Catherine sèchement. Je ne veux pas entendre son nom ! » Elle tremblait soudain comme une feuille et Saint-Rémy vit une telle détresse se lever dans les grands yeux violets qu'il fut pris de pitié. Mais déjà, la colère de Catherine tombait.

« Pardonnez-moi ! murmura-t-elle sourdement. Je suis nerveuse... Il vaut mieux me laisser, maintenant, mon ami. Vous venez à moi avec des mots d'amour et je ne sais vous dire que des sottises ! Revenez bientôt... »

Elle lui tendait une main glacée sur laquelle le jeune homme posa légèrement ses lèvres. Il semblait si inquiet, si désorienté, qu'elle lui sourit gentiment, pour le consoler, émue que ce garçon futile et insouciant pût souffrir vraiment à cause d'elle.

« Revenez un autre jour, reprit-elle, quand je serai moins nerveuse. Vous pourrez même me répéter que vous m'aimez.

— Et vous redemander votre main ?

— Pourquoi pas... si vous ne craignez pas les refus. Bonsoir, mon ami. »

Quand il fut parti, Catherine poussa un soupir de soulagement. Enfin, elle était seule ! L'ombre qui avait envahi la grande pièce lui était douce. Elle s'approcha d'une haute fenêtre en amande, ouvrit l'une des vitres armoriées où s'inscrivait le blason qu'elle s'était choisi : une chimère bleue sur champ d'argent sommée d'une couronne de comtesse. L'air vif et chargé d'humidité du dehors lui sauta au visage, fit voltiger ses cheveux dénoués. En bas, l'eau noire du canal coulait, reflétant comme un miroir sombre les lumières des maisons voisines avant de s'engouffrer sous l'arche de pierre d'un petit pont. Le vent se levait, faisant voler les feuilles. Sur le rempart proche, une sentinelle cria, dominant un faible son de luth venu d'un hôtel, de l'autre côté de l'eau. L'instant était si paisible que

Catherine serait volontiers demeurée longtemps penchée à cette fenêtre, écoutant les bruits de la ville que la nuit étouffait déjà. Mais l'heure s'avançait et Philippe devait, ce soir, venir souper avec elle. A regret, elle referma la fenêtre juste au moment où la porte s'ouvrait devant Sara chargée d'un lourd candélabre de bronze à douze chandelles qui flambaient devant son visage impassible. Il y avait quelque chose de solennel dans la démarche de l'ancienne bohémienne. Sous la haute coiffe de dentelle empesée qui enserrait sa tête, ses sourcils noirs étaient froncés. Elle alla poser le candélabre sur un coffre d'ébène sculpté puis, prenant une des bougies allumées, se mit à faire le tour de la pièce pour enflammer toutes les autres.

Il y avait, dans ses gestes, quelque chose d'automatique et de peu naturel qui frappa Catherine.

« Qu'est-ce que tu as ? demanda-t-elle. Tu fais une drôle de tête. »

Sara se tourna vers elle. Ses traits soudain tirés frappèrent la jeune femme :

« Un courrier vient d'arriver de Châteauvillain, fit-elle d'une voix sans timbre. L'enfant est malade. La comtesse Ermengarde te réclame... »

Elle n'en dit pas plus, ne fit aucun commentaire. Simplement, elle resta là, regardant Catherine, attendant... La jeune femme avait pâli. Il ne lui était jamais venu à l'idée qu'il pût arriver quelque chose au petit Philippe. Toutes les lettres d'Ermengarde n'étaient qu'une glorification délirante de sa santé, de sa beauté, de son intelligence. Mais Catherine connaissait assez son amie pour savoir que, si elle l'appelait, c'est que l'enfant était vraiment... gravement malade. Quelque chose se noua dans la gorge de Catherine. Elle eut une brusque conscience de la distance, de tout ce qui la séparait de son enfant, en même temps qu'un remords se glissait en elle. Non qu'elle se reprochât de l'avoir abandonné. Avec Ermengarde qui l'adorait, il était loin de l'être, abandonné, et elle n'avait fait que céder aux supplications de sa vieille amie pour qui l'enfant représentait une joie merveilleuse. Ce qu'elle se reprochait surtout, c'était de ne l'avoir point suffisamment aimé. Il était né de sa chair, et cependant elle pouvait demeurer des mois loin de lui. Son regard croisa celui de Sara.

« Nous partirons à l'aube, dit-elle, dès l'ouverture des portes. Tiercelin gardera la maison. Fais préparer les coffres...

— Perrine s'en occupe.

— Alors, c'est bien. Il nous faut les meilleurs chevaux et trois valets armés. Ce sera suffisant. Nous nous arrêterons le moins possible en route. Peu de bagages. Si j'ai besoin d'autre chose, je le ferai chercher... »

La voix de Catherine était calme, froide, ses ordres précis. Sara chercha en vain, sur le beau visage immobile, le reflet d'une émotion. La vie de Cour avait appris à la jeune femme l'art de masquer ses traits et de leur enlever toute expression, quelles que puissent être ses tempêtes intérieures.

« Et... pour ce soir ? demanda encore Sara.

— Le duc va venir. Je lui dirai que je pars. Fais dresser la table et viens m'aider à me changer. »

DANS la chambre de Catherine, un écrin de velours de Gênes rose pâle où tous les meubles étaient d'argent massif, Perrine et deux autres servantes s'activaient à faire les bagages. Mais, sur le grand lit, une robe d'intérieur de satin blanc brodée de perles fines était étalée, attendant qu'on la passât. Philippe aimait voir Catherine vêtue de blanc et, pour les moments, précieux entre tous, qu'il passait auprès d'elle, il prohibait vigoureusement les lourdes toilettes de cour. Quand elle le recevait, Catherine portait toujours des robes simples et ses cheveux sur les épaules.

Laissant ses femmes à leur tâche, elle passa dans son cabinet de toilette où le bain était préparé et s'y plongea rapidement. Devinant qu'elle avait besoin de détendre ses nerfs, Sara avait mis des feuilles de verveine à macérer dans l'eau. Catherine s'abandonna un moment à la douce chaleur du bain, s'efforçant de ne pas penser à l'enfant malade. Elle se sentait lasse mais étrangement lucide. N'était-il pas étrange qu'il lui fallût s'éloigner de Philippe ce jour même où elle apprenait que le temps de la séparation était proche ? C'était comme si le destin lui faisait signe, tout à coup, et choisissait pour elle. Le temps était bien venu de partir. Elle resterait à Châteauvillain quelque temps, pour voir venir et chercher quelle direction donner à sa vie...

Quand elle sortit de l'eau, elle laissa Sara l'envelopper dans une grande pièce de fine toile de Frise chauffée devant le feu et la frictionner énergiquement. Mais, quand la bohémienne apporta le coffre dans lequel étaient renfermés les parfums rares dont elle usait généralement, Catherine l'arrêta d'un geste.

« Non... pas ce soir ! J'ai mal à la tête. »

Sara n'insista pas mais son regard s'attacha un instant à la jeune femme qui laissait tomber le drap de bain.

« Habille-moi ! » dit-elle seulement.

Tandis que Sara s'en allait chercher la robe de satin blanc, Catherine demeura debout devant son miroir mais sans même accorder un seul regard à son corps. Depuis quelque temps, la vue de sa propre beauté ne lui procurait plus le plaisir qu'elle en tirait jadis. Le désir incessant de Philippe lui disait, mieux encore qu'un miroir, qu'elle était plus belle que jamais. La maternité avait épanoui son corps, ôtant à ses formes toute trace de l'enfance. Sa taille, si étroite que les deux mains de Philippe en faisaient le tour, était demeurée celle d'une jeune fille mais ses hanches s'étaient épanouies et ses seins, plus gonflés, s'attachaient orgueilleusement à son buste, prolongeant la ligne infiniment pure des épaules. Le grain de sa peau dorée était plus serré que jamais, sa chair plus ferme et plus souple et Catherine en connaissait le pouvoir sur le tout-puissant prince d'Occident. Entre ses bras, Philippe était toujours l'amoureux éperdu des premiers jours... mais tout cela laissait maintenant Catherine singulièrement indifférente.

Sans un mot, Sara passa la robe par-dessus sa tête, laissa glisser le tissu le long du corps qu'il enveloppa de plis souples et nacrés. Le froid du satin sur sa peau nue fit frissonner Catherine. Elle devint si pâle, tout à coup, que Sara murmura.

« Veux-tu que j'envoie au palais dire que tu es souffrante ? »

La jeune femme secoua la tête.

« C'est inutile. Il faut que je le voie, ce soir. D'ailleurs, il est trop tard. Le voilà ! »

En effet, un pas rapide se faisait entendre au-dehors, puis l'écho d'une voix masculine qui jetait un joyeux bonsoir aux servantes demeurées dans la chambre. La porte de la pièce de bain s'ouvrit sous la main impatiente de Philippe qui, du seuil, s'écria :

« Disparaissez Sara... que je puisse l'embrasser à mon aise ! Trois jours sans toi, mon amour... trois jours à écouter les doléances des échevins de Bruxelles ! Un siècle d'ennui. »

Tandis que Sara, abrégeant sa révérence, disparaissait comme on venait de l'en prier si cavalièrement, le duc s'avançait vers Catherine qu'il saisit dans ses bras et se mit à couvrir de baisers.

« Mon cœur... ma vie... ma reine... ma fée aux cheveux d'or... mon indispensable amour, murmurait-il en une tendre litanie tandis que ses lèvres couraient des yeux de la jeune femme à sa gorge largement découverte par le décolleté généreux de la robe. Chaque fois que je te retrouve, tu me parais plus belle... si belle que j'en ai parfois le cœur serré. »

A demi étouffée, Catherine se débattait faiblement contre Philippe dont les mains impatientes l'enveloppaient déjà d'un réseau de caresses. Il semblait extraordinairement joyeux et plus amoureux que jamais. Comme il cherchait à faire glisser sa robe, elle le repoussa doucement.

« Non, Philippe... pas maintenant.

— Oh ! Pourquoi ? J'avais une telle hâte de te retrouver, mon amour, qu'il faut me pardonner si je te parais trop impatient. Mais tu sais trop quelles flammes tu allumes dans mon sang pour m'en vouloir. Catherine... ma douce Catherine, c'est la première fois que tu me repousses. Est-ce que tu es souffrante ? Tu es bien pâle, il me semble... »

Il l'écartait de lui pour mieux la voir puis, tout de suite inquiet, la ramenait contre sa poitrine, emprisonnant dans ses deux mains le joli visage qu'il obligeait à se lever vers lui. Deux larmes roulèrent soudain sur les joues de Catherine qui ferma les yeux.

« Tu pleures ? s'écria Philippe affolé. Mais qu'y a-t-il ? Mon aimée, mon doux cœur... jamais je ne t'ai vue pleurer. »

Bouleversé, il était tout près d'en faire autant. Ses lèvres minces tremblaient déjà contre la tempe de Catherine.

« Il faut que je parte, murmura-t-elle. Ermengarde m'appelle... L'enfant est malade.

— Gravement ?

— Je ne sais pas... sans doute ! Ermengarde n'appellerait pas pour un simple malaise. J'ai peur, Philippe, tout à coup... le temps du bonheur est fini pour nous deux. »

Tendrement, il la berçait dans ses bras puis l'entraînait vers le lit sur lequel il la fit asseoir avant de se laisser glisser à ses pieds, sur les marches couvertes d'un épais tapis de Perse.

« Ne dis pas de sottises, fit-il en emprisonnant les deux mains de la jeune femme dans les siennes. L'enfant est malade mais il n'est pas perdu. Tu sais qu'Ermengarde le soigne comme s'il était sien. Je comprends ton angoisse mais il m'est pénible que tu partes. Qaund me quitteras-tu ?

— A l'aube...

— Bien entendu. Alors, une escorte sera, avant l'aube, devant ta maison. Si, si... j'y tiens ! Le chemin est long, les routes de moins en moins sûres. L'approche de l'hiver les rend plus dangereuses. Je ne serais pas tranquille autrement. Mais... je t'en prie, ne reste pas trop longtemps loin de moi. Je vais compter les jours... »

Catherine détourna la tête, tenta de libérer ses mains mais Philippe les tenait bien.

« Peut-être resterai-je en Bourgogne plus longtemps que tu ne crois. Peut-être même ne reviendrai-je jamais en Flandres, dit-elle lentement.

— Comment ? Mais... Pourquoi ? »

Elle se pencha vers lui, prit entre ses deux mains le visage maigre dont elle avait appris à aimer, d'une certaine manière, les traits fiers et fins.

« Philippe, dit-elle doucement, le moment est venu de la franchise entre nous. Il faut que tu te maries... et tu vas le faire. Allons !... Calme-toi ! Je sais que tu envoies Van Eyck en Portugal, bien que ce ne soit pas lui qui me l'ait dit. Je ne te blâme pas, tu dois donner un héritier à tes sujets. Seulement... je préfère m'éloigner. Je ne veux pas, après ce que nous avons connu, d'une vie secrète, d'amours cachées. Nous nous sommes aimés au grand jour, je ne supporterai pas la grisaille de la clandestinité. »

D'un geste violent, Philippe agrippa les épaules de la jeune femme. Il s'était redressé, appuyé d'un genou sur le lit, la dominant de toute sa taille.

« Tais-toi ! Je ne te condamnerai jamais à la clandestinité. Je t'aime comme jamais je n'ai aimé et, si je dois me marier, ce n'est pas pour que tu connaisses les humiliations. Je suis le duc de Bourgogne et je saurai te garder au rang que je t'ai donné.

— C'est impossible, du moins ici ! Je peux vivre en Bourgogne... Tu n'y viens pas souvent mais tu pourrais y venir seul... »

Sara qui entra pour annoncer le souper interrompit l'entretien. Philippe offrit sa main à Catherine pour la mener à table. Le repas avait été servi devant la grande cheminée de la salle d'apparat et trois valets le servaient. Devant les serviteurs, Philippe et Catherine n'échangèrent que peu de paroles. Le duc était soucieux. Un pli profond se creusait entre ses yeux gris et, quand son regard se posait sur Catherine, la jeune femme pouvait y lire une profonde supplication. Il ne touchait pas aux plats qui étaient servis... Comme l'écuyer tranchant s'apprêtait à découper un pâté de chevreuil, Philippe se dressa soudain, repoussant si violemment la table qu'elle se renversa avec un bruit de tonnerre, arrachant à Catherine un cri de frayeur. D'un geste, il désigna la porte aux serviteurs.

« Sortez tous ! » cria-t-il.

Apeurés, ils obéirent, sans oser ramasser les plats et les assiettes d'or qui se vidaient de leur contenu sur le dallage. Les yeux gris du duc étaient devenus presque noirs et une sorte de fureur crispait tous ses traits.

« Philippe ! cria Catherine.

— N'aie pas peur, je ne te veux aucun mal... »

Il vint à elle et, aussi aisément que si elle n'avait rien pesé, l'enleva dans ses bras, l'emportant en courant vers la chambre. Catherine vit que des larmes inondaient son visage... Il la déposa sur le lit mais ne la lâcha pas. Au contraire, il l'emprisonna étroitement contre sa poitrine.

« Ecoute... murmura-t-il haletant... et n'oublie jamais ce que je vais te dire : je t'aime plus que tout, plus que ma vie, plus que le salut de mon âme... et plus que mes Etats. Si tu l'exigeais, j'abdiquerais demain pour te garder, toi ! Que m'importe après tout un héritier ! Je vais ordonner à Van Eyck de demeurer... je ne me marierai pas. Je ne veux pas te perdre, tu m'entends... Je n'accepterai jamais de te perdre ! Si tu veux que je te laisse partir, demain matin, tu vas me jurer de revenir...

— Philippe, gémit Catherine, il s'agit de mon enfant, de notre enfant.

— Qu'importe ! Jure que tu me reviendras, quoi qu'il advienne, dès que tu seras rassurée. Jure-le, sinon je te donne ma parole de chevalier que tu ne quitteras pas cette ville. Je t'enfermerai plutôt... »

Il ne se possédait plus. Ses doigts minces et durs meurtrissaient la jeune femme qu'il écrasait sous son poids. Son souffle brûlait les lèvres de sa prisonnière éperdue et ses larmes roulaient de ses joues à celles de Catherine. Jamais elle ne l'avait vu dans un pareil état. Il tremblait de tous ses membres et, brusquement, il lui rappela Garin à la seule minute où le désir avait eu raison de lui. Garin aussi avait eu cette expression de faim douloureuse, cette intense imploration de tout l'être.

« Jure, Catherine, jure sur ta vie que tu reviendras, souffla-t-il, mi-implorant mi-impérieux. Ou alors, dis-moi que tu ne m'as jamais aimé... »

Contre sa poitrine, Catherine sentait le cœur de Philippe battre à un rythme affolé. Elle se sentait à la fois lasse et pleine de pitié. Et puis, à son insu, elle était encore sensible à la passion de ce prince qui, auprès d'elle, n'était plus qu'un homme follement épris. Elle capitula.

« Je le jure, murmura-t-elle enfin... je reviendrai dès que le petit sera guéri... »

L'effet fut immédiat. Elle le sentit se détendre peu à peu. Sa gratitude lui fit mal. Il s'agenouilla devant elle, baisa ses mains, ses pieds.

« Non, Philippe, pria-t-elle. Je t'en supplie, lève-toi. »

Il obéit, la reprit dans ses bras et s'empara de ses lèvres. Peu à peu, sous la chaleur du baiser, Catherine sentit fondre sa volonté, les quelques velléités de résistance qui lui restaient encore. Philippe semblait, tout à coup, avoir retrouvé le pouvoir magique qui, si longtemps, avait enchaîné Catherine à lui.

Tard dans la nuit, tandis que Philippe, harassé, s'endormait enfin, la tête sur la poitrine de la jeune femme qu'il tenait toujours étroitement embrassée, elle demeura les yeux grands ouverts dans l'obscurité de la chambre où le feu se mourait. Elle était dans cet état de semi-conscience qui permet à l'esprit de s'échapper et de percer, par intuition, le voile de l'avenir. Jamais encore Philippe ne l'avait aimée comme cette nuit. Il semblait ne pouvoir se rassasier d'elle. De toutes les heures d'amour vécues auprès de lui, celles-ci avaient été les plus belles et les plus ardentes. Pourquoi fallait-il que Catherine eût le sentiment instinctif qu'elles étaient les dernières, alors même qu'elle avait juré de revenir ?

Sa joue reposait contre les courts cheveux blonds de Philippe. Elle tourna légèrement la tête pour le regarder. Il dormait comme un enfant, avec une expression boudeuse de gamin puni qui l'attendrit plus que les traces visibles laissées sur ses traits durs par la violence de sa passion. Tout doucement, pour ne pas l'éveiller, elle posa ses lèvres sur sa tempe, là où la peau plus fine laisse voir le battement du sang. Puis, sans pouvoir s'en empêcher, elle se mit à pleurer parce qu'elle avait l'impression qu'à cette minute elle l'aimait comme jamais encore elle ne l'avait fait.

La sentant remuer, Philippe resserra inconsciemment son étreinte. Craignant qu'il ne s'éveillât, Catherine ne bougea plus. L'aube viendrait bien assez vite où il faudrait le chasser, se séparer. Pour combien de temps ?

Confusément Catherine sentait qu'elle n'appartenait plus à cet homme, à cette demeure. Elle était déjà sur le chemin au bout duquel l'attendaient son enfant et sa vieille amie...

CHAPITRE XI

LE MOINE DU MONT BEUVRAY

LORSQU'AU terme d'une route épuisante Catherine et son escorte arrivèrent en vue des tours de Châteauvillain, elle fut prise d'un sombre pressentiment. Dans le village blotti dans une boucle de l'Aujon au pied de la motte seigneuriale, la cloche de l'église sonnait le glas et les notes lugubres s'égrenaient dans l'air froid. Là-haut, sur sa butte, le château surgissait de lourdes plaques de brume avec ses hourds de bois noir couronnant les tours formidables et les poivrières d'ardoise, vernies d'humidité, qui les coiffaient. Par habitude, Catherine chercha, au faîte du donjon, la bannière écarlate des Châteauvillain. Mais seule, dressée entre les créneaux, une bannière noire, flasque, pendait à sa hampe.

Elle pressa son cheval sur le sentier en pente. Bien que l'on fût au plein du jour, la forteresse était étrangement silencieuse. Le pont-levis était relevé, aucun homme n'apparaissait aux créneaux... Se tournant vers le chef de l'escorte que lui avait donnée Philippe de Bourgogne, un jeune lieutenant à la barbe naissante que le moindre de ses regards faisait rougir, elle lui ordonna de faire sonner du cor pour annoncer leur approche. Elle se sentait fébrile, inquiète. L'atmosphère sinistre qui enveloppait ce village des hauts plateaux de la Marne, agissait sur elle.

Le jeune chef d'escorte s'exécuta. Un homme d'armes se détacha, emboucha le cor pendu à sa ceinture. Un son prolongé, mugissant, perça la brume, monta jusqu'au chemin de ronde où, au troisième appel, une tête casquée apparut. Dans son épaisse cape trempée d'eau, Catherine frissonna, chercha instinctivement le regard de Sara qui se tenait un peu en arrière. Ce voyage lui avait paru interminable. Plusieurs fois, il avait fallu en découdre contre les bandes de routiers errants ou, simplement, contre des troupes de paysans affamés, chassés de leurs villages détruits et qui avaient pris le maquis pour survivre, se transformant peu à peu en brigands d'autant plus cruels que la faim les poussait plus que l'appât du gain. En ces circonstances, Catherine avait regretté que Jacques de Roussay, son escorteur habituel, fût immobilisé par une jambe brisée dans un tournoi. Le jeune soldat chargé de le remplacer n'était visiblement pas à la hauteur de sa tâche. Sa responsabilité l'écrasait et il s'affolait trop aisément. Mais, ce fut d'une voix assez vigoureuse qu'il réclama l'ouverture des portes pour la comtesse de Brazey.

« On vient ! » cria quelqu'un du haut d'une tour.

L'attente parut interminable à Catherine. Campée sur son cheval blanc qui, aussi impatient qu'elle-même, grattait la terre humide de son sabot, elle gardait les yeux rivés sur le gigantesque panneau de bois du pont-levis. Enfin, il s'abaissa lentement dans un affreux grincement, révélant l'ogive haute de la porte sommée de l'écusson de pierre des seigneurs du domaine. A travers la herse que l'on levait en même temps, on pouvait apercevoir les archers qui accouraient, traînant leurs armes, ajustant leurs casques. Le pont s'immobilisa et, bientôt, ses planches énormes résonnèrent sous les sabots des chevaux. Catherine, la première, franchit la porterie, déboucha dans la cour au centre de laquelle fusait la masse formidable du donjon, dédaigna l'entrée de la tour féodale et se dirigea vers le corps de logis aux élégantes fenêtres flamboyantes. Au seuil une femme vêtue de noir de la tête aux pieds venait d'apparaître et attendait. C'était peut-être parce que cette femme se tenait courbée et s'appuyait sur une canne que Catherine ne reconnut pas tout de suite Ermengarde...

Tout en se laissant glisser de son cheval devant les quelques marches du seuil, la jeune femme ne pouvait détacher son regard de cette silhouette noire, qui, lentement, s'avançait vers elle. La plantureuse Ermengarde avait tellement maigri qu'elle flottait dans sa robe de velours noir. Sous des cheveux devenus tout blancs, elle montrait un visage décoloré, des yeux rougis aux paupières gonflées. Catherine courut vers son amie, la saisit aux épaules, épouvantée de ce qu'elle voyait et, plus encore de ce qu'elle devinait.

« Ermengarde ! Mon Dieu... Mais qu'y a-t-il ? Philippe ? »

Avec un sourd gémissement, la vieille dame s'abattit dans les bras de Catherine et se mit à sangloter douloureusement sur son épaule. Le désespoir de cette femme si forte assomma la jeune femme qui comprit, en un éclair, que ses pires craintes informulées s'étaient réalisées.

« Ah ! fit-elle seulement, il est... »

Elle n'acheva pas. Le mot, trop affreux, refusait de franchir ses lèvres. Ermengarde secoua seulement la tête, affirmativement... Au bas des marches, Sara et les soldats, pétrifiés, regardaient ces deux femmes qui pleuraient dans les bras l'une de l'autre. Car le cœur gonflé de Catherine venait de crever en sanglots convulsifs qui la secouaient tout entière. Sara, figée d'abord par la brutalité de l'événement, se hâta de descendre de son cheval, courut vers les deux femmes et les sépara doucement. Puis, les entourant chacune d'un bras, elle les entraîna à l'intérieur du logis.

« Venez... Ne restez pas là. Il fait froid et humide... »

Dans le château un profond silence régnait. Les serviteurs vêtus de noir glissaient comme des ombres, sans oser relever la tête. Depuis que, la veille, le petit Philippe avait cessé de vivre, la douleur d'Ermengarde avait empli la vieille demeure d'accablement et de crainte. Le matin même, le chapelain avait dû arracher la comtesse du lit de l'enfant pour pouvoir procéder à la toilette funèbre... Cette douleur faisait un peu honte à Catherine. La jeune femme, assommée par la nouvelle, éprouvait une sorte d'engourdissement proche de l'hébétude. Elle avait la sensation de se mouvoir au milieu d'une épaisse couche d'ouate qui amortissait sa conscience et que la douleur ne perçait pas encore.

« Que s'est-il passé ? » demanda-t-elle d'une voix blanche, si étrangère qu'elle ne la reconnut pas.

Ermengarde, que Sara avait obligée à s'asseoir dans un fauteuil, leva sur elle un pauvre visage défait, des yeux ourlés d'écarlate à force d'avoir pleuré.

« Une mauvaise fièvre... balbutia-t-elle. Dans le village, des paysans sont morts pour avoir bu l'eau d'un puits empoisonné. L'enfant en a bu aussi, en revenant d'une promenade avec son précepteur. Il avait soif et s'est arrêté au moulin et a demandé à boire... Le lendemain il délirait. C'est alors que je vous ai appelée. Le mire du château a fait ce qu'il a pu... et moi, je n'ai même pas eu la consolation de faire pendre le meunier, ajouta Ermengarde avec une si brusque explosion de sauvagerie que Catherine frissonna... Il est mort le soir même, de sa maudite eau, avec sa famille... Me pardonnerez-vous jamais ? Vous me l'aviez confié... et il est mort... mort mon petit Philippe, si beau !... »

La comtesse enfouit sa tête dans ses mains tremblantes et se remit à sangloter si désespérément que Catherine, émue de pitié, se pencha sur elle, entourant de ses bras les épaules de sa vieille amie.

« Ermengarde !... Je vous en supplie, cessez de vous torturer ! Vous n'avez aucun reproche à vous faire... Vous étiez pour lui la meilleure des mères, bien meilleure que moi ! Certes, oui... bien meilleure que moi. »

Les larmes montaient à nouveau à ses yeux. Elle allait se remettre à pleurer, elle aussi, quand le chapelain entra sur la pointe des pieds et murmura que tout était prêt, que l'enfant était exposé à la chapelle. Comme mue par un soudain ressort qui restituait pour un instant l'ancienne Ermengarde, la comtesse se leva, saisit la main de Catherine.

« Venez... dit-elle. Venez le voir ! »

A grands pas, entraînant Catherine et Sara, elle quitta la salle d'honneur, s'engagea dans la vis de pierre d'un escalier, suivit une large et courte galerie voûtée dont l'un des côtés, découpé en ogives flamboyantes, était garni de vitraux aux armes des Châteauvillain. Une porte en plein cintre, au bout de la galerie, s'ouvrait sur la chapelle. L'aspect de celle-ci arracha à Catherine une exclamation. Le sanctuaire était assez exigu : une nef voûtée d'arêtes reposant sur d'énormes piliers romans en pierre grise. Au centre, l'enfant en costume d'apparat de velours bleu reposait sur un catafalque de velours noir et or. A ses pieds, jointes, les armes de sa mère et le blason ducal de Bourgogne barré à sénestre de rouge [1]. Quatre hommes d'armes aux cuirasses étincelantes veillaient aux quatre coins de la couche funèbre, appuyés sur leurs guisarmes, immobiles comme des statues. Une forêt de gros cierges de cire jaune mettaient une lumière de fête dans la petite chapelle aux fenêtres basses. Les vieux murs disparaissaient sous les tentures de velours noir et les bannières.

La somptuosité de l'apparat déployé saisit Catherine qui tourna vers son amie un regard interrogateur. Ermengarde rougit brusquement, releva la tête dans un geste d'instinctif orgueil.

« En cet instant suprême, seul compte le sang princier, Catherine ! » fit-elle d'une voix enrouée.

Sans rien ajouter, Catherine alla s'agenouiller auprès du corps. Saisie d'une sorte de respect, elle osait à peine lever les yeux vers l'enfant, troublée de constater son extrême ressemblance avec son père. Il y avait tant de mois qu'elle ne l'avait vu qu'elle le reconnaissait à peine. Il paraissait si grand, dans son immobilité éternelle, ses petites mains jointes sur sa poitrine ! Les traits fiers déjà, et les cheveux blonds coupés court étaient ceux mêmes de Phi-

1. La barre de bâtardise.

lippe... Il était bien son fils et le chagrin de Catherine s'en trouvait aggravé d'une jalousie vague. C'était comme si le petit Philippe avait délibérément tourné le dos à sa mère, se détachait d'elle pour se tourner instinctivement vers celui dont il avait tenu la vie... Un affreux regret tordit le cœur de la jeune femme pour tout ce temps où l'enfant lui avait échappé. Folle qu'elle avait été de se priver de lui et de le priver d'elle ! Maintenant, la mort le lui prenait à tout jamais... Avec amertume, elle se reprocha son éloignement, son indifférence... Les liens de chair sur le point de se déchirer lui faisaient mal, si mal tout à coup ! Elle eût voulu prendre dans ses bras le petit corps inerte, le réchauffer de sa propre vie... A cet instant, elle eût donné sa vie pour que le petit Philippe ouvrît les yeux, lui sourît. Mais c'était à Ermengarde qu'il avait dû sourire pour la dernière fois.

Courbée sous le poids d'un chagrin dont elle prenait une conscience aiguë, Catherine enfouit son visage dans ses mains et pleura longtemps aux pieds de son enfant mort. Sur sa couche somptueuse et dérisoire, le petit garçon semblait déjà appartenir à un autre monde.

Toute la nuit suivante, oubliant les fatigues de sa longue route, Catherine demeura en prières dans la chapelle. Ni les douces remontrances de Sara et d'Ermengarde, ni les conseils du chapelain que sa pâleur inquiétait ne purent l'arracher de l'enfant.

« Je veux rester avec lui aussi longtemps que je pourrai, répondait-elle. J'ai tant de regrets de ces années où je m'en suis trop peu souciée !... »

Comprenant ce qui se passait dans le cœur de Catherine, Ermengarde n'insista pas. Elle aussi demeura toute la nuit. Quand revint le jour, les funérailles de l'enfant furent célébrées en grande pompe, devant tout le village assemblé en habits de deuil. Puis, quand le caveau des seigneurs de Châteauvillain eut laissé retomber sa pierre sur le corps léger du petit bâtard ducal, Catherine et Ermengarde se retrouvèrent face à face... deux femmes en deuil qui partageaient la même blessure. Elles avaient d'un accord tacite, refusé de souper et s'étaient retirées dans la chambre de la comtesse. Assises chacune dans un haut siège de chêne sculpté, dans leurs voiles noirs qui les appareillaient étrangement, elles restèrent un long moment sans parler, immobiles de chaque côté de la cheminée, les yeux fixés sur les flammes. On eût dit la mère et la fille unies dans la même douleur mais aucune n'osait troubler le silence, craignant que la moindre parole fît mal à sa compagne... Ce fut Ermengarde, pourtant, qui se ressaisit la première. Elle tourna les yeux vers Catherine.

« Et maintenant ? » dit-elle tout bas.

Comme si ces deux petits mots avaient brisé le charme malfaisant qui l'emmurait de silence, Catherine se leva soudain, puis, avec un gémissement, vint s'écrouler auprès de sa vieille amie, enfouissant son visage dans les plis noirs de sa robe sur laquelle ses mains se crispèrent.

« Je n'ai plus rien, Ermengarde, sanglota-t-elle... plus de mari, plus d'enfant, plus d'amour !... je n'ai plus que vous ! Gardez-moi... laissez-moi rester auprès de vous. Il n'y a plus rien dans ma vie... rien ! Je veux demeurer désormais entre vous et le tombeau de mon enfant. Laissez-moi rester ici... »

Ermengarde ôta la haute coiffure de mousseline noire qui s'écrasait contre son giron et se mit à caresser les nattes blondes de la jeune femme éperdue. Un très léger et très doux sourire vint détendre son visage ravagé par le chagrin.

« Bien sûr vous pouvez rester, Catherine... et même

je ne demanderais qu'à vous garder pour toujours. Vous savez bien que je vous aime comme si vous étiez ma fille. Mais c'est vous qui, un jour, partirez. Car vous n'en êtes pas encore, et de loin, au point où j'en suis : mûre pour la claustration au fond d'une vieille forteresse. »

La neige fit son apparition trois jours après les funérailles du petit Philippe, tombant en telle abondance que la vie active du gros bourg de Châteauvillain s'en trouva gênée. Quant au château, sur le donjon duquel la bannière rouge avait rejoint la bannière noire, il parut s'endormir dans sa solitude hautaine, autour de la vie ralentie, quasi végétative, des deux femmes en deuil. Chaque matin, elles entendaient la messe dans la chapelle puis se retiraient dans l'une des chambres et, tout le jour, s'y occupaient à des travaux d'aiguille. Un jour par semaine seulement, le mardi, quelques paysans escaladaient la butte seigneuriale pour venir se confier à la justice du suzerain. Ermengarde, alors, gagnait le banc seigneurial, dans la grande salle et, durant de longues heures, débattait avec ses gens leurs querelles d'intérêts pour un mur mal construit ou un sentier tracé en dommage d'un champ, parfois pour régler une succession embrouillée, autoriser un mariage ou châtier une épouse adultère. La justice d'Ermengarde était impartiale, expéditive et vigoureuse mais empreinte d'une profonde sagesse qui faisait l'admiration de Catherine admise aux plaids. Peu à peu, ces séances furent pour elle une véritable distraction.

Quand vint la Noël, un chevaucheur ducal apporta une lettre de Philippe accompagnant un admirable livre d'heures superbement enluminé sous une couverture d'ivoire et d'or, cadeau de Noël du prince à Catherine. Ce n'était pas la première lettre qui arrivait à Châteauvillain. Peu après la mort de l'enfant, Philippe de Bourgogne avait exprimé à sa maîtresse toute l'affliction qu'il éprouvait de cette fin stupide et cruelle. Pour adoucir la douleur de la mère, il avait trouvé des mots d'une infinie tendresse qui avaient remué profondément Catherine. S'il n'y avait eu la perspective du prochain mariage, elle fût retournée vers lui sans une hésitation. Mais elle ne se sentait pas le courage, dans l'état d'accablement où elle se trouvait, d'affronter les regards curieux des courtisans guettant ses réactions sur son visage, se réjouissant de la voir réduite au second rang, les méchancetés des femmes acharnées sur elle depuis si longtemps.

La nouvelle lettre était aussi tendre que la première mais, sous les mots d'amour, se glissait le désir impérieux de Philippe de la voir revenir vers lui. Catherine ne s'y trompa pas. En lui rappelant la promesse faite au cours de leur dernière nuit, c'était un ordre que Philippe lui adressait.

« C'en est un, en effet, dit Ermengarde lorsque Catherine lui montra la missive. Qu'allez-vous faire ? Obéir, j'imagine ? »

Catherine secoua la tête.

« Je ne crois pas. Je n'en ai aucune envie. Dans quelques mois, l'infante arrivera et il me faudra repartir. Alors, à quoi bon ?

— Il vous aime, vous le savez bien. Il ne peut se passer de vous... et même il l'écrit... fit la comtesse soulignant une ligne de son ongle.

— Il l'écrit... oui ! Mais il peut se passer de moi. Connaissez-vous si mal Philippe pour croire que j'aie pu, seule depuis trois ans, suffire à son exigeante sensualité ? De nombreuses femmes ont eu et auront encore ses faveurs. Il m'aime, je sais, et je peux dire qu'il n'a jamais cessé de me désirer, plus encore maintenant qu'autrefois, je crois. Mais il y en a d'autres. D'ailleurs, l'infante a une réputation de beauté, elle le distraira de moi. »

Ermengarde prit les deux mains de Catherine et les enferma dans les siennes.

« Sincèrement, ma mie, comment envisagez-vous l'existence pour vous ? Que désirez-vous ? Que souhaitez-vous ? Je ne peux croire que, jeune comme vous l'êtes... et si belle, vous n'ayez d'autre désir que d'user vos jours auprès d'une vieille femme, au fond d'un château sinistre ? Que vous refusiez le rôle humiliant de maîtresse en titre auprès d'une duchesse régnante, je le conçois. Mais pourquoi ne pas refaire votre vie ? Ils sont nombreux, je le sais, ceux qui souhaiteraient vous mener à l'autel.

— En effet ! dit Catherine avec un mélancolique sourire. Seulement moi, je n'en ai nulle envie.

— Qu'allez-vous répondre au duc ?

— Rien !... pour la simple raison que je ne sais que lui dire. Si mon vieil ami Abou-al-Khayr était là, il trouverait sans doute une superbe pensée de poète ou de philosophe pour dépeindre mon actuel état d'esprit. Je crois bien qu'il en a pour chacune des circonstances de la vie d'une âme... Mais il est loin... »

Le petit médecin arabe, en effet, était reparti pour le royaume de Grenade peu après la mort de Garin, malgré l'offre d'hospitalité d'Ermengarde. Son maître, le sultan Mohammed VIII, aux prises avec d'incessantes luttes intérieures, avait réclamé le retour de son principal conseiller et ami. Et ce n'était pas sans regrets qu'Abou-al-Khayr avait quitté Catherine pour laquelle il s'était pris d'une véritable affection.

« Si, un jour, tu ne sais plus ni que faire ni où

aller, viens me rejoindre. Dans ma petite maison au bord du Génil, les citronniers et les amandiers poussent tout seuls et les rosiers embaument une grande partie de l'année. Tu seras ma sœur et je t'apprendrai la sagesse de l'Islam... »

A cette heure où son destin lui semblait se diriger vers une impasse, Catherine se souvenait de ces paroles amicales et ce souvenir lui arracha un sourire.

« Ce serait peut-être cela la solution : aller rejoindre Abou-al-Khayr, connaître une autre vie...

— Pour le coup, vous êtes folle ! s'indigna Ermengarde. Avant d'arriver à Grenade, il vous faudrait traverser des pays et encore des pays : vous n'arriveriez qu'après avoir été vingt fois violée et sans doute tuée autant de fois.

— Une seule suffit, répondit Catherine. Vous avez raison : restons ici et attendons. Peut-être le destin prendra-t-il la peine de me faire signe. »

Mais, malgré le cadeau de Philippe, malgré sa lettre d'amour, ce Noël fut infiniment triste pour les deux femmes. Côte à côte, elles distribuèrent des présents aux paysans et aux gens du bourg, reçurent leurs vœux ; côte à côte, elles passèrent de longues heures à la chapelle, entre la crèche qu'à l'exemple de Saint François d'Assise, Ermengarde installait tous les ans et le tombeau du petit Philippe. La neige ensevelissait tout le paysage. Jour après jour, en se levant et en jetant un regard par sa fenêtre, Catherine se prenait à désespérer. Il semblait que le soleil ne reviendrait jamais. Tout était froid, noir et la jeune femme sentait son cœur se glacer peu à peu.

Pourtant, sous la neige, la terre était en travail, l'hiver s'apprêtait à céder la place au printemps... et, un jour de mars, un moine monté sur une mule grise escalada le raidillon qui menait au pont-levis de Châteauvillain. Ce jour-là, les premières pousses tendres de l'herbe pointaient sur les mottes de terre brune et grasse, les premiers bourgeons éclataient aux branches nues des arbres.

A l'archer de garde qui se portait à sa rencontre, le nouveau venu demanda si Mme de Brazey résidait bien au château et, sur sa réponse affirmative, il demanda à être mené vers elle.

« Mme de Brazey me connaît bien... Annoncez le frère Etienne Charlot. »

Prévenue, Catherine le fit monter aussitôt dans sa chambre. Elle était seule, Ermengarde s'étant rendue aux écuries pour une jument qui allait mettre bas. Cette visite, qui rappelait le passé, lui faisait plaisir. Elle n'avait pas revu le moine du mont Beuvray depuis l'arrêt de bannissement qui l'avait frappé en même temps qu'Odette de Champdivers. L'ancienne favorite de Charles VI, Catherine l'avait appris peu après la naissance de son enfant, était morte à peine arrivée en Dauphiné. Les privations et les mauvais traitements endurés dans sa prison avaient eu raison de sa constitution délicate. Sa mère, Marie de Champdivers, l'avait suivie peu après dans la tombe, tuée par le chagrin. Catherine avait ressenti une peine profonde de ces deux morts successives et, dans son esprit, le frère Etienne ne devait plus, lui non plus, appartenir à ce monde. Mais, quand il franchit le seuil de sa chambre, elle constata qu'il n'avait que très peu changé. Sa couronne de cheveux gris était presque blanche mais son visage était toujours aussi rond, ses yeux toujours aussi vifs.

« Mon frère ! s'écria la jeune femme en s'avançant vers lui les mains tendues, je n'espérais plus vous revoir en ce monde !

— J'ai bien failli le quitter, madame, ayant été fort malade après mon séjour en prison. Mais les soins de mes frères et le bon air du Morvan m'ont rendu la santé, grâce à Dieu ! »

Catherine fit asseoir son visiteur auprès d'elle sur le long banc de bois surmonté d'un dais qui tenait tout un coin de la cheminée, ordonna que l'on apporte des rafraîchissements et de quoi nourrir le voyageur et aussi que l'on prépare une chambre.

« Ne vous mettez pas en peine pour moi, madame, protesta le frère confus de cet accueil. Quand vous saurez pourquoi je viens, vous aurez peut-être moins envie de me garder. C'est... en suppliant que j'arrive.

— Je ne vois pas bien ce que je peux faire pour vous, mon frère. Mais vous n'en êtes pas moins le très bien venu. Mangez, puis dites-moi ce que vous désirez... »

Tout en faisant honneur au sanglier froid et au vin de Beaune qu'un valet lui servait, le frère Etienne s'expliqua. Depuis le 12 octobre de l'année précédente, les Anglais assiégeaient Orléans et c'était de la tragique situation de la grande ville que le moine venait parler. Bien que les effectifs anglais et bourguignons ne permissent pas un blocus total de la ville, qu'il fût encore possible d'y entrer par le nord-est, la situation des Orléanais devenait si critique qu'ils avaient envoyé Xaintrailles au duc de Bourgogne pour lui demander de prendre la ville en dépôt... mais ses troupes n'en continuaient pas moins à bloquer Orléans.

« Le duc oublie par trop qu'il est prince français, madame, ajouta sévèrement le moine. On dit qu'il songe à fonder un ordre de chevalerie... pourtant, il sait fort bien que le siège d'Orléans viole l'une des principales lois de chevalerie. On n'assiège pas une ville dont on tient le prince prisonnier sans manquer au droit féodal[1] et le duc de Bourgogne le sait d'autant mieux que la ville payait tribut pour n'être point attaquée.

— Je sais tout cela ! » fit Catherine qui se souvenait avoir déjà reproché à Philippe son attitude par trop anglaise.

Depuis le début du siège d'Orléans d'ailleurs, Ermengarde ne décolérait plus. Pour la comtesse, Philippe de Bourgogne n'était même plus digne de porter les éperons d'or de chevalier.

« Mais que puis-je faire ? » ajouta la jeune femme.

Le visage de frère Etienne se chargea d'une ardente prière. Il se pencha vers Catherine, saisit ses mains et les serra à les briser.

« Madame... il n'est pas un homme ou une femme en ce pays qui ne sache le grand amour que vous porte Mgr Philippe. Il vous faut aller vers lui, le supplier de retirer ses troupes d'Orléans. Vous ne savez pas ce que représente cette ville pour le roi Charles. Si Orléans tombe, c'en est fait de la France, c'en est fait du roi. L'Anglais qui règne à Paris l'emportera à tout jamais. Il ne restera rien de tout ce qui a fait la raison de vivre de ceux qui ont juré fidélité au roi, des efforts de Yolande d'Aragon, du sang versé en si grande abondance... »

Le frère prit un temps puis ajouta, très doucement, à voix presque basse.

« Tant de chevaliers se sont dévoués corps et âme à la défense de la noble cité ! Orléans a rasé ses magnifiques faubourgs, Orléans se bat avec une foi désespérée mais admirable, ne songeant plus qu'à mourir si un miracle ne la délivre. Soyez ce miracle,

1. Le duc Charles d'Orléans, le délicat poète était prisonnier à Londres depuis Azincourt, c'est-à-dire depuis treize ans.

madame ! Des voix prophétiques disent partout qu'une femme, seule, pourra délivrer Orléans. Songez... que depuis cinq mois, enfermé dans la ville avec une poignée d'autres braves, le capitaine de Montsalvy se bat ! »

Le nom d'Arnaud, lancé à bout portant et sans que Catherine fût préparée à le recevoir, frappa la jeune femme comme un soufflet. Elle en perdit la respiration, rougit jusqu'à la racine de ses cheveux puis, le sang refluant vers son cœur, la laissa pâle et tremblante.

« Frère Etienne, fit-elle d'une voix blanche, il n'est pas digne de vous ni de la robe que vous portez de réveiller un rêve impossible au fond d'un cœur qui souhaite seulement oublier. Je suis veuve, mon frère, j'ai perdu mon enfant et, si un jour, je vous ai prié de venir en aide au capitaine de Montsalvy prisonnier, je ne peux plus rien pour lui ! Puisque les prières de sa femme sont impuissantes à veiller sur lui, que pourrait une étrangère ?

— Sa femme ? fit le moine sincèrement surpris. Quelle femme ? »

Le moine devenait-il fou ? Catherine le fixa dans les yeux, se demandant si la mémoire lui manquait subitement ou s'il se moquait d'elle.

« La dernière fois que j'ai entendu parler de messire de Montsalvy, dit-elle lentement, en butant sur les mots qui passaient mal, c'était il y a plusieurs années. Il s'apprêtait à prendre pour épouse damoiselle Isabelle de Séverac, la fille du maréchal, et...

— Isabelle de Séverac est morte, madame !... deux mois avant son mariage. Et messire Arnaud, qui d'ailleurs, à ce que l'on dit, n'était pas très chaud pour aliéner sa liberté, ne lui a point donné de remplaçante.

— Quoi ? »

Les mains de Catherine, crispées sur le bord de son siège, s'étaient mises à trembler. Une brusque envie de pleurer monta de son cœur à ses yeux qui se brouillaient. Elle ne savait plus où elle en était... Pendant si longtemps, elle s'était interdite de songer à cet homme dont le seul nom la faisait défaillir encore de tendresse, chassant l'image trop chère comme un rêve impossible !... Et voilà qu'elle apprenait, brusquement, de la manière la plus inattendue, qu'il était libre... libre autant qu'elle-même ! C'était à en perdre la raison !

« Mon frère, dit-elle douloureusement, que n'êtes-vous venu plus tôt vers moi ? Pourquoi ne m'avez-vous rien dit ? Pourquoi m'avez-vous laissé croire pendant si longtemps qu'il était perdu pour moi ?

— Mais... Madame, fit le frère interloqué, je ne pouvais pas deviner que vous l'ignoriez... Les nouvelles passent, malgré la guerre, de la Cour du roi Charles à celle du duc de Bourgogne... et je vous rappelle que, banni, je ne pouvais venir vers vous. Mon prieur a obtenu que soit rapporté l'arrêt qui me frappait... et j'accours vers vous. Irez-vous prier le duc pour Orléans ? »

Les yeux de Catherine, fixés dans le vague, brillaient comme des étoiles. Frère Etienne sentit qu'elle lui échappait, qu'elle était déjà loin, partie rejoindre le rêve ancien qu'elle retrouvait avec délices.

« Madame... reprocha-t-il doucement, vous ne m'écoutez pas ? Irez-vous vers Mgr Philippe ? »

Elle revint à lui, l'enveloppa d'un sourire si éblouissant qu'il suffoqua le moine. Devant ses yeux, cette femme morne se transformait à vue d'œil. C'était comme si elle avait rejeté de ses épaules un manteau lourd et noir qui éteignait sa lumière intérieure. Catherine, en quelques instants, s'était transfigurée. Elle secoua la tête.

« Non, mon frère !... Jamais plus je n'irai vers Philippe de Bourgogne ! Ne me le demandez pas, je n'irai pas ! Sans vous en douter, vous venez de m'apporter le signe du destin que j'attendais. C'est fini...

— Mais madame... Orléans...

— Orléans ? J'y vais !... Dès demain je partirai d'ici pour rejoindre la ville assiégée. Vous m'avez dit qu'il était toujours possible d'y entrer, j'y entrerai... et j'y mourrai, s'il le faut !

— Votre mort n'aidera en rien la cité, madame, fit le moine sévèrement. Elle n'a aucun besoin d'un cadavre supplémentaire à ensevelir dans les ruines de ses murs. Elle a besoin que les Bourguignons s'en aillent.

— J'ai déjà prié le duc de retirer ses troupes, au mois d'octobre. Il n'en a rien fait. Pourquoi donc pensez-vous qu'il en serait autrement aujourd'hui ? Le duc va se remarier. Mon pouvoir va cesser. Tout ce que je peux faire, pour vous, c'est écrire au duc, lui apprendre que je vais m'enfermer dans la ville assiégée et que, s'il tient à ma vie, il doit retirer ses hommes... Peut-être cela vous sera-t-il utile... peut-être que non ! Mais je ne peux pas faire plus ! »

Elle s'était levée, frémissante de joie et déjà animée de la hâte de se mettre en route. A pas rapides, elle se dirigea vers la porte, faisant voler derrière elle sa traîne de drap noir ourlée de renard.

« Poursuivez votre repas, mon frère, dit-elle. J'ai des dispositions à prendre... »

Elle s'élança dans l'escalier pour rejoindre Ermengarde qui, justement, remontait. Les deux femmes se rencontrèrent à mi-hauteur. Incapable de se contenir plus longtemps, Catherine saisit son amie aux épaules et lui plaqua deux baisers retentissants sur les joues.

« Ermengarde... embrassez-moi. Je pars !

— Vous partez ? Mais pour où ?

— Pour Orléans... et pour mourir si besoin est ! Jamais je n'ai été plus heureuse !... »

Avant que la comtesse, stupéfaite, ait pu placer un mot, Catherine avait continué de dégringoler l'escalier à la recherche de Sara qu'elle voulait charger de préparer ses bagages au plus vite. Son cœur sautait dans sa poitrine et, si elle n'eût été retenue par un ultime souci de respectabilité, elle eût chanté de bonheur. Elle savait, d'une profonde certitude, ce qu'elle devait faire maintenant : rejoindre Arnaud, par tous les moyens, lui crier une dernière fois son amour et s'ensevelir avec lui dans les ruines du dernier bastion de la royauté française. Orléans serait le tombeau gigantesque, à la mesure de son amour, où cet amour, enfin, reposerait en paix....

Catherine ignorait, comme frère Etienne lui-même, que ce même jour une jeune fille de dix-huit ans qui venait des marches de Lorraine, vêtue d'un petit habit de garçon noir et rude, avait plié le genou devant Charles VII dans la grande salle du château de Chinon et lui avait dit : « Gentil dauphin, j'ai nom Jehanne la Pucelle et je suis venue avec mission de donner secours à vous et au royaume. Et vous mande le Roi des Cieux, par moi, que vous serez sacré et couronné à Reims... »

On était, ce jour-là, le 8 mars 1429.

A l'aube du lendemain, six cavaliers franchirent au galop de chasse le pont-levis du château. Debout sur l'une des tours d'entrée, une silhouette noire les regarda dévaler le raidillon et se dissoudre dans les brouillards de la vallée après avoir franchi l'Aujon sur le vieux pont de pierre jadis construit par les Romains. Quand il ne fut même plus possible de distinguer le bruit des sabots sur la terre, Ermengarde de Châteauvillain rentra chez elle et s'en alla à la chapelle pour prier. Une pesante tristesse emplissait son âme car elle ne savait pas si, un jour, elle reverrait Catherine. L'aventure dans laquelle la jeune femme se jetait tête baissée était tellement folle ! Pourtant, la comtesse ne la désapprouvait pas. Elle savait trop qu'à la place de Catherine, elle eût agi en tous points de la même façon. Il ne lui restait plus, à elle-même, qu'à attendre, espérer et implorer du Ciel la faveur de donner enfin à Catherine ce bonheur qui semblait si résolument la fuir.

Pendant ce temps, à la tête de sa petite troupe, Catherine parcourait la première des quelque soixante-dix lieues qui la séparaient d'Orléans. Pour cette longue chevauchée, elle avait revêtu un costume d'homme et s'en félicitait car jamais elle ne s'était sentie aussi à l'aise. Des chausses noires, collantes, attachées à la taille par des aiguillettes moulaient ses longues jambes que des bottes souples emprisonnaient presque jusqu'au genou. Un pourpoint court, en drap noir bordé d'agneau de même couleur, et un grand manteau de cheval complétaient son équipement avec un camail à capuchon qui ne laissait voir que l'ovale pâle de son visage. Une dague à manche d'acier ciselé était passée à la ceinture de cuir assortie à ses gros gants. Durant ces mois de chagrin et de découragement, Catherine avait un peu maigri et, dans ce costume sévère, elle avait l'air d'un jeune garçon de grande maison.

Moins à l'aise était certainement Sara dont les formes opulentes s'accommodaient mal du costume masculin bleu ardoise dont on l'avait affublée. Mais elle n'était pas femme à se soucier longtemps de son apparence et goûtait pleinement le plaisir de chavaucher à nouveau, en plein air, en pleine nature. Le frère Charlot suivait, égrenant son chapelet en homme qui a la longue habitude de laisser sa monture le mener. La marche était fermée par trois hommes d'armes qu'Ermengarde avait obligé son amie à accepter comme escorte. Toute la journée, on avait couru à travers les plateaux monotones du Châtillonnais, coupés de forêts qui semblaient ne jamais devoir finir. Au soir, on entra dans la double cité de Châtillon. Catherine, tournant résolument le dos au massif château des ducs de Bourgogne où, sur le simple énoncé de son nom, elle eût été accueillie avec empressement par le châtelain, choisit de descendre à l'hostellerie de l'abbaye Saint-Nicolas. Pour elle, le geste était symbolique. Désobéissant à Philippe, renonçant à lui pour se joindre à ses ennemis, elle n'avait plus que faire de ses châteaux. Fatiguée par la journée de cheval, elle dormit comme une souche, se réveilla à l'aube, dispose et pleine d'une ardeur qu'elle n'avait pas connue depuis bien longtemps.

La seconde journée de marche fut à peu près semblable à la première. Le paysage se coupait parfois de profondes vallées qui en rompaient la monotonie. Le train que l'on menait semblait mortellement lent pour l'impatience de Catherine, tenaillée par la hâte de voir à l'horizon les remparts d'Orléans, mais si l'on voulait ménager les chevaux, une allure raisonnable s'imposait. On ne pouvait faire plus de douze à quinze lieues par jour pour que les bêtes allassent sans souffrir jusqu'au bout du voyage. Une auberge de pèlerins accueillit ce soir-là les voyageurs et les soldats employèrent une partie de leur soirée à nettoyer et aiguiser leurs armes. Dès le lendemain, on quitterait les territoires de Bourgogne et le danger de mauvaises rencontres deviendrait sérieux.

Mais, de ce danger-là, Catherine n'avait cure. Une seule chose comptait désormais pour elle : rejoindre Arnaud.

UNE pluie diluvienne noyait le paysage quand, au matin du troisième jour de marche, la petite troupe se mit en route. Des trombes d'eau se déversaient sur la terre, brouillant les contours, trempant jusqu'aux os les six cavaliers.

« Il faut nous arrêter, Catherine, dit Sara vers le milieu du jour.

— Nous arrêter où ? fit Catherine nerveusement. Nous ne sommes plus en terrain assuré et même les maisons-Dieu peuvent cacher des pièges. Il nous reste encore une lieue à peine pour atteindre Coulanges-la Vineuse. Nous nous y arrêterons.

— Coulanges n'est pas sûr, objecta l'un des archers d'escorte. Un brigand Armagnac, Jacques de Pouilly, qui se fait appeler Fortépice, en tient le château. Il vaudrait mieux gagner Auxerre.

— Auxerre n'est pas plus engageante, coupa Catherine fermement. Au surplus, notre troupe n'a rien d'attirant pour un brigand. Par ce temps affreux, votre Fortépice doit être enfermé dans sa grande salle, devant un feu bien flambant, à jouer aux échecs avec un de ses hommes. Il y a bien un couvent quelconque à Coulanges ?

— Oui, mais...

— C'est là que nous nous arrêterons, sans entrer dans le bourg. Nous n'en bougerons jusqu'à l'aube où nous repartirons. Ah ! ça, messires soldats, auriez-vous peur ? En ce cas, il vaudrait mieux pour vous regagner la Bourgogne encore si proche...

— Madame, madame... reprocha frère Etienne. Il faut beaucoup de courage pour s'avancer ainsi en pays ennemi. Ces hommes ne font que leur devoir en vous mettant en garde. »

Pour toute réponse, Catherine haussa les épaules, piqua légèrement son cheval des éperons et força l'allure. Bientôt, le coteau de Coulanges-la Vineuse, couronné de son château, se silhouetta en grisaille derrière le rideau de pluie. Mais, à mesure que l'on approchait, une inquiétude vague se glissait dans l'âme de la jeune femme. Le paysage, qui avait dû être autrefois riant et fertile, était étrangement sinistre. Les terres paisibles et encore protégées de Bourgogne avaient disparu. Le sol noir, paraissait brûlé et ne montrait que de rares chicots de bois tordu qui avaient dû être des ceps de vigne. De loin en loin, une maison écroulée, un tas de cendres froides ou, pire encore, un corps pendu à quelque branche qui achevait de se corrompre sous la pluie... Au passage d'une maison encore debout, Catherine et Sara, horrifiées, se cachèrent les yeux : barrant la porte de la grange d'une sinistre croix blême, il y avait le corps nu, crucifié et éventré, d'une femme aux longs cheveux noirs.

« Mon Dieu ! murmura Catherine épouvantée... Mais où sommes-nous donc ? »

Le soldat qui avait tenté de la détourner de sa route intervint encore :

« Je vous l'ai dit, madame, ce Fortépice est un bandit... mais je ne pensais pas que c'était à ce point ! Voyez, devant nous, ces bâtiments en ruine : c'est le couvent où vous espériez vous arrêter. Il a dû l'incendier, le misérable ! Il faut fuir, madame, pendant qu'il est temps encore. Le mauvais temps, comme vous le pensiez, aura peut-être retenu au château Fortépice et ses brigands. Mais il ne faut pas tenter le diable ! Voyez ce sentier, sur la gauche, qui s'enfonce dans les bois, prenons-le. A deux lieues d'ici, environ, nous trouverons les carrières de Courson où nous pourrons prendre abri pour la nuit car, du château de Courson, je ne suis guère plus sûr, ne sachant pas qui le tient. »

Glacée par l'affreux spectacle qu'elle venait de contempler, Catherine n'objecta rien. Elle laissa l'homme prendre son cheval par la bride et le diriger vers le chemin qui s'enfonçait à travers bois. Le sentier serpentait entre deux impénétrables taillis qui semblaient des murs de branchages enchevêtrés. De loin en loin, un rocher gris faisait une trouée. A mesure que l'on s'enfonçait dans le bois, la route se rétrécissait et les branches des arbres, se rejoignant d'un bord à l'autre, finirent par en faire une sorte de tunnel qui allait s'assombrissant. On n'entendait pas d'autre bruit que le pas des chevaux et, de temps à autre, le cri d'un oiseau en vol. Et, soudain, ce fut l'attaque...

De derrière un mur rocheux, du haut de plusieurs arbres, des hommes bondirent sur la route, saisirent les chevaux par la bride tandis que d'autres, s'agrippant, deux à la fois, aux cavaliers, les désarçonnaient et les jetaient à terre. En un clin d'œil Catherine et ses compagnons se retrouvèrent solidement ligotés, jetés dans la boue du chemin sans cérémonie. La bande qui les avait assaillis était formée d'hommes vigoureux, suffisamment dépenaillés mais tous les visages étaient masqués d'un chiffon qui ne laissait voir que les yeux. Seules les armes étaient de bonne qualité et reluisantes. L'un des hommes, le seul qui portât une brigandine de plaques d'acier sur son justaucorps de buffle, une longue épée et des éperons de chevalier se détacha du groupe et vint examiner les captifs.

« Pas fameuse, la prise, grogna l'un des brigands.

Les bourses ne sont pas grasses. Autant les pendre tout de suite !

— Il y a les chevaux et les armes qui sont de bonne qualité, coupa sèchement celui qui semblait le chef. Et c'est moi qui décide. »

Il courbait un peu sa haute taille maigre pour mieux examiner ses prisonniers et, soudain, il éclata de rire tandis qu'il ôtait le chiffon crasseux drapé sur son visage. Catherine vit avec quelque surprise qu'il était beaucoup plus jeune qu'elle n'aurait cru : vingt-deux ou vingt-trois ans peut-être. Cependant tous les stigmates du vice précoce étaient inscrits sur cette figure sèche aux lèvres molles mais aux yeux aigus de rapace.

« Il n'y a que trois hommes dans cette brillante cavalcade ! s'écria-t-il. Le reste est composé d'un moine et, Dieu me pardonne, de deux femmes.

— Deux femmes ? fit l'autre brigand avec stupeur, en se penchant à son tour pour mieux voir. Celle-ci, oui, ça crève les yeux, mais j'aurais bien juré que l'autre était un garçon. »

Pour toute réponse, le chef tira sa dague, fendit le pourpoint de Catherine frémissante de rage, dénudant une partie de sa poitrine.

« Avec un garçon comme ça, on doit pouvoir se passer de femmes, grogna-t-il joyeusement. Mais elle est trop mince pour moi ! J'aime les filles bien dodues. L'autre me convient mieux.

— Espèce de pourceau ! s'écria Catherine écumant de colère. Vous paierez cher l'audace d'avoir porté la main sur moi. Je suis la comtesse de Brazey et Mgr le duc de Bourgogne vous fera regretter cette agression... et ce geste !

— Je me moque du duc de Bourgogne comme d'une guigne, ma belle ! Et je vais te dire mieux : je considère qu'auprès de ce prince des traîtres, je suis un ange, moi, Fortépice... Mais, bien que mes gestes te déplaisent, je vais m'en permettre un autre, rien que pour voir si tu mens. »

D'un revers de main, il arracha le camail qui couvrait la tête, le cou et les épaules de la jeune femme par-dessus son pourpoint. Les épaisses nattes dorées qu'elle avait soigneusement serrées autour de sa tête apparurent et brillèrent doucement sous la lumière pauvre que dispensait ce jour pluvieux. Fortépice la considéra un instant, songeur, puis :

« La comtesse de Brazey, la belle maîtresse de Philippe de Bourgogne passe pour avoir les plus beaux cheveux du monde. Si ce ne sont pas ceux-là, je veux bien être pendu !

— Soyez tranquille, fit Catherine sèchement, cela viendra !

— Le plus tard possible ! Allons, la prise est meilleure que je ne croyais. Je gage que, pour te ravoir, ma belle, le duc Philippe se montrera royalement généreux. J'aurais donc l'honneur de t'offrir l'hospitalité de mon castel de Coulanges en attendant ta rançon. On y mange mal, mais on y boit bien. Ceci compense cela. Quant aux autres... A propos, qui donc est cette belle dame aux yeux noirs qui me regarde comme si j'étais messire Satan ?

— C'est ma suivante, répliqua la jeune femme.

— Elle vous suivra donc », fit Fortépice soudain galant, avec un sourire qui inquiéta Catherine bien plus que le ton agressif qui l'avait précédé. De fait, il se détourna vers son lieutenant et ordonna :

« Tranchemer, tu vas hisser les prisonnières et l'enfroqué sur leur monture. On les ramène. J'ai justement besoin d'un chapelain. Le moine fera l'affaire. Quant aux autres... »

Le geste qui accompagnait ces derniers mots était

si explicite et tellement affreux que Catherine s'insurgea :

« Vous n'allez pas tuer ces hommes ? Ils sont à mon service. Ce sont de braves soldats et de fidèles serviteurs. Je vous interdis d'y toucher. On paiera rançon pour eux aussi.

— Ça m'étonnerait fort ! fit Fortépice. Et je n'ai nul besoin de bouches supplémentaires à nourrir. Allez vous autres.

— Sale brute, hurla Catherine hors d'elle. Si vous commettez ce crime, je jure que... »

Fortépice soupira profondément et fronça les sourcils.

« Oh !... elle crie trop fort ! Elle crie beaucoup trop fort, cette péronnelle ! Et j'ai horreur que l'on crie. Fais-la taire, Tranchemer. »

Malgré les cris et la défense que, toute ligotée qu'elle était, Catherine réussit à fournir, Tranchemer la bâillonna solidement avec l'affreux chiffon crasseux qui lui servait de masque. Force fut à Catherine à demi étouffée et, de plus, incommodée par l'odeur de saleté du bâillon, de se taire. Les yeux agrandis d'horreur, elle dut voir deux hommes du brigand se pencher vivement sur les trois soldats ligotés et leur trancher froidement la gorge. Le sang jaillit en abondance, inondant le sentier et se mêlant aux flaques d'eau. La boue devint rouge. Les trois victimes n'avaient pas poussé un cri...

Rapidement, les routiers, les délièrent. On leur enleva leur équipement puis on les déshabilla complètement.

« Qu'est ce qu'on en fait ? demanda Tranchemer.

— Il y a un champ au bout de ce sentier, à quelques toises. Portez-les là. Les corbeaux s'en chargeront... »

Tandis que quelques hommes, sous les ordres de

Tranchemer, accomplissaient la macabre besogne ordonnée par leur chef, celui-ci se hissa sur l'un des chevaux libérés par ses victimes et prit la tête de la troupe qui allait se diriger vers Coulanges.

« Nous avons chassé en vain toute la journée, s'écria-t-il avec une œillade à l'adresse de Sara. Mais, morbleu, le retour nous paie de notre temps perdu... »

Les prisonniers, toujours ligotés, suivaient, la mort dans l'âme. Mais en Catherine la révolte et la colère couvaient.

CHAPITRE XII

LA VOIE DOULOUREUSE

Le château dont Fortépice avait fait son repaire était mal entretenu, en assez mauvais état, mais demeurait redoutable. Si le donjon menaçait de tomber en ruine, la ceinture fortifiée tenait bon et, pour le chef de bande, c'était l'essentiel. A l'intérieur régnait une saleté sans nom. Dans la cour d'abord où les animaux étaient parqués dans des cabanes sordides et où le fumier montait, parfois, à hauteur d'homme. Et les logis n'étaient guère plus confortables. Catherine se vit attribuer, dans une tour d'angle qui dominait de très haut la vallée de l'Yonne, une chambre exiguë, en forme de demi-lune, pourvue d'une étroite et antique fenêtre romane qu'une mince colonnette partageait en deux. Les murs étaient absolument nus, à l'exception d'abondantes toiles d'araignées qui voltigeaient au moindre courant d'air. Quant au sol, vierge de tapis, il n'avait pas dû connaître le balai depuis longtemps. Une épaisse couche de poussière s'y mêlait aux restes d'une fort ancienne jonchée de paille que l'on n'avait jugé utile de renouveler ou même d'enlever. Cela sentait le rance, le moisi et l'humidité, mais la porte basse avait de solides verrous extérieurs, si bien entretenus qu'ils ne grinçaient même pas.

« Vous plaignez pas, lui avait dit Tranchemer en lui faisant les honneurs de cet appartement, c'est notre meilleure chambre. Il y a une cheminée... »

En effet, il y avait bien une cheminée d'angle à hotte conique, mais il n'y avait pas de feu dedans, ce que Catherine fit remarquer d'un geste.

« Il y en aura dès qu'on aura assez de bois, fit le lieutenant, philosophe. Pour le moment, on a juste assez pour la cuisine. Les hommes sont allés en chercher dans la forêt. Vous en aurez ce soir... »

Il était sorti, laissant la jeune femme à ses méditations qui n'avaient rien de gai. La colère qui l'avait saisie, tout à l'heure, faisait place, peu à peu, à un sombre abattement et à un profond mécontentement d'elle-même. Quelle sottise d'être allée se jeter stupidement dans la gueule de ce loup de campagne ! Jusques à quand maintenant allait-elle demeurer dans ce sinistre réduit ? Fortépice avait parlé d'une rançon. Sans doute allait-il envoyer un messager vers Philippe de Bourgogne et, sans doute aussi, ce dernier se hâterait-il de faire délivrer sa maîtresse. Mais ceux-là mêmes qui la délivreraient ne constitueraient, tout compte fait, que de nouveaux geôliers car ils auraient plus que certainement mission de la ramener à Bruges dans le plus bref délai. Philippe ne l'arracherait pas à Fortépice pour la laisser courir vers Orléans et vers un autre homme... Il fallait, à tout prix, trouver le moyen de s'échapper avant l'arrivée de la rançon.

Appuyée d'un bras à la colonnette de sa fenêtre, la jeune femme considéra tristement la hauteur vertigineuse des murailles au-dessous d'elle. Soixante pieds au moins la séparaient du roc sur lequel reposait le château et, à moins d'avoir les ailes de l'oiseau... Prise d'une idée, Catherine courut à son lit, en ôta la courtepointe usée, le matelas dont la paille perçait par endroit apparut tristement nu. Il n'y avait pas de draps, donc aucun moyen de faire une corde, même de fortune... Découragée, la jeune femme se jeta sur ce matelas qui, sous son poids, fit un bruit de papier froissé. Elle ne voulait pas pleurer parce que les larmes entraînent le découragement, une sorte de désespoir amollissant et qu'elle avait besoin de toute la clarté de son esprit. Si encore Sara avait été laissée auprès d'elle ! Mais Fortépice avait emmené la gitane dans son propre appartement, sans cacher les intentions fort précises qu'elle lui inspirait. Frère Etienne, lui, avait disparu dans une autre direction.

La fatigue et l'énervement se faisant sentir, Catherine ferma les yeux malgré elle. Tout misérable qu'il était, ce lit invitait au repos et elle se sentait trop lasse pour résister. Elle ferma les yeux, faillit sombrer dans le sommeil mais le bruit de la porte qui s'ouvrait la rappela à la conscience. Elle se redressa. C'était Tranchemer qui entrait, portant un chandelier de fer noir qui éclairait en plein son visage marqué de petite vérole, son nez un peu trop rouge de grand buveur au-dessus d'une bouche en croissant de lune. Sur son autre bras, il portait des vêtements qu'il jeta sur le pied du lit.

« Tenez, fit-il, c'est pour vous. Le chef vous fait dire que vous n'avez plus besoin de vêtements d'homme pour rester ici. Il vous envoie ce qu'il y a de mieux. Dépêchez vous de les endosser. Il n'aime pas qu'on tarde.

— Bien ! soupira Catherine. Allez-vous-en. Je vais me changer...

— Oh ! mais non, fit l'autre en accentuant son sourire narquois. Je dois m'assurer que vous vous changez tout de suite, remporter votre défroque de garçon... et au besoin vous assister. »

Le sang aux joues Catherine sentit la colère lui revenir. Ce rustre prétendait-il la faire déshabiller devant lui ?

« Je ne me changerai pas tant que vous serez là ! » s'écria-t-elle.

Tranchemer posa son chandelier et s'approcha.

« Parfait ! fit-il tranquillement. Alors je vais vous assister. Je peux appeler à l'aide, vous savez...

— Non ! C'est bon, je vais me changer ! »

Elle était inquiète, ne sachant à quoi préludait cette étrange exigence. Mais la seule idée des mains du bandit sur son corps la révulsait. Elle déplia les vêtements apportés par lui. Il y avait une robe de velours brune, avez mitée mais à peu près propre et une chemise de lin, fine d'ailleurs, et tout à fait propre. Une sorte de surcot de laine épaisse accompagnait le tout.

« Retournez-vous ! » ordonna-t-elle sans grand espoir d'être obéie. Et, en fait, Tranchemer resta planté là où il était, la fixant avec un intérêt non dissimulé. Alors, prise d'une brusque rage, elle arracha hâtivement ses vêtements d'homme, plongea dans la chemise qu'elle avait disposée sur le lit avec tant de hâte que la blancheur de son corps ne brilla, aux yeux du bandit, que l'espace d'un éclair. Mais cet éclair suffit sans doute à Tranchemer et lui arracha un soupir à défoncer les murailles.

« Par les tripes du pape ! grogna-t-il tristement.

Quel dommage qu'on n'ait pas le droit de vous toucher ! Le chef doit être fou de vous avoir préféré votre servante !

— Où est-elle ? » fit Catherine qui achevait de serrer nerveusement les lacets de son corsage. Ses mains étaient moites et maladroites. Elle aurait volontiers giflé cet homme qui la regardait béatement. Tranchemer éclata de rire.

« Où voulez-vous qu'elle soit ? Dans le lit de Fortépice, pardi ! Il n'aime pas perdre son temps et quand il lui prend envie d'une fille, faut qu'elle y passe, et tout de suite !... Autant vous dire qu'il y en a pour un moment, surtout si le chef est de bonne humeur.

— Qu'est-ce que son humeur vient faire dans cette histoire ? » demanda Catherine d'un ton raide. Tranchemer eut un sourire béat qui acheva de porter à son comble l'exaspération de la jeune femme.

« Dame ! S'il est de bonne humeur, il nous la prêtera quand il se sera bien amusé avec. Les belles femmes, ça ne court pas les routes, par le temps où nous voilà. Par ici, elles sont toutes maigres comme des chats écorchés... Alors, une comme elle, c'est une aubaine. »

Le ton bonasse de Tranchemer était juste ce qu'il fallait pour rendre Catherine enragée. Elle vit rouge.

« Allez me chercher votre Fortépice, hurla-t-elle. Allez me le chercher et tout de suite ! »

Tranchemer ouvrit des yeux ronds.

« Hein ? Le déranger en ce moment ? Jamais de la vie. Je tiens à ma peau, moi ! »

D'un bond, Catherine se réfugia vers la fenêtre, qu'elle désigna d'un doigt tremblant de rage.

« Je me moque de votre peau. Elle ne vaudra pas cher si vous allez dire, tout à l'heure, à ce bandit que je suis morte. Je vous jure que, si vous n'allez pas me le chercher tout de suite, je saute.

— Vous n'êtes pas folle ? Qu'est-ce que ça peut bien vous faire qu'on s'amuse avec votre domestique ?

— Occupez-vous de ce qui vous regarde et faites ce que je vous dis. Sinon... »

Elle se glissait déjà sur l'appui de la fenêtre. Tranchemer hésita. Il avait bonne envie de lui sauter dessus et de l'assommer un bon coup pour la faire tenir tranquille. Mais le Diable seul savait ce qu'elle ferait en revenant à elle ! Et, de toute façon, tout ça, c'était beaucoup trop compliqué pour la cervelle simpliste du lieutenant. Il ne pouvait ni abîmer ni laisser se détruire une proie comme celle-là, une proie en or sur laquelle Fortépice comptait pour se faire une fortune. S'il arrivait quelque chose à cette diablesse de femme, Tranchemer savait bien que son chef lui arracherait la peau par minces lanières, comme il le faisait si volontiers quand il en voulait à quelqu'un. Mieux valait encore prendre le risque de le déranger dans ses ébats.

« Tenez-vous tranquille ! fit-il de mauvaise grâce. J'y vais ! Mais n'en prenez qu'à vous de ce qui se passera... »

Tandis que Catherine, lentement, reposait ses pieds à terre, Tranchemer sortit, non sans refermer soigneusement la porte. Restée seule, la jeune femme essuya la sueur qui perlait à son front. Elle avait eu un instant de vraie folie. A la pensée de sa fidèle Sara livrée à ces soudards ignobles, elle avait oublié tout ce qui n'était pas sa plus vieille amie. Elle se fût jetée au bas de la tour sans la moindre hésitation, pour le seul et bien mince plaisir de mettre Tranchemer dans une situation impossible. Mais, maintenant, il fallait qu'elle récupérât son sang-froid pour affronter Fortépice dont elle ne doutait pas de la prochaine venue.

Il arriva, en effet, quelques minutes plus tard, avec la mine hargneuse d'un chien à qui l'on vient de retirer son os, seulement vêtu de ses chausses et d'une chemise ouverte sur la poitrine et déchirée en plusieurs endroits.

« Qu'est-ce que vous voulez ? aboya-t-il du seuil. Est ce que vous ne pouvez pas vous tenir tranquille ou bien faut-il vous mettre aux fers ? »

Dans cet appareil sommaire, sa jeunesse frappait bien davantage que sous son harnais guerrier. Catherine s'aperçut qu'elle n'en avait plus peur du tout. Elle se sentait tout à fait calme et parfaitement maîtresse d'elle-même.

« Les fers ne changeraient rien à ce que j'ai à vous dire, fit-elle froidement. Je vous ai fait venir pour vous prier de laisser Sara tranquille ! Que vous mettiez sur elle vos pattes sales me déplaît presque autant que si vous vous attaquiez à moi. Et la générosité de Mgr Philippe pourrait s'en ressentir... »

Fortépice la regardait en dessous. Il eut un rire bref qui ressemblait à un hennissement.

« Vous parlez bien haut pour une prisonnière ? Quant à votre Sara, il se trouve que votre prière... arrive un peu trop tard. J'ajouterai qu'elle me plaît infiniment et que je n'ai aucune envie de la laisser. Je la garde.

— Je sais comment vous faites, cria Catherine, que la colère emportait à nouveau. Vos hommes passeront après vous ! Eh bien, je vous fais serment, moi, que vous ne tirerez pas un sol de ma capture si vos affreux bandits y touchent, même du bout du doigt. Je veux la voir, vous entendez, je le veux... »

Rapidement, le chef des contrebandiers s'approcha de Catherine. Avant qu'elle ait pu s'en défendre, il l'avait ceinturée, collée à lui. Il était blanc de rage.

« En voilà assez ! Je ne la livrerai pas à mes hommes, si ça peut te faire plaisir. Mais je te conseille de te taire si tu ne veux pas la remplacer dans mon lit...

— Je suis trop maigre !

— Voire ! Dans un costume de garçon peut-être. Mais cette robe change bien des choses et je pourrais oublier que tu vaux cher. D'autant plus que tu n'es plus pucelle, j'imagine, et que Philippe de Bourgogne n'y perdrait pas grand-chose si je m'amusais un peu avec toi. Alors, je te conseille de te taire. »

Brusquement, de sa main libre, il la prit à la nuque, força son visage rouge de colère à s'approcher du sien et l'embrassa longuement. Il avait des doigts de fer et, malgré sa défense vigoureuse, Catherine dut subir jusqu'au bout ce baiser qui lui faisait horreur. Quand il la lâcha, elle tituba, recula jusqu'à une colonne du lit à laquelle elle s'accrocha.

« Tu as compris, je pense ? fit Fortépice avec une soudaine douceur. Je te conseille de te taire !

— Je veux que vous m'envoyiez Sara ! » gronda Catherine folle de fureur.

Un instant, ils se regardèrent dans les yeux. Les prunelles violettes de la jeune femme lançaient de tels éclairs que le routier la sentit prête à n'importe quelle folie. Il haussa les épaules, se dirigea vers la porte.

« Je te l'enverrai demain matin. Jusque-là, il faudra bien te contenter de Tranchemer qui t'apportera ton dîner dans quelques instants. Bonne nuit ! »

Epuisée, les tempes serrées dans l'étau d'une migraine commençante, Catherine se laissa glisser à genoux au pied de son lit, le front appuyé à la courtepointe usée. Tout compte fait, elle avait remporté une demi-victoire. Du moins avait-elle acquis l'assurance qu'aucun homme, autre que le chef routier, ne toucherait Sara. Et puis, elle était trop lasse, maintenant pour réfléchir avec profit. Elle avait à la fois faim et sommeil. Aussi, quand Tranchemer reparut avec une écuelle et un grand pot de vin, ne fit-elle aucune difficulé pour attaquer ce qui lui était servi. C'était assez maigre, une soupe épaissie à la farine dans laquelle nageaient quelques tranches de lard, le tout aussi mal cuisiné que possible.

« Vous n'êtes pas généreux avec vos prisonniers, remarqua-t-elle aigrement.

— Faut pas vous plaindre ! C'est l'ordinaire pour tout le monde. Vous avez même eu droit à un morceau de lard supplémentaire ! On vous a bien prévenue qu'en ce moment, on manquait de nourriture. La nuit dernière, le sire de Courson nous a volé notre unique vache et nos deux cochons. Alors, pour ce soir, c'est plutôt maigre. Demain ça ira peut-être mieux...

— Pourquoi ? Vous attendez un convoi de vivres ?

— Qui viendrait d'où ? Non, mais cette nuit on essaiera de lui voler ses chèvres, au sire de Courson ! Faut bien vivre, que voulez-vous ? »

Si la nourriture était détestable, le vin, lui, était bon. Catherine en but peut-être un peu plus que de raison et ne tarda pas à se sentir la tête lourde. La nuit était profonde maintenant au dehors, et il n'y avait rien d'autre à faire que dormir. Elle alla se jeter sur son lit tout habillée, ramena sur elle la couverture effrangée, la courtepointe trouée et ne tarda pas à s'endormir.

Le visage de Sara penché sur elle fut la première chose qui frappa Catherine quand elle ouvrit les yeux, le lendemain matin. Il faisait grand jour et un léger rayon de soleil, pénétrant dans la chambre, dessinait en noir, sur un sol poussiéreux, la colonnette de la fenêtre. Spontanément, la jeune femme se jeta au cou de la tzingara.

« Sara !... Enfin, c'est toi ! Je me suis tellement tourmentée ! Comment vas-tu ? »

Sara eut un mince sourire et haussa les épaules. Son visage brun était tiré. De grands cernes bistres marquaient ses yeux mais elle ne paraissait pas avoir autrement souffert. Ses cheveux noirs pendaient sur son dos, dénoués, en une masse épaisse qui la rajeunissait et elle portait une antique robe de brocart jaune aux manches si amples qu'elles traînaient à terre mais largement décolletée.

« Je vais bien ! dit-elle. Si tu veux savoir comment s'est comporté Fortépice, je te dirai qu'il s'est comporté comme n'importe quel homme, ni plus, ni moins. Au fond, son surnom me paraît un peu usurpé... »

Sara, malgré son visage soucieux, semblait presque gaie et Catherine en vint à se demander si elle n'avait pas trouvé quelque plaisir à l'aventure. Mais elle se reprocha bien vite cette pensée peu charitable. D'ailleurs, Sara demandait :

« Que comptes-tu faire, maintenant ? »

Catherine la considéra avec une immense surprise. Quelle drôle de question !

« Ce que je compte faire ? Ma foi, je n'en sais encore rien. Mais si tu me demandes ce que j'ai envie de faire, je te dirai tout de suite que je n'ai qu'un désir, c'est de sortir d'ici au plus vite...

— Est-ce que tu ne crois pas que le mieux serait d'attendre tranquillement l'arrivée de ta rançon ? Dès hier soir, Fortépice a envoyé l'un de ses hommes en Flandres après avoir obligé frère Etienne à écrire sa lettre. Je commence à comprendre pourquoi il avait besoin d'un chapelain. Ce n'est pas tellement pour dire la messe ou pour réciter des patenôtres sur le corps de ses défunts compagnons, mais bien parce que, dans toute cette jolie bande, personne ne sait écrire. »

Catherine bondit tandis qu'une expression d'incrédulité s'étendait sur son visage.

« Est-ce que tu songes à ce que tu dis ? Attendre ici ma rançon ? Crois-tu donc que j'aie entrepris ce voyage insensé pour attendre au fond d'une tour croulante que Philippe m'arrache des mains d'un brigand impécunieux à coups de sacs d'or ? Dans ce cas, j'avais bien meilleur temps de repartir tout de suite pour Bruges ! Or, c'est justement cela que je ne veux pas. Je crains l'or de Philippe autant que les bandits de Fortépice, davantage peut-être car il représente la prison dont je ne pourrai jamais m'évader... »

Elle avait saisi Sara aux épaules et, les dents serrées d'exaspération, la secouait sans ménagements.

« Je me moque de Philippe, tu entends ? C'est Arnaud que je veux rejoindre. Arnaud ! C'est clair ?...

— Tu es folle, Catherine ! Cet homme te hait ! Il n'a jamais fait que te mépriser, toujours il t'a fait souffrir.

— Mais je l'aime, comprends-tu ? C'est ça qui compte... ça seulement ! J'aime mieux mourir sous les murs d'Orléans plutôt que régner à Bruges pourvu qu'en rendant le dernier souffle, ma main touche celle d'Arnaud ! Quand donc comprendras-tu qu'il y a des années que je l'aime, que je n'ai jamais aimé que lui. Je veux sortir d'ici, et le plus tôt sera le mieux... »

D'un geste sec, Sara se dégagea des mains de Catherine.

« Tu me fais mal ! reprocha-t-elle. Je crois, en vérité, que tu perds vraiment la tête.

— Et moi, risposta Catherine hors d'elle, je crois que tu es devenue bien sensible. Ce sont les caresses de Fortépice qui t'ont changée ainsi, en une nuit ? C'est bien toi, Sara, qui me conseille d'attendre ici, patiemment, comme une chèvre à l'attache, que le maître vienne me racheter ? Tu as changé, tu sais ? Mais je suppose que tu tiens à ce que Fortépice gagne son argent. »

Catherine, folle de colère, ne se possédait plus. Sara recula comme si elle l'avait giflée.

« Comme tu me parles ? fit-elle douloureusement. Sommes-nous donc devenues ennemies, en une seule nuit ? »

Raidie dans sa rancune, la jeune femme détourna la tête, alla vers la fenêtre.

« Je ne suis pas ton ennemie, Sara. C'est toi qui as cessé de me comprendre. Et cela, moi, je ne le comprends pas. Il n'y a plus qu'un but dans ma vie : Arnaud ! Si je ne puis l'atteindre, je n'aurai plus rien à faire sur terre. »

Sara baissa la tête et, lentement, se dirigea vers la porte sur laquelle elle posa sa main brune. L'absurde et chatoyante robe qu'elle portait centralisait maintenant le soleil. Catherine vit qu'une larme brillait sur sa joue.

« Je ne t'en veux pas, dit-elle sourdement, parce que tu souffres encore. Cette nuit, j'essaierai de te faire quitter ce château. Jusque-là, tiens-toi tranquille... »

Elle sortit et Catherine demeura seule, un peu honteuse d'elle-même. Mais ce ne fut qu'une impression passagère. Même ce que pouvait penser Sara n'avait plus aucune importance. Son être entier était tendu vers un seul et unique pôle magnétique :

l'homme, au regard dur mais dont la voix savait se faire si tendre et qu'elle n'avait jamais pu oublier. Elle ne vivait plus que dans l'attente de la minute, précieuse entre toutes, où elle le reverrait, lui...

Toute la matinée se passa pour elle à rêver, appuyée à la fenêtre, et à regarder scintiller dans le soleil le ruban argenté de l'Yonne. Elle était si bien parvenue à oublier sa condition de prisonnière et le décor misérable qui l'entourait qu'elle sursauta quand Tranchemer lui apporta son repas de midi : quelques tranches de chèvre rôtie qui sentaient fortement le bouc mais qui lui parurent délicieuses. Apparemment, les chèvres du sire de Courson avaient eu un sort tragique dans la nuit !

L'après-midi fut mortel. La souffrance en moins, elle rappelait à Catherine les jours terribles du château de Mâlain, quand chaque minute qui passait pouvait apporter un nouveau danger. Cette fois, c'était l'espoir, plus que la crainte, que cultivait Catherine mais le passage du temps était presque aussi cruel. Sara avait dit que, le soir même, Catherine quitterait Coulanges. Mais comment ? Le déclin du jour fut accueilli par elle avec une sorte de joie. Il fallait seulement encore un peu de patience pour savoir...

Après le souper, toujours apporté par Tranchemer qui fit de méritoires mais vains efforts pour lier conversation, les heures se traînèrent, lamentables. Les bruits du château s'éteignirent, un à un, sans que Sara reparût. Seul demeura bientôt le pas lourd, cadencé et métallique, des guetteurs sur le chemin de ronde. La nuit était en son milieu et Catherine, découragée et lasse d'attendre, allait s'endormir, quand la porte s'ouvrit silencieusement et Sara apparut. Elle était vêtue exactement comme le matin mais portait dans ses bras un énorme paquet de cordes. Catherine bondit de son lit.

« Je ne t'attendais plus...

— Décidément, tu n'as vraiment plus confiance en moi ! J'ai dû attendre que Fortépice s'endorme, soûl de vin... et d'autre chose. Mais faisons vite. Il n'y a pas de temps à perdre et, si tu veux vraiment partir, voilà le seul moyen. »

Tout en parlant, elle déroulait les premiers anneaux de la corde, en attachait solidement l'une des extrémités à la colonnette de la fenêtre. Le cordage fila vers le vide comme un serpent qui fuit et disparut bientôt dans les ténèbres de l'extérieur. Sara revint à Catherine qui l'avait regardée faire, interdite, et posa ses deux mains sur ses épaules.

« C'est tout ce que je peux t'offrir ! Mais auras-tu le courage et la force de te laisser glisser jusqu'au bas de la tour ? D'ici je surveillerai la corde et assurerai ta descente. Une fois que tu seras en bas, je remonterai le filin et le rapporterai là où je l'ai pris. En contournant le château, vers l'est, tu trouveras un champ que tu descendras, ensuite tu pourras t'en aller vers ton amour, si c'est là le destin que tu as choisi. »

Catherine se raidit contre l'espèce d'angoisse qui montait en elle.

« Ce destin, il y a longtemps que tu me l'as prédit, Sara. Mais je croyais que tu m'aimais assez pour le suivre avec moi. Tu me laisses partir seule, toi ? Que t'a-t-il donc fait, ce routier, pour que tu le choisisses ?

— Rien... et si je le pouvais, je partirais avec toi. Mais il s'est pris pour moi d'un caprice si vif qu'il a juré d'écorcher vif le frère Etienne si je cherchais à m'échapper. Je ne veux pas que le bon moine meure pour moi. Je reste. Mais, dès que nous pourrons nous échapper tous deux, tu sais bien que j'irai te rejoindre. Pars maintenant. Je donnerais beaucoup pour avoir le droit de te suivre, Catherine, même si tu ne me crois pas. »

Brusquement, vaincue par l'émotion, la jeune femme se jeta dans les bras de sa vieille amie.

« Si, je te crois ! Pardonne-moi, Sara. Je suis folle, je crois bien, depuis que je sais où le retrouver, lui.

— Alors, il faut tenter ta chance. Voilà trois pièces d'argent que j'ai pu trouver dans l'escarcelle de Fortépice. Quand tu auras atteint la grande rivière de Loire que tu trouveras immanquablement en marchant toujours vers l'Occident, tu pourras peut-être payer un batelier qui te fera descendre jusqu'à Orléans... »

Mais Catherine, d'un geste vif, repoussa les pièces offertes.

« Non, Sara ! Quand Fortépice s'apercevra que tu l'as volé, il te tuera. »

Sara se mit à rire silencieusement. Elle avait, soudain, retrouvé toute sa gaieté d'autrefois.

« Je ne crois pas ! Je lui dirai... tiens, tout juste ce que je vais lui dire pour expliquer ta fuite, inexplicable en apparence : que tu es une sorcière et que tu as le pouvoir de te dissoudre dans l'air. Je dirai encore que, si je ne l'ai pas averti plus tôt, c'est parce que j'avais peur de toi.

— Que ne le lui as-tu dit à notre arrivée ? soupira Catherine.

— Sa réaction n'eût certainement pas été la même. Il est terriblement crédule et superstitieux. Si je lui avais dit cela plus tôt, il se serait dépêché de faire entasser aux pieds des murs de ce château une grande quantité de bois et de te ligoter dessus quitte à manger sa viande crue pendant deux jours en attendant d'avoir renouvelé sa provision de bois.

Mais, assez parlé ! Faisons vite ! Il faut que je retourne auprès de lui au cas où il s'éveillerait. C'est cela le danger pour l'instant... »

D'un geste presque brutal, elle attira Catherine à elle et posa un baiser sur son front.

« Que Dieu te garde, ma petite ! murmura-t-elle d'une voix que l'émotion faisait trembler, et qu'il t'amène en lieu sûr auprès de celui que tu as choisi d'aimer... »

Puis elle se dirigea vers la fenêtre pour voir si rien de suspect ne se montrait au-dehors. Tandis qu'elle se penchait sur l'appui de pierre, Catherine arrachait une large bande au bas de sa robe trop longue pour avoir la liberté de ses mouvements.

« Si seulement tu avais pu me procurer un costume d'homme ! soupira-t elle.

— En nous prenant les nôtres, Fortépice savait ce qu'il faisait ! Je me vois mal prendre la fuite dans ce fleuve de satin jaune, fit Sara en agitant ses absurdes manches. Toi, avec cette robe en mauvais état et ce surcot de laine, tu n'auras pas froid et tu passeras inaperçue. Tout de même, j'ai pu récupérer quelque chose de ton équipement ; ceci... »

De son corsage, Sara sortit la dague à poignée d'acier que Catherine portait en quittant Châteauvillain et l'offrit sur sa main ouverte. La jeune femme s'en saisit avec une vraie joie et la fourra, chaude encore de Sara, dans son propre corsage. Après quoi, les deux femmes s'embrassèrent tendrement.

« Rejoins-moi vite ! pria Catherine en s'efforçant de sourire. Tu sais bien que sans toi je suis perdue !

— Nous nous retrouverons ! promit Sara. J'en suis certaine. Vite, maintenant !... »

Le vide qui s'ouvrait au-dessous d'elle serra le cœur de Catherine. Quand elle était enfant, elle avait mainte et mainte fois, avec Landry, pratiqué la descente ou même la montée à la corde lisse, dans les chantiers de la Cité. Ce n'était alors qu'un jeu mais, avec les années écoulées, saurait-elle encore ? Au-dehors, l'obscurité était totale et Catherine obligea son imagination à faire silence. Elle ne voulait pas se représenter le gouffre ouvert sous ses pieds et qu'elle avait tellement contemplé dans la journée. Elle fit un rapide signe de croix, marmotta une brève prière et enjamba la fenêtre, saisit la corde. Le regard angoissé de Sara fut la dernière chose qu'elle vit avant de fermer les yeux. Heureusement, le vent était faible et la corde ne balançait qu'à peine. Ses mains s'agrippèrent fortement au chanvre rugueux. Le poids de son corps lui parut extrême quand elle se laissa pendre dans le vide. Puis, elle enroula la corde autour de sa jambe droite et commença à glisser vers le bas de la tour... Les choses se passaient moins mal qu'elle n'avait craint. Instinctivement elle retrouvait les anciens gestes qu'elle croyait oubliés. La descente se poursuivait, régulière, assez facile. Seules ses mains, au contact rude de la corde, commençaient à souffrir mais Catherine ne pouvait plus reculer. Pour voir où elle en était, elle ouvrit les yeux. La fenêtre faiblement éclairée était déjà loin au-dessus d'elle. La silhouette penchée de Sara s'y découpait en noir. Catherine eut l'impression de vivre un cauchemar. Les yeux ouverts, elle avait davantage la sensation du danger, d'être suspendue entre ciel et terre. Si elle lâchait, elle se romprait immanquablement le cou sur l'entablement rocheux du château. La voix de Sara lui parvint, faible, prudente, mais chargée d'angoisse.

« Courage ! Ça va ?

— Oui », fit Catherine, mais sa propre voix ne fut qu'un souffle. Ses mains brûlaient intolérablement, pourtant Catherine accéléra la descente, talonnée maintenant par la peur de ne pas tenir jusqu'au bout. Elle avait l'impression que les muscles de ses épaules allaient se déchirer. Un moment, le cœur et le souffle lui manquèrent. Elle crut qu'elle allait tout lâcher. La peur monta en elle, s'enfla comme un vent d'orage, une peur toute nue, primitive de petite fille perdue dans le noir. De toutes ses forces, elle appela à son secours le souvenir d'Arnaud, espérant y puiser un réconfort mais l'épreuve physique était trop forte pour elle. Chaque mouvement était une souffrance. Catherine tremblait maintenant dans toutes les fibres de son être. Son cœur cognait, ses membres s'engourdissaient sous l'étreinte d'une invincible fatigue. Ses mains arrachées lui faisaient endurer une vraie torture. Epuisée, elle lâcha tout !

La chute fut brève. Heureusement pour Catherine, le bas de la muraille était proche. Elle en fut quitte pour un choc un peu rude qui l'étourdit un instant mais pas suffisamment pour qu'elle perdît connaissance. A cet endroit, le roc était couvert d'un fourré qui lui fit maintes égratignures mais aida puissamment à amortir son arrivée au sol. Elle se releva, non sans d'autres écorchures puis, songeant à Sara qui attendait là-haut, tira trois fois sur la corde qui, vivement, remonta. Toujours dans son buisson, Catherine vit Sara quitter la fenêtre. Puis tout s'éteignit...

De sa chambre, Catherine avait suffisamment examiné le paysage au cours de cette journée pour l'avoir maintenant très présent à la mémoire. Tâtant la muraille de la main, elle contourna le château comme Sara le lui avait conseillé, trouva le champ en pente et le dévala aussi vite qu'elle put. Ses yeux s'accoutumaient à l'obscurité et elle pouvait se diriger sans trop de difficultés. Mais, au bout du champ, elle s'arrêta un instant, perplexe. Un épais rideau d'arbres s'ouvrait devant elle : opaque, noir comme un mur. Comment, dans ces conditions, retrouver le sentier qui rattrapait la route ? Du cœur inquiet de Catherine, une courte prière monta vers le ciel. Il fallait qu'elle trouve ce sentier, il le fallait absolument !...

Comme pour répondre à sa silencieuse invocation, les nuages épais qui roulaient sur la vallée s'écartèrent légèrement, livrant passage à un mince croissant de lune. Sa lumière était faible, mais suffisante tout de même pour que Catherine distinguât enfin la brèche étroite dans la muraille végétale. Elle s'y jeta comme dans un refuge, sans même se retourner pour regarder encore une fois la masse noire du château. Le conseil de Sara était bon. La traversée du champ lui avait évité le bourg et les rencontres toujours possibles. Là, dans ce sentier, elle ne pouvait plus être vue, en admettant que l'un des guetteurs eût d'assez bons yeux pour distinguer sa mince silhouette.

Sous le couvert des arbres, Catherine s'arrêta un instant pour reprendre haleine et laisser se calmer les battements désordonnés de son cœur. Elle s'étira, sentit tout son courage lui revenir malgré son dos endolori et ses mains arrachées. Grâce à Dieu, elle n'avait pas perdu sa dague dans sa chute et, tout compte fait, tout s'était très bien passé. Elle était libre...

Courageusement, elle se mit en marche, suivant de son mieux le sentier. C'était un layon qu'avaient dû tracer les forestiers pour la coupe du bois et il s'élargissait à mesure que l'on avançait. Catherine avait décidé de marcher toute la nuit puis de chercher un abri pour dormir un peu. Le grand problème, c'était la nourriture. Comment manger dans ce pays dévasté ? L'argent même que lui avait remis Sara servirait-il à quelque chose ? Mais, pensait-elle sagement, à chaque heure suffisait son problème. Catherine décida que, pour le moment, la chose la plus urgente était de mettre le plus de distance possible entre elle et les griffes de Fortépice. Tout le reste de la nuit, elle marcha, guidée plus par son instinct que par des données certaines, traversant bois et champs coupés de loin en loin d'étangs, s'efforçant de garder sa direction. Au lever du jour, elle vit, de l'orée d'un bois, un gros bourg dont les toits en dents de scie se dégageaient lentement de la brume matinale. Un fort château les dominait, vigoureux et visiblement bien entretenu. Catherine hésita un moment avant de s'avancer dans cette direction. Pour elle, maintenant, un château fort signifiait danger et elle n'avait aucune envie de retomber dans d'autres mains avides de rançons princières. Pourtant, elle avait faim après cette longue route et il lui fallait trouver du pain. La bourgade semblait bien défendue, encore riche... Un paysan apparut, à cet instant, débouchant d'un chemin de terre, une hache sur l'épaule. Il semblait débonnaire, elle s'en approcha :

« Ce bourg ? demanda-t-elle. Qu'est-ce que c'est ? »

L'homme la regarda avec étonnement. Elle comprit qu'elle devait être étrange avec sa robe de velours déchirée, son surcot en mauvais état. Le paysan, lui, était pauvrement vêtu mais ses habits de grosse toile étaient propres.

« D'où viens-tu donc ? fit-il lentement. Ce bourg, c'est Tourcy et le château que tu vois est celui de l'évêque d'Auxerre. C'est là que tu vas ? »

Elle fit signe que non, ajouta :

« Je veux seulement me procurer du pain. J'ai faim et j'ai un long chemin à faire... »

L'homme hésita un instant. Catherine sentait que son regard la jaugeait, tâchait de deviner quel genre de femme elle pouvait être. Mais ce regard était direct, net. Elle décida de lui faire confiance.

« J'étais prisonnière au château de Coulanges, dit-elle très vite. J'ai pu m'enfuir. Je vais à Orléans... »

Elle avait à peine fini de parler que l'homme la prenait par la main et l'entraînait.

« Viens, fit-il... Suis-moi sans crainte ! »

Il l'emmena dans la direction d'où il venait, à grands pas rapides. Au tournant du bois, Catherine vit fumer la cheminée d'une chaumière brune, si basse qu'elle semblait une excroissance de la glèbe sombre qui la portait. L'homme marchait de plus en plus vite, comme s'il avait hâte d'arriver. Il poussa la porte de grosses planches. Une jeune fille blonde, penchée sur une marmite, devant l'âtre, se redressa, interdite, en voyant la nouvelle venue.

« Magdelaine, fit l'homme. Je viens de trouver celle-ci qui venait du bois. Elle s'est sauvée de chez Fortépice. Elle a faim... Alors, je l'ai amenée !

— Tu as bien fait ! »

Sans rien dire de plus, la jeune fille avançait un escabeau, tirait une écuelle d'un coffre, l'emplissait de soupe aux raves puis tranchait une grosse part d'un pain brun et croûteux. Elle poussa le tout vers Catherine.

« Mangez, dit elle simplement... puis vous dormirez un peu. Ne parlez pas. Vous devez être lasse... »

La simplicité de l'accueil, sa générosité, firent monter les larmes aux yeux de Catherine. Elle dévisagea la jeune fille. Magdelaine avait un visage rond et frais, plein de bonté.

« Vous ne savez même pas qui je suis... et vous m'ouvrez votre porte.

— Tu sors de chez Fortépice, fit l'homme d'une voix tremblante d'une colère rentrée. Tu vas à Orléans. Ça nous suffit ! Mange et dors !... »

Catherine était trop lasse, trop affamée pour discuter. Elle balbutia un remerciement, mangea sa soupe, son pain, puis s'étendit avec reconnaissance sur la paillasse disposée dans un coin qui devait être le lit de Magdelaine. Elle s'endormit aussitôt.

Quand elle s'éveilla, le jour déclinait. Le paysan était rentré et, assis devant le feu, il taillait une branche de chêne avec un couteau. Catherine vit qu'il façonnait une petite statuette de la Vierge. Auprès de lui, la jeune fille tartinait quelque chose sur du pain. La voyant éveillée, elle sourit à Catherine.

« Vous vous sentez mieux ?

— Oui. Merci. Vous avez été si bons !... Maintenant, je vais repartir. »

L'homme leva la tête de sur son ouvrage, la regarda avec cette attention qui l'avait frappée, le matin même.

« Pourquoi tiens-tu tellement à voyager de nuit ? Tu te caches ?

— Pierre, reprocha la jeune fille, tu ne dois pas la questionner !

— Cela n'a pas d'importance, fit Catherine. Je ne me cache pas, simplement je veux éviter de retomber aux mains de Fortépice.

— Ici, tu n'en as plus rien à craindre ! Il vaut mieux voyager de jour, surtout si tu ne connais pas la région. Tu sais le chemin d'Orléans ? »

Catherine secoua négativement la tête. Pierre posa sa statue et son couteau puis s'approcha d'elle.

« D'ici c'est facile. L'ancienne voie romaine est aisée à suivre jusqu'à Gien. Ensuite, il y a la Loire. Il suffit alors de laisser le courant de la rivière te guider. Que vas-tu faire à Orléans ?

— Pierre ! fit encore Magdelaine. Sa vie ne t'appartient pas ! Mais Catherine lui sourit gentiment.

— Il n'y a pas de secret, ni d'offense. Je vais rejoindre celui que j'aime. Il est enfermé dans la ville. »

Magdelaine cessa de préparer le souper et vint à Catherine dont elle entoura la taille d'un bras.

« Viens t'asseoir, fit-elle abandonnant le vouvoiement. Si tu aimes l'un de ceux qui défendent la cité de Mgr Charles [1] tu es ma sœur. Colin, mon promis, est des archers du Bâtard, son frère. Dis-moi seulement comment s'appelle le tien.

— Arnaud », fit Catherine omettant volontairement le reste du nom. Il valait mieux que la gentille Magdelaine la crût, comme elle, une simple fille amoureuse d'un archer. Un nom noble l'eût effrayée, mise en défiance peut-être. Il était difficile de croire à l'aventure d'une femme noble, riche, courant à travers bois, retrouver un capitaine ! Elle ajouta :

« Je m'appelle Catherine...

— Tu es plus que jamais la bienvenue, dit Pierre cordialement. Reste encore cette nuit ! Tu partiras à l'aube. Je te mènerai jusqu'à la vieille route romaine. »

Longtemps, Catherine devait se souvenir de la soirée passée dans l'humble chaumière du frère et de la sœur. Leur gentillesse, leur simplicité étaient réconfortantes. Après les épreuves qu'elle venait de subir, avant celles qui l'attendaient encore, c'était une halte bienfaisante. Après le souper, on ne prolongea pas la veillée pour ne pas user trop de chandelle. Catherine partagea la paillasse de Magdelaine. Pierre avait la sienne dans un réduit attenant à l'unique pièce de la maisonnette. Et, bien qu'elle eût déjà dormi toute la journée, Catherine n'en reprit pas moins vigoureusement son sommeil. Ses mains

1. Charles d'Orléans, prisonnier à Londres.

écorchées lui faisaient moins mal. Magdelaine les avait enduites de graisse de porc et bandées avec de la vieille toile.

A l'aube, ce fut Pierre qui la secoua. Il devait aller au champ et il n'avait guère de temps à perdre. Elle vit d'ailleurs que Magdelaine était déjà levée et s'activait.

« J'ai réfléchi, cette nuit, dit Pierre. Le mieux, pour t'éviter des mauvaises rencontres, c'est que tu te fasses passer pour une pèlerine en route pour la sainte abbaye du grand saint Benoît. On trouve de tout, pour notre malheur, dans nos pays de Puisaye, du bon et du mauvais. Tu es jeune... et belle. Le bâton de pèlerin te protégera. »

Tout en parlant, il sortait d'une armoire prise dans le mur, un bâton auquel était accrochée une gourde de fer.

« Un mien oncle a fait jadis le pèlerinage de Compostelle, dit-il en riant. Prends son bâton, tu auras l'air plus vraie ! »

En même temps, sans rien dire, Magdelaine jetait sur les épaules de Catherine une sorte de mante grossière à capuchon en disant qu'avec cela elle serait mieux protégée. La jeune fille ajouta encore un gros quignon de pain et un petit fromage de chèvre puis elle embrassa Catherine.

« Que Dieu te garde sur ta route, dit-elle gentiment, et qu'il t'aide à retrouver ton bien-aimé ! Si tu vois Colin, tu lui diras que je l'attends et que je l'attendrai toujours. »

Emue aux larmes, Catherine voulut se défendre d'accepter mais elle comprit vite que son refus leur serait une offense. De même, elle n'osa pas sortir ses trois pièces d'argent de peur de les blesser. Elle embrassa chaleureusement Magdelaine, sans trouver un seul mot tant sa gorge était serrée puis suivit

Pierre qui l'attendait au seuil. Dans le sentier, elle se retourna plusieurs fois pour adresser encore quelques signes d'adieu à la jeune fille.

Debout sur sa porte, Magdelaine la regardait s'éloigner... Pierre, devant elle, marchait à grandes enjambées régulières, sans hâte. Elle revit l'endroit où il l'avait trouvée la veille puis, à travers champ, il la mena jusqu'à une sorte de chemin où de grandes dalles de pierre, verdies d'herbe et de mousse, affleuraient encore de loin en loin. Sur le bord de la route, une antique statue lépreuse qui représentait le buste et la tête bouclée d'un jeune garçon se voyait encore bien que les intempéries l'eussent plus qu'à demi rongée. Là, Pierre s'arrêta, le bras étendu vers l'Occident.

« Voilà ta route ! Va tout droit jusqu'à ce que tu trouves le grand fleuve. »

Elle leva vers lui son regard chargé de reconnaissance.

« Comment vous remercier, toi et ta sœur ?

— En ne nous oubliant pas tout à fait ! fit-il en haussant ses lourdes épaules. Nous, nous prierons pour toi... »

Comme s'il avait hâte de la quitter tout à coup, il se détournait pour reprendre son chemin à travers champ, mais, soudain, se ravisa, revint à elle.

« Et puis... fit-il d'une voix sourde, au cas... sait-on jamais ? où tu ne retrouverais pas celui que tu aimes, je voulais te dire que tu pourrais revenir chez nous. On sera toujours heureux, Magdelaine et moi... moi surtout, tu sais, de t'avoir à la maison... »

Avant que Catherine eût réalisé le sens de cette si simple déclaration, Pierre avait tourné les talons et courait déjà à travers champs, comme on se sauve. Elle resta là un moment, regardant la silhouette massive se dissoudre peu à peu dans les grisailles du petit jour. Des larmes roulaient sur ses joues sans qu'elle songeât à les essuyer. Elle était sensible à cet amour fruste et pudique qui, né si soudainement, avait à peine osé se montrer. C'était comme une petite flamme amicale qu'elle allait emporter avec elle au long de sa route. Autour d'elle, le jour, en grandissant, sortait les choses de leur aspect indistinct, les ciselait de plus en plus vigoureusement. Elle pouvait voir, derrière elle, fumer les toits de Toucy, distinguer la bannière bleue sur le donjon du château. Les cloches s'éveillaient pour l'Angélus, répandant leurs notes frêles sur la terre grasse et déjà verdoyante de la campagne. Une alouette chanta, quelque part, et Catherine éprouva une joie profonde, simple et primitive comme la nature immense et vide qui l'entourait. Devant elle, la vieille route romaine s'enfonçait entre deux vallonnements. Murmurant une fervente action de grâce à la Sainte Mère de Dieu qui lui avait donné ce moment de réconfort, Catherine appuyée sur son bâton de pèlerin se mit en route.

Au coucher du soleil, le lendemain, Catherine, assise dans les roseaux, regardait couler à ses pieds l'eau grise de la Loire. Elle avait marché, marché, soutenue par une volonté qui la dépassait elle-même, sans tenir compte de sa lassitude, de ses pieds douloureux, à travers collines, plaines et forêts éclaircies d'étangs, tendue vers ce fleuve qui était la meilleure route pour atteindre la ville assiégée. A la nuit close, une hutte de bûcheron abandonnée lui avait offert un abri précaire où elle avait cependant dormi, écrasée de fatigue, après avoir mangé une partie de son pain et de son fromage. Au jour levé, elle était repartie, malgré les courbatures qui la torturaient. Chacun de ses muscles, chacun de ses os faisaient l'office d'un minuscule instrument de supplice. Ses pieds brûlaient tellement qu'elle avait dû les rafraîchir mainte et mainte fois dans l'eau des étangs. Des ampoules s'étaient formées, qui avaient crevé. Elle avait dû empaqueter ses pieds dans des bandes tirées de sa chemise. Et elle avait continué, toujours, toujours... suivant cette antique voie romaine qui semblait ne vouloir aboutir nulle part. Les paysans qu'elle rencontrait parfois, lui adressaient une salutation, touchaient parfois son bâton de pèlerine, se signaient et lui demandaient de prier pour eux. Mais aucun ne l'arrêtait ni ne lui offrait l'asile de sa maison. Sa jeunesse et sa beauté prévenaient contre elle. Les bonnes gens pensaient avoir affaire à quelque grande pêcheresse qui s'en allait au tombeau de saint Benoît pour le pardon de ses fautes. Cent fois, elle avait cru tomber au bord de l'interminable route, cent fois elle avait obligé ses pieds à avancer. Parfois, auprès d'un calvaire ou d'une petite Vierge des quatre chemins, elle faisait une courte halte, priait un instant pour implorer la force de continuer puis reprenait son bâton et sa route.

La vue du grand fleuve indomptable lui avait arraché un cri de joie. Malgré son épuisement, elle avait couru à lui comme à un ami retrouvé, s'était penchée sur son eau rapide pour y boire, y baigner ses mains et ses pieds. Puis elle s'était assise auprès de lui, pour regarder couler ses flots qui, bientôt, passeraient sous les murs d'Orléans et qui, peut-être, l'y porteraient demain. Devant elle, la vieille cité de Gien étageait sur le coteau ses hautes maisons de bois et ses toits bruns. Un vieux castel croulant, débonnaire à force de vieillesse, faisait de son mieux pour dominer l'antique ville des ducs d'Orléans. Mais Catherine ne regardait pas le château. Sur la rivière, aux pieds des murs, visibles sous les arches du pont encore inachevé qui rejoignait l'autre rive, des bateaux plats, chalands et barques, attendaient au repos, tirés sagement sur les grèves.

Le soleil, boule rouge, ensanglantait les eaux de la Loire, derrière les flèches grises de la cité, prêt à plonger. La corne d'un guetteur, au-dessus de la porte fortifiée, appela les attardés pour les ramener dans les murs. La ville allait se refermer pour la nuit... Catherine se hâta de se rechausser puis, boitillant, rejoignit les gens qui se dirigeaient vers le pont-levis. Le soleil s'était noyé et la nuit montait vite. Handicapée par ses pieds blessés, Catherine franchit la haute ogive de pierre parmi les derniers mais s'arrêta pour demander à un soldat de garde où se trouvaient les halles. Elle savait que, dans la plupart des villes, surtout celles qui jalonnent les routes des grands pèlerinages, on aménage un coin de la halle en un réduit où les pèlerins peuvent s'abriter pour la nuit. L'espace délimité entre quelques piliers est clos par un hourdage de bois qui garantit du vent et de l'humidité.

« Va tout droit, puis à main droite ! fit l'homme. Tu vas à Fleury [1], femme ?

— J'y vais !

— Dieu te garde, et aussi Monseigneur Saint Benoît ! »

Elle remercia d'un signe de tête, s'engagea dans une rue si étroite que les encorbellements des maisons leur donnaient l'air de s'appuyer l'une à l'autre. Tout en marchant, elle finit ce qui lui restait du pain de Magdelaine, trouva la halle sans peine. Ce n'était qu'une haute toiture de lauzes sur d'énormes

1. L'abbaye de Saint-Benoît-sur-Loire a longtemps porté le nom d'abbaye de Fleury.

piliers de bois. Mais le réduit aux pèlerins était bien là. En poussant la porte de planches, la jeune femme vit que la paille y était fraîche et qu'il n'y avait qu'un seul pèlerin, un vieillard déjà endormi. Il avait ce visage pétrifié que donne la grande fatigue, ouvrit un œil quand elle entra, marmotta quelque chose puis, refermant son œil, se remit à ronfler. Heureuse de n'être point obligée de parler, Catherine s'installa dans un coin, ramena un peu de paille sur elle et s'étendit, un bras sous la tête.

Elle eut l'impression qu'elle venait juste de s'endormir quand elle sentit qu'on la secouait. Le vieux pèlerin barbu était penché sur elle.

« Hé... disait-il, hé ! Si tu vas à la grande abbaye, il est temps de te lever ! »

Elle ouvrit les yeux, vit qu'un peu de jour apparaissait au-dessus du hourdage et se hâta de se lever.

« La nuit a été brève, dit-elle avec un sourire d'excuse.

— Elle est toujours brève quand on est bien las ! Viens, il est temps de se mettre en chemin. »

Catherine secoua la tête. Sa qualité de pèlerine l'obligeait, normalement, à faire à pied tout le chemin. Mais elle était trop fatiguée pour continuer ainsi. Elle comptait bien employer l'une des trois pièces d'argent de Sara à trouver un bateau.

« Je ne partirai sans doute pas aujourd'hui, mentit-elle. J'ai à faire dans cette ville.

— Les errants de Dieu n'ont rien à faire dans aucune ville hormis le but de leur pèlerinage ! Si tu veux être exaucée, il te faut songer seulement au lieu où tu vas ! reprocha le vieillard, scandalisé. Mais chacun fait comme bon lui semble. La paix soit avec toi !

— Et avec toi aussi ! »

Le pèlerin sortit. Catherine attendit quelques instants, au seuil du réduit, puis l'ayant vu se diriger vers l'autre extrémité de la ville, elle se disposa à partir et, tout d'abord, abandonna son bâton de pèlerin qui ne lui servirait plus guère puisque, comme l'avait dit le vieillard, un voyageur de la Foi n'avait pas droit aux moyens de locomotion. Mais elle s'enveloppa soigneusement dans son grand manteau parce qu'une pluie fine couvrait la ville. Puis elle descendit vers les grèves.

Il ne lui fut pas trop difficile de trouver une barque. Un homme, fluet et taciturne, assis sur des filets de pêche pliés, se trouvait là. Indifférent à la pluie, il mangeait un oignon en regardant couler le fleuve. Quand Catherine lui demanda s'il connaîtrait un batelier pour descendre au moins jusqu'à Châteauneuf, il leva de lourdes paupières grisâtres et fripées.

« T'as de l'argent ? »

Elle fit signe que oui, mais l'homme ne bougea pas.

« Fais voir ! Tu comprends, c'est trop facile de dire qu'on en a ! L'argent au temps où nous vivons, on en voit de moins en moins. Les terres sont ravagées, le commerce est mort et le roi lui-même gueux comme Job sur son fumier. Alors, maintenant, on paie d'avance. »

Pour toute réponse, Catherine sortit une pièce d'argent et la mit dans la main crasseuse de l'homme. Celui-ci la fit sauter, la regarda de près, mordit dedans. Sa figure morose s'éclaira.

« Ça va, fit-il. Mais, pas plus loin que Châteauneuf ! Après on risque de tomber sur ces Godons [1] maudits qui assiègent Orléans et je tiens à ma peau. »

Tout en parlant, il faisait glisser au fleuve une barque plate et aidait Catherine à s'y installer. La jeune femme prit place à l'avant, face tournée vers l'aval

1. Anglais.

du fleuve. L'homme sauta à son tour, d'un bond souple qui fit à peine tanguer l'esquif, saisit la longue gaffe qu'il planta dans l'eau et donna une vigoureuse poussée. Le courant était rapide, la barque se mit à glisser presque sans aide. Assise à la pointe, Catherine regarda défiler la ville puis les berges plates, chevelues de roseaux qui portaient encore les rouilles de l'hiver. Elle ne se souciait pas de la pluie qui mouillait son visage et dont l'épais manteau de bure la protégeait bien. Des réminiscences du passé montaient en elle, lui rendant, avec une étrange précision, les images d'autrefois. Elle se revoyait, fuyant Paris insurgé, avec Barnabé, sa mère, sa sœur et Sara... Comme elle avait aimé ce premier voyage que le vieux coquillard avait rendu si attrayant ! Elle croyait encore entendre sa voix profonde et lente récitant doucement les vers du poète :

C'est la cité sur toutes couronnée
Fontaine et puits de science et de clergie
Sur le fleuve de Seine située...

Mais Barnabé était mort, Paris était loin et la cité vers laquelle Catherine voguait était une ville aux abois, affamée et désespérée dont elle ne pouvait guère attendre que la mort, ou pire même : la plus affreuse désillusion. Pour la première fois, elle se demanda ce que serait l'accueil d'Arnaud et si même il la reconnaîtrait ! Tant de jours s'étaient écoulés depuis leur rencontre sous les murs d'Arras !

Catherine s'efforça, alors, de chasser les pensées morbides, nées sans doute de sa trop grande fatigue et de la tension nerveuse qu'elle s'était imposée. Elle voulait, intensément, goûter cet instant de paix, la descente de ce beau fleuve aux herbes grises, aux sables jaunes... Vers la fin de l'après-midi, apparurent les tours blanches et les poivrières bleues d'un grand château dont les pieds baignaient dans l'eau de larges douves dépendant du fleuve. Catherine demanda ce qu'était ce beau domaine.

« Sully ! répondit le batelier. Il appartient au sire de la Trémoille, le favori de Charles VII... » Et, pour bien montrer l'estime que lui inspirait le maître du château, l'homme cracha dans l'eau d'un air dégoûté. Catherine ne répondit pas. Elle avait déjà eu l'occasion de rencontrer Georges de La Trémoille, ce bourguignon transfuge qui était devenu le plus cher conseiller et le mauvais génie du roi de Bourges. Il lui inspirait quelque chose d'assez analogue au dégoût manifesté par son guide, mais elle n'en dit rien. D'ailleurs la barque obliquait vers la rive pour accoster.

« Nous nous arrêtons ? fit-elle, surprise, en se détournant à demi.

— J'ai à faire à Sully, répondit l'homme. Descends... »

Elle se leva pour monter sur le plat bord. A cet instant précis elle reçut un coup violent sur la tête et s'effondra la tête la première, sans connaissance...

LORSQUE Catherine reprit conscience, le jour en était à ses derniers feux. L'ombre montait de l'est tandis que, vers l'occident, il ne restait qu'une faible lueur pâle sur laquelle, de l'autre côté de la Loire, se détachaient les tours pointues de Sully. Elle se redressa sur un bras, vit qu'elle était étendue dans l'herbe, sur la berge et qu'elle était absolument seule. Il n'y avait plus de bateau en vue, plus de batelier, rien qu'un vol de courlis qui partit en flèche à quelques toises d'elle. Il lui fallut quelques instants pour réaliser parce que sa tête lui faisait affreusement mal. En y portant la main, elle toucha une grosse bosse très sensible. Le batelier l'avait assommée sans doute pour la voler ? Et, de fait, le peu qu'elle possédait encore avait disparu : les deux dernières pièces d'argent, la dague et enfin le grand manteau qui l'avait si bien protégée des nuits froides et de la pluie. Un profond découragement l'abattit un moment. C'était à croire que tout se liguait pour l'empêcher de rejoindre Arnaud. Les obstacles s'accumulaient sur sa route comme pour lui interdire le passage. Mais ce ne fut qu'une brève défaillance. Aristocrate d'occasion et d'éducation, Catherine avait l'indomptable vitalité d'une gamine de Paris habituée à se colleter, front contre front, avec les pires difficultés. Elle fit un effort pour se lever, s'accrocha aux branches basses d'un saule pour garder son équilibre. Quand la terre s'arrêta de tourner autour d'elle, elle prit une profonde respiration, remonta sur son cou le bord de son surcot de laine troué et quitta la berge pour rejoindre le chemin qui suivait le fleuve. Elle savait qu'il n'y avait plus qu'à se laisser guider par le cours et aussi, que la grande abbaye de Saint-Benoît n'était plus qu'à deux lieues. Là, on lui donnerait asile et réconfort. Sa journée en bateau et la bonne nuit précédente lui avaient rendu des forces et, n'eût été la douleur de sa tête, elle se fût trouvée presque bien. Elle hâta si bien le pas qu'une heure plus tard, elle voyait se dresser devant elle les vastes bâtiments du monastère et leur majestueuse entrée : une énorme tour-porche romane, carrée, puissante et belle comme une forteresse, grave et jaillissante comme une prière. Un peu de lumière brillait entre les massifs piliers, faisant vivre les personnages et les fleurs des admirables chapiteaux. Catherine vit que nombre de pèlerins dormaient là, les uns à côté des autres, tassés pour mieux se tenir chaud. La voyant apparaître, une vieille femme lui fit signe de s'approcher et se poussa pour lui faire place :

« La maison-Dieu est pleine à craquer, lui confia-t-elle, tant nous sommes nombreux à venir implorer Mgr Saint Benoît pour la délivrance de la bonne ville d'Orléans ! Mais ici, on n'a point trop froid ! Viens près de moi, on se tiendra chaud... »

Catherine obéit, plia les genoux et se laissa tomber auprès de la vieille qui partagea généreusement avec elle son manteau rapiécé.

« Tu viens de loin ? demanda-t-elle curieuse.

— Des marches de Bourgogne, répondit Catherine qui n'osait pas se déclarer bourguignonne.

— Tu es jeunette pour les grandes routes ! Et tu viens prier toi aussi au tombeau du grand Saint ?

— Je vais à Orléans ! » fit Catherine durement, espérant ainsi que la vieille, vexée, la laisserait tranquille. Mais, tout au contraire, elle vit tout à coup les yeux pâles de la vieille briller comme des étoiles. Elle se pencha vers elle et murmura :

« Ah !... tu n'es pas la seule ! Toi aussi tu veux assister au miracle ?

— Le miracle ?

— Allons ! fit la vieille avec un clignement d'yeux entendu et un léger coup de coude, ne fais pas celle qui ne comprend pas ! Toutes les petites gens du val de Loire savent qu'Orléans sera délivré par une envoyée de Dieu, une pucelle venue de Lorraine, jusqu'à Chinon où est notre gentil sire. Elle lui a dit qu'avec l'aide du Seigneur elle bouterait l'Anglais hors de France et elle lèverait le siège d'Orléans.

— C'est un conte pour les petits enfants ! fit Catherine avec un sourire indulgent. Du coup la vieille devint rouge jusqu'à son bonnet.

— Un conte ? Aussi vrai que je m'appelle Bertillela-dentelière, c'est la vraie vérité du Bon Dieu. Il y en a ici même qui l'ont vue, Jehanne la pucelle, quand elle s'en est venue à Chinon avec six hommes d'armes. Elle portait habit de garçon mais elle est toute jeunette, et belle comme un ange du Seigneur et, dans ses yeux, il y a tout le ciel avec toute sa lumière. La preuve même que, dans Orléans, les capitaines l'espèrent déjà et que Monseigneur le Bâtard a dit à ses bonnes gens qu'il leur fallait avoir bon courage, que Dieu leur enverrait des vivres et du secours... Paraît que le roi l'a envoyée à Poitiers, la Pucelle, pour que les évêques et les clercs du royaume la voient et lui rendent justice. Mais bientôt elle entrera dans Orléans... Je sais bien, moi, que si je n'étais pas si vieille, j'irais tout droit dans la ville investie pour la voir. Seulement mes pauvres jambes ne me porteraient même pas jusque-là et je mourrais en route. Alors, j'aime mieux rester ici, à prier pour ses armes, à l'ange du royaume !... »

C'est ainsi que Catherine entendit pour la première fois parler de Jehanne d'Arc. Elle n'en éprouva aucun émerveillement encore que cette pensée la tint éveillée une grande partie de la nuit. De l'irritation, bien plutôt, et un flot amer de jalousie pour cette fille « jeune et belle » que « les capitaines espèrent déjà », les capitaines dont Arnaud faisait partie. Est-ce que cette Lorraine qui allait lui apparaître avec l'auréole d'une envoyée de Dieu jointe à celle de sa beauté, dans toute la gloire des armes pour lesquelles il vivait exclusivement, n'attirerait pas à elle le regard et le cœur d'Arnaud de Montsalvy ? Il fallait qu'elle-même se hâtât, il fallait qu'elle arrivât avant cette femme dangereuse et, tout au fond de son cœur angoissé, Catherine se mit à détester la Guerrière.

Le lendemain matin, elle accepta le pain que les

moines noirs distribuaient aux pèlerins puis, tandis que les autres s'engouffraient dans la grande église, elle s'esquiva et gagna la route sans être vue. La vieille Bertille lui avait dit qu'il y avait encore tout près de neuf lieues jusqu'à la capitale du duché d'Orléans, neuf lieues... une éternité !

Alors commença pour Catherine la partie la plus cruelle de sa voie douloureuse parce que, maintenant, l'angoisse et le doute habitaient son cœur dans le temps même où son corps arrivait peu à peu aux limites de l'épuisement. Pendant la marche du matin, tout alla à peu près bien. Mais, passé Châteauneuf, les blessures de ses pieds s'étaient rouvertes, et tous ses muscles avaient recommencé à lui faire mal. La fièvre, peu à peu, se glissait dans son sang. Se penchant sur une fontaine pour y boire, elle vit avec épouvante son visage amaigri, ses traits tirés, sa peau grise de poussière. Elle avait l'air d'une mendiante et pensa que jamais Arnaud ne la reconnaîtrait. Il rirait d'elle, bien plutôt ! Le lieu était désert, la fontaine abritée, en contrebas du chemin, par un bouquet d'aulnes. Le temps gris était assez doux. Vivement Catherine ôta ses guenilles et se plongea dans la fontaine. Le froid de l'eau la fit claquer des dents mais, peu à peu, elle en ressentit du bien-être. La brûlure de ses pieds s'estompait. La voyageuse se frotta de son mieux, regrettant les doux savons que Sara savait si bien préparer, puis lava ses cheveux qu'elle tordit ensuite sur sa tête. En sortant de l'eau, celle-ci lui renvoya le reflet de son corps et elle y puisa un peu de réconfort. Grâce au ciel, malgré l'écrasante fatigue, il n'avait rien perdu de sa splendeur ni de sa grâce nerveuse. Un peu remontée, elle se sécha comme elle put, remit ses hardes et reprit sa route. Le chemin s'infiltrait entre la Loire et une épaisse forêt, mais, à mesure qu'elle avançait, il devenait plus désert. De larges étendues de forêts avaient brûlé. De loin en loin, on pouvait voir les vestiges d'un village, un tronc d'arbre noirci, voire des cadavres abandonnés. La guerre était présente partout et montrait de plus en plus sa face grimaçante. Mais, possédée par son désir d'arriver coûte que coûte, Catherine n'y prenait pas garde. Elle usait ses yeux à tenter de découvrir, au loin, les murs de ce qui était devenu pour elle la Terre promise. Au coucher du soleil, elle avait parcouru six grandes lieues... et la forme confuse d'une grosse ville se montrait au loin, grise et indistincte. Elle devina qu'enfin c'était là Orléans et son émotion fut si forte qu'elle se laissa tomber à genoux dans l'herbe courte, éctata en sanglots puis balbutia une courte prière. La nuit lui déroba bientôt la cité. Alors elle s'étendit là où elle était, comme une bête épuisée, sans même chercher un abri couvert. Qui donc, dans ce désert, prendrait souci d'une mendiante endormie ? Elle n'avait plus rien que l'on pût voler, elle était plus pauvre que les plus pauvres, en guenilles, affamée, presque nue et les pieds en sang... Elle dormit d'un sommeil de brute, se releva au premier rayon du soleil aussi simplement que si elle venait juste de tomber et reprit sa marche en avant. Un pas... un autre pas et encore un autre. Là-bas, la ville semblait grandir, lui faire signe... Ses yeux fiévreux ne voyaient plus qu'elle, ignorant les fumées d'incendie que l'on voyait à certains points de l'horizon. Si elle n'eût été si lasse, elle eût tendu les mains pour tenter de saisir le mirage qui devenait vivant. Peu à peu, elle distingua les îles plates sous leurs chevelures d'herbes, le grand pont, coupé en deux endroits, avec les forteresses qui le gardaient de part et d'autres. Elle vit la flèche aérienne des églises, les grandes dégoulinures noires laissées par l'huile et la poix bouillantes sur les murs, les bombardes qui les couronnaient. Elle vit le grand désert des faubourgs rasés par les Orléanais eux-mêmes, les tragiques pans de murs qui avaient été de belles demeures et même de grandes églises, déserts de l'héroïsme ponctués, comme d'autant de bêtes à l'affût, par les bastilles de bois et de terre élevées par l'assaillant. Elle vit enfin le rouge étendard anglais et ses léopards d'or planté sur ces bastilles et narguant les douces fleurs de lis qui couronnaient d'azur et d'or la plus haute tour du Château...

Immobile, les yeux brouillés de larmes, Catherine oublia ses douleurs, la faim qui tordait ses entrailles pour ne plus songer qu'à une seule chose : là, derrière ces murailles, Arnaud vivait, respirait, se battait et souffrait sans doute puisque la ville, à ce que l'on disait, n'avait plus de pain...

Elle approcha, dès lors, lentement, avançant prudemment parmi les décombres qu'elle utilisait pour se cacher. Une énorme bastille anglaise, qu'elle apprit plus tard être celle de Saint-Loup, s'élevait entre elle et la ville. Il fallait paser sans être vue, atteindre la porte de Bourgogne, la seule qui fût encore accessible parce que les Anglais de Suffolk et de Talbot n'avaient pas assez d'hommes pour encercler la ville martyre. Les sons lointains d'une trompette parvinrent à Catherine, bientôt suivis d'un abondant tir d'artillerie. Les bombardes crachaient, des deux côtés du pont, quelques boulets de pierre avant que la nuit ne fût close. Des couleuvrines leur répondirent puis il y eut des voix d'hommes qui hurlaient. Une tentative devait être faite sur la ville car la jeune femme pouvait voir des soldats s'agiter sur le rempart... A force de précautions, elle avait dépassé sans être vue la bastille de Saint-Loup, approchait de la porte quand, derrière un pan de mur, elle vit une tête affleurer un escalier qui s'enfonçait dans la terre. Deux mains la saisirent prestement et elle se retrouva bientôt au bas des marches dans ce qui semblait être une crypte à peine éclairée par une chandelle de suif. Avant qu'elle ait pu protester, une voix goguenarde déclarait :

« Et alors, frangine ? Qu'est-ce que tu crois ? Qu'on peut entrer comme ça dans Orléans quand il fait encore jour ? Faut attendre la nuit, ma belle ! »

Regardant autour d'elle, Catherine vit qu'une vingtaine d'hommes et de femmes à peu près aussi mal en point qu'elle-même étaient assis à terre, au pied des deux colonnes supportant la voûte d'arêtes, dans une attitude accablée. La voûte de cette crypte était très haute et se perdait dans l'ombre. La chandelle fumeuse éclairait seulement, sur un chapiteau de pierre, la silhouette charmante d'un jeune garçon appuyé sur un grand cerf...

« Qui sont ces gens ? demanda Catherine. Où sommes-nous ? »

Le garçon qui l'avait descendue de force eut une grimace qui pouvait passer pour un sourire. Il était sale et une abondante barbe noire mangeait son visage, mais son regard était jeune, son corps vigoureux quoique maigre. Il haussa les épaules.

« Ceux de Montaran ! Les Godons ont brûlé notre village hier... On attend pour entrer, nous aussi. Quant à cet endroit, c'est la crypte de l'église Saint-Aignan que les gens d'Orléans ont rasée avec tout le reste du faubourg ; tu n'as qu'une chose à faire : t'asseoir avec nous et attendre. »

Il ne lui demandait rien de plus, retournait à son poste d'observation en haut de l'escalier plus qu'à demi écroulé. En regardant mieux ses voisins, elle vit des faces douloureuses, des traces de larmes récentes et quelques maigres ballots de hardes. Tous tenaient les yeux baissés comme s'ils avaient honte de leur misère. Elle n'osa pas leur parler, s'assit un peu à l'écart et attendit.

Il faisait froid dans cette cave et un frisson courut le long de son échine. Elle avait sommeil mais résista à l'envie de dormir, craignant que les autres ne l'oubliassent, tout à l'heure, quand ils s'avanceraient vers la ville. L'attente, d'ailleurs, ne fut pas longue. Une heure peut-être... Au bout de ce laps de temps, le garçon reparut sur les dernières marches, eut un grand geste d'appel.

« Amenez-vous, c'est le moment ! »

Les réfugiés se levèrent sans un mot, passifs comme un troupeau habitué à suivre le plus fort. L'un derrière l'autre, ils sortirent de la crypte suivant leur guide, se coulèrent à nouveau dans les décombres, courbés en deux pour ne pas être vus. La nuit n'était pas très sombre et des étoiles brillaient, d'un éclat froid, haut dans le ciel. Catherine aperçut la porte entre ses deux tours... La distance fut vite parcourue. Bientôt, on fut sur un petit pont-levis qui commandait la poterne accolée à la grande porte. Le grand pont était relevé... En franchissant le rempart au moyen de l'étroit couloir, Catherine crut défaillir de joie. Enfin, elle y était ! L'invraisemblable odyssée était terminée. Elle entrait dans Orléans...

CHAPITRE XIII

AUX MAINS D'ARNAUD

La porte de Bourgogne ouvrait sur une rue étroite que bordaient, d'un côté, les bâtiments d'un couvent et de l'autre une file de maisons aux volets clos. Quelques soldats en armes se tenaient là, poudreux et noirs encore du récent combat. Les torches que portaient certains d'entre eux éclairaient la sortie de la poterne près de laquelle un pot à feu brûlait en fumant dans une cage de fer. Le vent, assez fort, couchait les flammes.

« Encore des réfugiés ! fit une voix hargneuse qui fit battre un peu plus fort le cœur de Catherine. Qu'allons-nous en faire alors qu'il nous faudra bientôt songer à rejeter les bouches inutiles ?

— Les gens de Montaran ! dit quelqu'un. Leur village a brûlé hier... »

Le premier homme qui avait parlé ne répondit pas mais Catherine, aimantée par quelque chose de plus fort que sa volonté s'avança vers le lieu d'où la voix était venue. Elle ne s'était pas trompée. A quelques pas d'elle, il y avait Arnaud de Montsalvy.

Adossé contre le mur du couvent, tête nue, ses courts cheveux noirs en désordre, il regardait avec humeur la file lamentable qui venait de pénétrer dans la ville. Son visage portait des traces de poudre et une balafre que Catherine ne connaissait pas lui coupait une joue. Son armure était cabossée, il paraissait un peu las mais, avec une joie fiévreuse, elle constata qu'il n'avait pas changé. Les traits étaient les mêmes, un peu plus accentués peut-être. La bouche ferme avait un pli amer. Les yeux qu'elle avait vu se charger de tendresse si rarement, étaient toujours aussi durs, le port de tête toujours aussi arrogant. Tel qu'il était, mal rasé et plutôt sale, il parut à Catherine plus beau que l'archange Saint Michel. N'était-il pas son rêve fait chair ?

Sa joie de le retrouver si vite, là, auprès de cette porte à peine franchie, fut si forte qu'elle oublia tout ce qui n'était pas lui. Il l'attirait irrésistiblement... Les yeux soudain brillants, les mains ouvertes, les lèvres humides, elle s'avança vers lui, à petits pas, comme en extase... Elle semblait si peu sur terre que ses compagnons s'écartèrent étonnés, lui laissant le passage. Arnaud ne la vit pas tout de suite. Il examinait avec une visible irritation la garde faussée de son épée. Mais, brusquement il leva la tête, aperçut cette femme en haillons qui s'avançait vers lui sur les gros pavés ronds, humides de la dernière pluie. Quelque chose en elle attira son attention flottante. La femme semblait ne se soutenir qu'à peine. Elle était visiblement parvenue aux frontières de l'épuisement, mais ses yeux irradiaient une lumière intense et, sur sa robe misérable croulait le fleuve doré d'une merveilleuse chevelure. Lentement, lentement elle approchait, un sourire aux lèvres, tendant des mains écorchées et tremblantes. Il crut à une apparition née de sa fatigue. Le combat du jour avait été rude et ses bras étaient las d'avoir manié pendant des heures la lourde épée à deux mains. Il se frotta furieusement les yeux, regarda encore... Et, soudain, il la reconnut.

Incapable de parler, Catherine s'était arrêtée à quelques pas de lui, le dévorant du regard. Leurs yeux s'accrochèrent, se nouèrent une longue minute où le temps parut s'arrêter. L'étonnement, l'incrédulité se lisaient dans ceux d'Arnaud qui, de seconde en seconde, se dilataient. Une joie violente aussi, mais ce ne fut qu'une impression fugitive... Brusquement, Arnaud se reprit. Il se redressa tandis que tout son visage se convulsait sous l'assaut d'une violente irritation. Furieux, il pointa vers la jeune femme un doigt accusateur, hurla :

« Arrêtez cette femme immédiatement ! »

Interdite, Catherine s'arrêta, levant vers Arnaud un visage incrédule. Brutalement coupée de son enchantement, elle vacilla. Ses mains retombèrent inertes le long de son corps, son regard s'éteignit. Elle gémit douloureusement :

« Arnaud !... Non !... »

Mais, déjà saisi d'une rage aveugle, il l'empoignait par un bras, la jetait presque aux mains des hommes d'armes qui, stupides d'étonnement, n'avaient pas osé bouger. La voix emportée du jeune homme rugit :

« Vous êtes sourds ou idiots ? Je vous ai dit d'arrêter cette femme !

— Mais... messire », commença un sergent.

Aussitôt Arnaud fut sur lui, le dominant de toute sa haute taille. Les poings serrés, prêt à cogner, il était tendu comme une corde d'arc. Son visage était pourpre.

« Pas de mais, l'ami ! J'ordonne ! Sais-tu seulement qui elle est ? Une bourguignonne... la pire de toutes ! Ce n'est pas une pitoyable réfugiée comme elle cherchait à nous le faire accroire. C'est la propre maîtresse de Philippe-le-Bon, la belle Catherine de Brazey ! Il ne faut pas être très malin pour deviner ce qu'elle vient faire ici ! »

Au nom de Philippe, le soldat avait pris peur visiblement. Il s'était hâté de saisir Catherine au poignet quand une voix lente, incrédule, se fit entendre :

« La belle Catherine ici ? La dame aux cheveux d'or ? qui a dit une chose pareille ? »

Crinière rouge au vent et armure d'acier bleu, c'était Xaintrailles qui débouchait d'une ruelle. Il était au moins aussi cabossé que son ami, mais son visage joyeux n'en avait pas perdu sa bonne humeur pour autant.

« C'est moi qui le dis ! lança sèchement Arnaud. Regarde, si tu ne me crois pas ! »

Le grand chevalier roux s'avança vers le groupe de soldats qui s'était refermé autour de Catherine et l'examina avec une stupeur non feinte puis éclata de rire.

« C'est ma foi vrai ! Tudieu, belle dame, que faites-vous ici... et dans cet appareil ?

— Elle est venue nous espionner pour son amant, c'est facile à comprendre, gronda Arnaud. Quant à ce qu'elle va faire maintenant, c'est moi qui vais te le dire : avant une heure elle sera bouclée au fond d'un cachot où elle attendra son jugement. Allez, vous autres, en avant. Emmenez-la... »

Mais Xaintrailles avait cessé de rire. Il regardait toujours Catherine. Puis il arrêta son ami d'une main posée sur son bras.

« Tu ne trouves pas que c'est un peu étonnant ? fit-il en secouant la tête. Pourquoi Philippe de Bourgogne, qui a retiré ses troupes du siège à la suite de son altercation avec Bedford, l'enverrait-il ici... et dans cet état ? Regarde ses vêtements en lambeaux, ses pieds en sang... elle se soutient à peine... »

La lueur de pitié qu'elle lisait dans les yeux du capitaine rendit un peu de courage à Catherine effondrée. Mais l'entêtement d'Arnaud ne voulait rien entendre. Il haussa les épaules avec emportement.

« Cela prouve seulement qu'elle est meilleure comédienne que tu ne crois ! Quant aux intentions profondes de Philippe-le-Tortueux, sois bien sûr que je ne tarderai pas à les connaître. La nouvelle de l'arrivée prochaine de la Pucelle a dû changer bien des choses à la Cour de Bruges. En prison, l'espionne... et tout de suite ! Là, je saurai bien lui délier la langue. »

Xaintrailles n'insista pas. Il connaissait trop Arnaud pour ignorer que, dût sa vie en dépendre, il ne se déjugerait pas pour un empire, surtout en public. D'ailleurs, la foule s'était attroupée autour d'eux et grondait, tout de suite prête à la menace.

« A mort la Bourguignonne ! »

Le cri s'amplifiait déjà. Depuis des mois que le siège durait, les gens d'Orléans étaient exaspérés, avides de laisser éclater leur fureur et leur angoisse. Sentant qu'ils risquaient d'être emportés, quelques soldats enfermèrent Catherine au milieu d'eux, tandis que d'autres écartaient les plus enragés à coups de bois de lance. Une poignée de boue, lancée d'une main sûre, vint frapper la jeune femme à l'emplacement du cœur. Elle ne broncha pas. Elle se tenait très droite, rigide... comme insensible. Elle regardait Arnaud de toute son âme. La boue nauséabonde coula le long de sa robe, laissant une traînée noire.

Alors brusquement, la jeune femme éclata de rire... Un rire terrible, strident, qui ne lui appartenait pas et qui fit taire d'un seul coup tous les cris de mort. Elle riait, riait comme si, jamais plus elle ne s'arrêterait.

« Emmenez-la ! hurla Arnaud hors de lui... Emmenez-la où je la tue !... »

Le rire se brisa dans un sanglot. Le sergent poussa Catherine aux épaules tandis qu'un soldat lui liait vivement les mains derrière le dos. Elle détourna la tête, mais ne la baissa pas. Tout se brouillait devant ses yeux. D'un geste plein d'une lassitude infinie, elle haussa les épaules, se laissa emmener, indifférente désormais... ne voyant rien des rues qu'on lui faisait traverser.

Elle ne remarqua même pas, comme on traversait une petite place, la haute silhouette de Xaintrailles qui surgissait de derrière une fontaine et arrêtait discrètement le chef d'escorte.

« Mets-la dans un cachot, murmura le capitaine, mais pas dans une fosse et ne la ferre pas. Et puis, dis au geôlier qu'il tâche de lui trouver quelque chose à manger. Elle ne tient debout que par miracle. J'ai rarement vu une coupable qui ressemble autant à une victime. »

L'homme fit signe qu'il avait compris, empocha la pièce d'or que lui glissait Xaintrailles et rejoignit le peloton des gardes de Catherine.

Le Chastelet, où les hommes d'armes conduisirent la jeune femme, était la forteresse d'Orléans. Elle commandait l'entrée du grand pont qui, enjambant une île sablonneuse dominée par la petite bastille Saint-Antoine, s'en allait rejoindre sur la rive gauche la grosse place-forte des Tourelles, l'un des principaux points d'appui des Anglais. William Gladsdale, bailli d'Alençon, y commandait.

Quand le jour parut, Catherine, en se haussant jusqu'au soupirail qui éclairait chichement sa prison, put voir couler la Loire et en éprouva une vague joie. Depuis qu'elle l'avait atteint, au bout d'une marche épuisante, elle en était venue à humaniser le grand fleuve et voyait en lui un ami. La veille, quand les gardes l'avaient jetée dans ce cachot, elle n'avait pas eu la moindre réaction. Hébétée de fatigue et assommée par son immense déception, elle s'était jetée sur le tas de paille qui devait lui servir de couche et y avait dormi d'un sommeil de bête harassée. Elle n'avait même pas entendu le geôlier lui apporter une cruche d'eau et un morceau de pain...

Au réveil, il lui avait fallu un moment pour se rendre compte qu'elle n'était pas le jouet d'un mauvais rêve. Mais à mesure que ses souvenirs se dégageaient des brouillards du sommeil, les événements de la veille se précisaient avec tous leurs détails. La tête dans les mains, assise sur son grabat, elle avait essayé de faire le point de sa situation et n'en avait tiré qu'amertume. Tous ces jours derniers, durant le terrible voyage et même avant, elle avait vécu une sorte d'état hypnotique, exactement depuis l'instant où, à Châteauvillain, frère Etienne lui avait appris qu'Arnaud n'était pas marié. La reprise de contact avec la réalité était brutale et le réveil avait un goût saumâtre.

Quand elle évoquait Arnaud de Montsalvy, le rouge de la colère et de la honte lui montait au front. Mais elle lui en voulait moins qu'à elle-même. Folle qu'elle était de croire qu'il allait lui ouvrir les bras simplement parce qu'elle venait à lui dépouillée de tout, sans plus rien d'autre que son amour ! Elle se rendait compte qu'inconsciemment peut-être, elle avait pensé qu'il l'attendait depuis toujours, uniquement parce que, par deux fois, il avait perdu la tête entre ses bras. Elle avait oublié, volontairement la scène pénible de leur dernier revoir, le lit de Philippe où il l'avait trouvée, son ultime regard d'écrasant mépris. Pour un homme aussi dur, aussi intransigeant qu'Arnaud, il y avait des choses sur lesquelles il devait être impossible, de revenir, et, à ses yeux, Catherine était deux fois coupable, deux fois maudite : elle était l'une de ces Legoix qui, jadis, avaient massacré son frère Michel et elle était la maîtresse bien-aimée de Philippe de Bourgogne qu'il haïssait et considérait comme traître. Non, si dans cette affaire quelqu'un était à blâmer, c'était bien elle d'avoir tout sacrifié à un rêve impossible. Elle avait tout perdu, tout... Elle gisait au fond d'une geôle sous une inculpation qui pouvait la mener à la mort, elle avait couru mille dangers et tout cela pour rien...

Catherine se leva et se mit à examiner sa prison. C'était une geôle étroite et basse qui prenait jour par un soupirail à gros barreaux en croix, ouvert au fond d'une sorte d'entonnoir de pierre qui limitait la vue. Pour tout mobilier, il y avait la couche de paille, un escabeau sur lequel le geôlier avait posé le pain et la cruche et, au mur, scellées dans la pierre, un assortiment de chaînes et de carcans. Les murs de grossiers parpaings suintaient l'humidité. C'était la troisième fois qu'on l'enfermait, sa troisième prison mais, de celle-là, comme des deux autres, Catherine espérait bien sortir. Tout ne pouvait pas s'arrêter là...

Afin de retrouver un peu d'énergie, elle s'assit pour manger, rompit, non sans peine un morceau de pain qui était dur et devait sortir d'une réserve quelconque où il avait été précieusement caché, puisque la disette régnait dans la ville où n'arrivaient plus les convois de vivres. Afin de le rendre mangeable, elle le trempa dans l'eau bribe par bribe, but quelques gorgées pour finir et se trouva mieux. Elle eut même le courage de sourire intérieurement en songeant aux festins merveilleux auxquels Philippe de Bourgogne se plaisait, avec leurs nombreux services, leurs plats fantastiques et raffinés, et auxquels elle s'ennuyait tant jadis. Le plus petit des pantagruéliques pâtés de ce temps-là eût été le bienvenu !

Ensuite, elle s'efforça de dormir encore, pour éviter de penser. Son cœur bouillait de rage contre elle-même, de rancune contre le monde entier et, cette ville qu'elle avait tant désirée, elle la maudissait maintenant de tout son cœur...

Mais, à la tombée de la nuit, la porte basse s'ouvrit et le geôlier parut. Dans le couloir, au-dehors, quatre soldats, pique en main, attendaient immobiles.

« Faut venir ! » fit l'homme, un gros père à la mine réjouie qui avait aussi peu l'air d'un gardien de prison que possible. Catherine qui le voyait pour la première fois s'étonna de lui voir des yeux bleus, candides.

« Où me mène-t-on ? » demanda-t-elle.

Il haussa les épaules pour marquer son ignorance, désigna le piquet de gardes :

« Eux le savent. Ça doit suffire... »

Sans autre commentaire, la jeune femme se plaça au milieu des soldats, monta un colimaçon de pierre aux marches profondément creusées en leur milieu par le frottement de milliers de pieds et se trouva dans un rond-point voûté d'où partaient plusieurs galeries fermées par d'épaisses grilles de fer. L'une des grilles s'ouvrit en grinçant. On s'engagea dans le couloir où aboutissait un petit escalier d'une dizaine de marches en haut desquelles il y avait une porte de chêne armée d'épaisses pentures de fer et percée d'un guichet. Quand la porte s'ouvrit, Catherine se trouva au seuil d'une salle longue et basse dont les voûtes étaient soutenues par quatre énormes piliers. Au bout, contre le mur du fond percé d'une étroite fenêtre en fer de lance, une longue table tenait toute la largeur. Cinq hommes étaient assis à cette table. Un autre, assis à une table plus petite, sur le côté, écrivait, éclairé par une chandelle. Des torches brûlaient contre les murs de pierre, nus à l'exception d'un crucifix.

Les gardes menèrent Catherine au centre de la salle, face à la table et restèrent là, autour d'elle, l'arme au pied, impassibles. La jeune femme comprit qu'elle se trouvait là en face d'un tribunal, mais elle ne put retenir un tressaillement en reconnaissant Arnaud parmi ses juges. Il était assis auprès de celui qui présidait, un seigneur d'une soixantaine d'années au visage épais et sévère sous une couronne de cheveux gris. Il n'avait pas d'armes, cette fois, et portait un pourpoint de daim vert sans aucun ornement. Les autres juges portaient les longues robes rouges ourlées de fourrure des échevins de la ville et étaient des hommes d'âge mûr. Tous avaient des visages creusés par les privations et figés dans une totale absence d'expression. Arnaud se leva. Son regard noir tomba d'aplomb sur Catherine.

« Vous êtes ici devant messire Raoul de Gaucourt, gouverneur de cette ville, et devant messires les échevins pour y répondre de l'accusation de connivence avec l'ennemi.

— Quel ennemi ? fit Catherine doucement. Je n'ai jamais adressé la parole de ma vie à aucun Anglais... »

Le poing d'Arnaud s'abattit sur la table qui résonna sous le coup.

« Ne jouez pas sur les mots ! Les gens de Bourgogne sont nos ennemis tout autant que ceux de Suffolk... davantage même ! Car, tout compte fait, l'envahisseur anglais ne fait là que son métier d'envahisseur, tandis que votre maître égorge son propre pays au bénéfice de l'étranger. Voilà pourquoi, vous qu'il a envoyée ici dans un but que nous ne comprenons que trop bien, vous vous trouvez maintenant devant ce tribunal...

— Messire, coupa Catherine avec un soupir de lassitude, ce n'est pas d'hier que nous nous connaissons, vous et moi et vous savez parfaitement que je ne suis pas née bourguignonne, que je ne le suis devenue que par force. Pourquoi donc me refusez-vous le droit d'avoir, librement, délibérément, tourné le dos à un parti qui ne me semblait pas avoir le bon droit pour lui ? Je suis arrivée ici démunie de tout, après un pénible voyage qui a laissé ses marques sur mes membres et... »

A nouveau le poing d'Arnaud tomba. Mais, loin de s'en épouvanter, Catherine eut l'impression bizarre qu'il forçait sa colère et ne faisait autant de bruit que pour masquer une certaine faiblesse intérieure.

« Taisez-vous ! s'écria-t-il. Mieux que quiconque je sais ce que valent vos discours et ce qu'il en faut penser. Je connais votre langue dorée et le grand art de persuasion qui est le vôtre... »

Le gouverneur d'Orléans toussota.

« Messire de Montsalvy, dit-il courtoisement, je crains que vous ne vous laissiez emporter par un ressentiment tout personnel. Mieux vaudrait, je crois, que vous laissiez instrumenter ces messieurs et moi-même. Lorsque nous aurons appris de l'accusée ce que nous désirons en apprendre, vous pourrez requérir autant qu'il vous plaira. Et, tout d'abord, il apparaît que nous avons négligé de munir la prisonnière d'un défenseur...

— Avec votre permission, Sire gouverneur, coupa doucement Catherine, je n'ai que faire d'un défenseur. Ma parole et ma bonne foi devraient suffire à vous convaincre. On m'accuse ici de méfaits que je n'ai point commis et n'avais aucunement l'intention de commettre.

— C'est ce qu'il faudra établir. Mais commençons comme il convient et répondez d'abord à mes questions. Vous êtes bien Catherine de Brazey, maîtresse favorite du duc Philippe ? »

Le ton de Gaucourt était grave, mais sans rudesse. Catherine comprit que cet homme n'était pas son ennemi et en prit un peu plus d'assurance.

« Je suis Catherine de Brazey, veuve du grand argentier de Bourgogne exécuté pour haute trahison. Et je ne suis plus rien pour Mgr Philippe. »

A cet instant, Arnaud ricana et elle dut faire effort sur elle-même pour ne pas s'emporter contre lui. Elle parvint même à ne pas le regarder.

« Depuis quand ? » demanda-t-il goguenard.

Les yeux toujours fixés sur le gouverneur, elle répondit calmement.

« Depuis que je sais le prochain mariage du duc. Tous les liens qui pouvaient exister entre lui et moi sont rompus. J'ai désobéi à l'ordre qui me faisait un devoir de retourner à sa Cour. Comprenez-moi, messire : voici bientôt cinq mois l'enfant que nous avions eu est mort. Il a emporté avec lui le dernier lien. Je suis partie...

— Pour venir ici ? fit Gaucourt, étrange choix !... et encore plus étrange équipage pour une femme riche et puissante, car vous étiez l'une et l'autre.

— J'ai été dépouillé en chemin par un brigand du nom de Fortépice. J'ai fui son château quand j'ai su qu'il avait envoyé à Bruges demander rançon pour moi. J'ai dû continuer comme j'ai pu... c'est-à-dire à pied.

— Mais pourquoi venir ici ? Qu'y cherchiez-vous donc ? »

Catherine ne répondit pas tout de suite. Un flot de sang monta lentement à son visage tandis qu'une brusque émotion serrait sa gorge.

Elle baissa la tête et murmura d'une voix sourde.

« J'ai voulu suivre... un vieux rêve né voici bien longtemps ! Mais j'étais folle, je crois... »

Elle releva la tête et, comme des larmes brûlantes montaient à ses yeux, elle cria, prise d'une fureur subite :

« Folle à lier, folle comme ces enfants que l'on voit se pencher sur les puits, les nuits de pleine lune, pour essayer de prendre son reflet entre leurs petites mains et qui meurent de leur illusion... »

Sa voix s'enroua. Le gouverneur l'examinait avec une curiosité qui n'était pas dénuée d'intérêt et qui n'échappa pas à Arnaud. Le capitaine eut un rire féroce.

« Quand je vous l'avais dit ? Nous voilà en plein songe ! Cette femme veut nous faire croire qu'elle courait après un rêve. En vérité, messieurs, elle nous prend pour des sots. Si vous voulez qu'elle avoue, faites-lui donner la question. Je serais fort étonné qu'elle nous parle encore de rêves sur le chevalet.

— Je vous ai déjà pris pour beaucoup de choses, Arnaud de Montsalvy, s'écria Catherine, mais jamais pour un sot et je le regrette ! »

Ses dernières paroles furent couvertes par la discussion qui s'élevait entre les juges pour savoir si, oui ou non, la prisonnière serait remise au bourreau pour être questionnée. Une peur insidieuse se glissa dans les veines de Catherine à l'idée de la torture. Elle était déjà si affaiblie, si épuisée ! Dieu savait quels aveux insensés la souffrance pourrait lui arracher. Avec angoisse, elle suivait la rapide discussion à mi-voix des cinq hommes et se rendait compte que les trois échevins étaient pour Arnaud. Un seul était contre : le gouverneur. Elle l'entendait dire :

« Tout cela n'a guère de sens, selon moi. Oubliez-vous que vous autres, gens d'Orléans, aviez envoyé messire Xaintrailles auprès de Philippe de Bourgogne pour lui demander de prendre la ville en charge et qu'il avait accepté ?

— Il avait accepté, en effet, mais n'avait pas pour autant retiré ses troupes. Il a fallu une mésentente entre lui et son beau-frère le régent Bedford, pour qu'il le fît. C'est donc à un mouvement de mauvaise humeur que Philippe a obéi, non à un geste de solidarité français. De plus, il n'ignore pas que le Ciel envoie à notre secours et qu'il n'a plus rien à attendre de nous. Je pense, moi, que cette femme est venue ici avec une mission bien précise et j'entends qu'on lui en arrache le secret. Le sort de notre ville en dépend peut-être », fit l'un des échevins.

Les deux autres notables approuvèrent vigoureusement leur collègue. Arnaud eut un sourire oblique à l'adresse de Gaucourt.

« Voyez, messire, nous sommes quatre contre vous. Nous l'emportons ! » Puis élevant la voix : « Bourreau ! Fais ton office ! »

Derrière l'un des piliers, Catherine terrifiée vit surgir un homme court et trapu, tout vêtu de rouge et de brun. Un autre homme, pareillement équipé mais plus grand, le suivait. Les soldats s'écartèrent pour les laisser atteindre la prisonnière sur laquelle leurs mains rudes s'abattirent. En tournant la tête vers eux, Catherine avait aperçu tout un côté de la salle qu'en entrant elle n'avait pas vu. Un appareillage terrifiant s'y étalait autour d'une sorte de lit en bois grossier dont deux treuils formaient le chevet et le pied. De longues tiges de fer sortaient d'un brasier où elles rougissaient et, dans l'ombre, tout au fond, se dessinait vaguement la forme effrayante d'une grande roue armée de pointes de fer.

Effarée, Catherine ne pouvait détacher ses yeux de la sinistre installation quand un cri lui échappa. Le bourreau, brutalement, avait arraché sa robe déjà si mal en point et sa chemise. A se trouver ainsi, nue en face de ces hommes dont les yeux, brusquement, la dévoraient, une profonde rougeur lui monta au visage et elle voulut se cacher de ses bras. Mais les tourmenteurs lui saisirent les poignets pour les lier ensemble. Un ordre, un cri plutôt les arrêta. C'était Arnaud.

« Qui vous a ordonné de dénuder cette femme ?

— Mais, monseigneur... la coutume, protesta le bourreau.

— Je me moque de la coutume et je ne suis pas votre seigneur. Remettez-lui au moins sa chemise ! »

Si elle n'avait eu si peur, Catherine se fût rendu compte qu'Arnaud était devenu blême, que les ailes de son nez s'étaient pincées mais elle se retenait pour ne pas hurler de terreur tandis qu'on l'entraînait vers le lit de torture. Le bourreau tant bien que mal avait drapé sur elle ce qui restait de la chemise. Sans douceur, on la coucha sur le lit de bois. Ses poignets furent ramenés brutalement au-dessus de sa tête et on les enchaîna au treuil, tandis que l'aide-bourreau faisait de même avec ses chevilles. L'échevin Lhuillier se pencha sur elle :

« Femme, avant que la douleur ne s'empare de

vous, je vous adjure de nous dire, de bon gré, ce que vous êtes venue faire en cette ville. Epargnez-vous, épargnez-nous ce qui va suivre. Pourquoi êtes-vous venue ?... »

Les yeux de Catherine cherchaient Arnaud, éperdument. Mais il se tenait hors de son champ de vision. Elle ne pouvait même pas deviner s'il était encore là. Alors, elle regarda Lhuillier.

« Pour retrouver l'homme que j'aimais, murmura-t-elle. Mais je ne vous dirai pas son nom.

— Pourquoi ?

— Parce que vous ne me croiriez pas ! »

Un hurlement de douleur lui échappa. Sur un signe discret de l'échevin le tourmenteur avait donnée un tour de treuil. Le corps de Catherine fut envahi par une marée de souffrance. Elle crut que ses bras et ses jambes s'arrachaient d'elle.

« Soyons sérieux, fit doucement Lhuillier. Si vous voulez que nous vous accordions crédit, il faut, au moins, nous dire le nom de cet homme. Qui est-ce ? Quelque bourguignon qui vit secrètement ici ? Allons... montrez-vous raisonnable et votre souffrance cessera. »

Des larmes brûlantes coulaient sur les joues de Catherine. Elle avait si mal que parler lui était déjà pénible.

« Demandez... à messire de Montsalvy. Il... devrait... pouvoir vous le dire ! »

L'échevin hésita. Mais, juste à cet instant, deux hommes, deux chevaliers entrèrent dans la salle et s'approchèrent vivement du lit de torture. Malgré les larmes qui emplissaient ses yeux, Catherine reconnut Xaintrailles, mais elle n'avait jamais vu l'autre. C'était Jean de Dunois, Bâtard d'Orléans, le maître de la ville assiégée. Devant lui, chacun s'écarta avec respect car, à la noblesse de sa naissance [1], il joignait une grande bravoure, une indéfectible loyauté et une infinie gentillesse. Il jeta sur la suppliciée un rapide coup d'œil, fit un geste.

« Délivre cette femme, bourreau...

— Monseigneur, commença Lhuilier, ne vous semble-t-il pas... »

D'un geste calme mais ferme, Dunois le fit taire.

« Non, mon ami ! Nous avons mieux à faire céans que torturer une femme peut-être innocente. J'apporte de merveilleuses nouvelles. »

De derrière le pilier, Arnaud surgit, pâle de colère.

« C'est moi, monseigneur, qui ai fait arrêter cette femme. C'est moi qui ai dit qu'elle était dangereuse et c'est moi que vous offensez en désavouant mes actes ! »

Cette fois, le bâtard sourit, avec une nuance de tendresse et Catherine, que le bourreau aidait à s'asseoir, remarqua l'extraordinaire séduction de ce sourire. Dunois posa ses deux mains sur les épaules du capitaine.

« Je ne désavoue pas tes actes, Arnaud ! Comment le pourrais-je ? Tu es mon frère d'armes et je t'aime comme si nous étions du même sang. Si tu as jugé cette femme dangereuse, tu as bien fait de t'en assurer, mais pourquoi la mettre à mal ? Bientôt l'envoyée de Dieu sera ici. Elle va quitter Poitiers où les docteurs l'ont reconnue pure et saine, où les dames l'ont reconnue vierge et où le roi lui a donné une armure pour mener les troupes à l'assaut. Et la Pucelle marchera vers Tours. Bientôt elle rejoindra l'armée à Blois, bientôt elle sera ici. C'est elle qui décidera du sort de la prisonnière quand Orléans sera libre. Jusque-là, cette femme demeu-

1. Il était né en 1402 des amours du duc Louis d'Orléans avec Mariette d'Enghien.

rera en prison. Gardes, emmenez la prisonnière ! »

Vaincu, Arnaud baissa la tête. Tandis que le bourreau assistait Catherine pour passer sa robe et se mettre debout, celle-ci, malgré la souffrance qui courait encore le long de ses membres, se surprit à penser que l'intraitable capitaine devait aimer chèrement le Bâtard pour s'être soumis à lui si aisément. Mais la jeune femme était trop faible pour pouvoir marcher. Sous les regards chargés de rancune des échevins, deux soldats durent l'emporter jusqu'à sa cellule.

DANS les jours qui suivirent, on s'occupa si peu de Catherine qu'elle en vint parfois à se croire oubliée. Personne ne chercha plus à l'interroger, nul ne vint la voir. On se contenta de la laisser dans sa prison et elle en arriva bientôt à considérer comme une bénédiction du ciel d'avoir un geôlier comme le sien. Pitoul correspondait bien à son physique. Ce n'était pas un mauvais homme, tout au contraire, et s'il faisait ce métier peu en rapport avec son caractère, c'était uniquement parce qu'il avait repris la charge de son défunt beau-père. Dans la vie, Pitoul avait trois passions : sa femme Alison, plantureuse commère forte en gueule qui le battait au moins une fois par semaine pour s'entretenir la main, la bonne chère et, singulièrement, les andouillettes qui avaient fait la gloire de maître Godin, traiteur dont la boutique à l'enseigne de *L'Andouillette d'or* s'étalait au plein de la rue des Hostelleries, enfin les potins de tous genres. Le siège ayant mis un terme aux succulences culinaires de maître Godin, il ne restait à Pitoul que son Alison et les potins. Et si, sur les débuts, il avait regardé sa nouvelle pensionnaire avec quelque méfiance à cause de ses relations suspectes avec les Bourguignons, le fait que Mgr le Bâtard se fût personnellement intéressé à Catherine avait beaucoup soulagé Pitoul. Il n'avait plus vu d'inconvénients à venir bavarder de temps en temps avec elle. D'autant plus qu'elle était la seule et unique prisonnière qu'il eût à garder pour le moment.

Par Pitoul, Catherine apprit le plus gros des nouvelles de l'extérieur. La fièvre de l'espoir montait dans la cité où l'on en était réduit à consommer les chiens et les chats, où le moindre bol de farine se vendait au poids de l'or. Il arrivait bien qu'à la faveur de la nuit un colporteur pût passer avec un peu de ravitaillement, mais ce qu'il apportait était une goutte d'eau dans la mer immense et c'étaient toujours les plus riches qui en profitaient. Les gens d'Orléans n'avaient plus qu'une pensée : durer, tenir envers et contre tout jusqu'à ce que la Pucelle miraculeuse parvînt jusqu'à eux. Jour après jour, à la maison de Ville, Jean de Dunois les haranguait pour les exhorter au courage, à la patience et chacun suivait avec anxiété la marche de Jehanne. On sut qu'elle avait quitté Poitiers pour Chinon puis pour Tours où le roi lui avait constitué une maison militaire et fait faire un étendard.

« On lui a donné un écuyer, deux pages, deux hérauts d'armes et un chapelain, disait Pitoul ébloui, tout comme pour un grand capitaine. Et maintenant elle marche sur Blois, la sainte fille que Dieu garde, sur Blois où les capitaines la rejoindront ! »

Peu à peu, dans l'esprit ulcéré de Catherine, se formait une image bizarre de l'étrange paysanne devenue chef de guerre. Parce qu'elle la détestait sans même l'avoir vue, parce que son sort futur devait dépendre de cette fille, elle imaginait une créature douée d'une ruse peu commune, d'un redoutable pouvoir de séduction qui lui permettait d'ensorceler les hommes à distance. Et ceux qui la voyaient lui étaient aussitôt soumis, même des seigneurs de très haut rang comme Jean de Dunois. Arnaud, bientôt tomberait dans le piège, comme les autres. Et Catherine peu à peu, en venait à rendre la Pucelle responsable de ses propres malheurs, persuadée que, si Arnaud n'avait attendu, comme les autres, cette Jehanne, il ne l'eût pas traitée elle-même avec tant de cruauté. Il espérait une envoyée du Ciel, une fille tellement au-dessus des autres femmes qu'elle avait balayé à jamais de son souvenir celle qu'il avait failli aimer. Bien plus, pour lui, Catherine était une créature maléfique, une fille du démon, un être nuisible... Et la jeune femme écoutait avec une tristesse mêlée de colère les rapports enthousiastes que lui faisait son geôlier. Mais elle lui pardonnait parce que chaque jour il lui portait une cruche d'eau pour se laver et lui avait procuré une vieille robe de sa femme.

Un mardi, au début de la dernière semaine d'avril, Catherine vit entrer Pitoul dans sa prison, comme il le faisait chaque matin. Il portait une cruche d'eau et une écuelle pleine d'un brouet clair fait de raves et de farine gâtée mais il paraissait radieux.

« Ce n'est pas fameux ce que je vous porte là, fit-il en posant l'écuelle sur l'escabeau, mais les soldats en ont encore moins que vous. Et puis, nous aurons bientôt de quoi manger tout notre content.

— Pourquoi ? Les Anglais s'en vont ?

— Que nenni ! Mais il y a à Blois un convoi de vivres tout prêt et la Pucelle en personne va nous l'amener... »

Il se pencha vers Catherine et chuchota en confidence derrière l'écran de sa main comme si les murs eussent pu l'entendre : « Cette nuit, le Bâtard, messire de Gaucourt et presque tous les capitaines sont partis au-devant de Jehanne. Demain peut-être elle sera ici et nous serons sauvés...

— Ils sont partis ? fit Catherine surprise. Qui donc garde la ville ?

— Nos échevins pardi ! et aussi quelques capitaines. Tous ne sont pas partis. Messire de Montsalvy est toujours là, par exemple... »

Mais Catherine ne l'écoutait plus. Depuis près d'un mois qu'elle était recluse en ce cachot, elle ne pensait plus qu'à une seule chose : se sauver, retrouver sa liberté à tout prix. Malheureusement, ce rêve semblait aussi peu réalisable que possible dans une ville si bien gardée. L'annonce du départ de la plupart des chefs militaires était une fameuse information. Jusqu'à leur retour, il serait peut-être plus facile de fuir. Tandis que Pitoul continuait à discourir, elle le regardait avec un demi-sourire. Une idée lui venait...

Presque quotidiennement, il passait le soir quelques instants avec elle parce qu'elle savait l'écouter et qu'il était flatté d'avoir pour auditoire une grande dame prisonnière. A ces moments-là, le brave Pitoul ne se méfiait aucunement, si même il s'était jamais méfié de cette belle femme blonde, si triste et si douce. Et Catherine songeait qu'il serait aisé d'assommer Pitoul avec son escabeau, de prendre ses vêtements et de sortir à la faveur de la nuit. Encore fallait-il être renseignée mieux qu'elle ne l'était sur les us et les coutumes de la forteresse. Elle décida d'employer la causerie du soir et celle du lendemain à faire parler Pitoul. En même temps, elle achèverait de mûrir son plan et le mettrait, sitôt prêt, à exécution. L'important était d'être dehors avant que la Pucelle fût dans la ville. Pour rien au monde, Catherine ne voulait subir le jugement de cette fille...

Obtenir les renseignements souhaités fut un jeu d'enfant. Pitoul était tellement heureux à l'idée de manger bientôt à sa faim qu'il n'était vraiment pas besoin de le pousser à parler. Il n'arrêtait pas. Catherine sut les heures exactes des rondes, les noms des portiers, les habitudes militaires et jusqu'au mot de passe. Elle décida que sa tentative de fuite aurait lieu le jeudi et, pour la première fois depuis qu'elle était en prison, dormit d'un bon sommeil.

Toute la journée du jeudi, elle fut nerveuse, inquiète. Les échanges d'artillerie furent plus violents ce jour-là que les jours précédents. Les Anglais comme les gens d'Orléans savaient l'approche de celle que, de leur côté, ils nommaient la Sorcière. Et le vacarme mené par les bombardes et les couleuvrines fut infernal, incessant, mais Catherine s'en réjouissait. Ce tintamarre servirait ses desseins pour peu qu'il durât après le coucher du soleil... Elle regarda baisser le jour avec des sentiments mitigés d'espoir, de crainte et d'impatience. L'heure approchait de la visite de Pitoul.

Enfin, il y eut dans le couloir un bruit de pas et le cœur de la captive se mit à battre la chamade. Le moment était venu... Déjà, elle tendait la main pour saisir le lourd escabeau de chêne. La porte s'ouvrit et Pitoul parut mais s'effaça aussitôt, son bonnet à la main. Interdite Catherine laissa retomber sa main tandis que l'échevin Lhuillier pénétrait dans le cachot, deux soldats sur les talons. Il tenait à la main un rouleau de parchemin. Sa robe rouge mit dans la geôle une lumière sinistre. Instinctivement Catherine se leva, les yeux fixés au visage glacé de l'arrivant.

Il ne lui jeta qu'un rapide coup d'œil, déroula son parchemin et commença à le lire à voix haute :

« En l'absence de Monseigneur Jean d'Orléans et en l'absence de messire Raoul de Gaucourt, gouverneur de la cité d'Orléans, nous, échevins de la ville, avons condamné à mort la dame Catherine de Brazey, convaincue de trahison et de complicité avec l'ennemi...

— A mort ? fit Catherine atterrée. Mais... je n'ai pas été jugée ! »

Imperturbable Lhuillier poursuivit :

« En conséquence de quoi, avons décidé que ladite dame serait conduite demain 28ᵉ jour d'avril au coucher du soleil en l'église cathédrale Sainte-Croix pour y demander à Dieu pardon de ses fautes, puis en la place du Martroy pour y être pendue par le col jusqu'à ce que mort s'ensuive. Fait à Orléans, ce jour... »

Ecrasée, Catherine n'écoutait plus. Elle s'était laissée tomber sur son grabat, les mains au creux des genoux, le corps secoué par un tremblement nerveux. Pendue !... Elle allait être pendue !

« Messire Jean avait dit que l'on ne statuerait sur mon sort qu'après la délivrance de la cité, fit-elle d'une voix blanche.

— Monseigneur nous a confié la ville et, en son absence, c'est nous qui sommes seuls juges de ce qui est bon pour elle, répondit Lhuillier sèchement. Or, il nous paraît bon que notre ville soit purifiée d'une personne comme la vôtre avant que n'y entre l'envoyée de Dieu. Vous êtes une souillure dont nous entendons être débarrassés. »

Les lèvres minces de l'échevin s'arquaient en une expression d'indicible dédain. Visiblement, il la tenait lui aussi pour un suppôt de Satan et Catherine comprenait qu'elle n'avait ni grâce ni merci à attendre de ces gens.

« Vous ne craignez pas de charger votre conscience d'un meurtre ? fit-elle amèrement. Je vous ai dit et redit que j'étais innocente.

— C'est affaire entre Dieu et vous, femme ! Demain un prêtre viendra vous préparer à paraître devant lui. »

Froidement, l'échevin roulait son parchemin, le glissait dans sa large manche et tournait les talons. La porte retomba lourdement sur lui et ceux qui l'accompagnaient. Catherine se retrouva seule au sein d'une obscurité profonde. Cette fois cétait fini... rien ne pourrait plus la sauver !... Un désespoir infini s'empara d'elle et, brisée, elle alla s'abattre sur sa couche de paille où elle se mit à sangloter éperdument. Elle était bien seule, perdue au fond d'une forteresse sourde et aveugle, entourée d'ennemis implacables qui, demain, la conduiraient à la mort. Demain !... Il n'y avait plus que quelques heures à vivre !...

Un long moment, la prisonnière resta prostrée. Elle ne pleurait plus, mais elle avait l'impression que la vie s'enfuyait déjà de son corps. Elle était glacée et frissonnante tout à la fois... Même si Pitoul revenait auprès d'elle, il ne serait plus possible de mettre son plan à exécution. Elle avait entendu Lhuillier, en partant ordonner aux soldats de rester à la porte du cachot et de n'en partir sous aucun prétexte. Il n'y avait vraiment plus rien à faire !...

Au-dehors une agitation insolite régnait. Du fond de son cachot Catherine entendait des cris de joie, des chants. La ville semblait bien joyeuse cette nuit ! Catherine songea amèrement que c'était sans doute sa mort prochaine que l'on saluait ainsi. Elle ne se souvenait que trop des cris de haine qui l'avaient accompagnée quand elle était entrée au Chastelet. Demain ce serait pire. Ils se presseraient tous sur son chemin pour l'injurier, la maudire et lui jeter de la boue...

Vers minuit, la porte de la geôle s'ouvrit à nouveau. Catherine se redressa, pensant que c'était le prêtre annoncé. Ce fut Arnaud qui parut...

Une seconde, il resta sur le seuil à la regarder. Puis, lentement, il tira sur lui le lourd battant de la porte, s'avança de quelques pas.

« Je suis venu te dire adieu ! » fit-il d'une voix sourde.

ARNAUD avait posé à terre la lanterne qu'il portait. La lumière jaune dessinait sur le mur son ombre gigantesque. Debout, il dominait Catherine de toute sa hauteur et, quand elle leva la tête vers lui, elle pensa qu'elle ne l'avait jamais vu si grand... ni si pâle. Ou bien était-ce la lumière pauvre qui lui faisait ce teint blafard et creusait des ombres si dures autour de sa bouche et aux ailes de son nez ? Il portait, comme le jour du tribunal, son pourpoint de daim vert sans autre arme qu'une simple dague passée à la ceinture.

Le cœur de Catherine cognait dans sa poitrine. Elle sentait battre son sang jusque dans sa gorge et ses tempes. Mais, comme il restait là, à la regarder sans rien dire, sans autre manifestation de vie que sa respiration haletante, ce fut elle qui attaqua, durement :

« Ainsi, fit-elle avec lenteur, messire de Montsalvy a éprouvé le besoin de venir me dire adieu ? Quel honneur ! Quelle extraordinaire faveur chez un homme à l'orgueil si susceptible ! Mais, puis-je vous demander qui vous a fait croire qu'un adieu de vous pût m'être de quelque importance ? Allons donc, messire, soyez franc, au moins envers vous-même ! Vous êtes venu voir dans quel état je me trouve et comment j'attends la mort, n'est-ce pas ? Alors je vais vous répondre : je l'attends avec joie, avec un bonheur dont vous n'avez même pas idée parce qu'elle me délivrera de vous et de vos pareils. Maintenant, vous pouvez vous en aller, vous savez ! »

Le capitaine secoua la tête. Aucune colère ne se voyait sur son beau visage mais seulement une sorte de crainte et d'incertitude.

« Non... ce n'est pas cela ! dit-il enfin. Je suis venu parce que je ne pouvais pas m'en empêcher. Voilà des nuits et des nuits que je lutte contre l'envie de venir jusqu'ici. Le jour, il y a la bataille, je peux t'oublier... la nuit, je ne peux plus. Tu es là... toujours là ! Tu me hantes, sorcière !... »

Elle éclata de rire, envahie d'une joie cruelle et douce à constater qu'elle avait encore le pouvoir de le faire souffrir.

« Sorcière ! s'écria-t-elle. C'est tout ce que vous avez trouvé ? En vérité, je vous croyais plus intelligent...

— Moi aussi, fit-il sans se fâcher. Je me serais surtout cru plus fort. Mais voilà des années que tu m'obsèdes, que tu t'acharnes après moi, que tu empoisonnes ma vie... Je te méprise et je te hais. Pour t'oublier, j'ai tout essayé : le vin et les femmes. J'ai même failli me marier. Elle était belle, la demoiselle de Séverac, elle était douce et pure et elle m'aimait. Mais lorsque j'étais près d'elle, c'était toi que je voyais, c'était toi dont je croyais toucher la main, baiser la joue. Alors, je m'enfuyais parce que c'était un sacrilège d'évoquer une p... comme toi auprès d'une douce jeune fille. Puis je revenais, je m'accrochais à elle comme à un bouclier en suppliant Dieu de me permettre de l'aimer... Le Ciel demeurait sourd et le désir que j'avais de toi ne m'en torturait que plus cruellement. Et puis, elle est morte, et je suis resté seul. Les autres, toutes celles qui s'offraient, ne valaient pas plus cher que toi. Un moment, j'ai pensé me faire bénédictin... »

L'idée parut si folle à Catherine qu'à nouveau elle éclata de rire.

« Un moine, vous ? Avec votre orgueil, votre dureté ?

— J'aurais pu l'être. Mais j'aimais trop la guerre pour être bon serviteur de Dieu. L'orgueil, cela se mate ! Pas l'amour du combat ! C'est une chose que l'on porte dans son sang lorsque l'on vient au monde, que l'on suce avec le lait de la nourrice. Alors, je me suis battu avec l'espoir qu'un jour la mort me délivrerait de toi. Elle aussi est demeurée sourde. »

Lentement, Catherine s'était levée, Elle alla s'adosser à la muraille comme pour y chercher un soutien. Mais son regard demeurait croisé à celui d'Arnaud à la manière de deux épées. Elle eut un mince sourire de dédain.

« Voilà pourquoi vous avez pensé qu'elle voudrait peut-être de moi ! Car c'est vous, n'est-ce pas, qui, profitant de l'absence du Bâtard et de Gaucourt, avez arraché ma condamnation aux échevins. C'est vous ?

— Oui, c'est moi ! Je n'ai eu aucune peine. Tu leur pesais comme un mauvais présage. Ils te pendront avec joie... »

Brusquement, elle quitta le mur, s'approcha de lui presque à le toucher, une flamme de défi au fond des yeux :

« Et toi ? Toi aussi tu me pendras avec joie, n'est-ce pas ? Tu penses que tu seras délivré de moi à tout jamais ? Tu le penses ? »

Sa voix, épaisse, passa difficilement.

« Oui... je le pense ! »

Elle lui rit au nez. Un rire de triomphe, goguenard, moqueur, insupportable. Avec insolence, elle relevait la tête. Une joie sauvage l'envahissait, la gonflait d'une griserie amère et exaltante. Comme il semblait faible, tout à coup, et désarmé en face d'elle ! Cent fois, mille fois plus misérable avec toute sa force inutile qu'elle-même déjà frôlée, pourtant, par l'aile de la mort.

« Ah ! tu crois cela ? Tu crois que mon fantôme te hantera moins que mon souvenir ? Qu'une fois mon corps réduit en poussière, il cessera de te hanter ? Pauvre imbécile ! Morte, je te serai cent fois plus redoutable. Tu me verras partout, derrière tous les visages de femme, derrière tous les corps dont tu t'empareras parce que la misère ni la vieillesse n'auront jamais de prise sur moi. Et parce qu'au désir, tu ajouteras le remords... »

Pour la première fois, une flamme de colère brilla dans les yeux sombres du jeune homme.

« Du remords ? Certainement pas. Tu mérites ton sort largement puisque tu n'es venue ici que pour le mal.

— Mais cesse donc de nous mentir à tous deux ! Cela n'a plus d'importance maintenant que tu as disposé de ma vie. Tu sais très bien pourquoi je suis venue. Tu l'as su à la minute même où je me suis avancée vers toi, à la porte de Bourgogne Tu l'as su aussi dans la salle de torture. Tu sais que je t'aimais au point de tout oser, de tout risquer. Que j'avais tout quitté et que je ne voulais plus qu'une chose au monde: te retrouver et mourir avec toi sous les ruines de cette ville.

— Tais-toi !... gronda-t-il.

— Non, je ne me tairai pas. Je ne suis pas encore

morte. J'ai encore une voix. La corde ne l'a pas encore étranglée dans ma gorge. Et je parlerai, autant que j'en aurai envie. Je te dirai tout ce que, depuis tant d'années, je voulais te dire. Et dans tes nuits sans sommeil tu entendras encore ma voix crier : « Je t'aimais... je t'aimais et tu m'as tuée... »

— Te tairas-tu à la fin ? »

Brutalement, il l'avait saisie aux épaules, la secouait avec une telle violence que sa tête allait dans tous les sens. Déséquilibrée, elle trébucha, poussa un cri. Alors, il la lâcha aussi brusquement qu'il l'avait empoignée, et si soudainement qu'elle tomba lourdement à terre. Une de ses jambes se replia sous elle, causant une douleur aiguë. Sentant le sol rugueux sous ses mains, elle voulut se relever, mais, déjà, il s'était laissé tomber sur elle, l'écrasant de tout son poids. La lumière faible de la lanterne lui montra, tout contre le sien, le visage d'Arnaud tordu par la fureur et le désir.

« Non, tu ne me hanteras plus ! Demain tu seras morte et, cette nuit, je vais t'exorciser, sorcière ! Je vais t'arracher tous tes pouvoirs. Quand je t'aurai possédée, je comprendrai peut-être que tu n'es qu'une femme comme les autres... »

Une lutte sauvage s'engagea alors entre eux, silencieuse, sans merci. Catherine, les dents serrées, se battait comme si sa vie en dépendait, retenant son souffle, économisant ses forces autant qu'elle pouvait. Elle était souple et glissante comme une anguille, mais Arnaud avait pour lui sa force d'homme vigoureux, en pleine santé alors qu'elle était une femme affaiblie par les privations et la réclusion. Peu à peu, elle se sentit faiblir, comprit qu'elle ne pourrait pas tenir longtemps tête. De plus, ses cheveux dénoués la gênaient, l'entravaient à la manière d'un filet. Arnaud avait déjà emprisonné un de ses poignets qu'il avait ramené derrière son corps et tentait d'y amener l'autre poignet. La force de Catherine tout entière dans sa résistance nerveuse et dans sa fureur, fuyait de plus en plus vite et, subitement, s'effondra tout net. La bouche d'Arnaud venait de s'abattre sur la sienne, l'emprisonnait sous un baiser qui lui coupait le souffle. Elle se sentit mollir, faiblir et comprit qu'elle était en train de s'évanouir. Elle lutta alors contre cette nouvelle faiblesse qui, insidieusement, se glissait en elle. Mais elle n'en pouvait plus.

Dans une demi-inconscience, elle sentit qu'il s'écartait d'elle tout en gardant ses deux mains prisonnières derrière son dos, qu'il lui ôtait ses vêtements. Elle fermait les yeux pour ne plus le voir, mais elle l'entendait respirer fort, comme un homme qui vient de fournir une longue course. Ses poignets serrés par les doigts durs d'Arnaud lui faisaient mal et elle se tordit pour échapper à la douleur, mais une longue caresse parcourut tout son corps, lui arrachant un frisson. A nouveau il l'embrassa et Catherine sentit s'éveiller dans son corps tous les démons d'autrefois, plus voraces peut-être que jamais après le long sommeil où elle les avait contraints. Oubliant tout, et la potence prochaine et sa haine, sa rancœur et son humiliation, elle s'abandonna totalement, ne se rendit même pas compte qu'il avait déjà libéré ses poignets et, qu'instinctivement, elle glissait ses bras au cou du jeune homme. Il parlait maintenant, d'une voix enrouée, à peine audible, une voix de rêve. Les lèvres contre son visage, il murmurait des mots d'amour passionnés, entrecoupés d'insultes, ne s'arrêtant que pour la couvrir de baisers. Les yeux clos, les lèvres entrouvertes, elle ne disait rien, le laissait délirer, se laissant elle-même emporter...

Et le miracle eut lieu, le miracle qui naît comme une étincelle entre deux êtres destinés de tout temps l'un à l'autre, créés l'un pour l'autre. Catherine se donna comme jamais elle ne s'était donnée à aucun homme et reçut en échange une joie si puissante qu'elle n'en avait jamais soupçonné de semblable. Une joie qui effaçait tout et donnait, en une minute, le prix fabuleux d'une vie entière...

Quand la vague de passion se retira, la laissant inerte et sans force sur la terre nue de sa prison, Catherine sentit qu'Arnaud l'abandonnait. Elle ouvrit les yeux, le vit se diriger d'un pas mal assuré vers la porte, sourit :

« Arnaud... » appela-t-elle.

A sa voix, il se retourna mais lentement, très lentement, comme à regret. Il ouvrit la bouche pour dire quelque chose. Aucun son n'en sortit. Alors très doucement, elle murmura :

« Tu peux t'en aller... et moi, je peux mourir. Je sais maintenant que, jamais plus tu ne m'oublieras. »

Avec un cri rauque, il fonça vers la porte, oubliant sa lanterne. Catherine entendit le bruit de sa course s'estomper dans les galeries de la prison. Craignant que les soldats de garde n'entrassent, elle se hâta de remettre ses vêtements, s'enfonça dans la paille et sombra dans le sommeil. Quand l'un des gardes entra pour récupérer la lanterne, il la trouva profondément endormie et en resta tout bête un bon moment.

« Dormir comme ça quand on va être pendue dans quelques heures, confia-t-il un instant plus tard à son compagnon, ça suppose un rude courage. Et c'est une femme ! »

CHAPITRE XIV

JEHANNE

En s'enfuyant de la prison de Catherine, Arnaud ne se doutait pas de la joie immense qu'il laissait derrière lui. Cette joie avait sorti la jeune femme d'elle-même, l'avait en quelque sorte arrachée à sa prison, à la crainte du sort affreux qui l'attendait pour la lancer en plein ciel bleu. Elle avait connu tant de bonheur en une seule heure qu'elle ne craignait même plus la mort. Le moine cordelier chargé de l'exhorter, avait trouvé une femme entièrement détachée de tout et qui n'avait fait que très peu attention à lui. Indifférente, elle l'avait écouté lui parler de Dieu avec un demi-sourire inconscient qui avait scandalisé quelque peu le saint homme. Pitoul en pleurant, était venu lui servir le meilleur repas qu'elle avait fait depuis longtemps, avec du pain blanc, de la viande fraîche et du vin : la veille un convoi de vivres amené par eau était entré dans la cité, protégé par la Pucelle en personne.

« Quand je pense qu'elle va faire, ce soir même sans doute, son entrée et que vous ne la verrez pas ! » larmoyait le brave homme. Et c'était Catherine qui avait dû réconforter son geôlier. La Pucelle lui importait fort peu, à elle qui allait mourir, car elle mourait heureuse.

Cette étrange sérénité durait encore quand on la hissa, vers huit heures du soir, sur un tombereau qui servait d'ordinaire à enlever les ordures. Le cordelier prit place auprès d'elle et le bourreau monta derrière. Une escorte d'archers enveloppa l'équipage et l'on quitta le Chastelet. Vêtue d'une grossière chemise, la corde au cou, Catherine se laissait aller aux cahots du chemin sans résistance. Ses yeux agrandis étaient ceux d'une somnambule. Elle n'avait déjà plus l'air d'appartenir à cette terre.

Le tombereau traversa le marché à la poulaille, désert à cette heure et s'engagea dans la grande rue des Hostelleries. Cette large artère, avec ses auberges, florissantes en temps normal, et ses belles enseignes richement enluminées, offrait d'ordinaire une grande animation. Mais, ce soir, elle était à peu près vide. Toutes les maisons avaient leurs volets et les quelques rares passants se hâtaient tellement qu'ils n'accordèrent qu'une très faible attention au funèbre cortège. L'un des soldats d'escorte grogna :

« Ils sont tous à la porte de Bourgogne par où la Pucelle doit entrer dans la ville. Comme si nos seigneurs les échevins n'auraient pas pu faire pendre cette femme un peu plus tôt ! On y serait, nous aussi...

— Y a qu'à faire vite ! fit l'autre.

— Silence, vous autres ! » ordonna le sergent qui suivait à cheval.

De fait, on entendait vers l'est de la ville, comme

un grand brouhaha formé par des milliers de voix. Cela bourdonnait comme un essaim d'abeilles géantes alors que tout le reste était silence. Les cloches de Saint-Etienne, de Sainte-Colombe et de Notre-Dame-de-la-Conception se mirent à carillonner tandis que l'on suivait la grande rue qui aboutissait à la Cathédrale Sainte-Croix, en même temps que les cris et les vivats augmentaient.

« Elle entre ! ne put se retenir de crier un archer électrisé. Dieu soit loué !

— Amen ! » fit le cordelier par habitude. Catherine haussa les épaules. Elle avait hâte maintenant que toute cette sinistre comédie prît fin. Et, curieusement, ce n'était plus à Arnaud qu'elle pensait, mais à Michel. Elle le revoyait avec une effrayante netteté, durant sa marche au supplice, le long de la rue Saint-Denis. Une foule l'entourait, tandis qu'elle était seule. Et il n'y avait nulle part un couple d'enfants décidés à la sauver au péril de leur propre vie. C'était au milieu d'une totale indifférence, en compagnie d'un moine amorphe et de soldats pressés qu'elle s'en allait à la mort.

La rue s'ouvrit d'un seul coup, débouchant sur le parvis de Sainte-Croix. Les flèches de la cathédrale brillaient encore d'un reste de lumière. Sous le porche sombre, éclairé par deux cierges aux mains d'enfants de chœur, un prêtre en chasuble noire attendait avec la haute croix processionnelle que portait un diacre. Le tintamare de la ville en liesse se rapprochait. Les cloches de Sainte-Croix, à leur tour, déversaient un flot de joie insultante sur la tête de la condamnée, qu'une révolte brusque envahit. De quel droit ces gens si joyeux l'obligeaient-ils à mourir ? L'instinct de conservation se réveillait brusquement mais avec une violence qui secoua Catherine tout entière. Elle s'agita dans ses liens, puis, comme le tombereau cahotait sur les pavés inégaux du parvis, elle se mit à crier :

« Je ne veux pas mourir ! Je suis innocente !... innocente... »

Une énorme clameur couvrit sa voix. La rue qui longeait la cathédrale parut éclater soudain sous la poussée d'une foule immense, portant des torches si nombreuses que la nuit recula. La place fut envahie en un rien de temps tandis que des fenêtres s'ouvraient précipitamment pour vomir des tapisseries, des pièces de soieries multicolores qui se déroulèrent jusque dans la poussière. Le tombereau de Catherine fut immobilisé soudain par une mer humaine qui ne s'en souciait même pas. Au-dessus de la houle des têtes, Catherine put voir un cortège militaire s'avancer lentement. En tête marchait un cavalier, nu-tête, sur un cheval blanc et c'était autour de ce cavalier que la foule s'écrasait. Du haut de son tombereau qui l'élevait au-dessus des têtes, la condamnée comprit que c'était là Jehanne la Pucelle, et sa révolte, d'un seul coup tomba sans qu'elle pût comprendre pourquoi. Les yeux agrandis, médusés, elle regardait s'avancer la guerrière. Jehanne portait une armure blanche qui brillait comme de l'argent et l'enveloppait complètement. D'une main, elle guidait son cheval, de l'autre elle tenait un grand étendard blanc frangé de soie qui portait, sur champ semé de fleurs de lis, l'image du Sauveur et deux anges tenant un lis dans leurs mains. Les mots « Jhésus Maria » étaient écrits de côté. Mais, au milieu de cet appareil éclatant, Catherine ne vit que la figure de la jeune fille, son visage net et clair sous une calotte de cheveux bruns coupés comme ceux d'un garçon, ses yeux bleus, francs et lumineux. Les hommes, les femmes se pressaient autour du cheval blanc, essayant de toucher la main, l'armure ou même seulement la monture de Jehanne. Elle leur souriait gentiment, les écartait avec douceur en leur disant de prendre garde pour n'être pas foulés aux pieds des chevaux. Dans son enthousiasme, un jeune garçon approcha trop sa torche d'une bannière qui prit feu. D'un geste preste, Jehanne d'Arc la lui arracha, éteignit la flamme sous sa main, rejeta l'étoffe noircie. Des vivats forcenés montèrent... Derrière la Pucelle, Catherine reconnut Jean d'Orléans, Xaintrailles, Gaucourt. Bien d'autres qu'elle ne connaissait pas suivaient. Seul, Arnaud était invisible.

Soudain le regard de Jehanne qui se levait vers la cathédrale s'arrêta sur la condamnée, devint fixe avec une nuance d'incrédulité. Elle arrêta son cheval, se détourna vers Dunois, et, désignant d'une main le triste équipage :

« Sire Bâtard, se trouve-t-il donc dans ta bonne ville des cœurs assez durs pour envoyer une femme à la mort au moment où l'armée y apporte l'espérance ? » fit-elle d'une voix grave qui résonna jusqu'au fond du cœur de Catherine.

Dunois fronça les sourcils. Il avait immédiatement reconnu Catherine et cherchait autour de lui quelqu'un qu'il ne trouva sans doute pas. Il haussa les épaules avec mécontentement.

« J'avais ordonné que cette femme fût laissée en prison jusqu'à votre arrivée, Jehanne, afin que vous puissiez, à votre gré, disposer de son sort. Elle est arrivée ici voici un mois, en haillons et presque épuisée. Mais l'un de nos capitaines l'a reconnue formellement pour être grande dame et amie très chère de Philippe de Bourgogne. Il l'a accusée d'être venue pour espionner.

— Ce n'est pas vrai ! Je voulais seulement me joindre aux gens de cette ville martyrisée, y mourir avec eux... » s'écria Catherine avec tant de chaleur que Jehanne la regarda avec plus d'attention. Le regard violet et le regard bleu s'accrochèrent un instant et Catherine sentit, tout à coup, une étrange confiance s'insinuer en elle. Il y avait tant de bonté dans le regard de Jehanne, tant de sincérité aussi qu'elle oublia d'un seul coup toutes ses préventions. Et, comme Jehanne soudainement lui souriait, d'un beau sourire chaud et amical, elle le lui rendit avec timidité.

« Comment t'appelles-tu ? demanda Jehanne.

— Catherine, noble dame. »

Cette fois, le sourire de Jehanne illumina tout son visage tandis qu'elle secouait joyeusement sa tête aux cheveux courts.

« Je ne suis pas noble dame mais simple fille des champs et j'ai une petite sœur qui se nomme, elle aussi, Catherine, comme l'une de mes chères saintes. Puisque c'est de moi que dépend ton sort, tu es libre, Catherine. J'espère qu'il se trouvera ici quelque bonne âme pour prendre soin de toi car c'est à moi que cela fera plaisir. Nous nous reverrons... »

Du coup, ce fut à qui s'emparerait de la prisonnière. Elle fut déliée, enlevée de l'infect tombereau, posée à terre et même un manteau, venu d'on ne savait où, tomba sur ses épaules. On se la disputait et, ceux-là même qui hurlaient à la mort sur son passage, un mois auparavant, étaient prêts à se battre pour lui offrir l'hospitalité. Pendant ce temps, Jehanne et son escorte descendaient de cheval devant la cathédrale où la jeune fille voulait prier comme elle avait coutume de le faire chaque soir, au coucher du soleil. Une grande et forte femme, bien vêtue de beau velours frappé et portant des bijoux d'or, s'approcha d'elle.

« Confiez-moi votre prisonnière, Jehanne, dit-elle. Je suis la mère de Jacques Boucher le trésorier chez qui vous devez prendre logis. J'aurai bien soin d'elle. »

Jehanne la remercia d'un sourire.

« Faites, dit-elle simplement. Et que Messire Dieu vous bénisse ! »

Puis elle entra dans la grande église, toujours portant sa haute bannière blanche, avec tous ses chevaliers après elle comme une grande traîne d'acier. Cependant, dame Mathilde Boucher avait posé sa main sur le bras de Catherine et l'entraînait à sa suite, fendant la foule qui s'écartait devant elle avec un murmure amical.

« Venez, pauvrette. Vous êtes si pâle que vous avez grand besoin de vous réconforter. »

Mais Catherine ne se laissait emmener qu'à regret. Elle se retournait sans cesse pour essayer de voir encore l'armure blanche de Jehanne qui s'estompait sous l'ombre du portail. Alors Mathilde sourit.

« Venez donc, dit-elle. Vous la reverrez bientôt puisqu'elle va loger chez nous. »

Docilement, alors, la jeune femme suivit sa protectrice. Comme elles passaient devant l'Hôtel-Dieu, voisin de la cathédrale, elle avisa, sculpté au-dessus de la porte, une silhouette agenouillée portant d'immenses ailes.

« Un jour, fit-elle sourdement, il y a bien longtemps, alors que j'étais toute petite, une femme de Bohême m'a prédit qu'au cours de ma vie, je rencontrerais un ange ! Croyez-vous, dame Mathilde, que Jehanne soit cet ange ? »

Mathilde s'arrêta un instant et regarda son invitée avec une brusque sympathie. Elle n'avait obéi, tout à l'heure, qu'à un mouvement charitable et au désir d'être agréable à la libératrice. Mais elle commençait à s'intéresser à la rescapée.

« N'en doutez pas ! » fit elle gravement.

La maison de Jacques Boucher, trésorier pour le roi en la ville d'Orléans, était située auprès de la porte Regnard qui regardait vers l'Occident. C'était une haute et belle demeure dont les pignons fleuronnés, les belles fenêtres à meneaux et à vitraux coloriés, et les minces poivrières proclamaient la richesse. De ses fenêtres hautes, la vue enjambait le rempart et s'étendait à l'aise sur la plus grande partie du camp anglais. Par-delà le fossé, entre la Loire et la porte Bannière, au nord, les hommes de Salisbury, tué dans le début du siège, puis de Talbot et de Suffolk avaient bâti cinq bastilles de bois, avec tours et défenses, dont la principale, une énorme fortification qui gardait le fleuve, portait le nom de Bastille Saint-Laurent. Le pennon de John Talbot, comte de Shrewsbury y flottait ainsi que Mathilde Boucher le montra à Catherine depuis la chambre qu'elle lui donna. Malgré la nuit, on pouvait distinguer nettement toute l'étendue du camp anglais et les chaînes de tentes multicolores qui reliaient l'une à l'autre les bastilles. Au-delà, tout le pays, rasé, brûlé, semblait aussi pelé qu'un crâne chauve.

« Ils ne sont pas mieux lotis que nous, fit la nouvelle amie de Catherine en désignant la grosse bastille, et ne mangent guère à leur faim. Depuis le fameux convoi de harengs que le duc de Bourbon n'a pas réussi à arrêter malgré toutes les vies qu'il a coûté, ils n'ont rien reçu. Ils ont les dents longues. Mais, ce soir, grâce à Dieu et à Jehanne, nous souperons à notre aise, nous autres les assiégés ! »

Catherine avait l'impression de s'éveiller d'un mauvais rêve. La cordialité de la dame était réconfortante. Par bien des côtés, elle rappelait à la jeune femme son amie Ermengarde et Catherine ne résista pas au plaisir de le lui dire. Dame Mathilde en fut immensément flattée, les Châteauvillain étant de trop grande race pour n'être pas connus de toute la France. D'ailleurs la qualité de son invitée agissait également sur elle et, oubliant qu'une heure plus tôt, la noble dame avait la corde au cou, elle prit un évident plaisir à l'appeler « ma chère comtesse ».

Grâce à elle, Catherine retrouva d'un seul coup toutes les joies du confort. Dans les grandes salles de réception, les nombreux serviteurs préparaient le banquet fastueux que le trésorier voulait offrir à la Pucelle, mais Mathilde parvint à récupérer deux chambrières qui, sur son ordre, se hâtèrent de chauffer un bain et de préparer une chambre.

Une fois plongée dans l'eau, Catherine songea qu'elle n'avait jamais goûté plaisir comparable à celui-là. Des masses d'eau chaude, du savon parfumé, des eaux de senteur, tout cela se trouva d'un seul coup à sa disposition comme par miracle. La cruche d'eau froide que lui apportait chaque matin le brave Pitoul était bien loin ! Quand elle se fut vigoureusement frictionné le corps, lavé les cheveux, Catherine se sentit une autre femme. Une chemise de fine batiste plissée, une robe de soie de couleur feuille morte, un peu trop grande pour elle, mais solidement resserrée avec des épingles, et elle se trouva transformée. Tandis qu'une servante peignait ses longs cheveux, sans lui ménager les exclamations admiratives, elle songea que toutes ses terreurs et même les souvenirs de ses souffrances, tout cela gisait maintenant au fond de l'eau polluée que les servantes s'activaient à vider. Quand

Mathilde, qui était allée aider sa belle-fille à mettre la dernière main aux préparatifs, entra dans la chambre, elle resta sur le seuil médusée par la transformation qui s'était opérée. En une heure à peine, l'épave destinée au gibet s'était muée en une jeune femme très belle et très élégante. Elle ne put se retenir de venir l'embrasser.

« Ma chère comtesse, vous êtes tout bonnement éblouissante et je commence à comprendre mieux les choses ! En vérité, je me demandais quel fou avait bien pu imaginer que vous étiez la douce amie du duc Philippe, si difficile !

— Je ne le suis plus, fit Catherine en souriant. Je vous raconterai pourquoi. Vous avez été si bonne avec moi !

— Laissez donc. Vous êtes ici chez vous. Votre aventure, je l'ai compris presque en même temps que la Pucelle, venait d'une affreuse méprise. Et vous êtes la bienvenue. Venez, maintenant, que je vous présente. J'entends le cortège qui arrive. »

En effet, le vacarme de la ville en délire paraissait se porter de ce côté. Jehanne, sans doute, avait quitté la cathédrale et gagnait son logis. Mais Catherine résista à Mathilde qui voulait l'entraîner.

« Non, pas ce soir ! J'aurais honte !... Demain, je me jetterai aux genoux de Jehanne pour la remercier. »

A ce moment, la tête rouge et essoufflée de Marguerite Boucher parut dans l'entrebâillement de la porte. Elle sourit à Catherine, qu'elle avait accueillie chaleureusement puisque Jehanne l'envoyait, mais elle s'adressa à sa belle-mère :

« La voilà ! Je vous en conjure, venez ! Je meurs de peur et jamais je n'oserai l'aborder seule.

— Quand donc cesserez-vous d'avoir peur de la moindre armure, Margot ? fit Mathilde en haussant les épaules. Ce n'est pas un chef de routiers qui nous arrive, mais une belle jeune fille souriante et pleine de douceur...

— ... et qui nous vient tout droit du Ciel ! Si vous trouvez que ce n'est pas plus impressionnant que tous les chefs de routiers du monde, vous ! »

Les deux femmes sortirent en hâte, laissant Catherine seule. Le cortège de Jehanne, en effet, arrivait et la jeune femme s'approcha de la fenêtre pour la voir arriver. La Pucelle était toujours à cheval, mais elle avait remis sa bannière à son écuyer, Jehan d'Aulon, qui la suivait comme son ombre, afin de pouvoir mieux toucher toutes les mains qui se tendaient vers elle ou embrasser les petits enfants qu'on lui tendait.

Derrière elle, les capitaines marchaient toujours en bon ordre, patients et souriants pour une fois. Un seul montrait une mine sombre et chevauchait distraitement, les yeux sur les oreilles de son cheval. Catherine, le cœur battant, le sang aux joues, reconnut Arnaud. Jamais encore elle ne lui avait vu ce visage altéré, cette attitude accablée. Il avait l'air d'un vaincu traîné au char du vainqueur et Catherine se demanda s'il savait que Jehanne l'avait arrachée à la mort. Cette mine lugubre qu'il affichait, venait-elle du fait qu'il la savait vivante ou bien le remords faisait-il déjà son effet ? Les souvenirs de la nuit précédente devaient le tourmenter comme autant de reproches et la jeune femme se prit à sourire. C'était tellement bon de se sentir vivante, jeune, libre... libre surtout de reprendre l'étrange bataille qui, depuis si longtemps, l'opposait au capitaine de Montsalvy.

« Je ne te laisserai ni trêve ni repos », murmura-t-elle entre ses dents quand le chevalier passa sous sa fenêtre sans la voir. Un désir intense de revanche, de vengeance la possédait. La vue d'Arnaud lui avait produit un étrange effet. Il était, à la fois, tout ce qu'elle aimait et tout ce qu'elle détestait, cet homme qui si froidement, sans la moindre hésitation, l'avait envoyée à la mort et qui, cependant, avait déliré de passion entre ses bras. Son air morne, la tristesse répandue sur ses traits avaient soulevé chez Catherine une vague de joie mauvaise. Il était temps qu'à son tour il apprît ce qu'était la souffrance et aussi que l'orgueil ne résolvait pas tout, ne protégeait pas de tout.

Quand ils furent tous entrés et que la maison s'emplit de bruit comme une coquille creuse, Catherine alla s'étendre sur son lit, un lit si doux qu'elle faillit en pleurer de joie. A refaire ainsi l'apprentissage de la vie, sa colère envers Arnaud s'en trouvait gonflée, son inquiétude aussi. Ce soir, ou demain, ils se retrouveraient face à face et la jeune femme ne se dissimulait pas qu'elle craignait cette minute plus que tout. Comment réagirait-il quand il la reverrait, quand il serait bien sûr qu'elle était toujours vivante ? Arnaud, pour Catherine, représentait une insoluble énigme. Par deux fois elle s'était abandonnée à lui, si éprise et si consentante qu'il n'avait pu s'y tromper. Pourquoi, dès lors, cette haine dont il la poursuivait au point de l'avoir livrée à la torture, jetée au bourreau ? Il avait peur d'elle, voilà qui était sûr, peur du désir irrépressible qu'elle éveillait en lui et, parce qu'il croyait au maléfice de cette attirance, il avait essayé de s'en débarrasser par le plus brutal des moyens.

Loyalement, Catherine essaya de se mettre à la place du jeune homme. Lorsqu'il l'avait rencontrée, sur la route de Flandres, il n'avait même pas cherché à lutter contre l'attrait violent qu'elle exerçait sur lui. Il ne s'était pas posé de questions et, simplement parce qu'elle était belle et qu'il en avait envie, il l'avait prise dans ses bras, il avait voulu la faire sienne sans chercher à en savoir davantage. Mais, de cette minute, où l'amour à l'état pur les avait jetés l'un vers l'autre, le sort avait paru prendre un malin plaisir à les séparer. Pourquoi avait-il fallu que, de la mort de son frère, il n'eût retenu que le nom de Legoix ? Des Legoix, il y en avait beaucoup à Paris et un seul, le cousin Thomas, avait manié le couperet qui avait tranché la vie de Michel. S'il avait été si bien renseigné, comment Arnaud n'avait-il pas appris le rôle qu'avait joué une petite fille de Paris ? Personne n'avait donc parlé devant lui de cet orfèvre pendu pour avoir donné asile à son frère, de l'enfant éperdue qui, opposant ses mains nues à la fureur populaire, avait imploré qu'on épargnât le jeune homme ? Arnaud englobait Catherine dans tous les Legoix de la terre, sans même chercher à savoir qui était coupable et qui était innocent.

Pourtant, à mesure que les pensées de la jeune femme allaient leur chemin, elle découvrait au fond de sa conscience des raisons de l'excuser. Tout compte fait, quelles raisons Arnaud pouvait-il avoir de lui faire confiance ? Elle portait un nom dont il s'était juré de tirer vengeance et, pourtant, quand il l'avait retrouvée, sous les murs d'Arras, emporté par l'amour qu'elle lui inspirait, il avait oublié sa légitime vengeance.

Que s'était-il passé alors ? On les avait arrachés l'un à l'autre et, au mépris des lois même de la chevalerie, Arnaud avait été jeté en prison. Il n'en était sorti que pour trouver Catherine installée dans le lit même du duc Philippe, et si même il avait cru que la jeune femme avait plaidé pour sa libération, cela n'avait dû lui causer aucun plaisir. Enfin, lorsqu'aux murailles d'Orléans, il avait vu venir à lui cette Catherine en haillons, à demi morte, comment aurait-il pu deviner qu'elle venait d'endurer pour le rejoindre un martyre de plusieurs jours ? Pour cet homme, enfermé depuis six mois dans une ville assiégée, réduite à la famine, tout ce qui venait de Bourgogne ne pouvait être que dangereux, et, comme tel, à supprimer...

A mesure que le temps s'écoulait, les pensées de Catherine suivaient une courbe toujours plus favorable à Arnaud. Elle le comprenait maintenant. Mieux, elle excusait la haine implacable dont il la poursuivait. Peut-être qu'à sa place, elle en eût fait tout autant... Et, peut-être que le mieux serait pour Catherine, elle-même, d'abandonner. Elle se rendait compte qu'elle avait rêvé, et seulement rêvé, un avenir qui aurait pu l'unir à Arnaud de Montsalvy. Il y avait entre eux trop de choses, trop d'amertume et trop d'obstacles. Jamais il ne pourrait croire à l'amour sincère d'une femme dont il avait une telle méfiance. Une profonde lassitude se glissait en elle, pesante et dissolvante...

Ayant perdu l'habitude de se dévêtir pour dormir, elle commençait à sombrer dans le sommeil quand dame Mathilde reparut tout agitée.

« Croiriez-vous que Jehanne refuse le festin que nous lui avons préparé ? s'écria-t-elle. Les capitaines et Mgr Jean y font grand honneur mais, pour elle, il a fallu lui servir seulement quelques tranches de pain qu'elle a trempées dans un peu de vin coupé d'eau. En voilà un régime ! Son chapelain, frère Jean Pasquerel, m'a dit qu'elle ne mangeait à peu près rien d'autre. »

Le ton de l'excellente femme était si désolé que Catherine se mit à rire. Il y avait longtemps qu'elle n'avait ri de si bon cœur et ce simple plaisir oublié chassa un peu ses idées noires.

« Ni vous ni moi ne savons rien des envoyés de Dieu et de leurs habitudes, dame Mathilde, fit-elle doucement. C'est toute une étude à faire... »

Peu convaincue, Mathilde Boucher hocha gravement sa tête imposante surmontée d'une vaste coiffure en cornes doubles.

« Croyez-vous vraiment qu'elle soit seulement fille des champs comme on le dit ? Avez-vous vu comme elle se tient à cheval ? Quelle assurance et quelle noblesse ! Messire d'Aulon, son écuyer, m'a assuré qu'à Tours, dernièrement, elle avait couru une lance avec Mgr le duc d'Alençon et que celui-ci était tout ébaubi de son adresse. N'est-ce pas étrange ? »

Mais la bonne dame aurait pu discourir longtemps encore sur les singularités de Jehanne, Catherine ne l'écoutait qu'à peine. Toute son attention était tendue vers une voix masculine, montant de l'étage inférieur : une voix à la fois rude et chaude qui faisait passer des frissons sous sa peau. Lorsque son hôtesse se retira, la laissant seule à nouveau, Catherine sentit retomber sur elle la lourde chape de peine et de désespoir qu'elle traînait depuis sa libération. Il était bien difficile de prendre une décision saine. Aurait-elle jamais le courage de s'arracher d'Arnaud, de s'éloigner de lui définitivement ?

AU matin, Catherine qui, écrasée de fatigue, avait dormi de longues heures sans même s'en apercevoir, fut réveillée en sursaut par une voix qui, dans la rue, jurait et sacrait effroyablement. Croyant bien reconnaître cette voix, elle sauta à bas de son lit et, pieds nus, courut à la fenêtre, se pencha. C'était bien Arnaud. Planté devant la maison, en armure, son casque sous le bras, il se disputait avec le trésorier Jacques Boucher. Tous deux criaient si fort que, tout d'abord, Catherine ne comprit rien à ce qu'ils se disaient, mais on faisait cercle autour d'eux. Boucher, les bras écartés, avait l'air de barrer le chemin au capitaine.

« Par les tripes du pape et par la mordieu, hurla enfin Arnaud déchaîné, je te jure bien que tu me laisseras passer ! Je croyais cette ribaude morte depuis hier et, ce matin, j'apprends qu'elle est chez toi, reçue et considérée ? Voilà un scandale qui ne durera pas longtemps, même si je dois moi-même accrocher la damnée sorcière à la potence ! »

Boucher allait répliquer mais une autre voix, au moins aussi vigoureuse que celle du jeune homme éclata dans la rue. Catherine vit Jehanne bondir hors de la maison, se précipiter sur Arnaud qu'elle empoigna par l'épaule et se mettre à le secouer d'importance.

« Messire ! s'écria-t-elle. Comment osez-vous jurer ici le nom de notre Seigneur ? Je vous assure que vous vous en dédirez avant que je ne parte d'ici. »

La foudre lui tombant sur la tête aurait sans doute moins surpris Arnaud que la brutale sortie de la Pucelle. Le ton impérieux et la poigne vigoureuse de la jeune fille avaient de quoi laisser pantois le plus irascible capitaine et, apparemment, l'ange du Seigneur avait de l'abattage ! Mais Arnaud n'était pas homme à se laisser intimider facilement.

« Je suis le capitaine de Montsalvy et je veux entrer ici pour que justice soit faite, cria-t-il.

— Seriez-vous le roi notre maître que vous n'y entreriez pas contre le gré de maître Boucher. Au surplus, c'est affaire entre vous deux. Mais, ce qui m'importe, à moi, c'est que vous demandiez pardon à Dieu que vous avez offensé avec vos jurons. Je ne vous tiendrai pas quitte avant. Allons, à genoux ! »

A genoux ? La Pucelle avait osé intimer à Montsalvy

l'ordre de s'agenouiller ? Catherine mi-inquiète, mi-scandalisée n'en croyait pas ses oreilles. Elle n'en crut pas davantage ses yeux en voyant Arnaud passer du rouge ponceau au blanc verdâtre, mais s'agenouiller sur le pavé et dire une courte prière. Avec quelque mélancolie, elle songea qu'il ajouterait sans doute cette humiliation que Jehanne venait de lui infliger, au compte déjà très lourd de Catherine. Elle était triste aussi de constater que sa haine ne désarmait pas et que, sans la protection de la Pucelle, rien n'eût empêché Arnaud de la faire mourir. Ne parlait-il pas de la pendre de ses propres mains ? En vérité, même si elle devait en mourir de chagrin, Catherine se devait de tout tenter pour arracher de son cœur cet amour stupide.

Lorsque le capitaine fautif eut terminé son oraison, Jehanne était déjà rentrée dans la maison avec Jacques Boucher. Par contre Xaintrailles était apparu débouchant de la rue voisine en compagnie d'un autre capitaine, plus âgé que lui mais dont l'aspect était aussi rude que redoutable. Au spectacle d'Arnaud priant au milieu de la rue, tous deux s'étaient arrêtés et se tordaient de rire sans la moindre vergogne. La colère d'Arnaud se tourna contre eux.

« Je voudrais savoir ce que vous faites là à rire comme des idiots », s'écria-t-il hargneux. L'agressivité du ton ne troubla pas les deux hommes et le plus âgé cessa de rire un moment pour remarquer, goguenard :

« J'ai idée que la Pucelle est en train de te dresser de belle façon, mon fils. On dirait que tu as trouvé ton maître !

— Gageons que tu trouveras le même, La Hire. Personne ne jure aussi abominablement que toi dans toute l'armée et nous verrons ce que dira

Jehanne lorsqu'elle entendra ton répertoire. Tiens, je suis prêt à parier avec toi.

— A quel sujet ? fit le Gascon méfiant.

— A ton sujet. Je te parie cent écus d'or qu'elle te fera aller à confesse ! »

Le rire de La Hire ébranla les murs. Il pleurait de joie et se tapait sur les cuisses à grandes claques sonores. Célèbre dans l'armée tout entière par son mauvais caractère, Etienne de Vignollès, rebaptisé La Hire [1] par acclamations, avait des éclats de gaieté aussi fulgurants que ses fameuses colères.

« Tenu ! s'écria-t-il. Tu peux déjà compter tes cent écus ? Moi à confesse ? Mais le pape lui-même n'oserait pas me le demander...

— Jehanne, elle, osera. Et tu lui obéiras, mon garçon... parce qu'on ne peut pas ne pas lui obéir, tu verras ! »

Tout en parlant, Arnaud avait levé les yeux, aperçu Catherine, debout à la fenêtre, avec sa longue chemise blanche et les nattes dorées qui retombaient dessus. Il pâlit, détourna les yeux. Puis, glissant son bras sous celui de Xaintrailles :

« Allons-nous-en, fit-il assez haut pour que Catherine l'entendit. Que Jehanne fasse de cette femme ce que bon lui semblera après tout. Le mieux serait encore qu'elle l'envoie au Diable...

— Jehanne ? Envoyer quelqu'un au Diable ? Cela m'étonnerait », fit La Hire, avec une surprise sincère. N'étant au courant de rien, il n'avait rien compris, mais Xaintrailles, lui, avait souri. Et, comme les deux autres lui tournaient le dos, il avait envoyé la fin de ce sourire jusqu'à Catherine avec l'ébauche d'un salut. Ce sourire, ce salut, avaient atténué un peu l'impression pénible laissée par les paroles d'Ar-

1. La colère.

naud. Xaintrailles semblait avoir gardé un petit faible pour elle et la jeune femme songea qu'étant le meilleur ami d'Arnaud, il avait peut-être sur lui quelque influence. De toute façon, il saurait à quoi s'en tenir sur les pensées profondes du jeune homme. Elle se promit, en conséquence, de guetter Xaintrailles et d'avoir avec lui un entretien sérieux.

Toute la journée, mêlée aux femmes de la maison, Catherine regarda vivre Jehanne d'Arc. La Pucelle la fascinait, l'attirait avec une force de séduction qu'aucune femme n'avait jamais exercée sur elle, si puissante que, par moments, le souvenir même d'Arnaud s'estompait. Quand il lui venait à la pensée, elle l'écartait avec une sorte de gêne à cause des images trop précises et trop brûlantes qu'il évoquait. En face de la grande Lorraine si simple et si pure, de tels souvenirs faisaient à Catherine l'effet d'un sacrilège. Pourtant Jehanne, bien que toute la ville la proclamât déjà sainte et bienheureuse, n'avait rien d'un personnage de vitrail. Elle éclatait de joie, de joie profonde et communicative mais, quand il le fallait, elle savait se mettre en colère aussi vigoureusement que n'importe lequel de ses capitaines, ainsi qu'Arnaud de Montsalvy l'avait expérimenté à ses dépens. Ce matin-là, après avoir entendu la messe dite pour elle par frère Jean Pasquerel dans l'oratoire de Mathilde Boucher, Jehanne ne tenait pas en place. Elle brûlait de se lancer à l'attaque et enrageait visiblement de se voir retardée par les conseils de Dunois. Il valait mieux, disait le Bâtard, attendre le gros de l'armée qui était encore à Blois. Pour la constituer, on avait fait venir une partie de toutes les garnisons environnantes et il fallait le temps de grouper de manière cohérente tous ces éléments disparates.

Mais, en bonne Lorraine, Jehanne était douée d'un

solide entêtement. Catherine, ébaubie, assista de loin, cachée avec Mathilde derrière une porte, à l'orageux conseil de guerre qui se tint dans la grande salle. D'un côté Jehanne, appuyée par La Hire, Xaintrailles, Illiers et Montsalvy, défendait son point de vue d'attaque immédiate. De l'autre le Bâtard, Gaucourt et le sire de Gamaches entendaient attendre l'armée. D'un mot en vint un autre et une violente querelle opposa bientôt Gamaches à la Pucelle qui, se considérant comme chef d'armée, n'admettait pas que l'on discutât ses ordres. Gamaches, hors de lui, traita Jehanne de « péronnelle de bas lieu », annonça qu'il se retirait et faillit se faire étriper sur place par Arnaud, qui, l'épée à la main, prétendait lui faire rentrer dans la gorge ses injures à l'adresse de Jehanne. Non sans peine, Dunois parvint à empêcher l'Auvergnat d'égorger l'irascible Picard. Il chapitra vigoureusement Gamaches, puis Jehanne, plus doucement et, finalement, obtint que l'insulteur et l'insultée s'embrassassent. Ce qu'ils firent en rechignant.

Mais, tandis que l'on décidait d'envoyer le Bâtard et l'écuyer de Jehanne à Blois pour faire hâter le départ, que Jehanne dictait à Jean Pasquerel une lettre pour les Anglais, Xaintrailles quitta la salle de réunion pour demander que l'on servît du vin. Comme il franchissait la porte, il se trouva soudain en face de Catherine.

« Messire, dit-elle doucement, je voudrais vous parler. Pouvez-vous m'accorder un instant ? »

Pour toute réponse, il lui prit le bras et l'entraîna à l'écart, dans l'embrasure d'une fenêtre, après s'être assuré d'un coup d'œil que nul ne bougeait dans la grande salle.

« Que puis-je pour vous, belle dame ? fit-il gracieusement avec, cette fois, un large sourire.

— Je veux d'abord vous remercier, fit Catherine. J'ai su par mon geôlier, à la prison, que, grâce à vous, le régime avait été considérablement adouci. On m'a donné à manger, je n'ai point été enchaînée et...

— Laissez donc ! Vous ne me devez aucun remerciement. J'ai seulement agi suivant ma conscience. Ne vous souvenez-vous pas de nous avoir, jadis, tirés de prison à Arras ? »

Catherine ne put retenir un soupir de déception.

« Ah ? C'était pour cela ? Moi qui espérais que vous croyiez à mon innocence. Je pensais que vous vouliez réparer un peu l'injustice de messire Arnaud...

— Peut-être aussi est-ce pour cela. Je n'ai jamais cru à une mission qui vous eût envoyée ici. Vous étiez en si pitoyable état ! Il fallait toute l'aveugle fureur d'Arnaud pour s'y tromper. Et, comme il ne voulait rien entendre, j'ai fait de mon mieux...

— Vous ne savez pas combien je vous en suis reconnaissante. Sans vous, il me faisait déchirer par le bourreau, sans pitié. Il me hait, n'est-ce pas ? »

Le large visage de Xaintrailles prit une expression méditative qui lui était tout à fait inhabituelle. On sentait qu'il hésitait à répondre, se trouvant peut-être en terrain peu sûr.

« Honnêtement, je n'en sais rien. Il donne l'impression de vous détester et pourtant...

— Pourtant ? murmura Catherine soulevée d'espoir.

— Pourtant, il agit de manière étrange. Savez-vous pourquoi il n'a su que ce matin votre sauvetage ? Uniquement parce qu'hier soir, il s'est soûlé comme un Polonais. Et jamais je ne lui ai vu ivresse plus triste. Il vidait coupe sur gobelet et, chaque fois, il portait un toast à une invisible présence. Au petit jour, on l'a emporté à moitié assommé et pleurant comme un enfant. Il bredouillait des mots incompréhensibles, mais j'ai bien cru reconnaître votre nom. Peut-être qu'en effet il vous hait. Mais je croirais plutôt, moi, qu'il vous aime encore plus ! »

De la grande salle, une voix leur parvint, celle d'Illiers qui criait :

« Alors, Xaintrailles, ce vin ?

— Je viens ! » répondit le chevalier. Puis, comme Catherine tentait de le retenir encore, il se pencha vers elle et demanda, très bas et très vite :

« Vous l'aimez, n'est-ce pas ?

— Plus que tout au monde, plus que ma vie ! s'écria la jeune femme avec une sincérité qui fit sourire Xaintrailles.

— Il a de la chance, plus qu'il ne croit. Alors, écoutez-moi, belle Catherine. Arnaud est obstiné, têtu comme toutes les mules du royaume réunies, mais il cache sous son affreux caractère un cœur étrangement sensible. Si vous l'aimez assez pour avoir toutes les patiences, tous les courages, pour savoir accepter tout et ne vivre que pour l'amener à vous, alors vous avez une chance. Si obstiné soit-il, un jour viendra où il n'en pourra plus de lutter contre lui-même et contre vous.

— Ce matin, il voulait encore me faire pendre !

— En arrivant ici, peut-être. Mais avant, j'aurais voulu que vous voyiez son regard quand il vous a su vivante, sauvée par Jehanne. Arnaud ne sait pas se méfier de son regard. Je l'ai vu flamber et j'aurais bien juré que c'était de la joie... »

Xaintrailles n'en ajouta pas davantage. Il s'éloigna, laissant Catherine livrée à ses pensées. Les quelques mots qu'il lui avait dits avaient ranimé la petite flamme d'espoir qu'elle avait cru éteinte, cet espoir qui meurt si difficilement au fond d'un cœur vraiment donné...

Tandis que les hommes buvaient dans la grande

salle, Jehanne revint vers les femmes pour qu'elles l'aidassent à s'armer. Mathilde, Marguerite et Catherine qui les avait rejointes s'empressèrent autour d'elle, lui passant l'une après l'autre les pièces de l'armure blanche. Catherine, agenouillée à ses pieds, l'aidait à chausser les solerets d'acier. Elle releva soudain la tête et demanda :

« Pourquoi revêtez-vous l'armure, Jehanne, puisque vous n'attaquerez pas aujourd'hui ? Vous n'allez pas monter seule à l'assaut, je pense ? »

Jehanne se mit à rire :

« Ce n'est pas l'envie qui m'en ferait défaut, ma mie. Mais pour lors, je veux seulement accompagner mes messagers jusqu'au grand pont... Et voir un peu où en sont les choses. »

En effet, les deux hérauts de Jehanne, Guyenne et Ambleville, étaient chargés de porter sa lettre au camp de Talbot avec tout le cérémonial chevaleresque d'usage.

« Jehanne, chuchota Catherine en gardant entre ses mains l'un des gantelets de la jeune fille, j'aimerais vous suivre. Faites-moi donner un habit de garçon. Je serai votre écuyer.

— ... et mes capitaines auront des distractions à cause de ce trop joli écuyer, sourit Jehanne. Ils ont grand besoin de leur sang-froid et la ville a grand besoin d'eux. Allez sur le rempart, Catherine, vous en verrez tout autant. »

Catherine soupira, n'insista pas. Elle vit Jehanne monter à cheval suivie de quelques capitaines parmi lesquels l'armure noire d'Arnaud brillait d'un éclat sinistre. Il semblait des plus empressés à suivre et à servir la Pucelle mais, chose étrange, Catherine n'en éprouva aucune jalousie. Jehanne possédait l'étrange pouvoir d'imposer silence aux voix mauvaises qui pouvaient se lever au fond de l'âme. Bien plus, Catherine avait l'impression qu'il ne pouvait rien advenir de mauvais au jeune capitaine quand il était dans le sillage de la Lorraine. Jehanne forçait la confiance...

Tant que Jehanne et sa suite furent dehors, Catherine demeura sur le rempart de la porte Regnard, suivant des yeux la troupe guerrière, et ne redescendit qu'en les voyant revenir. En arrivant à la maison, elle constata que les yeux de Jehanne étaient pleins de larmes. Les Anglais n'avaient répondu que par des injures à sa lettre, l'avaient traitée de ribaude et de vachère. Et, ce qui était plus grave aux yeux de la Pucelle, ils avaient gardé prisonnier l'un de ses hérauts. Seul Ambleville était revenu. Guyenne était gardé au camp anglais où Gladsdale menaçait de le brûler vif.

Arnaud bondit aussitôt.

« J'y vais ! s'écria-t-il. Je le ramènerai.

— Non ! » cria Catherine avec tant de spontanéité que tout le monde se tourna vers elle. Elle devint pourpre de honte, sous tant de regards et, comme Arnaud sans daigner lui répondre, la toisait d'un air offensé, elle se retira derrière le large dos de dame Mathilde, souhaitant rentrer sous terre. Seule, Jehanne lui avait souri.

« Il faut qu'Ambleville retourne », fit celle-ci en se tournant vers son héraut plus mort que vif. Et, comme les dents du malheureux claquaient, elle hocha la tête. « Eh, mon Dieu », fit-elle en lui tapant sur l'épaule « ils ne feront aucun mal, ni à lui ni à toi. Tu diras à Talbot qu'il s'arme et je m'armerai aussi, qu'il se trouve devant la ville. S'il peut me prendre, qu'il me fasse brûler avec Guyenne. Si je le déconfis, qu'il lève le siège et que les Anglais s'en aillent dans leur pays... »

Dunois, alors, intervint :

« L'intention est généreuse et noble, Jehanne. Mais Talbot ne viendra pas. C'est un grand chef et un bon chevalier qui, pour tout l'or du monde, n'accepterait jamais de se mesurer à une femme. Il suffit qu'Ambleville dise, selon moi, qu'il en sera fait aux prisonniers anglais que nous tenons et à ceux qui viennent discuter des rançons, comme il sera fait à Guyenne. »

Le conseil était bon. Une heure plus tard, Ambleville ramenait Guyenne et Jehanne, rassurée, s'en allait à la cathédrale avec toute la maisonnée pour faire chanter une antienne à la Sainte Vierge. Catherine, bien entendu, fit comme les autres. Elle suivit Mathilde et Marguerite.

La cérémonie terminée, comme on s'en revenait au logis, à la nuit close, la jeune femme remarqua le regard insistant dont l'enveloppait l'un des capitaines de la Pucelle. Si pesant était ce regard qu'elle en éprouva un peu de gêne en même temps qu'un vague sentiment de triomphe. C'était la première fois depuis bien longtemps qu'un homme la regardait ainsi, avec cette convoitise qui ne prenait même pas la peine de dissimuler. Et cela lui rendit un peu confiance en elle.

L'indiscret chevalier était un homme de haute taille qui pouvait avoir vingt-cinq ans. Ses cheveux et la courte barbe en collier qui cernait son visage dur et arrogant étaient d'un noir si intense que l'on y voyait des reflets bleus. Son regard sombre flambait comme braise et ses lèvres, minces et rouges, barraient sa figure hautaine comme une blessure fraîche. Tel qu'il était, il fit frissonner Catherine qui, se penchant vers Mathilde, demanda en le désignant discrètement :

« Ce seigneur à la mine si sombre... qui est-ce ? »

La vieille dame jeta un coup d'œil rapide, fronça

les sourcils et entraîna sa protégée à plus vive allure.

« Un Breton, de la noble maison de Laval. Il se nomme Gilles de Rais. On le dit fabuleusement riche. Brave aussi, mais sauvage comme vous l'avez sans doute remarqué. Il a été élevé par son grand-père, un redoutable vieux seigneur brigand, Jean de Craon, qui ne reconnaît d'autre loi que la sienne propre. La ville entière parle déjà du faste de ce garçon... et de sa brutalité. Il a pris logis à la Tête-Noire, chez Agnès Grosvillain qui ne sait trop si elle doit se louer de sa générosité où se plaindre de ses excès. On dit qu'il force les filles... et même de jeunes garçons ! Personnellement, je ne l'aime guère et ne vous souhaite pas d'attirer son attention... »

Désagréablement impressionnée, Catherine ne parvint pas à se débarrasser de la sensation oppressante éprouvée sous le regard du sire de Rais et, tard dans la nuit, demeura sous son pouvoir. Tout le monde était couché depuis longtemps que Catherine se tournait encore et se retournait dans son lit, incapable de trouver le sommeil. Tout dormait dans la maison de Jacques Boucher. De sa chambre, Catherine pouvait entendre les ronflements de l'écuyer d'Aulon qui couchait devant la porte de la chambre dans laquelle Jehanne dormait avec Marguerite Boucher. C'était l'une des habitudes de la Pucelle : chaque nuit, une femme partageait son lit. Ses deux pages, le jeune Raymond et l'espiègle Louis de Coutes, dit Imerguet, couchaient dans le couloir. Mais, malgré toutes ces présences rassurantes, Catherine ne pouvait se libérer de l'angoisse imprécise qui pesait sur elle. Il pouvait être minuit quand un bruit suspect se fit entendre sous sa fenêtre demeurée ouverte : un grattement prolongé, comme si quelqu'un raclait le mur extérieur.

Tout de suite debout, la jeune femme se précipita à sa fenêtre et avança la tête avec précaution, prenant bien garde de ne pas se faire voir. Elle étouffa de justesse une exclamation de surprise : là, en bas, un homme escaladait lentement le mur, lisse d'ailleurs et difficile. Mais le visiteur mystérieux semblait doué d'une souplesse féline. Il progressait, incontestablement. Sans doute n'aurait-il guère tardé à atteindre la fenêtre de Catherine si, surgissant d'une encoignure, une autre forme masculine ne s'était montrée et ruée sans plus attendre à l'attaque du grimpeur. Saisi par les chevilles, l'inconnu poussa un cri étouffé, perdit l'équilibre et roula à terre. Le nouveau venu lui tomba dessus de tout son poids. Une lutte sauvage s'engagea sous les yeux de Catherine qui ne savait si elle devait appeler ou se taire. Peu à peu, ses yeux s'accoutumaient à l'obscurité, relative d'ailleurs car, s'il n'y avait pas de lune, la nuit était claire. Catherine pouvait voir que les deux hommes étaient de taille et de force sensiblement égales. Tantôt c'était l'un qui avait le dessus et tantôt c'était l'autre mais, dans l'ombre de la rue, les pourpoints foncés et les cheveux noirs ne faisaient aucune différence. Elle entendait le bruit de leurs respirations, puissantes comme des soufflets de forge. Ils s'empoignaient avec des « han » de porteurs d'eau. Soudain, la jeune femme terrifiée vit briller l'acier d'une dague tandis qu'une exclamation de douleur s'échappait de l'inextricable nœud humain. Elle allait appeler quand, au premier étage, une fenêtre s'ouvrit, livrant passage au buste d'un homme en chemise qui portait une chandelle. Catherine reconnut Jacques Boucher. Il élevait sa bougie au-dessus de la rue, cherchant à distinguer ce qui s'y passait :

« Holà ! cria-t-il. Qui va là ? Que fait-on ici, à cette heure ?... »

Dégrisés, sans doute, les deux combattants ne demandèrent pas leur reste. Ils déguerpirent d'un accord tacite, l'un vers le bord de l'eau, en direction de la tour Notre-Dame, l'autre vers la porte Bannière. On entendit le bruit de leurs pas précipités, puis plus rien. Avec un haussement d'épaules, maître Boucher entra chez lui. La lumière disparut. A son tour, Catherine regagna son lit, songeuse. Elle avait bien cru reconnaître la barbe noire du sire de Rais, mais elle n'en était pas sûre. Et puis, qui donc était l'autre ?

Elle retournait encore le problème, quelques minutes plus tard, quand elle se redressa brusquement dans son lit, le cœur fou. Le bruit... le bruit de tout à l'heure recommençait. L'oreille tendue, les yeux écarquillés cherchant à distinguer toutes les variations du carré plus clair de la fenêtre, Catherine retint son souffle, guettant le grattement léger, tellement semblable à celui de tout à l'heure, qui progressait le long du mur. Une sueur froide l'inonda soudain tandis que sa main se crispait, retenant sur sa poitrine les plis de la chemise. L'homme de tout à l'heure revenait... lui ou l'autre ? Une telle frayeur s'était emparée d'elle qu'il ne lui était pas possible de faire le plus petit geste. Et le bruit se rapprochait, se faisait plus net.

Quand une tête apparut dans l'encadrement de la fenêtre, Catherine ouvrit la bouche pour crier mais aucun son ne sortit de sa gorge contractée. Une forme noire enjamba la fenêtre, se laissa retomber dans la chambre sans le moindre bruit. L'imminence du danger rendit courage à la jeune femme. Vivement, elle se laissa glisser à bas de son lit, cherchant à gagner la porte pour se sauver, mais le froissement de sa longue chemise de nuit dut alerter l'ouïe, sans doute très fine, de l'homme, car, sans hésiter, il bondit sur elle, la ceintura vigoureusement...

Tout contre elle, Catherine sentit un corps vigoureux, des muscles durs revêtus de daim souple. L'homme respirait fort et la jeune femme reconnut l'odeur légère de son haleine avant même que sa bouche ne lui fermât les lèvres. Sa peur s'envola soudain, tandis que, déjà vaincue, elle s'abandonnait.

« Anaud !... soupira-t-elle, tu es revenu !... »

Il ne répondit pas. Une étrange fureur semblait le posséder tout entier. Sans un mot, avec une hâte brutale, il arrachait la chemise, cherchant la douce tiédeur de la peau que ses mains avides parcoururent en rapides et folles caresses. Attentive à la seule montée du plaisir, Catherine laissait déferler en elle les lourdes vagues bouleversantes. Loin de le repousser, elle s'offrait, à demi folle de passion, lui rendant ses baisers avec une ardeur grandissante. La chambre obscure se mit à tourner autour d'elle et elle sentit qu'elle chancelait mais déjà il l'enlevait de terre, l'emportait haletante jusqu'au grand lit dans les profondeurs duquel il s'ensevelit avec elle. La nuit se referma sur les deux amants, silencieuse et secrète, seulement peuplée de soupirs et, parfois d'un doux gémissement.

Quand, de longues minutes plus tard, Arnaud se releva, il n'avait pas encore prononcé une seule parole. Il l'avait prise les dents serrées, avec une sorte de fureur désespérée qui n'excluait pas la passion. Entre ses bras, Catherine ne pouvait plus discerner lequel d'entre eux était l'esclave de l'autre tant les asservissait également la volupté violente, unique, qu'ils goûtaient ensemble.

Lorsqu'elle sentit, du fond de la torpeur heureuse où elle était plongée, qu'il s'éloignait, elle voulut le retenir, tendit les bras, mais ne rencontra que le vide. Aussitôt redressée, elle distingua sa silhouette qui se coulait par la fenêtre, mais n'osa pas crier. Déjà, il était en bas. Elle l'entendit s'éloigner en courant et, avec un soupir de bonheur, se laissa tomber sur ses oreillers. Il pouvait fuir. Pour cette nuit Catherine gardait une pleine moisson de bonheur. Demain, il ferait jour, demain elle le retrouverait. Et il n'était plus question de fuir, d'aller s'enterrer en Bourgogne, Xaintrailles avait raison. Mais, peut-être la bataille serait-elle moins longue qu'il ne le croyait. Arnaud semblait bien près de rendre les armes... Et Catherine passa le reste de la nuit à faire des plans d'avenir tous plus merveilleux les uns que les autres.

Mais le lendemain matin, comme les capitaines arrivaient en groupe auprès de Jehanne pour prendre ses ordres, Catherine, qui, du haut de l'escalier, les regardait entrer dans leurs armures étincelantes et leurs panaches multicolores, constata deux choses : d'abord, Gilles de Rais avait, au plein travers de la joue une estafilade encore fraîche, tandis qu'Arnaud de Montsalvy offrait un œil gauche magistralement poché, détail dont, dans la nuit, Catherine ne s'était pas aperçue. Ensuite, le regard d'Arnaud ne se posa qu'à peine sur elle. Il détourna la tête, très vite en fronçant les sourcils et, de cet instant, évita soigneusement de regarder du côté de l'escalier.

Pourtant, le bariolage des figures de ses capitaines n'avait pas échappé à l'œil perspicace de Jehanne d'Arc. Posant tour à tour son regard bleu sur Rais et sur Montsalvy, elle déclara mi-figue, mi-raisin :

« Il serait meilleur, messires, pour Dieu et pour le dauphin [1] que vous passiez toutes vos nuits dans votre lit. »

1. Jusqu'au sacre, Jehanne d'Arc n'appela Charles VII que le dauphin.

Les deux coupables baissèrent le nez comme des gamins pris en faute mais l'air penaud de Montsalvy ne consola pas Catherine qui, une fois de plus, renonçait à comprendre. Pourquoi cette attitude distante, revêche même, après les instants brûlants de la nuit ? Avait-il honte, le jour revenu, de l'amour que Catherine lui inspirait ? Et d'ailleurs, était-ce bien de l'amour cette faim violente qu'il avait d'elle et contre laquelle il se défendait si mal ?

LONGTEMPS après, Catherine devait garder des derniers jours du siège d'Orléans, un souvenir à la fois fulgurant, confus et irréel, mais dominé tout entier par l'image de la grande fille brune aux yeux d'azur qui menait son cheval comme un homme, conduisait l'assaut avec la vaillance et la fougue d'un capitaine chevronné et, ensuite, trouvait des tendresses de mère, des gestes d'une infinie délicatesse pour se pencher sur les blessés et les mourants, celle qui pleurait avec tant d'humilité en confessant ses fautes à Jean Pasquerel ou en écoutant la messe, mais qui menaçait le Bâtard de lui faire « ôter la tête » s'il laissait passer les renforts qu'amenait l'Anglais Falstaff. Haute et tendre Jehanne dont le cœur de feu ne connaissait pas les demi-mesures !

Au soir du 4 mai, Catherine vit entrer dans la ville l'armée de secours et le convoi de vivres que menait Dunois, couronnant cette journée au cours de laquelle la Pucelle avait enlevé aux Anglais la bastille Saint-Loup, rouvrant ainsi la route de Bourgogne. Elle vit Jehanne prier prosternée dans la cathédrale Sainte-Croix, le lendemain, jour de l'Ascension, puis le 6 mai passer la Loire, emporter de vive force les restes du couvent des Augustins dont les Anglais avaient fait une redoute, le 7, se lancer à l'assaut du fort des Tournelles, arracher elle-même de son épaule une flèche qui s'y était enfoncée, puis, après s'être fait panser à l'huile d'olive et au lard, retourner à l'assaut. Avant que le soleil se fût couché, le cadavre de William Gladsdale, qui l'avait bassement insultée, tombait de la forteresse dans la Loire. Du haut des murailles de la ville, Catherine, auprès de Mathilde Boucher en prières et du maître canonnier Jean Rabatteau dont les bombardes faisaient rage, ne perdit pas un détail de la bataille acharnée qui allait, enfin, délivrer la vaillante cité. Elle vit, enfin au matin du dimanche 8 mai, Talbot rassembler les restes de son armée, lever le camp et quitter, enfin et pour jamais, Orléans. Fidèle jusqu'à la limite de ses forces, la ville du prince captif n'avait pas failli à son rôle d'ultime gardienne du royaume...

Catherine vit tout cela, mais, durant tous ces jours, elle ne put approcher Arnaud. Dans la bataille, parfois, elle distinguait son armure noire, l'épervier de son casque ou les éclairs de la hache d'armes qu'il abattait inlassablement avec la vigueur d'un bûcheron à l'ouvrage, mais jamais elle ne parvint à l'approcher. Le soir venu, quand le combat cessait avec l'ombre, il disparaissait, écrasé de fatigue sans doute. Nuit après nuit, Catherine eut beau guetter un bruit de pas sous sa fenêtre, rien ne vint. Bien plus, les rares fois où, dans la maison de Jacques Boucher, elle s'était trouvée en sa présence, quand, au milieu des autres, il rejoignait Jehanne, la jeune femme avait eu la désagréable sensation d'être devenue tout à coup transparente. Arnaud regardait à travers elle comme si elle avait possédé un corps de verre... Elle avait tenté, un soir, de lui barrer le passage au moment où il quittait la maison, mais il l'avait évitée avec une adresse diabolique et, peinée, elle n'avait pas osé renouveler sa tentative. Il avait repris, d'un seul coup, ses distances et ce parti pris de l'ignorer avait rendu à Catherine tous ses doutes et toute son incertitude. Elle éprouvait, envers lui, une sorte de timidité qui la paralysait.

Plusieurs fois, ayant appris par une servante qu'il logeait à l'Ecu-Saint-Georges chez maître Guillaume Antes, elle s'était juré de s'y rendre, la nuit venue, pour l'obliger une bonne fois à s'expliquer. Mais quand venait le moment d'exécuter son projet, Catherine était prise d'une soudaine faiblesse qui lui ôtait tout courage. Avec cet homme bizarre, aux imprévisibles réactions, comment savoir s'il ne la jetterait pas à la rue devant tous ceux qui logeaient avec lui ?

Au matin du 8 mai, tandis qu'avec la ville entière elle assistait à la messe en plein air, dite sur le rempart face à l'armée anglaise en retraite, puis à l'immense procession d'actions de grâce qui allait, de ce jour, devenir tradition, Catherine sentait l'angoisse l'étreindre. La ville était libre et Catherine n'avait plus aucune raison de s'éterniser chez les Boucher. Il allait bien falloir prendre une décision. Mais que faire ? Où aller pour demeurer auprès d'Arnaud ? La tâche de Jehanne n'était pas terminée. La Pucelle, Catherine le savait pour le lui avoir entendu dire, voulait conduire Charles VII à Reims pour qu'il y reçût le sacre qui mettrait fin à toutes les contestations dont, depuis de longues années, il était l'objet. Avec Jehanne, avec Charles, s'en iraient les capitaines, Arnaud comme les autres. Et c'était ce départ, qu'elle devinait proche, qui affolait Catherine car elle ne savait comment y remédier.

Lorsque Jehanne, la procession terminée, rentra à la maison Boucher pour y prendre un peu de repos, Catherine la suivit jusque dans sa chambre pour l'aider à se mettre à l'aise. Elles demeurèrent seules, un moment, toutes les deux, Mathilde et Marguerite étant retenues par les derniers préparatifs du grand repas des notables. Catherine décida d'en profiter. Tout en aidant Jehanne à déposer les différentes pièces de son armure, elle supplia humblement :

« Jehanne ! La ville est libre maintenant et, bientôt sans doute, vous partirez pour continuer votre tâche qui ne s'arrête pas là. Je voudrais que vous me laissiez vous suivre tout au long de votre route. Je serai ce que vous voudrez que je sois : votre servante, par exemple. Je veillerai sur vos vêtements et sur vos logis... »

Surprise, Jehanne la regarda. Ses yeux clairs parurent enfoncer leur double rayon au fond du cœur même de Catherine. Elle sourit, mais secoua la tête.

« J'aimerais vous garder, ma mie Catherine. Mais je ne peux pas vous permettre de me suivre. Là où je vais n'est point votre place. Moi, je suis fille des champs, habituée à monter de gros chevaux, aux durs travaux, à la vie difficile et rude. Vous êtes une noble dame, fragile et délicate malgré les peines que vous avez endurées.

— Moi ? Je suis fille du peuple, Jehanne, autant et plus que vous peut-être, s'écria Catherine avec une nuance d'orgueil et de défi qui amena un sourire amusé sur les lèvres de la guerrière.

— C'est vrai, vous me l'avez déjà dit, et c'est bien d'en être fière. Mais Catherine, il y a autre chose ! vous êtes beaucoup trop belle et séduisante pour vivre au milieu d'une armée. Ce ne sont point des anges que nos soldats et leurs capitaines, tant s'en faut, et vous avez tout pour réveiller en eux les pires instincts, allumer des querelles, des jalousies.

— Je m'habillerai en homme, comme vous. Je couperai mes cheveux...

— Cela ne servirait à rien. Même sous le froc d'un moine, même la tête rasée, vous demeureriez trop femme encore. Non, Catherine. De longs et difficiles combats attendent ces hommes. Je dois veiller à leur éviter tout ce qui peut les désunir. Le gentil dauphin et Messire Dieu ont trop besoin d'eux. Il vaut mieux que vous retourniez chez vous en attendant la fin de la guerre.

— Que je retourne chez moi, en Bourgogne ? fit Catherine atterrée. Pour que j'y retombe au péché ? Jehanne, vous savez bien ce que fut ma vie là-bas. Vous ne pouvez pas m'y renvoyer. Pas vous ! »

La Lorraine réfléchit un moment. Catherine lui tendit le pourpoint de drap fin, mi-parti rouge et vert, aux couleurs d'Orléans, que Dunois venait de lui offrir. Lorsqu'elle eut fini d'en nouer les aiguillettes, Jehanne posa la main sur l'épaule de son habilleuse bénévole :

« Vous avez raison, dit-elle. Si vous ne vous sentez pas la force de résister aux anciens entraînements, il vaut mieux ne pas retourner. Mais alors, que puis-je vous offrir, Catherine ? L'abri d'un couvent ? Vous n'êtes guère faite pour les rigueurs du cloître. Il y a en vous trop de vie qui ne demande qu'à s'épancher. Pourtant, il me vient une idée. Pourquoi ne pas vous rendre auprès de Mme Yolande ?

— Mais... je ne la connais pas.

— Qu'importe, si je vous envoie ? Joignez la reine des Quatre Royaumes, Catherine [1]. Je vous donnerai une lettre pour elle. Vous trouverez aide et protec-

1. Duchesse d'Anjou et comtesse de Provence, Yolande d'Aragon était reine de Sicile, Naples, Jérusalem et Aragon.

tion dans son ombre. Auprès d'elle, vous attendrez que vienne la victoire finale... et que revienne celui que, bien plus que moi, vous désirez suivre. »

Atterrée de se voir si bien percée à jour, Catherine se laissa tomber sur un banc, regardant l'étrange fille avec des yeux immenses.

« Comment avez-vous deviné ? fit-elle d'une voix rauque.

— Ce n'était pas difficile, sourit Jehanne. Vous avez des yeux qui ne savent ni mentir ni dissimuler. Mais le temps de la patience est venu, pour vous, comme le temps de la guerre est revenu pour les hommes. Chacun sa place et chacun son rôle. Allez rejoindre ma reine et priez Dieu pour nos armes... »

Comprenant que rien ne ferait fléchir la décision de Jehanne, Catherine la laissa sortir sans essayer de la retenir. Peut-être cette solution était-elle la bonne. Frère Etienne Charlot lui avait si souvent parlé de cette reine Yolande, belle-mère du roi, qu'il servait dévotieusement ! Catherine avait appris à la connaître. L'important n'était-il pas de demeurer dans le même camp qu'Arnaud puisque le suivre était impossible ?

Comme des servantes entraient pour ranger la chambre, elle s'attarda un moment à les aider. Mais, dans la maison, le joyeux tumulte augmentait. Par les fenêtres ouvertes en grand au soleil de mai, Catherine pouvait voir les notables de la cité, avec leurs épouses en grande toilette, accourir vers la maison de la porte Regnard où les attendait la large hospitalité de Jacques Boucher. Catherine, pour sa part, n'avait aucune envie de se joindre à cette foule, bien qu'elle sût qu'Arnaud aussi allait venir. Pour le moment, elle souhaitait plutôt s'écarter, se mêler au petit peuple qui dansait déjà sur les places où des tonneaux de vins avaient été mis en perce. Les portes de la cité étaient grandes ouvertes et, pour la première fois depuis sept mois, les communications étaient libres avec la campagne environnante. Avertissant une servante qu'elle sortait pour se promener un moment, Catherine entoura sa tête d'un voile vert et quitta la maison, s'engageant dans la rue qui menait à la cathédrale. Quelque chose l'attirait vers cette porte de Bourgogne où elle était arrivée un soir, épuisée et pleine d'espoir. Elle voulait la revoir. Mais il n'était pas facile de circuler. Les rues étaient pleines de monde. On s'interpellait, on s'embrassait, on s'arrachait les soldats, aussi bien Français qu'Ecossais, Gascons ou Espagnols, qui composaient l'armée de secours [1]. Toutes les maisons étaient pavoisées, toutes les fenêtres ouvertes. Cela sentait la joie, la victoire et Catherine, un peu désorientée, avait du mal à se mettre à l'unisson.

En arrivant en vue de la porte de Bourgogne, elle vit qu'un flot ininterrompu d'hommes, de femmes et d'enfants s'engouffraient sous la grosse arche de pierre, dans les deux sens. Cela faisait une belle agitation, un tohu-bohu coloré, éclatant de joie et de vie retrouvées. Aux carrefours, les statues des saints croulaient sous des fleurs sorties d'on ne savait où. Un demi-sourire aux lèvres, Catherine regardait passer ces braves gens qui avaient l'air si heureux quand, soudain, son regard se fixa. Un couple bizarre venait de franchir le pont-levis : une grande femme brune, drapée dans une invraisemblable robe rapiécée et faite visiblement de morceaux disparates, une couverture effrangée sur le dos et s'appuyant sur un gros bâton noueux. Auprès d'elle,

1. Il y avait de nombreux mercenaires gascons ou espagnols. Quant aux Ecossais, ils combattirent aux côtés de la France durant toute la guerre de Cent Ans.

un petit moine au froc troué marchait le nez au vent, une expression de joie quasi extatique répandue sur son visage rond et rose. C'étaient Sara et frère Etienne.

Emportée par une joie soudaine, Catherine se précipita vers eux de toute la vitesse de ses jambes. Pleurant et riant à la fois, elle tomba dans les bras de Sara...

CHAPITRE XV

LA TAPISSERIE DE LA REINE YOLANDE

Le vendredi 13 mai, à l'heure précise où Jehanne d'Arc, sur la route de Tours, rencontrait son roi et lui faisait hommage de sa victoire, Catherine, Sara et frère Etienne arrivaient à Loches où était la reine Yolande, belle-mère de Charles VII et son meilleur conseiller. On était parti d'Orléans la veille au matin, salués par toute la maisonnée de Jacques Boucher, avec beaucoup de larmes et de promesses de se revoir. Il n'avait fallu, en effet, que peu d'heures à Sara et au petit cordelier pour gagner l'amitié de dame Mathilde, séduite par ces deux personnages, si disparates mais unis par leur commune affection pour Catherine. Quant à Catherine elle-même, avoir retrouvé Sara lui avait fait l'effet d'un signe du Ciel. Puisque sa vieille amie était de nouveau à son côté, les épreuves étaient terminées et plus rien de fâcheux ne pouvait lui arriver.

La bohémienne et le moine étaient assez mal en point en arrivant à Orléans. A cette différence près qu'ils l'avaient effectué par un temps plus clément, leur voyage depuis Coulanges-la-Vineuse avait été presque aussi pénible que celui de Catherine. Mais de la façon dont ils avaient faussé compagnie à Fortépice, tous deux paraissaient garder un souvenir réjoui.

« Nous avons bénéficié d'une double chance, raconta Sara à la maisonnée assemblée. Toutes les nuits, après la belle victoire de Fortépice sur les chèvres du sire de Courson, on galopait ferme entre les deux places fortes. Tantôt, c'était pour un cheval de Fortépice, tantôt pour les poules du sire de Courson, mais nuit après nuit, on se dévalisait consciencieusement. Cela s'est terminé par une vraie bataille au cours de laquelle Courson a eu le dessous. Pour comble de prospérité, le lendemain même, Fortépice a réussi à mettre la main sur une troupe de marchands d'Auxerre qui revenaient de Genève avec un chargement de toute sorte. Fortépice était si content qu'il a ordonné un grand festin pour lui et ses hommes. Une grande beuverie plutôt car, au coucher du soleil, toute la bande était superbement ivre et Fortépice plus que tous les autres à lui tout seul. Personne n'a songé à fermer la herse, à relever le pont. Encore bien moins à régler les tours de garde ! Nous en avons profité, frère Etienne et moi, et sommes sortis tranquillement par la porte sans rencontrer âme qui vive. Nous avions même pu prendre deux chevaux dans les écuries, pensant ainsi gagner commodément Orléans. Mais la première halte que nous avons faite, dans une abbaye en ruine, ne nous a pas porté chance. Quand nous nous sommes réveillés nos montures avaient disparu. Nous avons terminé la route à pied.

— Pour moi, cela n'avait guère d'importance, fit doucement frère Etienne. J'ai tant marché dans ma vie ! Mais Sara en avait perdu l'habitude. »

Dame Mathilde s'était chargée de réconforter les deux voyageurs leur conseillant d'en user en tout, dans sa maison, comme s'ils étaient chez eux. Mais la présence de Jehanne dans cette demeure impressionnait autant le cordelier que Sara. La tzingara, la première fois qu'elle avait vu la Pucelle, était presque entrée en transes. Elle s'était laissée tomber à genoux, les yeux fixes, incapable d'un seul geste ou d'une seule parole, tremblant de tous ses membres. C'était seulement un long moment après que Catherine avait pu la relever. Elle tremblait toujours et son visage était couleur de cendres.

« Mon Dieu ? Qu'est-ce que tu as ? s'inquiéta Catherine. Tu me fais peur ! »

Sara parut alors sortir d'un songe. Elle regarda Catherine avec l'air égaré de quelqu'un qui s'éveille en sursaut.

« Peur ? articula-t-elle péniblement. C'est pour elle, Catherine, qu'il faut avoir peur ! En un instant j'ai vu, autour d'elle tant de gloire et tant de souffrance que j'en ai perdu le sens !

— Qu'as-tu vu ? Parle ! »

Sara hocha la tête tristement :

« Une couronne scintillante et puis des flammes... des flammes si hautes et si rouges ! Mais je peux me tromper : je suis si lasse... »

Catherine avait voulu rire de la singulière vision, disant bien haut que Sara avait rêvé et que la fatigue lui donnait des hallucinations. Mais au fond de son cœur, elle en avait été désagréablement impressionnée. Tellement même que, rencontrant Xaintrailles dans la cour de la maison, elle lui avait dit, désignant Jehanne qui montait à cheval.

« Il faut veiller sur elle, messire, sur elle toujours et avant tout ! »

Le rouquin avait souri, rassurant et sûr de lui à son habitude.

« Soyez tranquille, belle Catherine ! Personne, et les Anglais moins que quiconque, ne viendra la prendre au milieu de nous ! »

Pourtant, malgré cette belle assurance, Catherine n'avait pu chasser son triste pressentiment. Après son départ d'Orléans, il la poursuivait toujours et ne la quitta pas tout au long de la route à travers la Sologne. Il céda enfin quand les tours à becs du formidable camp retranché que formait la cité de Loches furent en vue parce que Jehanne, elle le savait, devait y venir et qu'avec elle viendrait Arnaud. Il demeurait sa pensée constante et gardait le pouvoir de l'enfiévrer corps et âme.

En franchissant la porte Royale, elle vit Frère Etienne pousser sa mule en avant et s'arrêter auprès du corps de garde. Il se pencha sur sa selle et murmura quelques mots à l'oreille du sergent qui était accouru puis, se redressant, fit signe à ses compagnes d'avancer. Il était tout souriant.

« La reine nous attend ! fit-il simplement en commençant de grimper la ruelle en pente. Venez !

— Comment peut-elle nous attendre ? fit Catherine stupéfaite. L'avez-vous fait prévenir ?

— Depuis Orléans, j'ai dépêché un messager comme je l'ai fait bien souvent ! répondit calmement le petit frère. Soyez assurée que Sa Majesté sait, dès maintenant, tout ce qui vous concerne et qu'elle vous recevra en connaissance de cause. Venez ! »

Lorsque Catherine s'inclina devant Yolande d'Anjou, elle se sentit plus intimidée qu'elle ne l'avait été depuis longtemps. Celle que l'on appelait la reine des Quatre Royaumes, venait d'avoir cinquante ans, mais personne ne s'en serait douté. Longue et mince, droite comme une lame d'épée, elle portait fièrement sa petite tête énergique au fin profil méditatif, à la peau d'ivoire pâle tendue sur une parfaite ossature qui assurait sa beauté contre les atteintes du temps. Royale, Yolande l'était dans l'attitude de son corps élégant, dans l'expression de ses longs yeux sombres, dans la splendeur nerveuse de ses mains et dans le pli décidé de sa bouche.

De la petite Violanta d'Aragon, de la fille des montagnes élevée à la dure dans la rude Saragosse qui, un matin de décembre 1400, s'était agenouillée, éblouie, auprès du beau duc Louis d'Anjou dans l'église Saint-Trophine d'Arles, la duchesse Yolande n'avait gardé que l'indomptable énergie, le courage sans défaut et une intelligence aiguë. Pour tout le reste, elle était devenue Française de la tête aux pieds, la meilleure et la plus sage des Françaises. Veuve à trente-sept ans et le cœur à jamais brisé par ce veuvage, elle avait tourné résolument le dos à l'amour et à la vie de femme pour n'être plus que l'ange du pauvre royaume, déchiré et vendu à l'encan par sa propre souveraine. Ysabeau la Bavaroise haïssait Yolande, moins parce qu'elle était, comme le soupirait Juvénal des Ursins, la « plus jolie femme du royaume » mais parce que cette jolie femme lui faisait échec. C'était Yolande qui avait décidé le mariage du petit prince Charles avec sa propre fille, Marie, Yolande qui, enlevant l'enfant, l'avait fait élever chez elle, à Angers, Yolande toujours qui, lorsque le petit prince renié par sa mère était devenu dauphin de France, avait refusé de le renvoyer à l'indigne reine. Ysabeau ne devait jamais digérer l'épître qu'en la circonstance lui avait adressée Yolande.

« A femme pourvue d'amant, point n'est besoin d'enfant. N'ai point nourri et élevé icelui jusqu'ici pour que le laissiez trépasser comme ses frères, ou le rendiez fol comme son père, à moins que le fassiez Anglais comme vous. Le garde mien ! Venez le prendre si l'osez ! »

Ysabeau n'avait jamais osé et, pendant des années, luttant contre l'impossible, Yolande avait maintenu le royaume meurtri au bout de ses seules mains. Et c'était elle encore qui, avertie par son fils, le duc René de Bar de la visite qu'il avait reçue d'une étrange paysanne de Domrémy, avait aplani le chemin devant Jehanne et fait venir la Pucelle à la Cour...

Tout cela, Catherine le savait de frère Etienne, depuis si longtemps l'agent secret de la reine aux quatre couronnes.

Et si, au moment de paraître devant elle, le respect écrasait Catherine au point de lui ôter l'usage de la parole, c'était justement parce qu'elle avait pu mesurer quelle haute et noble dame était Yolande.

Les jambes lui tremblaient si fort que la révérence profonde se termina en agenouillement et que Catherine demeura là, les deux genoux sur le dallage chatoyant de la pièce, osant à peine respirer. Cette profonde humilité ne parut pas déplaire à Yolande car elle sourit et, quittant la grande tapisserie à laquelle, solitaire pour le moment, elle travaillait, elle vint relever elle-même la jeune femme.

« Voici bien longtemps que frère Etienne m'a parlé de vous pour la première fois, madame de Brazey ! Je sais quelle amie fidèle et sûre vous avez été pour la pauvre Odette de Champdivers. Je sais qu'elle et frère Etienne vous ont dû leur vie et que, si Odette est morte dans la misère, c'est que vous étiez, vous-même, plus misérable encore à ce moment ! Je sais enfin que, malgré le sort qui était vôtre, votre cœur nous était tout acquis et aussi quelles souffrances vous avez endurées pour vous joindre à nous. Soyez la bienvenue. »

La voix de contralto de la reine avait gardé, de l'Espagne, un léger roulement qui ajoutait à son charme. Catherine baisa respectueusement la main qui se tendait vers elle. Elle remercia Yolande pour son accueil et protesta qu'elle n'avait désormais d'autre ambition que servir de son mieux si l'on voulait bien d'elle.

« Une reine a toujours besoin d'une dame d'honneur fidèle, fit Yolande, et une cour royale a toujours besoin d'une jolie femme. Vous serez de mes dames, ma chère, et je vais faire établir votre brevet par le chancelier. En attendant, je vous confierai à Mme de Gaucourt qui s'occupera de votre installation. Je garde frère Etienne avec qui j'ai à parler. »

POUR une grande dame, Mme de Gaucourt était d'une timidité quasi maladive. Elle semblait perpétuellement terrifiée par toutes sortes de choses dont la plus redoutable était très certainement son mari. Elle ne respirait à peu près à l'aise que lorsqu'elle était loin du gouverneur d'Orléans. Du même âge que la reine Yolande, ou peu s'en fallait, elle était menue, silencieuse et d'une prestesse qui la faisait ressembler irrésistiblement à une souris. Mais, quand la timidité ne lui nouait pas la langue, elle était de bon conseil, connaissait la Cour comme personne et s'entendait parfaitement à s'occuper d'une maison, même royale.

En un rien de temps, Catherine et Sara furent pourvues d'un logement dans l'enceinte de la cité royale, d'un personnel adéquat et même de vêtements dont l'une comme l'autre avaient le plus grand besoin. Mme de Gaucourt poussa l'amabilité jusqu'à faire remettre, le soir même, par le trésorier du palais, une bourse d'or à la nouvelle dame d'honneur. En même temps, dépêché par ses soins, un coureur sautait en selle et prenait la route à destination de Châteauvillain, muni d'une lettre de Catherine pour Ermengarde. La jeune femme mandait à son amie, aux soins de qui elle avait confié la plus grande partie de ses bijoux et de sa fortune liquide, de vouloir bien lui adresser le tout sous bonne escorte, à moins qu'elle ne préférât les lui apporter elle-même.

La maison que l'on avait attribuée à Catherine était plutôt petite et ne comportait que quatre pièces, mais elle était décorée de neuf et aussi agréable que possible. Elle appartenait à un ancien gouverneur du château qui ne l'habitait plus depuis que sa femme y était morte folle. On y logeait ordinairement les hôtes de passage. Deux valets en assuraient le service et, quand elle en prit possession, Catherine pensa qu'elle lui convenait parfaitement. Située à mi-chemin entre la collégiale Saint-Ours et le formidable donjon rectangulaire qui gardait l'éperon sud de la cité royale, elle ouvrait ses fenêtres étroites sur la vallée de l'Indre et les vergers étendus au soleil. Tandis que Sara descendait à la cuisine pour s'occuper du dîner, Catherine procéda à une soigneuse toilette et changea de robe pour recevoir Mme de Gaucourt qui devait revenir dans la soirée.

Elle vint, en effet, après l'Angélus, toujours pressée, toujours affolée mais elle n'était pas seule. Une splendide créature, vêtue avec la plus grande richesse, l'accompagnait et Catherine, en les voyant entrer, pensa qu'elle n'avait jamais vu plus belle rousse. Le teint éclatant, la bouche rouge et sensuelle, la nouvelle venue portait une lourde robe de brocart de Venise vert et or dont la nuance s'assortissait à ses yeux pers et dont le décolleté généreux dévoilait audacieusement sa gorge parfaite. Ses cheveux de flamme sombre étaient presque entièrement cachés par un fantastique hennin de même tissu que la robe, si haut qu'il mettait le visage de la dame à mi-chemin de ses pieds et l'obligeait à se courber pour franchir les portes. Son visage, abondamment maquillé, se serait aisément passé de cette surcharge car il était lisse et plein mais sa forme triangulaire l'apparentait vaguement à une belle chatte et Catherine, amusée, songea qu'elle faisait avec Mme de Gaucourt une curieuse paire : la chatte et la souris.

Cependant, la belle rousse se jetait à son cou avec toutes les marques d'une joie désordonnée et l'embrassait chaleureusement.

« Ma chère ! Quelle joie de vous voir ici ! Depuis de si longs mois où nul ne savait plus ce que vous étiez devenue ! Mon époux et moi-même nous tourmentions fort de vous ! On dit le duc Philippe inconsolable !... »

Catherine fit la grimace. Entendre parler de Philippe à Loches était certainement la dernière chose qu'elle souhaitât. Mais Mme de Gaucourt, rouge jusqu'aux oreilles, toussota et vint à son secours.

« Il est vrai, dit-elle, que Mme de la Trémoille et notre Grand Chambellan ont bien souvent parlé de vous !

— Voyons, c'était tout normal : la rose de Bourgogne, la reine de Bruges la Fastueuse avait disparu. Il n'était pas une cour policée, en Europe, qui ne s'interrogeât sur ce qu'elle était devenue ! »

La belle Mme de la Trémoille se jeta sur un haut fauteuil garni de coussins rouges et se mit à bavarder à tort et à travers tandis que Catherine, un peu remise de sa surprise, l'examinait entre ses yeux mi-clos, un sourire de commande sur les lèvres. Elle avait déjà rencontré, à la cour de Philippe, le gros Georges de la Trémoille, mais c'était la première fois qu'elle voyait son épouse. Ce n'était pourtant pas faute d'en avoir entendu parler car la dame avait eu l'existence la plus orageuse qui fût ! Ainsi, c'était là cette fameuse Catherine de l'Isle-Bouchard ? Son histoire valait un roman, en vérité !

Veuve en premières noces d'un grand seigneur bourguignon, Hughes de Châlon, elle avait attiré et pris au filet de sa voluptueuse beauté l'inquiétant Pierre de Giac, alors favori de Charles VII, un seigneur-forban qui avait, à ce qu'il avoua lui-même au moment de mourir, vendu sa main droite au Diable. Pour l'amour de la belle Catherine, Giac assassina sa première femme, Jeanne de Naillac, dans d'abominables conditions : après lui avoir fait boire, par force, du poison, il avait jeté la malheureuse, enceinte et presque à terme, sur son cheval qu'il avait lancé au galop à travers la campagne et ne s'était arrêté que lorsque sa victime eut rendu l'âme. Il l'avait enterrée sur place, puis, tranquillement, était revenu épouser sa belle. Mais La Trémoille convoitait aussi l'opulente veuve et n'eut de cesse qu'il se fût débarrassé de Giac. Convaincu de trahison, celui-ci fut arrêté en pleine nuit, par ordre de la reine Yolande, jugé, cousu dans un sac de cuir et jeté à l'Auron. Trois semaines plus tard, Catherine de Giac épousait La Trémoille.

Depuis, le couple menait la vie la plus somptueuse et la plus dissolue qui fût. Le mari, d'une insatiable ambition, avait des goûts de satrape et l'épouse un tempérament de feu. Ils constituaient à eux deux une sorte de curiosité qui n'en était pas moins redoutable pour autant.

Tout le temps que dura la visite de la dame de La Trémoille, Catherine resta sur une souriante réserve. Elle commençait à deviner qu'il pouvait être aussi difficile de naviguer à la Cour de Charles VII qu'à celle de Philippe de Bourgogne. Davantage peut-être car elle n'aurait ici, ni l'amour du maître, ni l'amitié à poigne solide d'une Ermengarde de Châteauvillain. La prudence, elle le sentait instinctivement, allait s'imposer. Mais elle n'en accepta pas moins les offres de service que lui fit sa visiteuse.

« Dès demain, fit celle-ci, je vous présenterai moi-même au roi. Si, si, j'y tiens ! Je vous prêterai une robe convenable car, d'ici là, vous n'aurez pas le temps de remonter votre garde-robe. »

Catherine remercia poliment et les deux visiteuses se retirèrent peu après, en conseillant à la jeune femme de prendre un repos nécessaire. Mme de Gaucourt, d'ailleurs, semblait avoir hâte de partir et Catherine ne les retint pas.

« A ta place, fit Sara qui était réapparue peu après la sortie des deux dames de la Cour, je me méfierais de cette belle rouquine ! Ses lèvres sourient et ses paroles sont de miel mais ses yeux sont froids, appréciateurs. Sois assurée que, si cette belle dame ne tire pas de toi ce qu'elle espère en tirer, elle sera pour toi une ennemie sérieuse.

— Et que crois-tu qu'elle veuille tirer de moi ?

— Comment veux-tu que je le sache ? Nous arrivons seulement. Mais je tâcherai d'en apprendre le plus que je pourrai sur les La Trémoille. »

Tout en commençant à se dévêtir pour se mettre au lit, Catherine se tourna vers sa fidèle compagne.

« Il y a quelque chose de bien plus important à apprendre pour moi, fit-elle. Arrange-toi pour savoir où loge le capitaine de Montsalvy quand il est à Loches. »

Sara n'hésita même pas une seconde.

« Quand il n'est pas de service auprès du roi, il loge en ville, auprès de la porte des Cordeliers, dans une maison qui appartient à un riche tanneur et qui porte une image de saint Crépin au-dessus de la porte. »

Puis, comme Catherine, les yeux arrondis de stupeur, la considérait avec un respect nouveau, elle ajouta en riant :

« C'est la première chose dont je me suis inquiétée auprès de nos valets parce que je savais aussi que ce serait la première chose que tu voudrais connaître. »

Un peu de rose aux pommettes, Catherine renouait déjà, hâtivement, les lacets de sa robe. Sara s'empara avec autorité desdits lacets et les ôta.

« Tu n'as rien à y faire ce soir ! Il ne rentrera que demain avec le roi. Tu ne vas pas te mettre à courir les rues dès cette nuit, pour le seul plaisir de contempler une porte close, même ornée de la figure de saint Crépin. Va donc te coucher. Je vais te porter un souper léger et ensuite tu dormiras. Demain, il faut être belle et fraîche. »

Joignant le geste à la parole, Sara dévêtit sa maîtresse en un tournemain, l'affubla d'une longue chemise plissée et la fourra au lit sans plus de cérémonie que si elle était encore une gamine de quinze ans. Après quoi, satisfaite, elle se planta devant elle les poings sur les hanches, goguenarde.

« Va falloir perdre ces habitudes de bohémienne que tu as prises depuis quelque temps, ma belle. Nous sommes maintenant redevenue une dame, une vraie. Et il faudra aussi compter avec madame la reine qui ne doit pas aimer beaucoup que ses dames d'honneur courent le guilledou après la nuit tombée. »

LA robe que la dame de La Trémoille fit porter, dès le matin, chez Catherine était réellement très belle et la jeune femme, à toucher le magnifique tissu, ne put retenir un frisson sensuel. Il y avait bien longtemps que ses doigts n'avaient palpé un véritable brocart milanais, encore que la couleur ne l'enthousiasmât pas tellement. C'était un somptueux assemblage d'oiseaux fantastiques, des aigles surtout, d'azur et de pourpre sur un fond d'or tissé. Catherine, pour son goût, en trouvait les nuances un peu trop vives mais l'ensemble était gai et fastueux.

« Comment me trouves-tu ? demanda-t-elle à Sara une fois vêtue. Est-ce que je n'ai pas un peu l'air d'une enseigne de teinturier ? »

Sourcils froncés, bouche serrée, Sara hocha la tête.

« A toi, tout va. C'est un peu vif mais joli tout de même. »

Malgré cet avis favorable, Catherine ajouta à sa toilette une gorgerette de fine mousseline plissée dont le décolleté de la robe, réellement excessif, menaçait à tout moment de libérer complètement ses seins et une voix intérieure soufflait à Catherine que la reine Yolande n'apprécierait peut-être pas un aussi spectaculaire étalage de chair. Le son lointain d'une trompe l'arracha à la contemplation de son miroir. Elle se hâta d'enfoncer sur sa tête le hennin assorti à la robe, piqua les épingles un peu au hasard et se rua vers la porte.

« J'entends le cortège ! cria-t-elle à Sara. Il faut que j'aille au château. »

En effet, le son se rapprochait, annonçant le roi, Jehanne et leur nombreuse escorte. Catherine, un peu hors d'haleine, rejoignit le cercle des dames de la reine juste comme les trompettes d'avant-garde franchissaient la porte Royale. Elle alla se placer auprès de Mme de Gaucourt. Consciente de l'effet qu'elle produisait, elle nota le sourire un peu amusé de la reine, les chuchotements des autres dames et le sourire éclatant de la dame de La Trémoille, toute vêtue de satin fauve et blanc. La longue habitude qu'elle avait des cours et de leurs curiosités lui fut d'un grand secours pour faire bonne contenance. Puis, comme la brillante cavalcade mettait pied à terre sur la terrasse du logis royal, elle oublia tout. Elle vit le roi et Jehanne qui chevauchaient côte à côte mais surtout, derrière l'armure blanche de la Pucelle, une autre armure, noire celle-là, et certain casque surmonté d'un épervier qui fit battre son cœur très vite. Arnaud semblait bien intégré à la suite de Jehanne, désormais. Il la suivait de près et, à côté de lui, Catherine reconnut Xaintrailles, La Hire et Jean d'Aulon.

Le roi, bien que son regard se fût attardé pensivement sur elle, n'intéressa Catherine que très peu. Elle fut même déçue de lui trouver si petite mine. Mince, pâle et grêle avec un visage morose aux lignes tout en longueur, un nez tombant et des yeux globuleux, sans éclat et quasi sans vie, il semblait porter sur ses épaules étroites le poids d'une éternelle inquiétude. Ses robes de velours paraissaient trop grandes pour lui et le grand chapeau de feutre aux bords retroussés qu'il portait l'écrasait quelque peu. Derrière lui venait un énorme seigneur, incroyablement cousu d'or et de pourpre, sous un fantastique chaperon plus compliqué qu'un turban et que Catherine prit pour un musulman. Avec sa barbe brune, son large visage et ses gestes onctueux, avec surtout le luxe étourdissant qu'il affichait, celui-là ressemblait à un sultan. En voyant la dame de La Trémoille se jeter dans ses bras courts, Catherine comprit que c'était là son seigneur et maître, Georges de la Trémoille. Mais il avait tellement grossi, depuis qu'elle l'avait vu à la Cour de Philippe, qu'elle ne l'aurait pas reconnu ! Il semblait d'ailleurs plus vaniteux et plus inquiétant que jamais : le digne matou soyeux de la belle chatte rousse !

Tandis que la société entrait au château pour la collation, Catherine sentit une main la tirer en arrière, se retourna et se trouva en face d'Arnaud qui la regardait sévèrement.

« D'où tenez-vous cette robe ? fit-il brutalement sans même prendre la peine de la saluer tandis que son doigt, accusateur, désignait la toilette de la jeune femme.

— J'aimerais savoir en quoi cela peut vous intéresser ? répliqua-t-elle vivement. Est-ce parce que vous servez une femme que vous vous intéressez à la toilette ? » Puis, avec un sourire moqueur, elle ajouta :

« Vous ne me ferez pas croire que l'on parle tellement chiffons dans l'entourage de Jehanne ! »

Arnaud haussa les épaules, rougit légèrement.

« Je n'ai que faire de vos appréciations. Répondez ! D'où vient cette robe ? »

Catherine avait bonne envie de l'envoyer promener. Pourtant, il y avait dans le ton agressif du capitaine quelque chose d'inhabituel qu'elle ne put définir mais qui la poussa à lui obéir.

« Mme de la Trémoille me l'a fait porter ce matin pour me permettre de figurer convenablement à l'entrée du roi. Tout ce que je possède actuellement ne dépasse guère la toilette bourgeoise...

— Qui eût cent fois mieux valu en l'occurrence ! Toute la Cour connaît cette robe que Mme de la Trémoille a portée plusieurs fois et qui est faite à ses couleurs. Vous obliger à vous en affubler, c'est vous enrôler, aux yeux de tous, parmi les clients des La Trémoille. Ma parole, c'est presque une livrée dont on vous a accoutrée ! Et je me demande ce qu'en pense la reine Yolande. Ignorez-vous que La Trémoille est son pire ennemi et qu'il n'est pas un seul parmi les vrais amis du roi qui ne souhaiterait l'étouffer dans sa graisse pour les mauvais conseils qu'il donne à notre Sire ? Il est, en outre, l'ennemi mortel du connétable de Richemont [1] et j'ajoute qu'il est, bien entendu, celui de Jehanne par-dessus le marché. Vous voilà fixée. »

Catherine se sentit rougir, furieuse d'être tombée sans le savoir dans ce panneau stupide qui, une fois de plus, la rendait suspecte aux yeux d'Arnaud.

« J'ignorais tout cela ! fit-elle sincèrement. Comment aurais-je su ? Je ne suis arrivée qu'hier et ne connais rien de cette Cour...

— Alors, vous constaterez vite qu'elle est exactement semblable à celle de votre grand ami, le duc Philippe. Mêmes intrigues, mêmes mensonges, même rapacité et mêmes coups de griffes cachés sous les sourires. Allez ôter cette robe si vous tenez à l'estime de la reine Yolande. »

Il tournait déjà les talons pour rejoindre Xaintrailles quand Catherine le retint d'une main timidement posée sur son bras.

« Arnaud, murmura-t-elle en levant sur lui son beau regard lumineux de tendresse. C'est votre estime

1. Bien que beau-frère de Philippe le Bon, Arthur de Richemont, par loyalisme, était devenu connétable de France en 1425 et servait Charles VII.

seule qui compte à mes yeux. Etes-vous donc décidé à me haïr toute votre vie... ? »

Pour la toute première fois dans l'histoire tumultueuse de leurs relations, il ne se fâcha pas mais détourna la tête, peut-être pour échapper à la trop douce magie des yeux qui l'imploraient. Sans brutalité, il détacha la main posée sur son bras.

« Je ne suis même pas capable de savoir si je vous hais ou si je vous aime, Catherine, fit-il d'une voix rauque où vibrait déjà l'irritation. Que venez-vous me parler d'estime ? »

Catherine le suivit des yeux un moment, tandis qu'il s'éloignait vers les appartements royaux. Sa démarche, si ferme habituellement, semblait s'être étrangement alourdie, se faisait hésitante comme s'il s'éloignait à regret et ses larges épaules se courbaient curieusement... Décidée à tout pour lui plaire, Catherine se hâta de rentrer chez elle, arracha plus qu'elle ne l'ôta la robe compromettante tout en racontant l'incident à Sara.

« Je me doutais bien, fit-elle, que la rouquine était trop polie pour être honnête. Pour ce soir, tu te contenteras d'une robe de velours noir. C'est ce que nous possédons de plus somptueux pour le moment.

— Une robe de bure suffirait et vaudrait encore mieux que ce plumage tapageur, s'écria Catherine avec rage en jetant la robe loin d'elle. Tu feras rapporter tout cela à sa légitime propriétaire. Et tu te dispenseras de remercier... »

Une fois prête, Catherine retourna au château. Comme elle regagnait le cercle des dames de la reine, celle-ci l'enveloppa d'un long regard appréciateur.

« Vous avez changé de toilette, madame de Brazey ? demanda-t-elle doucement.

— En effet, madame, répondit Catherine plongée

dans sa révérence, et je demande pardon à Votre Majesté d'avoir pris la liberté de m'éloigner un moment sans sa permission. Mais... je n'aimais pas la robe que je portais et l'ai fait rendre à sa propriétaire. »

Pour toute réponse, Yolande tendit la main à la jeune femme puis, très vite, elle ajouta :

« Moi non plus, je ne l'aimais pas. Merci d'avoir changé ! Venez, maintenant, nous allons ouïr le salut à l'église où Jehanne se trouve déjà. »

Comme les dames se formaient en cortège pour escorter la reine jusqu'à la collégiale Saint-Ours, Catherine reçut en plein visage le regard chargé de colère de la dame de La Trémoille. Mais, si Arnaud était content d'elle, il lui était bien égal de s'être fait une ennemie.

LE soir même, un grand banquet avait lieu chez le roi. Toute la Cour y était conviée, mais Catherine obtint la permission de demeurer chez elle. La reine Yolande ne devait faire qu'une brève apparition et n'encourageait guère ses dames à s'y montrer car c'était, en fait, La Trémoille, organisateur ordinaire des plaisirs royaux, qui en avait réglé l'ordonnancement. Sa qualité de nouvelle venue, et aussi le besoin où elle était de monter convenablement sa maison et sa garde-robe, dispensaient momentanément la jeune femme de suivre la vie de Cour. Mais la raison profonde qui lui avait fait dédaigner la fête c'était qu'Arnaud, pour un motif connu de lui seul, ne devait pas non plus s'y rendre. Quant à la Pucelle, elle avait pris logis, comme elle avait coutume de le faire, chez le notable de la ville dont la femme passait pour la plus vertueuse et, depuis le coucher du soleil, elle était retirée chez elle. Sans doute

Arnaud voulait-il imiter celle qu'il considérait maintenant comme son chef direct.

Mais, revenue dans sa maison, Catherine ne put retrouver le calme. Les bruits du château perçaient la nuit. Les éclats de voix, le son des violes et les rires des femmes, tout le joyeux tintamarre d'une fête qui ne trouvait aucun écho dans le cœur de la jeune femme. Elle était restée un long moment à sa fenêtre, regardant la lune se lever sur les toits vernis de Loches. La ville endormie offrait une image de calme et de paix qui contrastait avec les flots de lumière ruisselant du logis royal. Sur la cité, tout était tranquillité. Seul, le cri d'un oiseau nocturne s'élevait, parfois, des rives embrumées de l'Indre... Le regard de Catherine tourna, chercha les tours qui gardaient la porte des Cordeliers. Quelque chose l'attirait irrésistiblement de ce côté. La nuit était si douce ! Jamais elle ne pourrait dormir... Elle n'ignorait pas les discussions âpres qui s'étaient tenues au château entre Jehanne et Yolande, d'une part, le roi, La Trémoille et le chancelier Regnault de Chartres, archevêque de Reims, d'autre part, au sujet du sacre de Charles. Jehanne et la reine voulaient que l'on courût droit sur la cité du sacre. L'entourage du roi alléguait le danger représenté par les campagnes encore occupées qu'il faudrait traverser. Si Jehanne l'emportait, ce que Catherine souhaitait, Arnaud, une fois de plus, s'éloignerait. Dans ces conditions, pourquoi perdre le temps précieux où elle l'avait encore à portée de la main ?

Sans même appeler Sara qui s'était endormie dans un coin de la chambre, épuisée par une journée entière d'installation et de grand ménage, elle alla tirer une cape sombre d'un coffre, s'en enveloppa et sortit. Tandis qu'elle s'engageait dans les ruelles menant à la porte Royale puis, de là, aux artères de la cité marchande, Catherine ne cherchait même pas à préparer ce qu'elle dirait une fois en présence d'Arnaud. A quoi bon chercher ? Son cœur saurait bien, le moment venu, lui dicter les mots nécessaires. Elle était habitée tout entière par le désir, presque douloureux, de l'avoir en face d'elle.

Les ruelles de Loches et, singulièrement, la rampe qui joignait la porte Royale à celle des Cordeliers étaient rigoureusement désertes. On y entendait encore les échos du festin avec, en surimpression, le pas pesant des archers veillant aux murailles de l'enceinte royale. Catherine vola plus qu'elle ne descendit la rue en pente, aimantée par la maison à l'effigie de saint Crépin dont, dans la journée, elle avait appris longuement à reconnaître le toit en fer de lance. Le logis du tanneur chez qui Arnaud habitait se blottissait dans l'ombre de l'épaisse tour quadrangulaire sous laquelle s'ouvrait la porte. Une faible lueur apparaissait sous l'arche ronde : la lanterne du corps de garde. Au-delà le murmure de l'eau courante indiquait la rivière.

Le quartier était très tranquille mais, de l'autre côté de la porte, sur le même alignement et doublant le rempart, une auberge rougeoyait dans la nuit de tous ses feux. On paraissait y mener aussi joyeuse vie qu'au château et Catherine prit bien garde de ne point passer dans les flaques de lumière que ses fenêtres basses répandaient sur les pavés inégaux. Elle se tapit dans l'ombre d'un contrefort de la tour, cherchant à deviner ce qui se passait derrière les fenêtres closes de la maison d'Arnaud. Un peu de lumière se montrait à l'étage et cette lumière attirait la jeune femme, irrésistiblement. Lentement, elle s'approcha de la porte où brillait un gros anneau de bronze qui servait de heurtoir. Mais, comme elle tendait la main pour le saisir, elle se rejeta aussitôt en arrière, s'aplatit contre le mur... On parlait derrière cette porte qui, aussitôt, s'ouvrit. Il y eut un frou-frou de soie, puis, une voix de femme.

« Je reviendrai demain, ne te tourmente pas... » chuchota une voix féminine que Catherine crut bien reconnaître.

Une autre voix, masculine celle-là, murmura quelque chose que la jeune femme ne comprit pas. Mais le reflet d'une chandelle éclaira la forme d'une femme grande et élégante dans une mante de soie couleur prune. La curiosité chez Catherine fut plus forte que la prudence. Avançant la tête avec précaution, elle put apercevoir le visage de la femme. Un masque de même couleur que sa mante le couvrait à demi mais le capuchon, glissant un peu en arrière, avait découvert une partie des cheveux roux de la visiteuse. Et ses lèvres rouges, au dessin sensuel, que le masque laissait à découvert, étaient bien celles de Catherine de la Trémoille.

Retenant une exclamation de colère et de dépit, Catherine se rejeta en arrière, comprimant sous sa main les battements désordonnés de son cœur. Une douleur aiguë, insupportable, la traversait, si cruellement que jamais elle n'en avait connu de semblable. Pour la première fois elle découvrait en elle cette amère jalousie qui lui donnait envie de hurler et de mordre, tout en même temps !

La silhouette nonchalante de la dame de La Trémoille avait disparu depuis longtemps dans l'ombre de la rue montante que Catherine n'avait pas encore fait un geste. Tout s'éclairait d'une lumière brutale et combien décevante. Voilà donc pourquoi Arnaud s'était dispensé d'assister au festin du roi ? C'était pour recevoir plus commodément cette femme, sa maîtresse sans doute. Et, pour elle, quel meilleur alibi que la fête ? Elle retenait son époux auprès de Charles VII. Il n'y avait pas jusqu'à la colère d'Arnaud en découvrant Catherine sous une robe de sa maîtresse qui ne prît une autre couleur. Que lui importait, en effet, que la femme si longtemps méprisée portât les couleurs de tel ou tel camp ? Tout ce qui comptait, c'était qu'il ne voulait pas voir les atours de la belle La Trémoille sur les épaules d'une autre...

La maison, devant elle, était redevenue silencieuse et la lumière s'était éteinte à la fenêtre. Il ne restait plus, dans la rue, que le mince ruban blafard de la lune accroché au pignon d'un toit avant de se déverser sur le pavé, et les reflets de l'auberge où le vacarme allait augmentant. Des hurlements, des chants bacchiques prouvaient surabondamment qu'un certain nombre de soldats y fêtaient avec des filles le récent succès d'Orléans. Mais tout était devenu indifférent à Catherine. Sans plus songer à dissimuler sa présence, la tête vide et les tempes bourdonnantes, maîtrisant à grand-peine une violente envie de pleurer, elle quitta sa cachette, mue par le désir de regagner sa maison au plus vite et d'y retrouver le giron de Sara pour y pleurer tout son soûl. De vagues projets naissaient déjà en elle : demain, elle quitterait la Cour, demanderait congé à Yolande et s'en irait rejoindre Ermengarde. Cette vie, décidément, n'avait plus rien à lui offrir...

Elle fit quelques pas incertains au milieu de la rue. A cet instant, la porte de l'auberge s'envola plus qu'elle ne s'ouvrit et deux ivrognes parurent sur le seuil, titubant, accrochés l'un à l'autre pour tenter de trouver un semblant d'équilibre. Bien qu'ils fussent, tous deux, effroyablement ivres, ils voyaient encore assez clair pour qu'une silhouette féminine attirât leur attention.

« Une... une fille ! s'exclama l'un d'eux en ceinturant la jeune femme d'une main tandis que, de l'autre, il rabattait son capuchon, découvrant sa tête dorée. Et... une belle ! Regarde, Flambard ! »

Pour toute réponse, le second poussa un gloussement qui, à la rigueur, pouvait passer pour admiratif. C'était sans doute un garçon qui n'aimait pas perdre son temps car, s'emparant des deux mains de Catherine qui essayait de le repousser, il voulut l'embrasser. L'approche de son haleine empestée de vin fit à la jeune femme l'effet d'un révulsif. Eperdue, ne sachant comment se défendre contre ces deux hommes, elle se laissa emporter par son seul instinct et cria de toutes ses forces :

« Arnaud !... Au secours ! »

Surpris, les agresseurs marquèrent un temps d'arrêt. Catherine allait crier encore, mais dans la maison de saint Crépin, une fenêtre s'était ouverte et une forme noire avait bondi dans la rue depuis le premier étage, une épée au poing. Le combat ne fut pas long. Deux coups d'estoc, deux fouettés et Arnaud de Montsalvy avait mis les agresseurs en fuite. Les deux soldats ivres, récupérant soudain leur équilibre, s'enfuirent le long du rempart sans demander leur reste. Avec un haussement d'épaules, Arnaud remit son épée au fourreau et s'approcha de Catherine qui, plus morte que vive, s'était plaquée contre le mur de la maison. Le rayon de lune, glissant du toit, éclairait en plein son pâle visage.

« Il m'avait bien semblé reconnaître votre voix, fit le capitaine tranquillement. Voulez-vous me dire ce que vous faites par ici à cette heure de la nuit ? »

Pour rien au monde, après ce qu'elle venait de voir, Catherine n'eût avoué qu'elle avait espéré lui rendre visite.

« Je me promène ! répondit-elle d'un ton de défi,

mais avec une voix si tremblante qu'elle lui ôtait beaucoup de conviction. Je pense que ce n'est pas défendu ? Je... je voulais voir Jehanne...

— Tiens donc ? Par ici ? On ne vous a pas dit qu'elle loge de l'autre côté de la ville ? Est-ce que vous ne devriez pas être à la fête du roi ?

— Pourquoi y serais-je obligatoirement tandis que vous-même n'y êtes pas ? Il est vrai que vous aviez, vous, d'excellentes raisons de vous en dispenser. »

Elle se mordit les lèvres en se traitant intérieurement de sotte pour n'avoir pas su tenir sa langue. Mais il était trop tard pour reculer. Dans l'ombre, elle vit étinceler les dents du jeune homme et l'entendit rire.

« D'excellentes raisons ? J'aimerais savoir lesquelles ? »

Le ton légèrement moqueur, un peu dédaigneux, qu'il employait en s'adressant à elle, acheva d'enflammer la colère de Catherine. Elle oublia d'un seul coup toutes ses belles résolutions de sagesse et d'indifférence.

« Des raisons rousses ! lança-t-elle furieuse. Et ne vous donnez pas la peine de mentir, Arnaud de Montsalvy. Je les ai vues sortir de cette maison, tout à l'heure, vos raisons. Et j'ai compris, par la même occasion, pourquoi vous n'aimez pas voir sur moi les robes de Mme de la... »

La main d'Arnaud, brutalement appliquée sur sa bouche, lui coupa à la fois la parole et le souffle.

« Pas de nom ici, je vous prie ! C'est toujours dangereux ! Venez, je vous reconduis chez vous. »

Déjà il l'entraînait, d'une main passée d'autorité sous son bras mais, Catherine, d'un geste sec, se dégagea.

« Je sais marcher seule et n'ai pas besoin que vous

me rameniez. Allez donc à vos amours et ne vous occupez pas de moi.

— Mes amours, mes amours ! Vous me faites rire avec cette histoire grotesque. Je ne peux pas empêcher cette femme de venir chez moi à tout bout de champ et de soudoyer mes domestiques pour que je la laisse entrer.

— Vous allez peut-être me dire qu'elle n'est pas votre maîtresse ?

— Mais bien sûr ! Pour qui me prenez-vous ? Me croyez-vous homme à me contenter des restes des autres ? Vous devriez me connaître mieux et savoir que ce genre de femme n'a aucune chance auprès de moi. Venez-vous maintenant ? »

Catherine enveloppa d'un regard incertain la haute silhouette sombre qu'elle distinguait mal maintenant parce que la lune avait disparu derrière un épais nuage. Elle souhaitait éperdument le croire, mais l'image de la grande femme à la mante prune la hantait.

« Vous me jurez que vous ne l'aimez pas ? demanda-t-elle d'une voix de petite fille qui, malgré lui, fit rire le capitaine.

— Bien que mes affaires privées ne vous regardent en rien, je veux bien vous répondre pour avoir la paix : je jure que je ne l'aime pas.

— Qui aimez vous alors ? »

La réponse vint sèche, mais après une courte hésitation.

« Personne ! Et maintenant, en voilà assez ! »

Lentement, côte à côte, ils remontèrent vers l'entrée de l'enceinte royale, marchant d'un même pas accordé, penchant tous deux la tête, perdus dans leurs propres pensées. Mais Catherine luttait contre le besoin impérieux de combler ce vide creusé entre eux par le silence. Son amour s'exaspérait à le sentir à la fois si proche et si distant. Sans le regarder, rassemblant tout son courage, elle murmura :

« Quand donc comprendrez-vous que je vous aime, Arnaud ? Que je n'ai jamais aimé que vous ? N'avez-vous donc pas senti, au cours de ces deux nuits où vous êtes venu à moi que je vous appartenais, corps et âme, que vous pouviez tout exiger de moi ? »

Elle n'osait pas tourner la tête vers lui, risqua un regard, vit un profil figé, des yeux durcis qui regardaient droit devant eux.

« Vous me feriez plaisir en évitant d'évoquer ces deux circonstances où je me suis conduit d'une façon que je préfère ne pas qualifier et dont j'ai honte.

— Pas moi. Nous étions sincères l'un et l'autre. Mais moi je n'ai pas honte de m'être donnée à vous. Bien plus, j'en suis heureuse et, si vous voulez tout savoir, c'était au-devant d'un moment comme ceux-là que j'allais en venant jusqu'ici. Pour vous, j'ai tout quitté : honneurs, fortune, amour, j'ai accepté la misère, la souffrance, la mort même dans le seul espoir de vous retrouver. Vous seul comptez pour moi... et vous refusez de le comprendre. »

Elle avait glissé ses bras au cou d'Arnaud et se collait à lui, éperdue d'amour, possédée d'un violent désir de faire passer dans son sang, à lui, la fièvre qui la brûlait. Il se défendait mal, avec des mains tremblantes qui ne demandaient qu'à étreindre. Elle se haussa sur la pointe des pieds pour tenter de toucher de ses lèvres celles du jeune homme. Mais il détourna la tête et, emporté par une brusque colère, l'arracha de lui si rudement qu'elle alla heurter de son dos le mur d'enceinte.

« Je vous ai déjà dit cent fois de me laisser tranquille, siffla-t-il entre ses dents serrées. Oui, par deux fois j'ai perdu la tête, par deux fois le désir que j'ai de vous l'a emporté. Mais je me le suis reproché comme un crime... un crime, entendez-vous, envers l'ombre de mon frère. Car cela, vous l'oubliez trop facilement. J'avais un frère, souvenez-vous... un frère que j'adorais et que les vôtres ont tué, massacré comme ils n'auraient pas osé massacrer une bête de boucherie... »

Déchirant, inattendu, un sanglot monta dans la gorge du capitaine, brisant sa voix qui s'enroua.

« Vous ne savez pas ce qu'il était, mon frère Michel, continua-t-il d'un ton de douleur qui bouleversa Catherine. L'archange saint Michel n'était pas plus beau que lui, ni plus vaillant, ni plus courtois. Pour le gamin émerveillé que j'étais alors, une espèce de petit paysan toujours crasseux, toujours couvert de poussière, il était plus qu'un frère : l'image pure, lumineuse de tout ce que j'admirais, de tout ce que j'aimais : il était la chevalerie, la foi, la jeunesse, l'honneur même de notre maison. Quand je le voyais passer dans le village, sur son grand cheval blanc, avec ses cheveux que le soleil faisait briller, je sentais tout mon cœur bondir vers lui. Je l'aimais, je crois bien, plus que tout au monde. Il était... il était Michel, c'est-à-dire l'unique. Vous ne pouvez pas comprendre...

— Mais si... fit Catherine doucement. Je l'ai vu, je... »

Ces simples petits mots, si innocents, suffirent à déchaîner la fureur d'Arnaud. Ses deux poings crispés appliquèrent Catherine contre la muraille tandis qu'il avançait sur elle un visage tordu de colère.

« Qu'avez-vous vu ? Ce que les vôtres en ont fait ? Une loque humaine, sanglante, sur laquelle vos bouchers se sont acharnés. Il avait cherché refuge dans la cave d'un de vos maudits Legoix et on l'a livré, assassiné, dépecé... Ah ! tu l'as vu, dis-tu ? As-tu vu aussi l'atroce chose qu'avec l'un de mes oncles je suis allé dépendre, en secret, la nuit, à Montfaucon ? Un corps sans tête que l'on avait pendu par les aisselles à des chaînes rouillées. La tête, elle, était dans un sac de cuir pendu à côté... une tête, cette abominable bouillie noire ! Et tu viens me parler de ton amour !... Et tu ne comprends pas que, quand tu prononces ce mot-là, j'ai envie de t'étrangler ! Si tu n'étais pas une femme, il y a longtemps que je t'aurais tuée...

— Si vous n'y êtes pas parvenu, ce n'est pas votre faute, s'écria Catherine en qui les images évoquées venaient de réveiller le souvenir des heures affreuses vécues jadis. Vous avez tout fait pour me livrer au bourreau.

— Et je ne le regrette pas. Et je recommencerais demain si l'occasion m'en était donnée. »

Des larmes brûlantes montèrent aux yeux de Catherine, roulèrent sur ses joues.

« Ne vous gênez pas alors. Tuez-moi. Vous avez une épée au côté, ce sera si vite fait ! Ce sera mieux que votre injustice. Pourquoi ne voulez-vous pas entendre ce que je puis vous dire sur la mort de votre frère ? Je jure que... »

Une clameur qui monta soudain, à l'intérieur de la cité royale, l'interrompit. Au-delà de la porte fortifiée, on criait, on courait et, en même temps, une grande lueur rouge illumina le ciel par-dessus le rempart. Arnaud lâcha Catherine.

« Que se passe-t-il ? demanda-t-elle.

— On dirait un incendie. Venez voir !... »

D'un commun accord, ils se mirent à courir, franchirent la porte et remontèrent vers l'endroit d'où partaient les cris. Au bout de la rue, Catherine vit de hautes flammes bondir à travers les fenêtres brisées d'une maison d'où partaient des cris et chancela.

« Mais... c'est ma maison ! fit-elle d'une voix blanche. C'est ma maison qui brûle !

— Qu'est-ce que vous dites ? s'écria Arnaud en saisissant sa main. C'est là que vous habitez ?

— Oui... Mon Dieu et Sara ! Sara ! Sara ! Elle dormait quand je suis partie. »

Comme une folle elle se mit à courir vers la maison incendiée. Construite tout en bois comme beaucoup de ses voisines, elle flambait comme un fagot. La rue était pleine de gens qui, déjà, faisaient la chaîne avec des seaux de cuir remplis d'eau. Mais ce n'était guère efficace et, dans l'intérieur de la maison, on entendait des cris, des appels.

« Mon Dieu ! gémit Catherine en se tordant les mains de désespoir. Sara est prise dans les flammes ! Elle va mourir ! »

Des larmes jaillirent de ses yeux. Elle oubliait à cette minute tout ce qui n'était pas sa vieille amie en danger. Mais comment Sara pourrait-elle sortir de ce brasier ? Sur le fond des flammes, Catherine vit une silhouette échevelée qui se découpait en noir et qui appelait à l'aide.

« Je vais essayer de la tirer de là, fit Arnaud brusquement. Ne bougez pas ! »

Vivement il débouclait le ceinturon qui supportait son épée, arrachait son pourpoint, sa chemise, ne gardant que ses chausses collantes qui n'offriraient guère de prise au feu. Catherine, les yeux agrandis, le vit courir vers la maison incendiée, écarter la foule puis, après s'être fait inonder d'un seau d'eau renversé sur sa tête, il s'engouffra dans les flots de fumée que vomissait la porte. La foule, interdite tout à coup, avait fait silence et Catherine s'était laissée glisser à genoux près d'un montoir à chevaux, priant de tout son cœur.

Sous le capuchon pointu du toit encore entier, le feu ronflait avec un bruit terrifiant. On entendait crépiter les boiseries, s'effondrer les poutres et les meubles. Un temps qui parut interminable à Catherine s'écoula. Aucun cri ne se faisait plus entendre.

« Il n'a pas dû pouvoir passer, fit une voix auprès d'elle. L'escalier vient de s'effondrer ! Sûrement, il n'y a plus personne de vivant dans cet enfer... »

Le toit, maintenant, s'écroulait dans une gerbe d'étincelles. Juste à cet instant, Arnaud jaillit de la maison portant dans ses bras un corps inerte. Une clameur de victoire salua sa sortie. Catherine se releva, courut à lui.

« Vous êtes vivant ! Dieu soit béni !»

Il était, en effet, bien vivant et Sara, évanouie dans ses bras, riait comme un enfant, heureux d'avoir réussi son sauvetage. Quelques égratignures marquaient sa peau brune et ses cheveux étaient un peu roussis mais, à part cela, il était indemne. Il déposa Sara sur un banc et quelques femmes s'empressèrent autour d'elle. En même temps, on accourait du château. Catherine reconnut Mme de Gaucourt. Elle arrivait à toutes jambes, ses longues robes relevées à deux mains, une troupe de valets et de servantes galopant sur ses talons. Elle apprit à Catherine que la reine Yolande l'envoyait et désirait que Catherine avec sa servante fussent ramenées et logées au château.

« Vous n'avez vraiment pas de chance, ma chère ! soupira-t-elle en s'épongeant le front. C'est à croire que le destin s'acharne sur vous ! »

Arnaud qui s'était écarté pour remettre chemise et pourpoint se rapprocha :

« Où devez-vous loger Mme de Brazey ? demanda-t-il à la surintendante de la maison de la reine.

— Dans le cabinet de la tourelle qui jouxte la chambre de Mme Yolande. La reine désire que Mme de Brazey reste sous son contrôle. »

Le jeune homme approuva d'un signe de tête

mais le pli qui s'était creusé depuis un moment entre ses épais sourcils noirs ne s'effaçait pas. Tandis que Mme de Gaucourt penchée sur Sara, toujours sans connaissance, lui bassinait les tempes avec de l'eau de la reine de Hongrie, il tira Catherine à part :

« Demain, fit-il gravement, vous demanderez à Mme Yolande de vous envoyer auprès de la reine Marie, sa fille, qui ne quitte guère Bourges. Et vous y resterez !

— Vous voulez encore vous débarrasser de moi ! » protesta Catherine tout de suite révoltée. Ces simples mots eurent le don de mettre Arnaud en rage. Il empoigna Catherine par les épaules et se mit à la secouer comme il semblait en affectionner l'habitude.

« N'essayez pas de me faire croire que vous êtes idiote ! Je veux que vous soyez à l'abri et ici, non seulement vous ne l'êtes pas, mais vous êtes en danger. Savez-vous ce que j'ai trouvé sous l'escalier de votre maison ? Des brindilles de paille qui achevaient de se consumer et trois torches que l'on avait dû jeter dedans. Il y a à Loches des gens qui vous veulent du mal, et qui, ignorant que vous étiez sortie, ont tenté de vous faire griller toute vive dans votre maison. Catherine, Catherine, vous avez, n'est-ce pas, renvoyé à sa propriétaire la robe qu'elle vous avait prêtée ?

— Aussitôt !

— Alors, ne cherchez pas ! Cette femme ne pardonne jamais la moindre blessure d'amour-propre. Si vous aviez accepté d'être sa créature, elle eût utilisé votre beauté, votre grâce à son profit. Vous la rejetez et, immédiatement, vous devenez une ennemie dangereuse. Vous êtes bien plus belle qu'elle et, déjà le roi vous a remarquée. Que vous preniez de l'empire sur Charles et l'influence de

La Trémoille sera contrebalancée. Faites ce que je vous dis : allez vous enterrer momentanément parmi les pieuses femmes dont la reine Marie fait sa compagnie.

— C'est absurde ! protesta Catherine. Et puis, si je suis en danger... vous serez débarrassé de moi plus vite ! »

Elle s'attendait à une riposte acerbe, ironique, il n'en fut rien. Arnaud se contenta de hocher gravement la tête.

« Ne soyez pas idiote ! Je vais repartir. Ce soir, au conseil, Jehanne a obtenu que l'on ouvrirait la marche sur Reims en attaquant les villes de Meung, de Beaugency et de Jargeau où s'est retranché l'Anglais. Ensuite, si l'on suit son conseil, on s'enfoncera en Champagne pour ouvrir à la pointe de l'épée la route du sacre au roi Charles. Je ne pourrai pas veiller sur vous. Allez à Bourges. »

Butée, elle baissait un front obstiné, boudeur, et ne relevait pas les yeux vers lui.

« Au fond, vous n'êtes pas logique, remarqua-t-elle. Il y a un instant vous disiez que, si vous en aviez l'occasion, vous m'enverriez sans hésiter à la potence. Laissez-moi donc à mon destin. Pour ce que la vie m'intéresse maintenant... »

La petite fêlure de sa voix avait quelque chose de si tragique et de si pitoyable que, malgré lui, le capitaine s'émut. Elle s'était assise sur le montoir à chevaux et, les mains nouées autour de ses genoux, regardait d'un air absent se consumer la maison qu'on lui avait donnée. D'un geste las, elle rejeta en arrière une longue mèche blonde qui lui tombait dans la figure. Tournant son regard vers Arnaud, elle essaya de sourire mais ne réussit qu'une petite grimace triste.

« Ne vous tourmentez plus pour moi, messire de

Montsalvy. Je me rends compte que je vous obsède. Mais cela ne durera plus longtemps. »

Elle n'avait pas fini de parler qu'il l'arrachait de son siège, l'enfermait étroitement entre ses bras et, d'une main, lui relevait doucement le menton.

« Je n'ai pas le droit de vous aimer, Catherine, parce que les âmes des miens me maudiraient. Mais j'ai celui de vouloir que vous soyez en paix et en sécurité. Demain reprennent les combats. Je me battrai mieux si je suis tranquille pour vous. Dites-moi que vous irez à Bourges, dites-le-moi. J'ai besoin de le savoir. »

Vaincue, elle accepta, d'un battement de ses paupières, priant intérieurement pour que durât toute une vie cet instant merveilleux qui la ramenait dans ses bras. Et, comme elle relevait les yeux vers lui et que les derniers feux de l'incendie faisaient briller ses lèvres humides, le jeune homme ne résista pas à l'envie brûlante qui le dévorait. Longuement, passionnément, il l'embrassa... Puis, la lâchant aussi brusquement qu'il l'avait saisie, il s'enfuit à toutes jambes en direction de la ville basse...

Catherine, bouleversée, le sang en feu, esquissa un mouvement pour se jeter à sa poursuite mais, à cet instant précis, une exclamation satisfaite de Mme de Gaucourt lui apprit que Sara était revenue à elle. Elle s'approcha de sa vieille amie pour l'embrasser puis, comme les valets avaient confectionné une civière pour emporter la bohémienne, elle suivit docilement le petit cortège qui regagnait le château. Ses idées étaient aussi peu claires que possible. Comment concilier les paroles d'Arnaud, ce désir qu'il affichait d'être débarrassé d'elle, et le baiser qu'il venait de lui donner ? Comment ne pas croire qu'il l'aimait autant qu'elle-même le chérissait ? Comment surtout lui expliquer que jamais elle n'avait été son ennemie, qu'elle avait tenté l'impossible pour sauver Michel ? Chaque fois qu'elle avait voulu crever une bonne fois cet abcès lourd de malentendu, il avait pris la fuite ou lui avait imposé silence.

CHAPITRE XVI

POUR REVOIR ARNAUD

La reine Yolande ayant consenti sans difficulté à la céder à la reine sa fille, Catherine était partie pour Bourges, mais sans grand enthousiasme. Elle n'avait aucune envie de se joindre aux « pieuses femmes dont la reine Marie fait sa compagnie ». Cependant elle éprouvait une joie, un peu négative mais certaine, à obéir à Arnaud. L'armée de Jehanne avait quitté Loches la veille au soir se dirigeant vers Jargeau dont la Pucelle entendait déloger les Anglais. Longtemps, penchée à la fenêtre de sa chambre, Catherine avait regardé s'éloigner les troupes et, surtout, cette avant-garde à laquelle appartenaient La Hire, Xaintrailles et Montsalvy ; le flamboiement des armures et des pennons multicolores s'était éteint depuis de longues minutes dans la poussière de juin qu'elle fatiguait encore ses yeux à chercher la forme d'un épervier d'argent au cimier d'un casque d'acier noir.

Bourges, qui de loin et à travers les fantaisies de son imagination, lui faisait l'effet d'une sorte de ville-couvent terne et sans éclat, lui réservait une surprise : même les fastueuses cités flamandes de Philippe le Bon ne parvenaient pas à surpasser l'éclat de la capitale du duché du Berry devenue, par la force des choses, capitale de la France libre. Le duc Jean de Berry, grand-oncle du faible Charles VII, avait été le premier et l'un des plus fastueux mécènes français. Il avait fait de sa ville une œuvre d'art difficilement égalable. Quand elle se trouva devant les portes imposantes de son immense palais, Catherine se dit que ni Bruges ni Dijon ne possédaient une demeure de cette splendeur. Au fond, le « roi de Bourges » n'était pas si à plaindre et il devait être doux de régner sur cette belle cité avec la masse touffue de ses hôtels luxueux pressés autour de la fantastique dentelle de pierre de sa cathédrale.

Evidemment, Marie d'Anjou, reine de France, ne correspondait guère à la beauté de la ville, ni même à l'idée que l'on pouvait se faire d'une fille de Yolande d'Aragon. Peu de beauté, un long visage sans grâce aux yeux doux mais dépourvus d'éclat, et peu d'intelligence, la reine de vingt-cinq ans semblait n'avoir été créée et mise au monde que pour porter des enfants. Elle s'acquittait, d'ailleurs, de cette tâche avec conscience : quatre enfants étaient déjà nés au palais de Bourges. L'un était mort en naissant, mais un cinquième s'annonçait.

La reine Marie accueillit Catherine avec amabilité et l'oublia tout aussitôt. La jeune femme grossit seulement l'escadron des dames de parage. Elle fut nantie d'une grande chambre au-dessus de la galerie du Cerf et commença l'existence sans éclat qui était de règle quand la reine était seule à Bourges : messe matinale, visites charitables, lectures pieuses, soins des enfants, plus, pour se distraire, quelques affaires du duché à mettre en ordre.

« Si je dois vivre ici longtemps, confia un jour Catherine à Sara, je serai mûre pour me faire nonne ou bien je me jetterai dans le premier étang venu. Jamais je ne me suis autant ennuyée... »

Pourtant, elle pouvait désormais figurer dignement au milieu de n'importe quelle Cour. Ermengarde de Châteauvillain lui avait fait tenir, sous forte escorte, ses coffres à robes, ses bijoux et une grosse somme d'argent, plus une longue lettre dans laquelle elle lui donnait les dernières nouvelles de Bourgogne. Catherine apprit ainsi que sa mère et son oncle se portaient à merveille et que leurs terres de Marsannay prospéraient mais que le duc Philippe avait fait saisir le château de Chenôve qu'il avait jadis donné à Catherine. Ermengarde avait reçu de lui une lettre personnelle qui l'avait mise dans un grand embarras. Aux termes de sa missive, Philippe priait la comtesse de Châteauvillain de s'entremettre auprès de son amie Catherine de Brazey pour lui faire entendre raison et l'engager à regagner Bruges dans les plus courts délais.

« Le mieux serait qu'il me croie morte, fit Catherine, sincère, en repliant la lettre. Ainsi, Ermengarde n'aurait pas d'ennuis.

— Ce n'est pas mon avis, dit Sara qui s'occupait à ranger les toilettes. Tu ignores comment tournera ton destin. Tu ne sais pas si tu ne souhaiteras pas, un jour, revoir la Bourgogne. Ne coupe pas les ponts derrière toi, c'est une manœuvre dangereuse. Dame Ermengarde peut dire qu'elle est toujours sans nouvelles et ignore ce que tu es devenue. Tes parents, eux, ne savent rien et ne risquent pas de te trahir. Le silence, vois-tu, est encore la meilleure sauvegarde... »

C'était l'évidence même. Catherine, non sans soupirer intérieurement, s'installa dans la vie sans éclat qui devenait sienne, supportant comme elle pouvait les interminables séances de broderies auprès de la reine Marie. Celle-ci était capable de pencher, durant des heures, son long nez et son ingrat visage sur des tapisseries ou des broderies et, dans cet art, elle était passée maîtresse. Catherine se résignait, tirait l'aiguille tandis que son esprit s'en allait vagabonder à la suite de l'armée de Jehanne. Par les fréquents messagers qu'envoyait le roi, elle apprit les victoires de Jargeau, Meung, Beaugency, Patay où la Pucelle abattit deux mille Anglais en laissant seulement trois Français sur le terrain. Puis le départ vers Reims à travers le dangereux pays de Champagne. On s'en allait vers le sacre et Catherine, naïvement, avait espéré que la reine rejoindrait son époux, comme son rang lui en faisait le devoir. Hélas ! Mme Marie se contenta d'aller saluer son seigneur à Gien, laissant à Bourges la plus grande partie de sa suite dont Catherine, affreusement déçue.

« L'enfant que je porte me rend trop dolente pour pareil voyage, confia-t-elle au cercle laborieux de ses dames. Nous nous contenterons de prier pour les armes de mon seigneur et pour son sacre.

— Pour une fois que nous avions une chance de voir un sacre, soupira la jeune Marguerite de Culant qui brodait, de concert avec Catherine, une bannière pour le roi Charles. Et pour une fois que nous aurions pu danser ! »

C'était une jeune fille brune et vive, très gaie et c'était la seule des dames de la reine pour qui Catherine eût quelque sympathie. Elle et la jeune fille avaient fini par s'installer ensemble et tuaient le temps comme elles pouvaient en bavardant et en commentant les échos qui leur parvenaient des armées.

« Bah ! fit Catherine. Le roi reviendra pour la saison d'hiver et tout son entourage avec lui. Nous aurons, je pense, des fêtes, des danses... »

Marguerite la regarda avec une sincère stupeur, son mince visage tout arrondi entre ses deux nattes roulées sur les oreilles.

« Seigneur, ma chère ! Qui vous a fait croire cela. Bien sûr le roi va revenir, mais il ne restera guère à Bourges. C'est à Mehun qu'il tient sa Cour alors que la reine préfère Bourges où ses enfants ont leurs commodités. Nous resterons ici, nous aussi et ne verrons rien des fêtes de Mehun ! »

Catherine commençait à trouver qu'Arnaud, en l'envoyant auprès de la reine Marie, lui avait joué un vilain tour. Sans doute voulait-il avoir ses coudées franches et la jeune femme soupçonnait maintenant que tant de sollicitude pour sa personne ne cachait, au fond, que son perpétuel désir d'être débarrassé d'elle. Tandis que ses doigts habiles tissaient les fils d'or sur la soie bleue de l'étendard, traçant les sept lis de l'écusson royal, elle laissait vagabonder son imagination et accumulait les pensées amères. Après tout, qui prouvait qu'Arnaud ne lui avait pas menti en jurant que la belle La Trémoille n'était rien pour lui ? Lorsque Catherine l'avait rencontrée, sortant de la maison de saint Crépin, la dame n'avait rien de quelqu'un qui vient de se faire éconduire. Et le souci d'Arnaud de mettre Catherine à l'abri ne venait-il pas plutôt du désir d'éloigner une rivale dangereuse qui déplaisait tant à cette femme ?

Ces idées finirent par la tourmenter tellement qu'elle ne résista pas au désir d'en parler, oh ! très discrètement, et sur le ton indifférent de la conversation de salon, à la jeune Marguerite de Culant.

« J'ai ouï dire, à Loches, que messire de Montsalvy et la dame de La Trémoille étaient au mieux ensemble, fit-elle si négligemment que Marguerite ne soupçonna rien. La jeune fille se mit à rire.

— Eh bien, cela m'étonnerait ! Messire de Montsalvy ne peut pas souffrir les La Trémoille, ni lui ni elle ! D'ailleurs, c'est bien simple : mes parents n'auraient jamais songé à lui, pour en faire éventuellement mon époux, s'il en était autrement. »

Catherine sentit le sang abandonner ses joues et refluer vers son cœur. Elle se hâta de cacher ses mains sous la soie bleue pour que Marguerite ne les vît pas trembler.

« Un mariage ? articula-t-elle avec un petit rire forcé. Mes compliments ! Et je suppose que vous êtes très éprise de votre fiancé ? Il est fort beau et...

— Tout doux ! s'écria Marguerite en pinçant un brin de soie entre ses lèvres pour enfiler son aiguille. Rien n'est encore décidé et c'est fort bien ainsi. Messire Arnaud est très beau, en effet, mais aussi très brutal à ce que l'on dit et, de toute façon, je ne l'aime pas. »

Le ton décidé de la petite rendit un peu de vie à Catherine qui se sentait défaillir. Elle avait bien cru que sa vie s'arrêtait là. Mais si Marguerite n'aimait pas Arnaud...

« Lui vous aime peut-être ?

— Lui ? Il n'aime personne, que lui-même et puis, dame Catherine, si vous voulez tout savoir : j'en aime un autre. Je vous le dis à vous parce que je vous aime bien et que vous êtes mon amie. Mais c'est un secret. Vous me le garderez, n'est-ce pas ?

— Bien entendu ! Soyez tranquille ! »

Elle respirait mais elle avait eu vraiment très peur et, si les Culant voulaient ce mariage, il risquait encore assez de se faire. Catherine sentit monter en elle un désir impérieux, irrésistible de revoir Arnaud.

Ne reviendrait-il jamais de ce maudit sacre ? Elle ne pouvait tout de même pas courir les champs de bataille à sa recherche. Mais les semaines passèrent sans ramener Arnaud.

QUAND vint l'automne, Catherine revit Jehanne et faillit ne pas la reconnaître tant elle était triste et abattue. La guerrière victorieuse d'Orléans avait fait place à une enfant amaigrie et inquiète. Après l'éclat sans pareil du sacre où elle avait pleuré de joie, après la joie immense de voir tomber devant elle les villages comme giboulées en mars, la Pucelle avait dû s'incliner devant les manœuvres tortueuses de La Trémoille, tout-puissant auprès du roi. Parce qu'un carreau d'arbalète l'avait blessée à l'épaule, devant la porte Saint-Honoré, on l'avait obligée à quitter Paris, à se rabattre sur la Loire « pour hivernage » et l'armée avait traîné l'ange à sa suite comme une captive aux chaînes d'or.

« Ils disent que je dois me reposer, confia-t-elle à Catherine avec une indicible amertume. Mais j'aurais voulu voir Paris de plus près que je ne l'ai vu. Il fallait aller de l'avant, forcer la victoire. Dieu le voulait...

— Mais pas La Trémoille ! fit Catherine acerbe. Il vous déteste, Jehanne et il vous jalouse. Pourquoi le roi écoute-t-il ce poussah orgueilleux ?

— Je ne sais... »

Catherine alors n'avait pu retenir la question qui lui brûlait les lèvres. Quand l'armée avait défilé dans les rues de Bourges, elle avait vainement cherché à l'avant-garde le chevalier à l'épervier d'argent. Nulle part elle n'avait vu Arnaud.

« Messire de Montsalvy ? Il ne lui est rien arrivé de fâcheux, n'est-ce pas ? »

Le visage tiré de Jehanne d'Arc s'était éclairé d'un sourire.

« Il va bien. Je l'ai laissé à Compiègne que tient, pour le roi, le sire de Flavy. Flavy est un bon soldat mais il a le cœur d'une bête sauvage. Messire Arnaud a été chargé par moi de le surveiller... discrètement. Son cœur, à lui, est loyal et fidèle et j'ai toute confiance en lui... »

Pareil compliment, venant de Jehanne, avait empli Catherine d'une joie instinctive, atténuant un peu la déception de n'avoir point vu revenir Arnaud. Et tandis que Jehanne trompait son impatience en coups de main contre Saint-Pierre-le-Moutiers qu'elle enleva, et la Charité-sur-Loire où le routier Perrinet Gressard la tint en échec, Catherine reprit sa vie d'oraisons et d'éternelles broderies.

Une seule fois, à la Noël, elle vit une vraie fête et put contempler les splendeurs de Mehun-sur-Yèvre où le duc Jean avait entassé une fantastique collection de joyaux, tapisseries, livres rares, œuvres d'art, intailles, peintures et sculptures. Le château lui-même était un joyau : un jaillissement de pierres blanches et lisses issu des eaux vertes de l'Auron, des tours altières couronnées de pierre ciselée, des toits bleus timbrés de girouettes dorées, une chapelle aérienne à force de sveltesse, une inoubliable vision de beauté. Là, solennellement, le roi conféra à Jehanne d'Arc et à ses parents des lettres de noblesse pour eux et leurs descendants, ainsi que des armoiries montrant sur champ d'azur une épée couronnée d'or et flanquée de deux lis. Mais ces hochets de vanité ne consolaient pas celle qui était devenue ainsi Jehanne du Lis. Elle ne s'attarda pas dans les délices de Mehun et regagna Bourges où elle logeait chez une femme de grande vertu, Marguerite La Touroulde. La reine Marie, dont Charles VII ne souhaitait guère la présence, en fit autant et revint en son palais. Catherine, bien entendu, suivit avec Marguerite de Culant et les autres dames de parage. Pour une fois, elle était heureuse de retrouver la vie morne qui l'irritait tant depuis son arrivée. Elle n'avait pas aimé le regard énigmatique mais étrangement pesant que La Trémoille avait laissé peser sur elle pendant la cérémonie d'anoblissement. Et les yeux verts de sa femme n'étaient guère plus rassurants.

L'hiver passa. Revint le printemps avec ses frêles verdures. Revint aussi le temps des armes et Jehanne, rongée d'inaction, n'y tint pas. Apprenant que Philippe de Bourgogne assiégeait Compiègne, elle partit, un matin, à l'aube, avec une poignée de compagnons...

Un soir de la fin mai, Catherine avait été chargée par la reine Marie de surveiller le transport de ses pelisses de fourrure que, chaque fin de printemps, elle faisait porter chez son pelletier pour qu'il les fît nettoyer, vérifier et mettre en état pour l'hiver suivant. C'était une femme fort économe que la reine Marie et elle prenait le plus grand soin de ses vêtements, Catherine était donc partie, à cheval, avec les deux chariots qui transportaient les fourrures royales, pour le court trajet séparant le palais de la boutique du pelletier.

Maître Jacques Cœur avait sa demeure et son magasin au coin de la rue des Armuriers et de la rue d'Auron, juste en face de la maison du prévôt de Bourges, Léodepart, dont il avait épousé la fille Macée. Catherine était venue plus d'une fois chez les Cœur où l'avait conduite Marguerite de Culant. Ils étaient jeunes, aimables et toujours prêts à rendre service. Et puis leur maison, égayée par une nichée de cinq enfants, était l'une des plus vivantes de Bourges. Catherine aimait y venir et prenait plaisir, soit à jouer avec les petits, soit à bavarder avec la douce Macée, soit à admirer les peaux de bêtes rares et précieuses que Jacques se procurait à grand-peine, à cause de la dureté des temps et des dangers des chemins.

Elles escomptait, ce soir-là, sa mission remplie, passer la soirée avec ses amis qui, certainement, la garderaient à souper comme ils ne manquaient jamais de le faire. Et Catherine se laissait bercer au pas de son cheval dans les derniers poudroiements d'or du soleil. Il ferait bon, ce soir souper à l'ombre du gros tilleul dans le jardin des Cœur où les roses et le chèvrefeuille embaumaient jusque dans la rue. L'évocation de ce parfum amena à ses lèvres une chanson mélancolique, une vieux lai de Marie de France :

Il en était de leurs deux cœurs tout ainsi que du chèvrefeuille
Qui au coudrier se prenait...

Où battait, à cette heure, le cœur d'Arnaud ? Les murs de Compiègne le protégeaient-ils toujours ou bien Jehanne avait-elle réussi à dégager la ville et à rouvrir devant ses soldats la route de Picardie ? Là où était la Pucelle, rien de mauvais ne pouvait advenir à l'un de ses hommes. Elle portait avec elle la chance, la protection divine. Il suffisait de plonger au plein de l'eau tranquille de ses prunelles pour se sentir baigné de confiance et de force...

Perdue dans ses pensées, Catherine ne prêtait pas attention au mouvement de la rue. Elle n'entendit pas se rapprocher le galop d'un cheval et ne descendit de ses songes que lorsque le cheval en question l'eut rattrapée, dépassée et, voltant sur ses pattes postérieures, lui eut barré le chemin. Un homme en armure souillée de sang séché, si couvert de poussière que visage et acier avaient la même grisaille, le montait. Seuls les cheveux presque rouges avaient encore un peu de couleur et Catherine reconnut Xaintrailles. Elle eut une exclamation de surprise, sourit et tendait déjà les mains vers le capitaine mais lui, sans prendre la peine de saluer, jeta :

« Je viens du palais où l'on m'a dit que vous étiez en route pour la maison de Jacques Cœur. Je vous cherchais, dame Catherine. »

Son large visage, si gai habituellement, était tiré, verdâtre sous les plaques de poussière mêlée de sueur qui le maculaient. Instinctivement, Catherine pressentit un malheur.

« Que se passe-t-il, messire ? Quel message que je devine terrible m'apportez-vous ? Dites vite... Arnaud ?

— Il est blessé... gravement et vous réclame ! Et puis... Jehanne est prisonnière du Bourguignon ! Je dois vous ramener... »

Voyant que Catherine s'était arrêtée, les valets qui menaient les chariots en avaient fait autant. Mais la jeune femme, pétrifiée, les avait oubliés. On aurait dit que la foudre venait de la frapper. Elle restait là, immobile, très droite et le regard vide, sur son cheval qui grattait le sol d'un sabot impatient.

L'un des serviteurs s'approcha timidement, tira le bas de sa robe.

« Dame... Que faisons-nous ? »

Elle regarda l'homme comme si elle le voyait pour la première fois, avec une espèce de surprise. Un frisson la traversa des pieds à la tête et elle parut reprendre conscience. Sa main eut un geste incertain.

« Allez sans moi ! Dites... à maître Cœur que je ne

puis venir... qu'il fasse le nécessaire et saluez-le pour moi. Il me faut rentrer à l'instant... »

Puis, comme le valet s'inclinait et s'éloignait, elle tourna vers Xaintrailles, muet, son visage douloureux.

« Dites-moi la vérité ! Il est mort, n'est-ce pas ?

— Non... puisqu'il vous demande. Mais si vous ne vous hâtez pas, il se peut que vous ne le retrouviez pas vivant... »

Sous la douleur, Catherine ferma les yeux. Un flot de larmes s'en échappa, roulant sur ses joues tandis qu'un sanglot déchirait sa gorge. Ainsi, le destin avait frappé. Arnaud était mourant ! Comment pareille chose pouvait-elle être possible ? Est-ce qu'il n'y avait pas là quelque chose d'absurde et d'inimaginable ? Arnaud était aussi indestructible que la terre elle-même !... Et d'ailleurs, Jehanne n'était-elle pas là ? Mais... Xaintrailles avait dit quelque chose au sujet de Jehanne ? Ah oui !... Qu'elle était prisonnière. Prisonnière, la Pucelle ? Une autre absurdité ! qui pouvait emprisonner l'envoyée du Seigneur ?

« Catherine ! s'impatienta Xaintrailles d'une voix rude. Il faut rentrer, vous préparer. Le temps presse ! »

Elle hocha la tête. Bien sûr, il fallait faire vite ! très vite ! Il n'y avait plus une minute à perdre. Elle tourna la tête de son cheval en direction du palais dont les toits d'ardoise s'incendiaient sous les derniers rayons rouges du soleil. Le ciel tout là-haut, devenait sombre.

« Je vous suis », dit-elle simplement.

UNE heure plus tard, Catherine, Sara et Xaintrailles quittaient Bourges tout juste avant la fermeture des portes. Un passage aux étuves, des vêtements frais et un repas solide avaient effacé, comme par enchantement, la fatigue du corps robuste du capitaine auvergnat. Mais son visage débarrassé du voile de poussière gardait sa tension tragique. Il chevauchait les dents serrées, la colère au fond de ses yeux bruns. Aux nouvelles qu'il apportait, il avait pensé, dans son honnêteté naïve, qu'une vague d'inquiétude et de crainte s'abattrait sur la Cour. Or, tandis que les trois cavaliers se dirigeaient, la mort dans l'âme, vers la porte Nord de l'enceinte, les sons joyeux des luths et des violes les accompagnèrent longtemps comme une dérision. Le roi et son indispensable La Trémoille étaient arrivés inopinément, venant de chasser. On avait improvisé un souper et des danses...

« Ils dansent, grommela Xaintrailles furieux avec un regard meurtrier aux fenêtres illuminées du palais. Ils dansent tandis que d'autres meurent et que le salut du royaume est en danger. Que le Diable les emporte !... »

Seule, Yolande d'Aragon, depuis deux jours auprès de sa fille s'était trouvée là au moment du départ. Sans un mot, elle avait mis dans la main de Xaintrailles une lourde bourse puis, comme le capitaine s'étonnait, elle avait dit, simplement :

« Faites l'impossible ! »

Ensuite, elle était partie sans se retourner tandis qu'ils s'éloignaient.

Durant des heures, protégés par la nuit profonde, les trois voyageurs chevauchèrent sans échanger un mot. Xaintrailles remâchait sa fureur et Catherine se perdait dans son angoisse. Elle et Sara avaient revêtu à nouveau le costume masculin, plus pratique pour une longue chevauchée mais, au troussequin de sa selle, Catherine portait un lourd coffret dans lequel, mue par une impulsion irraisonnée, elle avait mis une forte somme en or et quelques-uns de ses bijoux les plus précieux, dont le fameux diamant noir de Garin dont elle n'avait jamais eu le courage de se séparer. En guerre, l'or est une arme puissante et Catherine avait appris à estimer cette puissance.

En quelques mots rapides, Xaintrailles lui avait appris ce qui s'était passé sous les murs de Compiègne, le 24 mai. Comment, Jehanne, au cours d'une sortie sur le camp de la Venette, s'était laissée entraîner puis se trouvant en face du gros de l'armée de Jean de Luxembourg avait voulu battre en retraite vers Compiègne. Mais, quand elle avait atteint les portes de Compiègne, la herse était baissée et le pont relevé. Elle avait été prise avec Jean d'Aulon, son écuyer...

« Qui avait donné l'ordre de relever le pont ? demanda Catherine.

— Guillaume de Flavy ! Ce pourceau... ce traître ! C'est en voulant l'obliger à baisser le pont qu'Arnaud a été blessé. Il n'avait pas participé à la sortie, sur l'ordre exprès de Jehanne qui l'avait chargé d'inspecter les réserves. Il ne portait pas l'armure quand il a sauté sur Flavy, l'épée à la main. Les deux hommes se sont battus et Flavy a eu le dessus. Arnaud est tombé, percé d'outre en outre. Il avait eu le temps de voir Lionel de Vendôme... ce misérable à qui Arnaud a commis la sottise de laisser la vie à Arras, tirer Jehanne par ses hucques de velours pour la faire tomber de cheval. Depuis, la fièvre, le délire et la fureur se partagent son âme... »

C'était à tout cela que Catherine songeait tout en éperonnant son cheval. Le vent de la course lui fouettait le visage et lui faisait du bien. Elle ne sentait ni la fatigue, ni la faim, ni la soif et ne faisait plus qu'un avec la bête solide qui la portait, talonnée qu'elle était par la peur d'arriver trop tard et de ne plus trouver qu'un cadavre déjà froid. Pour se soutenir, elle n'avait qu'une pensée, mais grisante ; il l'avait demandée, elle ! C'était vers elle qu'il avait envoyé Xaintrailles ; vers elle seule !

Que pouvait signifier cet appel ultime au seuil de la mort, sinon qu'enfin il laissait parler son amour, qu'enfin il s'abandonnait. Et Catherine, du fond de son désespoir, implorait Dieu de permettre qu'elle arrivât à temps pour, au moins, recueillir le dernier regard, le dernier souffle de celui qui avait été toute sa vie et dont un tragique malentendu l'avait toujours séparée.

« Au moins cela, Seigneur, au moins cette minute-là ! suppliait tout bas Catherine. Après, je pourrai mourir... »

Ce fut une chevauchée terrible, épuisante, aux limites mêmes de la résistance humaine. On courait jusqu'à ce que les chevaux fussent près de tomber. On s'arrêtait une heure, le temps de manger un peu de pain, d'avaler un verre de vin et de se tremper la figure dans une cuvette d'eau, pour Catherine et Sara tout au moins, tandis que Xaintrailles récupérait des chevaux frais qu'il payait royalement d'une poignée d'or pourvu qu'ils fussent solides. Lui-même mangeait en selle. Il paraissait construit d'un acier inaltérable. Rien n'avait de prise sur cet homme au courage inhumain qui, déjà, à l'aller, avait parcouru ce chemin au même train d'enfer. La fatigue et les courbatures brisaient Catherine mais pour rien au monde elle n'en eût convenu. Elle serrait les dents sur les gémissements qu'au galop du cheval lui arrachaient son dos meurtri, ses cuisses écorchées. Sara non plus ne disait rien. Comme Catherine, elle serrait les dents, comprenant trop bien que toute la vie de la jeune femme était suspendue au faible souffle subsistant encore dans le corps blessé d'Arnaud de Montsalvy. Et Sara n'osait même pas penser à ce qui se passerait si le capitaine avait cessé de vivre avant leur arrivée. Catherine avait tant souffert, par lui et pour lui, que la fidèle tzigane s'épouvantait de la somme de douleur que représenterait cette mort. Catherine surmonterait-elle cet écroulement de sa vie ?... ou bien...

Au soir du troisième jour, les trois cavaliers rompus de fatigue s'enfoncèrent enfin dans l'immense forêt de Guise qui, de Compiègne à Villers-Cotterêts, tenait tout le pays.

« Nous arrivons, fit Xaintrailles. Encore trois petites lieues ! Les Bourguignons et les Anglais sont campés au nord, passé l'Oise. On peut entrer par le sud sans difficultés. Cette forêt enveloppe la ville plus qu'à demi. »

Catherine fit signe qu'elle avait compris. Même la parole lui était devenue pénible. Elle voyait les choses à travers un brouillard et suivait passivement, soutenue seulement par un instinct plus fort que sa lassitude. Derrière elle, Sara dormait à cheval et il avait fallu l'attacher à sa selle pour l'empêcher de tomber continuellement.

Ces trois dernières lieues parurent interminables à Catherine. Les arbres succédaient aux arbres sans jamais laisser deviner les murailles d'une ville. Et ce voyage au bout de la nuit, au bout des arbres, avait quelque chose d'hallucinant !... Quand, enfin, la forêt s'éclaircit, livrant la silhouette rigide de Compiègne, Xaintrailles s'avança seul jusqu'au bord du fossé plein d'eau pour appeler le guetteur, ignorant si, en son absence, l'ennemi ne s'était pas rendu maître de la ville.

« S'il en est ainsi, avait-il dit à ses compagnes, vous fuirez aussitôt et chercherez refuge dans la forêt.

— N'y comptez pas ! lui avait répondu Catherine. Là où vous irez, j'irai ! »

Et il avait eu beaucoup de peine à la convaincre de le laisser avancer seul. Mais la ville tenait toujours bon et, bientôt, le petit pont d'une poterne s'ouvrait devant les trois voyageurs qui le franchirent à pied, tenant leurs chevaux par la bride. Au-delà, un arbalétrier attendait, une torche à la main. Xaintrailles s'adressa à lui, anxieusement.

« Sais-tu si le capitaine de Montsalvy est toujours vivant ?

— Il l'était encore au coucher du soleil, messire. Il avait même sa connaissance. Mais, pour l'heure présente, je l'ignore. »

Sans répondre, Xaintrailles aida les deux femmes à remonter à cheval. Sans lui, Catherine n'y fut sans doute jamais parvenue. Ses jambes tremblaient sous elle et refusaient de la porter. Xaintrailles l'enleva dans ses bras pour la remettre en selle puis rendit à la pauvre Sara à demi morte le même service.

« Arnaud est à l'abbaye Saint-Corneille où les religieux le soignent de leur mieux, chuchota-t-il. Pour Dieu, n'oubliez pas que vous êtes un garçon ! Les bénédictins sont sévères sur le chapitre des femmes. Et tâchez de faire entendre raison à votre suivante, si elle peut encore entendre quelque chose. »

Bientôt, la haute ogive de pierre du portail abbatial se découpa dans la grisaille du jour levant. Xaintrailles se pendit à la cloche du tour et parlementa un instant avec le frère portier dont le visage méfiant était apparu derrière le grillage du guichet.

« Grâce à Dieu, soupira-t-il pour Catherine tandis que le moine faisait ouvrir la porte, Arnaud vit encore ! Il dort à ce qu'il paraît... »

Tout en suivant Xaintrailles sous les arcades du cloître, Catherine adressa, du fond de son cœur, une ardente action de grâces à celui qui l'avait exaucée en permettant qu'elle revît Arnaud vivant. La vie, le courage lui revenaient. Peut-être que tout n'était pas perdu, peut-être qu'il vivrait... et peut-être que le bonheur était pour demain.

SUR la couchette d'une cellule, Arnaud reposait, couché sur le dos, les yeux clos. Un moine veillait à son chevet, assis sur un escabeau, un chapelet aux doigts. Une chandelle de cire jaune, brûlant dans un chandelier de fer brut posé sur une table, éclairait seule la scène. A l'exception d'un crucifix au mur et d'un missel sur une planche, c'était tout l'ameublement de l'étroite pièce dans laquelle entrèrent Xaintrailles et Catherine. En les voyant paraître, le moine se leva.

« Comment va-t-il ? » chuchota Xaintrailles.

Le religieux eut un geste vague et haussa les épaules.

« Guère mieux ! Il souffre beaucoup mais il a retrouvé sa connaissance. Les nuits sont mauvaises. Il respire avec peine... »

En effet, un bruit de soufflet de forge s'échappait de la poitrine haletante du blessé. Il était d'une pâleur de cire et deux plis profonds, ombrés de gris, se creusaient des ailes du nez aux commissures des lèvres. Ses mains, crispées sur le drap, allaient et venaient tragiquement. Catherine, bouleversée, incapable d'articuler un mot, se laissa glisser à genoux auprès du lit et d'un doigt léger, repoussa une mèche noire, collée au front par la sueur. Elle entendit Xaintrailles renseigner le moine.

« C'est la personne qu'il m'avait demandé de

chercher. Voulez-vous nous laisser un moment, mon père ? »

Sans se retourner, Catherine entendit le claquement léger des sandales sur la pierre du sol. La porte grinça en se renfermant. Arnaud ouvrit les yeux. Son regard, vague d'abord, joignit son ami, debout aux pieds du lit, puis se fit plus net.

« Jean !... fit-il dans un souffle. Te revoilà ? Est-ce que...

— Oui, murmura Xaintrailles. Elle est là ! Regarde... »

Une intense expression de joie s'étendit sur le visage ravagé d'Arnaud. Péniblement, il tourna la tête, vit Catherine qui se penchait vers lui.

« Vous êtes venue... Merci !

— Ne me remerciez pas, balbutia la jeune femme d'une voix si enrouée qu'elle ne la reconnut pas. Vous saviez bien que je viendrais. Pour vous, Arnaud, j'irais au bout du monde et...

— Il ne s'agit pas de... moi ! Je... meurs, mais... d'autres vivent ! »

La joie qui, un instant, avait illuminé le visage du jeune homme s'était éteinte, comme effacée. Il détournait déjà les yeux et ses traits reprenaient leur immobilité sinistre. Seule, la bouche remuait mais la voix qui en sortait était si faible, que Catherine dut se pencher davantage pour mieux entendre.

« Ecoutez... car j'ai peu de forces. Philippe... de Bourgogne tient Jehanne ! Elle est... prisonnière de Jean de Luxembourg, donc de lui. Il faut... que vous alliez vers lui... à son camp... et que vous obteniez la libération de Jehanne. »

Atterrée, Catherine crut avoir mal entendu.

« Que j'aille chez le duc ? Arnaud... vous ne pouvez pas vouloir cela ?

— Si... il le faut ! Vous seule pouvez... gagner cette bataille. Il vous aime !

— Non !... » C'était presque un cri qui avait franchi les lèvres de Catherine. Honteuse, elle baissa le ton, reprit plus doucement : « Non, Arnaud... ne croyez pas cela ! Il ne m'aime plus. Son orgueil est immense et il ne m'a pas pardonné ma fuite. Mes terres ont été saisies par son ordre... je suis proscrite. De plus, il est marié, je crois... et ne se soucie plus de moi. »

Une brusque colère crispa la figure d'Arnaud, tendit son corps dans un effort pour se redresser. Mais, avec une plainte, il retomba sur son lit. Ce fut Xaintrailles qui répondit, d'une voix neutre.

« Vous vous trompez, Catherine. Votre pouvoir est entier, bien certainement, sur le duc Philippe. Au mois de janvier de cette année, il a, en effet, épousé l'infante Isabelle et de grandes fêtes ont eu lieu à Bruges pour cet événement. Mais la plus grande de ces fêtes, Philippe l'a consacrée à la création d'un ordre de chevalerie, fastueusement doté, vrai monument d'orgueil. Savez-vous, Catherine, comment s'appelle cet ordre ? »

Elle hocha la tête, très vite et sans lever les yeux sur lui, pressentant qu'à nouveau elle allait se trouver prisonnière du passé. La voix de Xaintrailles lui parvint comme du sommet d'une montagne.

« C'est l'ordre de la Toison d'Or. Et nul ne s'est trompé sur l'origine de ce nom. Les gens de Bruges n'ont qu'une voix pour déclarer que Philippe ne l'aurait pas choisi s'il n'avait porté au cœur le regret d'une maîtresse à l'incomparable chevelure. C'est un hommage, Catherine, ne vous y trompez pas et, pour être tellement public, tellement inouï, la plus criante des déclarations d'amour. Certes, votre pouvoir est intact et la confiscation de vos biens ne signifie rien d'autre que le dépit d'un homme frustré, le désir secret de vous voir revenir. »

Toujours agenouillée auprès de la couchette, Catherine n'avait pas l'air d'entendre. Ses yeux brûlés de fièvre étaient rivés au visage d'Arnaud, cherchant désespérément à y saisir une dénégation, un refus des paroles de son ami. Mais non, il écoutait avec attention, suivant du regard le mouvement des lèvres du capitaine... Il n'avait même pas un regard pour elle, pas même quand Xaintrailles se tut et que Catherine, timidement toucha sa main.

« Il faut... y aller ! dit-il seulement, c'est notre seule chance !... »

Ecrasée de chagrin et de déception, Catherine posa sa joue inondée de larmes sur la grande main brûlante.

« Arnaud... supplia-t-elle, ne me demandez pas cela... Pas vous ! »

Les prunelles noires du jeune homme glissèrent vers elle, l'enveloppèrent de leur feu fiévreux. Il haletait et chaque parole semblait lui coûter une souffrance terrible.

« Je vous le demande pourtant... parce que vous êtes la seule... que Philippe écoutera... et parce que Jehanne... a plus d'importance pour le royaume... que vous... ou moi ! »

Une révolte souleva Catherine Elle oublia d'un seul coup le lieu où elle se trouvait et jusqu'à la plus élémentaire prudence.

« Mais je vous aime ! s'écria-t-elle douloureusement, je vous aime à en mourir et vous voulez que je retourne auprès de Philippe ? Je sais que vous me méprisez, oh ! oui je le sais ! Mais je croyais que vous m'aimiez tout de même un peu... un tout petit peu ! »

Arnaud ferma les yeux. Son visage parut s'amenuiser encore sous le poids d'une infinie lassitude et sa voix ne fut plus qu'un souffle.

« Cela non plus... n'a pas d'importance... Jehanne... Jehanne seule ! »

La souffrance le tordit brusquement et de l'écume rose monta au coin de ses lèvres. La main de Xaintrailles pesa sur l'épaule de Catherine.

« Venez ! souffla-t-il, il n'en peut plus ! Il faut le laisser se reposer. Et vous aussi en avez besoin... »

Il l'aidait à se relever, la dirigeait vers la porte. Elle voulut se retourner vers Arnaud, tendit une main qui implorait mais il ne la voyait pas. Il était inerte, à nouveau, comme insensible à tout. Catherine étouffa un sanglot mais laissa Xaintrailles l'emmener. Dans le couloir balayé d'un vent glacial et humide, ils retrouvèrent Sara, assise par terre. Elle se releva en les voyant et Xaintrailles, doucement, poussa Catherine dans ses bras.

« Elle a besoin de vous ! Je vais vous conduire à une cellule où vous pourrez reposer... »

Brusquement, Catherine redressa la tête, enveloppant le capitaine d'un regard chargé de rancune.

« Vous saviez, n'est-ce pas, pour quelle raison il me faisait demander ? Vous le saviez et pourtant vous ne m'en avez rien dit. Vous m'avez trompée indignement...

— Non, je ne vous ai pas trompée ! Je vous ai dit seulement qu'il vous demandait et vous ne m'avez pas posé de questions. Il faut que vous compreniez, Catherine que, pour nous tous, ses compagnons d'armes, Jehanne a plus d'importance que tout, comme vous l'a dit Arnaud. Elle est le salut du pays et sa capture par les Bourguignons est une immense catastrophe dont les conséquences ne se peuvent calculer. Il faut, vous entendez, il faut que quelqu'un aille rappeler à Philippe de Bourgogne qu'il est, d'abord et avant tout, un prince français... vous m'avez compris : FRANÇAIS ! Il est temps qu'il s'en souvienne ! On dit que les Anglais, déjà, ont réclamé Jehanne comme leur dû. Et ça, il ne faut pas que ça se produise, à aucun prix...

— Et vous me disiez naguère qu'il m'aimait ! gémit Catherine amèrement. Seul son problème, à elle, l'occupait.

— Et je le dis toujours ! Mais il aime encore plus son devoir et son pays ! Pour sauver Jehanne, il vendrait à Philippe sa propre sœur ! Je comprends, croyez-le bien, l'ampleur du sacrifice que nous vous demandons... mais, Catherine, si vous aimez Arnaud, autant que vous le dites, il faut essayer de sauver Jehanne.

— Qui vous dit que j'y parviendrai, que Philippe m'écoutera ?

— S'il ne vous écoute pas, il n'écoutera personne ! Mais nous n'avons pas le droit de négliger une chance de cette importance ! »

Catherine poussa un profond soupir. Elle comprenait le point de vue des capitaines et, certes, ne pouviat pas leur donner tort. A leur place, sans doute, elle en eut fait autant. Pourtant, elle tenta de lutter encore.

« Le duc est bon chevalier. Il ne livrera pas la Pucelle...

— Je voudrais en être certain. Et, s'il est bon chevalier, vous êtes vous l'incarnation même de cette chevalerie. Vous... la Toison d'Or ! »

Le mot frappa Catherine et la fit frissonner. Il lui sembla entendre, au fond de sa mémoire, la voix lointaine de Philippe, au temps de leurs amours. C'était vrai qu'il l'appelait ainsi « Ma toison d'or ». C'était vrai aussi qu'il l'avait passionnément aimée... Comment, dans ces conditions, empêcher ces hommes, les compagnons fidèles de Jehanne d'Arc, de mettre en elle leur foi suprême ? Qui n'en eût fait autant ? Vaincue, elle baissa la tête.

« Je ferai ce que vous voudrez ! souffla-t-elle. Où se trouve le duc ?

— Je vais vous montrer. Venez, si vous n'êtes pas trop lasse. »

Lasse ? Elle l'était à en mourir. Elle eût aimé se coucher là, au milieu du cloître, sur la terre déjà chargée des senteurs de l'été, pour y attendre que son cœur cessât de battre et que la prît un sommeil sans réveil. Mais elle suivit Xaintrailles jusqu'au clocher de la chapelle du couvent. Par une étroite fenêtre, le bras du capitaine s'étendit, montrant le ruban brillant de l'Oise au-delà des murailles, rose dans le soleil à son aurore. Au-delà s'élevaient des bastilles de bois, comme Catherine en avait vues à Orléans et des lignes de tentes. Dans l'axe même du pont qui enjambait la rivière, dominant tous les autres comme un grand chêne au milieu d'une forêt, un immense tref de pourpre et d'or brillait dans la lumière naissante ; Catherine reconnut, flottant au sommet, la bannière de Philippe-le-Bon.

« Le camp de Margny, fit seulement Xaintrailles. C'est là que vous devez aller. Mais, auparavant, il vous faut prendre un peu de repos et vous restaurer. Vous aurez besoin de toutes vos forces... »

CHAPITRE XVII

TOISON D'OR

C'EST seulement au coucher du soleil que Catherine prit le chemin du camp bourguignon. Il fallait attendre la trêve tacite que ramenait la nuit avant de pouvoir l'envoyer chez l'ennemi. Vers le soir donc, elle monta à cheval et, franchissant la porte, s'engagea sur le pont qui enjambait l'Oise. Un écuyer de Xaintrailles, portant une blanche bannière de parlementaire, la précédait...

Tandis que les sabots de sa monture sonnaient sur les planches épaisses du pont, Catherine se laissait porter sans même chercher à guider l'animal. Elle se sentait le cœur lourd, la tête vide et retrouvait à peu près les mêmes impressions qu'à Orléans, ce jour terrible entre tous où elle était montée dans le tombereau qui devait la mener au gibet. La sensation que plus rien n'avait d'importance ! Elle ne cherchait même pas à imaginer comment Philippe la recevrait, ni ce qu'elle lui dirait. Elle était décidée à faire l'impossible pour sauver Jehanne, obtenir au moins sa mise à rançon. Et ses projets d'avenir n'allaient pas au-delà.

Sur son dos, du haut des tours, elle sentait le poids des regards de tous ces hommes qui la regardaient partir : Xaintrailles, le gros et bestial Flavy qu'elle avait aperçu au moment de monter à cheval et tous les soldats penchés aux créneaux. Elle était prise entre deux murailles d'hommes implacables : ceux de Jehanne, ceux de Philippe qui renforçaient les Anglais et Arnaud, le plus cruel de tous, aux prises avec la mort au fond d'un monastère ! Un piège dont elle n'avait pas assez de forces pour se défaire.

Aux avant-postes, le pont une fois franchi, l'écuyer leva le drapeau. Elle entendit donner son nom au premier archer qui se présenta et dire que, dame de Bourgogne, elle désirait s'entretenir avec le duc Philippe. L'archer alla chercher un officier qui dépêcha un sergent vers la tente monumentale, énorme et écarlate dans le soir tombant. Passive, Catherine attendait, résignée à tout. Elle ne voulait même pas penser à Arnaud car son souvenir lui faisait mal comme une blessure que l'on ravive...

Le sergent revint bientôt, courant de toute la vitesse de ses jambes dans la poussière. Il semblait dans tous ses états.

« Messire Toison d'Or, roi d'armes de Bourgogne arrive dans l'instant, madame, s'écria-t-il. Il a bien voulu se déranger pour vous. »

Le nom de Toison d'Or arracha à la visiteuse un sourire amer. Allait-on toujours le lui jeter au visage ? Mais son attention fut vite détournée par l'apparition véritablement fantastique qui, sortant du tref ducal, venait vers elle au galop d'un cheval. Un homme, portant par-dessus l'armure, une cotte d'armes éblouissante de soie et d'or qui reproduisait les blasons de toutes les possessions bourguignonnes. Et, sur cette cotte, un collier d'émaux et d'or large comme une collerette, au centre duquel pendait l'effigie d'un mouton d'or attaché par le ventre. Une toque empanachée complétait le costume fastueux de cet homme qui accourait. Approchant de Catherine, il sauta de cheval et courut à elle, les deux mains tendues.

« Catherine !... Chère Catherine ! Je n'espérais plus vous revoir ! »

Avec un étonnement mêlé de joie qui secoua un peu la torpeur où elle s'enlisait, Catherine reconnut son ami Jean Lefebvre de Saint-Rémy et, spontanément, lui tendit aussi les mains.

« Jean ! Comme je suis heureuse de vous rencontrer. Mais que vous voilà beau ! »

Instinctivement, elle retrouvait pour lui le ton léger et familier de leurs anciennes relations et cela lui fut salutaire. Elle se ressaisit, retrouva tout son contrôle d'elle-même. Cependant, Saint-Rémy pivotait sur ses talons avec des mines de gravure de mode et terminait par un profond salut.

« Voyez en moi, ma chère amie, le roi d'armes Toison d'Or, élu à l'unanimité par les membres du collège héraldique de Bourgogne. Je suis devenu un grand personnage. Comment me trouvez-vous ?

— Magnifique ! Mais, Jean, c'est le duc que je voudrais voir. Pensez-vous qu'il me recevra ? »

Le sourire s'effaça du visage de Saint-Rémy qui se rembrunit.

« Il vous attend ! Mais il n'est pas de bonne humeur, sachez-le. Il y a si longtemps, en fait, qu'il vous attend ! Où étiez-vous passée ? Et comme vous voilà faite ? Oh ! vous êtes toujours aussi belle mais vous avez maigri... et puis, vous semblez lasse.

— Je le suis, mon ami. Lasse de tout, croyez-moi ! »

Le nouveau roi d'armes hocha tristement la tête et prit la bride du cheval de la jeune femme.

« J'espère que Mgr Philippe saura ramener le sourire dans vos yeux. Notre Cour a moins d'éclat depuis que vous avez disparu.

— Vous avez une duchesse...

— Elle a beaucoup d'allure, son éducation est parfaite et sa beauté incontestable. Mais elle est un peu statue et je la trouve froide. Venez vite. Je bavarde, je bavarde et Monseigneur attend. Il est inutile d'augmenter sa colère ! »

Quelques instants plus tard, Catherine sautait de cheval devant l'entrée de la tente ducale, où veillaient deux soldats de la garde personnelle. Instinctivement, Catherine chercha le plumet blanc de Jacques de Roussay mais le jeune capitaine n'était visible nulle part. Précédée de Saint-Rémy un peu nerveux tout à coup, elle pénétra dans l'immense pavillon de velours pourpre et de drap d'or. Une seconde après, elle était en face de Philippe-le-Bon.

En revoyant le duc, Catherine eut l'impression qu'il avait vieilli. Ses traits avaient quelque chose de plus accentué et d'un peu figé. Cela tenait peut-être aussi aux ombres mouvantes des flambeaux déjà allumés et posés un peu partout. Il se tenait debout, très droit, auprès d'une table qui supportait un gros évangéliaire d'ivoire, une main posée dessus, dans une attitude de hauteur qui devait lui être devenue naturelle mais qui avait quelque chose d'un peu trop pompeux et officiel. Il portait le harnois de guerre avec, autour du cou, un grand collier d'or, où alternaient des briquets et des bouquets de flammes. Le même mouton d'or plié en deux terminait ce joyau, tout comme celui du roi d'armes.

Lentement, mais sans courber la tête, Catherine plia le genou, retrouvant d'instinct le vieux salut féodal en face de celui en qui elle ne voulait voir pour le moment que le suzerain. Le costume masculin qu'elle portait eut d'ailleurs rendu ridicule la révérence. Mais, d'un geste bien féminin, elle fit glisser sur ses épaules le capuchon noir qui enserrait sa tête, livrant aux lumières l'or de sa chevelure tressée. Philippe n'avait même pas cillé. Ses yeux gris demeuraient attachés au visage de Catherine sans qu'aucun sourire vint en atténuer la dureté. Ce fut lui, pourtant, qui parla le premier.

« Vous voilà tout de même, madame ? Je n'espérais plus vous revoir jamais. En vérité, je vous ai crue morte et je m'étonne de votre audace. Vous disparaissez deux ans... ou peu s'en faut et, tout soudain, vous revenez et réclamez audience comme si vous vous étiez toujours comportée convenablement et comme si cette faveur vous était due ! »

En parlant, la voix brève de Philippe s'élevait peu à peu. Catherine eut l'impression qu'il cherchait à monter lui-même sa colère et décida de payer d'audace.

« Pourquoi donc me l'avoir accordée si je n'y avais point droit ?

— Pour voir si je vous reconnaîtrais ; si vous étiez toujours semblable au souvenir que je gardais de vous. Grâce au Ciel, il n'en est rien ! Vous avez beaucoup changé, madame... et pas à votre avantage ! »

La brutalité de Philippe, son manque total de la plus élémentaire courtoisie n'impressionnèrent pas Catherine. Il y avait longtemps qu'il avait perdu le pouvoir de lui faire peur. Si même il l'avait jamais possédé ! Tout au contraire, cela l'aida à retrouver la pleine possession d'elle-même et elle se permit un mince sourire.

« Vous ne supposez pas, monseigneur, que je suis venue jusqu'à vous pour vous prier de remplacer mon miroir ? Ces deux années écoulées vous ont été douces, profitables même. Pour moi, elles ont été deux années de misère et de souffrance.

— Qui donc vous obligeait à tant souffrir ?

— Personne ! Et ne vous imaginez pas que je les regrette ! J'ai souffert, oui, mais j'ai du moins cessé de me mépriser. »

L'éclair de colère qui brilla dans les yeux de Philippe fit comprendre à Catherine qu'elle avait été trop loin et que, si elle poursuivait sur ce ton, son ambassade serait gravement compromise dès le départ. Or, elle n'avait, tout compte fait, rien à reprocher à Philippe et elle désirait obtenir de lui une faveur insigne. Elle fit aussitôt marche arrière.

« Pardonnez-moi ! Mes paroles ont dépassé ma pensée. Je voulais dire seulement que, puisque vous alliez prendre femme, je n'avais plus rien à faire auprès de vous. J'ai appris que vous étiez marié... heureux, je pense ?

— Très !

— Vous m'en voyez ravie. Les prières que j'ai faites pour votre bonheur ont, du moins, été exaucées... »

Un silence pesant tomba entre eux, troublé seulement par le grésillement des chandelles et par le bâillement prolongé d'un grand lévrier couché près de la porte. Catherine ne savait plus comment reprendre le dialogue et cherchait une idée. Mais, brusquement, Philippe quitta sa pose hiératique et, arrachant le large chapeau de feutre noir, orné d'une plume de héron et d'une boucle de rubis qui le coiffait, fit le tour de la table et saisit Catherine par le poignet.

« Assez de faux-fuyants et de paroles officielles ! J'ai droit, je pense, à une explication. Voilà deux ans... deux ans, tu m'entends, que je l'attends. Pourquoi m'as-tu quitté ? »

Le tutoiement ancien fit voler la gêne en éclats. Catherine se sentit sur un terrain solide.

« Je te l'ai dit : parce que tu allais te marier. J'ai trop d'orgueil pour accepter une seconde place et je ne voulais pas, après ce que j'avais été pour toi, servir de risée aux gens de ta Cour. »

Une surprise sincère se peignit sur la figure de Philippe.

« De risée ? Etais-je donc, à tes yeux, un si pauvre prince que tu me jugeais incapable de t'assurer un rang conforme à celui que je t'avais donné ? Toi qui pleurais notre fils ? »

Catherine refusa de se laisser attendrir par le souvenir de l'enfant.

« Oh ! bien sûr, je pense que tu songeais à me marier... une fois de plus ! Quel mari postiche me destinais-tu cette fois, après ce malheureux Garin dont tu avais si froidement exploité la terrible infirmité ? Saint-Rémy ? Lannoy, Toulongeon ? Lequel de tes seigneurs était prêt à épouser ta maîtresse pour te plaire... et à fermer soigneusement les yeux ensuite ?

— Aucun ! Je n'ai jamais admis de te partager avec personne. Je t'aurais faite duchesse, princesse indépendante... tu aurais pu choisir celui de mes états qui t'aurait convenu. Comme si tu ne savais pas que je t'aimais plus que tout au monde... comme si je ne t'en avais pas donné assez de preuves ! Et, tout récemment encore. Sais-tu ce que c'est que cela ? »

Il arrachait d'un geste brutal son grand collier d'or et le mettait sous le nez de la jeune femme.

« Le sais-tu ?

— Mais oui, répondit-elle doucement... La Toison d'Or. L'ordre que tu as créé en l'honneur de ton mariage.

— Mon mariage ? A qui crois-tu que je pensais en lui donnant ce nom ? Qui, a jamais étalé, auprès de moi, la plus merveilleuse des toisons d'or ? Qui ai-je jamais appelé ainsi, sinon toi ? »

Avec rage, il lança le joyau dans un coin de la tente et, d'un geste vif, saisit la tête de Catherine, déroula ses tresses, avec l'habileté qu'il apportait dans tout ce qui touchait la femme. Les lourds cheveux étincelants croulèrent sur les épaules de la jeune femme, ensevelissant le costume de daim noir, lui restituant comme par miracle sa splendeur ancienne. Puis, il la traîna devant le grand miroir de Venise qui décorait l'une des parois.

« Regarde ! Qui donc possède la vraie Toison d'Or ? »

Mais il ne lui laissa même pas le temps de se regarder. Avec une passion qu'il ne contrôlait plus, il l'avait prise dans ses bras et l'écrasait contre sa poitrine sans souci de la meurtrir aux pièces de fer de son armure.

« Catherine... Je t'aime toujours. Je n'ai jamais pu t'oublier...

— Tu le pourras maintenant... puisque j'ai tellement changé.

— Mais non... tu n'as pas tellement changé ! J'ai dit cela parce que, depuis deux ans, la colère m'étouffait. J'aurais pu dire n'importe quoi. Tu es toujours aussi belle, quoique plus maigre. Mais tes yeux n'en sont que plus grands, ta taille plus étroite. Catherine... mon amour. Je t'ai si souvent, si longtemps appelée... ma douce, ma belle, mon irremplaçable... »

Prestement, il avait ouvert le col du pourpoint de daim pour trouver le creux tendre du cou, y enfouissait son visage. Prisonnière de ses bras solides, à demi renversée en arrière, Catherine se sentit défaillir. Le vieux charme qui, si longtemps, l'avait attachée à cet homme étrange et séduisant, s'emparait d'elle à nouveau, curieusement puissant. Dans quelques secondes, il l'enlèverait dans ses bras, l'emporterait jusqu'au grand lit drapé d'or qui luisait doucement dans les profondeurs de la tente et elle n'aurait plus assez de forces pour résister à son désir... Mais, le temps d'un éclair, elle eut la vision d'Arnaud mourant, étendu sur l'étroite couchette de sa cellule, Arnaud à qui elle appartenait corps et âme. Qu'étaient les plaisirs charnels de jadis auprès de cette plénitude que lui seul savait lui donner ? Leurs amours violentes, sans tendresse, aussi cruelles qu'un combat où chaque adversaire guette la défaillance de l'autre, avaient malgré tout plus de saveur et de prix que les caresses de Philippe. Une révolte souleva tout le corps de Catherine. Doucement, mais fermement, elle écarta le duc...

« Pas maintenant ! Laisse-moi ! »

Il la lâcha aussitôt, recula de quelques pas, les sourcils déjà froncés.

« Pourquoi ? A la fin, que veux-tu de moi, qu'es-tu venue chercher si tu n'es point venue renouer le fil de notre amour ? »

Catherine hésita un instant. Le moment était-il bien choisi, à l'instant même où elle le décevait ? Mais, de toute façon, il fallait en finir.

« Je suis venue te demander une grâce, fit-elle calmement.

— Une grâce ? »

Soudain, il éclata de rire, un vrai fou rire qui

n'avait rien de forcé et qui le jeta, vidé de ses forces, sur un large fauteuil d'ébène. Il riait, il riait tellement, sans parvenir à retrouver son souffle, que Catherine, peu à peu, sentit la colère l'envahir.

« Je ne vois pas ce qu'il y a de si drôle ! dit-elle un peu pincée.

— Drôle ? »

Son rire s'arrêta et il se releva, revint vers elle.

« Mon ange, ta naïveté n'a d'égale que ton inconscience. Tu m'as déjà tellement demandé de grâces que j'aurais dû deviner que tu en avais encore une en réserve. C'est une manie chez toi ! Qui donc veux-tu sauver, maintenant ?

— Jehanne la Pucelle. »

Le nom tomba comme un boulet. Le visage, encore souriant, de Philippe se ferma instantanément. Comme s'il avait peur, cette fois, il s'éloigna de Catherine, remit entre elle et lui le rempart de la table.

« Non ! » dit-il seulement.

La jeune femme cacha derrière son dos ses mains qui se mettaient à trembler. Philippe, elle le sentait bien, lui échappait à cette minute. D'un seul coup, l'amant passionné avait disparu derrière la silhouette rigide du duc de Bourgogne. Elle eut un faible sourire.

« Je me suis mal exprimée. Je suis venue te prier de fixer la rançon de la Pucelle comme les lois de la guerre t'en font un devoir. Quelque soit le prix, il est accepté d'avance.

— Les lois de la guerre ne concernent pas les suppôts de Satan. Cette fille est une sorcière, non un chevalier !

— Quelle absurdité ! Jehanne, une sorcière ! Elle est la loyauté, la limpidité, le pur courage et l'ardente piété. Il n'est pas de candeur plus grande que la sienne. Tu ne la connais pas...

— Tu la connais, toi, à ce qu'il paraît ?

— Je lui dois la vie. Et j'entends bien payer ma dette. On dit que tu songes à la livrer aux Anglais... mais j'ai refusé d'y croire.

— Et pourquoi, s'il te plaît ?

— Parce que ce serait indigne de toi... Indigne de cet ordre de chevalerie dont tu es si fier, s'écria Catherine, un doigt pointé vers le magnifique collier qui brillait faiblement parmi les soies touffues du tapis... et aussi parce que cela ne te porterait pas bonheur. Elle est, bien réellement, l'envoyée de Dieu !

— Sottises ! » Quittant le refuge de la table, le duc s'était mis à marcher nerveusement, de long en large, à travers l'immense tref, sans même regarder Catherine. « J'ai vu cette fille, si tu tiens à le savoir. Quand Lionel de Vendôme l'a prise et l'a remise à son chef, Jean de Luxembourg, j'ai voulu la rencontrer et je me suis rendu au château de Beaulieu où Luxembourg la tient captive. J'ai trouvé une outrecuidante personne, pétrie d'orgueil, qui, au lieu de s'humilier devant moi, n'a su me faire que des reproches...

— Est-ce que tu ne t'en fais jamais toi-même, des reproches ? As-tu vraiment conscience d'agir toujours en fidèle vassal de la couronne de France ? »

Philippe s'arrêta net et foudroya Catherine du regard. Deux taches rouges montaient à ses joues pâles et son regard flambait d'orgueil blessé.

« Vassal ? Quel est ce mot ? Je suis plus riche, cent fois plus puissant que ce fantoche de Charles qui se dit roi de France ! Je refuse l'hommage, je refuse de le reconnaître comme suzerain. Désormais, la Bourgogne sera libre, indépendante... un grand royaume qui deviendra peut-être un empire. Je referai, autour d'elle, l'empire de Charlemagne... tous les peuples de la terre s'inclineront devant mon trône et ma couronne. »

A son tour, Catherine se mit à rire, avec une nuance de mépris qui n'échappa pas à Philippe et arrêta net son discours.

« Qui te donnera cette couronne ? Dans quelle cathédrale iras-tu chercher l'onction sainte ? A Westminster, je pense, comme il convient au fidèle soutien de l'Anglais envahisseur ? Car, pour Reims, la place est déjà prise ! Par le choix de Dieu et par le sacre solennel, Charles VII est, bien réellement, seul et vrai roi de France. Ni toi, ni le jeune fantoche qui règne à Paris n'y pourront jamais rien. Il est le roi. Ton ROI !

— Jamais je ne reconnaîtrai pour tel le meurtrier de mon père !

— Allons donc ! Je te connais bien. Si Charles y mettait le prix, t'offrait la moitié de son royaume et assez de terre pour satisfaire ton orgueil, tu mettrais bien ta main dans la sienne. Me crois-tu assez niaise pour n'avoir pas suivi, depuis deux ans, le double jeu, oh ! fort habile, que tu as joué ? On ne bâtit pas sur la trahison, Philippe... et le royaume de Bourgogne ne verra jamais le jour !

— Assez ! »

Il avait hurlé et sa main convulsive tourmentait la dague passée à sa ceinture ; Catherine lut dans ses yeux l'envie qu'il avait de la tuer mais ne s'en émut pas. Elle était au-delà de toute crainte et son regard étincelant ne se baissait pas. Au contraire, elle le défiait ! Ce fut lui qui capitula ; son regard vacilla, se détourna.

« Voilà donc où nous en sommes ? dit-il sourdement. Deux ennemis...

— Il ne tient qu'à toi que nous ne le soyons plus. Accepte de mettre Jehanne à rançon et je ne te demanderai rien de plus. Bien mieux... je te reviendrai ! »

Philippe ne devina pas la somme de sacrifice et d'abnégation qu'enfermaient ces simples mots « je te reviendrai » mais ils le tinrent tout de même muet un instant. Finalement, il murmura :

« Non... même à ce prix, pourtant inestimable pour moi, je ne puis accepter. Cette fille a mis la Bourgogne en péril, je ne puis permettre qu'elle retrouve la liberté et continue à nous nuire.

— Promets au moins de ne pas la livrer à l'Anglais ?

— Impossible ! Dans le traité qui me lie à l'Angleterre, une clause stipule que les prisonniers pris en cette guerre lui seront remis afin qu'elle en dispose à son gré. Au surplus... elle est la prisonnière de Luxembourg, pas la mienne ! C'est à lui de décider.

— C'est ton dernier mot ?

— Le dernier ! Aucun autre n'est possible.

— Même... à moi ?

— Même à toi. Si tu étais à ma place, tu comprendrais... »

Lentement, la jeune femme se détourna, se dirigea vers les tentures pourpres qui fermaient la tente. La partie, elle le comprenait bien, était perdue irrémédiablement, pour une raison contre laquelle elle ne pouvait rien ! Philippe avait peur... une peur terrible et primitive de cette fille étrange, littéralement tombée du Ciel pour arracher de l'ornière le royaume de France. Et cette peur dominait tous les autres sentiments. Catherine savait qu'il était inutile de lui demander le secret de l'entrevue qu'il avait eue avec la Pucelle parce qu'il aimerait mieux se couper la langue que le confier à qui que ce soit. Sans doute n'y avait-il pas eu le dessus. Mais, si la jeune femme comprenait la frayeur qui tenait le puissant duc de Bourgogne, cela n'empêchait pas, en elle-même, la colère et la déception de faire leur œuvre destructrice. Un goût amer emplissait la bouche et elle avait besoin de le cracher.

Tendant la main pour écarter les tentures de soie, elle se retourna, très droite, si mince dans son vêtement noir, au seuil du fragile palais. Les yeux froids elle le toisa.

« Te comprendre ? Je suppose que, jadis, un homme qui se nommait Pilate a, lui aussi, demandé qu'on le comprenne ? Si tu ne rends pas Jehanne, je ne te pardonnerai jamais ! Adieu ! »

Elle partit, sans se retourner, sourde même à ce qu'elle crut bien être l'écho de son nom, prononcé du fond de la tente. Cette fois, les ponts étaient bien coupés... jamais plus elle ne reverrait cet homme parce qu'il avait refusé la seule chose qui eût une réelle importance à ses yeux. Dehors, elle retrouva son cheval, son escorteur et aussi Saint-Rémy qui accourait à nouveau.

« Alors, Catherine, vous nous revenez ? »

Elle secoua la tête, tendit la main au brillant gentilhomme.

« Non, Jean... Pardonnez-moi. Je crois même qu'il vous faudra oublier que vous m'avez jamais connue !

— Comment ? Mgr le duc vous aurait refusé son pardon ? A qui ferez-vous croire une chose pareille ?

— A personne... car c'est moi qui n'en ai pas voulu ! Adieu, Jean... je ne vous oublierai pas. Vous avez toujours été un ami si fidèle... »

Le visage long du jeune homme s'empourpra sous la poussée d'une émotion soudaine. Il serra très fort les doigts minces entre les siens.

« Et je le resterai ! J'ignore ce qui vous sépare de Monseigneur et je demeure son humble serviteur.

Mais rien ni personne ne m'empêchera de rester votre ami ! »

Catherine, émue, sentit ses yeux s'embuer. Brusquement, elle se haussa sur la pointe des pieds, posa un baiser rapide sur la joue du roi d'Armes.

« Merci ! Je m'en souviendrai. Maintenant adieu... Adieu, Seigneur Toison d'Or... »

Avant qu'il ait pu la retenir, elle avait sauté en selle, sans l'aide de personne et piquait des deux en direction du pont. La nuit était complètement venue maintenant mais de nombreuses torches éclairaient le champ et les fantastiques silhouettes de ses machines de guerre au repos. Sur les murs de la ville, des pots à feu flambaient, couronne dansante suspendue dans l'obscurité. Bientôt Catherine et l'écuyer eurent disparu aux yeux de Saint-Rémy qui, très vite, furtivement mais avec une sorte de rage, essuya ses yeux à sa manche somptueuse.

PASSÉE la porte de la ville, Catherine trouva Xaintrailles qui l'attendait avec une troupe tout armée. Les garçons qui la composaient ouvrirent des yeux ronds sous leurs chapeaux de fer en constatant que le messager de tout à l'heure était une femme comme l'attestaient les longs cheveux flottant sur son dos mais le capitaine leur imposa silence d'un geste sec. Saisissant le cheval au mors, il aida Catherine à descendre, nota sa rougeur.

« L'affaire a dû être chaude, marmotta-t-il. Vous avez l'air de sortir d'une dure bataille.

— Plus chaude encore que vous ne croyez. J'admets que vous aviez raison, messire Xaintrailles... mais j'ai échoué.

— Sans espoir ?

— Sans le moindre espoir. Il a peur... »

Tenant toujours le cheval par la bride, Xaintrailles passa sa main libre sous le bras de Catherine et l'entraîna. Ils marchèrent un moment, en silence, puis le capitaine dit entre ses dents.

« J'aurais dû m'en douter ! Pour rien au monde il ne nous la rendrait. Le Te Deum que Bedford a fait chanter à Paris donne la mesure de la peur qu'ils ont eue, tous tant qu'ils sont ! Il faudra trouver autre chose... »

Mais Catherine, constatant qu'il lui faisait tourner le dos à l'abbaye Sainte-Corneille et se dirigeait plutôt vers le vieux château de Charles V dont la masse triangulaire se découpait dans la nuit, s'arrêta net.

« Où me conduisez-vous ? Je veux retourner auprès d'Arnaud...

— C'est inutile. Il est inconscient. Et vous ne pouvez demeurer dans un couvent de bénédictins. Je vous ai fait préparer une chambre dans la maison d'une riche veuve où votre servante vous attend déjà. Demain matin vous pourrez venir aux nouvelles avant de repartir pour Bourges...

— Repartir pour Bourges ? Est-ce que vous êtes fou ? Pourquoi croyez-vous que je suis venue jusqu'ici ? Pour le plaisir contestable de me brouiller à mort avec Philippe de Bourgogne ? Tant qu'Arnaud y sera, j'y serai et aucune force humaine ne pourra m'en arracher, vous m'entendez ? Ni vous, ni personne...

— C'est bon ! fit-il conciliant avec un demi-sourire, ne criez pas si fort, vous allez ameuter tout le quartier ! Vous resterez, puisque vous y tenez, mais promettez-moi de n'aller au couvent qu'avec moi, sous ma garde. Je n'ai aucune envie que vous y fassiez du scandale. Au surplus, le siège va se durcir et je n'ai pas trop de tous mes hommes. Vous donner une escorte m'eût gêné. Allons, Catherine, cessez donc de me regarder avec cette mine furieuse. Vous n'avez pas encore compris, depuis le temps, que je suis votre allié ? Tenez, voici votre maison. Entrez et allez vous reposer, vous en avez le plus grand besoin.

— Mais... Arnaud ?

— Arnaud ne mourra pas cette nuit ! Le père prieur qui le soigne commence à reprendre espoir. Il dit qu'il devrait être mort depuis longtemps et que cette survie obstinée est bon signe. Il va essayer un nouveau traitement sur la nature duquel il reste muet comme une carpe... »

Mal convaincue, Catherine enveloppa Xaintrailles d'un regard soupçonneux mais l'Auvergnat roux semblait curieusement détendu, ce soir. Il n'avait plus, entre ses épais sourcils, la barre soucieuse qu'il avait tout le long de la route. Docile, déjà un peu rassurée, Catherine entra dans la maison dont il lui ouvrait la porte. Dans l'escalier, elle trouva Sara, souriante.

« Viens, fit la tzingara, on t'a préparé un bon lit. Rien de comparable avec ces affreuses couchettes de moine ! Là-dedans, tu dormiras bien... »

Il est certain que, le lendemain, Arnaud sans être encore vraiment mieux avait perdu cet aspect cadavérique si terrifiant. Il était toujours pâle mais sa peau n'avait plus son reflet verdâtre et ses mains avaient enfin cessé leur tragique va-et-vient. Il écouta sans broncher le récit que lui fit Catherine de son entrevue avec Philippe de Bourgogne, indifférent en apparence, si lointain que la jeune femme se crut, une fois de plus, condamnée par lui.

« J'ai fait tout ce que j'ai pu, s'écria-t-elle alarmée. Je vous le jure ; mais il y a en lui certaines choses que nul ne peut vaincre...

— Appelez-les par leur nom, Catherine, intervint Xaintrailles. Le duc a peur de Jehanne, tellement peur que cela domine même son amour pour vous !

— Je m'en doutais un peu, fit enfin Arnaud, mais je n'aurais pas cru que ce fût à ce point. Vous n'avez rien à vous reprocher, Catherine je suis sûr que vous avez fait de votre mieux. Maintenant... Jean va vous faire reconduire à Bourges. »

Xaintrailles fit la grimace et vint se pencher audessus du lit de son ami pour être sûr que nul ne l'entendrait de l'extérieur.

« C'est ce que je comptais faire, mais elle ne veut pas. Elle veut rester.

— Pour quoi faire ? » fit le blessé tout de suite mécontent. Il était déjà tout prêt à se mettre en colère et Catherine préféra plaider elle-même sa cause.

« Pour vous aider ! Je devine que vous n'allez pas laisser les choses dans l'état où elles sont. Vous allez tout tenter, n'est-ce pas, pour délivrer Jehanne ? Alors, gardez-moi, laissez-moi vous aider... laissez-moi au moins cela... »

Les yeux noyés de larmes, elle prit entre les siennes les mains d'Arnaud et s'y accrocha.

« Comprenez que j'ai échoué ! J'ai du mal à l'admettre et je peux beaucoup pour vous : j'ai de l'or, des joyaux qui valent une fortune.

— D'où sortez-vous tout cela ? demanda Xaintrailles moqueur.

— Vous allez voir... »

Pressentant vaguement ce qui allait se passer, Catherine s'était munie en venant au couvent de la cassette emportée depuis Bourges et dont, jusque-là, elle avait négligé de parler à Xaintrailles. Elle alla la prendre sur la table où elle l'avait posée en entrant, l'apporta sur le pied du lit, l'ouvrit... La lumière pauvre de la cellule se concentra sur le fabuleux mélange de pierres et d'or, arrachant aux deux hommes une exclamation de surprise admirative.

« Bon sang ! grogna Xaintrailles. Quand je pense que nous avons traîné tout ça depuis Bourges. Il y avait de quoi nous faire étriper par n'importe quel parti rencontré... ennemi ou ami ! »

Avec un effort pénible, Arnaud était arrivé à se soulever. Sa main amaigrie fouillait les bijoux entassés en vrac, en tirait le grand collier d'améthystes que Garin, jadis, avait offert à Catherine pour leurs fiançailles.

« Je connais ce bijou... fit-il lentement. Vous le portiez... à Arras, n'est-ce pas ? »

Elle fut heureuse qu'il s'en souvînt, fouilla dans un coin du coffret et sortit une pochette de peau serrée par un cordon. L'instant suivant, l'énorme diamant noir étincelait au creux de sa main.

« Et celui-là, je le portais à Amiens quand vous avez défié le duc Philippe », fit-elle doucement. Un fugitif sourire détendit les traits du blessé.

« Est-ce que vous croyez que je ne m'en souviens pas ? Ou bien que je ne vous avais pas vue ? Morbleu... vous écrasiez toutes les autres sous votre splendeur insolente dans votre robe noire ! Et vous voulez sacrifier tout cela pour une cause qui n'est même pas la vôtre ?

— Pour que vous compreniez que je veux vous aider, rectifia Catherine et pour que vous me rendiez au moins un peu d'estime. J'ai compris, depuis longtemps, que rien n'est possible entre nous, que rien ne peut nous être commun si ce n'est, peut-être, la mort. Laissez-moi au moins cela. »

Elle avait parlé avec tant de passion que l'ironie s'effaça des yeux d'Arnaud. Un moment, ils demeurèrent fixés sur elle sans que la jeune femme pût déchiffrer leur expression. Enfin, il soupira :

« Vous êtes vraiment une étrange fille, Catherine ! Je crois bien... que je ne vous comprendrai jamais. Restez, si vous le voulez. A pareil prix, je serais ingrat et injuste de vous l'interdire. »

Il avait trop parlé pour sa faiblesse et se laissait aller sur ses oreillers, tandis que les ailes de son nez se pinçaient. Mais Catherine était trop heureuse pour s'en inquiéter. Dun geste vif, elle rassembla les pierreries, les fourra dans le coffret et mit ce dernier dans les bras de Xaintrailles stupéfait.

« Gardez ça, messire Jean !... et cherchez par la ville un usurier qui vous l'achète. Il doit bien s'en trouver encore.

— Il s'en trouve encore mais nous sommes assiégés, vous l'oubliez. Ils ne se montreraient pas assez généreux. L'or liquide peut servir, dès maintenant, mais avec des pierres de cette valeur on rachèterait la vie d'un roi. Il serait fou de les lâcher à vil prix ! »

Le père prieur rentrait dans la cellule à cet instant, portant sur un plateau des bandes, de la charpie et divers pots et boîtes pour changer le pansement du blessé. Catherine et Xaintrailles, après un dernier regard sur Arnaud, sortirent et regagnèrent la rue. Au seuil, ils se séparèrent. Le capitaine devait aller vers les remparts où l'appelait son devoir de soldat. Catherine allait rentrer chez elle.

« Jusqu'à nouvel ordre, fit Xaintrailles, il vaut mieux que vous gardiez le trésor de guerre. Je ne me vois pas repousser l'assaut des Bourguignons avec une fortune sous le bras. Cachez-le bien !

— Soyez sans crainte. Bonne chance, messire ! »

Elle allait s'éloigner, quand il la rappela :

« Catherine ?

— Oui ? »

Il grimaça un sourire et l'assaisonna d'une contrition comique :

« Nous ne valons pas cher, Montsalvy et moi. Je crois bien qu'aucun de nous n'a songé à vous dire merci ! »

Elle lui rendit son sourire, contente de lire tant d'amitié vraie dans le regard brun du compagnon d'Arnaud. Désormais, elle le sentait, elle pourrait compter entièrement sur Xaintrailles qui la soutiendrait de tout son pouvoir. Une amitié sans prix, en vérité.

« C'est inutile, fit-elle gentiment. Moi, je vous dois bien plus ! »

Un charroi qui passait les sépara. Des hommes de de la milice bourgeoise traînaient, dans des charrettes, des boulets de pierre destinés aux bombardes, des fagots et des jarres d'huile qu'ils allaient monter sur le rempart. Déjà du côté de la rivière on entendait tonner les canons anglais et bourguignons. La matinée arrivait en son milieu et l'ennemi décidait, sans doute, de passer à l'attaque. Mais, tandis que les hommes couraient aux murailles, les femmes continuaient tranquillement à s'occuper de leur ménage comme si de rien n'était, habituées au tintamarre et à l'agitation de la guerre. Tout à l'heure, elles iraient rejoindre leurs hommes avec ce qu'il fallait pour panser les blessés : le vin et l'huile pour laver les plaies, le linge déchiré pour les bandes et les linceuls pour ensevelir les morts. Catherine décida de se joindre à elles puisqu'elle n'avait rien de mieux à faire. Elle rentra chez elle, mettre la cassette en lieu sûr, et changer ses vêtements d'homme pour une robe de futaine bleue que Sara lui avait procurée puis, comme les autres, prit le chemin du rempart.

UNE fois engagée, la guérison d'Arnaud fit des progrès extraordinairement rapides, due en grande partie à la constitution vigoureuse du capitaine. Quand vint l'été, il put quitter enfin son lit au couvent Saint-Corneille et, dans les premiers jours d'août, reprendre sa place parmi les défenseurs de la ville. Car Compiègne tenait toujours, avec tant d'opiniâtreté, que Philippe de Bourgogne, découragé et rappelé de surcroît à Liège par de graves perturbations, était parti, laissant l'armée à Jean de Luxembourg.

Contrairement à ce qu'avait craint Xaintrailles au moment de la capture plus que suspecte de Jehanne, Guillaume de Flavy poursuivait la défense de la ville avec un courage et une opiniâtreté remarquables. Le bruit courait parmi les capitaines qu'en relevant trop vite le pont-levis, le gros Flavy avait seulement assouvi la haine que portait à la Pucelle le chancelier-archevêque de Reims Regnault de Chartres, son parent. Un service rendu entre cousins en quelque sorte...

Malheureusement, la situation empirait. L'investissement de Compiègne, malgré la forêt, était désormais total. Luxembourg tenait Royal-Lieu et la route de Verberie tandis qu'une grosse bastille, confiée aux sires de Créqui et de Brimeu avait été bâtie sur le chemin de Pierrefonds, à l'orée de la forêt. Les vivres devenaient rares, les convois ne pouvaient plus passer. Les communications avec le reste du pays n'étaient plus établies que par quelques hommes courageux qui, à la faveur de la nuit, parvenaient à quitter subrepticement la ville ou à y rentrer.

Catherine passait toutes ses journées auprès des murailles, à une sorte de poste de secours pour les blessés qui avait été établi par les dames de la ville. Elle et Sara s'y rendaient chaque fois qu'une attaque s'annonçait et y travaillaient jusqu'aux extrêmes limites de leurs forces. La nuit, éreintées, elles s'écroulaient sur leurs lits et dormaient comme des souches malgré la faim qui venait et la chaleur.

L'été arrivait à son point le plus chaud et ajoutait aux souffrances des défenseurs de la ville. Les mouches, par épais nuages noirs, harcelaient les soldats et martyrisaient les blessés. Certains cas de peste s'étaient déclarés et, pour éviter la propagation du fléau, on murait les maisons contaminées, on brûlait les cadavres. Le peu de vivres que l'on pouvait se procurer encore ne se conservaient pas. Seule l'eau, grâce à la rivière, ne manquait pas mais il fallait aller la puiser de nuit pour ne pas tomber sous le feu de l'ennemi. Mais ce n'étaient pas les peines physiques qui atteignaient le plus cruellement Catherine. Chaque jour, habillée en garçon et sous la conduite de Xaintrailles, elle s'était rendue au couvent Saint-Corneille et, chaque jour, elle en sortait un peu plus triste, un peu plus découragée. Non qu'Arnaud fût réellement désagréable pour elle, mais il demeurait dans les limites étroites d'une stricte courtoisie, d'une simple politesse qui désolaient la jeune femme. Elle eût aimé, faute de pouvoir le soigner, qu'il lui permît de demeurer longuement auprès de lui, qu'il lui parlât d'autre chose que du siège ou de la captivité de Jehanne...

de lui, par exemple, de toutes ces années écoulées où il avait vécu sans qu'elle sût rien de lui, de son enfance aussi. Michel, durant les quelques instants passés avec elle dans la cave du Pont-au-Change, lui en avait parlé spontanément et avec des couleurs si chaudes que Catherine souhaitait d'Arnaud d'autres confidences. Mais, elle le sentait bien, il ne désarmait pas. Ses préoccupations passaient au-dessus d'elle, s'adressant toutes à la Libératrice, négligeant la femme qui souffrait à ses côtés. Quand elle revenait vers sa maison où l'attendait Sara, Catherine songeait bien souvent, et avec quelle tristesse, que le cadavre de Michel resterait sans doute un éternel obstacle entre eux puisqu'elle n'avait aucun moyen de faire comprendre à Arnaud qu'elle n'était pas coupable. Rien que sa parole ! Et il ne la croirait pas ; il ne l'avait jamais crue... Son actuelle façon d'être envers Catherine venait, visiblement, du fait que l'on ne peut rabrouer une femme qui est prête à sacrifier et sa vie et une fortune pour vous aider, sinon, et Catherine en avait le sentiment profond, il l'eût écartée de lui impitoyablement.

Par un espion espagnol, on eut des nouvelles de Jehanne. Elle avait tenté de s'échapper de Beaulieu et avait été conduite à Beaurevoir chez Jean de Luxembourg. Une nouvelle tentative avait failli lui être fatale. Jehanne avait manqué se tuer en sautant d'une tour. On l'avait ramassée à demi morte dans le fossé.

Mais les rigueurs du siège ne permettaient aucune tentative vers elle. L'ennemi resserrait son étreinte, il devenait de plus en plus difficile de sortir. Tout au plus parvint-on à faire passer un messager au maréchal de Boussac qui tenait la campagne en Normandie. La ville était à bout de souffle. La faim et la maladie fauchaient impitoyablement dans les rangs des vaillants défenseurs. Si les secours n'arrivaient pas très vite, la reddition viendrait à brève échéance.

« Etre immobilisés ici, affamés comme des rats dans un trou, rageait Arnaud, tandis que les Bourguignons tiennent Jehanne et que le roi ne fait rien pour la sauver !...

— Tu penses bien que La Trémoille est là pour veiller au grain, ricanait Xaintrailles. Celui-là a juré la perte de Jehanne. »

Enfin, comme octobre finissait, les secours arrivèrent. Un convoi de vivres parvint à passer, ranimant les courages tandis que l'armée du maréchal de Boussac prenait les Anglo-Bourguignons à revers. Malgré la défense que lui opposèrent Luxembourg et le comte de Huntington, les bastilles tombèrent les unes après les autres. Boussac, forçant le passage, entra dans la ville. Une seule sortie, mais massive, eut raison de l'opiniâtreté des assiégeants. On s'attendait pour le lendemain à une grande bataille rangée, il n'en fut rien. Quand le jour se leva, il éclaira le désert qui avait été le camp de l'ennemi : il avait disparu sans tambour ni trompettes. Compiègne était sauvée... et, juste au même moment, Arnaud se trouva complètement guéri. Mais il ne tenait plus en place, piaffant d'impatience, avide de se lancer sur la trace de Jehanne pour essayer de l'arracher à ses ennemis. Lui, Xaintrailles et Catherine établissaient déjà un plan de campagne quand une terrible nouvelle les anéantit, réduisant en poussière leurs beaux projets : Jean de Luxembourg avait accepté les offres des Anglais. Il leur avait vendu sa prisonnière pour dix mille écus d'or [1]. Jehanne d'Arc

1. Environ 80 millions d'anciens francs.

était aux mains de ses ennemis mais nul ne savait encore ce qu'il allait advenir d'elle ni où elle se trouvait au juste.

Le soir où la nouvelle leur parvint, les trois compagnons étaient réunis dans la maison de Catherine. Après un long moment de silence, Xaintrailles dit :

« Il faut nous séparer !

— Nous séparer ? s'écria Catherine tout de suite alarmée. Mais c'est impossible ! Vous m'aviez promis....

— Que vous nous aideriez à la délivrer ? Je vous le promets toujours mais pour le moment nous ne savons même plus où elle est ni vers quelle destination on la conduit. Tant que nous ne le saurons pas, nous ne pourrons rien faire.

— En Angleterre, sans doute, fit Arnaud.

— C'est possible et, dans ce cas, Catherine nous sera très utile en tant que bourguignonne. On ne doit guère connaître là-bas les potins de Bruges. Nous passerons pour ses serviteurs. Mais, en attendant, il faut chercher. Catherine, je vais vous faire accompagner au couvent des Bernardines de Louviers dont ma cousine est abbesse. La Hire tient la ville, elle n'est pas éloignée de Rouen, l'un des quartiers principaux des Anglais, ni de la mer. Quand nous aurons une certitude, nous vous reprendrons. Voyons... vous n'allez pas pleurer ? C'est la meilleure solution. Jusque-là vous nous gêneriez et... »

La voix coupante d'Arnaud trancha le débat.

« Inutile de faire tant d'histoires ! Elle doit comprendre que des hommes de guerre ne peuvent la traîner partout avec eux. Nous irons la chercher quand nous aurons besoin d'elle, voilà tout ! »

Malgré les objurgations de Xaintrailles, Catherine eut bien du mal à ne pas éclater en sanglots. Avec quelle hâte il saisissait le premier prétexte de se débarrasser d'elle ! Il n'y avait rien à faire ! Il la détestait réellement et la détesterait sans doute toute sa vie. Elle baissa la tête pour qu'il ne vît pas les larmes dans ses yeux.

« C'est bien, fit-elle tristement. J'irai dans ce couvent. »

CHAPITRE XVIII

ROUEN

L'HIVER enfermait dans sa gangue de glace et de neige la petite ville de Louviers, réduisant à rien son activité, aussi bien artisanale que militaire. Les bras de l'Eure, prisonniers d'une couche glauque et blanche, immobilisaient les tanneries, les corroieries et les moulins, ceux tout au moins que la guerre n'avait pas détruits. Quant aux soldats, ils étaient entrés dans l'habituelle période de vie végétative que ramenait chaque année la mauvaise saison. La neige, épaisse, feutrait les champs et les chemins. On ne pouvait franchir les murs de la ville sans enfoncer jusqu'aux genoux. Pourtant, le printemps n'était pas bien loin. Février se terminait.

Depuis plus de trois mois qu'elle vivait chez les Bernardines, Catherine s'était pliée, sans effort apparent, aux règles rigides de la vie conventuelle. La mère Marie-Béatrice, cousine de Xaintrailles, l'avait accueillie avec bonté. Elle ressemblait curieusement au grand capitaine rouquin et cette ressemblance avait été agréable à Catherine. Elle et Sara occupaient, dans le couvent, une grande chambre un peu mieux meublée que les cellules des nonnes mais elles mettaient un point d'honneur à participer autant que possible à la vie de la communauté.

Les longues stations à la chapelle, jadis si pénibles à la jeune Catherine lorsqu'elle accompagnait Loyse, lui étaient devenues agréables et même nécessaires. Elle avait l'impression qu'en parlant d'Arnaud à Dieu, elle se rapprocherait un peu de lui. En vérité, elle n'avait plus guère d'espoir qu'en la Divine Puissance pour le lui ramener. Songerait-il vraiment à tenir sa promesse de la laisser les accompagner au secours de Jehanne ? Elle n'y croyait plus. Trois mois de silence absolu étaient passés et les bruits du monde s'éteignaient à la porte du couvent, même ceux de la guerre...

Pourtant, de cette guerre, Louviers avait eu sa large part. Prise et reprise, elle était depuis quelques mois aux mains de La Hire qui s'en était emparé après une fulgurante campagne normande au cours de laquelle il avait eu la gloire de reprendre Château-Gaillard aux Anglais. Maintenant, il tenait Louviers et le tenait bien. La terreur qu'inspirait son nom l'aidait à maintenir dans l'obédience l'arrière-pays et là où flottait son étendard noir à la vigne d'argent [1] régnait une relative tranquillité bien que l'Anglais ne fût pas loin.

Chaque soir, avant de se coucher, Catherine passait un long moment sur une tourelle du couvent, regardant la campagne blanche où les chemins disparaissaient. Parfois, des cavaliers approchaient de

1. Armes parlantes : il s'appelait Etienne de Vignolles.

la ville et, à ces moments-là, son cœur battait plus vite mais la déception venait aussitôt. Ce n'étaient jamais ceux qu'elle espérait voir venir. Jusques à quand lui faudrait-il demeurer ici, attendant vainement ? Devrait-elle encore partir par les chemins, dans les dangers et la peur, à la recherche de celui qu'elle aimait et qui la repoussait si obstinément ?

« Tu devrais être plus calme, lui disait Sara. Les hommes oublient facilement les femmes quand le démon de la guerre les tient.

— Arnaud fait tout ce qu'il peut pour m'écarter de lui... Il ne viendra jamais me chercher.

— L'autre capitaine, celui qui a des cheveux rouges, tiendra la promesse qu'il t'a faite. J'en suis sûre, car, au moins, celui-là a de l'amitié pour toi. Quant à l'autre, s'il est si dur, c'est peut-être qu'il a peur de toi et ne se sent pas sûr... Sois patiente, attends...

— Attendre, attendre, répondit Catherine avec un sourire amer. Je ne fais que cela ! Attendre et prier...

— Quand on prie, on ne perd jamais son temps. Continue ! »

Un matin, pourtant, comme Catherine sortait de la messe, une religieuse vint lui annoncer qu'on la demandait au parloir.

« Qui peut venir ? s'étonna Catherine en s'efforçant de faire taire en elle l'espoir brusquement surgi.

— Messire de Vignolles avec un moine et un autre personnage que je n'ai jamais vu. »

Allons, ce n'étaient pas encore eux ! Tirant sur ses cheveux le voile de soie bleue qui allait glisser sur ses épaules, Catherine confia son livre d'heures à Sara et gagna le parloir. Mais, quand la porte s'ouvrit devant elle, elle reçut un si violent coup au cœur qu'elle dut se retenir pour ne pas crier. Arnaud était en face d'elle, avec frère Etienne Charlot et La Hire.

« Vous ! souffla-t-elle, vous êtes venu... »

Gravement, sans sourire, il inclina brièvement sa haute taille.

« Je suis venu vous chercher. Frère Etienne que voici arrive de Rouen où Jehanne est captive depuis la Noël. Il nous apporte un moyen d'entrer dans la ville, ce qui n'est pas aisé car de nombreuses troupes anglaises la tiennent... »

Catherine était heureuse de revoir frère Etienne. Il y avait beau temps qu'elle ne s'étonnait plus de le voir paraître ou disparaître sans prévenir. Elle savait que l'agent secret de Yolande d'Aragon ne pouvait avoir la vie de tout le monde. Mais elle serra chaleureusement les mains du petit cordelier.

« Ainsi, vous savez où est Jehanne ? demanda-t-elle sans regarder Arnaud car elle ne se sentait pas sûre d'elle et craignait de paraître trop émue.

— Elle est au château de Rouen [1], gardée dans un cachot du premier étage de la tour de Bouvreuil qui donne sur les champs. Cinq soldats anglais la surveillent jour et nuit : trois dans le cachot même et deux à la porte. De plus, elle est enchaînée par les pieds à une énorme pièce de bois. Bien entendu, la tour et le château regorgent de soldats car le jeune roi Henry VI et le cardinal de Winchester [2], son oncle, logent au château. »

A mesure qu'il parlait, le cœur de Catherine se

1. Construit jadis par Philippe Auguste.
2. Henry Beaufort. On l'appelait aussi le cardinal d'Angleterre.

serrait, le visage d'Arnaud et de La Hire se rembrunissaient.

« Autrement dit, fit le Gascon, on ne peut l'atteindre ! Tuer cinq hommes n'est rien mais il semble qu'il y en ait beaucoup d'autres ! »

Frère Etienne haussa les épaules. Son visage jovial avait perdu sa gaieté. Des plis nombreux se creusaient sur son front.

« Dans un cas semblable, la ruse a souvent plus de chances que la force. Jehanne sort chaque jour pour se rendre aux séances du Procès. »

Un même cri sortit de la poitrine des trois auditeurs du moine.

« Un procès ? Qui le lui fait ?

— Qui voulez-vous que ce soit ? Les Anglais bien sûr. Mais sous les couleurs d'un procès religieux. C'est devant un tribunal ecclésiastique qu'elle comparait, composé exclusivement de prêtres dévoués aux Anglais. La plupart viennent de l'Université de Paris qui leur est tout acquise. L'évêque de Beauvais, Pierre Cauchon, le préside avec l'aide de son ami Jean d'Estivet, promoteur du procès. On dit qu'il a promis à Warwick la mort de Jehanne et je le crois capable d'y parvenir. »

Le nom avait frappé Catherine. Elle revoyait l'universitaire aigri et besogneux du temps de la Caboche le prélat bouffi d'orgueil et de suffisance rencontré à Dijon. Certes, le juge de Jehanne devait être à la hauteur des deux autres personnages. En se rappelant la dureté des petits yeux jaunes de l'évêque, la jeune femme frissonna. En de telles mains, Jehanne n'avait à attendre ni pitié ni merci.

« Le but de ce procès ? demanda La Hire avec hauteur.

— Déshonorer le roi de France en démontrant que sa couronne lui a été gagnée par une sorcière et une hérétique, apaiser la rancune des Anglais en livrant Jehanne au bûcher », répliqua tranquillement frère Etienne.

Un moment de silence suivit les terribles paroles dont chacun écoutait l'écho résonner au fond de sa conscience et de son cœur. Enfin, Arnaud soupira.

« C'est bon. Dites à Catherine ce que vous nous offrez...

— Voici ! J'ai de la famille à Rouen. Une bien intéressante famille : mon cousin Jean Son est maître maçon... et il est chargé de l'entretien du château. Ce sont des gens très bien, jouissant d'une belle aisance et... de l'entière sympathie de l'occupant avec lequel ils entretiennent d'assez bonnes relations d'affaires et même un peu plus.

— Des amis des Anglais ? fit Catherine ahurie.

— Mais oui ! fit frère Etienne imperturbable. Je vous ai dit que mon cousin jouissait de la sympathie des Anglais mais je ne vous ai rien dit de ses sympathies à lui. C'est, au fond, un fidèle sujet du roi de France comme tous ceux de cette malheureuse cité de Rouen. Ses relations peuvent être fort utiles car, en plus, sa femme Nicole est lingère. Elle travaille pour le jeune roi et aussi pour la duchesse de Bedford qui est à Rouen en ce moment. C'est une femme fort revêche que dame Nicole... mais, grâce à elle, la duchesse a su que les gardes de Jehanne avaient tenté de la violer et ils ont été remplacés par d'autres qui ont reçu une sévère consigne. Mes cousins recevraient volontiers un ou deux membres de leur famille, réfugiés de Louviers par exemple. Personnellement, je verrais assez un ménage modeste... un maçon et son épouse, peut-être. »

Ses yeux vifs allaient d'Arnaud à Catherine et revenaient au capitaine. L'intention était claire mais le mot « ménage » empourpra les joues de la jeune femme. Arnaud ne disait rien. La Hire se frottait le menton en faisant une affreuse grimace tant il réfléchissait profondément.

« Une bonne idée ! fit-il enfin. Ça en ferait toujours deux dans la place !

— Trois, si vous voulez bien, dit frère Etienne. Vous pensez bien que j'y retourne ! Je suis venu seulement vous mettre au courant et voir avec vous ce que l'on pouvait faire. Quand j'ai appris que Mme de Brazey était ici, cela m'a donné des idées. »

La Hire se tourna vers Arnaud qui ne soufflait toujours mot et lui appliqua sur l'épaule une claque retentissante.

« Qu'en dis-tu ? Te sens-tu des dispositions pour le métier de maçon et celui, bien plus pénible, d'homme marié, fictivement tout au moins ? »

Les yeux sur Catherine, Arnaud répondit brièvement :

« Je suis d'accord !

— Et je suppose que dame Catherine l'est aussi. C'est bon. Vous partirez demain. Que Dieu et Notre-Dame vous viennent en aide car vous en aurez besoin. »

La Hire avait raison de supposer que Catherine était d'accord. Elle était même presque folle de joie. Passer quelque temps, même sous un déguisement, pour la femme d'Arnaud, c'était un rêve comme jamais encore elle n'avait osé en caresser. L'aventure dangereuse allait-elle se changer en un rapprochement plus doux ? Qui pouvait savoir si, durant les heures d'intimité obligatoires, que ce subterfuge leur vaudrait, elle ne trouverait pas le moyen de le rapprocher d'elle, de rallumer en lui le feu de la chair auquel, par deux fois, il avait succombé. Pour cacher sa joie, elle demanda :

« Qu'est devenu messire Xaintrailles ? »

Ce fut Arnaud qui répondit, avec un haussement d'épaules agacé.

« Il a rencontré une espèce d'illuminé, un berger du Gévaudan nommé Guillaume qui prophétise et se dit envoyé de Dieu. Xaintrailes est en extase devant lui et le traîne partout à l'armée. Il compte sur lui pour l'aider à délivrer Jehanne [1]. Il espère nous rejoindre plus tard... mais je n'y compte pas.

— Pourquoi donc ?

— Parce qu'il faut être complètement fou pour ne pas voir que ce berger est un imposteur du même genre que cette fille de La Rochelle à qui Jehanne conseillait d'aller « faire son ménage et soigner ses enfants ». Il faut croire que Xaintrailles a perdu le sens », conclut Arnaud d'un ton rogue.

Un jour de la fin mars, peu après l'heure de none, un groupe misérable franchissait la porte du Grand Pont et entrait dans Rouen : un homme, une femme, un moine. Le tout suffisamment poussiéreux et crotté pour s'attirer, de la part des archers anglais qui gardaient la porte, qu'un regard superficiel et dédaigneux. Ils jouaient aux dés sur un tonneau et ne se dérangèrent même pas pour visiter le balluchon que l'homme portait à l'épaule et qui devait contenir toute la fortune du ménage. Quant au moine, il n'avait visiblement pour toute richesse que son froc brun effrangé et son chapelet de buis. Il est probable qu'il en eût été tout autrement si les soldats de garde avaient pu deviner que la robe salie

1. Le berger ne dura pas longtemps. Talbot fit Xaintrailles prisonnier et se hâta de jeter le berger à l'Oise, dûment cousu en un sac de cuir.

de la femme portait dans ses coutures une fortune de pierreries et surtout un gros diamant noir. Le reste de cette fortune se logeait dans les boules de buis du chapelet noué à la taille du moine.

Non rasé depuis trois jours, vêtu d'une souquenille crasseuse et de chaussures trop larges qui tire-bouchonnaient autour de ses jambes nerveuses de cavalier, un bonnet informe drapé sur sa tête et se tenant aussi voûté que possible pour masquer sa haute taille, Arnaud était méconnaissable. Catherine, habillée d'une robe bleue délavée, d'une cape brune trouée et les cheveux tirés impitoyablement sous une cornette qui n'avait pas été blanche depuis longtemps, ne lui cédait en rien.

« Jean Son et sa femme habitent dans la rue aux Ours, leur dit frère Etienne une fois franchi le dangereux passage du corps de garde, tout près du Beffroi. Ce n'est pas loin. Mais, pour l'amour de Dieu, mon cher ami, tâchez de baisser les yeux quand vous rencontrez un Anglais et ne le mitraillez pas de se regard fulgurant qui sent son guerrier d'une lieue ! »

Arnaud, confus, grimaça un sourire et rougit.

« Je ferai de mon mieux. Mais c'est dur, frère Etienne ; la vue de leurs chapeaux de fer et de leurs hoquetons verts à croix rouge se prélassant à l'aise dans une ville française me fait voir rouge !

— Vous vous y ferez... du moins momentanément. »

L'ancienne capitale des ducs de Normandie offrait un visage d'une profonde tristesse qui ressortait étrangement sur la splendeur de son décor. Les hautes maisons à pignons, si belles avec leurs boisages apparents, leurs enseignes savamment découpées et l'élancement aérien des flèches d'église, les tours normandes magnifiées de gothique flamboyant, portant couronnes ciselées comme autant de reines, faisaient un cadre étrange aux silhouettes pressées, aux yeux baissés, aux visages mornes des habitants. Point de joyeux vacarme aux carrefours et, dans les échoppes à moitié vides, on sentait les restrictions. Des femmes silencieuses faisaient queue aux boulangeries, aux étals des bouchers et des tripiers, les pieds dans la neige avec l'espoir d'obtenir quelque chose. Par contre on voyait partout des soldats à casaque verte. Deux par deux ou trois par trois, ils déambulaient dans les ruelles, surveillant visiblement. Les consignes les plus sévères avaient été données depuis l'ouverture du procès qui tenait ses assises dans la chapelle du château, tant on craignait un coup de main soit dans le but de délivrer la prisonnière, soit pour attenter à la vie des hauts personnages que la forteresse abritait derrière son enceinte à sept tours.

Quand les trois compagnons atteignirent la boutique de lingerie, atours et colifichets en tous genres, que tenait dame Nicole Son, ils virent que la lingère était très occupée à servir deux dames richement vêtues dont l'accent anglais prononcé désignait des dames de l'entourage de la duchesse de Bedford. Elles maniaient des dentelles de Flandres et des pièces de fine toile de lin avec une avidité qui fit sourire Catherine. Sur le comptoir, coiffant une tête de bois, un grand hennin à triple voile vaporeux, tout couvert de dentelle de Malines accrocha un instant son regard. La mode bourguignonne semblait l'emporter en Normandie !

Mais dame Nicole, une grande femme sèche et noiraude qui portait sans aucune grâce une robe de beau drap d'Elbeuf gris ourlé d'agneau noir et une grande croix d'or sur une gorgerette de lin finement plissé, leur adressa un regard tellement offusqué que frère Etienne jugea bon de prendre la direction des opérations :

« La paix soit avec vous, dame Nicole ! ânnona-t-il d'un air confit, voilà vos pauvres cousins de Louviers que je vous amène... en bien triste état. Vous aurez, je pense, du mal à les reconnaître. Ils ont tout perdu. Ce bandit écorcheur, cet Etienne de Vignolles que Dieu damne a brûlé leur maison, leur a tout pris. Je les ai trouvés sur la route à demi morts...

— Comme c'est triste ! fit Nicole en considérant le couple avec un parfait dégoût. Menez-les à la cuisine, mon père. J'ai à faire ! »

Les deux dames anglaises avaient abandonné leurs dentelles et regardaient, elles aussi, les nouveaux arrivants. Elles hochaient la tête et chuchotaient entre elles avec une si visible compassion que Catherine retint une brusque envie de rire. Jugeant tout de même qu'il fallait faire quelque chose, elle plongea dans une maladroite révérence, balbutia avec une timidité fort bien jouée :

« Bonjour, ma cousine ! »

Le geste de dame Nicole fut celui que l'on emploie d'ordinaire pour chasser les mouches.

« Plus tard, plus tard !... Allez à la cuisine ! Vous voyez bien que vous gênez ! »

A la suite du frère, ils se dirigèrent vers une porte qui ouvrait dans le fond du magasin mais, en passant près de l'une des deux dames, celle-ci fouilla vivement dans son escarcelle et fourra une pièce d'or dans la main de Catherine, trop éberluée pour réagir.

« Poor woman ! s'écria la dame chaleureusement... C'était pour avoir une nouveau robe ! »

Un si bon sourire accompagnait ces mots que Catherine ne put se défendre d'une sympathie réelle pour cette femme charitable qui savait compatir à la misère d'une autre femme. Elle la remercia d'une révérence et d'un :

« Merci, gracieuse dame... Que Dieu vous bénisse ! »

Mais dame Nicole avait l'air proprement scandalisée.

« Madame la comtesse est trop bonne... une telle générosité ! Allons, vous autres, filez ! »

Quand ils arrivèrent dans la grande cuisine, bien chauffée par un grand feu flambant dans la vaste cheminée, la pièce était vide mais la porte qui donnait sur la cour de derrière était entrouverte. La servante devait être au puits ou à la basse-cour. Arnaud qui, depuis l'entrée dans la maison, avait gardé le silence à grand-peine, grogna entre haut et bas.

« S'il faut vivre avec cette Nicole, je crois que j'aimerais mieux coucher sur le port avec les débardeurs.

— Chut ! coupa frère Etienne. Il ne faut surtout pas se fier aux apparences. Vous changerez peut-être d'avis sur le compte de votre hôtesse. Ah ! voici la servante. »

Une forte fille armée de deux seaux pleins entrait à cet instant dans la cuisine et, la trouvant envahie, faillit tout lâcher.

« Vous voulez quoi, vous autres ? » s'écria-t-elie d'un ton roque.

Frère Etienne allait répondre mais, juste à cet instant, dame Nicole sortit de son magasin.

« Ce sont des cousins de mon époux qui nous viennent de Louviers et qui ont tout perdu, fit-elle sans rien perdre de son aspect revêche. Il faut bien que nous les accueillions. Tu leur donneras à manger, Margot, et puis tu les conduiras dans la soupente. Quand le maître rentrera, il décidera de ce qu'on en fera !

— Grand merci de votre charité, bonne dame », commença frère Etiene, mais Nicole lui coupa la parole en haussant les épaules.

« On est chrétien ou on ne l'est pas. Nous sommes déjà à l'étroit et les vivres sont rares mais je ne peux pas laisser à la rue des parents de mon époux. A propos, suivez-moi, mon père, j'aimerais bien vous parler... »

Il la suivit sans empressement, laissant Arnaud et Catherine en compagnie de la servante qui les regardait par en dessous. Elle ne trouva sans doute rien d'extraordinaire car elle se mit en devoir d'emplir deux écuelles de soupe, coupa un gros quignon de pain bis et poussa le tout devant les nouveaux venus.

« Comme ça, vous venez de Louviers ?

— Oui, fit Catherine en plongeant une cuiller dans l'épaisse soupe qui sentait bon. De Louviers...

— J'ai des cousins là-bas, des tanneurs... Guillaume Lerouge, vous connaissez ? »

Cette fois, ce fut Arnaud qui se lança dans la bataille. Il s'arrêta de laper sa soupe à grand bruit, dans le meilleur style croquant, leva les yeux vers la grosse fille.

« Sûr ! Guillaume Lerouge ? J'pense bien que j'le connais... Pauvre gars ! L'a été pendu l'autre jour par c'bandit d'Vignolles ! Ah ! on vit d'drôles de jours. C'est dur pour l'pauvre monde. »

Catherine, sidérée, n'en croyait pas ses oreilles. Depuis leur arrivée à Rouen, elle craignait à chaque instant qu'Arnaud ne trahît son origine seigneuriale par ses manières mais, tout à coup, il se montrait plus fort qu'elle à ce jeu. Il avait gagné d'ailleurs car Margot soupirait avec conviction :

« J'pense bien qu'c'est dur ! Mais ici, vous s'rez point trop malheureux. Oh ! la maîtresse n'est point commode ! Pour être dure, l'est dure ! Mais on mange bien. V's'avez l'air solide, vous, Maître Jean vous trouvera de l'ouvrage et vot'femme trouv'ra à faire ici. L'aut'servante est morte. Alors, c'est pas l'travail qui manque.

— Et comme j'le crains pas, l'travail ! » assura Catherine tandis qu'Arnaud, apparemment satisfait, achevait d'engloutir sa soupe. Quand ce fut fini, il torchonna l'écuelle avec un morceau de pain, vida son gobelet d'un trait et s'essuya la bouche avec sa manche.

« Ça va mieux ! fit-il d'un air enchanté. Fameuse, la soupe ! Et, pour mieux montrer tout le bien qu'il en pensait, il lâcha un rot retentissant.

— V'nez alors, fit la servante, j'vais vous montrer vot' chambre. Dame, c'est point luxueux, ni même chauffé. Mais à deux, ajouta-t-elle avec un clin d'œil complice, on s'réchauffe, pas vrai ? »

La soupente, nichée tout en haut de la maison, sous le pignon du grand toit à double pente, offrait l'aspect d'une boîte en forme de pyramide tronquée. Un certain nombre d'objets hors d'usage s'y entassaient et il y régnait un froid de loup. Mais Margot apporta deux paillasses qu'elle entassa l'une sur l'autre et un nombre suffisant de bonnes couvertures de laine.

« Demain, fit-elle, on f'ra un peu d'ménage là-d'dans. Mais, pour ce soir, l'important c'est qu'vous ayez point froid. R'posez-vous un brin. »

Quand elle fut sortie, Catherine et Arnaud se retrouvèrent seuls et restèrent un moment, face à face, à se contempler. Puis, brusquement, Catherine éclata de rire. Il y avait trop longtemps qu'elle en avait envie.

« J'ignorais que vous possédiez de tels talents ! fit-elle moqueuse en prenant soin, toutefois, de voiler sa voix. Vrai, dans votre rôle de croquant, vous êtes parfait ! d'une vérité ! Et moi qui craignais votre trop grande hauteur.

— Je vous ai dit que j'ai été élevé comme un petit paysan... en fait, ajouta-t-il avec un sourire soudain qui illumina son visage, je crois bien que j'ai toujours été un paysan déguisé. Et je ne suis pas sûr de ne pas en être fier. Je ne suis pas du tout fait pour la vie mondaine... mais je dois reconnaître que vous vous tirez parfaitement de votre rôle, vous aussi ! »

Et, tout d'un coup, lui aussi se mit à rire, rejoignant Catherine dans cette gaieté franche qui les détendait et balayait pour un temps les rancœurs, les mauvais souvenirs. Ils riaient comme deux enfants qui ont fait une bonne farce, complices et accordés comme jamais peut-être ils ne l'avaient encore été, même au plus ardent des heures naguère partagées. Ils riaient encore quand dame Nicole pénétra dans la soupente, un paquet sous le bras.

« Chut ! fit-elle un doigt sur la bouche. On pourrait vous entendre et pour des réfugiés dépouillés de tout, vous me semblez un peu gais... »

Elle souriait cette fois et Catherine constata que ce sourire conférait un charme extraordinaire à son long visage sans grâce. Elle jeta le paquet de vêtements sur les couvertures puis, tout naturellement, plongea dans une révérence.

« Messire et vous madame, pardonnez l'accueil que j'ai dû vous faire... et, par la même occasion, pardonnez-moi aussi mes rebuffades futures et ma mauvaise humeur à venir ! Je ne suis pas sûre de la servante, loin de là, ni d'ailleurs de personne ! »

Soulagée d'un grand poids car elle se sentait mal à l'aise depuis son arrivée chez les Son, Catherine alla spontanément embrasser Nicole tandis qu'Arnaud l'assurait qu'ils lui étaient, au contraire, grandement reconnaissants. Il valait bien mieux qu'il en fût ainsi. Ceci mis au point, Nicole ne s'attarda point pour que Margot ne se posât pas de questions. On leur apporta des ustensiles de toilette et de l'eau. Quand rentra maître Jean Son, ils étaient propres et présentables quoi que fort modestement vêtus comme il convient à des parents pauvres.

A première vue, le maître maçon n'était pas plus sympathique que son épouse. Gros et rougeaud, bouffi de graisse et d'orgueil, il promenait sur toutes choses un regard endormi, content de soi et vaguement condescendant qui ne plaidait pas en faveur de son intelligence. Mais ses « cousins » ne tardèrent pas à comprendre que cet aspect sottement inoffensif cachait un esprit clair et lucide, un réel courage et une profonde astuce normande.

« Reposez-vous ce soir, leur dit-il tout bas quand la servante eut fini de servir le souper. Demain, je vous montrerai notre cave. C'est là que nous tenons nos réunions sans crainte d'être entendus. »

Quand le couvre-feu sonna, on dit la prière en commun puis chacun se retira chez soi. Arnaud et Catherine retrouvèrent leur mansarde et le cœur de la jeune femme se mit à battre sur un rythme plus rapide. Cette cohabitation la gênait et la remplissait de joie tout à la fois car, enfin... Margot n'avait préparé qu'un seul lit. Elle ne savait pas bien si elle devait se réjouir ou craindre de nouvelles rebuffades. Mais, une fois entré, Arnaud ôta calmement l'une des deux paillasses du lit, l'entassa dans un coin et prit une couverture. Dans les objets de rebut, il avait trouvé une vieille tenture déchirée en grosse toile, qu'il tendit soigneusement entre Catherine et lui grâce au solivage du toit. Elle le regardait faire, interdite, un peu déçue, il faut le dire. Quand il eut terminé, il se tourna vers elle, sourit et s'inclina aussi courtoisement que s'ils eussent été dans un château au lieu d'occuper un galetas sordide.

« Bonne nuit ! fit-il aimablement, bonne nuit... ma chère femme ! »

Quelques minutes plus tard, un ronflement sonore apprit à Catherine qu'il dormait bel et bien. La journée avait été dure et la jeune femme eût aimé en faire autant mais elle était trop énervée pour trouver le sommeil. Longtemps, elle se tourna et se retourna sur sa paillasse sans parvenir à s'endormir. Elle en voulait à Arnaud, à elle-même, au monde entier. Et, si seulement cet imbécile avait bien voulu ronfler moins fort !

Une étrange existence commença, de ce moment, pour les deux compagnons d'aventure. Tout le jour, sous la surveillance de Nicole, Catherine travaillait d'arrache-pied dans la maison, aidant Margot à la cuisine, au lavage, au ménage et au repassage, essuyant de fréquentes rebuffades, surtout quand des étrangers étaient au magasin, bref jouant parfaitement son rôle de parente pauvre recueillie par charité. De son côté, Arnaud était entré pleinement dans sa peau de maçon. Le fait qu'il savait écrire lui avait valu d'échapper à de redoutables acrobaties sur les échafaudages et Jean Son, en lui confiant des fonctions de secrétaire, lui avait évité bien des curiosités et des étonnements de la part des autres ouvriers. Comme il était le cousin du patron, nul ne voyait d'inconvénient à ce qu'il fût traité un peu mieux que les autres...

Mais, la nuit venue et Margot endormie il se tenait dans la cave des Son, des conciliabules où la maçonnerie n'avait que fort peu de place. C'était là que l'on recevait des nouvelles sûres du procès grâce à certains frères prêcheurs de l'ordre de Saint Dominique, appartenant au couvent Saint-Jacques, qui suivaient régulièrement les séances, devenues privées au début du mois de mars. Ces moines, frère Isambart de la Pierre et frère Martin Ladvenu aidaient Jehanne de tout leur pouvoir et la conseillaient de leur mieux quand ils pouvaient l'approcher. Mais Cauchon et Warwick faisaient bonne garde autour de leur proie et frère Isambart qui avait conseillé à Jehanne d'en appeler au pape et au concile de Bâle, se vit menacer d'être mis dans un sac et jeté à la Seine par le terrible évêque de Beauvais. Tous deux plaignaient la Pucelle et l'admiraient profondément. Ils retraçaient pour Jean Son et ses amis, son calvaire de chaque instant, rapportaient ses réponses, toujours si simples, si claires et si pleines de foi, aux pires pièges tendus par les docteurs, partiaux et avides de plaire au vainqueur, qui l'interrogeaient. Jehanne se défendait avec une intelligence, une maîtrise et une précision, dans sa mémoire des réponses déjà faites, qui tenaient du prodige, surtout lorsque l'on considérait que cette enfant de dix-huit ans ne savait ni lire ni écrire. Tout juste signer son nom.

« Tout dans ce procès, est illégal, faux, pourri, disait frère Isambart de sa belle voix grave. Cauchon a promis de la tuer mais il désire surtout jeter le discrédit sur le roi de France. Et, pour en arriver là, il ne reculera devant rien ! »

On sut, par lui, que Jehanne avait été conduite dans la salle de tortures du donjon mais qu'elle était demeurée ferme et droite devant les fouets armés de plomb dont on la menaçait, que rien ne parvenait à abattre son extraordinaire courage. Mais, plus les jours passaient et plus elle était difficile à atteindre. Jean Son, accompagné d'Arnaud qui, pour être mieux déguisé, avait laissé pousser sa barbe, s'était rendu à la tour de Bouvreuil sous prétexte d'examiner la maçonnerie et de s'assurer qu'aucune galerie n'avait été creusée pour faire évader la prisonnière. Tous deux étaient revenus désespérés.

« Nul ne peut lui parler. Elle est gardée à vue, plus que sévèrement. Et le château regorge de soldats. Nous avons été fouillés au moins dix fois à l'aller et au retour. Il faudrait une armée solide pour attaquer pareille forteresse, dit Arnaud en se laissant tomber sur un escabeau. Nous n'y arriverons jamais... Jamais ! »

Un moment, les conjurés avaient songé à tenter d'acheter certains juges au moyen des bijoux de Catherine. Mais frère Isambart les en avait dissuadés.

« Ce serait inutile. Il me répugne de porter pareil jugement sur des hommes d'Eglise mais ils accepteraient la fortune offerte... et vous livreraient aussitôt. Aucun d'eux n'hésiterait, même un instant, à manger à plusieurs râteliers. Ceux qui étaient de bonne foi, comme l'évêque d'Avranches, se sont récusés depuis longtemps.

— Que faire, alors ? » demanda Catherine.

Maître Jean Son haussa ses grasses épaules et avala d'un trait un plein pot de vin pour se donner du courage.

« Attendre le jour de la condamnation... puisqu'elle doit immanquablement venir et tenter quelque chose à ce moment-là. C'est notre seule chance... la seule chance de Jehanne, que Dieu ait pitié d'elle », dit-il.

Quand ils quittaient le profond caveau voûté, ancien cellier roman, qui servait de cave à Jean Son et se retrouvaient dans leur soupente, Arnaud et Catherine ne trouvaient plus rien à se dire. Entre eux se dressait l'ombre tragique et pitoyable de la prisonnière. Elle les unissait dans le même effort, la même volonté de l'arracher à un sort injuste mais, en même temps, elle les séparait de toute la hauteur de son martyre. Comment s'abandonner à l'amour quand on savait tout ce que, si près, endurait la jeune fille ?

Mais, un soir, comme on allait se mettre à table pour le souper, quelqu'un frappa au volet de la rue. Margot alla ouvrir. Un homme de haute taille, tout vêtu de noir, entra.

« Le bonsoir à tous ! fit-il et pardon si je dérange. Il faut que je voie maître Son. »

L'homme portait un capuchon qui cachait une partie de son visage mais Catherine vit clairement qu'à son aspect Nicole avait pâli et frissonné. Elle se pencha vers sa pseudo-cousine, demanda tout bas :

« Qui est-ce ?

— Geoffroy Terrage... le bourreau ! » fit l'autre d'une voix blanche. Sans même prendre la peine de dissimuler son expression de dégoût, Jean Son s'était levé de table et avait interposé sa massive personne entre les femmes frisonnantes et la silhouette noire de l'exécuteur.

« Que veux-tu ? demanda-t-il rudement.

— J'ai besoin de vous, maître Son et dès demain. J'ai reçu ordre de faire dresser pour après-demain, jeudi 24 mai, une haute maçonnerie de plâtre dans le cimetière Saint-Ouen.

— Pour quoi faire cette maçonnerie ? »

Terrage détourna les yeux, pris d'une gêne subite devant tous ces regards fixés sur lui et dont aucun ne songeait à dissimuler son angoisse.

« Un bûcher ! » fit-il courtement. Puis, comme nul ne soufflait mot dans les assistants glacés d'horreur, il ajouta : « Un bûcher assez haut pour que, de partout, on puisse voir la condamnée... trop haut pour qu'une fois allumé, je puisse l'atteindre par-derrière et l'étrangler discrètement. »

Malgré le sentiment du danger couru, Catherine ne put se taire.

« Jehanne n'est pas condamnée, que je sache ! »

Le bourreau haussa les épaules, indifférent.

« Que voulez-vous que je vous dise ? On m'a donné des ordres, je les exécute. Je peux compter sur vous, maître Son ?

— Ça sera fait ! répondit le maître maçon sans parvenir à dissimuler tout à fait le tremblement de sa voix. Bonsoir !

— Bonsoir ! »

Quand il fut sorti, tous restèrent figés sur place, même Margot qui, sa marmite dans les mains, regardait d'un air stupide la porte par laquelle le bourreau était sorti. Au bout d'un instant seulement, elle vint poser sa charge sur la table, se signa vivement.

« Pauvre fille ! fit-elle. Le bûcher... c't'une mort affreuse ! »

Tard dans la soirée, longtemps après que se fut terminé le plus silencieux de leurs soupers communs, les habitants de la maison de la rue aux Ours retrouvèrent dans le cellier frère Isambard et frère Etienne, revenu le soir même d'une mission à Louviers. Le dominicain et le cordelier étaient d'une gravité de mauvais augure. Leurs visages creusés de rides montraient une profonde tristesse.

« Non, elle n'est pas condamnée, expliqua frère Isambart à la question d'Arnaud, mais peu s'en faut. Jeudi, elle doit être conduite au cimetière de l'abbaye Saint-Ouen pour y être publiquement admonestée et pressée d'abjurer ses fautes, de se soumettre à l'Eglise... telle qu'elle est si misérablement représentée ici, c'est-à-dire à maître Cauchon. Si elle refuse, on la jette au feu, si elle accepte...

— Si elle accepte ? » répéta Nicole.

Le moine haussa ses maigres épaules sous le froc blanc et le manteau noir qui le vêtaient. Son visage émacié se tendit :

« On devrait, normalement, la remettre à un couvent pour y être gardée et y subir la pénitence qu'il plaira au tribunal de lui infliger. Mais je sens qu'il y a là un piège, que Cauchon prépare quelque chose. Il a trop souvent promis à Warwick que Jehanne mourrait. »

Tandis que chacun pesait, au fond de son esprit, les paroles du moine, maître Son avait tiré de sa poche un rouleau de parchemin qu'il étalait sur un tonneau. Pour l'empêcher de se rouler à nouveau, il posa dessus un chandelier de fer puis lissa de la main la peau craquante et brunie par le temps. Alors que tous les autres affichaient une mine sombre, lui-même avait l'air curieusement satisfait. Sa femme le remarqua.

« On dirait que ce que vient de dire frère Isambart te fait plaisir ?

— Beaucoup plus que tu ne crois car j'entrevois une possibilité sérieuse de sauver Jehanne. Ceci, ajouta-t-il en désignant son parchemin, est un plan très ancien de l'abbaye Saint-Ouen, dont, entre parenthèse, j'ai aussi l'entretien. Et ce plan est, selon moi, d'un intérêt capital. Venez plutôt voir... »

Ils se massèrent autour de lui, penchant au-dessus de ses épaules leurs visages avides. Longtemps, Jean Son parla, à voix contenue.

CHAPITRE XIX

LE FEU ET L'EAU...

Afin d'être sûre de pouvoir se placer là où Jean Son et Arnaud le lui avaient prescrit, Catherine avait gagné, tôt dans la matinée, le cimetière de l'abbaye Saint-Ouen. Elle devait se tenir sur les marches d'un calvaire à demi écroulé, face aux tribunes préparées pour les juges et au petit échafaud sur lequel Jehanne allait prendre place. Non loin de là, entre les tribunes et le portail sud de l'église Saint-Ouen, se dressait sinistrement le bûcher édifié la veille par le maître maçon, croulant sous les piles de fagots. Nicole, peu après, s'installa avec une bande de commères endimanchées sous l'une des galeries de bois qui entouraient l'enclos des morts et dans les toitures desquelles s'entassaient les vieux ossements des corps déjà relevés. On appelait cela un charnier. Le cimetière s'emplissait rapidement, la douceur du temps et la curiosité ayant fait sortir presque tous les

Rouennais de chez eux. La plupart devaient voir Jehanne pour la première fois en cette occasion.

Bientôt, Catherine reconnut Arnaud. Vêtu de son costume noir, étriqué et râpé, le dos rond, la tête cachée par un vaste chaperon vert sombre, il s'installa aussi près que possible de l'échafaud préparé pour Jehanne, juste derrière les cordons d'archers anglais. Ceux-ci formaient, avec leurs piques tenues en travers, une barrière solide, mais tout de même possible à renverser pour un homme aussi vigoureux que le capitaine. Les autres conjurés devaient être à leur place : Jean Son dans le beffroi de la ville et frère Etienne à l'intérieur de l'église Saint-Ouen.

Le plan conçu par le maçon était d'une grande simplicité. Dans les vieux plans de l'église, il avait découvert, plusieurs années auparavant, l'existence d'un souterrain joignant la campagne qui aboutissait sous une dalle de la vieille crypte romane. Sans trop savoir pourquoi, il n'en avait jamais soufflé mot à personne et s'en félicitait maintenant. Il savait exactement sous quelle dalle ouvrait l'antique escalier et, tandis que ses ouvriers élevaient le soubassement de plâtre commandé par le tribunal, il avait, sous couleur d'examiner les piliers de la crypte, descellé la dalle et indiqué à frère Etienne le moyen de la lever sans peine. Le costume de cordelier du moine lui permettait d'entrer de jour comme de nuit dans n'importe quelle église sans que personne s'en étonnât. Pour le moment, il devait être en prières dans la crypte, attendant qu'Arnaud lui amenât la fugitive.

Les consignes distribuées portaient que l'on ne devait pas bouger avant la sentence. A ce moment, deux éventualités pouvaient se présenter : ou bien Jehanne s'en remettait au jugement de l'Eglise et serait confiée à des nonnes, ou bien elle refusait et serait donnée au bourreau. Dans l'un et l'autre cas,

Catherine devait à ce moment précis entrer en convulsions jouant la femme hystérique et Nicole, sous couleur de lui porter secours, devait accroître la confusion dans le cimetière. D'autre part, Jean Son, posté dans le beffroi de la ville d'où il pouvait voir et surtout entendre les hurlements stridents que les deux femmes avaient mission de pousser, mettrait en branle, au même moment, les deux cloches d'alarme, Rouvel et Cache-Ribaud dont la voix formidable avait toujours, au cours des siècles, appelé les gens de Rouen à la défense ou à la révolte. Ce tocsin inattendu achèverait de créer un tumulte et une agitation suffisante pour permettre à Arnaud, avec l'aide de frère Isambart qui n'était jamais loin de Jehanne, d'arracher la prisonnière à ses gardes et de la jeter dans l'église. Avec un homme comme Cauchon, le droit d'asile ne jouerait sans doute guère mais il suffirait de gagner deux ou trois minutes sur les poursuivants pour que la dalle se fût refermée sur Jehanne. Avant que les Anglais aient trouvé le point de la fuite, la Pucelle et ses sauveteurs seraient dans la campagne et rejoindraient, après la chute du jour, La Hire qui s'avancerait avec un détachement aussi près que possible de la ville. Revenue de son malaise apparent, il serait facile à Catherine de rejoindre peu après les fugitifs...

Le public emplissait maintenant le cimetière, et le calvaire auquel s'appuyait Catherine était battu par une mer humaine qu'heureusement elle dominait sans peine. Là-bas, près des tribunes, une vague d'acier hérissée de piques signala un détachement de soldats, puis la tribune des juges s'emplit de robes noires et blanches sur lesquelles tranchait le violet pourpre de l'évêque. De loin, il parut énorme à Catherine, ses grasses épaules réchauffées, malgré la douceur du temps, d'un camail d'hermine sur lequel tranchait grotesquement l'écarlate de son visage. Haut dans le ciel, traversé du vol noir et blanc des hirondelles, le tintement du glas tomba lourdement de la tour ciselée de l'église. Catherine, le cœur étreint d'une soudaine angoisse, vit arriver le bourreau et ses aides puis, encadrée de soldats, une mince silhouette vêtue de noir.

Quand Jehanne apparut sur l'échafaud qui lui était réservé, un long murmure traversa la foule, murmure où entrait beaucoup de pitié.

« Qu'elle est jeunette et maigre ! chuchotait une femme.

— Pauvrette, reprenait un vieillard à barbe blanche, ils ont dû lui en faire voir dans sa prison, ces maudits Godons que Dieu damne !

— Chut !... faisait à son tour une jeune fille. Si l'on vous entendait... »

Bientôt, d'ailleurs, tout le monde se tut. Un homme en robe noire s'était placé debout auprès de Jehanne agenouillée, un parchemin ceinturé de rouge entre les doigts. Quelqu'un, derrière Catherine, chuchota avec un respect craintif.

« C'est maître Guillaume Erard, de la Sorbonne. Il va prêcher. »

De fait, le docteur en robe noire commençait d'une voix à la fois sonore et onctueuse un long et emphatique sermon qui avait pour thème : « Le rameau ne peut produire du fruit s'il n'est demeuré à la vigne... » Mais Catherine n'écoutait pas. Elle regardait Jehanne, effrayée de la trouver si pâle, et si maigre. La Pucelle flottait dans son costume d'homme en serge noire. Ses cheveux allongés encadraient un visage si creusé que les limpides yeux bleus semblaient en avoir dévoré toute la substance. Mais son courage paraissait entier.

Au bas de sa tribune, juste derrière le cordon de

troupes, Catherine pouvait voir une tache vert foncé : le chaperon d'Arnaud dont, dans sa propre chair, elle éprouvait toute la tension nerveuse. Tout à l'heure, de sa force et de sa rapidité, dépendraient le salut de Jehanne et le sien propre. Arnaud allait jouer sa vie, quand il se lancerait pour s'emparer de la prisonnière. Ni lui ni Catherine ne l'ignoraient et, quand ils s'étaient séparés, au matin de ce jour, le jeune homme s'était, pour une fois, départi de son masque glacé... oh ! un tout petit instant ! il avait pris la main de Catherine, usée et abîmée par les lessives et l'avait appuyée vivement contre ses lèvres.

« Ne m'oubliez pas tout à fait, si je meurs... » avait-il murmuré. L'émotion avait tellement étranglé Catherine qu'elle n'avait rien pu dire. Des larmes avaient empli ses yeux mais il s'éloignait déjà, ridicule et touchant dans ce costume trop étroit pour son corps vigoureux. Tout ce qu'avait pu faire la jeune femme c'était enfermer au plus chaud de son cœur cet instant fugitif...

La voix du prédicateur venait de s'enfler, obligeant les oreilles de Catherine à l'attention : « Oh ! maison de France ! clamait-il, tu n'avais jamais connu de monstres jusqu'ici, mais, à présent te voilà déshonorée en prêtant foi à cette femme, magicienne, hérétique, superstitieuse... »

Mais à son tour, la voix claire de Jehanne s'élevait, calme, glacée de dédain : « Ne parle point de mon roi ! cria-t-elle. Il est bon et vrai chrétien ! » La foule vibra comme une corde tendue mais ce ne fut qu'un fugitif éclat. Le ronronnement d'Erard avait repris et Catherine s'en désintéressa. Le moment approchait, elle le sentait...

Quand il fut là, tout se passa si vite qu'elle crut perdre la tête. Entre les deux tribunes, il y avait tant d'agitation qu'il était impossible de comprendre ce qui se passait. Tout le monde criait à la fois. Catherine vit un moine glisser un papier et une plume dans la main de Jehanne qui semblait cette fois tout à fait affolée. Autour d'elle la foule devenait houleuse... Jehanne fit un signe sur le papier et on la poussa au bas de l'échafaud. On allait l'emmener, mais où ? Catherine vit qu'Arnaud se tournait vers le côté où elle se trouvait, comprit que le moment était venu... Alors, elle se lança dans la bagarre. Avec un cri perçant qui fit retourner une partie de la foule, elle tomba en arrière, donnant tous les signes d'une crise nerveuse. Elle chut rudement sur les marches croulantes du calvaire, se fit mal mais n'en cria que plus fort. Le visage de Nicole, distendu par les cris qu'elle poussait, elle aussi, lui apparut, porté par la foule. Le tumulte devint extrême, aussitôt dominé par les bourdons du beffroi. La foule rugit, forma de grands remous. Renversée à terre au milieu de gens qui cherchaient à la relever, Catherine ne voyait rien. Mais une voix tonnante domina la tempête.

« Arrêtez aussi cette femme dont les convulsions ont causé ce scandale. »

Nicole, les yeux dilatés d'épouvante, disparut, avalée par la foule comme par miracle. Un instant plus tard, la poigne sans douceur des soldats anglais ramassait Catherine, la remettait debout rudement. Alors, elle vit...

Elle vit Cauchon, violet de rage, le doigt tendu vers elle... Et, Jehanne que les soldats entraînaient vers la prison. Elle vit Arnaud, luttant encore contre trois archers anglais, avec l'énergie du désespoir. Et elle comprit que le coup avait échoué... que tout était perdu...

UNE heure plus tard, meurtris par les coups reçus et chargés de chaînes, mais côte à côte, Arnaud et Catherine comparaissaient devant l'évêque de Beauvais. Tous deux faisaient bonne contenance. Il n'était plus temps de courber l'échine et de se cacher derrière de fausses identités.

« Tout est perdu, chuchota Arnaud à sa compagne quand ils franchirent la porte du donjon. Il nous reste à bien mourir... moi tout au moins ! »

Un coup de poing d'un archer lui imposa silence et Catherine vit un peu de sang couler de sa lèvre fendue. Maintenant, debout tous deux devant la haute cathédrale de chêne dans laquelle Cauchon entassait sa vaste personne, le menton dans la main en une attitude qu'il pensait pleine de dignité, ils laissaient peser sur eux le silence, le regard faux du prélat.

« Des perturbateurs ! grogna celui-ci... de pauvres misérables fous qui voulaient enlever la sorcière, je pense ! Où allons-nous si des croquants se mêlent d'avoir une opinion... »

Il semblait prodigieusement ennuyé par ce qu'il considérait comme un incident. Son regard était vide d'intérêt. Il commença à ronger l'ongle de son pouce gauche, puis cracha. Et, brusquement, le regard éteint s'alluma. Une flamme d'étonnement, de stupeur encore incrédule. Il se leva de son siège, en descendit les marches, lourdement, vint à Catherine qui, la tête haute, le regardait approcher... D'un revers de sa main grasse, il fit sauter le bonnet de la tête de la jeune femme découvrant les tresses d'or de ses cheveux. Un mauvais sourire plissa les rides de sa figure.

« Il me semble vous avoir dit un jour que je ne vous oublierais pas, dame Catherine, mais, sur ma foi, je n'aurais pas cru avoir l'occasion de vous le prouver dans de telles circonstances. Je savais déjà vos exploits, comme tout un chacun en Bourgogne, mais j'ignorais ce qu'il était advenu de vous. Nous conspirons, si je comprends bien ? Nous nous intéressons à cette magicienne infâme qui ne mérite même pas le fagot sur lequel elle grillera... Il est vrai qu'entre ribaudes, on se comprend, on sympathise... »

La voix cinglante d'Arnaud lui coupa la parole.

« Laisse-la tranquille, révérend pourceau ! Elle n'a fait que se trouver mal au spectacle de tes exploits contre une autre femme. Ce sont là, je sais, tes adversaires préférées, mais tu ferais mieux de t'occuper de moi. J'en vaux la peine. »

Cauchon s'était tourné vers lui et l'examinait avec plus d'attention. Mais la lumière était pauvre dans cette pièce voûtée percée d'une mince meurtrière. Le prélat alla à la cheminée où l'on venait d'allumer un feu pour combattre l'humidité des murs, saisit un brandon allumé et l'approcha du jeune homme.

« Qui donc es-tu toi ? fit-il avec curiosité. Ton visage ne m'est pas inconnu... mais où donc t'ai-je vu ?

— Cherche ! jeta Arnaud goguenard. Et mets-toi bien dans la tête que tu n'as ici qu'un adversaire : moi ! Cette femme n'a rien à voir dans cette histoire... »

Comprenant qu'Arnaud cherchait à la sauver, Catherine protesta. En tout et pour tout, elle voulait partager son sort, quel qu'il fût !

« Merci de votre générosité, mais je refuse. Si vous êtes coupable, je le suis aussi...

— Sottise ! cria Arnaud furieux. J'ai agi seul ! »

Le regard incertain de l'évêque allait de l'un à l'autre. Il flairait là un mystère et cherchait à l'éclaircir.

« Le bourreau vous mettra d'accord, fit-il avec un rire enroué. Mais si vous me disiez votre nom, je verrais peut-être plus clair. Etes-vous, comme Mme de Brazey, un transfuge de Bourgogne ? »

Un indescriptible mépris crispa tous les traits d'Arnaud.

« Moi ! Un bourguignon ? Tu m'insultes, évêque ! Je n'ai plus rien à perdre à te dire mon nom. Il te servira du moins à comprendre que je n'ai rien de commun avec cette folle. Je m'appelle Arnaud de Montsalvy et je suis capitaine du roi Charles ! Elle est bourguignonne... Les siens, au temps de la Caboche, ont tué mon frère. Et tu voudrais que je lui sois lié en quoi que ce soit ? Tu es fou, évêque, si tu peux croire une chose pareille... »

Un flot de larmes jaillit des yeux de Catherine. Sans doute Arnaud n'avait-il en vue que son salut à elle mais le dédain dont il l'enveloppait était plus qu'elle n'en pouvait supporter. Désespérée, elle cria :

« Ainsi tu me repousses encore... même maintenant ? Pourquoi ne veux-tu pas que je meure avec toi ? Dis, pourquoi ? »

Elle tendait vers lui ses mains enchaînées, prête à se traîner à ses pieds pour un seul mot moins dur. Tout disparaissait du décor redoutable, du prélat sectaire et haineux qui l'écoutait. Seul demeurait cet homme passionnément aimé qui la rejetait à cette heure suprême. Raidi, les dents serrées, Arnaud regardait droit devant lui, refusant de s'attendrir.

« Finissons-en, évêque ! Fais-la relâcher. Je t'avouerai tout ce que j'ai fait contre toi. »

Mais Pierre Cauchon éclatait de rire et, emporté par cette gaieté pleine de fiel, alla s'abattre sur son fauteuil. La bouche grande ouverte montrant les quelques dents gâtées qui lui restaient, il riait, il riait sous les yeux des deux autres interdits. Il se calma sur un hoquet, passa sa langue sur ses lèvres sèches comme un gros chat qui s'apprête à dévorer une souris. Une lueur haineuse s'alluma dans son regard tandis qu'il revenait vers les prisonniers. Sa grosse main empoigna le col de l'habit d'Arnaud.

« Un Montsalvy, hein ? Le frère du jeune Michel, j'imagine ? Et tu penses que je vais croire ta petite fable ? Tu me prends pour un simple d'esprit, ou bien penses-tu que je n'ai pas de mémoire ? La relâcher ? Ta complice ?... Alors que je sais, mieux que personne, combien elle et les siens ont toujours été dévoués à ta famille ?

— Dévoués à ma famille ? Les Legoix ? Tu perds l'esprit ? »

Une colère folle s'emparait du gros évêque, l'étouffant à demi. Il hoquetait mais ses paroles n'en perdirent rien de leur intelligibilité.

« Je déteste qu'on se moque de moi. J'étais l'un des chefs des émeutes cabochiennes, blanc-bec ! Et je sais mieux que toi qu'il y avait Legoix et Legoix. Penses-tu me faire accroire que tu ignores ce que celle-ci, quand elle n'était encore qu'une gamine, a fait pour sauver ton frère ? Que je suis trop gâteux pour me rappeler que deux enfants ont arraché un prisonnier que l'on menait à Montfaucon, au péril de leur vie et avec un courage digne d'une meilleure cause, qu'ils l'ont caché dans la cave du père de la fille... la cave où il a été découvert... la cave de ce Gaucher Legoix que j'ai fait pendre aussitôt à sa propre enseigne de maudit orfèvre armagnac. Gaucher Legoix !... son père à elle ! » D'un doigt tremblant de fureur, il désignait Catherine qui l'écoutait avec une joie, une émotion qu'il ne pouvait comprendre. Etranglant de rage, il ajouta : « Elle.. Catherine Legoix... la petite putain qui avait caché ton frère dans son lit et que, maintenant, tu oses me demander de relâcher, pauvre imbécile !

— Pas dans mon lit, protesta Catherine à qui

l'indignation avait rendu toute sa lucidité : dans la cave ! »

Mais Arnaud n'écoutait plus ni elle, ni Cauchon. Il la regardait seulement comme jamais encore il ne l'avait regardée. Le cœur tremblant, Catherine n'osait y croire. Il y avait, dans les yeux noirs du jeune homme, une joie immense et aussi tout l'amour, toute la passion qu'elle avait désespéré d'y voir jamais. Sans la quitter des yeux, il murmura :

« Tu ne sais pas ce que tu viens de faire pour moi, évêque ! Sinon, je crois bien que tu le regretterais !... Catherine, mon amour... mon seul, mon merveilleux amour... pourras-tu jamais me pardonner ? »

Ah ! certes, ils étaient bien loin du donjon sinistre, des murs suintants et du vieillard quinteux qui étouffait dans son haut fauteuil, cherchant avec des râles un air qui fuyait ses poumons malades. La colère furieuse à laquelle il s'était laissé emporter avait déclenché une violente crise d'emphysème. Il râlait avec au fond de la gorge un tragique crépitement qui ponctuait ses efforts pour respirer. Mais il eût pu mourir auprès d'eux sans qu'Arnaud et Catherine, perdus dans leur rêve, lui prêtâssent la moindre attention. Ils goûtaient cette minute unique, tellement inattendue, qui abattait entre eux tous les obstacles, d'un seul coup, qui réduisait à un faible tas de cendres les années écoulées, les rancœurs, les jalousies, les cruautés de jadis.

« Je n'ai rien à te pardonner, murmura enfin Catherine, ses yeux violets chargés d'extase... puisque je peux maintenant te dire que je t'aime... »

Mais les râles de l'évêque avaient attiré un moine qui leva les bras au ciel et se précipita au secours de son patron. Entre deux quintes de toux, celui-ci désigna les deux prisonniers d'une main tremblante :

« Au cachot... ces deux-là... chacun dans un cachot... au secret ! »

Les archers les emmenèrent hors de la salle sans que leurs regards se fussent séparés. Leurs mains enchaînées les empêchaient de se toucher mais le muet langage des yeux les faisait proches comme aucune étreinte n'avait jamais réussi à le faire. Ils avaient tous deux la certitude que, de tous temps, ils avaient été élus, désignés pour se compléter, être chacun l'univers entier de l'autre et, dans leur bonheur présent, ils oubliaient non seulement tout ce qui les avait si longtemps séparés, mais encore la mort qui s'apprêtait pour eux...

Les geôliers avaient si peur qu'ils pussent communiquer entre eux qu'on les enferma dans des tours différentes et au fond de basses-fosses. Arnaud était enchaîné au plus bas de la tour du beffroi et Catherine dans un cachot de la tour des Deux Ecus, formant ainsi, avec la cour de Bouvreuil où languissait la Pucelle, un triangle tragique. Mais, bien que Catherine n'eût encore jamais connu prison si cruelle, car on l'avait descendue par une corde au fond d'un trou fangeux où ne pénétrait pas la moindre lumière, elle y vivait plus heureuse qu'elle ne l'avait jamais été dans le palais de Philippe ou dans l'hôtel fastueux de son mari défunt. Son amour lui tenait lieu de lumière, de chaleur, de tout ce nécessaire qui lui eût marqué si cruellement. Elle était en état de grâce, soutenue dans sa misère par la pensée d'Arnaud, malheureuse seulement d'imaginer ses souffrances à lui. Une seule crainte : ne pas le revoir avant de mourir mais cette crainte ne la tourmentait pas beaucoup : elle connaissait trop Pierre Cauchon pour le croire capable de se priver de ce divertissement de choix : leur offrir à chacun la torture de l'autre.

Le temps passait, pourtant, sans que rien ne vînt, ni juges, ni interrogatoires, et le geôlier était muet. Catherine avait compté que cinq ou six jours avaient dû passer, d'après le rythme des relèves de la garde, mais comment savoir si elle ne se trompait pas, au fond de ce trou sans le moindre rayon de jour ? Sans doute, si cet ensevelissement se fût prolongé, Catherine eût-elle plongé, peu à peu, dans le désespoir. Elle n'en eut pas le temps. Le reflet d'une torche éclaira le trou puant où elle croupissait, une corde descendit alourdie d'un geôlier qui fit remonter la prisonnière. Elle se retrouva au grand soleil de la cour Châtelaine, clignant des yeux comme un oiseau nocturne. Des soldats qui semblaient attendre, se mirent à rire en la voyant paraître, maladroite dans ses liens. L'un d'eux saisit un seau d'eau, le lui jeta :

« Pouah ! s'écria-t-il... fille sale ! »

Le jeu plut aux autres. Ce fut à qui arroserait Catherine. L'eau froide la suffoqua d'abord mais le soleil chauffait déjà bien. Elle éprouva une joie secrète en sentant que la fange du cachot glissait d'elle, avec chaque seau... Un ordre bref vint du corps de garde et les soldats abandonnèrent les seaux. Ruisselante, Catherine sentit soudain son cœur se dilater de bonheur : de la tour du Beffroi sortait un être titubant dont les mains enchaînées tâtonnaient devant lui, en aveugle. Il était sale, amaigri mais aucune misère ne pouvait empêcher Catherine de reconnaître Arnaud. Leurs gardes les entourant, ils ne pouvaient courir l'un vers l'autre mais, pour elle, le savoir vivant était une joie sans prix... On remplaça les chaînes par des cordes, on les poussa en avant, à coups de bois de lance en direction du pont-levis du château. L'heure de mourir était venue, bien certainement et on les menait sur quelque place de la ville pour faire de leur supplice un exemple...

Quand les prisonniers débouchèrent avec leur escorte sur la place du Vieux Marché, Catherine, malgré l'état de grâce dans lequel elle vivait depuis plusieurs jours, sentit son courage l'abandonner et la peur se glisser en elle. C'est que la mort, quand elle se présente sous une certaine forme, est particulièrement épouvantable. Devant, elle Catherine voyait, empilée sur un cube de maçonnerie haut d'un étage, une véritable montagne de bûches et de fagots, terminée en son sommet par un sinistre madrier d'où pendaient des chaînes. Son regard éperdu chercha celui d'Arnaud. Sourcils froncés, mâchoires serrées, il regardait, lui aussi, le bûcher, luttant peut-être contre la même peur. Catherine songea que dans le combat il devait regarder l'ennemi de cette manière. Mais il dut penser à elle car ses yeux se tournèrent vers la jeune femme avec tant d'amour et de pitié qu'elle sentit sa peur diminuer un peu. Autour du bûcher, des hommes en guenilles s'affairaient, entassant encore des fagots sous la direction du bourreau...

La place était pleine de monde mais surtout de soldats anglais. Les gens de la ville devaient se contenter, pour voir, des fenêtres, des toits et des piliers de la vieille halle car il y avait bien six ou sept cents soldats sur la place triangulaire dont la flèche de Saint-Sauveur ponctuait le sommet. Dans l'espace vide, outre le haut bûcher, il y avait un petit échafaud supportant un gibet mais Catherine savait que ce gibet était là en permanence et, d'ailleurs, personne ne s'en occupait.

Les soldats poussèrent leurs prisonniers en avant

mais, au lieu de les diriger vers le bûcher, on les arrêta près de deux grandes tribunes tendues de pourpre qui avaient été dressées le dos à la vieille hostellerie de la Couronne et qui commençaient à s'emplir de prêtres et de dignitaires anglais. Les archers les enveloppèrent si étroitement qu'ils n'étaient guère visibles pour la foule mais, en se retrouvant tout près d'Arnaud, Catherine sentit tout son courage lui revenir ; leurs mains liées ne pouvaient se joindre mais leurs bras pouvaient se toucher. Très vite, Arnaud murmura :

« Ce n'est pas nous qui devons mourir là, Catherine. Ce bûcher attend quelqu'un... et je crains de deviner qui ! Regarde les tribunes...

— Silence ! » grogna le sergent qui commandait l'escorte.

Sur la plus grande tribune, en effet, apparaissaient maintenant des évêques, parmi lesquels Catherine reconnut Cauchon. Ils entouraient une énorme silhouette en simarre de pourpre et collet d'hermine : le cardinal de Winchester auprès duquel se dressait, arrogant et tout armé, le comte de Warwick. Ces importants personnages prirent place dans des fauteuils et le gros cardinal fit un geste. Comme si elles n'attendaient que ce signal, les cloches de la ville se mirent à sonner en glas : Saint-Sauveur d'abord, puis Saint-Etienne, puis la cathédrale, Saint-Maclou, Saint-Ouen et toutes les autres. Les notes lugubres tombaient sur l'âme de Catherine. Elle se glaçait malgré le chaud soleil qui avait déjà séché ses vêtements et ses cheveux. Un tomberau déboucha d'une ruelle, entouré d'une centaine de piquiers anglais. Enchaînée aux ridelles de ce tomberau, il y avait une forme blanche coiffée d'une sorte de mitre :

« Jehanne, gémit Catherine d'une voix que le chagrin étrangla... C'est Jehanne, Mon Dieu ! »

Le chant du « Miserere » rugi par les gosiers solides d'une cinquantaine de moines, étouffa ses paroles mais elle tourna vers Arnaud un regard qui s'affolait.

« Est-ce que... nous allons voir cette horreur ? »

Il ne répondit pas, hochant simplement la tête, mais Catherine put voir deux grosses larmes rouler sur ses joues. La jeune femme baissa la tête et se mit à pleurer. Ses mains liées la faisaient souffrir et elle regrettait éperdument de ne pouvoir s'en cacher les yeux, s'en boucher les oreilles pour ne plus entendre ces cloches, ce chant sinistre et les rires grossiers des soldats. Dès lors, l'immense tragédie se déroula, pour Catherine, comme un épouvantable cauchemar, qui atteignit son point culminant lorsqu'elle vit la blanche silhouette liée, tout là-haut, au sommet de l'énorme bûcher. Ses yeux noyés de larmes brouillaient les choses mais elle reconnut frère Isambart. Monté sur le bûcher, il continuait d'exhorter Jehanne. Catherine entendit demander une croix, vit le sergent qui se tenait devant elle se baisser, ramasser deux brindilles de bois et les lier ensemble d'un lacet arraché à sa tunique puis les tendre à la martyre. Le bourreau courait déjà tout autour du bûcher, une torche à la main. Une fumée noire se leva, les flammes crépitèrent, bondirent vers le ciel. Une atroce odeur de soufre et de bitume emplit l'air. A bout de forces, recrue d'horreur, Catherine se plia en deux, vomissant le peu que contenait son estomac révulsé.

« Mon Dieu ! cria Arnaud en se tordant dans ses liens, Catherine !... Ne meurs pas !... Pas toi ! »

Sans rien dire, le sergent anglais se glissa parmi ses camarades, courut vers l'auberge de la Couronne, en revint avec un pot de vin dont, avec précaution, il fit boire quelques gorgées à Catherine. La malheureuse se sentit un peu mieux. Le vin coulait comme une flamme dans son corps, ranimant la vie. Elle tenta un pauvre sourire pour remercier celui qui la secourait, vit que c'était un homme déjà âgé dont la grosse moustache et les cheveux grisonnaient. Sous le casque elle vit aussi qu'il avait les yeux pleins de larmes.

« Merci, mon camarade... » fit près d'elle la voix grave d'Arnaud.

Le soldat secoua ses lourdes épaules, essuya rageusement ses joues humides et bougonna avec un regard au bûcher.

« Je ne fais pas la guerre aux femmes, moi ? Je ne suis pas l'évêque Cauchon... »

Il parlait un français hésitant, rocailleux mais le ton suppléait.

Le bûcher maintenant était complètement enflammé. Un cri sortit du milieu des flammes. C'était la suppliciée. Elle criait « Jésus. » On ne la voyait plus mais frère Isambart, au risque de prendre feu, tenait toujours vers elle la grande croix processionnelle qu'il était allé chercher à l'église. Le brasier ronflait, vomissant des torrents de fumée noire. Aucun son ne venait plus de son cœur ardent. Alors le bourreau écartant soudain les flammes, le corps de Jehanne apparut. Elle était morte. Le feu avait brûlé sa chemise révélant, voilé de sang, déjà noirci, son corps de jeune fille. Cette horreur fut trop pour Catherine. Cette fois, elle s'évanouit...

ELLE rouvrit les yeux sur un choc violent. Quelqu'un lui administrait des gifles, puis quelque chose de brûlant coula dans sa gorge. Elle toussa, cracha et, finalement, se retrouva assise, les yeux grands ouverts. Le sergent anglais qui lui avait fait boire du vin pendant le supplice de Jehanne était agenouillé auprès d'elle, une gourde à la main.

« Ça va mieux ? demanda-t-il doucement.

— Oui... un peu... Merci ! Mais, Arnaud... où est Arnaud ? »

Elle se trouvait dans une pièce basse et nue, assise sur une jonchée de paille. Le caveau prenait jour, très haut, par un soupirail mais n'avait pas trop l'air d'une prison.

« Votre compagnon ? Il est à côté, sous solide surveillance... Je vous ai mise ici pour que vous repreniez vos sens, tranquille.

— Où sommes-nous ?

— Au corps de garde de la porte du Grand Pont. Les ordres sont que l'on vous y garde à vue jusqu'à la nuit tombée. Ne m'en demandez pas plus... Tâchez de dormir... »

Il s'éloignait déjà, lourdement, traînant ses semelles de fer sur les dalles raboteuses. Catherine voulut faire un geste mais ses mains étaient toujours liées. Elle se laissa retomber sur la paille, les larmes aux yeux.

« Arnaud !... Je voudrais tant le voir !

— Vous le verrez plus tard. Pour l'instant, c'est interdit. »

Le sergent allait sortir. Elle le rappela :

« Un moment, je vous prie ! Vous avez été bon pour moi. Pourquoi ? Vous êtes Anglais pourtant !

— Ça vous paraît une raison suffisante pour ne pas avoir pitié d'une pauvre fille ? fit-il avec un sourire triste. C'est que, voyez-vous, j'ai une fille moi aussi. Elle habite avec sa mère, un village du côté d'Exeter... et vous lui ressemblez un peu. Quand on vous a traînée sur la place, tout à l'heure, j'ai cru la voir. Ça m'a fait mal ! »

Sans doute ne voulait-il pas en dire davantage car il se hâta de sortir et ferma la porte, très soigneusement, derrière lui. Catherine entendit des bruits de voix, de l'autre côté mais ne chercha pas à deviner ce qu'elles disaient. Elle se sentait trop lasse même pour essayer de comprendre ce qu'elle faisait dans ce corps de garde. Pourquoi ne les avait-on pas ramenés à la prison, pourquoi fallait-il rester là jusqu'à la nuit ? Au surplus, la réponse serait bientôt là. Elle entendit la grosse horloge du beffroi sonner sept coups et ferma les yeux, avide d'un peu de repos.

Peu à peu, l'ombre envahit sa prison, glissant par l'étroite fenêtre au-delà de laquelle on devinait les bruits du fleuve. Les contours de la pièce devinrent flous puis disparurent. Bientôt, Catherine n'eut plus d'autre éclairage que le rai de lumière jaune passant sous la porte. Elle voulut se lever pour écouter ce qui se disait derrière cette porte où des voix d'hommes parlaient toujours mais elle était attachée au mur. Et, d'ailleurs, la porte ne tarda pas à s'ouvrir. Deux archers parurent, encadrant un homme en robe noire et bonnet carré ; un autre suivit et Catherine poussa un cri de terreur en reconnaissant Geoffroy Terage, le bourreau. Il portait quelque chose de blanc sur le bras. L'un des archers libéra Catherine et délia même ses mains puis la força à s'agenouiller, pesant des deux mains sur ses épaules. L'homme noir toussota, tira un parchemin de sa poche et commença à le lire à la lumière qui venait de la porte ouverte.

« Par ordre du tribunal ecclésiastique de cette ville de Rouen, les nommés Pierre et Catherine Son (c'étaient les faux noms dont s'étaient affublés Arnaud et Catherine) coupables d'intelligence avec

la magicienne, dite La Pucelle arse et brûlée ce jour en la place du Vieux Marché à Rouen, sont condamnés à être noyés en Seine par la main du bourreau jusqu'à ce que mort s'ensuive... »

Une colère folle souleva brusquement Catherine qui se redressa, prête à sauter au visage de l'homme en noir.

« Condamnée ? Et qui donc nous a jugés ?... Le document ne me concerne en aucune manière. Je ne suis pas Catherine Son, je suis Catherine de Brazey et mon compagnon est le noble seigneur Arnaud de Montsalvy... »

Si elle avait cru impressionner le juge, elle se trompait. Il poussa un profond soupir de lassitude en regardant le bourreau.

« Faites votre office, maître Geoffroy... Mgr l'évêque nous avait bien prévenus que ces malheureux n'avaient pas tout leur bon sens et que le démon d'orgueil les tourmentait. Elle aussi se prend pour une haute et puissante dame. »

Terrage partit d'un gros rire et jeta l'objet blanc qu'il portait au bras sur Catherine.

« Mets ça... et vite si tu ne veux pas que je le fasse moi-même. »

C'était une longue chemise blanche. Catherine eut l'impression bizarre, absurde que tout recommençait. Etait-elle bien à Rouen ou bien était-ce encore les murs d'Orléans qui l'entouraient ? Une fois de plus, elle allait à la mort. Mais aucune révolte ne lui vint. Elle allait mourir, soit... mais elle allait mourir avec Arnaud, unie à lui pour l'éternité. Qu'importait, dans ce cas, le mode d'exécution, que ce soit l'eau ou la corde pourvu que ce ne fût pas l'abominable feu.

Rapidement, elle se dévêtit, les yeux baissés pour

éviter les regards des hommes, enfila la chemise et coulissa calmement le cordon du cou.

« Je suis prête ! » fit-elle avec une hauteur qui troubla les bourreaux.

On la fit sortir du corps de garde, puis franchir la porte de la ville. Le couvre-feu était sonné et il n'y avait personne dans les rues. Un vent vif soufflait de la mer et, dans le ciel, des nuages gris sombre couraient sur l'immensité noire. Au milieu du Grand Pont, il y avait un groupe d'hommes éclairés de torches dont les flammes s'effilochaient au vent. Catherine comprenait parfaitement la manœuvre de Cauchon. Condamner et faire exécuter des gens de leur qualité eût été difficile, d'autant plus qu'il n'ignorait pas les liens qui, si longtemps, avaient attaché Catherine à Philippe de Bourgogne. Mais ainsi il était tranquille. Qui donc lui reprocherait d'avoir fait jeter nuitamment à la Seine deux croquants convaincus de connivence avec Jehanne d'Arc et à demi fous de surcroît ?... C'était, en vérité, fort habile...

Catherine se sentait calme jusqu'au plus profond de son être. Elle put même regarder l'eau noire dont le vent lui apportait l'haleine humide. Ainsi, c'était là que tout finissait ? Il n'y avait vraiment plus rien à espérer, si ce n'est une vie meilleure dans l'au-delà ? Au fond, c'était très bien ainsi. Ils allaient mourir ensemble, les ennemis de naguère qu'un si profond amour unissait maintenant pour l'éternité. Ce rêve-là, au moins, Catherine l'aurait réalisé...

Quand elle rejoignit, entre ses gardes, le groupe qui attendait au milieu du pont, elle vit Arnaud au centre. On l'avait dépouillé de ses vêtements sordides et déchirés, à l'exception d'une pièce de toile qui ceignait ses reins. Il était magnifiquement insolite comme une statue antique dans un bourbier. Les mains liées derrière le dos, il la regardait approcher et il souriait... Catherine comprit qu'à lui aussi ces noces de mort suffisaient, qu'il ne demandait rien de plus. Etendu aux pieds du jeune homme, un immense sac de cuir, tout ouvert, attendait avec trois boulets de pierre. Un prêtre, auprès de lui, élevait une croix de bois noir.

« Vous avez une minute pour vous repentir de vos fautes », fit le bourreau d'un ton rogue.

Alors, côte à côte, ils s'agenouillèrent aux pieds du prêtre, comme deux époux dans une chapelle, courbèrent la tête. Les paroles d'absolution leur parvinrent comme du fond d'un rêve. Puis l'exécuteur demanda encore :

« Avez-vous un dernier souhait ? »

Ce fut Arnaud qui répondit, les yeux fixés sur Catherine :

« Déliez-moi que je puisse la prendre dans mes bras. Ainsi, la mort lui sera plus facile et à moi aussi. »

D'un regard, Geoffroy Terrage consulta l'homme noir. La figure du bourreau semblait ravagée par un tourment intérieur. Il paraissait nerveux, inquiet.

« Faites, s'ils le désirent... »

Le juge eut un geste d'indifférence.

Un coup de dague et les liens d'Arnaud tombèrent. Aussitôt, il prit Catherine entre ses bras, la serra contre sa poitrine et couvrit son visage de baisers.

« Ce ne sera pas long, tu verras, lui dit-il tendrement... Un jour, quand j'étais enfant, j'ai failli me noyer dans un lac de mon pays, j'ai perdu connaissance... On ne souffre pas... Il ne faut pas avoir peur.

— Avec toi, je ne crains pas la souffrance, Arnaud ! Seulement j'aurais voulu avoir encore un peu de temps pour te dire mon amour...

— Mais nous allons avoir tout le temps, ma mie... l'éternité, l'éternité à nous deux. »

Derrière eux quelqu'un renifla puis une voix anonyme, mais enrouée, demanda :

« Vous... êtes prêts ?

— Nous sommes prêts, faites ! » répondit Arnaud, les lèvres dans les cheveux de Catherine.

Ils ne regardaient plus qu'eux et ne virent pas le bourreau glisser les boulets au fond du sac. Toujours enlacés, on les coucha dans l'ouverture large et puis, une totale obscurité les enveloppa avec une odeur puissante de suint. La voix du prêtre qui murmurait les prières des agonisants ne leur parvenait plus que lointaine. Catherine eut, tout à coup, très chaud. Elle eut un tremblement, un réflexe de peur qu'Arnaud calma d'un baiser. Puis, elle sentit que plusieurs mains les saisissaient, les soulevaient.

« N'aie pas peur, murmurait Arnaud contre sa bouche... je t'aime ! »

Ils tombèrent dans un vide qui leur parut énorme. Il y eut un violent bruit d'éclaboussement, un choc suivi d'un froid glacial. Le sac si lourdement chargé venait de toucher l'eau. Elle se refermait sur lui... Tout était fini, bien fini. Catherine enlacée à Arnaud songea qu'elle emportait avec elle son amour. Il était là tout contre elle, mêlé à elle, deux chairs confondues. Il buvait son souffle... ce souffle qui déjà se faisait court. Elle commençait à suffoquer. Des éclairs rouges, aveuglants, passaient derrière ses paupières closes. L'air lui manquait. Dans le sac de cuir épais, peu à peu, l'eau glaciale rampait comme une bête immonde et visqueuse. Catherine détacha ses lèvres de celles d'Arnaud, voulut murmurer encore :

« Je t'aime... »

Mais le souffle lui fit défaut. Elle plongea au fond d'un gouffre énorme et noir, délivrée enfin de la souffrance, de la crainte, des hommes, seule au fond de la mort avec celui qu'elle aimait...

« J'AI cru que je n'arriverais pas à accrocher ce maudit sac ! fit dans l'obscurité la voix endormie de Jean Son. Il était tellement lourd ! Heureusement, ma lame coupait comme un rasoir ! »

Encore à demi inconsciente, Catherine s'étonnait d'entendre, dans la mort, la voix des vivants. Mais quelque chose d'âpre et de parfumé coula sur ses lèvres et lui fit ouvrir les yeux.

Il faisait noir et froid et, là-haut, dans le ciel, une grosse étoile brillait... Mais il faisait si froid ! Catherine se mit à claquer des dents.

« Il faut lui enlever cette chemise trempée, dit encore la voix familière. Il y a des vêtements secs dans la barque... »

Elle comprit néanmoins qu'elle ne rêvait pas, qu'elle était sauvée quand elle vit une ombre épaisse se pencher sur elle, entendit la voix d'Arnaud, sentit ses mains qui la dépouillaient, lui passaient quelque chose de sec et de moelleux.

« Comment vous remercier, Jean ? Vous avez accompli un miracle en nous tirant de là. Cela tient du prodige ! disait-il.

— Mais non, mais non, fit l'autre en riant... J'ai assez de relations chez les Anglais pour avoir pu me renseigner. J'ai su ce qui vous attendait et je me suis glissé à l'eau, sous le pont, là où l'on jette habituellement les condamnés. Evidemment, j'avais un peu peur d'être rouillé. Il y a longtemps que je ne nage plus. Mais j'ai eu la chance d'accrocher votre sac et de le fendre sur toute sa longueur. Il est au fond de l'eau, maintenant, et vous bien vivants, c'est tout ce qui compte !... Maintenant, partez vite !... Il faut mettre autant de chemin que vous pourrez entre vous et Rouen d'ici le jour. La barque est solide. Il y a une perche, de l'or, des vivres... vous n'avez qu'à remonter jusqu'à Pont-de-l'Arche, puis gagner Louviers. Je vous laisse ! Bonne chance !

— Merci encore ! » murmura Arnaud.

Péniblement Catherine se redressa. Elle était assise dans une barque et dans l'ombre, elle sentit que les bras d'Arnaud l'entouraient, l'enveloppaient de leur force. Sur la berge, une silhouette replète s'éloignait.

« Est-ce que... nous sommes vraiment sauvés ? »

Elle devina son sourire dans la nuit, sentit la chaleur de ses lèvres sur ses yeux.

« Mais oui ! Sauvés, libres... C'est merveilleux !

— Mourir ensemble aussi, c'était merveilleux... »

Le rire d'Arnaud, le rire d'autrefois, plein de force et de gaieté, mais ouaté de prudence, tinta à ses oreilles.

« On dirait que tu le regrettes ?

— Un peu, soupira Catherine... C'était beau ! Qu'allons-nous faire maintenant ?

— Nous allons vivre... et être heureux ! Nous avons un tel retard à rattraper. »

Il s'était levé et, le suivant des yeux, Catherine vit sa silhouette vigoureuse se découper en noir intense sur la nuit. Il détachait la barque cachée parmi des roseaux, cherchait la perche, l'enfonçait dans l'eau et, d'un effort puissant, lançait le bateau dans le courant. Quelque chose de blanc passa au-dessus d'eux avec un cri désagréable puis piqua droit dans l'eau noire.

« Qu'est-ce que c'est ? demanda Catherine.

— Une mouette. Elle pêche... Je t'apprendrai aussi à pêcher quand nous serons à Montsalvy.

— A Montsalvy ?

— Bien sûr ! C'est là que je t'emmène !... Chez

moi, chez toi, chez nous... Je n'oublie pas le compte que j'ai à régler avec Cauchon mais d'abord il faut bâtir notre bonheur. Il y a trop longtemps que nous l'attendons. »

Une joie profonde envahit Catherine. Elle s'étendit au fond de la barque, apaisée, heureuse, laissant le bateau glisser au fil de l'eau. Pour la première fois de sa vie, elle découvrait le bonheur de ne plus décider de soi, de laisser une force plus puissante et plus douce vous emporter. Elle ne regrettait plus les noces mortelles. Au bout de ce chemin de nuit et d'eau, il y avait la vie à deux... La vie avec le seul homme qu'elle eût jamais aimé. Tout était bien !

TABLE

PREMIÈRE PARTIE

PHILIPPE

(1423)

DEUXIÈME PARTIE

JEHANNE

(1428)

DU MÊME AUTEUR

chez le même éditeur

Romans :

CATHERINE : IL SUFFIT D'UN AMOUR..., *Tome I.*
CATHERINE : IL SUFFIT D'UN AMOUR..., *Tome II.*
BELLE CATHERINE, *Tome III.*
CATHERINE DES GRANDS CHEMINS, *Tome IV.*
CATHERINE ET LE TEMPS D'AIMER, *Tome V.*
PIÈGE POUR CATHERINE, *Tome VI.*
MARIANNE, UNE ÉTOILE POUR NAPOLÉON, *Tome I.*
MARIANNE ET L'INCONNU DE TOSCANE, *Tome II.*
MARIANNE, JASON DES QUATRE MERS, *Tome III.*
TOI, MARIANNE..., *Tome IV.*

Récits historiques :

LES REINES TRAGIQUES.
AVENTURIERS DU PASSÉ.
PAR LE FER OU LE POISON.
LE SANG, LA GLOIRE ET L'AMOUR.

Les éditeurs étrangers ci-dessous ont publié dans leur langue, les romans de Juliette Benzoni.

GRANDE-BRETAGNE	:	HEINEMANN LTD. PAN BOOKS. FONTANA.
ALLEMAGNE	:	LOTHAR BLANVALET VERLAG. DEUTSCHEN BUCHERBUND.
ÉTATS-UNIS	:	G. P. PUTNAM'S SONS. BERKELEY. AVON BOOKS.
ITALIE	:	ALDO GARZANTI EDITORE.
SUÈDE	:	BO WAHLSTROMS BOKFORLAG.
NORVÈGE	:	CAPPELENS FORLAG. DREYERS FORLAG.
FINLANDE	:	TAMMI PUBLISHING C°.
DANEMARK	:	BRANNER OG KORCHS.
HOLLANDE	:	ZUID HOLLANDSCHE UIT.
ESPAGNE	:	EDITORA DELOS AYMA. EDITORIAL BRUGUERA.
TURQUIE	:	ATA SARAY HAN.
ISLANDE	:	HILMIR.
ARGENTINE	:	EDITORIAL BRUGUERA.
GRÈCE	:	GALAXIAS. VRADINI.
YOUGOSLAVIE	:	OTOKAR KERSOVANI (*serbo-croate*). PRIMORSKI TISK (*slovène*). PROMURSKA ZALOZBA (*slovène*).
ISRAËL	:	M. MIZRAHI.
PORTUGAL	:	LIVRARIA CLASSICA EDITORA.
TCHÉCOSLOVAQUIE	:	ÉDITIONS TATRAN.

IMPRIMÉ EN FRANCE PAR BRODARD ET TAUPIN
58, rue Jean Bleuzen - Vanves - Usine de La Flèche.
LIBRAIRIE GÉNÉRALE FRANÇAISE - 14, rue de l'Ancienne-Comédie - Paris.
ISBN : 2 - 253 - 00733 - 1